李攀龍全集校注

中

李攀龍 著
李伯齊 校注

人民文學出版社

卷之九

七言律詩

殷太史正甫至自太山爲贈

明堂天子昔登壇，御道風流擁漢官〔一〕。海色迴臨三觀動，春陰不散五松寒〔二〕。白雲忽向封中出，玉牒誰從篋裹看〔三〕？此日滿朝求禪草，相如早晚入長安〔四〕。

【題解】

殷太史正甫，即殷士儋。詳前《送殷正甫》題解。太史，史官名。明代爲翰林院的別稱。殷士儋於嘉靖二十八年（一五四九）授翰林檢討，此詩作於嘉靖四十年。太山，即泰山。太，同『泰』。

【注釋】

〔一〕明堂天子：指前代帝王。明堂，天子布政教、朝會諸侯之堂。西周曾在泰山建明堂，西漢武帝時遷建於奉高，故址均在今泰山東北。《孟子·梁惠王下》：『明堂者，王者之堂也。』御道：天子通行的道路。唐李白《游泰山六首》之一：『四月上太山，石平御道開。』

〔二〕三觀：指泰山頂之日觀、月觀、吳觀三峯。五松：指五大夫松。秦始皇登泰山遇雨，曾在樹下避雨，因封其樹爲五大夫。詳見《史記·秦始皇本紀》。

〔三〕封：祭天曰封。玉牒：古時告天之文，書後加封，以玉爲飾，故稱。《史記·孝武本紀》：『天子至梁父，禮祠地主……封泰山下東方，如郊祠泰一之禮。封廣丈二尺，高九尺，其下則有玉牒書。』

〔四〕禪草：謂祭山川之文。禪，祭山川。《大戴禮·保傅》『封泰山而禪梁甫』《注》：『禪謂除地於梁甫之陰，爲墠以祭地也。』相如，司馬相如。漢賦大家。詳前《送徐汝思郎中入蜀》注〔一〇〕。此爲作者自喻。

又作此問正甫

上宫春色自何年，阿閣神房幾洞天〔一〕？囊裏定攜三秀草，懷中曾擬《四愁》篇〔二〕。射牛漢蹟今猶在，繫馬吳門似杳然〔三〕。七十二家論祀典，還朝可奏聖人前〔四〕？

【題解】

此詩與《殷太史正甫至自太山爲贈》作於同時，所問均與祭祀泰山有關。

【注釋】

〔一〕上宫：别宫。《孟子·盡心下》『館於上宫』《集注》：『上宫，别宫名。』此指明堂。詳前《殷太史正甫至自太山爲贈》注〔一〕。阿閣：《文選·古詩十九首》『阿閣三重階』李善注：『《周書》曰明堂有四阿，然則閣有四阿者，謂之明堂。』

〔二〕三秀草：謂芝草、靈草。《爾雅翼·芝》：『芝，瑞草，一歲三華，故《楚辭》謂之「三秀」。』《四愁》：指東漢張衡所作《四愁詩》，載《文選》。詩中有『我所思兮在太山，欲往從之梁甫艱』之句。

〔三〕射牛：射牲牛之禮。《漢書・郊祀志》：『羣儒采封禪、《尚書》、《周官・王制》之望祀射牛事。』《注》引顏師古說：『天子有事宗廟，必自射牲，蓋示親殺，事見《國語》。』吳門：也稱吳昌門，蘇州的通稱。《太平御覽・布帛部・帛》：『《韓詩外傳》曰：孔子、顏淵，登東山，望吳昌門。淵曰：「見一匹練，前有生藍。」子曰：「白馬蘆芻也。」』泰山有吳觀峯，相傳爲望吳之處，說可望見會稽（今浙江紹興）。見《後漢書・祭祀志》。

〔四〕七十二家論祀典：據說古代封泰山禪梁甫者，有七十二家。見《史記・封禪書》。聖人：此指隆慶帝。

送吳峻伯之楚

才子風流滿禁林，傳經海岱主恩深〔一〕。諸生自紀銜魚事，千里誰知相馬心〔二〕？王氣日隨江漢轉，方城春壓洞庭陰〔三〕。憐君宦跡偏形勝，四十參藩豈滯淫〔四〕！

【題解】

吳峻伯，即吳維嶽。詳前《秋前一日同元美、茂秦、吳峻伯、徐汝思集城南樓》題解。此詩作於嘉靖四十年（一五六〇）春。

【注釋】

〔一〕禁林：翰林院的別稱。傳經：傳授儒學經典。海岱：大海與泰岱之間，指今山東地區。據道光《濟南府志》載，吳維嶽於嘉靖三十六年（一五五六）任山東提學道。

〔二〕銜魚事：此用『鸛雀銜鱣』典故。古人迷信徵兆，看到鸛雀銜鱣，預示要發跡。《後漢書・楊震傳》：『後有冠雀銜三鱣魚，飛集講堂前，都講取魚進曰：「蛇鱣者，卿大夫服之象也。數三者，法三台也。先生自此升矣。」』後用

『鱣堂』指講學之所。此謂吴峻伯由山東提學使遷官楚地，衆人表示祝賀。相馬心：謂對其才能懷有賞識之意。《莊子》、《荀子》、《韓非子》等古籍中都載有伯樂相馬的故事。唐韓愈《馬説》：『世有伯樂，然後有千里馬。』

〔三〕方城：山名。在今湖北竹山縣東南。《輿地紀勝》：『方城，又名楚望山。楚懷王二十八年，秦與齊、韓、魏共發兵攻方城，秦軍登山以望楚國，故名。』洞庭：湖名。即洞庭湖。在今湖南境。

〔四〕參藩：官名。指布政使參政。滯淫：滯留，頓廢久困。此謂不得升遷。

送朱大中丞召拜少司空還朝二首

執憲登臺海岱東，銜恩入拜少司空〔一〕。長安近指迴車日，閶闔遥分曳履風〔二〕。北斗秋高玄武署，五雲春滿建章宫〔三〕。懸知《魚藻》歡無極，漢主從容問畫熊〔四〕。

其二

八月仙槎海上行，司空謁帝鳳凰城〔五〕。漢庭經術還高第，畫省風流自列卿〔六〕。視草星辰堪動色，按章朝野盡知名〔七〕。况逢麟閣多賢日，非復當年折檻情〔八〕。

【題解】

朱大中丞，指朱衡。朱衡，字士南，萬安（今屬江西）人。嘉靖十一年（一五三二）進士。歷知龍溪、婺源，有治聲。遷刑部主事、郎中，出爲福建提學副使，累官山東布政使，嘉靖三十九年進右副都御史，召爲工部右侍郎。四十四年，進南京刑部尚書。是年秋，黄河決口，洪水從江蘇沛縣飛雲橋東注昭陽湖，運河淤塞百餘里，朱衡遂被改任工部尚書兼右副都御史，總理河漕。朱衡接到任命，星夜趕赴決口處，組織開掘新河，親自督工，終於制服水患，但卻因改鑿新渠而屢遭彈劾。隆慶元年（一五六七），加太子少保。生平事蹟詳見《明史》本傳。朱衡對李攀龍十分欣賞，曾上疏推薦，見本集李攀龍《上朱大司空書》。大中丞，官名。明代指都察院副都御史。少司空，官名。指工部右侍郎。據此，此詩作於嘉靖四十年七月，由巡撫山東都察院右副都御史任，召拜工部右侍郎之時。

【注釋】

〔一〕執憲：執法。

〔二〕閶闔：天門。此指京城宮禁之門。曳履風：謂漢臣正直敢諫之風。《漢書·鄭崇傳》載，鄭崇於哀帝時擢爲尚書僕射，『數求見諫爭，上初納之。每見曳革履，上笑曰：「我識鄭尚書履聲」』。

〔三〕玄武署：謂工部衙署。《唐六典·尚書·工部》：『紫宸殿之北面曰玄武門，其內又有玄武觀。』五雲：謂祥瑞之雲，具備五色。唐白居易《長恨歌》：『樓閣玲瓏五雲起，其中綽約多仙子。』建章宮：漢宮名。此借指明宮。

〔四〕懸知：料知。《魚藻》：《詩·小雅》篇名。朱熹《集傳》說：『此天子燕諸侯，而諸侯美天子之詩也。言魚何在乎？在乎藻也，則有頒其首矣。王何在乎？在乎鎬京也，則豈樂飲酒矣。』畫熊：繪畫熊的形貌。《書·舜典》載，益向舜帝推薦朱虎熊羆掌管山林川澤。《孔傳》以爲朱虎、熊羆是二臣名。此或因朱衡姓朱而連及。

〔五〕仙槎：仙人所乘槎。此爲對朱衡乘船的美稱。鳳凰城：指京城北京。

〔六〕畫省：漢代尚書省的別名。《書言故事·三省類·畫省》：『尚書省曰畫省。《漢官·典職》曰：「尚書省中以胡粉塗壁，畫古賢烈士，故名畫省。」』

〔七〕視草：制詔稿由翰林研討。草，草稿。《舊唐書·職官志》『視草』注：『玄宗即位，張說、陸堅、張九齡……等召入禁中，謂之翰林待詔。王者尊極，一日萬機，四方進奏、中外表疏批答，或詔從中出，宸翰所揮，亦資其檢討，謂之視草。』此譬朱衡深得天子信任，所起草的詔誥令其動容。按章：彈劾的奏章。按，劾。

〔八〕麟閣：即麒麟閣。《三輔黄圖》卷六：『麒麟閣，《廟記》云：「麒麟閣，蕭何造。」《漢書》：宣帝思股肱之美，乃圖霍光等十一人於麒麟閣。』折檻：指漢朱雲强諫的故事。詳《漢書·朱雲傳》。此或指朱衡昔日諫諍之事。

送崔中甫入對

才子乘春集帝京，燕山宫闕五雲生〔一〕。按圖自動千金色，射策還高片玉名〔二〕。清問從容天下事，朝廷經略海方兵〔三〕。一時得意諸年少，莫學終軍浪請纓〔四〕。

【題解】

崔中甫，生平未詳。入對，入宫對奏。《宋史·真宗紀》：『置諫官、御史各六員，每日一員奏事，有急務，聽非時入對。』當作於嘉靖四十一年春。

【注釋】

〔一〕五雲：祥瑞之雲。詳《送朱大中丞召拜少司空還朝》注〔三〕。

〔二〕射策：古代試士的方法之一。《漢書·蕭望之傳》『以射策甲科爲郎』顔師古注云：『射策者，謂爲難問疑義，書之於策，量其大小，署爲甲乙之科，列而置之，不使彰顯。有欲射者，隨其所取得而釋之，以知優劣。射之，言投射也。對策者，顯問以政事經義，令各對之，而觀其文辭，定高下也。』

〔三〕清問：訊問。《尚書·呂刑》：『皇帝清問下民，鰥寡有辭於苗。』馬融說：『清，訊也。』經略：籌畫經營。

〔四〕終軍：字子雲，漢濟南（今屬山東）人。年十八，選爲博士弟子。『至長安上書言事，武帝異其文，拜軍爲謁者給事中』。時南越與漢和親，朝廷派遣終軍出使南越，『說其王，欲令入朝，比內諸侯。軍自請：「願受長纓，必羈南越王而致之闕下」』。經終軍游說，南越王樂意內附，漢令終軍留以鎮撫。後南越的反漢勢力攻殺其王及漢使者，終軍遇難，卒時僅二十餘歲。事詳《漢書·終軍傳》。

寄贈漢陽楊明府

方城仙令日爲羣，各把銅章百里分〔一〕。江漢至今稱楚望，風流何必減諸君〔二〕。東臨黃鶴飛雙舄，西接蘭臺見五雲〔三〕。早晚主恩誇《羽獵》，滿朝誰不薦雄文〔四〕？

【題解】

漢陽，即今湖北武漢市。漢陽、漢口、武昌，即所謂武漢三鎮。漢陽與武昌隔江相望，北與漢口隔漢水相望，明爲漢陽府治。楊明府，生平未詳，其時蓋爲漢陽知府。

【注釋】

〔一〕方城：山名。在今湖北竹山縣東南。詳《輿地紀勝》。銅章：銅印。《漢官儀》：『令尹銅章墨綬。』

〔二〕江漢：長江、漢水。楚望：楚人的地望。

〔三〕黃鶴：黃鶴樓。在武昌。飛雙舄(xì)：見《後漢書·王喬傳》，詳前《送歷城李明府入計》注〔一〕。蘭臺：戰國楚臺名，傳說故址在今湖北鍾祥市東。五雲：祥瑞之雲。

〔四〕《羽獵》：賦名。漢楊雄的代表作。因明府姓楊而連及，譽稱其詩文。

贈李明府暫謁廣川奉送景王之國

帝寵親王出牧年，逢迎東道借才賢〔一〕。郎官舊列星辰上，朱邸新開日月邊〔二〕。千乘旌旗分羽衛，九河春色護樓船〔三〕。知君不廢鳴琴興，應教還操桂樹篇〔四〕。

【題解】

李明府，指李齊芳。詳前《送李明府入奏》題解。廣川，縣名。漢置。東漢置廣川王國。故城在今河北棗强縣東。景王，朱載圳（？—一五六五），嘉靖帝之子。嘉靖十八年（一五三九）封，四十年赴封地，四年後去世，謚恭。詳見《明史・諸王傳五》。其封地在德安（今湖北鍾祥），由李齊芳奉送之國，原因不詳。此詩作於嘉靖四十一年春，李齊芳至廣川之際。

【注釋】

〔一〕「帝寵」二句：謂嘉靖帝寵倖的親王在東方借助賢能奉送就國。景王爲嘉靖第四子，據《明史・諸王傳五》載，載圳與載垕於嘉靖十八年冊立太子同日封。其後太子薨，嘉靖聽信方士遲遲未立太子。載圳與載垕並出邸居處，衣服等待遇沒有區別。載垕就是後來的隆慶帝。出牧，出京就國。東道，東方的道路。

〔二〕郎官：漢代侍郎、郎中均稱郎官，掌宿衛。唐以後專指郎中、員外郎。《史記・天官書》：「南宮朱鳥，權、衡。……其內五星，五帝坐。後聚一十五星，蔚然，曰郎位。」《故事成語考・文臣》：「郎官上應列宿。」朱邸：即朱門。宋程大昌《演繁錄》：「後世諸侯王及達官所居之屋，皆飾以朱，故曰朱門，又曰朱邸。」日月邊：謂帝王邊。日月，喻指帝王。詳《詩・邶風・日月》「日居月諸」《箋》。

〔三〕千乘：兵車千乘，謂諸侯。此指景王。九河：黃河的九條支流，流貫今山東、河北境。詳前《登黃榆、馬陵諸山，是太行絕頂處》（五言）注〔一〕。

〔四〕『知君』二句：謂知您仍記挂著治理歷城之事，因此奉教亦安然隱居此地。鳴琴，謂把歷城治理好。孔子弟子宓子賤爲單父宰，其治單父，『彈鳴琴，身不下堂而單父治』（《呂氏春秋・察賢》）。桂樹篇，指《楚辭・招隱士》，有『猿狖羣嘯兮虎豹嗥，攀援桂枝兮聊淹留』之句。

和李明府春日馳戀庭闈之作

百里弦歌大岱東，美人爲政復誰同〔一〕？河陽縣裏花常滿，北海樽中酒不空〔二〕。製錦還看成麗句，裁斑忽憶舞春風〔三〕。何妨問寢憑雙舄，擬送王喬入漢宮〔四〕。

【題解】

李明府，指李齊芳。詳前《送李明府入奏》題解。馳戀庭闈，謂顧念王者。馳，嚮往，心馳神往。庭闈，王宮之門，或王宮門內。此或指景王。

【注釋】

〔一〕岱：指泰山。美人：指李齊芳。

〔二〕河陽：古縣名。故址在今河南孟縣西。晉詩人潘岳曾任河陽縣令，在縣內遍植桃花。詳《晉書・潘岳傳》。北海：此指孔融。漢末，孔融曾任北海太守，世稱『孔北海』。《後漢書》本傳說他『及退閒職，賓客日盈其門。常歎曰：「坐上客恆滿，尊中酒不空，吾無憂矣。」』尊，同『樽』，酒杯。此以潘岳、孔融喻指李齊芳。

〔三〕製錦：謂撰寫詩文。製，撰述，或詩文作品。錦，美文。裁斑：謂裁斑竹作竹杖。

〔四〕王喬：東漢人，明帝時任葉令。每當朔望，以雙鳧飛至漢宮朝見。詳前《送歷城李明府入計》注〔二〕。

酬朝城張明府和御史中丞蘇丈秋興見寄

聞君爲縣武城傍，花裏弦歌不下堂〔一〕。佳政日來多薦疏，美名年少滿詞場〔二〕。揮毫色動郎官宿，拓簡光搖御史霜〔三〕。千載並傳《秋興賦》，可知潘令在河陽〔四〕？

【題解】

朝城，古縣名。今屬山東莘縣。張明府，祖植桐康熙十二年修《朝城縣志》卷七，嘉靖、隆慶間張姓知縣，僅有張節。太倉人，舉人，嘉靖四十年（一五六一）任。當四十年至四十三年在任。據《江南通志》卷一百二十八《選舉志》爲嘉靖三十一年壬子科舉人。御史中丞，官名。明代指都察院副都御史。蘇丈，蘇姓長者。丈，丈人。對長者的尊稱。秋興，秋日的感慨。語本《文選》潘安仁（岳）《秋興賦序》。此指蘇丈詩題。

【注釋】

〔一〕武城：古縣名。今山東省德州市有武城縣，古代臨沂費縣、濟寧嘉祥都曾有武城，三地均與朝城不相連屬，所指未詳。今德州武城原有子游祠、弦歌臺。見《山堂肆考·臺》。蓋因孔子弟子子游曾爲武城宰而言及。弦歌：依琴瑟而詠詩。《論語·陽貨》：『子之武城，聞弦歌之聲。』

〔二〕薦疏：向皇帝推薦的奏疏。詞場：猶文壇。

〔三〕拓簡：與『揮毫』爲對文，都指寫詩。拓，拓展。

〔四〕潘令：指晉潘岳。潘岳曾任河陽令。詳前《和李明府春日馳戀庭闈之作》注〔二〕。

送劉侍御歸臺四首

使者乘秋入建章，曉排閶闔侍君王〔一〕。繡衣忽動雲霄色，白簡猶含海岱光〔二〕。自許風霜知列柏，還將諷諫托《長楊》〔三〕。《大東》杼柚看如此，況復徵兵事朔方〔四〕！

其二

才子高名八使中，登車千里競稱雄〔五〕。西臺入奏聞天語，東海陳詩見《國風》〔六〕。伏柱久推三楚駿，還朝爭識五花驄〔七〕。極知未盡澄清意，獻納猶堪寵漢宮〔八〕。

其三

蘭臺使者出長安，風俗三齊攬轡看〔九〕。今日殿中玄武仗，須君柱後惠文冠〔一〇〕。彈章氣借山河壯，執法秋臨節鉞寒〔一一〕。儻值東封陪扈從，舊游偏奉六龍歡〔一二〕。

其四

繡斧東來按部年，一時風裁萬人傳〔一三〕。烏臺高傍黄圖起，青橐遥依紫極懸〔一四〕。三殿直聲推許國，九河秋色送朝天〔一五〕。正逢宣室齋居日，羨爾持書捧御筵〔一六〕。

【題解】

劉侍御，嘉靖間，有劉存義、劉時進任山東巡按監察御史。劉存義，湖廣襄陽（今屬湖北）人，字質卿，嘉靖三十二年（一五五三）進士。曾任江西道監察御史。見《山東通志》。劉時進，河南中牟人。進士。生平詳《中牟縣誌》。歸臺，回都察院衙署。臺，官府名。唐代謂監察御史爲臺官。見《國史補》。此詩作於嘉靖四十一年初秋。

【注釋】

〔一〕入建章：謂入朝奏事。建章，漢宮名。閶闔：天門。此指天子所居之宮門。

〔二〕『繡衣』二句：謂其執法得到皇帝讚賞，其奏章亦含有海岱精神。繡衣，繡衣直指，漢代執法官。詳前《賦得狼居胥山送李侍御》注〔六〕。白簡，謂彈劾的奏章。《晉書·傅玄傳》：『捧白簡，整簪帶。』

〔三〕列柏：指御史府。《漢書·朱博傳》：『是時御史府吏舍百餘區井水皆竭，又其府中列柏樹，常有野烏數千棲宿其上。』諷諫托《長楊》：謂通過詩文諷諫。《長楊》，賦名。漢揚雄作。《漢書·揚雄傳下》載，成帝游獵無度，使農民不得收穫莊稼。雄從至射熊館，還，上《長楊賦》進行諷諫。

〔四〕『《大東》』二句：謂山東賦稅已夠繁重，更何況要徵兵抵禦外侮。《大東》，指《詩·小雅·大東》篇。朱熹《集傳》謂『《詩序》以爲東國困於役而傷財，譚大夫作此以告病』。其中有『大東大東，杼柚其空』之句，意即東方因賦稅過重資財已空。杼柚，也作『杼軸』。織布用具，杼即梭，盛緯；軸，持經。古譚國，在今山東濟南市章丘平陵一帶。朔方，北方。

〔五〕八使：指東漢順帝時奉使視察風俗的八人，也稱『八俊』，即杜喬、周舉、郭遵、馮羨、欒巴、張綱、周栩、劉班。見《後漢書·周舉傳》。

〔六〕西臺：刑部的別稱。見《稱謂錄·刑部·西臺》。東海陳詩見《國風》：謂陳述山東風俗民情富有《詩·國風》的求實精神。

〔七〕五花驄：五花馬，毛色斑駁的馬。東漢御史桓典所乘，稱驄馬御史。詳《後漢書·桓典傳》。唐錢起《送梁侍御入京》：『遙知大苑內，應待五花驄。』

〔八〕澄清：澄清天下，廓清亂世。《後漢書·范滂傳》：『慨然有澄清天下之志。』獻納：奉獻忠言。《漢書·眭弘傳》：『世世獻納，以明盛德。』

〔九〕蘭臺使者：指劉侍御。蘭臺爲漢代宮内藏書之處，由御史中丞掌管，後因稱御史臺爲蘭臺。三齊：秦漢之際，項羽分齊爲膠東、齊、濟北三國，稱『三齊』。後指山東。詳《史記·項羽本紀》。

〔一〇〕玄武仗：侍御所持兵器。玄武，玄武司馬，漢官名。羽林軍將官。侍御，官名。侍從皇帝左右。明何景明《駕出》：『九重玄武仗，萬歲羽林軍。』柱後：猶言柱下。官名。即漢代的侍御史。因其所掌及侍立常在殿柱之下。《漢官儀》：『侍御史爲柱下史。』惠文冠：古代武官之冠。《通典·禮·嘉禮·趙惠文冠》：『秦滅趙，以其君之冠賜近臣，漢因之曰武弁，一名大冠，諸武官冠之，侍中、常侍加黄金璫，附蟬爲文，貂尾爲飾。侍中插左貂，常侍插右貂，用赤黑色。』

〔一一〕彈章：彈劾官員的奏章。節鉞：符節與斧鉞。節爲以旄牛尾爲裝飾的符信，鉞爲大斧。古代大將出征，天子授予以示威信。此指劉侍御奉天子之命出外視察，十分威嚴。

〔一二〕東封：東封泰山。封，封禪。《大戴禮·保傅》：『封泰山而禪梁父。』六龍：謂天子車駕的六匹馬。《漢書·禮樂志》載《郊祀歌·天地》：『吾知所樂，獨樂六龍。』唐李白《上皇西巡南京歌》：『誰道君工行路難，六龍西幸萬人歡。』

〔一三〕繡斧：指執法吏。此指劉侍御。繡，繡衣，繡衣直指。詳前注〔二〕。斧，卽鉞，大斧。繡衣直指出執法時，執節鉞，以示威信。風裁：猶風采。

〔一四〕烏臺：指御史臺。詳前注〔三〕。黃圖：宮殿。唐杜甫《哭韋大夫之晉》：『臺閣黃圖裏，簪裾紫蓋邊。』青橐：猶青囊。印袋。橐，盛物袋。紫極：帝居。唐李白《上皇西巡南京歌》：『少帝長安開紫極，雙懸日月照乾坤。』

〔一五〕九河：黃河的九條支流。詳前《登黃榆、馬陵諸山，是太行絕頂處》（五言）注〔一〕。

〔一六〕宣室：漢代宮殿。《三輔黃圖・未央宮》：『宣室殿，未央前殿正室也。』此指明朝廷。

送謝中丞還蜀 二首

微垣法象切三台，御史中丞憲府開〔一〕。參執廟堂刀筆吏，兼提郡國羽林材〔二〕。烟塵部索臨東夏，節鉞朝恩壓外臺〔三〕。直擬賊平答明詔，誰知投杼自天來〔四〕！

其二

元戎幕府檄書成，枹鼓春風遂不鳴〔五〕。東觀齊名推李杜，西台獨坐見澄清〔六〕。君王更寢中山篋，談笑堪銷渤海兵〔七〕。暫去恐非高臥日，佇看安石起蒼生〔八〕。

【題解】

謝中丞，指謝東山。謝東山（？—一五八六），字陽升，號高泉，射洪（今屬四川）人。嘉靖二十年（一五四一）進士，授兵部主事，遷郎中，歷貴州提學副使，累官至右副都御史。博學好文，著有《近譬軒集》、《貴州通志》等。據吳廷燮《明督撫年表》載，謝東山於嘉靖四十至四十一年（一五六一—一五六二）以右副都御史、山東左布政使巡撫山東。還蜀，謂其離職回到家鄉射洪。其離任原因不詳。詩云『投杼自天』，或因譭謗引起朝廷當權者的疑忌。此詩作於嘉靖四十一年。

【注釋】

〔一〕微垣：即紫微垣。三垣之中垣，也稱紫宮垣、紫微宮，位於北斗東北，有星十五，東西列，以北極爲中樞，成屏藩之狀。《宋史·天文志》：『紫微垣在北斗北，左右環列，翊衛之象也。』因喻指藩臣。謝東山官山東巡撫，爲屏藩王室的大員，故以之爲喻。切三台：謂近三台。《晉書·天文志》：『三臺六星，兩兩而居，起文昌，列抵太微。一曰天柱，三公之位也。在人曰三公，在天曰三台。』御史中丞：官名。明代指都察院右副都御史。此指謝東山。

〔二〕廟堂：指朝廷。刀筆吏：掌案牘的書吏。《漢書·趙禹傳》：『趙禹……以佐史補中都官……武帝時，禹以刀筆吏積勞，遷爲御史。』趙禹爲人廉正，舍無食客，不受造請，執法嚴明。此或以趙禹喻指東山。羽林材：謂爲將才。謝氏曾任職兵部。

〔三〕東夏：中國古稱夏，東夏即中國東部。此指山東。節鉞：符節、斧鉞。皇帝給予外派官員的符信。詳前《送劉侍御歸臺》注〔一一〕。外臺：官名。漢爲刺史的別稱，唐爲御史臺的別稱。

〔四〕投杼：出自『曾參殺人』的典故。《戰國策·秦策二》載，費有一與曾參同名者殺人，有人告曾參母，母不信，照樣織布。不一會，反復有人說曾參殺人，母即投杼逾牆而走。後遂用以指誣罔之禍。

〔五〕元戎幕府：未詳所指。或指其在貴州任內時曾受雲貴都督之命撰寫過鎮撫內亂的檄文。枹鼓：戰鼓。枹，同『桴』，鼓槌。

〔六〕東觀：漢代宮中著述及藏書之處。《後漢書·安帝紀》「校定東觀五經傳記」《注》：「洛陽南宮有東觀，一名臺觀。」李杜：李白、杜甫。西臺：指刑部。澄清：謂澄清天下之志。

〔七〕中山篋：未詳。渤海：隋置郡名。在今山東濱州惠民縣。

〔八〕安石：指謝安。據《晉書》本傳載，謝安，字安石，初與王羲之等游處，不樂仕進，屢征不就。後征西大將軍桓溫請爲司馬，「中丞高崧戲之曰：『卿累違朝旨，高臥東山，諸人每相與言，安石不肯出，將如蒼生何！』」累官尚書僕射，領吏部，加後將軍，進拜太保。上疏求自北伐，進都督揚、江、荆、司、豫、徐、兗、青、冀、幽、并、寧、益、雍、梁十五州軍事，加黄鉞。「安雖受朝寄，然東山之志始末不渝，每形於言色」。卒贈太傅，謚文靖。以李杜、謝安推許謝東山，爲溢美之詞。

送馮汝言學憲之浙江二首

使者清秋擁漢槎，五雲回首望京華〔一〕。傳經南國推高第，執憲中朝屬世家〔二〕。紫氣欲臨滄海日，綵毫先動赤城霞〔三〕。還披絳帳延諸少，爲報西施剩浣紗〔四〕。

其二

儒臣奉詔外臺居〔一〕，況復揚波海晏如〔五〕。門下美才收竹箭，臥中高士羨桐廬〔六〕。山川半入《吳都賦》，風俗兼傳《越絕書》〔七〕。始信工文官自達，主恩垂老不曾疎。

【校記】

（一）奉，學憲本作『捧』。案作『奉』是。

【題解】

馮汝言，即馮惟訥。馮惟訥（一五一三—一五七二），字汝言，號少洲，臨朐（今屬山東）人。嘉靖十七年（一五三八）進士，除宜興知縣，調魏縣，擢蒲州知州，補松江府同知。歷南京戶部員外郎、郎中，由陝西僉事擢浙江提學副使，官至江西布政使，以光祿寺卿致仕卒。與其兄惟健、惟敏俱以詩文稱。有《馮光祿詩集》、《古詩紀》。生平詳《明史》、《明史稿》本傳、《國朝獻徵錄》等處。據曹立會《馮惟敏年譜》載，嘉靖四十一年（一五六二）四月，惟訥被授爲浙江按察司副使提督學政，五月赴任。詩首句『使者清秋擁漢槎』，則當在七八月。

【注釋】

〔一〕漢槎：謂船。惟訥赴浙江可自黃河轉運河乘船前往。五雲：五彩雲。京華被五雲遮住，謂遠離京華。

〔二〕執憲：執法。惟訥父裕曾官按察司副使。世家：馮氏爲臨朐望族，故云。

〔三〕赤城霞：赤城，山名。在浙江天台縣北。《讀史方輿紀要·浙江·天台縣·天台山》：『在縣北六里者，曰赤城山。土色皆赤色，狀似雲霞，儼如雉堞。孫綽所云「赤城霞起而建標」者。』

〔四〕絳帳：謂講座。《後漢書·馬融傳》：『融……常坐高堂，施絳帳，前授生徒，後列女樂。』西施：古越國美女。詳前《元美以吳紗見惠作此謝之》注〔一〕。

〔五〕外臺：本謂御史臺，此指按察使。《唐書·百官志》：『至德後，諸道使府參佐，皆以御史爲之，謂之外臺。』晏如：平和，太平。

〔六〕竹箭：篠，竹之小者，可爲箭杆。《爾雅·釋地》：『東南之美者有會稽之竹箭。』桐廬：縣名，今屬浙江。

東漢初年，嚴光屢征不就，隱於桐廬富春山。詳《後漢書·逸民列傳》嚴光本傳。

〔七〕《吳都賦》：晉左思作，載《文選》。賦寫吳都（今江蘇蘇州）的繁盛。《越絕書》：漢袁康撰，載《四庫全書》。記述古越國歷史。浙江爲古越國地。

羅山甫自晉徂齊見困鹽官，暫詣京師，攜家南還，遂有此贈

十載青雲跡漸疎，風塵作客意何如〔一〕？服車垂老偏知驥，彈鋏從工不爲魚〔一〕〔二〕。游子千金堪買賦，佳人五色漫裁書〔三〕。江南薊北俱搖落，那得樽前憶故廬！

【校記】

〔一〕從，學憲本作「徒」。

【題解】

羅山甫，生平未詳。據梁有譽《送羅山甫還潤州》一詩，知羅山甫求任未得而隱居潤州，有詩名。謝榛、黎民表等均有與羅山甫來往之詩，蓋爲李攀龍之文友。自晉徂齊，從山西往山東。見困鹽官，爲鹽官所困，謂久任鹽官，未得升遷。徂，學憲本作「抵」。從「彈鋏從工不爲魚」看，其「暫謁京師」或爲職內事務而非求官。此詩作於嘉靖四十一年深秋。

【注釋】

〔一〕青雲：喻指高位。此謂居官。風塵：此謂旅途。

〔二〕「服車」二句：謂老來纔知才非所用，而所求者並非爲提高個人的地位。服車，駕車。驥，良馬。驥服鹽車，喻賢能之士而服賤役。彈鋏求魚，戰國齊相孟嘗君食客馮諼初不被重視，屢屢彈鋏以聞，終爲上客。後孟嘗君失勢，諼

爲其謀劃復位。事詳《戰國策·齊策四》。

〔三〕千金買賦：漢武帝的陳皇后失寵，謫居長門宫。爲使武帝回心轉意，她以黄金百斤請司馬相如作賦。詳《文選》司馬長卿（相如）《長門賦序》。此謂山甫完全可以花費千金請託挽回朝廷的信任，而得到提拔。

重送山甫

短髮蕭蕭日影孤，清秋行色又皇都。百錢杖底猶懸否，片刺懷中好在無〔一〕？老去它鄉惟藥物，愁來佳句滿江湖。只言倒屣尋常事，不是燕山舊酒徒〔二〕。

【注釋】

〔一〕百錢杖底：即杖頭百錢，酒錢。晉阮修外出時，常挂百錢於杖頭，至酒店即獨飲爲樂。詳《晉書·阮修傳》。片刺懷中：即懷刺，懷藏名片。《後漢書·禰衡傳》：「建安初，來游許下，始達潁川，乃陰懷一刺，既而無所之適，至於刺字漫滅。」

〔二〕倒屣：倒屣而迎，來不及穿好鞋歡迎。《三國志·魏書·王粲傳》：「蔡邕才學顯著，貴重朝廷，常車騎填巷，賓客盈坐，聞粲在門，倒屣迎之。曰：『此王公孫也，有異才，吾不如也。』」燕山舊酒徒：指荊軻一類俠客。《史記·刺客列傳》載，荊軻游至燕（北京），與狗屠及善擊筑者高漸離日飲於燕市。

送何戶曹之金陵

江上層臺繞鳳凰，石城秋色正蒼蒼〔一〕。黄金不厭東南氣，紫闕猶懸日月光〔二〕。帝謂何郎終傳粉，人傳荀令本含香〔三〕。即今起草從容處，轉餉風流海一方。

【題解】

何戶曹，生平未詳。戶曹，官名。主民戶之屬官。此指戶部司員。金陵，地名。即今江蘇省南京市。時爲南都。詩云『轉餉』，何氏赴南京蓋爲糧草運輸之事。

【注釋】

〔一〕鳳凰：臺名。據《太平寰宇記》載，相傳南朝宋元嘉年間（四二四—四五三），有三只五色大鳥飛集山上，云爲鳳凰翔集之瑞，遂築臺於山上，稱山爲鳳臺山，臺曰鳳凰臺。石城：即石頭城，也稱石首城。戰國時，楚置金陵邑。漢獻帝建安十六年（二一一），孫權徙治秣陵，改名石頭。吴時爲土塢，晉義熙年間（四〇五—四一八）始加磚石爲城。其故址，在今江蘇省南京市石頭山後。

〔二〕東南氣：謂天子氣。《史記·高祖本紀》：『秦始皇常曰「東南有天子氣」，於是因東游以厭之。』南京爲明初都城，因此説『紫闕猶懸日月光』。日月：喻指皇帝、皇后。詳《詩·邶風·日月》《箋》。

〔三〕何郎：指三國魏何晏。何晏（一八九？—二四九），字平叔，南陽宛（今河南南陽）人。曹操養子，娶操女金鄉公主。歷官散騎侍郎、侍中，遷尚書，賜爵關内侯。《三國志》本傳引《魏略》謂『晏性自喜，動静粉白不去手，行步顧影』。荀令：指東漢荀彧。彧字文若，潁川潁陰（今河南许昌）人。因曾任尚書令，人稱荀令君。《襄陽記》：『荀令君至人家，坐幕，三日香氣不斷。』

春夜許使君集送江生，過謁李伯華太常。江善鼓琴，因句及之

君家綵筆美名齊，客裏瑶琴重解攜。抱膝自高《梁甫》調，絕弦空老雍門啼〔一〕。冰開華館三魚

集，月出春城五馬嘶〔二〕。近報太常深作事，相逢應共醉如泥。

【題解】

許使君，指許邦才。江生，生平未詳。李伯華，即李開先。李開先（一五〇二—一五六八），字伯華，號中麓，自號中麓子、中麓山人、中麓放客。章丘（今屬山東省濟南市）人。嘉靖八年（一五二九）進士，歷戶部主事、吏部主事、郎中，官至太常寺少卿。嘉靖二十年（一五四一），罷官家居。開先是明代著名文學家，爲『嘉靖八子』之一。詩文兼擅，尤以詞曲、戲劇著稱。其所著《寶劍記》與梁辰魚的《浣紗記》、佚名的《鳴鳳記》，被譽稱爲明代中葉的『三大傳奇』。家居期間，組織詞社，推動詞曲研究和演唱，形成北方詞曲中心。詩當作於嘉靖四十二年春。

【注釋】

〔一〕『抱膝』二句：稱譽江生的琴技。謂其彈奏有似諸葛亮隱居隆中時的《梁甫吟》，而令人生悲則如雍門周。《三國志·蜀書》諸葛亮本傳云：『亮躬耕隴畝，好爲《梁甫吟》。』雍門，指雍門周。戰國齊人。據漢劉向《說苑·善說》載，雍門周，名周，居雍門，曾以琴見孟嘗君。孟嘗君問他能否鼓琴令其生悲，雍門周首先論帝秦之害，然後援琴而鼓，『徐動宮徵，微揮羽角，切終而成曲』。孟嘗君涕淚增哀，說：『先生之鼓琴，令文若破國亡邑之人也。』

〔二〕三魚：三條魚。《齊東野語·莫子及泛海》載，吳興莫汲子及暇日備一大船，招一時賓友，泛海以白快。至海中四顧茫茫，風起浪湧，船顛簸上下，見長十餘丈的三條魚，在日光中自由嬉戲。此喻指許、江與作者三人。

送方山人

紅顏裘馬客京華，十載春風上苑花。忽爾壯懷生海嶽，翛然清興滿烟霞〔一〕。已拚白髮投詞社，肯惜黃金盡酒家〔二〕？最是子雲甘寂寞，也因奇字識侯芭〔三〕。

【題解】

方山人，歙州人，生平未詳。山人，山野之人。古時士人常作爲別號，以示高雅。此謂隱士。從詩所云，知其久客都城，今將浪游四方。

【注釋】

〔一〕海嶽：此謂四海與五嶽。烟霞：山水景色。

〔二〕拚(pān)白髮：老來捨命，謂捨棄一切。拚，捨棄，不顧一切。肯：怎肯。

〔三〕子雲：指揚雄，漢代學者、文學家。侯芭：漢巨鹿(今屬河北)人。師從揚雄，受《太玄》、《法言》。雄卒，爲其起墳，心喪三年。詳《漢書·揚雄傳下》。

送許右史之京二首

春林彈彈鳥嚶嚶，花裏開樽送友生〔一〕。華髮我堪雙別淚，綈袍君自一交情〔二〕。白雲欲贈湖中色，紫氣遙臨海上城〔三〕。明日已拚車馬絕，不妨書札報柴荊。

其二

少年車馬日紛紛〔一〕，老去誰應更識君？酒態美如嵇叔夜，詩才清似沈休文〔四〕。曳裾忽動梁園雪，飛蓋兼停鄴下雲〔二〕〔五〕。試向樽前看過鴈，春風那不念離羣！

【校記】

〔一〕車，學憲本作『衺』。

〔二〕停，詩集本、萬曆本、學憲本同，隆慶本、重刻本、張校本並作『亭』。

【題解】

許右史，指許邦才。時在周王府任職。底本目錄題下注爲『四首』，誤，整理時予以更正。詩作於嘉靖四十一年春。

【注釋】

〔一〕嚲(duǒ)嚲：樹枝下垂繁盛貌。友生：朋友，友人。

〔二〕綈袍：以綈袍相贈，謂故人情意。詳前《贈張子含茂才》注〔三〕。

〔三〕『白雲』二句：謂在濟南送行。白雲，湖名。在今濟南章丘。紫氣，祥瑞之氣。海上城，指濟南。近海，故稱。

〔四〕嵇叔夜：即嵇康。正始詩人。詳前《寄宗考功》注〔六〕。《世說新語·容止》：『嵇康身長七尺八寸，風姿特秀。見者歎曰：「蕭蕭肅肅，爽朗清舉。」或云：「肅肅如松下風，高而徐引。」山公曰：「嵇叔夜之爲人也，岩岩若孤松之獨立；其醉也，傀俄若玉山之將崩。」』沈休文：即沈約。沈約(四四一—五一三)，字休文，歷南朝宋、齊、梁三朝，入梁歷官至尚書令，領太子少傅，封建昌縣侯。卒謚隱。沈約博學善詩文，爲齊梁文壇領袖。其詩，《詩品》列入中品，認爲其詩『五言最優』，『長於清怨』。

〔五〕曳裾：謂奔走於王侯之門。曳，拖。裾，外衣的大襟。時許邦才爲周王府長史。梁園：即梁苑，又稱兔園，在今河南開封市東南，爲漢梁孝王所築，時爲周王封地。鄴下雲：謂梁園文人聚集，有當年鄴下盛況。鄴下，即今河北彰德，曹操做魏王時的都城。在此以曹氏父子爲中心形成鄴下文人集團，其中最著名者即『建安七子』。

夏日襲生過鮑山樓

長白山人本種田，談經半住𥓙湖邊〔一〕。攜來滿甕春城酒，乞得諸生月俸錢〔二〕。倚檻四高滄海氣，銜杯一望縉雲天〔三〕。尋常雞黍休嫌薄，不淺交情二十年。

【題解】

襲生，指襲勖。詳前《秋夜白雪樓同許右史、襲茂才分韻》題解。鮑山樓，即白雪樓。李攀龍歸隱後，在家鄉（今濟南歷城韓倉）所築樓。詳本卷《白雪樓》題解。鮑山，山名。傳爲春秋齊鮑叔牙的封地。在李攀龍故居附近。李攀龍築樓高臥，宦囊尚有餘資；半農半隱的生活，也使其在擺脱官場羈絆後感到輕鬆愉快。故友重逢，情興盎然；詩已無初歸時的牢騷及晦澀色調，表現出輕鬆、開朗的心境。詩作於嘉靖四十二年夏。

【注釋】

〔一〕長白山人：指襲勖。襲勖居近長白山，因稱。談經：談論經書。經，指儒家經典。此指教授生徒。𥓙湖：鵲山湖。在今濟南北郊，早已乾涸。𥓙，同「鵲」。襲勖當時可能在濟南東偏有住所。清宋弼《山左明詩鈔》載襲勖《寄于鱗》云：「瓜田十畝濟城東，雲外青山小院通。流水桃花迷處所，幾家春樹暮烟中。」

〔二〕月俸錢：指其教授生徒所得俸祿。説「乞得」是玩笑話。

〔三〕倚檻：猶言憑欄。縉雲天：謂齊魯大地。縉雲，縉雲氏，黄帝時爲縉雲官的人。《史記·五帝本紀》「縉雲氏有不才子」《集解》：「縉雲氏，姜姓也，炎帝之苗裔。當黄帝時，在縉雲之官也。」齊國始祖姜尚爲炎帝苗裔，見《史記·齊太公世家》。

神通寺

相傳精舍朗公開（一），千載金牛去不迴〔一〕。初地花間藏洞壑，諸天樹杪出樓臺〔二〕。月高清梵西峯落，霜淨疎鐘下界來〔三〕。豈謂投簪能避俗，將因臥病白雲隈〔四〕。

【校記】

（一）精舍，學憲本作『神刹』。

【題解】

神通寺，在今山東濟南市南郊柳埠鎮琨瑞山（也稱西龍洞山、金驢山、金輿山、昆侖山）下，跨玉水（錦陽川，今稱玉符河）兩岸。竺僧朗創建於苻秦皇始元年（三五一），因初名朗公寺，寺所在琨瑞谷也稱朗公谷。隋代改稱神通寺。琨瑞山爲泰山西北麓，『峯岫高險，水石宏壯。朗創築房室，制窮山美，內外屋宇十餘區，聞風而造者百餘人』（南朝梁釋慧皎《高僧傳》）。後來發展至『上下諸院十有餘所，長廊延袤千有餘間』（唐釋道宣《續高僧傳》）。最盛時，僧衆數百，規模宏大。朗公所建寺早已廢圮，今僅殘存隋唐所建四門塔、龍虎塔和千佛崖摩崖石造像。清汪端《明三十家詩選》云：『陳臥子云：「比李頎《聞梵》高亮過之。」』

【注釋】

〔一〕精舍：僧人修煉居住的處所，因指稱佛寺。朗公：指竺僧朗。據南朝梁釋慧皎《高僧傳》載，朗爲京兆（今陝西西安）人。苻秦皇始元年（三五一）來泰山西北麓即山建寺，受到苻秦、南燕、北魏統治者及晉孝武帝等的重視，影響及於大江南北，有野獸歸伏、頑石點頭等靈異傳說。金牛：或爲『金驢』之誤，或別有所據。相傳朗公死後，他所騎的一頭驢也進入山中，不知去向，而打柴人在山間卻經常聽到驢鳴，因又稱琨瑞山爲金驢山。詳《續酉陽雜俎》。

〔二〕初地：佛教用語。大乘佛教稱菩薩修行的十個階位爲『十地』，第一地即初地，也稱歡喜地。此借指佛寺。花間藏洞壑：指琨瑞山東側的黑風洞，也稱金驢洞，元代于欽《齊乘》稱西龍洞。諸天：佛教用語。泛指天。詳前《與茂秦金山寺亭上望西湖》注〔一〕。寺在山谷兩側，依山勢而建，建於山崖上的房舍看去似在谷底樹梢之上。

〔三〕『月高』二句：謂月升時僧人的誦經聲從西峯落下，淩晨又傳來清越而節奏緩慢的鐘聲。清梵，清越的梵音，謂僧人的誦經聲。西峯，朗公谷的西崖，爲神通寺主體建築所在地。佛寺召集僧衆，清晨鳴鐘，夜間擊鼓，所謂『暮鼓晨鐘』。下界，從天界下來。界，天界。喻指佛寺。

〔四〕『豈謂』二句：謂棄官也逃避不了世俗的喧囂，只有這雲林深處纔是養病休閒的去處。投簪，喻棄官。詳前《拂衣行答元美》注〔一一〕。俗，世俗。此指爭名逐利的官場。白雲隈（wēi），白雲深處。此指雲林深處的佛寺，即神通寺。

過吳子玉函山草堂

玉函山色草堂偏，恰有幽人擁膝眠〔一〕。樹杪徑迴千澗合，窗中天盡四峯連〔二〕。綠陰欲滿桑蠶月，白首重論竹馬年〔三〕。就此一樽無不可，因君已辨阮家錢〔四〕。

【題解】

吳子，未詳。玉函山，也名臥佛山，俗稱興隆山。在今山東濟南市南郊。傳說漢武帝登此山得一玉函，長五寸，『帝下山，玉函忽化爲白鳥飛去。世傳山上有王母藥函，常令鳥守之』（唐段成式《酉陽雜俎》），故名。山上原有碧霞宮、臥佛寺（興隆寺）等佛教建築和隋唐佛造像，題記若干。山高五百米，遠眺『皎然若几案』，近觀則『隱然萬山中』，谷澗回復，山勢雄秀。登至峯頂，南望泰山，北瞰明湖，『鵲華二山如列眉上』（乾隆《歷城縣志》載清施潤章《玉函山記》）。詩中『樹杪』二句，逼真如畫。

【注釋】

〔一〕幽人：幽居之人，指隱士。

〔二〕『樹杪』二句：謂玉函山山路崎嶇，谷澗回復，草堂居高臨下，從窗中可看到遠處龍洞四個相連的山峯。杪，稍。徑迴，山路崎嶇。徑，小道。此指上山途中的十八盤。千澗合，謂谷澗回復。指山東麓的佛峪。清焦循《佛峪》：『朝從佛峪游，五步一回曲。』四峯，指玉函山東面的龍洞山。龍洞山主峯白雲山及獨秀、三秀、錦屏三峯。

〔三〕桑蠶月：采桑養蠶之月，即農曆三月。竹馬年：即童年。竹馬，兒童游戲用具，截竹當馬騎。晉張華《博物志》：『小兒五歲曰鳩車之戲，七歲曰竹馬之戲。』吳子與作者當是兒時朋友。

〔四〕阮家錢：指酒錢。三國魏詩人阮籍、阮咸叔姪皆以善飲著稱，因以借喻。詳見《世說新語·任誕》。

酬張轉運龍洞山之作

春山遙上翠微連，忽出藤蘿一徑懸〔一〕。削壁雲霞開五色，中峯日月隱諸天〔二〕。浮漚並結金龕麗，飛寶雙銜石甕圓〔三〕。莫怪驪珠君已得，寒湫元自有龍眠〔四〕。

【題解】

張轉運，駐濟都轉運鹽使司都轉運使、同知張純，字伯貞，浙江永嘉人，嘉靖三十九年（一五六〇）任。此詩作於嘉靖四十二年春。魏裳《雲山堂集》卷二有《別張都轉伯貞》等詩。轉運使，明代沿海各省設有都轉鹽運使，專管鹽務。龍洞山，又稱東龍洞山，在今山東濟南東南郊區。相傳大禹治水曾登此山以鎮服龍神，故又稱禹登山。宋王存《元豐九域志》、元于欽《齊乘》等地理著作對龍洞都有記載。龍洞山景奇特，歷爲濟南游覽勝地。龍洞北崖壁立萬仞，峯頂横空斜出，似欲飛墮，崖間有金刻『龍洞聖壽院』，傳爲宋代著名文學家蘇軾所書。崖下有古寺，即聖壽院，祀龍神，俗稱龍王廟，始建年代不詳。據宋司馬光《稽古錄》載，『聖壽』之名，系宋英宗治平四年（一〇六七）正月皇帝所賜；宋神宗時，齊州太守奏請封寺中所祀龍王爲順應侯。今寺已廢圮，殘址尚存宋元符三年（一一〇〇）立、元豐二年（一〇七九）敕封龍洞順應侯碑，及清聖祖康熙三年（一六六四）重修聖壽院碑。龍洞東佛峪有般若寺，爲隋文帝開皇年間（五八一—六〇〇）所建，今僅殘存幾間僧房。今龍洞山已辟爲公園，供人游覽。

【注釋】

〔一〕翠微：青縹色山氣。

〔二〕削壁：聖壽院四周，高崖峭壁，如削而成。東崖即錦屏巖，丹碧掩映，如雲霞輝映。中峯：指獨秀峯。

〔三〕浮漚：水面的泡沫。此指寺後林汲泉的飛瀑。金龕：指山半龕屋。元張養浩《龍洞山記》：『由錦屏巖抵佛刹山，巉巖環合，飛鳥劣及其半。即山有龕屋，深廣可容十數人，周鐫佛像甚夥。』飛竇：指山半洞穴。明楊衍嗣《游龍洞紀略》：『巖之列於東者，高數百尺。巖半爲竇，竇之中有石甕二，或曰仙人置之也。』

〔四〕驪珠：寶珠。傳說出自驪龍頷下，故名。見《莊子·列禦寇》。寒湫（qiū）：指龍洞西北的龍潭。元自：本自，原本。元，同『原』。

與轉運諸公登華不注絶頂

中天紫氣抱香爐，復道金輿落帝都〔一〕。二水遥分清渚下，一峯深注白雲孤〔二〕。岱宗風雨通來往，海色樓臺入有無〔三〕。不是登高能賦客，誰堪灑酒向平蕪〔四〕？

【題解】

轉運諸公，指轉運使與轉運使司官員。華不注，俗稱華山，又稱金輿山，爲濟南東北一孤立山頭，北魏酈道元所謂『單椒秀澤，不連丘陵以自高，虎牙桀立，孤峯特拔以刺天，青崖翠發，望同點黛』（《水經注·濟水·濼水》），景色秀美，爲『齊烟九點』之一。據晉伏琛《三齊記》，『不』音義同『跗（fū）』，謂花蒂。『言此山孤秀，如花跗之注於水也。』（清顧炎武《山東考古錄》）因華不注山勢奇特，成爲歷代文人墨客登臨游覽之處。唐李白《古風》之二十，寫其登臨情景及感受，讚美『茲山何峻秀，綠翠如芙蓉』。此後宋代書畫家、文學家趙孟頫、金代詩人元好問、元代散曲家張養浩、清代詩人王士禛、黄景仁等都有華山的紀游詩文；趙孟頫的《鵲華秋色圖》更是享譽中外，今存我國臺灣故宫博物館。此詩與上首作於同時。

【注釋】

〔一〕『中天』二句：謂山半雲氣環繞，像香烟繚繞的香爐；孤峯桀立，又像金輿從天而降。中天，天半。紫氣，此指陽光映射下的雲氣。香罏，喻指華不注峯頂。罏，同『爐』。華不注一峯孤立，形如圓錐。此蓋化用李白《望廬山瀑布》『日照香爐生紫烟』的意境。復，又。金輿，金飾輿車，爲皇帝出行所乘。見《南齊書·輿服志》。華不注，一名金輿山。落帝都，從天帝之都落下。謂華不注山鬼斧神工，爲大自然所造就。帝，天帝。

〔二〕二水：指東、西濼水。清渚：指濟南城内大明湖北岸，即所謂北渚。濼水發源於趵突泉，一與黑虎泉水匯流，經護城河向北，在大明湖東入小清河；一從趵突泉北流，經大明湖西入小清河。一峯：指華不注山。

〔三〕岱宗：泰山的别稱。華不注爲泰山餘脈，與泰山北麓丘陵相連；在雲氣蒼茫之中，兩山遥相呼應。海色樓臺：謂東望大海，似見虚幻縹緲的樓臺。樓臺，指海市蜃樓。

〔四〕登高能賦客：謂官員。《漢書·藝文志》：『登高能賦，可以爲大夫。』平蕪：曠野。

魏使君過宿鮑山山樓分賦

層樓風雨一登臨，把酒重論十載心。楚客豈須疑白璧，鮑山堪自見黄金〔一〕。褰帷上國風雲滿，伏枕中原日月深〔二〕。忽憶明光曾共被，那知萍梗到于今〔三〕！

【題解】

魏使君，指魏裳，時任濟南知府。詳前《懷魏順甫》題解。鮑山樓，即李攀龍家鄉的白雪樓。詳本卷《白雪樓》題解。魏裳於嘉靖二十九年（一五五〇）進士及第，於攀龍同在刑部，嘉靖四十一年出任濟南知府，詩作於嘉靖四十二年（一五六三）。

【注釋】

〔一〕楚客：指魏裳。魏裳爲湖北蒲圻人，蒲圻古屬楚地，故稱。白璧：白色碧玉。此謂白璧無瑕，喻指純潔之友誼。黄金：喻指交情深厚。唐張謂《題長安主人壁》：『世人結交須黄金，黄金不多交不深。』

〔二〕褰帷上國：謂由京城來濟南赴任。褰帷，撩起車簾。詳前《送申職方謫萊州推官》注〔三〕。伏枕：謂隱居。

〔三〕明光：宫殿名。共被：同被而寢，謂十分親近。萍梗：浮萍泛梗，喻居無定所。

使君重過山樓分賦得『空』字

使君千騎入從東，此日登臨作賦雄。樹杪平湖元在地，簷前疊嶂半浮空〔一〕。烟霞色借雙轓動，牛斗光搖一劍通〔二〕。自入鹿門常謝客，誰能濁酒過龐公〔三〕？

【題解】

使君，指魏裳。山樓，即鮑山樓，亦即白雪樓。分賦得『空』字，即以『空』字爲韻。此首與上首、下首作於同時。

【注釋】

〔一〕『樹杪』二句：寫山樓景色。遠望湖似在樹梢浮動，峯巒疊嶂像是飄落屋前。湖，指白雲湖。在歷城與章丘交界處，今屬濟南章丘。

〔二〕『烟霞』二句：謂因其到來使山樓生輝，久離友人終於重新相聚。轓，車箱。雙轓動，謂車啓動。《廣雅·釋器》：『轓，箱也。』《疏證》：『兩轓謂之箱。』牛斗光搖一劍通，借豐城雙劍喻二人離而復合。豐城雙劍，詳前《崔駙馬山池燕集得『無』字》注〔二〕。

〔三〕鹿門：山名。在今湖北襄樊市東南。唐代著名詩人孟浩然曾在山中隱居。此借謂隱居處。龐公：指龐統，字士元，三國襄陽（今湖北襄樊市）人。初與諸葛亮、司馬徽隱居隆中，稱鳳雛先生。後追隨劉備入蜀，在進圍雒縣時中流矢而死。徽比統小十歲，以長兄對待，呼其爲龐公，世人遂以龐公稱之。詳《三國志·蜀書·龐統傳》及注引《襄陽記》。

和魏使君扶侍游太山

中天詄蕩敞天門，上帝樓臺拱帝孫〔一〕。五馬並臨吳觀重，諸峯獨讓丈人尊〔二〕。秦松忽借蒼顏駐，海日遙銜紫氣屯〔三〕。可道黃河看似帶，須知西北是崑崙〔四〕。

【題解】

魏使君，即魏裳。詳前《懷魏順甫》題解。太山，即泰山。泰，本作太、大。泰山，古稱東嶽，又名岱山、岱嶽，位於今山東省中部泰安市境内，最高峯玉皇頂海拔一五四五米，因其東濱大海，絶地通天，又有古老而豐富的人文意藴，被推尊爲『五嶽』之首。泰山既是道教名山，又有古老的佛家寺院；佛道文化在這裏自然交融。此詩寫登上南天門的情景。

【注釋】

〔一〕『中天』二句：謂從山半敞開的中天門北望，碧霞元君祠拱衛著玉皇祠。詄（dié）蕩，廣遠開闊貌。《漢書·禮樂志》：『天門開，詄蕩蕩。』天門，此指南天門。上帝樓臺，指極頂（玉皇頂）玉皇祠。玉皇，玉皇大帝，道教神中的天帝。據《宋史·徽宗本紀》載，政和六年（一一一六），爲玉皇上『昊天玉皇上帝』尊號。拱，拱衛。帝孫，指碧霞元君，傳説爲東嶽大帝之女。碧霞元君祠在玉皇祠東側。

〔二〕五馬：漢制，太守四馬駕車，一馬行春（巡視春耕），遂以五馬爲太守的代稱。見宋俞文豹《清夜録》。明代知府職守略同於漢代太守。此指魏裳。吳觀，吳觀峯，又名日觀峯。《後漢書·祭祀志上》『上至奉高』注引應劭《漢官》：『秦觀者望見長安，吳觀者望見會稽。』丈人，峯名。在玉皇頂西北，狀如傴僂老人而名。也稱丈人石。

〔三〕『秦松』二句：寫岱頂眺望中的景象：俯見秦松不老，遠眺可見雲氣蒼茫中日出海中的瑰麗景象。秦松，指五大夫松。秦始皇登封泰山，途中遇雨，躲於松樹下，因封其樹爲五大夫。詳《史記·秦始皇本紀》。樹在泰山御帳坪，於明神宗萬曆三十年（一六〇二）爲雷雨所毀，清雍正八年（一七三〇）補植五株松樹，今存二株。李攀龍所見仍爲秦松，蒼翠挺拔，爲泰山八景之一。蒼顏，蒼老的容顏。海日，東海升起之日。

〔四〕『可道』二句：謂岱頂北望，黃河飄忽如帶，其磅礴雄偉的氣勢遠與崑崙山遥相呼應。

李伯承謫亳州

十載風流寵漢庭，一時才子見漂零。便從天上來真氣，縱落人間亦客星〔一〕。肯惜陽春迴綠綺，自愁明月按青萍〔二〕。江湖我輩看猶在，差可扁舟問獨醒〔三〕。

【題解】

李伯承，即李先芳。詳前《送新喻李明府伯承》題解。謫，貶官。亳州，州名。今屬安徽。李伯承在嘉靖四十二年（一五六三）二月，因賦詩獲罪被貶亳州，詩當作於此年春。

【注釋】

〔一〕『便從』二句：謂即便貶謫真是皇帝之意，也不會在此待久的。真氣，真實氣力。謂皇帝真的要懲罰他。客星，忽隱忽現的星。《史記·天官書》：『客星出天廷，有奇令。』

〔二〕陽春：陽春白雪，高雅的樂曲。此指高雅的詩歌。詳前《送新喻李明府伯承》注〔六〕。綠綺：琴名。傳司馬相如作《玉如意賦》，梁王悅之，賜以綠綺之琴。此謂以其詩才是會使朝廷回心轉意的。青萍：劍名。《文選》陳琳

《答東阿王箋》：『君侯體高俗之材，秉青萍、干將之器。』《注》云：『濟曰：青萍、干將，皆劍名也。』

〔三〕差可扁舟問獨醒：謂可過來問問我這旁觀者。差，略。扁舟，小船。《史記·貨殖列傳》：『范蠡既雪會稽之恥，乃乘扁舟浮於江湖。』獨醒，語出《楚辭·卜居》，謂世事混濁，而自己有清醒的認識。此爲作者自謂。

得元美兄弟書

愛弟何因興太豪？逾令四海羨吾曹。金莖並擢青雲秀，玉樹雙銜白雪高〔一〕。江上錦翰排藻疏，吳門練影散綈袍〔二〕。知君難作池塘夢，春色看人引濁醪〔三〕。

【題解】

元美兄弟，指王世貞與其弟王世懋。作於嘉靖四十二年春。

【注釋】

〔一〕『金莖』二句：謂兄弟二人均仕宦騰達，因寫出高雅的詩歌並如玉樹臨風。金莖，銅柱。《後漢書·班固傳》載《兩都賦》：『抗仙掌以承露，擢雙立之金莖。』玉樹，喻人風采高潔。《晉書·謝玄傳》：『玄……與從兄朗俱爲叔父安所器重。安嘗戒約子姪，因曰：「子弟亦何豫人事，而正欲使其佳？」諸人莫有言。玄答曰：「譬如芝蘭玉樹，欲使其生於庭階耳。」安悅。』白雪，喻高雅詩歌。

〔二〕錦翰：錦繡翰墨，謂美文。吳門：地名。即今江蘇蘇州市。時王世貞的家鄉太倉屬蘇州府。練影：喻江水之澄靜。南朝齊謝朓《晚登三山還望京邑》：『餘霞散成綺，澄江靜如練。』練，經洗滌治理的白絹。綈袍：贈綈袍，謂顧念故舊的情誼。詳前《贈張子含茂才》注〔三〕。

〔三〕池塘夢：謂妙句偶得之夢。南朝宋謝靈運《登池上樓》『池塘生春草，園柳變鳴禽』的詩句，相傳爲其夢見謝惠連得之。見宋葛立方《韻語陽秋》卷一。濁醪：濁酒，劣質酒。

答元美

閶闔城上有高臺，海色蕭條對酒杯〔一〕。千里驊騮堪自老，孤飛鴻鵠一何哀！秋風忽傍扁舟起，明月遙含尺素來〔二〕。《白雪》驚人操不得，因君此曲暫徘徊。

【題解】

元美，即王世貞。詳詩意，此爲李攀龍與王世貞家居時二人詩書往還之作。王世貞自其父於嘉靖三十九年（一五六〇）十月被殺，與弟扶柩歸里，至隆慶改元前，一直里居。所以詩中說『千里驊騮堪自老，孤飛鴻鵠一何哀』。作於嘉靖四十二年春。

【注釋】

〔一〕閶闔城：在今江蘇蘇州。閶闔，天門。此指江蘇省吳縣城西北之閶門。《吳越春秋·闔閭內傳》：『閶門者，以象天門。』

〔二〕尺素：書信。

答王敬美進士

江左風流迴自分，中間小陸更能文〔一〕。五花欲就龍爲友，千里高飛鵠不羣〔二〕。亂去東南無王氣，愁來西北有浮雲〔三〕。只今年少稱才子，屈指詞林已到君。

【題解】

王敬美，即王世貞之弟世懋。王世懋（一五三六—一五八八），字敬美，號麟洲，又號損齋、牆東生。嘉靖三十八年（一五五九）進士，官至南京太常寺少卿。有《奉常集》。詩作於嘉靖四十二年春。

【注釋】

〔一〕小陸：指陸雲。陸雲（二六二—三〇三），字士龍，吳郡吳（今江蘇蘇州）人。少與兄陸機齊名，雖文章不及機，而持論過之，號曰「二陸」（《晉書·陸雲傳》）。此喻指敬美。

〔二〕五花：五花驄，千里馬。五花象天文，或謂天馬。詳前《天馬歌》「天馬徠，龍爲友」注。此以「五花」喻指敬美，而以龍自謂。

〔三〕王氣：天子之氣。古代望氣者謂如該地有王者興，氣或先見謂之王氣。唐許渾《金陵》：「玉樹歌殘王氣終，景陽兵合戍樓空。」浮雲：唐李白《送友人》：「浮雲游子意，落日故人情。」此取詩意，謂故人情。

謝魏使君題白雪樓

白雪新題照畫闌，鮑山堪此對盤桓〔一〕。楚宮一送江天色，郢曲長飛海氣寒〔二〕。繞夜朱弦清自語，淩雲綵筆老相看〔三〕。使君不是元同調，千載《陽春》和者難〔四〕。

【題解】

魏使君，指魏裳。詳前《懷魏順甫》題解。題白雪樓，爲白雪樓題詩。詩作於嘉靖四十二年春。

〔一〕鮑山：山名。在李攀龍故居附近。詳前《魏使君過宿鮑山山樓分賦》題解。

〔二〕郢曲：高雅的樂曲。此指魏詩。魏裳爲楚地人，所以連及。

〔三〕朱弦：朱色之弦。《禮記・樂記》：『清廟之瑟，朱弦而疏越。』與『淩雲綵筆』，均喻指魏詩。淩雲，謂超塵脫俗。

〔四〕元：原本。《陽春》：喻高雅樂曲。詳前《送新喻李明府伯承》注〔六〕。此譽稱魏詩。

寄右史

聞君天上聽吹噓，薊北春風滿素書。東壁儻難分末照，何門不可曳長裾〔一〕！即看投散官逾穩，莫笑憐才術太疎〔二〕。諸子當時堪自見，于今意氣有誰如？

【題解】

右史，指許邦才。詳詩意，邦才赴京聞聽朝臣對李攀龍的讚譽，並有諸多推薦信函，詩蓋作於嘉靖四十二年春。天上，指京都。素書，指薦書。

【注釋】

〔一〕東壁：主文章的星名，爲二十八宿之一。末照：餘光。唐李白《古風》之十：『卻秦有振聲，後世仰末照。』曳長裾：謂曳裾王門，奔走於權貴之門。詳前《送許右史之京》注〔五〕。

〔二〕投散：投閒置散，謂置之不重要的地位，爲散官。疎：少。

寄汝南徐使君

美人爲政有輝光，太守能名讓汝陽〔一〕。此日單車俄罷郡，青春五馬暫還鄉〔二〕。君才堪自風波老，上意元從雨露長〔三〕。篋裏謗書休苦問，恐令年少識行藏〔四〕。

【題解】

汝南徐使君，指徐中行。據《天目先生集》卷二一附李炤《徐公行狀》載，嘉靖四十一年（一五六二），得補汝寧知府，第二年吏部大計，中行「爲飛語所中，當左遷，解郡歸」，李攀龍於此年春寄詩慰之。汝南，漢置郡。明時汝寧在其轄境内。見《讀史方輿紀要·歷代州域形勢》。

【注釋】

〔一〕汝陽：漢置縣。屬汝南郡。今屬河南。

〔二〕罷郡：免官的委婉說法。

〔三〕風波：喻患難。宋范仲淹《與朱氏》：「老夫屢經風波，惟能忍窮，故得免禍。」上：皇上，即嘉靖帝。

〔四〕行藏：行跡。

吴使君自建寧移邵武

十載徘徊侍從羣，銅符更向七閩分〔一〕。且疑落魄終遷客，也自風流一使君〔二〕。五馬忽驚龍渚氣，雙幡猶畫幔亭雲〔三〕。已知才子官難起，無那吳郎雅好文。

【題解】

吳使君，指吳國倫。據《甔甀洞稿·明吳仲子牧良墓誌銘》載，吳國倫於嘉靖四十一年（一五六二）秋，起爲建寧同知，一個月後，擢邵武知府。建寧，明府名。治所在今福建建甌市。邵武，明府名。治所在今福建邵武市。詩作於嘉靖四十二年春。

【注釋】

〔一〕『十載』二句：謂十年來在侍從職位上徘徊不進，出爲地方官又遠在福建。侍從，侍從皇帝。宋代稱中書舍人爲小侍從。見宋趙升《朝野類要·侍從》。吳國倫於嘉靖三十年（一五五一）任中書舍人。銅符，漢代發州郡兵時所用符信，也叫金虎符。此指知府的官印。七閩，指居住在今福建境內的閩人，分七族，故稱。後稱福建爲閩，或七閩。

〔二〕遷客：遷謫的官員。吳國倫曾因賻助被嚴嵩讒害的楊繼盛，由中書舍人貶南康推官。

〔三〕龍渚氣：謂劍氣。晉雷次宗在豫章掘得二劍，一送張華，一自留。雷死，囑其子常以劍自隨。後其子爲建安從事，經淺瀨，劍忽從腰際躍出，即見二龍相隨而去。詳前《崔駙馬山池燕集得『無』字》注〔二〕。建安在今福建境內。幔亭：張幔爲亭。唐陸羽《武夷山記》：『秦始皇時，武夷君於八月十五日，山上置幔亭，化虹橋通上下，大會鄉人宴飲。』

南樓

南樓暇日坐崢嶸，白髮從他望裏生〔一〕。海近雲霞常繞戶，山回風雨動連城〔二〕。綵毫一散中原色，濁酒偏含我輩情。千載《陽春》須此調，少年休説是虚名。

【題解】

南樓，建在濟南大明湖南偏百花洲上，也稱白雪第二樓。南樓閑坐，賞景飲酒，孤寂之中，想到自己詩壇地位，頗爲自豪。詩作於嘉靖四十二年。

【注釋】

〔一〕崢嶸：寒氣盛。唐羅隱《雪霽》：『南山雪乍晴，寒氣轉崢嶸。』

〔二〕海近雲霞：近海雲霞，謂日出時的朝霞。山回風雨：謂從南山而來的風雨。

白雪樓

伏枕空林積雨開，旋因起色一登臺〔一〕。大清河抱孤城轉，長白山邀返照迴〔二〕。無那嵇生成懶慢，可知陶令賦歸來〔三〕？何人定解浮雲意，片影漂搖落酒杯〔四〕。

【題解】

白雪樓，李攀龍初歸時，在濟南東郊韓倉故居所建之樓。本集載殷士儋所撰李攀龍的《墓誌銘》説，李攀龍『歸構一樓於華不注、鮑山之間，曰「白雪樓」』。因在鮑山附近，也稱鮑山樓。李攀龍云：『樓在郡（指濟南府城）東三十里許鮑山，前瞻泰麓，西北眺華不注，大小清河交絡其下，左瞰長白、平陵之野，海氣所際。每一登臨，鬱爲勝觀。』（《酬李東昌寫寄〈白雪樓圖〉並序》）樓名取戰國楚宋玉《對楚王問》中『陽春白雪』曲高和寡之意，以表明自己孤高自許、不同流俗的生活態度。後在大明湖所建樓，稱南樓，也稱『白雪第二樓』。鮑山白雪樓，在李攀龍去世不及百年即已廢圮。明神宗萬曆年間（一五七三—一六一九），山東按察使葉夢熊補建於趵突泉上，至清初亦廢圮。順治十一年（一六五四），山東布政使張縉重建於趵突泉。後屢經重修，並令李攀龍後嗣以奉祀生加以守護，地方官春秋致祭。原樓在解放初拆除，今在原址南偏重建，內有李攀龍塑像。白雪樓高臥，俯仰河山，睥睨世俗，學嵇康之倨傲慢世，效淵明之自然放達，閑逸任放之情溢於言表。詩作於嘉靖四十二年秋。

【注釋】

〔一〕伏枕：此謂卧病。空林：樹葉落盡的樹林。南朝宋謝靈運《登池上樓》：「卧痾對空林，衾枕昧節候。」積雨：久雨。起色：久卧思起。語出漢枚乘《七發》。此謂病情稍稍好轉。

〔二〕大清河：水名。本汶河下游的支流，源於山東萊蕪原山（又名岳陽山），注入東平湖。後入濟水，又爲黃河所奪，今東平湖下黃河即其故道。黃河流經濟南城北，蜿蜒入海。孤城：指濟南。長白山：山名。在今山東鄒平、章丘交界處，山中雲氣常白，故稱。

〔三〕無那：無奈。嵇生：即嵇康。正始詩人。詳前《寄宗考功》注〔六〕。懶慢，疏懶、傲慢，謂懶散慢世。嵇康《與山巨源絶交書》說自己「性復疏懶」，「又縱逸來久，情意傲散，簡與禮相背，懶與慢相成」，以拒絶山濤的舉薦。陶令：指陶淵明。陶淵明（三六五—四二七），一名潛，字淵明。潯陽柴桑（今江西九江）人。懷有濟世抱負，而因不滿黑暗現實憤而辭官歸隱。因歸隱時任彭澤縣令，人或稱「陶令」。所作《歸去來兮辭》，敘寫自己辭官歸來的心情和樂趣，爲歷來傳誦名篇。

〔四〕「何人」二句：謂有誰確實理解我辭官歸隱的本意，如今也只有以酒來消解被人誤會的愁苦了。浮雲意，視富貴如浮雲之意。《論語·述而》：「不義而富且貴，於我如浮雲。」片影，雲影。李攀龍名氣大，其突然歸隱，引起社會人士的廣泛議論，其中也有說他隱以邀名的人，王世貞爲他辯解，他曾寫信表示感謝。

杪秋同右史南山眺望二首

青樽何處不蹉跎，白髮相看一醉歌〔一〕。坐久鏡中懸片華，望來城上出雙河〔二〕。杉松半壁浮雲滿，砧杵千家落照多〔三〕。縱使平臺秋更好，故人猶恐未同過〔四〕。

其二

回首飛鴻碣石標，清霜處處錦林凋〔五〕。層巖倒映平湖淨，積翠斜連粉堞遥〔六〕。四海交游空老大，一時賓客更蕭條〔七〕。病來苦愛觀濤賦，不分梁園此見招〔八〕。

【題解】

杪秋，秋末。詩作於嘉靖四十二年秋末。右史，指許邦才。南山，此指千佛山。山半有興國禪寺，始建於唐太宗貞觀年間（六二七—六四九），寺周山崖間有諸多佛龕，龕中有佛造像，故名。因古有『舜耕歷山』的傳説，又名歷山、舜耕山或舜山。山雖不高，卻是登高遠眺的好去處。山頂眺望，境界開闊。北可俯瞰濟南全境：大明湖懸如明鏡，黄河和小清河蜿蜒東向飄忽如帶，『齊烟九點』（市内九個山頭）烟雲氤氲中若隱若現。南望丘陵連綿，雲氣蒼茫，遥與泰岱相接。

【注釋】

〔一〕青樽：猶言春酒。樽，酒杯。蹉跎：謂失志。失志不平而飲酒，以酒解憂也。

〔二〕鏡中懸片華：謂湖中華不注的倒影。鏡，喻湖，指濟南城中大明湖。華，指華不注山。雙河：指黄河、小清河。濟南市區低窪，遠望中兩河如出城上，飄忽如帶。

〔三〕杉松半壁：指千佛山北麓。山南陡峭，樹木較少，而北麓林木蔥蒨，多松柏雜木。杉，樹名。俗稱杉木。砧杵：舊時洗衣用具。砧，搗衣石。杵，捶衣棒，北方俗稱棒槌。秋日拆洗衣服，準備過冬，爲古時農家習俗，而在『家家泉水』的泉城濟南，傍晚水邊，婦女沐浴著落日餘暉舉棒搗衣的景象，尤爲可觀。

〔四〕平臺：梁園內高臺，在河南商丘東北。詳前《雜興又十一首》注〔九〕。時許邦才爲封地在河南的周府長史，故言及。

〔五〕碣石標：即碣石山。此謂以碣石山爲標誌的北方。碣石，山名。詳前《雜興又十一首》注〔八〕。錦林：謂似錦的林木。

〔六〕粉堞：白粉所塗的女牆。唐杜甫《峽口》二首之一：『城欹連粉堞，岸斷更青山。』

〔七〕空老大：徒然老大。蕭條：此謂稀少。

〔八〕觀濤賦：指漢枚乘《七發》。賦中描寫觀濤情景，令喪失意志的楚太子振奮而起。不分：不料。梁園：梁園之人，指許邦才。

爲周明府《太霞洞天卷》題

太霞高館洞天遥，東接蘭津十二橋〔一〕。巖壑盡銜滄海氣，樓臺常對赤城標〔二〕。雲烟五色春相麗，金碧諸山夜自朝。仙令怪來工製錦，真陽人喜得王喬〔三〕。

【題解】

周明府，指周紹稷。周紹稷，字象賢，雲南永昌（今雲南保山）人。舉人。嘉靖四十一年（一五六二）任真陽（今河南正陽）縣令，遷寧波府學教授。生平詳《河南通志·名宦》。真陽屬汝寧府，據《天目先生集》，周氏任職期間與徐中行有交往。此詩與下首作於嘉靖四十二年。今《李攀龍集》中載有作者與周氏詩歌七首。

【注釋】

〔一〕太霞：太霞洞，在浙江會稽山主峯東白山上。

〔二〕赤城標：指赤城山，在浙江天台北，一名燒山。《讀史方輿紀要·浙江·台州府·天台縣·天台山》：「在縣北六里者，曰赤城山。土皆赤色，狀似雲霞儼如雉堞，孫綽所云『赤城霞起而建標』者。」

〔三〕仙令：指周紹稷。畫卷雲烟五色、金碧輝映，如同錦繡，故云其「工製錦」。王喬：漢成帝時葉令。詳前《崔駙馬山池燕集得「無」字》注〔二〕。

贈周真陽明府

仙令風流百里才，談經新自蜀中回〔一〕。彩毫忽動梁園色，丹竈還鄰葉縣開〔二〕。琴裏春生桐柏水，月明人在景夷臺〔三〕。只今汝潁高賢聚，爲有郎官一宿來〔四〕。

【注釋】

〔一〕百里才：治理一縣之才。蜀中：指今四川。

〔二〕梁園：漢梁王所築園，在今河南商丘東北。詳前《秋夜白雪樓同許右史、襲茂才分韻》注〔四〕。丹竈

（zào）：方術士煉丹之灶。周氏是否煉丹，未見記載。此或因縣名真陽而調侃。葉縣：漢置縣。今屬河南，在正陽西北。

〔三〕桐柏：縣名。今屬河南，在正陽西南。景夷臺：即章華臺，春秋楚王所建，在今湖北監利市北。

〔四〕汝潁：汝河、潁河。汝河流經正陽境内，入潁河。

送魏使君入朝

青春五馬入朝天，稍似明光草奏年。方岳只今雄海岱，山河原自壯幽燕。風雲忽傍襜帷起，日月猶臨省署懸〔一〕。況復政成聞問好，黃金不是上恩偏〔二〕。

【題解】

魏使君，指魏裳。詳前《懷魏順甫》題解。魏裳由刑部郎出任濟南知府，所以說他『稍似明光草奏年』，即其入朝上計還如當年上朝奏事一樣。詩作於嘉靖四十二年。

【注釋】

〔一〕襜帷：車帷。日月：喻指君后。詳《詩·邶風·日月》『日月』《箋》。省署：指刑部。

〔二〕聞問：好名聲。上恩：皇上的恩惠。對表現好的臣下，皇帝往往賜金，以示鼓勵。

送魏使君入覲兼呈吳邵武

如雲計吏集神京，此日江湖見友生〔一〕。自是古今雙五馬，居然南北兩專城〔二〕。漢廷交映黃金詔，楚客同輩《白雪》聲〔三〕。治行不知誰第一，獨應巖穴愧高名〔四〕。爲問明卿，卽承聖天子垂問巖穴隱逸豈復有狂如李生者於邵武，邵武因自多賢矣。

【題解】

魏使君，指魏裳。入覲，入京覲見皇帝。吴邵武，指吴國倫。據光緒《邵武府志》載，吴國倫於嘉靖四十一年（一五六二）由建寧同知擢邵武知府，四十五年考滿離任。此詩作於嘉靖四十二年（一五六三）春。

【注釋】

〔一〕計吏：上計吏，卽入京接受吏部考核的官員。見友生：謂魏裳入覲能見到吴國倫。

〔二〕雙五馬、兩專城：指魏、吴二人均爲知府。

〔三〕黄金詔：任命官員的詔書。楚客：魏裳、吴國倫都是楚地人。

〔四〕治行：治績與品行。巖穴：謂隱居者。此爲作者自指。

寄贈襄史周象賢

春色高齋萬里生，曳裾常日罷逢迎。雲霄未報中丞疏，江漢先傳外史名〔一〕。鋏客銅鞮多駿馬，佳人花豔動傾城〔二〕。王門自昔棲遲地，何限龐公避世情〔三〕？

【題解】

周象賢，詳前《爲周明府〈太霞洞天卷〉題》題解。襄史，周紹稷任藩國襄陽府紀善，掌講授、纂修之職。詩作於嘉靖四十二年。

【注釋】

〔一〕外史：官名。見《周禮·春官》。負責向全國傳達王命的職官。

〔二〕鋏客：劍客。鋏，劍。銅鞮：地名。春秋晉邑，故地在今山西沁縣西南。

〔三〕龐公：漢末襄陽隱士。詳《後漢書·隱逸傳》。

明溪篇二首贈周都閫

明溪斜帶越臺高，遠送清光照錦袍〔一〕。勢奪潮聲雄鼓角，波分海色壯旌旄〔二〕。浮雲深控嫖姚騎，秋水常函別駕刀〔三〕。翻恨普天無戰鬭，臨觴不得更投醪〔四〕。

其二

越臺山下小江干，一曲遥開漢將壇〔五〕。槎動星河天上下，陣成魚鳥鏡中看〔六〕。戈鋋忽溢澄潭色，組練偏縈素渚寒〔七〕。此日非熊應入夢，心隨渭水到長安〔八〕。

【題解】

明溪，水名。從詩中看，爲越王臺附近的一條小溪。周都閫（kǔn），生平未詳。都閫，官名。朝中在外統兵的將帥。詩作於周氏赴浙之際，在嘉靖四十二年。

【注釋】

〔一〕越臺：越王臺。傳爲春秋越王句踐登眺之處，在今浙江紹興府山公園内。錦袍：指將士的戰袍。

〔二〕鼓角：進軍鼓與號角。旌旄：泛指旌旗。旌，用旄牛尾和鳥羽做竿飾的旗。旄，竿頂用旄牛尾爲裝飾的旗。

〔三〕浮雲：馬名。晉葛洪《西京雜記》卷二：『文帝自代還，有良馬九匹，皆天下之駿馬也。一名浮雲。』嫖姚：此謂嫖姚校尉。漢代大將軍霍去病曾爲此官。見《漢書·武帝紀四》。騎（jì）：坐騎。秋水：喻刀劍寒光逼人。函：劍套。此謂劍套裝有寶劍。別駕刀：傳世名刀。詳前《送皇甫別駕往開州》注〔四〕。

〔四〕翻：反而。投醪：將酒投於江。此謂與軍士一起痛飲，慶祝勝利。《呂氏春秋·順民》：『越王苦會稽之恥，欲深得民心……有甘脆，不足分，弗敢食；有酒，流之江，與民同之。』漢高誘注：『投醪，同味。』

〔五〕干：岸。一曲：江水彎曲處。將壇：拜將誓師之處。

〔六〕槎：木筏。此指戰船。星河：天河，即銀河。傳說古時有人乘槎到天河遇牛星。詳前《南溪老樹行》注〔三〕。天上下：謂船行水動，天映水中。陣成魚鳥：謂兵陣布列，影落水中，像魚躍鳥飛一樣。

〔七〕戈鋋（yán）：泛指兵器。戈，一種用於橫擊、鉤殺的武器。鋋，鐵把短矛。組練：組甲、被練，將士的衣甲、服裝。素渚：寬闊的海島。素，廣大。見《方言》一三。

〔八〕非熊：指呂尚。也喻隱士出山被重用。《宋書·符瑞志》：『（文王）將敗，史遍卜之曰：「將大獲，非熊非羆，天遣汝師以佐昌。」』後文王至磻溪，果得呂尚。參見宋孫奕《履齋示兒編·非熊》。渭水：黃河支流，發源於今甘肅渭源縣鳥鼠山，流經隴西及陝西南部，會涇水、洛水，入黃河。長安：漢都城，即今陝西西安市。此借指北京。

錫山尊賢祠

長史祠堂海一隅，諸君精爽夜常俱〔一〕。懸知震澤珠來往，莫問東峯錫有無〔二〕。前輩風流開俎豆，南朝伏臘見枌榆〔三〕。何人不羡秦公子，血食賢哉二大夫〔四〕！

【題解】

錫山，山名。指無錫。尊賢祠，在惠山二泉亭上方，初祀陸羽，後爲祀四賢、十賢，嘉靖間，增祀秦旭、邵寶。

【注釋】

〔一〕長史：官名。秦、漢均置。其後三公府亦置。魏晉以降，刺史多帶將軍開府者，亦置長史。詳《漢書·百官公卿表》、《後漢書·百官志》等。精爽：魂魄。《左傳·昭公二十五年》：「心之精爽，是謂魂魄。」

〔二〕震澤：湖名。謂太湖。《書·禹貢》：「三江既入，震澤底定。」《傳》：「震澤，吳南太湖也。」東峯：指錫山。

〔三〕俎豆：祭器。此謂祭祀。伏臘：夏天伏日、冬天臘日的合稱。《史記·留侯世家》：「留侯死，並葬黄石冢，每上冢伏臘祠黄石。」枌榆：謂鄉里。《事物異名録·郡邑·鄉里》：「《山堂肆考》：後人用枌榆爲鄉曲。枌榆，漢高祖鄉社名。後爲帝，立於帝都，以慰太上皇思鄉之念。」

〔四〕血食：謂鬼神受牲牢之享祭。

秦丈爲武昌公建開利寺觀鵝亭

江上新亭接梵臺，風流重憶右軍才〔一〕。相攜愛馬高僧過，自許籠鵝道士來〔二〕。池水如披霜練出，烟霞猶傍彩毫開。使君暇日多延眺，可但南樓興已哉。

【題解】

秦丈，秦姓長者，生平未詳。武昌公，未詳。開利寺觀鵝亭，蓋爲紀念書聖王羲之所建。在無錫洛社上塘，始建於梁代，宋景祐三年更名開利寺，嘉靖二年，釋廣才拓建。

【注釋】

〔一〕梵臺：佛臺。謂佛寺。右軍：指王羲之。王羲之（二〇三—三六一），字逸少，琅邪臨沂（今屬山東）人。曾官右軍將軍，後人習稱王右軍。晉書法家、文學家。喜好山水，不樂爲官。詩文兼善，而以書法聞名於世，在中國書法史上繼往開來，一峯獨峙，號爲『書聖』，其書法藝術影響至今。

〔二〕愛馬高僧：指支遁。支遁（三一四—三六六），字道林，俗姓關，陳留（今河南開封南）人，或云河東林慮（今河南林縣）人。東晉高僧。與王羲之交往甚密。愛養馬，重其神駿。生平詳梁釋慧皎《高僧傳》。籠鵝道士：據《晉書·王羲之傳》載，羲之性愛鵝，『山陰有一道士，養好鵝，羲之往觀焉，意甚悦，固求市之。道士云：「爲寫《道德經》，當舉羣相贈耳。」羲之欣然寫畢，籠鵝而歸，甚以爲樂』。

除夕魏使君攜長君及黄山人見過同賦

三徑蕭條雨雪前，使君除夕報周旋〔一〕。襜帷自御元方出，賓客兼攜叔度賢〔二〕。太史定疑滄海氣，《陽春》先動楚宫篇。諸生光寵霑行酒，不獨荀家事可傳〔三〕。

【題解】

魏使君，指魏裳。詳前《懷魏順甫》題解。長君，指魏裳長子。黄山人，黄元相。作於嘉靖四十二年除夕。魏裳《雲山堂集》卷二有《甲子除夕，濟南郡中同仲父汝由、山人元相、子樸如過于鱗，于鱗命子駒行酒》，蓋下一年除夕之作。

【注釋】

〔一〕三徑：謂隱居處。詳前《秋夜白雪樓同許右史、龔茂才分韻》注〔六〕。周旋：此謂禮節性訪問。《左傳・昭公二十五年》：「子大叔見趙簡子，簡子問揖讓、周旋之禮焉。」

〔二〕襜帷自御：謂自駕車乘。襜帷，車帷。元方：漢陳寔之子。《世説新語・德行》載，陳寔訪荀淑，貧儉無僕役，使長子元方自駕車，次子季方隨從，孫長文在車中。既至，荀氏兄弟六人陪同。「於時太史奏：『真人東行。』」下文「太史定疑滄海氣」，亦指此。太史，官名。史官而兼星曆。叔度：指黄憲。黄憲，字叔度，汝南愼陽（今河南正陽）人。初舉孝廉，又辟公府，而終身未仕。《後漢書》本傳説他「言論風旨，無所傳聞，然士君子見之者，靡不服深遠，去玼吝」。

〔三〕光寵：猶恩寵。荀家：指荀淑兄弟。《世説新語・德行》「荀使叔慈應門，慈明行酒，餘六龍下食」注引張璠《後漢紀》曰：「淑有八子……淑居西豪里，縣令苑康曰，『昔高陽有才子八人』，遂署其里爲高陽里，時人號曰『八龍』。」

與魏使君宿龍洞山寺同賦四首

迴壑深林繞梵宫，春來吟眺使君同〔一〕。空潭忽散三峯雨，暗穴常吹半夜風〔二〕。人擬二龍精自合，詩看五馬步逾工〔三〕。諸天坐失懸鐙色，明月先投入掌中〔四〕。

其二

使君春興滿綈袍，綵筆青山對濁醪〔五〕。望去天回雙闕迥，坐來雲盡一峯高〔六〕。蛟龍出入常風雨，鴻鵠拚飛自羽毛〔七〕。愧我淹留逢楚客，攀援桂樹咏《離騷》〔八〕。

其三

削成東壁五雲屏，下有龍宫夜不扃〔九〕。斗柄故臨雙甕轉，月明常對一珠亭〔一〇〕。春回竹葉杯光白，天逼蓮花劍氣青〔一一〕。坐久空山仙籟寂，新詩獨爲故人聽〔一二〕。

其四

秀色中峯獨不羣，藤蘿二月已紛紛〔一三〕。諸天近海金銀氣，雙峽長春錦繡文〔一四〕。塔影半空懸落照，溪流一曲灑浮雲〔一五〕。縱令洞口龍吟發，郢調還須讓使君〔一六〕。

【題解】

魏使君，指魏裳。詳前《懷魏順甫》題解。龍洞山寺，指聖壽院。龍洞山，又稱東龍洞山，在今濟南東南部。詳前《酬張轉運龍洞山之作》題解。此詩作於嘉靖四十三年（一五六四）春。

【注釋】

〔一〕迴壑：回環往復的山澗。梵宫：佛寺。此指聖壽院。

〔二〕『空潭』二句：寫龍洞的奇異景象：三峯壁間的飛瀑，飄灑到龍潭，令人乍疑雨落；半夜空穴來風，聽來猶似龍吟。空潭，靜靜的水潭。空，寂靜。潭，似指龍洞西北的龍潭。三峯，指龍洞山之獨秀、三秀、錦屏巖三峯。三峯懸崖峭壁，崢嶸險峻，柏生崖間，泉灑空際，景象奇異。暗穴，指龍洞。有東西二龍洞，此指西龍洞。洞橫入山腹，『透山一里許，秉燭可入』（元于欽《齊乘》），而因洞内巖石嶙峋，崎嶇難行，自古爲探游盛舉。

〔三〕『人擬』二句：謂人們將你我比作『二龍』，自然是因爲我們志同道合，如今我步您之後，詩作愈發工致了。二龍，語意雙關：眼前有東西二龍洞，古時稱譽同時著名的兄弟二人爲『二龍』（見《後漢書·許劭傳》），因以借喻。精，精氣。五馬，漢代爲太守的代稱。此指魏裳。

〔四〕諸天：佛教用語。泛指天。詳前《與茂秦金山寺亭上望西湖》注〔一〕。坐：無故而發生，自然而然。懸鐙：即懸燈。鐙，同『燈』。日落月出之前，天色轉暗，猶如燈光漸熄。唐孫逖《宿雲門寺閣》：『懸燈千嶂夕，卷幔五湖秋。』

〔五〕滿綈袍：謂滿是故人情意。綈袍，粗繒縫製的袍。詳前《贈張子含茂才》題解。

〔六〕『望去』二句：寫聖壽院周圍的景象：在懸崖峭壁環繞之中望去，天顯得格外高遠；山間雲氣消散之後，白雲山更加孤高桀立。天回，天高迥遠。雙闕，喻指聖壽院前山谷兩側壁立的山崖。闕，古代宫殿或墓門前立的雙柱。一峯，指龍洞山主峯白雲山。

〔七〕蛟龍：有鱗甲的龍。此爲蛟龍出入攜帶風雨。鴻鵠：大雁。拚（pān）飛：即翻飛。拚，通『翻』。此謂大雁依靠自己矯健的翅膀遠飛天外。

〔八〕『愧我』二句：《楚辭·招隱士》：『攀援桂枝兮聊淹留。』謂在我困頓之時與您相逢，並能追隨其後抒發心中的不平。愧，慚愧。淹留，淹滯不進，久留。晉陶淵明《飲酒》之十六：『行行向不惑，淹留遂無成。』楚客，指魏裳。

其家蒲圻，古屬楚地。咏《離騷》，謂抒發有志難騁的憤慨。《離騷》，戰國楚愛國詩人屈原的代表作品，爲其自敘生平的長篇抒情詩，抒發了他對楚國黑暗政治的不滿及報國無門的憤慨。

〔九〕削成：聖壽院四周的懸崖峭壁，如刀削而成。五雲屏：指錦屏巖。崖壁面東，丹碧掩映，如錦屏環列，故稱。龍宫：指東龍洞，在萬仞絕壁上，由峯頂垂繩可入，傳爲古人躲避兵亂之處。見元于欽《齊乘》。扃（jiōng）：關閉。

〔一〇〕「斗柄」二句：謂斗柄像是有意下垂，與洞口的雙甕一起旋轉，在月明之時，則常常對著一珠亭。斗，北斗，由天樞、天璿、天機、天權、玉衡、開陽、摇光七星組成；古人把這七星聯繫起來，想像成舀酒的斗勺：前四星爲斗身，後三星爲斗柄。故，有意。雙甕，相傳東龍洞口有兩石甕。斗柄下垂臨雙甕，極言東龍洞之高。一珠亭，未詳其處。

〔一一〕「春回」二句：謂春回大地，竹林掩映之下痛飲；羣峯刺天，映入杯中，閃爍著碧青色的光芒。竹葉，酒名。即竹葉青。同時也指眼前竹林。蓮花，與「竹葉」相對，也指酒，即蓮花白，眼前景物則喻指蔥蒨蓊翠的羣山。劍氣，喻指淩雲志氣。《文選》任彦昇（昉）《宣德皇后令》：「劍氣淩雲，而屈跡於萬夫之下。」此取淩雲之意。

〔一二〕仙籟：猶天籟。自然界的聲響。

〔一三〕秀色中峯：指獨秀峯。紛紛：盛多貌。

〔一四〕金銀氣：傍晚海天之際呈現出來的似黄而白的雲氣。雙峽：指東佛峪和西佛峪。長春：即常春。錦繡文：如錦似繡的文采。

〔一五〕塔：指報恩塔，在龍洞錦屏崖右側鷲樓巖上。宋徽宗政和六年（一一一六），開元寺僧宗義建，爲七層石塔，供奉觀音菩薩。溪流一曲：指山半飛瀑。

〔一六〕「縱令」二句：謂即便龍洞口真的有龍吟，而曲調的高雅哪能與您相比呢。是恭維話。龍吟，常喻指美妙的琴笛之聲。郢調，即郢曲。此指高雅的詩歌。詳前《送新喻李明府伯承》注〔五〕。

寄殿卿

春滿梁園興不孤，平臺一望盡平蕪〔一〕。于時授簡酬知己，何處銜杯憶老夫〔二〕？浪跡已應爲客就，浮名猶自傍人無。只今慷慨夷門道，肯讓蕭條在五湖〔三〕？

【題解】

殿卿，即許邦才。時在周王府任長史。此詩與下首作於嘉靖四十三年春。

【注釋】

〔一〕梁園：漢梁孝王劉武築，在今河南商丘東北。詳前《秋夜白雪樓同許右史、龔茂才分韻》注〔四〕。平臺：梁園內高臺。詳前《雜興又十一首》注〔九〕。

〔二〕授簡：謂寄信。老夫：作者自謂。

〔三〕夷門：戰國魏都大梁城門。《史記·魏公子列傳》載，魏隱士侯嬴爲大梁夷門守，魏公子即信陵君親自駕車前往恭請，以其爲上客。後爲信陵君謀救趙，在信陵君奪取兵符之日自刎。此謂殿卿如同侯嬴一樣獻身周王。蕭條：寂寥。《淮南子·齊俗訓》：『故蕭條者形之君，而寂寞者音之主也。』此自謂。

答殿卿

莫問看春第幾場，纔兼風雨更茫茫。能無對酒思公子，亦有登樓望故鄉〔一〕。敢謂馬卿元在漢，何如枚叔正游梁〔二〕。病來已廢淩雲筆，爲愛觀濤擬報章〔三〕。

【注釋】

〔一〕能：怎能。登樓望故鄉：漢末王粲避亂往依荊州劉表，不得重用，憂時念亂，思鄉懷歸，撰《登樓賦》。詳前《代建安從軍公燕并引》注〔五〕。

〔二〕馬卿：指司馬長卿，即司馬相如。詳前《送徐汝思郎中入蜀》注〔一〇〕。此以自謂。枚叔：指枚乘。詳前《賦得鴈池送許右史游梁，分『奈』字》注〔二〕。此喻指許邦才。

〔三〕爲愛觀濤：謂爲愛其文。觀濤，指漢枚乘《七發》中關於觀濤的描寫。此喻指許氏詩文。

送翟使君奏最

三臺年少雅相聞，五馬邊州老使君〔一〕。更擁星軺趨北斗，還依露冕拜南薰〔二〕。政成黃鵠誰云匹？佩有青萍自不羣〔三〕。海內重名推佐郡，那知詞賦並淩雲！

【題解】

翟使君，翟濤，安陽人，嘉靖三十九年（一五六〇）始任濟南同知。詩作於嘉靖四十三年。在任較久，故稱『老使君』。奏最，奏報政績，接受考核。《唐六典・尚書・吏部・考功郎中》：『凡考課之法，四善之外，有二十七最。』

【注釋】

〔一〕三臺：官名。謂尚書（中臺）、御史（憲臺）、謁者（外臺）。詳《後漢書・袁紹傳》『坐召三臺』《注》。此謂內閣各部。邊州：靠近邊境的州郡。

〔二〕星軺：天子使者稱星使，所乘之車曰星軺。北斗：喻指皇帝。露冕：仙人之冠。《晉書·溫嶠等傳論》：『露冕爲師，援高人以同志，抑惟大隱者歟？』拜南薰：謂拜見聖主。南薰，詩歌名。傳爲大舜所作。南風之薰的簡稱。唐王維《觀玉芝慶雲賜宴》：『陌上堯尊傾北斗，樓前舜樂動南薰。』

〔三〕青萍：劍名。《文選》陳孔璋（琳）《答東阿王箋》：『君侯體高俗之才，秉青萍、干將之劍。』

送張轉運之南康二首

此去專城又楚都，遙臨五嶺壓三吳〔一〕。坐來齋閣江聲合，忽傍襜帷嶽色孤。白晝落星寒劍氣，清秋石鏡滿冰壺〔二〕。美人欲報瓊瑤賦，彭蠡春深鴈有無〔三〕？

其二 轉運舊爲太僕丞南刑部

轉運風流動海方，僕臣司駕早稱良〔四〕。齊鹽萬斛乘艘下，冀馬千羣入塞長〔五〕。廬岳使君新領郡，金陵仙吏舊含香〔六〕。須知共理勞明主，不但西京數趙張〔七〕。

【題解】

張轉運，張純，浙江永嘉人，嘉靖七年（一五二八）舉人，四十三年任南康知府。有《存愚録》。轉運，官名。即都轉鹽運使。南康，府名。治江西星子縣。從詩云『此去專城又楚都』看，張氏此去爲鹽運使兼任南康知府。其二自注『轉運舊爲太僕寺丞、南刑部』，爲其任轉運前履歷。太僕寺，官署名。長官爲太僕寺卿、少卿，掌輿馬、畜牧等事。丞爲佐貳。南，指南京。

【注釋】

〔一〕五嶺：山嶺名。爲越城、都龐、萌渚、騎田、大庾五嶺的總稱。綿延於湘、贛、粤、桂幾省區邊境。三吳：古地區名。所指説法不一，《水經注》以吳郡、吳興、會稽爲三吳，《通典》、《元和郡縣誌》則以吳郡、吳興、丹陽爲三吳。其地大致在今江浙一帶。

〔二〕落星寒劍：指晉人雷次宗在豫章（今江西南昌）掘地得劍事。詳前《崔駙馬山池燕集得『無』字》注〔二〕。石鏡：廬山上有一圓石，懸崖明淨，能照見人形，人稱石鏡。見《水經注·廬水》。

〔三〕瓊瑤賦：謂投贈的詩文。《詩·衛風·木瓜》：『投我以木桃，報之以瓊瑤。』彭蠡：古澤藪名。此指今江西鄱陽湖。

〔四〕僕臣：指太僕寺丞。

〔五〕齊鹽：齊地之鹽。張氏此前爲山東都轉鹽運使。冀馬：河北之馬。塞：北部邊塞。

〔六〕廬岳使君、金陵仙吏：均指張轉運。廬岳，廬山。南康在廬山脚下。金陵，即今江蘇南京市。張氏曾任職南京刑部。

〔七〕西京：指西漢京都長安，即今陝西西安市。趙張：指漢京兆尹趙廣漢、張敞。事詳其《漢書》本傳。

柬張問甫使君

裘馬當時滿漢關〔一〕，故人誰不羨紅顔〔二〕？只今湖海窮相傍，可道風塵老自閑〔三〕？伏枕此身惟濁酒，拂衣何處不青山〔四〕！與君俱作漂零客，容易經年斷往還！

【題解】

張問甫，張詔（一五一一—一五九〇），字朝宣，一字問甫，號寒泉。山東濟陽人。嘉靖十七年（一五三八）進士。嘉靖十八年授河南洛陽縣令，二十二年授南京浙江道監察御史，二十九年升直隸順德府知府。三十三年調山西按察司副使。三十九年秋封山西岢嵐州兵備副使。四十四年冬辭職還鄉。詳詩意，此爲李攀龍家居時所作。言『與君俱作漂零客』，張氏似亦辭官家居。詩作於嘉靖四十三年冬。

【注釋】

〔一〕裘馬：謂乘車馬，衣輕裘。裘，皮衣。《論語·公冶長》載子路曰：『願車馬衣輕裘與朋友共敝之而無憾。』漢關：指明代關塞。此謂問甫當年裘馬關塞，何等的威武。

〔二〕故人：老朋友。紅顏：年輕俊美的容顔。

〔三〕湖海：謂歸隱湖海之間。風塵：俗事，爲俗事所累。唐戴叔倫《贈殷亮》：『山中舊宅無人住，來往風塵共白頭。』

〔四〕拂衣：謂辭官。詳前《拂衣行》題解。

賈明府侍太公

郎官承寵建章迴，海岱春深百里開〔一〕。經術家傳新息長，風流人羡洛陽才〔二〕。心同鄴令雙鳧舞，身御于公駟馬來〔三〕。怪得五雲高列宿，卽看南極近三台〔四〕。

【題解】

賈明府，指賈仁元。字子善，絳（今山西新田）人。嘉靖四十一年（一五六二）進士，授歷城知縣，有善政，民感懷，李攀龍爲作《歷城令賈君記》。歷兵部主事、兵部右侍郎，以兵部尚書銜致仕。生平詳《山西省志·人物志》。據李《記》，賈氏任歷城縣令第二年，『其家大人就養焉』，不久，『輒駕而返』。太公，對友人父親的敬稱。

【注釋】

〔一〕郎官：指賈仁元。百里：謂一縣之地。

〔二〕新息：古縣名。即今河南息縣。東漢賈彪曾任新息長，詳《後漢書·賈彪傳》。洛陽才：西漢賈誼爲洛陽人，故以稱之。賈彪、賈誼均爲其本家先輩，連及稱之，含有恭維之意。

〔三〕鄴令雙凫：未詳。鄴，或爲『葉』之誤。東漢王喬爲葉令，與雙凫有關。詳前《崔駙馬山池燕集得『無』字》注〔二〕。于公：漢郯（今山東郯城）人。爲縣獄吏，善決獄，曾雪東海孝婦之冤。後閭門壞，鄉人共治之。于公說：『少高大閭門，令容駟馬高蓋車。我治獄多陰德，未嘗有所冤，子孫必有興者。』後其後自定國爲丞相，孫永爲御史大夫。詳《漢書·于定國傳》。

〔四〕南極：星名。即南極老人。三台：星名。均見《史記·天官書》。唐杜甫《贈韓諫議》：『周南留滯古所惜，南極老人應壽昌。』

贈蓬萊王少府

漢宮清切右曹開，染翰當年屬妙才〔一〕。天上鳳毛猶五色，斗間龍氣劃雙迴〔二〕。雲霞春滿千家邑，山海秋高萬里臺。自是仙郎偏雨露，總爲遷客亦蓬萊〔三〕。

【題解】

蓬萊，縣名。今屬山東烟臺市。王少府，未詳。少府，官名。縣尉，負責地方治安。詩云『右曹』、『遷客』，則王某由戶部屬官貶任縣尉。右曹，宋代戶部分左右二曹，其官置郎中、員外郎各一人。見《宋史·職官志》。稱其爲仙郎，則曾任戶部郎中。詩作於嘉靖四十三年春。

【注釋】

〔一〕染翰：謂寫作詩文。

〔二〕斗間龍氣：指晉雷次宗掘地得雌雄雙劍事，謂二人分而終得相逢。詳前《崔駙馬山池燕集得『無』字》注〔二〕。

〔三〕偏雨露：謂受到皇帝的偏愛。郎官稱仙郎，而又貶官至有蓬萊仙境之稱的蓬萊縣，故云。

送耿蠡縣之官

百里初分上谷城，傍臨易水接燕京〔一〕。地偏俠客風猶在，天近郎官宿轉明〔二〕。北闕青雲懸舄影，西山白雪入琴聲〔三〕。看君三異尋常事，何限當年卓魯情〔四〕！

【題解】

耿蠡縣，蠡縣縣令耿某，生平未詳。從詩云『郎官』，耿某原爲內閣某部屬員。從『宿轉明』，時在秋季。蠡縣，縣名。明洪武八年（一三五七）置，屬保定府。今屬河北。

【注釋】

〔一〕百里：謂一縣。縣令稱百里之才。上谷：秦置郡。古冀州地。轄有今河北中、西部。隋改置易州，治今河北易縣。易水源出縣境。燕京：即北京。

〔二〕「地偏」二句：謂蠡縣雖偏離京師而古風猶存，而其地星野也非常吉利。俠客風，燕、趙古有任俠的風氣。宿，星宿。此指星野。《漢書·地理志》：「趙地，昴、畢之分野。」昴、畢均屬二十八宿。秋季畢、昴長見於東方。見《禮記·月令》。

〔三〕懸舄影：謂在京城能經常見到他的身影。舄（xì），即鳧舄。東漢王喬爲葉令，每月朔自縣朝京，不見車騎，後偵知臨至有雙鳧飛來，羅之但得一雙舄。詳見《後漢書·王喬傳》。後遂沿用爲縣令的故實。唐駱賓王《餞鄭安陽入蜀》：「惟有雙鳧舄，飛去復飛來。」

〔四〕三異：指縣令治理的三種奇異之事。《後漢書·魯恭傳》：魯恭拜中牟令，專以德化爲理，不任刑罰，境内大治。河南尹袁安疑傳聞有誤，派人調查。其人調查後對魯恭說：「所以來者，欲察君之政跡耳。今蟲不犯境，此一異也；化及鳥獸，此二異也；豎子有仁心，此三異也。」卓魯：卓茂、魯恭，二人均以循吏見稱，詩文中遂以「卓魯」合稱。據《後漢書·卓茂傳》載，卓茂曾爲密令，「勞心諄諄，視人如子，舉善而教，口無惡言，吏人親愛而不忍欺之」，「數年，教化大行，道不拾遺」。

酬右史題扇見贈

紈扇新題寄遠篇，纔開篋笥已堪憐〔一〕。清風忽自蘭臺至，明月還從鄴下懸〔二〕。佳客滿堂疎翰墨，美人千里共嬋娟。何因懷袖含香署〔三〕，再使君恩出入偏？

【題解】

右史，指許邦才。此爲酬答許邦才題扇詩而作。題扇，題寫於扇上的詩。詩襲取漢樂府《怨歌行》之意，而反用之，即所謂『紈扇新題寄遠篇』。此詩與下二首作於嘉靖四十三年夏。

【注釋】

〔一〕紈扇：生絹製作的團扇。《怨歌行》：『新裂齊紈素，鮮潔如霜雪。裁爲合歡扇，團團似明月。』篋笥：盛衣物的竹箱。

〔二〕蘭臺：官署名。指御史臺。詳前《葉舍人》注〔三〕。明指都察院。而御史中丞曾更名御史長史（見《漢書·百官公卿表》），許邦才爲周府長史，故借稱。鄴下：地名。即今河北臨漳縣。

〔三〕含香署：謂尚書省。尚書郎奏事須含雞舌香，因稱。見《通典·職官典》。

苦熱因憶右史覽揆之辰作此爲寄

河朔風流避暑年，平臺此日更翩翩〔一〕。客惟枚叔元稱叟，主自梁王雅好賢〔二〕。兔苑近含嵩少雪，鴈池遙動廣陵天〔三〕。故人苦熱心同渴，安得金漿共爾傳〔四〕？

【題解】

右史，指許邦才。覽揆之辰，謂生日。《楚辭·離騷》：『皇覽揆余於初度兮，肇錫余以嘉名。』

【注釋】

〔一〕河朔：謂黄河以北的地方。此謂爲避暑而痛飲，即所謂河朔飲。詳前《夏日東村臥病》注〔一八〕。平臺：漢梁孝王所築臺，在梁園内。詳前《雜興又十一首》注〔九〕。

〔二〕客：指許邦才。枚叔：即枚乘，漢賦名家。詳前《賦得鴈池送許右史游梁，分『奈』字》注〔二〕。梁王：指漢梁孝王劉武。詳前《送殷正甫并引》注〔一四〕。

〔三〕兔苑：即梁園。漢梁孝王所築。詳前《雜興又十一首》注〔九〕。嵩少：指嵩山少室，或作嵩室。嵩山有三尖峯，東曰太室，中曰峻極，西曰少室。鴈池：池名。梁孝王築兔園，園中有鴈池，池中有鶴洲鳧渚，與賓客弋釣其中。見晉葛洪《西京雜記》。

〔四〕金漿：美酒名。見晉葛洪《西京雜記》。

答殿卿書

故人書札到寒溫，病起蓬蒿正滿門。彭澤妻孥相對老，淮南賓客自言尊〔一〕。頌成濁酒深知德，投罷明珠始見恩〔二〕。莫爲尋常招隱士，山中轉復念王孫〔三〕。

【注釋】

〔一〕彭澤妻孥：晉陶淵明自彭澤令辭官歸隱，人稱陶彭澤。作者借以自喻。淮南賓客：淮南，漢淮南王劉安門下富有文才的賓客甚多，其封地在今河南境内，許邦才在河南周王府任長史，故用以喻指。

〔二〕投罷明珠：贈與明珠。《文選》鄒陽《獄中上書自明》：『是以蘇秦不信於天下，而爲燕尾生；白圭戰亡六城，爲魏取中山。何則？誠有以相知也。蘇秦相燕，人惡之於燕王，燕王按劍而怒，食以駃騠；白圭顯於中山，人惡之魏文侯，文侯投之以夜光之璧。何則？兩主二臣，剖心析肝相信，豈移於浮辭哉！』

〔三〕招隱士：《楚辭·招隱士》題爲淮南小山作，文中有『王孫游兮不歸，春草生兮萋萋』之句。

酬黃山人郡中見懷之作兼呈魏使君

千山佳色郡齋前，楚客相思秀句傳〔一〕。《白雪》調成堪自老，青雲名在好誰憐！胡牀夜傍南樓月，濁酒春開北海天〔二〕。羨爾風流陪坐嘯，轉令人見使君賢〔三〕。

【題解】

黃山人，黃元相。郡中，指濟南府。魏使君，指魏裳。詳前《懷魏順甫》題解。此詩與下首作於嘉靖四十三年春。

【注釋】

〔一〕楚客：指魏裳。

〔二〕胡牀：一種可折疊的輕便坐具。又名交牀、交椅。因從胡地傳入，故名。南樓：即濟南大明湖南日花洲上的白雪第二樓。北海：漢代郡名。漢末孔融曾爲北海太守，人稱孔北海。據《後漢書》本傳載，孔融喜獎掖俊進，『及退閒職，賓客日盈其門』。此以孔融喻指魏裳。

〔三〕坐嘯：閑坐吟詠。

慰魏使君悼子

郡閣春深種合歡，將雛一曲動雙彈〔一〕。褰帷此日驚騎竹，灑淚何人説夢蘭〔二〕？楚璧自含明月墮，隋珠空抱夜光寒〔三〕。況逢嬴博分符地，片石蕉蕘不忍看〔四〕。

【題解】

魏使君，指魏裳。悼子，悼念亡子。從『郡閣』云云，知此詩作於魏裳任職濟南期間。

【注釋】

〔一〕合歡：喬木名。《古今注·草木》：『合歡樹，似梧桐，葉繁互相交結，每風來，亂身下相解，了不相牽綴。樹之階庭，使人不忿，嵇康種之舍前。』將雛：指《鳳將雛》，古曲名。《古樂府·隴西行》：『鳳凰鳴啾啾，一母將九雛。』將，攜持。雙彈：同時並彈。

〔二〕騎竹：騎竹馬。幼兒嬉戲，截竹竿當馬騎。唐元稹《哭女樊》：『騎竹癡猶子，牽車小外甥。』夢蘭：春秋鄭文公有媵妾，名叫燕姞，夢天使給她蘭而生子，遂名之曰蘭。詳《左傳·宣公三年》。

〔三〕『楚璧』二句：謂無比寶貴的兒子已死，只有徒自悲傷而已。楚璧與隋珠都是無價寶。此喻魏子。隋珠空抱，即空抱隋珠，謂面對死去的兒子徒自悲傷。楚璧，指和氏璧。隋珠，也稱隋侯之珠。

〔四〕嬴博：春秋時期齊國嬴、博二邑名。嬴縣故城在今山東萊蕪市西北，爲嬴姓祖源地。博縣（或稱博陽）故城在今山東泰安市東南。《禮·檀弓》：『延陵季子適齊，於其反也，其長子死，葬於嬴、博之間。』嬴、博明時屬濟南府泰安州，故云『分符地』，即受命爲官之地。

陶明府自羅山移東安

仙令風流自汝陽，三臺薦疏滿明光〔一〕。不緣馴雉聞當宁，那得飛鳧入帝鄉〔二〕？地近五雲窺製錦，天迴列宿映垂裳〔三〕。折腰未是君家事，珍重彈琴單父堂〔四〕。

【題解】

陶明府，生平未詳。明府，此謂縣令。羅山，縣名。明代屬河南汝寧府。今屬河南。徐中行於嘉靖四十至四十二年（一五六二——一五六三）任汝寧知府。詩作於嘉靖四十三年。陶氏或因中行而與攀龍相交。東安，縣名。明代屬順天府。即今河北安次縣。

【注釋】

〔一〕汝陽：縣名。因在汝水之北而名。明代爲汝南府治所。汝寧府漢時爲汝南郡。三臺：三公。此謂朝廷。詳前《送謝中丞還蜀》注〔一〕。明光：宮殿名。

〔二〕馴雉：馴順之雉。《後漢書·魯恭傳》載，魯恭拜中牟令時，郡國螟蟲傷稼，而不入中牟。河南尹袁安疑非實，派人去調查。恭與來人共坐桑下，有雉飛過，停留在他們身旁。旁邊有一兒童，來人問爲什麼不逮捕它，兒童答曰『雉方將雛』。來人瞿然而起，與恭告別，說出來意，即爲考察他的政績，今見『化及鳥獸』，感到奇異。此以『馴雉』讚頌陶氏的政績。飛鳧：指王喬爲葉令的故事。詳前《善哉行》注〔三〕。帝鄉：指北京。東安屬順天府，爲京畿地區。

〔三〕五雲：謂五彩的祥瑞之雲。此謂陶氏從羅山調東安，如同登天；其地近天子，可以窺見製錦的仙女，也能從朝臣那裏親近垂裳而治的皇帝。

〔四〕折腰：此指拜迎官長。據《晉書·陶潛傳》載，陶潛爲彭澤令，『素簡貴，不私事上官。郡遣督郵至縣，吏白應束帶見之，潛嘆曰：「吾不能爲五斗米折腰，拳拳事鄉里小人邪！」』後遂棄官歸隱。陶氏與之同姓，故云。單父：古地名。其故址在今山東單縣一帶。據《史記·仲尼弟子列傳》載，孔子弟子宓子賤曾爲單父宰。《史記·滑稽列傳》『子賤治單父，民不忍欺』《索隱》：『子賤爲政清静，唯彈琴，三年不下堂而化，是人見思，不忍欺之。』

送汪仲安之長沙藩理官

三楚風流總帝鄉，蘭臺池館漢諸王。官貧舞袖旋應拙，老去長裾曳不妨〔一〕。授簡春陰生岳麓，開樽秋色動瀟湘〔二〕。從來此地多才子，弔屈還看有和章〔三〕。

【題解】

汪仲安，汪坦，字仲安，號識環，鄞縣（今浙江寧波市鄞州區）人，有《石盂集》七卷（一作『十七』卷）。長沙藩理官，長沙王府掌獄訟的司法官。藩，藩王。此指王府。所以説『三楚風流總帝鄉，蘭臺池館漢諸王』。漢，漢代。此指明。詩作於嘉靖四十三年秋。

【注釋】

〔一〕『官貧』二句：謂居官清貧，不善討好上司，而老來奉事藩王對你的名聲並無妨礙。舞袖，謂討好藩王。舞謂俯仰屈節以爲容；長袖善舞。長裾，衣裾之長者。詳前《俠客行爲子與贈吳生》注〔一〕。此謂趨事藩王。

〔二〕『授簡』二句：謂之所授官明年春天赴任，而今秋日爲你送行。授簡，授命之文書。岳麓，山名。在今湖南長沙市西側。瀟湘，瀟水、湘水，均在今湖南境內。

〔三〕弔屈：憑弔屈原。據《史記·賈生列傳》載，賈誼出爲長沙王太傅，自以爲遭受貶謫，途經湘水，投賦以弔屈原，即今傳《弔屈原賦》。

九日

九日陶家菊自黄，更聞飛鴈擣衣裳〔一〕。誰人對酒能無賦，何處登高不望鄉？二水寒光摇落照，孤城秋色動清霜〔二〕。那知極目中原苦，數子江湖未盡狂。

【題解】

九日，指農曆九月九日，即重陽節。時在嘉靖四十三年。古時九日爲友朋相聚登高、賞菊的佳節，而「七子」離散，獨自賞菊，不免有些感傷。

【注釋】

〔一〕陶家：指晉代陶淵明。陶淵明愛菊，有「采菊東籬下」的名句。此爲作者自喻。飛鴈擣衣裳：謂大鴈南飛，溪流邊婦女洗衣備冬。

〔二〕二水：指大、小清河。大清河即今黄河。詳前《酬李東昌寫寄〈白雪樓圖〉并序》注〔四〕。

和余德甫《江上雜詠》

城下春江繞戶斜，誰開三徑俯龍沙〔一〕？客攜彭澤先生酒，人指南州孺子家〔二〕。一劍寒光摇北斗，西山秋色送雲霞〔三〕。只今海內無同調，高枕從君老物華。

【題解】

余德甫，即余曰德。詳前《寄懷余德甫二首》題解。詳詩意，德甫時在江西。詩作於嘉靖四十三年秋。

【注釋】

〔一〕春江：春日之江。此指贛江。德甫爲江西南昌人，贛江流經城下。三徑：謂隱居處。詳前《秋夜白雪樓同許右史、龔茂才分韻》注〔六〕。龍沙：地名。在今江西新建縣西。《水經注·贛水》：「贛水又北徑龍沙西。沙甚潔白，高峻而陁，有龍形，連亙五里。」

〔二〕彭澤先生：指晉陶淵明。淵明爲江西九江人，自彭澤令歸隱，性嗜酒，遇酒則飲。詳《晉書》本傳。南州孺子：指東漢徐穉。徐穉，字孺子，豫章南昌（今屬江西）人。家貧，常自耕稼，品行高尚，爲人所景仰。詳《後漢書》本傳。此以徐穉喻德甫。

〔三〕一劍寒光搖北斗：此指豫章豐城掘地得劍事。詳前《崔駙馬山池燕集得「無」字》注〔一〕。

題《仙人騎白鹿圖》贈魏使君

少室仙人玉不如，飄搖來自太林墟〔一〕。已參白鹿雲中駕，復把青羊洞裏書〔二〕。二女三花相綺麗，霜毛短髮共蕭疎〔三〕。使君何讓臨淮守，夾轂雙隨五馬車〔四〕。

【題解】

魏使君，指魏裳。詳前《懷魏順甫》題解。此爲題畫詩。

【注釋】

〔一〕少室：嵩山西峯名。太林墟：卽太虛，謂天。

〔二〕參：同『驂』。青羊洞：仙人洞。相傳老子將《道德經》授予關尹子，囑其修行功成入蜀，可在青羊肆中相尋。至期，老子再生人家已三歲，遂授以玉冊金書。見《海錄碎事·道釋仙》、《太平寰宇記》。相傳四川成都青羊觀卽其處。

〔三〕霜毛：白毛。

〔四〕臨淮守：用鄭弘典。謝承《後漢書》：『鄭弘爲臨淮太守，行春，有二白鹿隨車夾轂而行。弘怪，問主簿黃國，鹿爲吉凶，賀曰：「聞三公車轓畫作鹿，明府當爲宰相。」弘後果爲太尉。』詩寓意祝賀魏裳將高升。臨淮，漢置郡名，故治在今江蘇盱眙縣西北。

答子與病起見寄

青門遙向汝陽分，伏枕傳書到白雲〔一〕。已道風波能失所，更逢搖落不堪聞。《九歌》自我思公子，《七發》何人起使君〔二〕？一日齊名千載事，驚心豈獨久離羣！

【題解】

子與，卽徐中行。從『青門遙向汝陽分』知此詩作於子與家居期間。據《天目先生集》附李炤《徐公行狀》，嘉靖四十二年（一五六三），『屬內考，公爲飛語所中，當左遷，解郡歸』。四十四年起爲長蘆知事，其間與李攀龍有詩往還。詳前《寄汝南徐使君》題解。詩作於嘉靖四十三年秋。

【注釋】

〔一〕『青門』二句：謂在您解職之後，病中寫信給我。青門，漢長安東南門。本名霸城門，俗以門色青而名之。秦東陵侯邵平在秦亡後，在青門外種瓜。詳《三輔黃圖》。汝陽，指汝寧。伏枕，謂臥病。明屠隆輯《徐天目尺牘》載有子與《奉李于鱗》書信，有云『已四十有八』，『自退官後識覺小進，疾病中又添一悟境……奉報二章，寄題二章，並病中諸稿，統上覽裁』云云。

〔二〕《九歌》：《楚辭補注》載漢王逸題解云：『九歌者，屈原之所作也。昔楚國南郢之邑，沅、湘之間，其俗信鬼而好祠，其祠必作歌樂鼓舞以樂諸神。屈原放逐，竄伏其域，懷憂苦毒，愁思沸鬱，出見俗人祭祀之禮、歌舞之樂，其詞鄙陋，因爲作《九歌》之曲，上陳事神之敬，下見己之冤結，託之以風諫，故其文意不同，章句雜錯，而廣異義焉。』《七發》：漢枚乘作。《文選》李善注云：『七發者，說七事以起發太子也。』即《七發》中的吳客要醫治楚太子的心病，給他精神安慰，使其振作起來。

寄題子與使君薜荔園 二首

太守爲園自一丘，遥看薜荔接滄洲〔一〕。醉來忽下湘君淚，賦罷深知楚客愁〔二〕。黯淡欲飛天目雨，蕭條猶帶洞庭秋。惟應日共蓬蒿長，安得聊從仲蔚游〔三〕？

其二

老蔓成帷綢四鄰，紛紛落蘂雪溪濱〔四〕。嬋媛初服能無客，窈窕空山若有人〔五〕。楊柳摧殘彭澤隱，桃花俗殺武陵春〔六〕。獨憐遠道難爲理，欲采何由寄所親？

【題解】

子與，即徐中行。薛荔園，子與別墅。此詩與前詩《答子與病起見寄》蓋作於同一期間。

【注釋】

〔一〕薛荔接滄洲：謂薛荔園在水濱。子與家鄉長興在太湖南岸。同時，滄洲也寓含隱居之意。《南史·張充傳》：『飛竿釣渚，濯足滄洲。』

〔二〕湘君：湘水之神。《楚辭·九歌·湘君》寫湘君對湘夫人的思念，以及思而不得見的痛苦。楚客：指子與。

〔三〕仲蔚：即俞允文。詳前《答寄俞仲蔚》題解。仲蔚隱居不仕，故云。

〔四〕霅（zhá）溪：水名。也稱霅川。在今浙江湖州市吳興區。合四水爲一溪，即苕溪、前溪、宵溪、餘不溪，匯合之後，流入太湖。其中，餘不溪自天目山流下。

〔五〕初服：謂未仕時所服衣飾。《楚辭·離騷》：『進不入以離尤兮，退將復修吾初服。』窈窕：曲折幼深。

〔六〕『楊柳』二句：謂子與雖然家居類隱，而喜愛女色則與當年陶淵明異趣。楊柳，唐白居易、劉禹錫有《楊柳枝詞》。白居易寫其侍妾的詩有『櫻桃樊素口，楊柳小蠻腰』之句。彭澤隱，指晉陶淵明。桃花，此蓋指子與侍妾。唐杜審言《戲贈趙使君美人》：『紅粉青蛾映楚雲，桃花馬上石榴裙。』武陵，郡名。在今湖南常德市境。陶淵明《桃花源記》中寫武陵人入桃花源，展現世外桃源的境界。其中有『忽逢桃花林』之句。

青蘿館二首

十畝青蘿別館開，使君延眺意悠哉〔一〕。風搖北渚清陰合，烟雜南山黛色來〔二〕。臺敞高秋深染翰，庭虛斜日淨銜杯〔三〕。西鄰榮叟常還往，帶索應同薜荔裁〔四〕。

其二

湖上高齋此一時，垂蘿四面繞茅茨〔五〕。欲令何處紅塵入，可道窺人片月疑〔六〕。色借古松成遠勢，意含幽石有餘姿〔七〕。空傳蔣詡開三徑，不遇裘羊那得知〔八〕！

【題解】

青蘿館，徐中行的別墅，在其故鄉長興（今浙江湖州）。中行自汝寧解職後，曾因病家居。嘉靖末年丁母憂，未赴山東按察司僉事任。詩作於嘉靖四十三年秋，寄懷徐中行。

【注釋】

〔一〕別館：即別墅。使君：指子與。子與由瑞州同知離任，故稱。

〔二〕北渚：此指太湖北岸。南山：指天目山。

〔三〕染翰：謂揮筆寫詩。虛：靜寂。

〔四〕榮叟：即榮啓期，春秋時期的隱士。《列子·天瑞》載，孔子在泰山遇榮啓期，『鹿裘帶索，鼓琴而歌』，問其所樂，他說：『天生萬物，惟人爲貴，而吾得爲人，是一樂也。男女之別，男尊女卑，故以男爲貴；吾既得爲男矣，是二樂也。人生有不見日月、不免於繈褓者，吾既已行年九十矣，是三樂也。貧者，士之常；死者，人之終也。處常得終，當何憂哉！』後世常把他作安貧樂道的典型。帶索，以繩索爲腰帶。晉陶淵明《詠貧士》之三：『榮叟老帶索，欣然方彈琴。』這位『榮叟』所指未詳，蓋爲所鄰一安貧樂道的隱者。帶索應同薜荔裁，謂隱居安貧，亦應保持獨立不移、不同流俗的品格。薜荔，又名木蓮，香草，緣木而生。《楚辭·離騷》：『攬木根以結茝兮，貫薜荔之落蕊；矯菌桂以紉蕙兮，索胡繩之纚纚。謇吾法夫前修兮，非世俗之所服；雖不同於今之人兮，願依彭咸之遺則。』

〔五〕茅茨：以茅草覆蓋的房屋，極言居室之質樸簡陋。

〔六〕『欲令』二句：謂其處與世隔絕，世俗之人無處可入，只有月光從縫隙中映照進來。紅塵，俗世。

〔七〕色：景象。幽石：靜態的石頭。指假山石。

〔八〕『空傳』二句：謂社會上徒然傳說您臥不出戶，不是我從別人那裏得知。蔣詡，字元卿，漢杜陵（今陝西西安東南）人。哀帝時官至兗州刺史，不滿王莽專擅朝政，告病歸家，臥不出戶。曾於竹下開三徑，只有老友羊仲、裘仲從游。詳前《拂衣行答元美》注〔八〕。此以蔣詡喻指子與，而以二仲自喻。

寄子與

何言雨雪薊門深，明日褰帷是上林〔一〕。湖海弟兄餘灑淚，雲霄詞賦足知音〔二〕。猶堪一起中原色，莫使長懸萬里心。不爲故人勞問訊，十年書札總浮沈。

【題解】

子與，即徐中行。從『明日褰帷是上林』句，知子與赴京受職。詩作於嘉靖四十三年冬。

【注釋】

〔一〕褰帷：語出《後漢書·賈琮傳》。此謂赴任。上林：上林苑。謂皇帝林苑。此指京城。

〔二〕雲霄：天際，喻指遠處。唐常建《泊舟盱眙》：『鄉國雲霄外，誰堪羈旅情。』

冬日登樓

佳節高樓酒復清，鮑山斜日入杯平。天涯誰借窮交淚，海內空傳拙宧名〔一〕。四野浮雲垂雪色，千林朔氣擁寒聲〔二〕。醉來極目中原盡，獨抱風流萬古情。

【題解】

登樓，從詩云『鮑山』，知所登爲白雪樓。詳前《魏使君過宿鮑山樓分韻》題解。詩作於嘉靖四十三年冬。

【注釋】

〔一〕拙宧：拙於爲官，爲不善逢迎求官的委婉説法。

〔二〕朔氣：北風。

子與病起，移書二美，吴下羣賢爰修禊事，踴躍勝游，遥爲屬寄

伏枕經春憶舊游，永和三日命扁舟。一時藝苑人亡恙，千載蘭亭事可求。吴下山川何藴藉〔一〕，王家兄弟本風流！獨憐搦管傳觴處，有客中原自白頭〔二〕。

【校記】

〔一〕藴藉，明刻諸本並作『緼藉』。

【題解】

子與，即徐中行。《天目先生集》卷五有《病甚復起，簡王元美兄弟暨俞仲蔚，並申修禊之約六首》，王元美兄弟亦賦詩相答。二美，指元美兄弟。吳下，即今江蘇蘇州。元美故家太倉屬蘇州府；俞仲蔚爲昆山人，昆山亦屬蘇州。修禊事，古時舊曆三月上巳（上旬的巳日）爲修禊日（三國魏以後定在三月初三），人們聚集水邊，臨水洗濯爲祭，以祛除不祥。禊，祭祀名，於春秋二季舉行。據《晉書·王羲之傳》載，在晉穆帝永和九年（三五三）三月三日，王羲之邀集當時著名文人孫綽、謝安、支遁等四十一人，會集會稽山陰之蘭亭，吟詩暢飲，爲一時盛會。會後，王羲之編集蘭亭詩，並爲作序，即著名的《蘭亭集序》。子與蓋仿此雅事而約集詩友，衆人亦以詩相答。此詩作於嘉靖四十四年三月。

【注釋】

〔一〕搦（nuò）管：執筆，謂寫詩。傳觴：即流觴，傳接酒杯。晉王羲之《蘭亭集序》有『引以爲流觴曲水，列坐其次』之語。流觴，把酒杯斟滿，浮在水面順流放出，到誰面前即取來飲之。觴，酒杯。

魏使君以太公登太山

何言紫氣滿崑崙，須信中原五嶽尊。南極一星朝日觀，東方千騎擁天門〔一〕。舞衣重染雲霞色，探篋深銜雨露恩〔二〕。試向丈人峯上望，徂徠新甫拱兒孫〔三〕。

【題解】

魏使君，即魏裳。詳前《懷魏順甫》題解。以，扶持。太公，指魏裳之父。李攀龍另有《和魏使君扶持游泰山》一詩。

【注釋】

〔一〕日觀：指日觀峯。天門：指南天門。進南天門，即可登岱頂；岱頂西側即日觀峯。

〔二〕探篋：探求金篋。金篋，金制之篋。篋，收藏物品的箱子。相傳泰山上有金篋玉冊，能知人年壽長短。詳前《同元美與子相、公實分賦懷太山得『鐘』字，柬順甫》注〔三〕。

〔三〕丈人峯：亦名丈人石，在岱頂西，因形如老人傴僂而名。徂徠、新甫：均爲山名。在今山東泰安、新泰境。《詩·魯頌·閟宮》：『徂徠之松，新甫之柏。』

病甦憶王、徐二子

伏枕高樓白日徂，夢回春色杳相扶〔一〕。風流轉覺中原盡，海嶽驚看我輩孤〔二〕。寒雪千山雙鬢老，浮雲萬里尺書無。也知俱壯觀濤興，只是飄零不可呼〔三〕。

【題解】

病甦，病情好轉。王、徐二子，指王世貞、徐中行。

【注釋】

〔一〕杳：昏暗。

〔二〕海嶽：四海五嶽，猶言海內。

〔三〕觀濤興：振奮而起的興致。語本漢枚乘《七發》『觀濤』。

答贈盧陵劉山人

西來獻策薊門深，棲泊王家玉樹林〔一〕。說劍夜高湖海氣，鳴琴秋入薜蘿心〔二〕。別時春色長相似，歸去浮雲不可尋。萍梗愧君能記憶，十年遥寄《白駒》音〔三〕。

【題解】

盧陵，縣名。故址在今江西吉安市南。劉山人，生平未詳。

【注釋】

〔一〕王家玉樹林：帝王之家修道之處。玉樹，仙木。見《淮南子·墬形訓》。

〔二〕說劍：脫劍，摘下劍。此謂論文。詳前《閣夜示茂秦四首》注〔一〕。薜蘿心：隱者之心。薜蘿，喻稱隱者居處。見唐劉長卿《過元八所居》。

〔三〕萍梗：浮萍泛梗，謂居處不定。唐許渾《晨自竹徑至龍興寺崇隱上人院》：「客路隨萍梗，鄉國失薜蘿。」《白駒》：《詩·小雅》篇名。序謂刺周宣王不能用賢，或謂王者欲留賢者不得，因放歸山林而賜以詩。

答寄余德甫

當年草奏柏梁臺，此日漂零濁酒杯〔一〕。伏枕春陰三楚合，拂衣秋色大江迴。含冤夜識雙龍氣，作賦時推二馬才〔二〕。極目中原諸子盡，豫章城裏一書來〔三〕。

【題解】

余德甫，卽余曰德。詳前《寄懷余德甫》題解。從「豫章城裏一書來」句，知爲余德甫居家時在江西。

【注釋】

〔一〕柏梁臺：漢宮中臺名。詳前《卽事四首》注〔七〕。

〔二〕雙龍：指二劍成龍，相伴而游。詳前《崔駙馬山池燕集得「無」字》注〔二〕。二馬：指漢司馬遷、司馬相如。

〔三〕豫章：郡名。治今江西南昌。德甫爲南昌人。

薛氏瑞室自衡州使君以來不罹火事者二度，君子美之。但爲題止宜記頌，然不可無律體，乃先難以屬和者一首

赤堇山火照城東，郭外巋然太守宮〔一〕。舊俗龍蛇元自厭，比鄰燕雀竟相蒙〔二〕。獨飛蜀郡尚書雨，再反江陵大尹風〔三〕。四壁遺經亡恙在，諸孫往往見文雄〔四〕。

【題解】

薛氏，未詳。瑞室，吉祥之室。《南史·何胤傳》載，何胤初還，將築室，選址受仙人指點，得免山洪之禍。「王元簡乃命記室參軍鍾嶸作《瑞室頌》，刻石以旌之」。衡州，明置府名。屬湖南省。

【注釋】

〔一〕赤堇山：在今浙江紹興市東南，歐冶子爲越王鑄劍處。《讀史方輿紀要·浙江·紹興府·山陰縣》：「赤堇山，在府東三十里，一名鑄浦山。歐冶子爲越王鑄劍處。」宮：卽瑞室。

〔二〕龍蛇：辰年與巳年。《後漢書·鄭玄傳》『今年歲在辰，來年歲在巳……以讖合之，知命當終』《注》：『北齊劉晝《高才不遇傳論》玄曰：「辰爲龍，巳爲蛇；歲至龍蛇賢人嗟，玄以讖合之」，蓋謂此也。』厭：滿足。

〔三〕蜀郡尚書雨：唐嚴維《送薛尚書入蜀》：『幾許遺黎泣，同懷父母恩。』江陵大尹風：用東漢劉昆反風滅火的典故。《漢紀三十五》：『初，陳留劉昆爲江陵令，縣有火災，昆向火叩頭，火尋滅；後爲弘農太守，虎皆負子渡河。帝（光武帝劉秀）聞而異之，征昆代林（杜林）爲光禄勳。帝問昆曰：「前在江陵，反風滅火，後守弘農，虎北渡河，行何德政而致是事？」』江陵，地名。在今湖北荊州市。

〔四〕諸孫：孫輩後人。

寄憶余德甫

綵筆花生尺素寒，西山飛雪正漫漫。何來章貢雙江合，並倚雌雄兩劍看〔一〕。無那中原長伏枕，可知千載一彈冠〔二〕？即今寥落《陽春》曲，滿眼《巴人》和客難！

【題解】

余德甫，即余曰德。詳前《寄懷余德甫》題解。此詩與前《答寄余德甫》作於同時。

【注釋】

〔一〕章貢雙江合：指贛江。上游由二水合流而爲贛江。雌雄兩劍：即晉雷次宗在豫章掘地得劍事。詳前《崔駙馬山池燕集得『無』字》注〔二〕。此以雙江合、雌雄二劍相逢喻二人親密關係。

〔二〕無那：無奈。彈冠：彈去冠上灰塵，謂出仕爲官。詳前《感懷》注〔三〕。

卷之十

七言律詩

答寄聶儀部子安

司馬雄才動帝京，當時羣從獨高名〔一〕。奏成華省青雲氣，賦就仙郎《白雪》聲〔二〕。春色迥分南北望，江流不盡古今情。應憐此意同巖穴，千里傳書歷下生〔三〕。

【題解】

聶儀部，指聶靜。聶靜，字子安，號白泉，江西永豐人。嘉靖十四年（一五三五）進士，授丹徒知縣，擢刑科給事中，降曲周縣丞，歷國子助教，官儀制郎中。因忤旨廷杖爲民。生平詳《掖垣人鑒》。《滄溟集》中有《和聶儀部〈明妃曲〉》、《報聶儀部》文，知李攀龍與其爲有過從的友人。詩云『巖穴』，應作於李氏隱居期間。

【注釋】

〔一〕司馬：官名。州縣佐官。《稱謂錄·同知·司馬》：『周必大《通判廳記》云：郡丞，秦官，惟掌兵馬。自漢迄唐，其名不常，曰別駕，曰司馬，曰治中，曰長史，雖均號上佐，其實從事之長耳。』羣從：謂皇帝的衆多隨從。

〔二〕華省：指職務親貴的官署。此指儀部。

〔三〕巖穴：謂隱居。歷下生：作者自稱。

薛子熙以青州使君聘脩郡誌見枉林園，尋示贈章，作此答寄

越客風流問字年，登臺把酒白雲天〔一〕。一毛實自河東下，雙鯉兼從海上傳〔二〕。彩筆乍含星野動，明珠長對雪宮懸〔三〕。已看霸氣前朝盡，猶說當時鮑叔賢〔四〕。

【題解】

薛子熙，名晨，字子熙，浙江人。書法家。青州使君，指杜思，鄞（今浙江寧波市鄞州區）人，時爲青州知府。郡誌，指《青州府誌》。據天一閣藏嘉靖刻本李攀龍序文署名，其序文作於嘉靖乙丑，即嘉靖四十四年（一五六五）十月。

【注釋】

〔一〕越客：指杜思。浙江古屬越地。問字：此謂問學。

〔二〕一毛：喻所出。唐杜甫《奉送蘇州李二十五長史丈之任》：「一毛生鳳穴，三尺獻龍泉。」相傳杜姓出自黃帝後裔祁姓，而祁姓出自今山西，即河東。雙鯉：謂書信。漢樂府《飲馬長城窟行》：「客從遠方來，遺我雙鯉魚。呼兒烹鯉魚，中有尺素書。」

〔三〕彩筆：詩筆。星野：星宿分野。青州屬齊，爲虛、危分野。見《漢書·地理志》。雪宮：戰國齊離宮，故址在今山東臨淄境内。《孟子·梁惠王下》：「齊宣王見孟子於雪宮。」

〔四〕霸氣前朝：指春秋時期齊桓公稱霸。當時鮑叔賢：據《史記·管晏列傳》載，管仲與鮑叔交好，而在齊所事公子不同。在爭奪公位的鬬爭中，鮑叔所事公子小白得立，是爲齊桓公。管仲所事公子糾死，因而被囚，將受處罰。

這時鮑叔向桓公推薦管仲。『管仲既用，任政於齊，齊桓公以霸，九合諸侯，一匡天下』。

病間答許殿卿

病客高齋黯澹生，何來一札大梁城〔一〕？夢回滄海風雲色，春落黃河雨雪聲。伏枕自須疑慢世，曳裾兼亦似逃名〔二〕。可知枚馬元同調，誰見千秋出處情〔三〕？

【題解】

許殿卿，即許邦才。詩云信札來自『大梁』，知許氏時在河南周王府。

【注釋】

〔一〕大梁城：指今河南開封市。時爲周王府所在地。

〔二〕慢世：猶玩世。三國魏嵇康《司馬相如贊》：『長卿慢世，越禮自放。』曳裾：拖曳衣裾，謂趨走王門。詳前《送许右史之京》注〔五〕。

〔三〕枚馬：指漢代辭賦家枚乘、司馬相如。分別詳前《賦得鴈池送許右史游梁，分『奈』字》注〔一〕、《送徐汝思郎中入蜀》注〔一〇〕。出處：出處進退。謂對待仕或隱的態度。

南海歐生自京師遺書于大梁，屬許右史爲致，答此

中原才子動相聞，誰復高名得似君？南海一珠懸北斗，黃河雙鯉墮青雲〔一〕。城邊五色羊何在？

臺上千金馬不羣〔二〕。獻賦幾年猶未遇，羅浮春思坐氤氳〔三〕。

【題解】

南海歐生，指歐大任。大任，字楨伯，順德（今屬廣東）人。嘉靖四十一年（一五六二）以歲貢生應廷試，授江都訓導，遷光州學正，以母病棄官歸里。母卒服除，遷國子博士，官至南京戶部郎中。生平詳《歐虞部集》附歐必元《家虞部公傳》。其詩文主張屬『後七子』一派，王世貞列其爲『廣五子』之一。『雖馳騖五子之列，而詞氣溫厚，頗脱蹶張叫囂之習，識者猶有取焉』（清錢謙益《列朝詩集小傳·丁集上》）。著有《思選堂》、《旅燕》、《浮淮》諸集。歐氏與李攀龍過從密切，《滄溟集》中有數首贈酬之作。遺（wèi）書，猶寄書。屬（zhǔ），同『囑』。許右史，指許邦才。時爲周府右長史。

【注釋】

〔一〕南海一珠：指歐大任。北斗：星名。此喻指皇帝所居地，即北京。雙鯉：謂書信。詳前《薛子熙以青州使君聘脩郡誌見枉林園，尋示贈章，作此答寄》注〔二〕。

〔二〕五色羊：傳說有五個仙人乘五色羊執六穗秬來到廣州。見《太平寰宇記·廣州》引《續南越志》。因此，廣州別稱五羊、穗垣。臺：指越王臺。漢時南越趙佗所築，在今廣州市越秀山上。

〔三〕羅浮：山名。在今廣東增城東。相傳晉葛洪得仙術於此。

送魏按察之潞

壺關上黨切雲霄，憲府中天插漢標〔一〕。山勢西臨三晉險，地形東控兩河遥〔二〕。名從出守高郎署，策本和戎寵聖朝〔三〕。盡道疆場懸節鉞，猶能書札滿漁樵〔四〕。

【題解】

魏按察，魏裳（一五二〇—？），字順甫，蒲圻（今赤壁市）人。嘉靖二十九年（一五五〇）進士。以刑部侍郎出守濟南，治盜均賦，人民德之。晉山西副使。罷歸，杜門著書，後進所師事。裳所著有《雲山堂集》六卷（《四庫總目》）及《湖廣通志草》等，並傳於世。此詩是魏由濟南往山西時。潞，潞安，府名。治所在今山西長治市。

【注釋】

〔一〕壺關：縣名。漢末爲上黨郡治。故城在今山西長治市東南。憲府：御史府，即御史臺。明改稱都察院。

〔二〕兩河：指清漳河、濁漳河。

〔三〕和戎：與西北部少數民族和好。戎，泛指西北少數民族。

〔四〕節鉞：符節、儀仗。漁樵：打魚、砍柴。此謂隱士居處。

送崔明府之宿遷

山陽列郡接青徐，宿子中開百里居〔一〕。自是燕臺求駿馬，飄然淮海駕蜚魚〔二〕。邑因美政花相似，令有文名錦不如。共理卽今明主意，憐君指日捧徵書〔三〕。

【題解】

崔明府，崔元吉，歷城人，嘉靖四十四年任宿遷知縣。見《同治宿遷縣誌》卷十六《宦績傳》。明府，此謂知縣。宿遷，縣名。卽今江蘇宿遷市。

【注釋】

〔一〕山陽：郡名。晉義熙中分廣陵郡置，治所在今江蘇淮安，宿遷爲其屬縣。青徐：青州、徐州。宿子：指宿國國君。宿遷爲春秋時鍾吾子國，後宿國遷都於此。見《元和郡縣志·泗州·宿遷縣》。

〔二〕燕臺：即黃金臺，也稱郭隗臺。戰國燕昭王招賢處。詳前《雜興又十一首》注〔八〕。淮海：泛指淮水流域與東海之間地區。蜚魚：即飛魚，文鰩魚。唐段成式《酉陽雜俎·鱗介·飛魚》：『郎山浪水有之。魚長一尺，能飛，飛即淩雲空，息即歸潭底。』此取『淩雲空』之意。

〔三〕徵書：朝廷徵召的文書。

題李水部《恩榮卷》

自奉天書出建章，明時誰不羨仙郎？五雲偏借斑衣色，列宿遥含畫省光。水部盛名懸楚望，南山佳氣入高堂〔一〕。鹿門咫尺龐公宅，那見恩波繞漢陽〔二〕？

【題解】

李水部，據《滄溟集》載《按察李公恩榮永慕録序》，李氏進士及第，授中書舍人，改監察御史，擢水部。文中説他曾『按察山東、河南』，並云『公再秉憲』，則其或由水部擢山東按察使。詩云『水部盛名懸楚望，南山佳氣入高堂。鹿門咫尺龐公宅，那見恩波繞漢陽』，李氏爲湖北漢陽人。查《濟南府志·秩官》，嘉靖間任山東按察使且爲湖北人者，僅李淑一人。李淑（一五一七—一五八一），字師孟，號五華山人，京山（今屬湖北）人。嘉靖二十九年（一五五〇）進士。生平詳王世貞《中奉大夫廣西等處承宣布政使司右布政使致仕五華李公墓誌銘》。水部，官名。明置都水清吏司，掌水利、轉漕、橋道、舟車、織造、券契、量衡等，初稱水部，洪武二十九年（一三九六）改名都水清吏司，後歸工部。詳見《明史·職官志》。《恩榮卷》，蓋爲身受榮寵而思念父母所著之文。恩榮，據《按察李公恩榮永慕序》，謂『身被國恩而與有榮施』。

【注釋】

〔一〕楚望：楚地。望，地望。高堂：謂父母。

〔二〕鹿門：山名。在今湖北襄樊市東南。龐公：東漢南郡襄陽（今襄樊市）人。攜妻子登鹿門山，采欒不返。詳《後漢書·逸民列傳》。劉備的謀士龐統亦稱『龐公』。詳《三國志·蜀書·龐統傳》。漢陽：縣名。屬湖北省。

送賈明府以徵書入遷

茂宰能名海岱聞，更推經術起河汾〔一〕。卽論展驥無千里，果爾飛鳧便五雲〔二〕。烏府風霜秋正急，黄門供奉日爲羣〔三〕。徵書十道求高第，治行誰人不讓君〔四〕？

【題解】

賈明府，指賈仁元。詳前《賈明府侍太公》題解。徵書，徵召文書。據《山西省志·人物志》載，此次出歷城知縣徵召遷官兵部主事。

【注釋】

〔一〕茂宰：對知縣的尊稱。《事物異名錄·知縣·茂宰》：『《山堂肆考》：漢卓茂爲密令，有聲，故用以比宰邑者。』河汾：黄河、汾水。

〔二〕飛鳧：指漢王喬爲葉令的故事。詳前《崔駙馬山池燕集得『無』字》注〔二〕。

〔三〕烏府：御史臺的别名。見《漢書·朱博傳》。黃門：此謂宮門。宮門的小門塗黃色，故稱。

〔四〕治行：治績、品行。

送郭子坤别駕之廬州 二首

諸生垂白困談經，何似雄飛出漢庭〔一〕？客自燕臺知驥足，人從金斗識屏星〔二〕。耆闍海外來峯色，大蜀淮西擁地形〔三〕。匣裏佩刀誰所贈？龍鳴風雨未堪聽〔四〕。

其二

吳楚西南郡閣重，廬江小吏日從容。濡須不是天河水，霍嶽爭齊紫蓋峯〔五〕？京洛仙舟飛似鵠，并州竹馬健如龍〔六〕。已知家世多名士，難道明時可易逢？

【題解】

郭子坤：郭寧，子坤爲字，歷城人。癸卯科嘉靖二十二年舉人。與許邦才、潘子雨同榜。查《廬州府志》卷九《職官表》，嘉靖間倒數第二任通判，當在嘉靖四十四年。《滄溟集》中寫與郭子坤的詩有三首，前有《送郭子坤下第還濟南》，後有《酬郭子坤感懷》。别駕，官名。卽别駕從事史，漢置，爲州郡佐吏。唐宋後爲諸州通判的敬稱。廬州，府名。屬安徽省，治合肥。

【注釋】

〔一〕垂白：頭髮垂白，謂年已老大。雄飛：謂志意昂揚，奮發有爲。《後漢書·趙溫傳》：『（溫）初爲京兆郡丞，嘆曰：「大丈夫當雄飛，安能雌伏！」遂辭官去。』

〔二〕燕臺：即黄金臺。戰國燕昭王招賢處。詳前《雜興又十一首》注〔八〕。金斗：酒斗，飲酒具。屏星：車擋。《後漢書·輿服志》『皂蓋』注引謝承《書》：『孔恂……州別駕從事車前舊有屏星，如刺史車曲翳儀式。』人從金斗識屏星，謂人從其豪飲得識別駕你。

〔三〕耆闍（dū）：佛教用語。山名。即耆闍崛，一作鷲頭、鷲峯、靈鷲，中印度末揭陀國王舍城東北，爲釋迦牟尼說法之處。見《大智度論三》。

〔四〕匣裏佩刀：三國時期徐州刺史呂虔曾將佩刀贈予別駕王祥，王氏從此發跡。詳前《送皇甫別駕往開州》注〔四〕。龍鳴：龍的鳴聲。《太平御覽》引《世說》謂，戰國時有人盜王子喬墓，『覩無所見，惟有一劍停在室中。欲進取之，劍作龍鳴虎吼，遂不敢進，俄而徑飛上天』。

〔五〕濡須：水名。也名石梁河、柵口水、東關水、天河。在今安徽巢縣東，源出巢湖，注入長江。霍嶽：霍山。在今安徽六安市。爭：怎。紫蓋峯：衡山七十二峯之一。在今湖南衡山縣西北。見宋范成大《長沙記》。

〔六〕鷀：水鳥名。并州：地名。漢置。其地當今內蒙古、山西大部及河北之一部。竹馬：截竹爲馬，兒童游戲器具。

許殿卿擢左史

萬里襜帷逗主恩，長裾一再歷寒溫〔一〕。諸侯賓客梁園盛，帝子官僚相國尊〔二〕。誰爲從旁驂駟馬，自應虛左過夷門〔三〕。況兼詞賦淩雲氣，漢署風流可更論〔四〕？

【題解】

許殿卿，即許邦才。左史，官名。即左長史。總理王府事務。《後漢書·百官志》：『每郡置太守一人，丞一人，郡當邊戍者，丞爲長史；王國之相，亦如之。』可見王府長史，相當於國相。所以詩云『帝子官僚相國尊』。

【注釋】

〔一〕逗：留戀。長裾：即曳長裾，謂趨事王門。詳前《送許右史之京》注〔五〕。

〔二〕梁園：漢梁王劉武所建園林。此謂周王府。帝子：指周王。

〔三〕『誰爲』二句：以戰國魏公子無忌尊崇隱士侯嬴，喻周王對許邦才的寵信。侯嬴爲大梁夷門監，魏公子親自駕車，虛左，往迎侯嬴。詳《史記·魏公子列傳》。

〔四〕『況兼』二句：以漢曾爲梁王賓客的司馬相如喻許邦才。《漢書·司馬相如傳》：『相如既奏《大人賦》，天子大説（悦），飄飄有陵雲氣游天地之間意。』

九日登樓

白鴈黄花處處秋，鮑山風雨獨登樓〔一〕。忽驚返照湖中出，轉見孤城水上浮〔二〕。多病恰堪成卧隱，濁醪真足抵窮愁〔三〕。先生懶作東籬會，可但交情老自休〔四〕？

【題解】

九日，農曆九月九日，重陽節。九日本爲友朋相聚登高、賞菊的佳節，而攀龍卻病卧在家不得外出，只有獨自登樓遠眺，聊寄登高之意。樓頭置酒，自酌自飲，其心境之孤獨與淒涼可知。

【注釋】

〔一〕黄花：菊花。鮑山：山名。在今濟南歷城區王舍人莊東南，李攀龍故居附近。

〔二〕湖：指濟南城中的大明湖。孤城：指濟南。舊時在大明湖荷花池可見濟南城的倒影。

〔三〕臥隱：高臥而隱。抵：對付。

〔四〕先生：作者自指。東籬會：友人相聚賞菊。東籬，菊花開處。晉陶淵明《飲酒》之五：『采菊東籬下，悠然見南山。』可但：豈但，那裏只是。

青州志成，薛生重枉報別，將詣元美，作此爲贈

於越諸生稷下來，梧宫重起讀書臺〔一〕。薛君世業推經學，齊客家傳讓史才〔二〕。北海風流天上座，雲門秋色鏡中開〔三〕。菰蘆更有人相問，爲道登龍御李回〔四〕。

【題解】

青州志，即《青州府志》。薛生，即薛晨，見前《薛子熙以青州使君聘脩郡誌見枉林園，尋示贈章，作此答寄》題解。重枉報別，枉駕再來告別。元美，即王世貞。

【注釋】

〔一〕於越諸生：指薛晨。於越，即今浙江省。稷下：地名。在今山東臨淄北，古齊城西，本爲齊稷邑。薛晨或時居稷下。今傳元于欽《齊乘》有薛晨訂正嘉靖四十三年刻本。梧宫：齊王宫。《水經注・淄水》：『又北逕臨淄城

西門北，而西流逕梧宮南……其地猶名梧臺里，臺甚層秀，東西一百餘步，南北如減，卽古梧宮之臺。」

〔二〕齊客：指薛晨。讓史才：稱頌薛晨具有史才。讓，推許。

〔三〕北海風流：以漢末北海太守孔融，譽稱主持修《青州府志》的青州知府杜思。雲門：山名。在今山東青州市郊。

〔四〕菰蘆：水草名。菰，一名茭，又名蔣，果實名菰米，可煮食。蘆，蘆葦。《建康實錄・吳上》：「（殷）禮字德嗣，雲陽人。幼而聰穎過人。……蜀諸葛亮見而歎曰：「江東菰蘆中生此奇才。」」此蓋指江東。登龍御李：漢末郭泰，字林宗，太原介休人。博通墳籍，善談論，美音制。游洛陽，見到名士領袖李膺，「膺大奇之，遂相友善，於是名震京師。後歸鄉里，衣冠諸儒送至河上，車數千兩。林宗唯與李膺同舟而濟，眾賓望之，以爲神仙焉」。詳《後漢書・郭太傳》。李膺字元禮，潁川襄城人。漢末「朝廷日亂，綱紀頽弛，膺獨持風裁，以聲名自高。士有被其容接者，名爲登龍門」（《後漢書・黨錮列傳・李膺》）。此以郭太喻薛晨，而以李膺自居。

青州志成贈杜使君

使君經術有餘師，元凱家傳左氏癖〔一〕。東海大風迴騁翰，少陽寒色動褰帷〔二〕。按圖冠帶還千里，問俗春秋自一時〔三〕。況是郡城常下鳳，文章兼似羽毛奇〔四〕。

【題解】

杜使君，指青州知府杜思。詳前《薛子熙以青州使君聘脩郡誌見枉林園，尋示贈章，作此答寄》題解。

【注釋】

〔一〕餘師：謂無不可師，多師。《孟子·告子下》：『夫道若大路然，豈難知哉？人病不求耳，子歸而求之有餘師。』元凱：指魏晉間史學家杜預（二二二—二八四），字元凱，京兆杜陵（今陝西西安）人，曾撰《春秋左氏經傳集解》。因爲與杜思同姓而巧爲聯及，亦時之尚俗。

〔二〕東海大風：謂齊國故地。《左傳·襄公二十九年》載，吳公子季札聘魯，請觀於周樂，遂爲其歌各國之樂，『爲之歌《齊》，曰：「美哉，泱泱乎！大風也哉！表東海者，其太公乎！國未可量也。」』少陽：東方。《禮記·祭統》『諸侯耕於東郊』《注》：『東郊少陽，諸侯象也。』

〔三〕按圖：按圖索驥。此謂據史跡探索。冠帶：指稱世族。《後漢書·儒林傳》：『冠帶縉紳之人，圜橋門而觀聽者蓋億萬計。』問俗：問風俗。《禮記·曲禮上》：『入境而問禁，入國而問俗。』春秋：孔子所著魯史名《春秋》，後遂謂記述史事之書爲『春秋』。

〔四〕郡城：指青州。下鳳：鳳凰飛來。

題《南海柏臺甘露》贈潘侍御二首

繡斧光清瘴海雲，行臺甘露柏紛紛〔一〕。九天驄馬人爭避，五色神羊氣不羣〔二〕。白簡風生偏起粟，皂囊秋淨總垂文〔三〕。侍臣豈讓東方朔，千載芙蓉奉聖君〔四〕。

其二

蘭臺使者憶長安，萬里雲霄攬轡看〔五〕。忽報三危開玉樹，誰分雙掌注銅盤〔六〕。霜凝合浦明珠出，風動增城瀑布寒〔七〕。清節滿朝君不信，流光偏綴惠文冠〔八〕。

【題解】

南海柏臺，南海御史臺。柏臺，御使臺的别稱。漢代御史府中植柏樹，故稱。甘露，此指柏葉上的露珠。《歲華紀麗》謂『八月采柏露以明眼』。潘侍御，生平未詳。侍御，侍御史，官名。明代稱監察御史。詳前《送黄侍御按滇中》題解。

【注釋】

〔一〕繡斧：繡衣、節鉞。繡衣，繡衣直指，漢代執法官。詳前《賦得狼居胥山送李侍御》注〔六〕。斧，即鉞，大斧。繡衣直指出外執法，執節鉞以示威信。瘴海：含有瘴氣之海。唐白居易《夏日與閒禪師林下避暑》：『每因毒暑悲親故，多在炎方瘴海中。』瘴，瘴氣。南方山林間濕熱蒸鬱的毒氣。行臺：臺省在外者曰行臺。明不設行省，大吏出巡所駐處也叫行省，或行轅。

〔二〕九天驄馬：謂皇帝派出的御史。九天，九重天，謂皇宫。驄馬，東漢桓典爲侍御史，常乘驄馬，因稱驄馬御史。詳《後漢書·桓典傳》。五色神羊：即五色羊。詳前《南海歐生自京師遺書于大梁，屬許右史爲致，答此》注〔二〕。

〔三〕白簡：謂彈劾的奏章。皂囊：漢制，事涉機密的奏章，則封以皂囊。見《後漢書·蔡邕傳》『以皂囊封上』注引《漢官儀》。

〔四〕東方朔：漢武帝時諫官，常以詼諧的方式進諫。詳前《雜興十首》注〔七〕。芙蓉：芙蓉幕，大臣的幕府。

〔五〕蘭臺使者：指潘侍御。東漢御史臺也稱蘭臺。詳前《葉舍人》注〔三〕。攬轡：謂有澄清天下之志。語出《後漢書·范滂傳》。

〔六〕三危：神話中的仙山，見《山海經·西山經》。玉樹：仙樹。雙掌：雙掌承露。詳前《登省中樓望西山晴雪》注〔一〕。

〔七〕合浦：漢置郡名。治所故址在今廣東合浦東北。臨海產珠，世稱合浦珠。增城：縣名。今屬廣東。

〔八〕清節：清廉的節操。惠文冠：本爲戰國趙惠文王之冠，見《後漢書·輿服志》。秦滅趙，將此冠賜近臣。此取其意，謂將爲皇帝近侍之臣。

題潘廷尉留餘堂

前朝知政四留餘，廷尉爲堂取自書〔一〕。潘令官銜猶散騎，于公門第早容車〔二〕。法星傍斗懸高座，佳氣如雲護直廬〔三〕。海內稱平逢此日，主恩先已未應虛〔四〕。

【題解】

潘廷尉，應指潘季馴。吳國倫有《寄題潘時良中丞留餘堂二首》，潘季馴字時良，號印川居士，烏程（今浙江湖州市吳興區）人。嘉靖二十八年中舉，歷任九江府推官、廣東監察御史、大理寺丞、右僉都御史、工部尚書、刑部尚書等職。生平詳明徐象梅《兩浙名賢錄》卷二十三等。廷尉，秦漢官名。明指大理寺。留餘堂，爲潘廷尉自取堂號，且自爲書寫。

【注釋】

〔一〕前朝：指明武宗正德朝。留餘：謂做事或對人都留有迴旋餘地。

〔二〕潘令：指晉潘岳。曾爲河陽令，官至散騎侍郎。詳《晉書》本傳。于公：漢丞相于定國之父。在縣爲獄吏，決獄公平。其家門壞，修繕時于公要求高大到能容駟馬高蓋車，謂其修德，後必有興者。其子官至丞相，孫永位至御史大夫。容車：能容駟馬高車。此謂潘廷尉先世修德，而致高位。

〔三〕法星：星名。侍天帝座旁掌刑法，喻指司法之官。斗：北斗，北斗星。喻指皇帝。直廬：值宿的處所。

〔四〕海内稱平：謂海内太平。

子與自蘆臺量移瑞州二首

題座高名漢署來〔一〕，魚鹽小吏混蘆臺〔一〕。誰憐汝海分符客，自是南皮作賦才〔二〕。老驥霜蹄千里動，佩刀寒色九河開〔三〕。量移休道非知遇，難得君恩一日回〔四〕。

其二

遙傳雨露一時新，不負飄零戀主身〔二〕〔五〕。高卧中原堪有客，雄飛爾輩可無人〔六〕？屏星色動雙龍曙，錦水光分五馬春〔七〕。詩興宦情看並美，南州孺子況爲鄰〔八〕。

【校記】

〔一〕座，明刻諸本並作『坐』。

〔二〕飄，明刻諸本並作『漂』。

【題解】

子與，卽徐中行。據《天目先生集》附李炤《明故通奉大夫江西布政使天目徐公行狀》，子與量移瑞州同知當在嘉靖四十四年（一五六五）。蘆臺，指長蘆，地名。詳前《送包大中長蘆知事》題解。子與於嘉靖四十四年補長蘆轉運判官，兩月後量移瑞州同知，而到任聞母喪卽奔歸（見王世貞《徐母許太夫人傳》）。瑞州，府名。治所在今江西高安縣。

【注釋】

〔一〕『題座』二句：謂以進士官刑部，而曾混跡長蘆鹽官府署。題座高名，指進士及第。漢署，此指刑部。子與曾官刑部員外郎。長蘆轉運判官屬負責鹽務的都轉運使屬官，故云『魚鹽小吏』。

〔二〕汝海分符：指子與曾官汝寧知府。南皮：縣名。今屬河北，在原滄縣西南。長蘆治所在滄縣。

〔三〕『老驥』二句：謂懷有壯志，和都轉運使的信任，從寒冷的長蘆而來。老驥，三國魏曹操《步出夏門行》：『老驥伏櫪，志在千里。』佩刀，用漢末徐州刺史呂虔贈判官王祥的故事（詳《晉書·王覽傳》），譬子與深得上司的信任。九河，黃河支流。長蘆在其流域之內。

〔四〕量移：唐制，官吏因罪削官，改任邊遠之地，遇赦酌量移至近處，謂之量移。唐白居易《自題》：『一旦失恩先左降，三年隨例未量移。』

〔五〕雨露一時新：謂朝廷新的任命。雨露，喻皇帝恩惠。戀主：謂不忘皇帝。

〔六〕高臥中原：作者自指。雄飛：猶言奮飛。詳前《送郭子坤別駕之廬州》注〔一〕。

〔七〕屏星：車擋。詳前《送郭子坤別駕之廬州》注〔二〕。屏星色動，去擋車行，謂赴任。錦水：卽錦江。一名瑞河，在今江西境，流經高安入贛江。

〔八〕南州孺子：指漢末徐穉。詳前《和余德甫〈江上雜詠〉》注〔二〕。

得元美、馮參政書，知王沂州先已失寄

搖落中原伏枕時，故人千里一相思。雙魚不減加餐字，五馬虛傳遺吏辭〔一〕。我在河山終未邈，書

來雨雪自堪遲。從今把酒登樓處，數子江湖會有期。

【題解】

元美，即王世貞。馮參政，指馮惟訥。詳前《送馮汝言學憲之浙江》題解。參政，官名。元代於中書省置參政，明沿置，在各布政司設參政，佐理政務。嘉靖四十二年（一五六三）任山西右參政。王沂州，生平未詳。蓋爲沂州府知府。失寄，謂書信未達。從詩首句知作於其隱居期間。

【注釋】

〔一〕雙魚：謂書信。詳前《酬順甫見寄》注〔一〕。虛傳遺吏辭：謂王沂州被派遣的書信並未收到。

答寄敬美

君家鴻鴈滿江干，歲杪逢人一字難〔一〕。《白雪》似應工伏枕，青山好在重加餐。卷中雙玉清相倚，掌上千金笑獨看〔二〕。兩地起居俱不惡，風塵回首任漫漫。

【題解】

敬美，即王世懋，王世貞之弟。詳前《答王敬美進士》題解。詳詩意，世貞兄弟時在太倉故家，作者亦伏枕濟南，詩應作於嘉靖四十四年歲末。

【注釋】

〔一〕江干：江岸。一字：謂一短短的信函。唐杜甫《登岳陽樓》：『親朋無一字，老病有孤舟。』

〔二〕雙玉：成對之玉，喻元美兄弟。掌上千金：喻指所收王氏兄弟的詩篇。南朝梁鍾嶸《詩品》卷上：『陸機所擬十四首，文溫而麗，意悲而遠。驚心動魄，可謂幾乎一字千金！』

寄題元美藏經閣

岧嶢飛閣大湖傍，有客繙經日滿牀〔一〕。白馬尚留霜練影，彩毫應帶雨花香〔二〕。當年張掾生秋興，何處支公坐道場〔三〕？君自風流兼二子，吳門極目正茫茫〔四〕。

【題解】

元美，即王世貞。元美在太倉故里的別墅弇州園內，築有藏經閣，專藏經書。

【注釋】

〔一〕大湖：即太湖。大、太同。太倉在太湖附近。繙經：翻閱經書。繙，同『翻』。

〔二〕白馬：古有『白馬負經』的傳說，見《洛陽伽藍記》卷四。彩毫：謂詩筆。

〔三〕張掾：指張翰。張翰，字季鷹，晉吳郡人。仕齊王冏，官東曹掾。因秋風起，思吳中菰菜、蓴羹、鱸魚膾，辭官歸里。見《晉書》本傳。支公：指支遁（三一四—三六六），東晉僧人。詳前《秦丈爲武昌公建開利寺觀鵝亭》注〔二〕。

〔四〕吳門：地名。指今江蘇蘇州市。

送歐文學之江都

雨雪寒燈對濁醪，蕭然似是一儒曹〔一〕。下帷國士堪華髮，草檄門生自綵毫〔二〕。雙鋏迴分滄海氣，孤城秋壯廣陵濤〔三〕。文星雖小人爭識，南斗常臨劍影高〔四〕。

【題解】

歐文學，指歐大任。詳前《南海歐生自京師遺書于大梁，屬許右史爲致，答此》題解。江都，地名。即今江蘇揚州市。文學，官名。漢時州郡及王國皆置文學，以五經教授學生。此指府學教授。據《康熙江都縣誌》歐任於嘉靖四十五年，詩作於該年秋。

【注釋】

〔一〕儒曹：謂爲儒生。曹，輩。

〔二〕下帷：放下帷幕，謂閉門讀書，不預外事。語本《漢書·董仲舒傳》「下帷講誦」。草檄：起草檄文。唐戴叔倫《送崔融》：「陳琳能草檄，含笑出長平。」門生：此謂門下客。

〔三〕雙鋏迥分：謂二人遠離。雙鋏，即雙劍。以劍而分、分而必合喻二人友誼。詳前《崔駙馬山池燕集得「無」字》注〔一二〕。

〔四〕文星：星名。即文昌，亦稱文曲星，謂主文運。唐杜甫《衡州送李大夫七丈勉赴廣州》：「北風隨爽氣，南斗避文星。」文昌在北斗宮，而歐生自北至南，故云南斗常臨。

寄張幼于

吳門風雨洞庭陰，上客常開子墨林〔一〕。劍閣自題名更起，鱸魚一憶興何深〔二〕！古今不改中原色，南北相看萬里心。愧我驚人無俊句，勞君寫入二龍吟〔三〕。

【題解】

張幼于，卽張獻翼。張獻翼，字幼于，凤翼弟，长洲（今江蘇蘇州）人。嘉靖中國子監生，爲人放蕩不羈，言行詭異，似有狂易之疾，而說《易》乃平正通達，篤實不支。有《讀〈易〉記聞》、《讀易韻考》、《舞志》、《文起堂集》、《紈綺集》。生平詳《弇州山人四部稿·明故處士雲槎張君墓誌銘》。

【注釋】

〔一〕洞庭：山名。在太湖中。子墨：漢揚雄《長楊賦》中虛擬的人名。《文選》揚雄《長楊賦序》：「藉翰林以爲主人，子墨爲客卿，以諷。」

〔二〕鱸魚一憶：謂當秋思鄉。詳前《寄題元美藏經閣》注〔三〕。

〔三〕二龍：喻稱二位英才。語本《後漢書·許劭傳》「汝南人稱平輿淵有二龍」。此以喻己與幼于。

白雪樓寄懷徐使君兼呈元美

木落清河入檻流，平陵月出照牀頭〔一〕。開樽自動青雲色，掩卷俱含白雪愁。南國佳人能命駕，中原病客此登樓。從他不淺山陰興，遠道無因報子猷〔二〕。

【題解】

徐使君，指徐中行。元美，卽王世貞。從「從他不淺山陰興」，知此時徐中行居家長興。

【注釋】

〔一〕清河：此指小清河。平陵：古地名。在今濟南市章丘境內，李攀龍故居附近。

〔二〕『從他』二句：謂不能遠赴浙江與之同游。子猷，指王徽之，字子猷，東晉王羲之之子。卓犖不羈，任情適性。曾居山陰，夜雪初霽，忽憶戴逵（字安道），逵時在剡，便乘小舟往謁，經宿方至，未見而返。人問其故，則説：『本乘興而行，興盡而反，何必見安道邪！』見《晉書》本傳。

秋日寄懷元美兼呈吴、徐二使君

十載江湖白露寒，因君萬里憶長安。故人相向中原老，秋色何如畫省看〔一〕？邵武功名非不佞，汝陽經術雅能官〔二〕。即今垂作漂零客，可道音書日轉難！

【題解】

元美，即王世貞。吴、徐，指吴國倫、徐中行。知此詩應作於嘉靖四十五年秋，追述往事而興感。

【注釋】

〔一〕畫省：官署名。漢代尚書省的别稱。此謂朝廷。

〔二〕『邵武』二句：據《甑甀洞稿·明吴仲子牧良墓誌銘》，吴氏於嘉靖四十一年（一五六二）出任邵武知府，而徐中行於嘉靖四十二年五月罷汝寧知府（見《天目先生集》附李炤《徐公行狀》）。不佞，不才。雅，甚，非常。

寄題況吉甫藥湖别業，在荷山下

湖上高齋萬木齊，白雲長在楚天西〔一〕。落霞一散燒丹火，秋水遥通濯錦溪〔二〕。伏枕自來詩不廢，扁舟誰爲酒同攜〔三〕？南峯盡作蓮花色，曾是王喬隱遁棲〔四〕。

【題解】

況吉甫，名叔祺，字吉甫，高安（今屬江西）人。嘉靖進士，曾官貴州提學僉事，著有《考古辭宗》。生平詳《萬姓通譜》。藥湖，湖名。在今江西高安縣西南荷山之下，傳説爲仙人呂洞賓棄藥之處。别業，即别墅。

【注釋】

〔一〕高齋：高雅的書齋。白雲：天際白雲爲秋日景色，此亦隱喻況吉甫如白雲野鶴的隱者。江西古爲楚地。

〔二〕落霞：晚霞。日落霞飛，如同仙人煉丹爐裏的火焰一般。煉丹火，煉丹爐裏的火焰。丹，丹藥。道士煉製的藥物，謂服食可以長生。此處既描寫了晚霞滿天的景象，又隱含呂洞賓煉丹的傳説。濯錦溪：指錦江。高安在贛江支流錦江的北岸。

〔三〕伏枕：隱居高臥。此指況吉甫。扁舟：小船。

〔四〕南峯：此指藥湖之南的山峯，即荷山。山名荷，故云『盡作蓮花色』。王喬：即王子喬。傳説中的神仙。詳《神仙傳》。

答寄余德甫

二月鴻書發豫章，到來春興日能長。宦情轉借中山簏，詩句猶含右省香〔一〕。海内故人元落落，江南秋色正蒼蒼。遥知相憶登高處，更過陶家醉不妨〔二〕。

【題解】

余德甫，卽余曰德。詳前《寄懷余德甫》題解。從『鴻書發豫章』，知德甫此時在江西。豫章，郡名。治所在今江西南昌。

【注釋】

〔一〕借中山簇：謂借酒澆愁。中山，酒名，產於中山。又名千日酒，飲之千日醉。見《博物志》、《搜神記》。右省：唐代中書省在門下省之右，故稱。明初因之，後罷其官署，以翰林春坊等官署參預機務，遂名內閣，同於古之中書省。德甫曾官刑部貴州司主事、員外郎、郎中。

〔二〕陶家：指東晉陶淵明家。淵明爲柴桑（今江西九江）人。

寄謝俞仲蔚寫《華山圖》

雲臺隱者一茅龍，曾道神仙自可逢〔一〕。忽爾畫圖開萬里，居然秋色在三峯〔二〕。貪看塞外黄河下，坐失關門紫氣重〔三〕。況復題詩如謝朓，當年卻恨不相從〔四〕。

【題解】

俞仲蔚，卽俞允文。詳前《答寄俞仲蔚》題解。寫，畫。華山，卽西嶽華山，在今陝西華陰市境。詳前《杪秋登華山絕頂》題解。

【注釋】

〔一〕雲臺隱者：指漢中卜師呼子先。雲臺，道觀名。在華山雲臺峯，觀以峯名。《列仙傳》載，呼子先爲漢中卜師，自云與神仙相通，壽過百餘歲，臨行呼酒嫗，令急裝，便有仙人持二茅狗來，子先與酒嫗各騎其一，竟變化爲兩條龍。

〔二〕忽爾：忽然。三峯：華山三峯，即蓮花、落雁、朝陽三峯。

〔三〕『貪看』二句：詩人用感覺寫視覺，在畫面上展現華山背景：用塞外黃河奔瀉相襯托，故用明筆；函谷關在遠處，則用皴染雲氣使其隱而不顯。關門，指函谷關。紫氣，祥瑞的雲氣。詳前《關門雪望》題解。

〔四〕題詩如謝朓：恭維俞仲蔚題畫詩清麗。謝朓（四六四—四九九），字玄暉，陳郡陽夏（今河南太康）人，南朝齊著名詩人，詩以清麗秀逸著稱。詳《南齊書》本傳。朓，原作『眺』，誤，徑改。

奉贈杜使君寄上太翁八十壽

越徼春生戲綵天，風流耆舊楚先賢〔一〕。青州五馬分符日，渭水非熊入夢年〔二〕。一自趨庭經術就，還應託乘帝恩懸〔三〕。即今南極長朝斗，並照明珠北海邊〔四〕。

【題解】

杜使君，指青州知府杜思。太翁，指杜思的祖父杜常。據本集《杜長公傳》載，杜常曾爲奉化、蘭溪驛丞。稱其爲『風流耆舊楚先賢』，是祝壽稱頌語。

【注釋】

〔一〕越徼：越塞，越國邊地。杜思爲鄞（今屬浙江）人，鄞屬古越地，後屬楚。鄞地臨海，爲邊地。戲綵，謂服綵衣作戲以娛親。詳見《孝子傳》老萊子奉親至孝的故事。此謂祝壽。耆舊：耆老故舊。此指杜思祖父。

〔二〕『青州』二句：謂杜思知青州之際，恰好是其祖父八十大壽。渭水非熊，相傳姜尚被周文王發現並任用時，年已八十。《六韜·文韜·文師第一》載，周文王夢，如畋獵於渭水之陽，將有大的收穫，『非龍非彲，非虎非熊，兆得公侯，天遣汝師，以之佐昌，施及三王』。此謂八十歲。

〔三〕趨庭：謂子承父教。《論語·季氏》：『陳亢問於伯魚曰：「子亦有異聞乎？」對曰：「未也。嘗獨立，鯉趨而過庭。曰：學《詩》乎？對曰：未也。不學《詩》，無以言。鯉退而學《詩》。」』懸：殊。

〔四〕南極：星名，即南極星、老人星。漢崔駰《杖頌》：『壽如南極，子孫千億。』斗：星宿名。有南斗、北斗、小斗三座。此指北斗。北海：漢置郡名。青州古屬北海。

秋夜白雪樓贈周公瑕

日落風清竹樹林，一樽飛閣敞秋陰〔一〕。纔逢狗監人先老，能到龍門客自深〔二〕。海上共懸明月夢，山中堪贈白雲心〔三〕。《陽春》寡和休言誤，此夕因君作楚吟〔四〕。

【題解】

白雪樓，李攀龍别墅，詳前《酬李東昌寫〈白雪樓圖〉》題解。周公瑕，名天球，字公瑕，長洲（今江蘇蘇州）人。清錢謙益《列朝詩集小傳·丁集中》載，公瑕『爲諸生，篤志古學，善大小篆、隸、行草，從文待詔（文徵明）游，待詔賞異之。待詔歿，豐碑大碣，皆出公瑕手。隆慶中，游長安，燕集唱酬之作，一時間賓客皆爲讓坐，而詩名頗爲書法所掩。……大率聲調雄壯，規模王（世貞）、李（攀龍），去吴中風雅遠矣』。知其詩屬『後七子』一派。《滄溟集》中有與之唱酬的詩三首。李攀龍致王世貞的信中曾説『九月既望，復宿周公瑕白雪樓下』（《滄溟集》卷三〇），則周氏在李攀龍歸隱後不止一次來濟南，此次當在嘉靖四十五年（一五六六）秋九月十五日。

【注釋】

〔一〕敞秋陰：秋雲散開。

〔二〕『纔逢』二句：謂剛剛遇到推薦你的文徵明，而他卻老死故里，不過你能受到我的接待，也就說明你已不同凡俗了。狗監，漢代掌管皇帝獵犬的官員。據《漢書·司馬相如傳》載，漢武帝時，蜀（今四川）人楊得意爲狗監，因與司馬相如有同鄉之誼，在漢武帝讚賞相如賦的時候，乘機推薦了相如。此喻指文徵明。周公瑕爲文氏所賞識，而文氏於嘉靖三十八年（一五五九）死去。文徵明詩文書畫皆工，正德末年以歲貢生授翰林待詔。嘉靖帝即位，預修《武宗實錄》，爲經筵侍講，致仕歸家，卒年九十。公瑕遇文氏於晚年，故云。龍門，喻指聲望高的人。《後漢書·李膺傳》：『（李）膺獨持風裁，以聲名自高，士有被容接者，名爲登龍門。』李膺爲漢末名士首領，人以其接待爲榮。此蓋爲作者以李膺自喻。李攀龍白雪樓高臥，杜門謝客，拒見凡俗，因其爲文壇領袖，一爲評說即身價百倍，故以『龍門』自喻。

〔三〕『海上』二句：謂從此離別之後，彼此只有在月下、夢中相互思念，臨別只有我對你純真無瑕的情誼尚可奉贈。唐張九齡《望月懷遠》：『海上生明月，天涯共此時。』首句化用其意。白雲心，超脫凡俗之心。此謂純真的情誼。白雲，傳說中仙鄉爲白雲鄉，見《莊子·天地》。

〔四〕《陽春》：高雅的樂曲名。所謂『陽春白雪，曲高和寡』。此爲讚美周氏的詩歌。楚吟：即楚歌。南朝宋謝靈運《登池上樓》：『祁祁傷豳歌，萋萋感楚吟。』楚吟指《楚辭·招隱士》。此泛指《楚辭》中抒發失志不平的一類詩歌。此詩爲公瑕鳴不平，故云。

登華不注山送公瑕

鴻鴈高飛木葉丹，逍遙臺上一憑闌。浮雲不動孤峯起，落日長臨二水寒〔一〕。多病故人書未達，中原秋色醉相看。預愁匹練江南道，極目吳門駐馬難〔二〕。

【題解】

華不注山，在濟南東北郊，孤峯桀立，爲「齊烟九點」之一。公瑕，卽周天球。詳前《秋夜白雪樓贈周公瑕》題解。自唐代李白之後，歷代文人多有登臨華不注的詩作。山上景觀甚多，逍遙臺不詳何處。

【注釋】

〔一〕二水：指大、小清河。詳前《酬李東昌寫寄〈白雪樓圖〉》注〔四〕。

〔二〕匹練：喻白馬。《太平御覽·布帛部·帛》：「《韓詩外傳》曰：孔子、顏淵登魯泰山，望吳昌門。淵曰：見一匹練，前有生藍。子曰：白馬蘆芻也。」

題周天球小像

落魄吳門五十春，嬾從高閣畫麒麟〔一〕。此中墨客爭知妙，何處詞人更有真〔二〕？白眼自宜置丘壑，紅顏元不染風塵〔三〕。東牆休挂喬家女，夜恐周郎作後身〔四〕。

【題解】

周天球，卽周公瑕。詳前《秋夜白雪樓贈周公瑕》。題像詩，蓋題周天球的自畫像。

【註釋】

〔一〕「嬾從」句：謂不樂仕宦。嬾，同「懶」。麒麟，麒麟閣，亦作「麟閣」，漢初建。漢宣帝甘露三年（前五一），「上思股肱之美，迺圖畫其人於麒麟閣，法其形貌，署其官爵姓名」（《漢書·蘇武傳》）。

〔二〕詞人：即詩人。
〔三〕白眼：表示傲世。置：置買。丘壑：謂隱居田野。風塵：此謂世俗。
〔四〕喬家女：謂美女。漢太尉橋玄有二女，孫策納大喬，周瑜納小喬。喬，本作『橋』。見《三國志·吳書·周瑜傳》。周郎，即周瑜。唐杜牧《赤壁》：『東風不與周郎便，銅雀春深鎖二喬。』

贈吳人梁辰魚

迢遙岱嶽海漫漫，秋興如君未易闌〔一〕。三觀雲霞天上坐，蓬萊宮闕掌中看〔二〕。纔探綠綺陽春動，一說干將紫氣寒〔三〕。詞客吳門誰不羨，王家兄弟雅盤桓〔四〕。

【題解】

梁辰魚（一五一九—一五九一），字伯龍，號少白，昆山（今屬江蘇蘇州市）人。昆山古爲吳地，故云。梁氏爲著名戲劇作家，著有雜劇《紅線女》、《紅綃》、傳奇《浣紗記》等，而以《浣紗記》最著名。據清錢謙益《列朝詩集小傳·丁集中》載，梁辰魚以例貢爲太學生，好輕俠，善度曲，師事昆腔大師魏良輔，爲昆曲的發展做出重要貢獻。平生倜儻好游，足跡遍吳、楚間，欲北走邊塞，南極滇雲，盡覽天下名勝。在李攀龍家居期間，他游歷泰山、濟南，拜會李攀龍。

【注釋】

〔一〕迢遙：高遠。漫漫：飄渺無際。秋興：觀賞秋景的興致。闌：盡。
〔二〕三觀：指泰山山頂有玉皇觀、碧霞元君祠、太清宮三大道觀。蓬萊宮闕：傳說海上有三神山，即蓬萊、方丈、瀛洲，上有仙人居住。

〔三〕「纔探」二句：上句謂撫琴卽得知音，隱含「白雪」之意，言梁氏爲曲高和寡者；下句謂提劍卽見紫氣，寓分必有合之意。謂彼此分別是暫時的，不必悲傷。探，試。綠綺，琴名。晉傅玄《琴賦序》：「楚莊有鳴琴曰繞梁，司馬相如有琴曰綠綺，蔡邕有琴曰焦尾，皆名器也。」唐李白《游泰山》六首之六：「獨抱綠綺琴，夜行青山間。」陽春，古樂曲名。詳前《送新喻李明府伯承》注〔六〕。干將，古寶劍名。紫氣，此指寶劍之氣。詳前《崔駙馬山池燕集得「無」字》注〔二〕。此謂干將一劍孤處，莫邪失而深藏，只要提起干將，深藏者卽欲出而求合。

〔四〕詞客：詩人。吳門：指今江蘇蘇州。此指昆山。王家兄弟：指王世貞、王世懋兄弟。王氏兄弟家太倉，與昆山爲鄰縣。

寄謝許左史刊《倡和集》

平臺左史寄相思，開卷風流見往時〔一〕。已自游梁詞賦長，翻因御李姓名疑〔二〕。《玄經》竟爲何人出，郢調除非和客知〔三〕。君有明珠堪照乘，更煩清影及茅茨〔四〕。

【題解】

許左史，卽許邦才，時任周王府左長史。《倡和集》，卽《海右倡和集》，爲許邦才與李攀龍等唱和的詩歌集。許邦才任周府長史爲嘉靖四十二年（一五六三），刊印《倡和集》蓋在嘉靖四十五年。

【注釋】

〔一〕平臺：卽梁王臺，漢梁王劉武所築，在兔園內。詳前《雜興又十一首》注〔九〕。其故址在周王封地內，因指周王府。

〔二〕游梁：指許邦才游宦河南周王府。梁，即戰國時期的魏國，都大梁（今河南開封市），因指河南。御李：東漢李膺爲名士領袖，荀爽往謁，爲其駕車，後世遂以御李謂得親近賢者。詳《後漢書·李膺傳》。此以喻指許邦才與自己親近。

〔三〕《玄經》：即《太玄經》。漢揚雄著，也稱《揚子太玄經》。詳前《郡齋》注〔四〕。爲何人出，謂爲知己者出。所以下句說『郢調除非和客知』。郢調，指《陽春》、《白雪》一類高雅的樂曲。和，唱和。

〔四〕明珠：指照乘珠。《史記·田敬仲完世家》：『魏王與齊威王會田於郊。魏王曰：「若寡人之小國，尚有徑寸之珠，照車前後各十二乘者十枚。」』

舜祠哭臨大雪

雨雪號天慘曙暉，君王千載一垂衣〔一〕。廷中左鉞將軍出，海上樓船使者歸〔二〕。紫氣不隨江漢轉，白雲還傍薊門飛〔三〕。孤臣賸有蒼梧淚，逐客瀟湘在亦稀〔四〕！

【題解】

舜祠，奉祀舜的廟堂，指濟南舜井街的舜廟，即舜皇廟，早已廢圮。舜，即虞舜，東夷人的領袖，古代傳說中的聖王，繼堯而統治天下。孟子說：『舜生於諸馮……東夷之人也。』（《孟子·離婁下》）諸馮，一說爲今山東諸城，一說在山東菏澤。相傳舜耕於歷山之陽。其所耕歷山，歷來說法不一。北宋著名文學家曾鞏任齊州太守期間曾著文論辯，謂濟南千佛山即舜所耕歷山。見《元豐類稿·齊州二堂記》。千佛山，古稱歷山、舜耕山。濟南舊時有關舜的傳說和遺跡甚多，如濟南舊城南門因對著歷山，稱舜田門；城內舜井，相傳爲舜在耕歷山時開鑿，也傳爲舜關鎖水怪巫支祁的地方，至今井口有鐵索垂弔其中。濼水又稱娥姜水，趵突泉建有娥姜廟，都是爲了紀念舜的二妃娥皇、女英。爲紀念舜，在舜井旁建有舜皇廟即舜祠，千佛山上也建有舜祠。天降大雪，詩人爲何要哭？爲什麽偏偏到舜祠去哭？『孤臣賸有蒼梧淚，逐客瀟湘在亦稀』，他是爲舜帝降雪示祥而哭，爲堯舜盛世不再而哭，也爲了不得爲臣事舜帝而哭。他借雪抒慨，哭訴心事，文筆婉曲，其情可哀。

【注釋】

〔一〕君王：指舜。古代推尊舜爲一代聖王，與堯並稱『堯舜』。垂衣：也作『垂衣裳』、『垂裳』。《易·系辭下》：『黄帝堯舜垂衣裳而天下治，蓋取諸乾坤。』本謂帝王無爲而治，此謂降臨人世。俗謂瑞雪兆豐年，而好年景又是政治清明的表現，故云。

〔二〕左鉞（yuè）：左手執斧。《尚書·牧誓》：『王左杖黄鉞，右秉白旄，以麾。』黄鉞，以黄金飾斧。樓船：高大分層的船。此指戰船。

〔三〕『紫氣』二句：謂舜帝南巡不歸，祥瑞之氣也就没有回轉，而今白雲從京都飛來，莫非舜帝的精魂回到北方了？紫氣，紫色雲氣，吉祥之征。江漢，長江、漢水之間，指楚地。《晉書·張華傳》：『斗、牛之間常有紫氣。』古代天文學家區分全國土地，與天上的二十八宿相匹配稱爲分野。斗、牛之間，指吴地與粤地之間。見《漢書·地理志下》。據《史記·五帝本紀》載，舜『南巡狩，崩於蒼梧之野，葬於江南九疑，是爲零陵』。蒼梧屬粤地。《竹書紀年》上《帝舜有虞氏》：『十四年，卿雲見，命禹代虞事。』卿雲，也作『慶雲』、『景雲』，古人認爲是祥瑞之氣。白雲，與『紫氣』相對爲文，均指雲氣。薊門，指北京。白雲傍薊門，隱含對嘉靖皇帝的期盼。

〔四〕『孤臣』二句：謂作爲辭官家居之人，只有哭祭聖主的份而難預盛世，像屈原那樣忠貞之臣，即便在瀟湘也很少見到了。孤臣，失勢無援之臣。作者自謂。賸，同『剩』。蒼梧，山名。即今湖南九嶷山，爲傳說中舜卒葬之地。傳說堯之二女娥皇、女英嫁於舜，舜南巡不歸，二女追尋至湘水，聞舜死訊，淚灑竹上成斑（斑竹由此而來），遂投湘水而死，化爲湘水女神。逐客，遭貶逐之臣。指屈原，亦隱以自指。瀟湘，舊詩文中指湘水。戰國時期楚國愛國詩人屈原，因主張改革楚國政治而觸怒權貴，被流放到湘水流域，聽到楚國都城陷落，投江而死。

答寄子與，時自蘆臺移瑞州，按察山東

北風飛雪擁南奔，苦向綈袍掩淚痕〔一〕。病客世疑中散傲，故人官起外臺尊〔二〕。尺書萬里存交誼，一歲三遷見主恩。月出登樓如匹練，每依吳觀望吳門〔三〕。

【題解】

子與即徐中行。子與自蘆臺移官瑞州，詳前《子與自蘆臺量移瑞州》題解。子與至瑞州同知任不久，「以太安人訃去位。亡何，就其家起山東僉事，未任」（《天目先生集》附李炤《徐公行狀》），而李攀龍聞其將出任山東，隨即寫了這首詩。

【注釋】

〔一〕奔：奔喪。綈袍：戀念往日友人。詳前《贈張子含茂才》注〔三〕。此爲作者自指。

〔二〕病客：作者自指。中散：指嵇康。詳前《寄宗考功》注〔六〕。故人：指子與。外臺：御史臺的別稱。子與往任山東按察司僉事，故云。詳前《送馮汝言學憲之浙江》注〔五〕。

〔三〕匹練：喻白馬。詳前《寄題元美藏經閣》注〔二〕。吳觀：泰山峯名。說登峯可望見會稽。見《後漢書・祭祀志》。

於白雪樓送龔生入貢

樓上春陰動曉寒，薊門千里入憑闌。別來《白雪》還誰和，老去青雲好自看。天子今逢新《禹貢》，諸生不改舊《周官》〔一〕。臨軒若問羊裘客，莫道江湖有釣竿〔二〕。

【題解】

龔生，指龔勖。詳前《龔生初度與郭子坤集開元寺餞許右史》題解。入貢，謂入國子監做貢生。貢，貢舉，謂古代官吏向君主推薦人才，後指科舉制度。《禮·射義》：『諸侯歲獻，貢士於天子。』科舉制度中，生員（秀才）若考選升入國子監讀書者，即稱爲貢生。明代有歲貢、選貢、恩貢與納貢。

【注釋】

〔一〕《禹貢》：《尚書》中的篇名。此取『貢』的意思，所以說『新《禹貢》』。《周官》：即《周禮》，儒家經典之一。

〔二〕羊裘客：謂隱居者。羊裘，羊仲、裘仲，漢代隱士。詳前《拂衣行答元美》注〔八〕。

杜青州按察楚中

東方千騎古諸侯，憲府新開大楚秋。北海清風猶滿座，武昌明月更登樓〔一〕。五雲過郢朝佳氣，三峽吞江擁上游〔二〕。此地功名誰得似？君家元凱自荊州〔三〕。

【題解】

杜青州，指青州知府杜思。詳前《青州志成贈杜使君》題解。楚中，蓋指今湖南、湖北。明代設湖廣布政使司，轄今湖南、湖北，爲古楚腹地。杜思爲青州知府，稱其爲一方諸侯，爲諛辭。杜思赴楚，以例任按察司副使，所以稱『憲府』。杜思隆慶元年（一六六七）升湖廣副使，詩當作於此時。

【注釋】

〔一〕北海、武昌：謂其從青州至武昌。北海，漢置郡名。青州古屬北海郡。武昌，地名。即今湖北武漢市武昌。清風：清廉之風。滿座：以漢末北海太守孔融喻杜思。詳前《送新喻李明府伯承》注〔二〕。

〔二〕五雲：祥瑞的雲氣。郢：指古楚國都城，在今湖北荆州境内。

〔三〕元凱：指晉杜預，字元凱，京兆杜陵（今陝西西安）人。魏晉間政治家、史學家、辭賦家。晉咸寧四年（二七八），爲晉征南大將軍，都督荆州諸軍事，預平吳之役。平吳後，仍鎮守荆州，講武修文，施惠於民，人號『杜父』。生平詳《晉書》本傳。

寄別元美

誰憐伏闕上書還？國士銜冤動帝顔。殺氣始應高碣石，飛霜猶自滿燕山〔一〕。風塵雙淚綈袍盡，湖海扁舟白髮閑〔二〕。卻念十年攜手地，不知春色在吳關。

【題解】

元美，即王世貞。據《弇州山人四部稿》、《續稿》所載詩文，元美兄弟於隆慶元年（一五六七）正月赴京，上《懇乞天恩俯念先臣微功極冤特賜昭雪以明德意以伸公論疏》。據《明實錄》載，是年八月，詔復王忬原官。由此知此詩作於隆慶元年秋。

【注釋】

〔一〕『殺氣』二句：謂王忬功高而冤情動天。殺氣，謂戰事。碣石，山名。在渤海畔，或云在河北，或云在山東。王忬曾在京郊通州、開灤等處抵禦韃靼入侵有功。飛霜，六月飛霜，謂冤情動天。相傳戰國時，鄒衍事燕惠王，被人構陷下獄，時正當炎夏，天忽降霜。見《初學記》卷二引《淮南子》、漢王充《論衡·感應》。

〔二〕『風塵』二句：謂二人戀戀淚別，而自己仍將隱居。綈袍，謂眷戀故友之意。詳前《贈張子含茂才》注〔三〕。扁舟，謂放浪江湖，即隱居。

答元美山東道中見寄

飛來尺素九河陰，報道春光滿上林〔一〕。游子自矜年少好，故人無恙歲寒心。即今病借青雲起，何用詩傳《白雪》音。處士一星依帝座，兩朝誰似主恩深〔二〕！

【題解】

詩作於隆慶元年，由『報道春光滿上林』，知此時元美已授新職。王世貞過德州不及訪于鱗，作詩寄之，此爲于鱗答詩。

【注釋】

〔一〕尺素：書信。九河：黄河的九個支流。詳前七律《登黄榆、馬陵諸山，是太行絶頂處》注〔一四〕。

〔二〕處士一星：即處士星。喻指隱士。《晉書·隱逸·謝敷傳》：『初，月犯少微。少微，一名處士星，占者以隱士當之。』兩朝：指嘉靖、隆慶兩朝。

答元美廣川道中見寄

椷書遥借薊門看，咫尺平原一笑難〔一〕〔一〕。便道何妨留作客，他家惟願起爲官〔二〕。雙龍夜敞星文動，匹馬秋深嶽影寒〔三〕。杯酒可知公子意，空懸十日布衣歡〔四〕。

【校記】

〔一〕咫，明刻諸本並作『只』。

【題解】

廣川，漢置縣名。故城在今河北棗强縣東。從『空懸十日布衣歡』，知二人均未仕。此蓋爲隆慶元年（一五六七）八月，對元美由京返里途中寄詩作答。

【注釋】

〔一〕椷（jiān）書：書信。椷，同『緘』。一笑難：謂近在咫尺而見面爲難。

〔二〕起：起復。本謂官吏丁憂不待服滿而復以原官徵用，後凡因故辭官、免官而起用者，均謂起復。

〔三〕雙龍：喻二人離而復合。詳前《崔駙馬山池燕集得『無』字》注〔二〕。嶽影：岱嶽之影，謂泰山北面自己的居處。

〔四〕十日布衣歡：《史記·范雎列傳》載秦昭王與平原君書：『願與君爲布衣之友，君幸過寡人，寡人願與君爲十日之飲。』後用以指朋友暫住歡聚。

答王敬美廣川道中見懷

薊門秋色夢中偏，二子乘舟下廣川。食客未應常在趙，酒人誰復並游燕〔一〕。心知老驥元千里，目送歸鴻自一天〔二〕。已分蓬蒿能興盡，壚頭春酒卻堪憐〔三〕。

【題解】

此詩與《答元美廣川道中見寄》作於同時。敬美，即王世懋，元美之弟。詳前《答王敬美進士》題解。

【注釋】

〔一〕趙：縣名。即今河北趙縣。燕：古地名。此指北京。

〔二〕老驥：老馬。作者自指。三國魏曹操《步出夏門行》：『老驥伏櫪，志在千里；烈士暮年，壯心不已。』歸鴻：南歸之雁。此喻指敬美，謂其志意高遠。

〔三〕『已分』二句：謂已自料老死草野，可惜不能與你在一起痛飲。分，自料。壚頭，放置酒罈的土臺。

答寄俞仲蔚兼呈元美，時不果枉，因有末句

濁酒新開綠綺鳴，白雲湖上掩柴荊〔一〕。興來陶令還辭社，老去龐公不入城〔二〕。一疏中原高病色，千秋吾黨見詩名。故人徑作書相別，握手看君負此生。

【題解】俞仲蔚，即俞允文。詳前《答寄俞仲蔚》題解。元美，即王世貞。時不果枉，謂俞氏來訪未果。枉，枉駕，對人來訪的敬辭。

【注釋】

〔一〕綠綺：琴名。詳前《贈吳人梁辰魚》注〔三〕。白雲湖：湖名。在今濟南章丘境內，李攀龍故居東。

〔二〕陶令、龐公：均爲自喻。陶令，即晉代大詩人陶淵明。龐公，指龐德公，東漢襄陽（今湖北襄樊）人。居峴山南。未嘗入城市。詳《後漢書·逸民列傳》本傳。

寄懷子與

白雲愁色滿秋天，海上離心鴈影傳。那堪對酒書相憶，況復登樓月正圓！自爾一攜龍劍合，何人更問鶡冠篇〔一〕？莫言十日平原飲，不是王孫得意年〔二〕。

【題解】子與，即徐中行。

【注釋】

〔一〕龍劍合：喻二人相會。詳前《崔駙馬山池燕集得『無』字》注〔二〕。鶡冠：隱者之冠。詳前《送鄭生游大梁》注〔一三〕。

〔二〕十日平原飲：謂相聚作布衣之飲。詳前《答元美廣川道中見寄》注〔四〕。

殷洗馬誕子值今上登極日

詞臣三命侍經筵，聖主龍飛薊北天〔一〕。珠借星辰堪並出，孤隨日月更新懸〔二〕。一毛深照銜圖夜，千里長懷托乘年〔三〕。共訝玉堂分氣色，兼城重喜得藍田〔四〕。

【題解】

殷洗馬，指殷士儋。詳前《送殷正甫》題解。洗馬，官名。漢時爲東宮官屬，太子出行爲前驅。晉以後改掌圖籍，隋稱司經局洗馬，歷代相沿。值，恰逢。今上，指隆慶帝。登極，帝王即位。此詩作於隆慶元年。

【注釋】

〔一〕詞臣：文學之臣，其所在官署稱詞垣。此指翰林院。殷士儋於隆慶元年（一五六七）升任侍講學士，掌翰林院事。經筵：天子與侍講、侍讀等官員講論經史，謂之經筵。殷爲侍講學士，曾充經筵講官。龍飛：此謂隆慶帝即位。

〔二〕珠：越俗生男孩曰珠兒。見《述異記》。孤：官位次於三公（太師、太傅、太保）者。《尚書·周官》：「少師、少傅、少保曰三孤。」此指殷士儋。日月：喻指君后。

〔三〕一毛：一根毛。此喻所出。見前《薛子熙以青州使君聘脩郡誌見枉林園，尋示贈章，作此答寄》注〔二〕。銜圖：此謂洗馬。殷士儋在隆慶改元前進洗馬。洗馬掌管圖籍。銜，奉君命而行曰銜。托乘年：謂方當致遠之時。《說苑·尊賢》：「明王之施德而下也，將懷遠而致近也。……是故游江海者托於船，致遠者托於乘。」

〔四〕玉堂：官署名。指翰林院。《漢書·李尋傳》「玉堂」王先謙《補注》：「何焯曰：漢時待詔於玉堂殿，唐時待詔於翰林院，至宋以後，翰林遂並蒙玉堂之號。』藍田：縣名。今屬陝西。藍田出玉，因喻名門出賢子弟。

寄賀天官殷少宰

十載詞林供奉中，史才經術並稱雄〔一〕。恭承三命銅龍署，兼典諸儒《白虎通》〔二〕。要地持衡當北斗，清聲曳履入南宮〔三〕。猶言紫極氤氳處，非復文昌八座同〔四〕。

【題解】

天官，天官冢宰的簡稱。明代爲對吏部的通稱。殷少宰，指殷士儋。少宰，吏部侍郎的別稱。殷士儋於隆慶元年（一五六七）擢侍講學士，掌翰林院事，進禮部右侍郎，未幾改吏部。

【注釋】

〔一〕詞林：指翰林院。

〔二〕銅龍署：即銅龍門。漢代爲太子門。詳《漢書·成帝紀》『出龍樓門』《注》。殷士儋曾充裕王（隆慶帝）講官、太子洗馬，掌詹事府事。《白虎通》：即《白虎通德論》、《白虎通義》，漢班固等編撰。漢章帝建初四年（七九），詔諸儒會集白虎觀，議《五經》異同，班固等著此書奏上，故稱《白虎通》。

〔三〕『要地』二句：謂殷士儋居權要之地，是受皇帝賞識的尚書。要地，權要之地。指殷氏由禮部改吏部。持衡，喻評量人才。衡，度量衡。唐岑參《奉和相公發益昌》：『暫到蜀城應計日，須知明主待持衡。』當，迎合。北斗，星名。此喻指皇帝。清聲，清廉之聲。曳履，謂爲尚書。詳前《送王給事使潞》注〔四〕。南宮，謂尚書省。漢代尚書省像列宿之南宮。見《後漢書·鄭弘傳》。

〔四〕紫極：紫微垣爲皇極之地，因稱帝王所居爲紫極。見《三國志·魏書·文德郭皇后傳》『后崩於許昌』《注》。文昌：官署名。尚書省的别稱。唐武后光宅元年（六八四）改尚書省爲文昌臺，又改爲文昌都省。東漢、晉以六曹尚書並令、僕射二人爲八座。見《後漢書·百官志》、《晉書·職官志》。

答寄劉子威侍御二首

吳客椷書問轉蓬，姑蘇臺上起秋風〔一〕。七星已佩干將劍，五色還乘鮑氏驄〔二〕。江海雙懸精自合，《陽春》一曲步逾工。只今曾照西施月，多少娥眉畫不同〔三〕！

其二

憶昔風雲滿帝鄉，同時射策向明光〔四〕。一毛宛在中書日，匹練遥飛御史霜〔五〕。北海清尊開岱色，西京綵筆照河梁〔六〕。非君尺素三江下，爭得秋聲入鴈行〔七〕？

【題解】

劉子威，名鳳，字子威，長洲（今江蘇蘇州）人。嘉靖二十九年（一五五〇）進士，初授推官，拜監察御史，左遷興化府推官，升河南按察司僉事，罷歸，卒於家。清錢謙益《列朝詩集小傳·丁集中》謂『子威博覽羣籍，苦心鈎索，著騷賦古文數十萬言，觀者驚其煩富，憚其奥僻，相與駭掉慄眩，望洋而歎，以爲古之振奇人也』。侍御，官名。此指監察御史。詩當作於隆慶元年秋。

【注釋】

〔一〕槭書：即緘書。槭，同「緘」。轉蓬：風起蓬飛，飄落不定，喻指漂泊所居。姑蘇臺：臺名。在姑蘇山上。春秋時期吳王夫差爲所得美女西施所築。姑蘇，即今江蘇蘇州市。

〔二〕七星：劍名。爲春秋時期楚人伍子胥所佩之劍。伍子胥投吳，助吳攻楚。詳《吳越春秋·王僚使公子光傳》。干將劍：吳人干將所鑄之劍。見《吳越春秋·闔閭内傳》。鮑氏驄：古樂府《鮑司隸歌》：「鮑氏驄，三入司隸再入公。馬雖瘦，行步工。」鮑宣，字子都，與子永、孫昱俱爲司隸，皆乘驄馬。

〔三〕西施：春秋時期越國美女。娥眉：謂美女。

〔四〕射策：古代試士的方法之一。詳前《送崔中甫入對》注〔二〕。明光：宫殿名。

〔五〕一毛：此喻輕微。中書：官名。明代置内閣中書、中書科中書，凡内閣敕房、制敕房俱設中書舍人，掌書寫機密文書。匹練：喻白馬。詳前《登華不注山送公瑕》注〔二〕。

〔六〕北海清樽：此自指，謂在家詩酒自娱。北海，漢置郡、國名。西漢治所在營陵（今山東昌樂東南），東漢改爲國，治劇縣（今昌樂西）。漢末孔融爲北海太守，喜獎掖後進，居家以飲酒客滿爲樂。詳《後漢書》本傳。尊：通「樽」，酒杯。岱：泰岱，即泰山。西京：指長安，即今陝西西安市。

〔七〕三江：三江口，地名。今江蘇省吴江市北，吴淞江、婁江、東江分流處。爭：怎。鴈行：如大鴈行列，謂同列。

顧中翰祭告德、衡二藩兼有事沂山東海

聖主新恩北極開，侍臣銜命出燕臺〔一〕。三齊茅土星潢近，二國松楸雨露回〔二〕。百丈自天垂瀑

布，五雲佳氣接蓬萊〔三〕。俱言海嶽游偏壯，爲有王褒作頌才〔四〕。

【題解】

顧中翰，指顧從義。顧從義，字汝和，號硯山，上海人。嘉靖中授中書舍人。隆慶初以修國史擢大理寺評事。生平詳俞允文《仲蔚先生集·荊溪唱和詩序》等處。中翰，官名。即中書舍人。祭告，古時國有大事，致祭神前而告之。此或謂告知有關祭祀先帝之事。德、衡二藩，指德王、衡王。德王府故址在今濟南珍珠泉。衡王封地在今山東青州。沂山，山名。在今山東中部，主峯在臨朐境內。從首句『聖主新恩北極開』，知此詩作於隆慶元年（一五六七）。

【注釋】

〔一〕北極：喻指朝廷。燕臺：即黄金臺、郭隗臺。詳前《送新喻李明府伯承》注〔三〕。此指北京。

〔二〕『三齊』二句：謂山東靠近王室，德、衡均沾皇帝之恩。三齊，指古齊國之地。秦漢之際，項羽分齊爲膠東、齊、濟北三國，後田榮平定三國，『並王三齊』。見《史記·項羽本紀》。星潢，謂王族。潢，星名。二國，指德、衡二藩。松楸，二木名，即松樹、楸樹。因墓地多植，或代指墓地。松楸沾溉雨露，謂先人受皇帝雨露之恩。

〔三〕『百丈』二句：謂從沂山到東海。百丈，千尺，謂極高。此指沂山瀑布。五雲，祥雲。蓬萊，地名。即今山東蓬萊，濱海。

〔四〕海嶽：東海、泰嶽。王褒：字子淵，蜀（今四川）人。西漢辭賦家，代表作爲《洞簫賦》、《聖主得賢臣頌》，賦載《文選》。生平詳《漢書》本傳。

送郭使君解郡暫還豫章詩有序

公之難去郡百姓，郡百姓之難去公，猶之免赤子於懷也，斯古遺愛焉〔一〕。不獲乎上，民不得而治矣〔二〕。不曰直道而事人，焉往而不三黜哉〔三〕！惟是帝命維新，舜有天下，選臯陶於衆，危言危行，是以論其世也〔四〕。重遻而厚望之，相與以成其後者乎〔五〕？

春風解郡豫章還，已報征車起漢關〔六〕。儘恠雙龍高紫氣，何妨五馬照朱顏〔七〕？門人榻白南州下，座客樽應北海閑〔八〕。似是朝廷知借寇，先開書篋慰中山〔九〕。

【題解】

郭使君，指郭廷臣，江西南昌人。進士。嘉靖末年任濟南知府。見道光《濟南府志·秩官五》。解郡，謂免去知府職任。而詩云『先開書篋慰中山』，似朝廷在其去職之時又有所交代。豫章，郡名。治所在今江西南昌市。從所說『帝命維新，舜有天下』，知此詩作於隆慶改元之年，即一五六七年。

【注釋】

〔一〕赤子：謂庶民，普通百姓。《正字通》：『始生小兒曰赤子，君謂民亦曰赤子。』遺愛：謂古人之遺風。《左傳·昭公二十年》：『及子產卒，仲尼聞之，出涕曰：「古之遺愛也。」』《注》：『子產見愛，有古人之遺風。』

〔二〕不獲乎上：謂得不到上司的信任。

〔三〕直道：正直之道。黜：廢黜。此謂免職。

〔四〕帝命維新，舜有天下：指隆慶改元。將隆慶帝比作舜，可見他對其充滿期待。臯陶：堯的大臣，舜命其作士，主管刑法。《史記·五帝本紀》：『臯陶爲大理，平，民各服其實。』危言危行：語出《論語·憲問》，謂不畏危難而直言，秉持正直而做事。

〔五〕重遻：重新相遇。遻，遇。

〔六〕征車：此謂行旅之車。征，行。唐白居易《送鄭谷》：『郵亭已送征車發，山館誰將火候迎？』

〔七〕雙龍：晉雷次宗在豫章掘得雙劍，後變雙龍入水游去。詳前《崔駙馬山池燕集得『無』字》注〔二〕。此指豫章。五馬：漢代太守以例駕五馬。此謂知府。

〔八〕『門人』二句：謂豫章門人早已專候，而這裏的賓客卻即將散去。南州，泛指南方地區。此指豫章即南昌。東漢南昌人徐穉（zhì），字孺子，家貧，耕稼自資，而德行爲人所景仰。時陳蕃爲豫章太守，不接待賓客，惟爲孺子設一榻，來即放下，離則挂起。詳《後漢書·徐穉傳》。北海，漢代郡、國名。孔融曾爲北海太守，以好客著稱。詳《後漢書·孔融傳》。樽，酒杯。孔融曾說『坐中客恒滿，尊中酒不空，吾無憂矣』。尊，同『樽』。

〔九〕借寇：謂挽留地方官。寇，指寇恂。據《後漢書·寇恂傳》載，恂爲潁川守，深得百姓擁戴。後入爲執金吾，隨車駕南征。恂從至潁川，百姓遮道向皇帝請求借寇恂一年。

送都轉運劉使君還萬安有序二首

使君之在西省〔一〕，與僕甚驩，久不聞問；轉運山東時，某杜門十載矣。哀宗、梁之悠悠，感王、徐之常勤，抵掌於同舍之役也〔二〕。使君司寇世家，仲氏入拜九卿，季子出典大郡，是稱難兄，再領國課，厥聲卓然〔三〕。尋以舊守常德，誤中掇拾，當路惜焉〔四〕。顧使君之在西省，不少假一冢宰掾，卽風采可知矣〔五〕。

使君漕挽三東回，天子全齊外府開〔六〕。海國至今餘伯氣，大風千古見雄才〔七〕。魚梁忽落雙江水，白石遥分萬里臺〔八〕。更《廣絕交》成妙論，可無人識孝標來〔九〕？

其二

十年西署結交歡，別後雲霄尺素難。郡接荊衡分岳牧，場開海岱領鹽官〔一〇〕。五溪誤見明珠拾，千里誰將老驥看〔一一〕！莫道賜環非近事，新懸白日照長安〔一二〕。

【題解】

都轉運，官名。明代在沿海各省設有都鹽轉運使，專管鹽務。劉使君，指劉常，字秉卿，江西萬安人。舉人。嘉靖四十五年（一五六六）任山東都轉鹽運使。見道光《濟南府志・秩官四》。序稱『杜門十載』，蓋爲約數。李攀龍於嘉靖三十七年（一五五八）秋棄官歸里，至隆慶元年（一五六七）爲十年。

【注釋】

〔一〕西省：也稱『西垣』、『西掖』。中書省的别稱。見漢應劭《漢官儀》。此指中書舍人。

〔二〕宗、梁：指宗臣、梁有譽，此時皆已去世。王、徐：指王世貞、徐中行。抵掌：抵掌而談，謂交談極爲歡洽。

〔三〕司寇：古官名。掌管刑獄、糾察等事。後世以大司寇爲刑部尚書的别稱。劉常爲官僚世家，其曾祖劉廣衡，字克平，永樂末進士，官至刑部尚書；其祖劉玉，字咸栗，號藜閣生，弘治九年（一四九六）進士，官刑部左侍郎，嘉靖元年改右侍郎，隆慶初贈刑部尚書。所以説他是『司寇世家』。仲氏：指劉玉次子愨，嘉靖進士，官至南京工部侍郎。季子：劉玉第三子，即劉常之父劉喬，成化初進士，累官湖廣左布政使。參見《明史・劉玉傳》。

〔四〕常德：地名。今屬湖南。掇拾：謂播弄。當路：當權者。

〔五〕冢宰掾：指吏部屬官。

〔六〕漕挽：水運曰漕，陸運曰挽。全齊：指山東。

〔七〕伯氣：即霸氣。伯，通「霸」。大風：大國之風。

〔八〕魚梁：城名。在今江西萬安縣南十里。雙江：指贛江、遂川江。白石：江名。在今廣西永福縣東北。其上游爲相思江，分兩支。見《讀史方輿紀要·永福縣》。

〔九〕孝標：即劉峻，南朝梁文學家，字孝標，平原（今屬山東）人。劉峻曾著《廣絕交論》，諷喻澆薄世態。詳《梁書》本傳。

〔一〇〕荊衡：兩府名，即荊州府、衡州府。明代屬湖廣布政使司。海岱：區域名。此指山東。

〔一一〕五溪：地名。在今湖南常德市西，即雄溪、樠溪、酉溪、無溪、力溪。見《水經注·沅水》。老驥：老馬。語本曹操《步出夏門行》「老驥伏櫪，志在千里」，謂壯志尚在。

〔一二〕賜環：謂遭放逐後召回。詳前《贈殿卿》注〔一〕。新懸白日：喻剛即位的隆慶帝。

答元美《吳門邂逅于鱗有贈》四首

姑蘇城上倚高臺，卻望中原酒一杯〔一〕。彼自有人浮海去，我今爲客渡江來〔二〕。飛龍忽報干將合，老驥還驚匹練開〔三〕。共向風雲論二子，誰知天地此徘徊〔四〕！

其二

徵君巖穴雅能深，出處人間總陸沉〔五〕。流水乍含鍾子調，浮雲不系邴生心〔六〕。關門紫氣長來往，海上青山更古今〔七〕。世事彈冠難自料，風塵容易是抽簪〔八〕。

其三

萬里風雲北極生，中原二子舊齊名。居然霄漢雙封事，自是江湖一宦情〔九〕。天借客星高物色，歌回春雪壯潮聲〔一〇〕。何妨邂逅成佳會，正復相思命駕行。

其四

雪滿江城醉色寒，蕭條春興入彈冠〔一一〕。自憐滄海雙珠合，誰作青雲一鶚看〔一二〕？日月祇銷高伏枕，風塵何事老投竿〔一三〕？豈宜梅福吳門在，共說先朝吏隱難〔一四〕。

【題解】

隆慶元年（一五六七）春，王世貞赴京，伏闕上書，爲其父辯冤，得準復原官，返程舟次吳門，與起復爲浙江按察副使的李攀龍邂逅相遇。老友重逢，歡然道故，作有《于鱗赴浙臬邂逅吳門有贈凡四首》，此爲答詩。世貞父冤情雖得昭雪，而他卻未獲恤典，心中自然不快。此時老母又要求他入仕；是仕是隱，尚在猶豫不決。李攀龍隱居十年，雖內心深處亦存有疑慮，而對新朝卻抱有希望，因而應詔起復赴浙任職。二人歡聚之後，分別以詩表達各自的情懷。吳門，今江蘇蘇州的通稱。

【注釋】

〔一〕姑蘇城：即蘇州城。因境內有姑蘇山而得名。姑蘇山上有姑蘇臺，一名姑胥臺。《史記·吳太伯世家》注引《越絕書》：『闔廬起姑蘇臺，三年聚材，五年乃成，高見三百里。』卻望中原：謂雖應詔赴任，卻仍留戀往日的隱居生活。

〔二〕浮海去：謂隱居不仕。此指元美。《論語·公冶長》：『道不行，乘桴浮於海。』爲客：做客。作者自指。

〔三〕飛龍：即龍飛。劍合爲龍，騰空飛去。此喻知己相遇。干將：劍名。詳前《崔駙馬山池燕集得『無』字》注〔二〕。老驥：取曹操『老驥伏櫪，志在千里』（《步出夏門行》）之意。作者自喻。匹練：喻白馬。詳前《登華不注山送公瑕》注〔二〕。

〔四〕『共向』二句：謂在時勢變化的今天，人們都在談論我們二人的去向，又有誰知我們卻在仕與隱之間猶豫不決呢。風雲，風與雲會，喻指時勢，也指際遇得時。《易·乾·文言》：『雲從龍，風從虎，聖人作而萬物睹。』徘徊，躊躇逡巡，猶豫不決。唐劉滄《江行書事》：『遠渚蒹葭覆綠苔，姑蘇南望思徘徊。』王、李爲文壇領袖，曾因不滿嚴嵩專擅朝政而終嘉靖朝隱居不仕，隆慶帝即位，二人去向遂爲人們所關注。

〔五〕徵君：徵士的美稱。朝廷徵聘的士人稱徵士。作者自謂。巖穴：謂隱居。出處：謂進與退，仕與隱。陸沉：無水而沉。喻隱居。《莊子·則陽》『陸沉者』《注》：『人中隱者，譬無水而沉也。』

〔六〕『流水』二句：謂世貞之詩傳達出知己之音，而富貴於己並不在心。鍾子，指鍾子期，春秋楚人，與善鼓琴者俞伯牙爲友，伯牙彈琴，子期總能體會出其心志，因以鍾子期知音喻知己。詳前《雜興十首》注〔一〕。浮雲，喻不足關心。《論語·述而》：『不義而富且貴，於我如浮雲。』邴生，指三國邴原。邴原，字根矩，北海朱虛（今山東臨朐）人。據《三國志·魏書》本傳載，『少與管寧俱以操尚稱，州府辟命皆不就』，黄巾起，避居遼東，後曹操辟爲司空掾，徙署丞相徵事。後代涼茂爲五官將長史，『閉門自守，非公事不出』。此以邴原自喻。

〔七〕關門：指函谷關。相傳老子出關，有紫氣相隨。詳前《關門雪望》注〔二〕。世貞詩第二首有『西嶺白雲推案出，中原紫氣渡江來』之句。紫氣，祥瑞之氣。關門紫氣常來往，謂仕與隱可據時勢而定。海上青山：答世貞『倏然自喜千秋事，去矣誰當一代才』，謂所從事的文學復古事業如同海上青山亙古不變。

〔八〕彈冠：謂出而爲官。詳前《感懷》注〔三〕。抽簪：謂棄官歸隱。詳前《拂衣行答元美》注〔九〕。

〔九〕霄漢雙封事：謂上奏之事。霄漢，喻指朝廷。封事，奏疏。臣下奏事，密封以防洩露，謂之封事。此或大臣推薦二人的奏章。此答世貞詩第三首『知君偃蹇故金魚，除目何當問草廬。不必齊謳稱獨行，於今越絶有新書』。

〔一〇〕客星：謂忽隱忽顯的星。《史記·天官書》：『客星出天廷，有奇令。』

〔一一〕江城：指姑蘇城，濱江。蕭條春興：春興索然。謂即使起復亦未感到振奮。

〔一二〕滄海雙珠：喻指自己與世貞。賢者不見知於時，猶如滄海遺珠。見《唐書·狄仁傑傳》。青雲一鶚：摩天高飛的鶚。青雲，晴空。鶚，雕一類鳥，雌雄相得，交則雙翔，別則異處，被認爲是一種獨立不移、出乎其類的鷙鳥。《後漢書·文苑·禰衡傳》載孔融《薦禰衡疏》：『（禰衡）忠果正直，志懷霜雪。見善若驚，疾惡若仇。……鷙鳥累百，不如一鶚。使衡立朝，必有可觀。』

〔一三〕日月：日月合璧，日月同升。喻指與世貞二人。高伏枕：高臥不起。風塵：喻指宦途。老投竿：年老而扔掉釣竿，謂結束隱居生活。

〔一四〕梅福：字子真，九江壽春（今屬安徽）人。據《漢書》本傳載，梅福少時游長安，通曉《尚書》、《穀梁春秋》，爲郡文學，補南昌尉。後棄官家居，以讀書養性爲事。成帝、哀帝時屢次上書言事而不納，見王莽專政即拋妻別子去九江，傳以爲仙。『其後，人見福於會稽者，變姓名，爲吴市門卒云』。此指世貞。先朝：指嘉靖朝。吏隱：舊時士大夫常以官位低微，自稱吏隱，謂隱於下位。

過嚴陵

嚴陵物色動新年，解纜春回七里船〔一〕。繡領更宜殘雪映，釣臺高並客星懸〔二〕。灘聲乍合三江壯，山勢遥臨百越偏〔三〕。此日青陽瞻帝座，羊裘深愧昔人賢〔四〕。

【題解】

嚴陵，地名。指嚴陵灘。又名嚴陵瀨、嚴瀨。在今浙江桐廬縣南，富春江畔，爲東漢嚴陵隱居時的垂釣處。嚴陵，即嚴子陵，名光，一名遵，字子陵，會稽餘姚（今屬浙江）人。《後漢書·逸民列傳·嚴光》説，嚴光『少有高名，與光武同游學。及光武即皇帝位，乃變名姓，隱身不見。帝思其賢，乃令以物色訪之。後齊國上言：「有一男子，披羊裘釣澤中。」帝疑其光，乃備安車玄纁，遣使聘之。』到洛陽後，光武帝劉秀親自到其住處探望，並引其入宫，『因共偃臥，光以足加帝腹上。明日，太史奏客星犯御座甚急。帝笑曰：「朕故人嚴子陵共臥耳。」任其爲諫議大夫，不屈，乃耕於富春山。後人名其釣處爲嚴陵瀨焉。』詩對嚴光不慕榮利、不附權貴的高潔品格表示仰慕，而自愧不如。從『嚴陵物色動新年』詩句看，作時應在隆慶二年春。

【注釋】

〔一〕物色：風物，景色。解纜：謂啓動船隻。纜，拴系船隻的繩索。七里：七里瀨，一名七里灘。在桐廬縣嚴陵山之西，兩岸壁立，水流急速，俗謂無風七里，有風七十里。

〔二〕『繡領』二句：謂我作爲執法官更應學習嚴光的高尚品格，所以前來瞻仰其隱居垂釣之處。繡領，猶繡衣。執法官的衣飾。詳前《賦得狼居胥山送李侍御》注〔六〕。作者時任按察副使，故以自指。釣臺，即嚴陵瀨，又名嚴陵釣壇。嚴陵殘雪，隱喻嚴光的高潔品格。釣臺高聳，以感覺寫視覺，謂仰慕之情。

〔三〕三江：嚴陵瀨在富春江、衢江與新安江的匯合處。百越：今浙江、福建、廣東等地爲古越族聚居地。浙江在百越北部，故云『偏』。

〔四〕青陽：謂春天。見《爾雅·釋天》。瞻帝座：謂瞻仰犯帝座的客星，指嚴光。帝座，即御座。羊裘：羊仲、裘仲，古代隱士。詳前《拂衣行答元美》注〔八〕。此爲作者自指。昔人：指嚴光。

題候濤山觀音寺，寺徙自落迦

落迦山上古祇林，白馬西來峽口深〔一〕。月出爾時樓閣影，風還如是海潮音。若非鸚鵡元能語，誰解蓮花不染心〔二〕？五十三員知識盡，可勞蹤跡問浮沈〔三〕？

【題解】

此詩作於隆慶二年按察浙江期間。候濤山，在今浙江舟山市鎮海區普陀山。觀音寺，供奉觀音的寺廟。落迦，山名。佛經有觀音住南印度普陀洛迦山的說法，俗遂傳浙江舟山的普陀山是從南印度遷來的。相傳唐人中年間（八四七—八六〇），有一印度僧人來此自燔十指，目睹觀世音菩薩現身說法，授以七色寶石，遂傳此處爲觀音顯聖之地，因亦名普陀爲洛迦（「洛」或作「落」）。此處「徙自落迦」，即指從印度遷來。

【注釋】

〔一〕古祇林：古佛寺。祇林，即祇園，祇陀太子的園林，印度佛教聖地之一。相傳是釋迦牟尼成道後，拘薩羅國給孤獨長者購置波斯匿王太子祇陀（逝多）在舍衛城南的花園，建築精舍，作爲釋迦牟尼在舍衛國居住說法的場所。此指佛寺。佛教傳說，祇陀太子騎白馬從西方來。峽口，指海峽。普陀山在海中，爲舟山羣島中的一個小島。

〔二〕鸚鵡能語：謂鸚鵡能通人言。普陀山對面，平湖有鸚鵡洲，上有報本塔，爲本縣人陸杲在嘉靖年間所建。元：原。蓮花：佛教淨土宗的象徵。東晉釋慧遠創白蓮社，稱蓮宗，即淨土宗。詳見《蓮社高賢傳》。蓮花出污泥而不染，喻指僧人虔誠修行之心。

〔三〕五十三員知識：佛教指修業累積之多。五十三，言參問之多。據《華嚴經・入法界品》載，善才童子，遍參五十三知識，即普遍參問文殊、普賢以及菩薩、佛母、比丘、比丘尼、天神、地神等，才得善果。蹤跡：行蹤。浮沈：升降。謂吉凶禍福。

大閱兵海上四首

使者乘軺大閱兵，千艘並集甬句城〔一〕。騰裝殺氣三江合，吹角長風萬里生〔二〕。帳擁樓臺天上坐，陣回魚鳥鏡中行〔三〕。不知誰校昆池戰，橫海空傳漢將名〔四〕。

其二

戈船諸校錦征袍，水戰當場命客豪〔五〕。萬櫓軍聲開島嶼，千檣陣影壓波濤〔六〕。赤城深泛旌旗動，射的遙銜竹箭高〔七〕。東海便應銅柱起，何妨馬援是吾曹〔八〕！

其三

列艦如城積水前，援枹擁棹出行邊〔九〕。桔橰氣迸流烏火，組練光搖太白天〔一〇〕。鵜鶘一呼風雨集，黿鼉雙駕斗牛懸〔一一〕。即今萬國梯航日，並識君恩浩蕩年〔一二〕。

其四

新開帷幄控朝宗，萬里波臣老折衝〔一三〕。海氣抱吳遙似馬，陣雲含越總如龍〔一四〕。中流鼓應潮聲疊，下瀨戈迴日影重〔一五〕。自有長纓堪報主，誰言白雉竟難逢〔一六〕！

【題解】

此詩作於李攀龍到任不久的隆慶二年（一五六七）。李攀龍《報劉都督》云：『乃不佞以攝海之役，執事者儼然辱而臨焉，獲承顏色，傾蓋如故。……不佞既東，陌落恬然，秋毫不犯，登場大閱，復睹紀律森嚴，士氣距躍，技藝精真，可蹈水火。艨艟便捷，投枚記里，槳舵之利，折旋如活；炮石四興，波濤響應；削柹樹檄，示疑設伏。所徵敘瀘弁旄之步，閩越善游之徒，三河挽彊（韁）之騎輩相扼腕，唯敵是求。乃日椎牛行犒，而帷幄自受也。』知作者於到任之初，即曾與戚繼光合力抗倭的名將劉顯一見如故，並曾同至海上，登場閱兵。一向關心邊事的他，看到明軍士氣高昂，武藝精湛，以爲海疆自此可保無虞，便抑制不住激動的情懷，揮筆寫下此詩。詩寫明軍演練情景及其感受，熱情奔放，氣勢磅礴，文筆恣肆，意境開闊，爲李攀龍的代表作品之一。

【注釋】

〔一〕使者：奉使來此者，指受皇帝委派監理軍政者。作者任浙江按察副使兼攝兵備，即所謂『攝海之役』，因亦在其中。乘軺（yáo）：乘坐使者之車。軺，一馬駕駛的輕便車。《文選》載南朝梁丘遲《與陳伯之書》：『乘軺建節，奉疆埸之任。』後遂以軺爲使者車。甬句（yǒng gōu），指寧波府城。甬爲浙江寧波的簡稱；句，句章，古地名，在今浙江鄞州區，屬寧波府。

〔二〕『騰裝』二句：謂各路士卒整裝待發，一聲令下，便像三江匯合一樣奔赴海疆。騰裝，整理行裝。《文選》載漢枚乘《七發》：『其波湧而雲亂，擾擾焉如三軍之騰裝。』三江，指甬江與奉化、慈溪二江。甬江發源於四明山，至鄞縣與奉化、慈溪二江匯合，東流至鎮海東入海。角，號角。

〔三〕『帳擁』二句：謂將帥坐在高高的樓船之上進行指揮，海上布列的陣勢就像魚鳥穿行於鏡中一樣。帳擁樓臺，謂主帥的指揮所設在樓船之上。帳，中軍帳。古代軍隊分中、左、右三軍，中軍爲發號施令之處，主帥親自率領。陣，軍陣，軍隊的布列。回，曲折。

〔四〕『不知』二句：極言海上演練盛況，謂演練勝過當年漢武帝昆明池練兵，將帥也比漢的橫海將軍高明。校，將帥。昆池，即昆明池。故址在今陝西西安西南。據《漢書·武帝紀》載，漢元狩三年（前一二〇），爲征伐昆明國而訓練水軍，『發謫吏穿昆明池』。此借指海上水兵演練之處。橫海，漢代將軍名號，謂其橫行海上，沒有敵手。《文選》載三國魏陳琳《檄吳將校部曲文》：『江夏、襄陽諸軍，橫截沅、湘，以臨豫章；樓船、橫海之師，直指吳會，萬里克期，五道併入。』

〔五〕戈船：置干戈以禦敵的戰船。見《漢書·武帝紀》。諸校：各路將帥。命客：下令討伐敵寇。客，起兵伐人。《禮記·月令》『爲客不利』《疏》：『起兵伐人者，爲之客。』

〔六〕艣：行船的工具，安置在船梢或船旁，由人搖動，使船前進。檣，桅杆。

〔七〕赤城：山名。在浙江天台縣，濱海。射的，山名。在今浙江紹興市南。《水經注·浙江水》：『會稽又有射的山，遠望山的狀若射侯，故謂射的。』竹箭：一名竹干，產於會稽即今浙江紹興。《爾雅·釋地》：『東南之美者，有會稽之竹箭焉。』

〔八〕馬援（前一四—四九）：字文淵，東漢初扶風茂陵（今陝西興平東北）人。東漢初，任隴西太守，後奉命率軍南征，拜伏波將軍，以功封新息侯。他在平定交趾（今越南北部一帶）之後，曾立銅柱以爲漢之邊界，因也稱伏波標柱。

生平詳《後漢書》本傳。

〔九〕積水：謂海。唐王維《送秘書晁監還日本》：『積水不可極，安知滄海東。』援桴：執持鼓槌。桴，鼓槌。《左傳·成公二年》：『左並轡，右援桴而鼓。』擁：持。行邊：謂守邊將帥巡視海疆。

〔一〇〕桔槔（jié gāo）：即桔槔烽，報警烽火。《史記·魏公子列傳》『而北境傳舉烽』《集解》引文穎說：『作高木櫓，櫓上作桔槔；桔槔頭兜零，以薪置其中，謂之烽。常眂之，有寇即火燃舉之以相告。』烏火：黑色火焰。組練：組甲與被練。組甲，以絲束穿組甲片；被練，以帛連綴甲片，均指將士的衣甲服裝。《左傳·襄公三年》：『使鄧廖帥組甲三百，被練三千，以侵吳。』太白天：欲曉天。太白，星名。即金星，一名啓明星。在天快亮時出現在東方天際。相傳太白星主殺伐，古詩文中也常喻指兵戎。

〔一一〕鵝鸛（guàn）：古代戰陣名。《左傳·昭公二十一年》：『鄭翩願爲鸛，其御願爲鵝。』黿鼉：謂黿鼉爲橋梁。《竹書紀年》：『周穆王大起九師，東至九江，架黿鼉以爲梁，遂伐越至於紆。』此謂黿鼉出而助陣。斗牛：斗宿、牛宿，星宿名。吴地當斗、牛之間，爲斗分野。見《漢書·地理志》。

〔一二〕萬國梯航：謂戰勝克敵，萬國歸服。梯航，登山航海。唐令狐楚《賀赦表》：『百蠻梯航以内面，萬國歌舞而宅心。』識：記。浩蕩：廣大。

〔一三〕控朝宗：謂控制海上的安全。朝宗，謂百川朝宗於海。波臣：海龍王的臣屬。古人認爲江海中有龍的王國，魚鱉蝦蟹都是龍王的臣屬。此指出没大海之中的倭寇。老折衝：總是後退。折衝，使敵人的戰車後退，謂擊退敵軍。

〔一四〕吴、越：古國名。地當今江浙一帶。陣雲：戰陣所形成的氛圍。

〔一五〕鼓：鼓聲。古時進軍擊鼓。下瀨：謂海邊湍急下流的海水。水激石間爲瀨。

〔一六〕長纓：系敵首的長繩。語本《漢書・終軍傳》『願受長纓，必羈南越王而致闕下』。白雉：古時以白雉爲祥瑞。《春秋感應符》：『王者德流四表，則白雉見。』

元美起家按察河南，寄促之官

莫道漁樵計已安，主恩堪爲一彈冠〔一〕。足知上國羣公疏，猶作中原二子看〔二〕。虎觀迴連嵩少起，龍門高倚大江寒〔三〕。與君聊玩人間世，明日抽簪未是難〔四〕。

【題解】

元美，即王世貞。起家按察河南，指王世貞起補河南按察副使，整飭大名兵備，但他託病未赴任，時在隆慶二年（一五六八）四月。詳見《弇州山人四部稿・患病不能赴任懇乞天恩仍舊致仕疏》。疏上未準，六月，因吏部催促勉强動身，途中又上《中途患病日深不能赴任乞恩放歸里疏》，仍未準。此時接到李攀龍勸駕的書信及詩，纔不再堅持，於八月抵大名任所。徐中行也曾寫詩勸駕，促其赴官。元美《于鱗、子與以詩勸駕有答》云：『倉皇家恤始辭官，敢向東山擬謝安。起色江湖才欲盡，壯懷天地事仍難。中原縱自容方軌，滄海何當足釣竿？神武至今冠尚在，可煩霄漢故人彈！』

【注釋】

〔一〕『莫道』二句：謂不要認爲一直過隱居生活是長久之計，當今君主的知遇之恩值得出仕一試。漁樵，打魚砍柴，謂過農家生活。主恩，君主之恩，指詔命起復。彈冠，謂將要出仕。詳前《感懷》注〔三〕。

〔二〕上國：國之上游，此謂朝廷。羣公疏：指衆多大臣推薦的奏疏。中原二子：指自己與元美。

〔三〕『虎觀』二句：謂河南的人們對您充滿期待，而您卻心灰意冷，豈不令人失望。虎觀，指虎丘寺。在今江蘇蘇州虎丘山上。相傳春秋末期吳王闔閭葬此。說葬後三天，有白虎蹲其上，因名虎丘。此處代指元美的家鄉。嵩少，即中嶽嵩山。在今河南登封市境。此處代指河南。龍門，山名。在今河南洛陽市西南。此處亦代指河南。倚，倚望。大江，指長江。元美故里在長江附近。寒，指元美的心境。

〔四〕『與君』二句：謂我與您姑且隱於官場，將來想要棄官歸隱也不是難事。玩人間世，即玩世。《漢書·東方朔傳》：『依隱玩世，詭時不逢。』注引如淳說：『依違朝隱，樂玩其身於一世也。』抽簪，謂棄官歸隱。詳前《拂衣行答元美》注〔九〕。

答贈王給事

漢帝風流盛柏梁，一時才子羨爲郎〔一〕。歸來東海桃三熟，諫罷金門草數行〔二〕。謫籍祇今人欲盡，除書何意客相忘〔三〕！黃公雖道商巖起，家本鄞山是故鄉〔四〕。

【題解】

王給事，王治，字本道，忻州人。嘉靖三十二年進士。除行人，歷任吏科都給事中，禮科左給事中，太僕少卿，改任大理職，太僕卿。給事，官名。即給事中。明於吏、戶、禮、兵、刑、工六科設有給事中，掌侍從、規諫、稽察等。

【注釋】

〔一〕『漢帝』二句：謂因其詩才而被授爲郎官。漢帝，此指明帝。柏梁，臺名。《三輔黃圖·臺榭》：『柏梁臺，武帝元鼎二年春起此臺，在長安城中北門內。《三輔舊事》云：以香柏爲梁也。帝置酒其上，詔羣臣和詩，能七言者乃得上。』郎，郎官。

〔二〕桃三熟：謂三年。金門：金馬門。漢代宫門名。此指明宫門。
〔三〕謫籍：貶謫、左遷的名册。除書：任命官員的文書。
〔四〕黄公：指夏黄公。漢「商山四皓」之一。見《漢書・張良傳》「上所不能致者四人」顔師古注。秦漢之際，隱於商山。商巖，即商山，在今陝西商洛市商州區東南。鄮山：指赤堇山，在今浙江寧波市鄞州區境。

二山人孤山吟社得「菲」字

西陵樹色滉斜暉，一片仙舟拂練飛〔一〕。三竺漸從天上落，二峯高入雨中微〔二〕。人今湖海開詩社，客自雲霄奉禁闈〔三〕。綵筆如花誰不羨，敢將春興鬭芳菲〔四〕。

【題解】

二山人，未詳。孤山，杭州西湖中最大島嶼。因孤立波心得名。吟社，即詩社，詩人定期聚集吟詠的處所。《都城紀勝》：「社會文字，則有西湖詩社。此社非其他社集之比，乃杭郡士夫及寓居詩人，舊多出名士。」此爲李攀龍隆慶二年在浙期間與詩社詩人唱酬之作。

【注釋】

〔一〕西陵：即西泠。橋名，也稱西林。在西湖畔的孤山與蘇堤之間，爲西湖十景之一。滉，滉漾，浮動貌。仙舟：猶輕舟。仙，輕舉貌。拂練飛：在平静的湖面飛馳而過。拂，擊而過之，俗謂拍打。練，白練，白色絲織物，喻指平静的湖面。
〔二〕三竺：指西湖西南部的三座山峯，即天竺山、上天竺天喜山、中天竺飛來峯。二峯：指湖西的北高峯與湖南的南高峯。

〔三〕『人今』二句：謂山人在其隱逸之地開辦詩社，我這個地方大員也來湊熱鬧。人，指二山人。湖海，指隱逸之地。客，作者自指。雲霄，喻高位。唐杜甫《奉贈鮮于京兆二十韻》：『雲霄今已逼，臺衮更誰親？』奉禁闈，謂侍奉君王。禁闈，宫禁之内。

〔四〕春興：賞春的興致。鬬芳菲：謂羣聚賦詩如百花爭豔。

靈隱寺同吳、馬二公作

武林臺殿敞諸天，建自咸和第幾年〔一〕？纔到上方雙澗合，飛來何處一峯懸〔二〕？梵音動雜江潮轉，燈影長含海日傳〔三〕。所以龍宫稱絶勝，驪珠交映使君前〔四〕。

【題解】

靈隱寺，佛教名剎，在杭州西湖畔的靈隱山麓，創建於晉成帝咸和元年（三二六）。據《淳祐臨安志》引晏殊《輿地志》載，印度僧人慧理登上武林山，説『中天竺國靈鷲山之小嶺，不知何年飛來；佛在世日，多爲仙靈所隱』，遂在此處建靈隱寺，名其山曰飛來峯。宋景德年間（一〇〇四—一〇〇七），稱景德靈隱禪寺。明初毁廢，後重建。李攀龍於隆慶初年所見即重建之後的靈隱寺。吳、馬二公，指吳道卿、馬紀。吳道卿，嘉靖間濟南知府，浙江餘姚人。後致仕家居，李攀龍赴浙江任時與之相遇。馬紀，字直卿，河南鈞州（今河南禹州）人，嘉靖間山東按察使。其子馬斯臧，嘉靖間任山東巡鹽監御史，後奉命前往東南沿海鎮撫倭寇。馬紀致仕後或隨其子，在浙江與李攀龍相遇。

【注釋】

〔一〕武林：山名。即今杭州西湖西的靈隱山。諸天：佛教用語，謂天。詳前《神通寺》注〔二〕。

〔二〕上方：謂山寺。唐韋應物《上方僧》：「見月出東山，上方高處禪。」此指靈隱寺。雙澗合：指寺東側南北兩條山澗的匯合。一峯：即飛來峯。

〔三〕「梵音」二句：謂寺内誦經聲伴著錢塘江潮聲起伏，佛燈長明與日光同輝。梵音，佛音，指僧人誦經聲。燈，佛燈。用酥油點燃，長明不熄。海日，大海日出。

〔四〕龍宮：神話中龍神居處。此指靈隱寺。唐駱賓王《靈隱寺》：「鷲嶺鬱岧嶢，龍宮鎖寂寥。」傳說海龍王曾請佛祖釋迦牟尼到龍宮講經，而錢塘江與大海相通，所以寺與江就彼此呼應。驪珠：驪龍頷下之珠。此言出海之日如同驪珠與佛光在這裏交相輝映。

和馬侍御賦得「飛來雙白鶴」

三花珠樹五雲開，海上雙飛白鶴來〔一〕。借問分行棲玉署，何如對舞映霜臺〔二〕？月明華表聯翩起，雪滿緱山並駕回〔三〕。萬里只今誰比翼？仙禽原自不羣才〔四〕。

【題解】

馬侍御，指馬斯臧，字遠謀，鈞州（今河南禹州）人。嘉靖十九年（一五四〇）進士，由三原知縣升任御史，後奉命前往浙江鎮撫倭寇，有功，升任山西布政司左參議。其與李攀龍在濟南、浙江均曾相處。詳見清道光《濟南府志》、《禹州歷代名人錄》。侍御，官名。明代指監察御史。賦得某句，即和馬侍御以某句爲題。

【注釋】

〔一〕三花珠樹：即三珠樹。珍木，或謂仙木。《山海經·海外南經》：『三珠樹在厭火北，生赤水上，其爲樹如柏，葉皆爲珠。』唐張九齡《感遇》：『側見雙翠鳥，巢在三珠樹。』

〔二〕玉署：翰林院的別稱。霜臺：御史臺的別稱。

〔三〕華表：城門入口處所立柱識。此謂華表鶴歸。《搜神後記》載，漢代人丁令威，死後化鶴歸里，停留在遼陽城門華表柱上。時有少年欲射他，遂飛起在空中徘徊。緱（gōu）山：即緱氏山。在今河南偃師縣南。《列仙傳》載，周靈王太子晉在此山乘鶴升仙。

〔四〕仙禽：即白鶴，亦名仙鶴。

和馬丈見送巡海之作

樓船遙指越王城，萬里波濤按部行〔一〕。門下有人惟說劍，江南何處不談兵〔二〕！長纓我媿山東妙，銅柱君懸海外名〔三〕。忽訝天台霞色起，開緘彩筆更縱橫〔四〕。

【題解】

李攀龍起爲浙江按察副使兼攝海道，於到任之初，出巡海上，馬丈爲其送行。此爲和詩。馬丈，指馬紀。詳前《靈隱寺同吳、馬二公作》題解。詩當作於隆慶二年。

【注釋】

〔一〕樓船：有疊層如樓的大船，多作爲戰船。越王城：又名越城、句踐城，在今江蘇蘇州市西南，石湖與越來溪交接處的東岸。按部：巡查部署。

〔二〕門下：门下客，即门客。惟說劍：只談論武事。

〔三〕長纓：系敵首之長纓。語出《漢書·終軍傳》。山東妙：山東少年。妙，年少。終軍爲今山東濟南人，請纓時不足二十歲，人稱『終童』。銅柱：本指東漢馬援平定交趾，詳《後漢書·馬援傳》。此處用以稱譽馬丈立功海外。

〔四〕天台：山名。在今浙江天台縣北，仙霞嶺山脈的東支。開械：打開詩箋。械，同『緘』，書信。此指詩箋。縱橫：奔放，酣暢淋漓。

烟霞嶺

烟霞不隔洞天遙，佛影千巖散寂寥〔一〕。絶壁倒銜滄海照，一峯高映赤城標〔二〕。白雲家在時堪駐，紫氣山深夜自朝〔三〕。莫被藤蘿迷出入，相逢終日少漁樵〔四〕。

【題解】

烟霞嶺，位於杭州西湖南，南高峯下，有烟霞洞等景點，爲杭州名勝之一。詩作於隆慶二年按察浙江期間。

【注釋】

〔一〕烟霞：光彩絢爛的山間雲氣。此指烟霞洞。洞在西湖南，南高峯下，洞內有石刻十八羅漢像，洞旁有佛手巖（石筍五支如五指）、象鼻巖、落石巖，及呼嵩閣、舒嘯亭、陟屺亭、吸江亭等名勝。洞天：神仙的居處。唐劉禹錫《游桃源一百韻》：『洞天豈幽遠，得道如咫尺。』佛影：指烟霞洞內的石刻羅漢像。

〔二〕一峯：指南高峯。在烟霞嶺北。赤城：山名。在浙江天台縣北。詳前《送馮汝言學憲之浙江》注〔三〕。

〔三〕白雲家在：謂白雲深處有人家。紫氣：此指彌漫於山間的祥瑞雲氣。

〔四〕『莫被』二句：寫山境幽深，謂深山中到處被藤蘿覆蓋，一天到晚也很少有打魚砍柴的人。藤蘿，藤兒女蘿，攀緣類植物。漁樵，漁夫、樵夫，打魚、砍柴的人。

董生寫《四子圖》

客星遥犯洛陽宫，帝座雲臺路已通〔一〕。君自一毛求駿馬，我將雙眼送歸鴻〔二〕。青萍交映千秋色，玉樹長含萬里風〔三〕。不是弟兄江海上，誰堪綵筆與爭雄？

【題解】

董生，生平未詳。《四子圖》，未詳。

【注釋】

〔一〕客星遥犯洛陽宫：指東漢嚴光事。詳前《過嚴陵》題解。雲臺：臺名。漢明帝永平年間，明帝追念功臣，畫鄧禹等二十八將像於其上。詳《後漢書·朱祐等傳論》。

〔二〕一毛：一根毛，喻輕微。歸鴻：南歸大雁。

〔三〕青萍：劍名。《文選》載陳琳《答東阿王箋》：『君侯體高俗之材，秉青萍干將之器。』玉樹：喻人風采高潔。唐杜甫《飲中八仙歌》：『宗之瀟灑美少年，皎如玉樹臨風前。』

《九里松圖》爲馬侍御作二首

三天嘉樹儼成行，下接枌榆即故鄉〔一〕。遠勢不隨雙澗盡，層陰並落二峯長〔二〕。葉棲金掌仙人露，幹挺烏臺御史霜〔三〕。孔雀東飛煩再顧，欲從威鳳託清光〔四〕。

其二

武林佳氣日蕭蕭，夾道長松入望遥〔五〕。黛色總疑天目雨，寒聲不辨浙江潮〔六〕。含淒風自枯鱗起，倒影雲隨偃蓋飄〔七〕。非值有心同竹箭，懸蘿爭敢附高標〔八〕！

【題解】

九里松，一名九里雲松。唐開元年間（七一三—七四一），杭州刺史袁仁敬植，起自洪春橋，止於下天竺，長約九里。馬侍御，詳前《和馬侍御賦得『飛來雙白鶴』》題解。此爲圖詠，即題畫詩。將平面圖畫，立體地展現在讀者面前，使之如臨如睹，是此類詩所要達到的最高藝術境界。此詩庶幾近之。

【注釋】

〔一〕三天：杭州靈隱寺南，與天竺山之間，有上天竺、中天竺、三天竺（下天竺）。嘉樹：美好的樹木。此指松。枌（fén）榆：枌樹、榆樹。枌榆社爲漢高祖劉邦的里社，在今江蘇豐縣東北。見《史記·封禪書》。後遂沿稱鄉里爲枌榆。此謂松樹下接枌榆樹。

〔二〕雙澗：指靈隱寺東側南北兩條山澗。二峯：指在九里松南北的南高峯和北高峯。

〔三〕『葉棲』二句：　謂葉上滾動著露珠，挺拔的樹幹上凝結著冰霜。金掌仙人露，仙人以金掌承接的露水。《漢書・郊祀志》『其後又作柏梁銅柱，承露仙人掌之屬』注引顔師古曰：『《三輔故事》云：建章宫承露盤，高二十丈，大七圍，以銅爲之。上有仙人掌承露，和玉屑飲之。』此謂落在松葉上的露水。烏臺御史霜，烏臺御史府内松樹上的霜雪。烏臺，即御史臺。詳《漢書・朱博傳》。此謂松樹幹上的霜雪。馬侍御爲朝廷派遣的官員，其職掌在漢代屬御史臺；寫松，兼而寫人。

〔四〕『孔雀』二句：　謂像棲息松柏而飛離的孔雀那樣，盼您再回杭州，我願從您之後託福叨光。孔雀東飛，化用『孔雀東南飛，五里一徘徊』（漢樂府《焦仲卿妻》）之意。孔雀爲鳳凰一類鳥，不棲凡樹。威鳳，舊説鳳有威儀，故稱威鳳。清光，清雅的風采。此明言孔雀棲松，而隱含對馬侍御的頌揚。詳詩意，馬侍御將要離開杭州返京。據李攀龍《報鈞陽馬侍御》一文，知馬氏返京後，又曾推薦他。

〔五〕武林：　杭州西湖周圍諸山，總稱武林山，因亦爲杭州的代稱。

〔六〕天目：　山名。在杭州西北。寒聲：　此指松濤。浙江潮：　即錢塘潮。浙江流經杭州舊城南，即稱錢塘江。《讀史方輿紀要・浙江・杭州府・仁和縣》：『錢塘江，在城東三里，即浙江也。自嚴州府桐廬縣流入富陽縣界，經郡西南，而東北接海寧縣界，出海門入於海。潮晝夜再上，奔騰衝擊，聲撼地軸。』

〔七〕含淒風：　即風含淒，風含涼意。枯鱗：　喻指樹皮斑駁的松樹。倒影雲：　即雲影倒，雲影反倒。偃蓋：　偃松、臥松。松形如蓋，也叫笠松。唐杜甫《題李尊師松樹障子歌》：『陰崖卻承霜雪幹，偃蓋反走虬龍形。』

〔八〕『非值』二句：　謂若非松樹有竹箭般挺拔的樹幹，懸蘿怎敢攀附達到高處？值，逢，遇到。竹箭，一名竹干，爲製造箭矢的材料，產於浙江紹興。懸蘿，懸挂在松樹間的松蘿等攀緣類植物。爭，怎。高標，樹梢。此亦明寫樹，而隱喻人，謂若非遇到您這樣具有松柏品格的人，我是不會攀附其後的。

按察李公誕子，公蜀人，先以中書舍人爲御史

高才染翰五雲中，復道登車攬轡同〔一〕。雛有一毛殊是鳳，駒無千里不爲驄〔二〕。名烏業已承家學，字犬文堪命國工〔三〕。君自蜀人揚馬在，同鄉奕葉播清風〔四〕。

【題解】

按察李公，李文續，字紹庭，宜賓人。嘉靖己未（一五五九）進士，以監察御史巡按湖廣，歷陞河南布政司，考天下清官第一（《四川通志》卷八）。隆慶元年正月，湖廣道御史李文續升浙江按察司僉事（《明穆宗莊皇帝實錄》卷三）。李攀龍隆慶二年五月前在按察司，詩當作於隆慶二年五月前。按察，按察使，官名。爲各省提刑按察使司的長官，主管一省司法、刑獄。中書舍人，官名。明內閣設中書科，設有中書舍人，負責繕寫文書。御史，即監察御史。

【注釋】

〔一〕染翰五雲：謂書寫書信。五雲，即五朵雲。唐韋陟謂自己於書札上簽書『陟』字若五朵雲，時人號爲『五雲體』，後因謂書札爲朵雲。見《唐書·韋陟傳》。登車攬轡：謂一赴任即澄清吏治。語本《後漢書·范滂傳》『攬轡澄清』。

〔二〕『雛有』二句：恭維李公所生之子是稀有之鳳毛，是千里駒。雛，鳳雛。喻李公初生之子。一毛殊是鳳，即爲鳳毛。鳳毛麟角，世上稀有之物。

〔三〕『名烏』二句：謂李公之子名烏，字犬，繼承了家學，美德亦將成爲國之良工。家學，家傳之學業。犬，犬馬，人臣對君主自卑之稱。國工，國之良工。

〔四〕蜀人：四川人。揚馬：指漢代揚雄、司馬相如。奕葉：奕世，累世。

贈李封君兼訊長君進士

五陵羣少各賢豪，客有能詩調獨高〔一〕。受業不隨秦博士，爲文無害漢功曹〔二〕。十年我輩慚龍臥，萬里君家起鳳毛〔三〕。江左衣冠堪此地，美名如昨照同袍〔四〕。

【題解】

李封君，生平未詳。封君，因子孫貴顯而受封典者稱『封君』。長君，指李封君的長子。

【注釋】

〔一〕五陵：謂長安（今陝西西安）漢帝五陵（高帝長陵、惠帝安陵、景帝陽陵、武帝茂陵、昭帝平陵）附近，時爲豪俠少年聚集之地。唐李白《少年行》：『五陵年少金市東，銀鞍白馬度春風。』調：格調。

〔二〕『受業』二句：謂未曾從經師受業，爲州郡屬吏。秦博士，指伏生，漢初傳授《尚書》，爲一代經學大師。詳《漢書·儒林·伏生傳》。功曹，漢官名。爲州郡屬吏。《通典·州郡·總論州佐》：『州之佐吏，漢有別駕、治中、主簿、功曹、書佐、簿曹。』

〔三〕龍臥：喻豪傑之士避世隱居。鳳毛：喻指才俊子弟。此指『長君』。

〔四〕江左：一作江東，指長江下游末段，即今江蘇等處。衣冠：衣冠之家，謂縉紳之家。同袍：泛稱朋友。

高光州孤山精舍

白雲不散一山孤，地主人稱楚大夫〔一〕。老作西陵詩社長，可攜南部酒家胡〔二〕？囊餘太古雙龍劍，壁有行春五馬圖〔三〕。汝潁過逢遺事在，高陽似此聚星無〔四〕？

【題解】

高光州，應爲高應文，茅坤《茅鹿門文集》有《莫叔明傳》，云高光州應文曾在孤山築吟社。光州，州名。治所在光城（今河南光山）。蓋高應文曾爲光州知州。孤山，杭州西湖中一孤立山嶼。詳前《二山人孤山吟社得『菲』字》題解。精舍，學舍。此指詩社。

【注釋】

〔一〕人稱楚大夫：高光州蓋爲楚地人。

〔二〕西陵：即西泠。詳前《二山人孤山吟社得『菲』字》注〔一〕。西陵詩社在孤山上。南部酒家胡：謂南部蠻族少女。古時對周邊少數民族稱南蠻北胡。

〔三〕太古雙龍劍：即豐城雙劍，詳前《崔駙馬山池燕集得『無』字》注〔二〕。行春：漢制，於春天太守巡視各縣以勸農桑。

〔四〕汝潁：二水名，即汝水、潁水。光州在二水流域。高陽：古地名。在今河南杞縣西南。秦末酈食其對漢高祖劉邦自稱『高陽酒徒』（見《史記·酈食其列傳》）。東漢末著名文學家蔡邕被封爲高陽鄉侯。聚星：衆星相聚。喻指詩社諸公。

答龔茂才

中原相望兩漫漫，傲吏重彈柱後冠〔一〕。不盡青雲東嶽起，飛來白雪大江寒〔二〕。人今雨別千年事，君自風流二仲看〔三〕。若問嚴陵灘上月，小清河北照漁干〔四〕。

【題解】

龔茂才，指龔勖，字懋卿。詳前《秋夜白雪樓同許右史、龔茂才分韻》題解。

【注釋】

〔一〕『傲吏』句：謂我又要辭官歸里了。傲吏，作者自稱。柱後冠，即柱後惠文冠，爲法官所戴之冠。《漢書·張敞傳》：『梁國大都，吏民凋敝，且當以柱後惠文彈治之耳。秦時獄法吏冠柱後惠文，武意欲以刑法治梁。』李攀龍所任按察副使爲主刑法的官員，故云。

〔二〕『不盡』二句：謂山東、浙江二地相通，二人心亦相連。不盡青雲，指龔勖。青雲，喻隱逸。見《南史·孔珪傳》。飛來白雪，作者自喻。

〔三〕『人今』二句：謂如今你我離別很久，而您仍像二仲那樣逍遙自在。雨別，分別。《文選》載三國魏王仲宣（粲）《贈蔡子篤》：『風流雲散，一別如雨。』二仲，羊仲、裘仲，推廉逃名的隱士。詳前《拂衣行答元美》注〔八〕。

〔四〕『若問』二句：謂若問我的景況，我的心早已飛向家鄉。嚴陵灘，在富春江畔。詳前《過嚴陵》題解。小清河，金代劉豫開鑿，疏導濟南北部之水入海。在李攀龍故里附近。漁干，垂釣的河岸。

毛封君

公家安在薊門城，出入漁陽結客行〔一〕。經學並驅韓太傅，辭華脫穎趙先生〔二〕。丈人不作雄邊老，令子還高秉憲名〔三〕。此日衣冠看甚偉，也知黃綺負餘情〔四〕。

【題解】

毛封君，未詳。封君，因子孫貴顯而受封典者稱『封君』。詩云『令子還高秉憲名』，其子蓋爲執法吏，或爲刑部官員。

【注釋】

〔一〕薊門城：即北京城。薊門，地名。即薊丘。先秦舊址在北京宣武區廣安門內外。漁陽：郡縣名。在今北京市密雲西南。結客：結交賓客。

〔二〕韓太傅：指漢代韓嬰。據《漢書·儒林傳》載，韓嬰，燕（今北京一帶）人，韓詩的創立者，著有《韓詩外傳》。孝文帝時爲博士，景帝時至常山太傅。漢初傳授《詩經》，有齊、魯、韓、毛四家，其中齊、魯、韓三家列入學官。脫穎，謂脫穎而出，語出《史記·平原君列傳》。趙先生：未詳所指。

〔三〕丈人：對長者的尊稱。雄邊：語本《漢書·敘傳上》，謂邊地雄豪。秉憲：執法。

〔四〕衣冠：謂爲衣冠世族，縉紳之家。黃綺：黃綺公，秦漢之際的隱士，『商山四皓』之一。詳前《答贈王給事》注〔四〕。

和吴太常《南樓烟雨》之作

南樓迢遞俯丹梯，烟雨蕭條拂檻低〔一〕。越徼層陰千里合，吴門春樹萬家迷〔二〕。江流欲動帆檣外，山色纔分睥睨西〔三〕。一自不齋多暇日，新詩誰與醉同題〔四〕？

【題解】

吴太常，生平未詳。太常，官名。卽太常寺卿，掌禮樂、祭祀、郊廟、社稷事宜。從『一自不齋多暇日』詩句，知吴某已卸任，或致仕在家。

【注釋】

〔一〕丹梯：赤色的階梯，爲入仙境之道。此謂南樓猶如仙境。蕭條：深静，寂静。

〔二〕越徼（jiào）：越塞。徼，塞，边远之地。吴門：地名。卽今江蘇蘇州市。

〔三〕睥睨：城垣。

〔四〕不齋：不齋戒，不負責祭祀事宜，謂不在其職。齋，齋戒。古人祭祀前洗沐更衣，不食酒肉，不近女色，静心息慮，以示虔誠。

送周給事還朝二首

才子先朝侍從年，東山一臥主恩偏〔一〕。彈冠便借風雲起，補衮新看日月懸〔二〕。疏動龍鱗成五色，名聯騎省映羣賢〔三〕。當時諫獵還誰在？聞道《長楊》賦已傳〔四〕。

其二

纔疑仙吏在人間，萬里乘風復漢關〔五〕。三殿不緣春色滿，五雲爭識歲星還〔六〕？朝陽更王清華氣〔一〕，金馬依然供奉班〔七〕。未許陸沈如昔日，須君持論答天顏〔八〕。

【校記】

〔一〕王，隆慶本、重刻本、張校本並同。萬曆本作「望」。案作「王」是。

【題解】

周給事，生平未詳。有可能指周興叔，歸有光《震川先生集》有《送周給事興叔北上序》。給事，官名。詳《送王給事使潞》題解。從「東山一臥」與「諫獵」的說法看，周某蓋曾因批評朝政而罷官家居。還朝，此謂隱而復出，回朝任職。

【注釋】

〔一〕東山一臥：謂辭官隱居。晉謝安（安石）曾辭官隱居會稽（今浙江紹興）東山，後復出受職。詳《晉書》本傳。後遂以東山起爲隱而復出的典故。

〔二〕彈冠：謂出仕。詳前《感懷》注〔三〕。補袞（gǔn）：謂補缺。唐代補闕官謂之「補袞」。

〔三〕「疏動」二句：謂奏疏富有文采，聲名亦與騎省的官員並列。疏，奏疏。騎省，散騎省，官署名。明已廢置，所指不詳。

〔四〕《長楊賦》：《漢書·揚雄傳》載，成帝在都城四周狩獵，獵得各種獸類，運至長楊射熊館，使當地農民「不得收斂」。爲此，揚雄上《長楊賦》進諫。

〔五〕漢關：此指京城。

〔六〕三殿：指明宮三大殿。詳前《贈符臺卿李伯承出使東藩》注〔五〕。歲星：星名。即木星，歲行一次，十二歲一周天，古代用以紀年。詳前《再過子與》注〔二〕。此謂周某離京的時間。

〔七〕朝陽：此謂山東。見《爾雅·釋山》。周氏蓋爲山東官員。王：通「旺」。《莊子·養生主》：「神雖王，不善也。」清華：清貴之士。《南史·到撝傳》：「晏先爲國常侍，轉員外散騎郎。此二職，清華所不爲，故以此嘲之。」金馬：金馬門，漢代宮門。《三輔黃圖·未央宮》：「金馬門，宦者署……東方朔、主父偃、嚴安、徐樂，皆待詔金馬門，即此。」

〔八〕陸沈：譬如無水而沉。此喻人中之隱者。《史記·滑稽列傳·東方朔》：「（東方朔）據地而歌曰：『陸沈於俗，避世金馬門。宮殿中可以避世全身，何必深山之中，蒿廬之下。』」此謂隱於官場。持論：秉持正論。謂在朝能自持其見解發而爲言論。

送勞少參提學蜀中

分藩吴越氣雄哉，人自南宮出上台〔一〕。一抱連城明月滿，還看三峽使星來〔二〕。錦江波動詞場色，劍閣高臨憲府開〔三〕。聖主賢臣今日事，王褒門下本奇才〔四〕。

【題解】

勞少參，指勞勘。勞勘（一五二九—？），字任之，號道亭，又號廬岳，江西德化（今九江）人。嘉靖三十五年（一五五六）進士，初官刑部郎，升禮部儀制司主事。四十一年，以該司員外郎外放廣東僉憲，從此在幾省提刑按察司任職，萬曆年間官至都察院左都御史，協理院事。後因殺洪朝選案發配浙江，遇赦放還鄉里。生平詳俞汝楫《禮部志稿表·儀制司員外郎·勞勘》、《明神宗實錄》等。少參，官名。參議。明各布政使司於左右參政下設左右參議，無定員。提學，明代各省提刑按察司有提學道，巡察各省學政。蜀中，地名。指四川。

【注釋】

〔一〕分藩吳越：到吳越任職。吳、越，二古國名。其地在今江浙一帶。南宮：謂禮部。見《書言故事·科第類》。

〔二〕「一抱」二句：謂一到蜀中就令當地清朗廉潔。一抱連城，猶懷瑾握瑜，喻懷有高尚的品格和才能。連城，價值連城之璧。語出《史記·廉頗藺相如列傳》。明月，明月峽，在今四川廣元市。經明月峽至劍閣，古爲入川必經之路，卽所謂「蜀道」。三峽，指長江三峽。使星，朝廷派出的使者。語出《漢書·李郃傳》。

〔三〕錦江：岷江支流，自四川郫縣流經成都城西南，在樂山入岷江。劍閣：地名。在今四川劍閣縣北。《水經注·漾水》：「又東南逕小劍戍北，西去大劍三十里，連山絶險，飛閣通衢，故謂之劍閣也。」

〔四〕王褒：字子淵，蜀（今四川）人。有文才，擅辭賦，受到漢宣帝的賞識，任以諫議大夫。著有《聖主得賢臣頌》、《洞簫賦》等。詳《漢書》本傳。

汪中丞臺火，救者獨以劍出，彈鋏而歌，和以相弔

中丞臺火照閩方，客有千金劍一裝〔一〕。賴是龍蛇先自起，忽然風雨爲深藏〔二〕。逃形疑入延津水，厭影猶含北斗光〔三〕。報國片心還獨在，逾看鱗甲動冰霜〔四〕。

【題解】

汪中丞，指汪道昆。汪道昆（一五二五—一五九三），字玉卿，後改字伯玉，號太函，安徽歙縣人。嘉靖二十六年進士，曆官至福建按察使、巡撫。後因宦官誣陷罷官，隆慶初年起復。因知此詩作於隆慶二年任職浙江期間。中丞，官名。此指明代右副都御史、巡撫。臺火，官署火災。鋏，劍。相弔，相慰問。

【注釋】

〔一〕閩方：地域名。指福建。

〔二〕龍蛇：隱喻劍戟等武器。唐呂温《代鄭相公謝賜戟狀》：『武庫龍蛇，忽追飛於陋巷。』又喻非凡之人。《易·系辭下》：『尺蠖之屈，以求信也；龍蛇之蟄，以存身也。』

〔三〕『逃形』二句：謂疑劍入水化爲龍，而其影子仍含有當初深埋地下的光芒。延津，即延平津。晉雷次宗在豫章掘得二劍，一給與張華，後在福建延平津相合，入水化龍游去。詳前《崔駙馬山池燕集得『無』字》注〔二〕。延平水在今福建南平市東南，爲閩江上游。傳說爲晉雷次宗所掘劍入水化龍處。

〔四〕逾看鱗甲動冰霜：謂更加看到其操守堅貞清白、凜然不可侵犯。鱗甲，同『鱗介』，水族。此語意雙關，一喻水，一喻用心深峻。《三國志·蜀書·陳震傳》：『諸葛亮與長史蔣琬、董允書曰：「孝起前臨至吳，爲吾説，正方腹中有鱗甲，鄉黨以爲不可近。」』冰霜，喻人操守堅貞清白。

爲南海鍾侍御題《金臺遥祝卷》二首

游子承恩出禁闈，高堂華髮照春暉〔一〕。潘輿自不隨驄馬，萊綵何妨舞繡衣〔二〕！江鯉一從天上寄，臺烏長繞日南飛〔三〕。即今婺女遥相望，柱史星光近太微〔四〕。

其二

冰霜不厭北堂清，冠指神羊海上城〔五〕。戀闕未須將母疏，倚門元自望君情〔六〕。家傳五字推承學，朝擁三臺起令名〔七〕。驄馬更便千里駿，還鄉實切斷機聲〔八〕。

【題解】

南海，縣名。明代爲廣州府治。鍾侍御，生平未詳。侍御，官名。侍御史。明代指監察御史。金臺，在北京德勝門外。金臺夕照爲北京十景之一。《金臺遥祝卷》，蓋爲鍾某爲父母祝壽的詩文卷。

【注釋】

〔一〕禁闈：謂宫禁之内。高堂：父母。春暉：春天的陽光。喻母愛的溫暖。唐孟郊《游子吟》：『誰言寸草心，報得三春暉？』

〔二〕潘輿：潘岳所乘之車。潘，指晉代潘岳。所著《閒居賦》云：『太夫人在堂，有嬴老之疾，尚何能遠膝下色養，而屑屑從斗筲之役！』萊綵：老萊子綵衣戲親。萊，指老萊子，春秋楚人。性至孝，年七十，曾穿五色斑斕衣，作嬰兒戲，以娱其父母。見《孝子傳》。

〔三〕江鯉：書信。詳前《南海歐生自京師遺書于大梁，屬許右史爲致，答此》注〔一〕。臺：衙署。

〔四〕婺女：星名。即女宿。《呂氏春秋·秋有始》：『北方曰玄天，其星婺女、虚危、營室。』柱史：周官名。即柱下史。侍御史的别稱。《漢官儀》：『侍御史爲柱下史。』亦爲星名，在紫微宫内。太微：星名。《晉書·天文志》：『太微，天子庭也。』

〔五〕冰霜： 冰清玉潔的操守。北堂： 即萱堂。俗稱母親爲萱堂。見《類書纂要》。神羊海上城： 指廣州。廣州，又稱五羊城。詳前《南海歐生自京師遺書于大梁，屬許右史爲致，答此》注〔二〕。

〔六〕戀闕： 依戀朝廷，謂留戀官位。倚門： 倚門而望，謂望子之切。《戰國策·齊策六》：『王孫賈母曰：「女（汝）朝出而晚來，則吾倚門而望； 女暮出而不還，則吾倚閭而望。」』

〔七〕三臺： 官名。謂尚書（中臺）、御史（憲臺）、謁者（外臺）。見《後漢書·袁紹傳》『坐召三臺』《注》。

〔八〕驄馬： 謂驄馬使，即御史。語本《後漢書·桓典傳》。切： 近。斷機： 本孟母斷機教子的故事。詳《列女傳·母儀傳·鄒孟軻母》。

送張閫使黔中

虎臣推轂滿長安，吴越當朝閫外難〔一〕。君自雅歌稱坐鎮，人疑漢將不登壇〔二〕。江湖常借軍聲壯，海氣遥臨陣影寒。滇水一珠堪照夜，誰憐薏苡竟同看〔三〕！

【題解】

張閫使，生平未詳。閫，都閫，官名。在外統兵的將帥。黔中，地名。戰國時楚地，秦置郡，轄今湖南西部、貴州東北部。漢改武陵郡，唐置黔中道，治黔州，在今四川彭水縣。

【注釋】

〔一〕推轂： 喻助人成事或推薦人才。此謂被人推薦。轂，車輪軸。吴越當朝： 謂朝内不和。吴越，古代吴國、越國互相敵對，後轉指敵對兩國或敵對雙方。閫外： 指統兵於外。

〔二〕雅歌：雅樂。《後漢書·祭遵傳》：『遵爲將軍，取士皆用儒術，對酒設樂，必雅歌投壺。』不登壇：謂不接受任命。壇，將壇。

〔三〕滇水：水名。或指黔江，爲烏江流入四川的一段。薏苡：植物名。俗稱薏米仁。此謂薏苡明珠。謂本未受賄而蒙冤被謗。《後漢書·馬援傳》：『初，援在交趾，常餌薏苡實，用能輕身省欲，以勝瘴氣。南方薏苡實大，援欲以爲種。軍還，載之一車。及卒後，有上書譖之者，以爲前所載還皆明珠文犀。』

贈海憲蔡公開府

橫海今時領外臺，書生謾說請纓來〔一〕。霜威瘴癘三山盡，殺氣波濤萬里開〔二〕。攬轡本朝元楚望，談兵當代一邊才〔三〕。朝廷近有留中疏，柱史星光切上台〔四〕。

【題解】

海憲蔡公，生平未詳。開府，謂開建府署。此指督撫。

【注釋】

〔一〕橫海：橫行於海中。漢代有橫海將軍。外臺：御史臺的別稱。《唐書·高元裕傳》：『故事，三司監院官帶御史者，號外臺，得察風俗，舉不法。』《唐書·百官志》『外臺』注：『至德後，諸道使府參佐，皆以御史爲之，謂之外臺。』請纓：謂自請前往。語出《漢書·終軍傳》。

〔二〕三山：此指福建省福州市城中三山。宋曾鞏《道山亭記》：『城中凡有三山，東曰九仙，西曰閩山，北曰越王。』

〔三〕攬轡：謂赴任卽有澄清吏治的抱負。語出《後漢書·范滂傳》。楚望：楚地。望，地望。范滂爲汝南（今屬河南）人。汝南，古屬楚。

〔四〕留中疏：擱置禁中不發之奏疏。柱史：星名。詳前《爲南海鍾侍御題〈金臺遥祝卷〉》注〔四〕。

送陸從事赴遼陽

御苑東風吹客過，共看芳草有離珂〔一〕。西山晴雪鴻邊盡，北海春雲馬上多〔二〕。地險時窺玄菟郡，天驕夜遁白狼河〔三〕。知君幕下參高畫，諸將何時議止戈〔四〕？

【題解】

陸從事，生平未詳。從事，官名。漢州刺史佐吏，別駕、治中都稱從事史，歷代相沿，至宋廢除。陸某大概是遼東都司的佐吏，敬稱其爲從事。遼陽，漢置縣，治所在今遼寧遼陽市西北，明爲遼東都司治所。

【注釋】

〔一〕御苑：宮苑。離珂：騎馬離去。珂，玉制馬勒飾，代指馬。

〔二〕西山：山名。在今北京西郊。鴻：大雁。北海：北京故宮西北角的小湖，今辟爲北海公園。

〔三〕玄菟郡：漢武帝元封三年（前一〇八）置，治所在沃沮城（今朝鮮咸鏡南道咸興），轄有今遼東部至朝鮮咸鏡道一帶。後移至遼河流域，轄境縮小。明在該地設遼東都司。天驕：天之驕子。漢指匈奴，明指韃靼。《漢書·匈奴傳》：『南有大漢，北有强胡。胡者，天之驕子也。』白狼河：《水經注》稱白狼水，卽大淩河。《遼史》稱土河。源於今遼寧淩源市南，由淩海市入海。

〔四〕幕：古時將帥的營舍，也稱幕府，其佐吏稱幕僚或幕下。參高畫：參謀出色的策略。止戈：止息干戈。中國古人認爲止戈爲武，卽戰爭的目的是消滅戰爭。

卷之十一

七言律詩

送王侍御按貴陽

中原遥入楚天長，道出盤江古夜郎〔一〕。自許鐵冠沖瘴癘，兼攜白筆掃風霜〔二〕。百蠻擁節開雄鎮，萬里登車攬大荒〔三〕。莫説壯游非妙選，同時八彦避鵷行〔四〕。

【題解】

王侍御，生平未詳。侍御，官名。明代指監察御史。按，按察，巡視。貴陽，府名。治所在今貴州貴陽市。

【注釋】

〔一〕盤江：水名。有南北之分，此指北盤江。《讀史方輿紀要·貴州》：『盤江在貴州境者，爲北盤江。』古夜郎：即夜郎古國，約在今貴州西北、雲南東北及四川南部地區。漢武帝元鼎六年（前一一一），在該地置牂牁郡。見《史記·東南夷列傳》。晉置夜郎郡，轄境約在今雲南、貴州兩省境内的北盤江上游地區。

〔二〕鐵冠：法冠，以鐵爲冠柱。《後漢書·高獲傳》：『冠鐵冠，帶鐵锧。』白筆：簪帶之筆，即古時官員隨身所帶之筆。《隋書·禮儀志六》：『治書侍御史、侍御史，朝服，腰劍，法冠。』注『治書侍御史則有銅印環鈕墨綬。陳又有殿中蘭臺侍御史朝服法冠腰劍簪筆』。

〔三〕百蠻： 南方蠻族的總稱。語出《詩·大雅·韓奕》。大荒： 極其荒遠之地。

〔四〕八彥： 謂多位賢良之士。彥，彥士，賢者之稱。鵷行： 朝臣班列。唐杜甫《至日遣興奉寄北省舊閣老兩院故人》二首之一： 『去歲茲辰捧御牀，五更三點入鵷行。』

郭吏部請急歸吳稱壽封君太宜人

水鏡清光滿薊門，庭闈雙映一寒溫〔一〕。角巾入洛名元重，裘褐依梁道並尊。白首更偕吳市隱，青雲再奉漢宮恩〔二〕。還朝益妙題才術，湖海微言可具論〔三〕？

【題解】

郭吏部，指郭諫臣（一五二四—一五八〇），字子忠，長洲（今江蘇蘇州）人。嘉靖四十一年進士，授袁州司李，歷吏部主事，官終江西參政。權姦嚴嵩之子世蕃貪黷無厭，諫臣持正不懼。隆慶初，屢疏陳事，多持正不阿。其詩婉約嫻雅，著有《郭鯤溟集》四卷。生平詳萬斯同《明史》本傳及《明詩紀事》。封君太宜人，指郭母。宜人，古代命婦封號。洪武二十六年（一三九三），定五品封贈宜人。見《續通典·職官典·內官》。詳詩意，郭母曾守貧與其夫隱居。

【注釋】

〔一〕水鏡： 語意雙關，一喻月，一喻識見清明。《晉書·樂廣傳》：『此人之水鏡，見之瑩然若披雲霧覩青天也。』清光： 語意雙關，一謂清明之月光，一喻清雅之風采。庭闈： 本謂父母所居，因以稱父母。此指郭母。晉束皙《補亡》：『眷戀庭闈，心不遑安。』

〔二〕『角巾』四句：謂郭父以隱者入京，而郭母相隨，二老白首相偕隱居吳市，因諫臣受到朝廷封贈。角巾，巾之有角者，古代隱者的頭巾。入洛，謂入京。洛，洛陽，曾爲東漢都城。元，本，本來。裘褐，粗布衣，隱者所服。依梁，此謂往依節概高尚的郭父。梁，梁鴻，字伯鸞，東漢隱士。鴻曾受業太學，家貧而尚節概。他辭絶權勢之家，而選中形體肥醜、面目黧黑的孟光爲妻。夫妻志同道合，隱居吳門。詳《後漢書》本傳。此以梁鴻喻郭父。吳市，指蘇州。青雲，青雲之士，謂隱居之人。

〔三〕湖海微言：謂隱者之言。作者自謂。湖海，湖與海，猶言江湖。微言，人微言輕之意。

武太常貞母，太常是遺腹子

令子清標領太常，持衡東省舊爲郎〔一〕。才因藻鏡知秋水，胎本明珠産夜光〔二〕。天上旌旗懸日月，人間竹帛映冰霜〔三〕。雖然燕趙多奇士，已讓高風在北堂〔四〕。

【題解】

武太常，武金。《明穆宗莊皇帝實録》卷十八隆慶二年三月『吏部文選司郎中武金爲太常寺少卿、提督四夷館』。《畿輔通志》卷七十二《名臣》：『武金，井陘人，嘉靖進士，由縣令，累遷吏部郎，嚴考課，杜奔競，銓政肅清，擢太常卿，有清除馬政一疏，切中時弊。進都御史，巡撫鄖陽時，何黽倡亂，滇南震動，金發縱指示，竟梟逆首，上嘉其功，賜千金，卒于官。』太常，官名。此謂太常寺卿或太常寺屬官。貞母，謂守節之母。夫死未嫁曰貞。

【注釋】

〔一〕清標：猶風采。唐杜甫《哭彭州掄》：『夫人先即世，令子各清標。』持衡東省：謂在山東職掌銓選人才。

持衡，評量人才。東省，指山東。

〔二〕『才因』二句：謂武氏銓選人才頗具眼光，天生聰慧過人。藻鏡，品藻鑒別之意。秋水，喻目光清澈。明珠，喻人聰慧。《晉書·衛玠傳》：王濟嘗語人曰：『與玠同游，冏若明珠之在側，朗然照人。』

〔三〕『天上』二句：謂武母與日月同輝，節操冰清玉潔。

〔四〕北堂：謂母親。詳前《爲南海鍾侍御題〈金臺遙祝卷〉》注〔五〕。

戲擬王安人稱壽郭相國，相國嘗爲盧江別駕

南山高唱入新題，曲罷蛾眉玉盌齊〔一〕。秦史自偕嬴氏女，盧江誰憶仲卿妻〔二〕？雙飛青鳥披雲下，並蒂蟠桃帶雪攜。何必千金稱上壽，嫣然一笑醉如泥。

【題解】

此爲游戲文字。郭相國，據『嘗爲盧州別駕』，知爲郭子坤。本集有《送郭子坤別駕之盧州》。子坤爲李攀龍幼年好友（見前《送郭子坤下第還濟南》題解），故戲擬其妻祝壽以爲笑樂。郭子坤歷官不詳，相國應爲藩王府長史。安人，命婦封號之一。明代六品官之妻封安人。盧江，郡名，隋置盧州，改稱盧江，明改爲盧州府。

【注釋】

〔一〕玉盌齊：謂夫妻相敬如賓，舉案齊眉。盌，同『碗』。

〔二〕秦史：指簫史。簫史善吹簫，愛戀秦穆公之女弄玉，穆公遂將女兒嫁給他，後來二人以簫聲引鳳來，即駕鳳飛去。詳《列仙傳·簫史》。仲卿妻：古詩《焦仲卿妻》中，盧江小吏焦仲卿與妻劉蘭芝感情甚篤，而被焦母逼迫分

離，二人雙雙殉情。此爲玩笑話，謂此時郭子坤已把盧江相好給忘了。

秋前夜過崑山寄仲蔚，時元美兄弟俱就徵車

有客中原回白頭，懷人千里命扁舟。吳門山色元非雨，婁子江聲似是秋〔一〕。二友鴈行堪入洛，惟君龍臥不依劉〔二〕。也知傾蓋須臾事，一日緘書卽舊游〔三〕。

【題解】

崑山，縣名。今屬江蘇蘇州市。仲蔚，卽俞允文。詳前《答寄俞仲蔚》題解。元美兄弟，指王世貞、世懋兄弟。就徵車，謂應詔赴京。詩作於隆慶二年（一五六八）夏末。

【注釋】

〔一〕婁子江：卽婁江，又名下江。也稱劉河、瀏河。源出太湖，東北流經蘇州、崑山、太倉等市縣，東入長江。

〔二〕鴈行：謂並行。入洛：卽入京。洛，洛陽，東漢都城。龍臥不依劉：指仲蔚。謂其隱居不仕。龍臥，謂隱居。三國時期，諸葛亮隱居襄陽，好友徐庶稱其爲『臥龍』。後劉備三顧茅廬，請其出山相輔，遂追隨劉備，成爲蜀國丞相。見《三國志·蜀書·諸葛亮傳》。不依劉，謂不出仕。劉，指劉備。

〔三〕傾蓋：交蓋駐車，謂爲兩情相得的故交。語出《漢書·鄒陽傳》載《獄中上梁王書》。蓋，車蓋。椷書：卽緘書。書信。

上朱大司空二首

重華冀北再開天，益佐山林涉大川〔一〕。四岳受成方貢日，三邊仰給縣官年〔二〕。黃金不及隄形壯，白馬長隨練影懸〔三〕。轉自流言能悟主，老臣知遇兩朝偏〔四〕。

其二

河隄使者大司空，兼領中丞節制同〔五〕。轉餉千年軍國壯，朝宗萬里帝圖雄〔六〕。春流無恙桃花水，秋色依然瓠子宮〔七〕。太史但裁溝洫志，丈人何減漢臣風〔八〕！

【題解】

朱大司空，指朱衡。朱衡（一五一二—一五八四），字士南，萬安（今屬江西）人。嘉靖十一年（一五三二）進士，歷知龍溪、婺源，有治聲，遷刑部主事、郎中，出爲福建提學副使。嘉靖三十九年，進右副都御史，召爲工部右侍郎。四十四年六月，進南京刑部尚書。是年秋天，黃河決口，河水從沛縣飛雲橋東注昭陽湖，運河淤塞百餘里。八月朱衡遂被改任工部尚書兼右副都御史，總理河漕。朱衡星夜趕赴決口處，開掘新渠，身自督工，終絕水患，但卻因改築新渠而連遭彈劾。隆慶元年（一五六七），加太子太保。生平詳《明史》本傳。據本集《上朱大司空書》，朱衡曾上疏推薦李攀龍。大司空，漢置官。明代爲工部尚書的别稱。《明詩紀事》引《堯山外紀》云：『「舊河通瓠子，新浪漲桃花。」元人張仲舉詩也。嘉靖中河決徐沛，大司空朱公衡排衆議，改築新渠，百年河患，一旦平息，海內名士，咸有頌章。李于鱗「春流」一聯，王元美亟稱之，以爲不可及，而實用張語，而意稍有不同。』詩云『兩朝』，則此詩作於隆慶二年。

【注釋】

〔一〕重華：傳説中古聖帝虞舜的名字。據《史記·五帝本紀》載，舜繼堯爲帝，命禹治理洪水，由益、稷輔助。此以舜稱譽皇帝，以益喻指朱衡。

〔二〕四岳：傳説中堯舜時期的四方諸侯。受成：被任用。方貢：四方的土貢，即各地的土特産。三邊：指榆林、寧夏、甘肅三鎮，明代於憲宗成化十年（一四七四）在固原設三邊總制。《明史·憲宗紀》：『十年癸卯，王越總制延綏、甘肅、寧夏三邊，駐固原。』縣官：謂天子。

〔三〕隄：同『堤』，河堤。練影：白影，喻指河水。

〔四〕兩朝：指嘉靖、隆慶兩朝。

〔五〕兼領中丞節制同：謂兼右副都御史，而其職責與原任工部尚書相同。

〔六〕『轉餉』二句：謂朱衡疏通河道，漕運暢通，使軍國更加强盛；疏導黄河入海，解除水患，使帝國軍威大振。轉餉，轉運糧餉。當時運河是南北主要交通幹綫，運河漕運，維繫邊防軍需，關乎國家命運。朱衡改築新渠一百九十四里，使漕運通至南陽，功在當今，利垂後世。朝宗萬里，指黄河導引入海。《書·禹貢》：『江漢朝宗於海。』朝，朝見。宗，歸向。帝圖，帝國版圖。

〔七〕『春流』二句：謂從河道暢通，來春桃花水盛也不會成災，當年決口處秋色依然秀麗如初。春流無恙，謂水流暢通。桃花水，即桃花汛。《漢書·溝洫志》：『來春桃花水盛，必羨溢，有填淤反壤之害。』顔師古注云：『《月令》：「仲春之月，始雨水，桃始華。」蓋桃方華時，既有雨水，山谷冰泮，泉流猥集，波瀾盛長，故謂之桃華水。』瓠子宫，指宣房宫。漢武帝元封二年（前一〇九），黄河從瓠子決口，武帝發卒數萬，並親臨其處，令羣臣從官與民衆一起，負薪塞河，爲此曾作《瓠子歌》二章。在堵塞決口後，在瓠子修建宫殿，名曰宣房。瓠子，堤名。在今山東鄄城與河南濮陽之間。事詳《史記·河渠書》。

〔八〕「太史」二句：謂史官只要編撰水利史，您的事蹟一定會載入其中，您的表現與當年漢臣相比毫不遜色。太史，史官。記錄時事，掌修國史。明代職掌歸翰林院。裁，編輯。溝洫志，記載全國河道溝渠及其治理情況的志書，即史書中的水利專史。丈人，長者。

送徐子與之武昌二首

使君安在武昌城，江漢雙懸憲府清。共許登高能作賦，不妨乘暇一論兵。翛然《白雪》千人和，颯爾雄風萬里生。更憶南樓明月好，欲攜佳興與縱橫〔一〕。

其二

刺史樓臺望裏重，是時門客羨登龍〔二〕。白雲三署還堪起，黃鶴千秋更可逢〔三〕。象合星辰雙執法，心隨江漢一朝宗〔四〕。二天尊寵諸侯上，出處何論邴曼容〔五〕！

【題解】

據《天目先生集》附李炤《徐公行狀》，子與即徐中行於隆慶二年（一五六八）服除，赴京謁選，得補湖廣僉事，管武昌道。李攀龍於隆慶二年五月，升浙江布政使司左參議（見《明穆宗實錄》卷二二），六月，入賀東宮冊立，與子與北上同行（見本集《報張肖甫》）。詩作於此時。

【注釋】

〔一〕南樓：此指李攀龍在濟南大明湖南所築之樓，即白雪第二樓。

〔二〕登龍：謂飛黄騰達。龍，龍門。在黄河上游，河南河津、陝西韓城之間。俗傳鯉魚登此門即化爲龍，因喻人致身榮顯爲登龍門。語本《後漢書·李膺傳》。

〔三〕白雲三署：指刑部。傳説黄帝以雲紀事，秋官爲白雲，後遂稱刑部爲白雲司。見《海録碎事·刑部》。黄鶴：樓名。在今湖北武漢市武昌西黄鵠磯上。傳説三國蜀費文禕登仙曾駕黄鶴憩此處，因名。見《太平寰宇記》。

〔四〕象合星辰：謂天象與其所任相合。象，天象。辰，星辰。湖北古屬楚國，其分野爲翼、軫。見《漢書·地理志》。《淮南子·天文訓》：『太陰在戌，歲名閹茂，歲星舍翼軫，以七月與之晨出東方。』朝宗：謂水之歸海。見《書·禹貢》。此指朝見天子。《周禮·春官·大宗伯》：『諸侯朝見於天子，春見曰朝，夏見曰宗。』

〔五〕二天：謂恩人。語出《後漢書·蘇章傳》。邴曼容：名丹，漢哀帝時人。養志自修，爲官不肯過六百石，過則自免去，著聞於時。見《漢書·兩龔傳》。

和子與遇訪平原道中值雪二首，時按察楚中

九河風色報褰帷，道入平原雨雪遲〔一〕。天欲並傳梁苑賦，君今試和郢中詞〔二〕。憑陵尺素光猶動，縹緲扁舟興可知〔三〕。況值如澠春酒熟，好來投轄未須疑〔四〕。

其二

平原日映北風斜，飛雪偏隨刺史車。明月更投公子邑，金門何處侍臣家〔五〕？綈袍忽自生春色，

彩翰紛然擁落花〔六〕。爲報袁安高臥起，齊宮上客有田巴〔七〕。

【題解】

子與，卽徐中行。《天目先生集》卷八載有《訪于鱗至平原道中大風雪，戲呈二首》其一云：『褰帷落日望齊東，笑指袁安晏臥中。興劇非關乘夜雪，神揚忽自起雄風。雲低泰嶽龍門迥，天入中原郢調工。試問南樓搖落後，當壚杯酒好誰同？』其二：『傲吏深居萬壑中，誰從霄漢報飛鴻？臨關未有浮真氣，邀客何勞起大風。賦雪梁園新漢節，談天碣石舊齊宮。停車一就平原飲，坐覺人間萬事空。』此爲和詩。據本集《與郭方伯》云，隆慶二年『八月二十五日抵京，九月三日以臬司入見帝……十八日陛辭……不佞暫詣濟南，一視老母。』《與余德甫》云：『九月朔，抵都門，初三日入見帝……則十二月河南文又下。』徐詩『賦雪梁園新漢節』，卽指李攀龍接受河南按察使的任命，則此詩作於隆慶二年（一五六八）十二月。

【注釋】

〔一〕褰帷：撩起車帷。本謂赴任下車卽治事，見《後漢書·賈琮傳》。此謂赴任。平原：縣名。今屬山東省。

〔二〕『天欲』二句：謂天意讓我任職河南，而您亦前往湖北。梁苑，指漢梁孝王劉武的園林，卽梁園，也稱兔園、菟園，在河南商丘一帶。郢中，此指武昌。古楚國郢都在今湖北荊州市江陵區。

〔三〕憑陵尺素：謂寫詩。憑陵，淩駕。尺素，一尺見方的帛。縹緲扁舟：謂隱逸的興致。意思是雖然仍在官場，而仍存有閑逸的興致。

〔四〕如澠春酒：《左傳·昭公十二年》：『有酒如澠，有肉如陵。』注：『澠水，出齊國臨淄縣，北入時水。』此謂已備好山東老酒。投轄：投車轄於井中，不放客人離去。詳《漢書·陳遵傳》。此謂定當熱情留客。

〔五〕公子邑：卽平原。戰國時期趙國封公子勝爲平原君。見《史記·平原君列傳》。金門：卽漢宮金馬門，後世以稱朝廷。金門侍臣，指漢東方朔。詳前《雜興》注〔七〕。東方朔爲漢平原厭次（今山東樂陵）人。

〔六〕綈袍：喻老友。詳前《贈張子含茂才》注〔三〕。彩翰：詩箋。

〔七〕袁安（？—九二）：字邵公，東漢汝陽（今河南汝南）人。爲人嚴謹，州里敬重。洛陽令舉爲孝廉，漢明帝永平年間拜楚郡太守。生平詳《後漢書》本傳。田巴：戰國時期齊國辯士。見《史記·魯仲連列傳》『好奇偉倜儻之畫策』《正義》引《魯仲連子》。

皇太子冊立入賀

燕臺依舊鬱相望，玉樹金莖是帝鄉〔一〕。鳳闕雙懸雲五色，龍樓交映日重光〔二〕。九天氣王旌旗動，三殿風清劍佩長〔三〕。伏謁不違顏咫尺〔一〕，十年兩省愧爲郎〔四〕。

【校記】

〔一〕咫，明刻諸本並作『只』。

【題解】

皇太子，指朱翊鈞，即後來的萬曆皇帝。冊立，立皇太子之禮。本集《與余德甫》云：『（隆慶元年）十二月乃渡江……逼除以報任……六月，以賀東宮行。』知其在抵任之明年，即隆慶二年（一五六八）六月赴京致賀。

【注釋】

〔一〕燕臺：即黃金臺，也稱郭隗臺，在今河北易縣。詳前《送新喻李明府伯承》注〔三〕。玉樹金莖：均爲宮中之物。玉樹，槐樹的別名。據《三輔黃圖·漢宮》載，漢甘泉宮有槐樹，『今謂玉樹』。金莖，銅柱。詳前《柬元美》注

〔三〕。

〔二〕鳳闕：一名鳳門。《史記·漢武帝本紀》：『其東則鳳闕，高二十餘丈。』龍樓：漢代太子的宮門，轉謂太子之宮殿。

〔三〕九天：天之最高處。此喻指皇宮。王：通『旺』，興盛。三殿：明皇宮三大殿。詳前《贈符臺卿李伯承出使東藩》注〔五〕。

〔四〕十年兩省：謂相隔十年在兩省任職。李攀龍由刑部郎中升任陝西提學副使後辭官歸里，起爲浙江按察司副使。

江上贈郭第、歐大任

元年飛雪度維揚，此日秋風復故鄉〔一〕。總爲郭君紆綵纜，況逢歐冶說干將〔二〕。回看京口孤城轉，坐擁江流萬里長〔三〕。以爾相從諸子後，新知得似丈人狂〔四〕？

【題解】

郭第，字次甫，長洲（今江蘇蘇州）人。隱於蘇州焦山，自號五游。據清錢謙益《列朝詩集小傳·丁集上》載，嘉靖三十七年（一五五八），郭第『至自泰山，與金子坤及孝常諸弟爲文酒之會，篇什傳播，海内以爲美談』。次年，『次甫別去登嵩山，返于岱，至海上訪異人於勞山，循海而返。五岳游其二，遂不復出』。歐大任，見前《南海歐生自京師遺書于大梁，屬許右史爲致，答此》題解。大任於嘉靖四十一年（一五六二）授江都訓導，此時仍在任。江上，長江之上。詩云『元年飛雪度維揚，此日秋風復故鄉』，知此詩作於隆慶二年（一五六八）秋李攀龍赴京返迴濟南後。

【注釋】

〔一〕維揚：地名。即今江蘇揚州市。

〔二〕紆綵纜：謂回船相就。紆，回。綵纜，系船的彩色纜繩。歐冶：即歐冶子，與干將均爲春秋時期人，二人同師，均善鑄劍。《越絶書·越絶外傳·記寶劍》：『吳有干將，越有歐冶子。』因歐冶與歐大任同姓，故連及。

〔三〕京口：地名。即今江蘇鎮江市。

〔四〕諸子：指『後七子』。新知：新結交的朋友。丈人：長者。此爲作者自謂。

吳使君自邵武之高州二首

先朝五子結交情，一日青雲滿鳳城。漢主憐才金作署，楚臣能賦玉爲名〔一〕。已應龍自延津起，那更珠還合浦生〔二〕。直置壯游消不得，才兼遷客重縱横〔三〕。

其二

中原五馬日騑騑，嶺外翻傳俗吏稀〔四〕。逐客也須常作好，使君安見遠游非！庶無疢病堪乘興，況有登臨可當歸。漂泊秋風同一葉，幾時還向洛城飛〔五〕？

【題解】

吳使君，指吳國倫。邵武，府名。治所在今福建邵武縣。高州，府名。治所在茂名（今屬廣東）。據馮夢禎《快雪堂集》卷九《吳明卿先生傳》載，吳氏由邵武改知高州，在隆慶二年（一五六八），而赴任則在第二年的二月。此詩作於吳氏改知高州之時，即隆慶二年。

【注釋】

〔一〕金作署：指刑部。金，五行之一，方位爲西，季節爲秋。周代司刑罰之官稱秋官，唐曾改刑部爲秋官，後遂別稱刑部。見《通典·職官》。楚臣：指戰國宋玉。喻指吴國倫。

〔二〕延津：即延平津，也稱建溪、東溪，在今福建南平市南，爲閩江上游。傳説晉雷焕（次宗）在豫章所得寶劍在此墮水化龍而去，故又名劍津、龍津。吴氏曾爲福建邵武知府，流經邵武的富屯溪與建溪在南平匯入閩江。珠還合浦：謂吴氏從福建調往廣東。合浦，地名。在廣東沿海，以産珠著名。茂名本漢合浦郡高涼縣地，見《寰宇通志·高州府》。

〔三〕遷客：謂遭受貶謫的官員。此指吴國倫。

〔四〕騑騑：馬行不止。嶺外：五嶺之外。嶺，指五嶺山脈，綿亘在湖南、江西與廣東交界處。

〔五〕洛城：指洛陽，東漢都城。此指京城。

早春元美自大名見枉齊河時元美代余浙中

如此春醪醉莫辭，中原攜手即佳期。何人命駕能千里，與爾彈冠又一時〔一〕。嶽雪故應回疋練，江潮今復借褰帷〔二〕。比來慷慨悲歌地，河朔風流更有誰〔三〕！

【題解】

元美，即王世貞。李攀龍於隆慶二年（一五六八）升浙江布政使司左參政（見《明穆宗實録》卷二二），而在隆慶三年春三月卽抵河南按察使任（見本集《與余德甫》）。題下注『時元美代余浙中』，元美於隆慶二年（一五六八）除夕得報遷浙江參政（見鄭利華《王世貞研究》）。元美自大名（今屬河北）往浙江赴任，攀龍自浙江奉萬壽表赴京賀壽，一人在隆慶三年正月十六日相會於山東齊河。

【注釋】

〔一〕彈冠：本謂將入仕而整潔衣冠，此謂二人同時任相同職務，人生取捨也相同。語出《漢書·王吉傳》。

〔二〕『嶽雪』二句：謂二人互相替代，上句謂自己從浙江調任河南，下句謂元美赴任浙江。嶽，指中嶽嵩山。回，應。疋練，喻指平靜的江水。江潮，指錢塘江潮。褰帷，本謂赴任途中體察民情（見《後漢書·賈琮傳》），此謂赴任地方官。

〔三〕慷慨悲歌地：指河北。唐韓愈《送董邵南序》：『燕趙古稱多感慨悲歌之士。』元美自河北大名而來，故云。河朔：泛指北方。風流：此謂文采。

與子與游保叔塔同賦 山有落星石二拳

古塔松臺對寂寥，高齋斜日傍漁樵〔一〕。金牛忽見湖中影，鐵騎初回海上潮〔二〕。史倚連城明月動，並攜雙劍落星搖〔三〕。若非賦有淩雲氣，筆底天花可自飄〔四〕？

【題解】

子與，卽徐中行。保叔塔，本作保俶塔，在杭州西湖北寶石山上。據明朱國禎《湧幢小品》載，宋太祖開寶八年（九七五），吳越王錢俶降宋，在其奉詔入京時，恐被羈留，吳越大臣建塔祈佛保佑他平安歸來，故名。宋真宗咸平年間（九九八—一〇〇三)，僧永保重修時改爲七級，時人稱永保爲師叔，故也稱保叔塔。原塔已廢圮，今塔爲一九五五年重建，高四十五點三米，磚石結構，左邊有來鳳亭，亭前有一卵形石，叫落星石。塔聳立西湖北岸，秀麗挺拔，爲西湖名勝之一。陳田《明詩紀事》引《西園詩麈》云：『吾杭之勝者，第知西湖耳。季迪（高啓）《送錢塘守》「湖來兩渡皆侵早，日落諸峯滿入城」，于鱗《登塔》「金牛忽見湖中影，鐵騎初回海上潮」，殊善寫景。』

【注釋】

〔一〕『古塔』二句：謂古塔聳立在空曠的山間，從客房在落日餘暉中可以看到農人歸來。松臺，謂樓臺。寂寥，寂靜、空廓。此指高空。高齋，指塔下院中待客之處。傍漁樵，接近農家。

〔二〕金牛：相傳西湖中有金牛出現，神化難測，因稱西湖爲明聖湖。見《水經注·浙江水》。大概是斜日映湖，金光閃爍，疑似金牛顯現，傳爲神話。見，通『現』。鐵騎初回：謂錢塘江潮如鐵騎奔至。鐵騎，精壯的騎兵。漢枚乘《七發》描寫廣陵江潮云：『其波湧而雲亂，擾擾焉如三軍之騰裝。其旁作而奔起也，飄飄焉如輕車之勒兵。』錢塘江近海，故云『海上潮』。

〔三〕『更倚』二句：謂月上影浮，倒映的山影與星光在湖中晃漾。連城明月動，謂月光之下，湖水如玉一般晶瑩閃爍。連城，連城璧，即價值連城的璧玉。詳見《史記·廉頗藺相如列傳》。璧圓如月，故云。湖上賞月，爲游湖勝事；西湖中有平湖秋月、三潭印月等景點。唐白居易《春題湖上》：『松排山面千重翠，月點波心一顆珠。』雙劍，喻指湖南北的南高峯與北高峯。

〔四〕『若非』二句：謂若不是咱們的詩作超塵脱俗，那些優美的詩句怎會像天花一樣飄落湖中？淩雲氣，超塵脱俗之氣。《漢書·司馬相如傳》：『相如既奏《大人賦》，天子大說（悦），飄飄有陵雲氣游天地之間意。』天花，佛教用語，謂天上之妙花。此謂生花妙筆。

和梁憲使過密詠天仙宫白松三首是皇帝葬三女處

孤根一托蕊珠宫，不與茗華粉黛同。夜暗龍鱗銜自照，天清鶴影望來空〔一〕。條封姑射千秋雪，蓋擁蘭臺萬里風〔二〕。非爲子雲能作賦，誰知玉樹本青葱〔三〕？

其二

軒轅宫裏試新妝，縹緲連枝入帝鄉。玉骨不緣能化石，冰肌那得便生香〔四〕！只愁明月銷爲水，更恐清陰凝作霜。巫峽瑤姬元素質，卻令雲雨污衣裳〔五〕。

其三

玉女窗前手自栽，遥分海色向蓬萊〔六〕。唯應七聖襄城過，曾見三花少室開〔七〕。地迥流光通粉署，天寒老幹倚霜臺〔八〕。懸知的有千年露，欲獻須君作賦才。

【題解】

梁憲使，指梁夢龍（一五二七—一六〇二）：字乾吉，號鳴泉，真正（今屬河北）人。隆慶二年正月，陝西左參政梁夢龍，升任山西按察使（《大明穆宗莊皇帝實錄》卷十六）。梁夢龍由陝西至山西，經過新密縣，有詩寄李攀龍，李攀龍和之，則在本年數月後。憲使，即按察使。密，縣名。在今河南新密市。密近嵩山，少室爲嵩山西峯，則天仙宫或在嵩山少室峯下。詠松而不著松字，靜態而飛動可感，將白松之白，傲霜高潔的品格，亦展現眼前。

【注釋】

〔一〕『孤根』四句：寫松的孤高及其高潔的形象。蕊珠宮，飾以花蕊的宮殿，謂仙境。苕華，苕之花，亦即苕榮。《史記・趙世家》：『（武靈）王游大陵。他日，王夢見處女鼓琴而歌詩曰：「美人熒熒兮，顏若苕之榮。」』龍鱗，喻白松鱗狀樹皮。鶴影，白松在日光照耀下閃爍如白鶴飛翔。

〔二〕條：枝條。姑射：仙人所居之山。《莊子・逍遥游》：『藐姑射之山，有神人居焉，肌膚若冰雪，綽約若處子。』蓋：樹冠。蘭臺：楚王宮殿名。《文選》宋玉《風賦》：『楚襄王游於蘭臺之宮，宋玉、景差侍。有風颯然而至，楚王披襟而當之，曰：「快哉此風，寡人所與庶人同者也。」』

〔三〕子雲：指漢辭賦家揚雄，字子雲。玉樹：仙木。此借指白松。《漢書・揚雄傳》載《甘泉賦》有『翠玉樹之青葱』句。

〔四〕『軒轅』四句：謂松經雷雨更具仙風道骨。軒轅，星名，爲主雷雨之神。見《晉書・天文志》。漢張衡《天象賦》：『觀夫軒轅之宮，宛若騰蛇之體。』帝鄉，天帝之都。《莊子・天地》載華封人曰：『千歲厭世，去而上僊，乘彼白雲，至於帝鄉。』玉骨，謂挺拔勁直。不緣，不因爲。冰肌，如冰晶瑩之肌膚。喻樹皮。

〔五〕『巫峽』二句：謂白松本來質地潔白，而雲雨卻玷污了它的表皮。巫峽，此用巫山雲雨典故。戰國宋玉《高唐賦》、《神女賦》寫楚襄王游高唐夢中臨幸巫山神女，神女『去而辭曰：「妾在巫山之陽，高丘之下，旦爲朝雲，暮爲行雨。朝朝暮暮，陽臺之下。」』

〔六〕玉女：仙女。蓬萊：仙境。

〔七〕七聖：七位聖人。《莊子・徐無鬼》：『黃帝將見大隗乎具茨之山，方明爲御，昌寓驂乘，張若謵朋前馬，昆閭滑稽後車，至於襄城之野，七聖皆迷，無所問塗。』具茨，山名。今名泰隗山，在今河南密縣東境。三花：即三花樹。生長於嵩山少室峯。唐李白《鳴皋歌奉餞從翁清歸五崖山居》：『去時應過嵩少間，相思爲折三花樹。』

〔八〕粉署：與下『霜臺』，均指憲使府衙。粉署，辦公處。因以胡粉塗壁，故稱。見《漢官儀》。霜臺，御史臺的舊稱。見《白孔六帖》。

答寄用晦王孫二首

江上傳書錦字斜，于時飛雪映瑤華〔一〕。誰攜雄劍非豐獄，但出名駒卽漢家〔二〕。春色自憐彭澤柳，美人相怨武陵花〔三〕。三年未報平安使，長日心懸萬里槎。

其二

豫章城上有高樓，樓下長江二水流〔四〕。君更紅顏雄製作，誰同清夜美遨游？《陽春》若許千人和，明月何須萬里投。不信衹今求自試，詞場可但少應劉〔五〕。

【題解】

用晦王孫，卽朱多煃，字用晦。南昌（今屬江西）人。明太祖朱元璋之子權的六世孫，封奉國將軍。由余德甫介紹入七子詩社，爲『續五子』之一。著有《朱用晦集》。生平詳《明詩紀事》及《明史·文苑傳·王世貞》。

【注釋】

〔一〕瑤華：美玉。此謂雪白如美玉。

〔二〕雄劍：春秋吳國干將曾鑄雌雄二劍，將雄劍進獻吳王，自藏雌劍時時悲鳴。見《吳地記》。豐：江西豐城。晉雷煥（次宗）曾在此掘得二劍，一送張華，一自收藏。在其死後，其子路過延平津，劍躍入水，見二龍相伴游去。詳前《崔駙馬山池燕集得『無』字》注〔二〕。此謂不論誰佩戴的雄劍都出自豐城。漢家：猶言皇家。

〔三〕彭澤柳：彭澤，縣名。晉柴桑（今江西九江）陶淵明曾爲彭澤縣令，其所著《五柳先生傳》人或謂自傳。武陵花：謂桃花。陶淵明《桃花源記》寫武陵人入桃源，『緣溪行，忘路之遠近，忽逢桃花林，夾岸數百步，中無雜樹，芳草鮮美，落英繽紛』，後進入世外桃源。

〔四〕豫章：郡名。治所在今江西南昌。長江二水：指長江及其支流贛江。

〔五〕應劉：指三國時期應瑒、劉楨。應、劉以文著稱，受到曹丕、曹植兄弟的禮遇，後詩文中常以應劉爲賓客才人的泛稱。

答寄元美

飛書苕水報王孫，杯底黃河似酒渾〔一〕。已讓五湖相代長，敢臨中嶽自言尊〔二〕？人無西子堪同載，客有如姬不負恩〔三〕。蕭索三餘回王氣，風塵非復古夷門〔四〕。

【題解】

元美，即王世貞。據鄭利華《王世貞研究》附《王世貞生平活動年表》，王氏在隆慶二年（一五六八）除夕得報遷浙江參政；據本集《與余德甫》，李攀龍謂『（隆慶三年）三月，得子與抵武昌書，云明卿抵高州，則不佞抵河南之月也』，則攀龍在隆慶三年初抵河南任所。詩應作於此時。

【注釋】

〔一〕苕水：即苕溪。在浙江省境。源出天目山，入太湖。杯底黄河：謂飲酒在黄河之上，即在河南。

〔二〕『已讓』二句：謂二人互相取代，怎敢到河南就妄自尊大。五湖，五湖之霸，五湖地方之霸者。《新論・禍福》：『越棲會稽，以爲禍也，而有五湖之霸。』中嶽，嵩山。在今河南登封市。

〔三〕西子：即西施，古越國美女。傳説越王敗於吴，遂命范蠡選美女西施進獻給吴王夫差以求和。後越滅吴後，西施歸范蠡，從游五湖而去。事詳《吴越春秋・句踐陰謀外傳》、《越絶書》等。如姬：戰國魏安釐王的寵姬。爲報父仇，爲魏公子無忌盜兵符，使其救趙卻秦。詳《史記・魏公子列傳》。

〔四〕三餘：謂餘暇時間，即所謂冬者歲之餘，夜者日之餘，陰雨者時之餘。見《三國志・魏書・王肅傳》注引《魏略》。夷門：戰國魏大梁（今河南開封）東門。

寄懷蒲圻魏使君三首

赤壁黄磯錦不如，故人家傍武昌居〔一〕。蒲生太守裁鞭後，竹擁郎官賜管餘〔二〕。遣興幾篇司馬賦，銜冤一紙樂羊書〔三〕。楚材堪已推三晉，那得常懸刺史車〔四〕？

其二

歸來高卧叔牙山，恰爾分符出漢關〔五〕。一顧青雲生海上，千秋白雪在人間。非時按劍投珠起，無意償城抱玉還〔六〕。所以《離騷》長苦怨，楚臣容易老紅顔！

其三

搖落誰憐作賦才，高秋無處不悲哉！大王自嘯雄風起，神女長攜暮雨來〔七〕。非有上林吞夢澤，至今江漢遶蘭臺〔八〕。武昌月滿南樓夜，安得青樽共我開？

【題解】

蒲圻魏使君，指魏裳。詳前《懷魏順甫》題解。裳爲蒲圻人。據《弇州山人四部稿》卷八二《魏順甫傳》，嘉靖四十四年（一五六五），裳遷山西按察副使，分巡冀南道，旋遭指摘罷歸。詳詩意，此爲魏裳罷歸之後，李攀龍的寄慰之作。

【注釋】

〔一〕赤壁黃磯：山名。在今湖北蒲圻市，長江南岸。蒲圻在今武漢市武昌南。

〔二〕裁鞭後：謂受貶斥之後。鞭，語意雙關：鞭爲竹根，即鞭筍，同時它也是古代一種竹制刑具。賜管餘：謂剛授官之後。管，竹符。《周禮·秋官·小行人》『都鄙用管節』《注》：『管節如今之竹使符也。』

〔三〕司馬賦：謂賦。司馬，指司馬相如，漢辭賦家。詳前《送徐汝思郎中入蜀》注〔一〇〕。樂羊書：謂被誹謗的信函。樂羊，戰國時魏將。魏文侯命其率兵攻打中山，其子爲中山王所擄，並以之相要挾。樂羊不顧，攻打益發激烈。中山人烹其子，並將湯及頭送來，樂羊飲湯三杯，終破中山。歸而論功，文侯出示謗書一篋。事詳《戰國策·秦策二》、《淮南子·人間訓》。

〔四〕『楚材』二句：謂魏裳十分勝任山西按察副使，哪能就此賦閑在家。三晉，地區名。大致指今山西省。懸車，謂致仕退休。詳前《劉太保文安公輓章》注〔七〕。

〔五〕『歸來』二句：謂我歸隱之時，恰好您出京爲濟南知府。李攀龍辭官歸隱在嘉靖三十七年（一五五八）秋，魏裳任濟南知府在嘉靖三十九年。叔牙山，即鮑山，在李攀龍故里附近。分符，謂被任命爲地方官。

〔六〕『非時』二句：謂辭官並非出於一時激憤，當初出仕也無意得到什麼報償。按劍，以手撫劍，憤慨之狀。償城抱玉，蓋用卞和獻玉的典故，謂只是一心爲國，並未想自己得到什麼。

〔七〕大王：指楚王。大王雄風，詳見戰國宋玉《風賦》。神女暮雨：見宋玉《高唐賦》。此以喻指嘯傲自得，任性而適。

〔八〕夢澤：雲夢澤。在今湖北鍾祥。蘭臺：楚宮名。

東陂同許殿卿、陸道函、灌甫兄弟賦

散髮東陂月滿庭，王孫春草鴈池青〔一〕。平臺吹合風先起，竹苑樽開酒旋醒〔二〕。自媿長卿工作賦，誰憐子政老傳經〔三〕？明朝莫報高陽會，不定江湖是客星〔四〕。

【題解】

東陂，地名。葉縣（今屬河南省平頂山市）有葉公所筑東西二陂，澧水東注葉陂，東西十里，南北七里。見嘉靖《葉縣志》。朱睦㮮（字灌甫）著有《陂上集》二十卷，今佚。許殿卿，即許邦才。陸道函，陸柬，字道函，浙江金華人，嘉靖十三年（一五二四）甲午科舉人，嘉靖二十九年庚戌進士（《浙江通志》卷一百三十八），授大理寺評事，四十二年知寶慶（今邵陽）府，重修府志，並著有《陸道函集》。康熙《寶慶府志》卷二十四、乾隆《祥符縣志》卷十五均有傳。謝榛有《枕上病懷贈陸道函兼謝枉駕》、《夜集陸道函官舍同丁子學、張肖甫漫賦》詩。灌甫，即朱睦㮮。詳前《灌甫東陂宴》題解。此詩作於隆慶三年任河南按察使期間。

【注釋】

〔一〕散髮：披髮。古人束髮，散髮謂彼此不拘禮法。王孫：指朱睦㮮。

〔二〕平臺：古臺名。在今河南商丘東北。詳前《雜興又十一首》注〔九〕。

〔三〕長卿：即漢辭賦家司馬相如，字長卿。詳前《送徐汝思郎中入蜀》注〔一〇〕。子政：即漢劉向（前七七—前六），字子政，漢宗室。著名學者，亦善散文、辭賦。曾官諫議大夫、郎中、散騎、宗正給事中。宣帝使受《穀梁春秋》，講論五經於石渠。成帝時，拜中郎，遷光祿大夫，詔其領校中五經秘書。著有《列女傳》、《新序》、《說苑》、《七略別錄》等。詳《漢書》本傳。

〔四〕高陽會：謂酒友相會。高陽，古地名。在今河南杞縣西。漢高祖劉邦爲沛公時，引兵過陳留（今河南開封附近），酈生求見，自稱高陽酒徒，後因以「高阳酒徒」稱酒伴。詳《史記·酈生列傳》。客星：謂或有升遷者。《史記·天官書》：「客星出天廷，有奇令。」

勤中尉園亭

分竹穿苔暑自平，披襟小閣坐來清。使君河上浮槎興，公子夷門結轡情〔一〕。自有明珠堪照乘，豈無佳色解傾城〔二〕？時人若問游梁客，司馬相如字長卿〔三〕。

【題解】

勤中尉，朱勤美，朱睦㮮（一五一八—一五八七）子，封輔國中尉。黃虞稷撰《千頃堂書目》卷十著錄《朱勤美公族傳略》二卷、《西亭中尉萬卷堂書目十六卷》（朱勤美編），卷十一著錄《中尉朱勤美諭家邇談》一卷。朱睦㮮（一五一八—一五八七），字灌甫，號西亭，學者稱西亭先生，明藏書家、學者。明宗室，封鎮國中尉。家居於汴梁（今河南開封），就其宅西建書堂五楹，名萬卷堂。中尉，爵位名。

【注釋】

〔一〕浮槎興：坐船游歷的興趣。槎，船。公子：指魏公子無忌。魏公子聽說大梁（今河南開封）夷門的守門人侯嬴爲賢者，『從車騎，虛左，自迎夷門侯生』，並親爲執轡。見《史記·魏公子列傳》。此謂尊賢禮士之情。

〔二〕『自有』二句：《史記·田敬完世家》載，威王二十四年，與魏王會獵於平陸。魏王說他雖小國卻有『徑寸之珠照車前後各十二乘者十枚』，而齊作爲大國卻無這樣的寶貝。威王回答說，他所寶者是所委任之人能守衛國土、治理國家的人才。此謂懷有治國之才。

〔三〕司馬相如字長卿：漢辭賦家。詳前《送徐汝思郎中入蜀》注〔一〇〕。此以司馬相如自喻。

聞肖甫已代元美大名有寄

褰帷蜀道望吴天，二子瓜期迥自憐〔一〕。五馬過逢曾此地，雙鳧飛去復何年〔二〕？誰言官合談兵起，爾已名從作賦傳。父老未須窺露冕，何人不識使君賢〔三〕！

【題解】

肖甫，即張佳胤。詳前《郡齋送張肖甫》題解。據鄭利華《王世貞研究》附《生平活動簡表》，王世貞在河南按察副使、整飭大名兵備任，於隆慶二年（一五六八）除夕得報還浙江左參政，則肖甫替代世貞應在隆慶三年。大名，府名。治今河北大名。

【注釋】

〔一〕瓜期：瓜代之期。瓜，瓜代，及瓜而代。本謂瓜熟時赴戍，到來年瓜熟時派人接替。見《左傳・莊公八年》。後因稱任職期滿，由別人接替。

〔二〕雙鳧：成對的水鳥。喻指元美與肖甫。

〔三〕露冕：露出皇帝所賜禮帽，顯示受到皇帝的嘉勉。晉陳壽《益都耆舊傳》：『郭賀拜荊州刺史，（漢）明帝巡狩南陽，特見嗟歎，賜以三公之服，黼黻旒冕，敕去幨露冕，使百姓見此衣服，以彰其德。』此二句謂不須皇帝嘉勉，人們也知道其賢德。

贈劉將軍

憶醉卿家春草芳，征軺信宿向漁陽〔一〕。行間舊識千夫長，轂下新推六郡良〔二〕。白馬從軍明月塞，黃金結客少年場。何時更出追驕虜，策爾持纓請建章〔三〕？

【題解】

劉將軍，指劉顯。劉顯（？——一五八一），南昌（今屬江西）人，抗倭名將，與抗倭名將戚繼光、俞大猷屢破倭寇。隆慶初，任副總兵，協守浙江三沙（今福建霞浦、寧德之間）。生平詳《明史》本傳。李攀龍一向關心邊事，早與名將戚繼光有書信來往。自視海閱兵，與劉顯相識，時有過從。《報元美》云：『劉將軍者，自謂十五從軍，身五百七十八戰，破寨九十有三，平蜀攘粵閩與維揚。口難劇談迸齒。始悉此二國士可與扼腕。』《滄溟集》中有致劉顯的三封信。

【注釋】

〔一〕征軺：出征的兵車。軺，此指兵車。

〔二〕千夫長：古武官名。統帥二千五百人。見《書·牧誓》「千夫長」《疏》。轂下：輦轂之下，謂京城。見《漢書·王尊傳》「轂下」師古說。六郡：謂漢代隴西、天水、安定、北地、上郡、西河六郡。見《漢書·趙充國傳》「六郡」服虔說。

〔三〕策：命令。持纓請建章：謂向朝廷請求系虜首以報。此用漢終軍請纓的典故，詳《漢書·終軍傳》。

送羅大參之任山西二首

鴈門句注九關通，地接燕山帝業雄〔一〕。使者汎舟從絳水，將軍轉餉入雲中〔二〕。分藩忽壯朝廷色，開府深懸保障功〔三〕。晉國莫强兵馬地，股肱何但數河東〔四〕！

其二

吏部風流入奏年，諸郎誰不讓朝天？五雲忽映襜帷動，雙轄重臨水鏡懸〔五〕。色借綈袍堪病起，詩更藻筆已名傳〔六〕。故人剩有河山在，二子相逢海岱前。

【題解】

羅大參，指羅良（一五三五—一五七三），字虞臣，嘉靖二十五年（一五五一）丙午鄉試，嘉靖三十二年癸丑陳謹榜，得大名府推官。入爲禮部主事，改吏部司勳郎，數更諸曹，至司封郎中。馳父太僕公喪歸服闋即家，起考功郎中，以次補文選。屬當考六載績於御史台，轉太常少卿，以太常秩外遷爲山東按察副使。明年叅山西政提調試事。又明年爲太僕少卿，旬月間轉大理寺右少卿，尋轉左。又明年爲南太僕寺卿，又明年改太僕卿，屬疾遂不起，得年四十有九。生平詳《弇州四部續稿》卷六八《太僕寺卿羅公傳》。大參，即叅政。據《穆宗實録》卷四十四，羅良赴山西在隆慶四年四月。詩作於此年。

【注釋】

〔一〕鴈門句注：山名。在今山西代縣西北，一名鴈門山，又名西經山，古代九塞之一。燕山：山名。自今天津薊州區東南蜿蜒而東，直至海濱。當時薊縣爲京畿地區。

〔二〕絳水：水名。有二：一源出今山西絳縣絳山，又名白水，經曲沃入澮水；一源出山西屯留西盤秀山，東流至潞城入濁漳河。此蓋指入濁漳河者。雲中：古郡名。明代爲大同府，治大同。

〔三〕分藩：謂赴任地方，爲朝廷屏障。開府：開府治事，一般指一方大員，如巡撫、布政使，而作爲布政使屬官説其開府，是爲諛辭。

〔四〕晉國：山西爲春秋晉國故地。河東：古地區名。唐以後泛指今山西全省。

〔五〕五雲：祥瑞之雲。襜帷動：猶言車駕動。襜帷，車帷。水鏡：謂水明如鏡能照物，喻識鑒清明。

〔六〕藻筆：文筆。

送固始申明府還縣

百里弦歌邑，春風獨在茲〔一〕。旋歸瞻日遠，留借見天私〔二〕。復送仙鳧去，言趨竹馬期〔三〕。渡河蠶月早，行縣麥秋遲〔四〕。《楚國先賢傳》，梁園上客詞〔五〕。知君才不忝，遙以慰相思〔六〕。

【題解】

固始，縣名。今屬河南。申明府，生平未詳。明府，此指知縣。

【注釋】

〔一〕弦歌：依琴瑟而詠詩。孔子弟子子游爲武城宰，弦歌而治，即以教化治理縣事。《論語·陽貨》：『子之武城，聞弦歌之聲。』

〔二〕天私：上天偏愛。私，愛。

〔三〕仙鳧：喻指縣令。語本《後漢書·王喬傳》。詳前《崔駙馬山池燕集得『無』字》注〔二〕。竹馬期：謂童年約會。竹馬，截竹爲馬，兒童游戲器具。作者蓋爲申之少年朋友。

〔四〕蠶月：采桑養蠶之月，即農曆三月。行縣：巡行縣内，以勸農桑。

〔五〕《楚國先賢傳》：晉張方撰。此謂申可入傳。固始古屬楚地。梁園上客詞：謂其詩文出衆，可與梁園上客相媲美。梁園上客，指漢代梁孝王幕中的司馬相如、枚乘、鄒陽等。

〔六〕不忝：不辱。謂不辱其名。

送李太守之東昌

諸侯辭北極，千騎向東方〔一〕。十二稱天府〔二〕，風烟接帝鄉〔二〕。地形來海岱，漕輓自徐揚〔三〕。春滿弦歌邑，花明太守章〔四〕。射書延上客，照乘得高唐〔五〕。寇息解刀劍，人和下鳳凰。軒帷褰雨雪，郡閣臥星霜。治行兼經術，諸曹借寵光〔六〕。

【校記】

〔一〕二，底本奪，據重刻本補。

【題解】

李太守，指東昌知府李子朱。詳前《酬李東昌寫寄〈白雪樓圖〉》題解。東昌，府名。治所在今聊城市東昌府區。詩作於嘉靖二十八年（一五四九）。

【注釋】

〔一〕諸侯：此指李子朱。北極：謂朝廷。千騎：語出漢樂府《陌上桑》，指太守。

〔二〕十二：明東昌府轄十二州縣，即高唐州、臨清州及聊城、堂邑、博平、茌平、清平、館陶、莘縣、冠縣、恩縣、范縣。帝鄉：此指北京。

〔三〕漕輓自徐揚：謂漕糧自揚州、徐州運來。即謂東昌南通徐揚。

〔四〕弦歌邑：教化普及之邑。弦歌，依琴瑟而詠詩。詳前《送固始申明府還縣》注。

〔五〕射書：戰國時期，燕將攻下聊城，齊田單圍攻歲餘，士卒大量死傷，魯仲連『乃爲書，約之矢以射城中，遺燕將』，『燕將見魯連書，泣三日……乃自殺』。聊城之圍遂解。詳《史記·魯仲連列傳》。此謂延請魯仲連那樣的賓客。照乘：照乘之珠。《史記·田敬仲完世家》載，齊威王與魏王田獵。魏王問威王有否寶物？威王說無。魏王說他雖國小，尚有徑寸之珠照車前後各十二乘者十枚，齊作爲大國爲何無寶？威王說他所寶者是所委任之人能守衛國土，近來遠服。『吾臣有朌子者，使守高唐，則趙人不敢東漁於河』。此謂尊賢重士。

〔六〕諸曹：謂東昌府屬下官員。

送宋宇少府之蒲城

別離有楊柳，折贈擬琅玕〔一〕。古道千人失，時才一尉難〔二〕。清秋開少府，紫氣指長安〔三〕。梅福稱仙仕，蒲城得吏歡〔四〕。河聲公檄靜，嶽色訟庭寒〔五〕。鴻鴈雲中出，芙蓉月下看。三秦卒豪傑，兩漢數衣冠〔六〕。馮翊今遺邑，何輕佐幕官〔七〕！

【題解】

宋宇，生平未詳。少府，官名。縣尉。蒲城，縣名。屬陝西省。

【注釋】

〔一〕琅玕：美竹之別稱。亦指玉石。唐杜甫《鄭駙馬宅宴洞中》：『主家陰洞細烟霧，留客夏簟青琅玕。』

〔二〕尉：古官名。由下『佐幕官』看，宋宇赴蒲城，或爲縣佐吏。秦漢縣置尉，主地方治安。歷代因之。明廢縣尉，置典史，掌尉事，後因稱典史爲縣尉。

〔三〕紫氣：祥瑞之氣。

〔四〕梅福：字子真，漢九江壽春（今屬安徽）人。少學於長安，明《穀梁春秋》，爲郡文學，補南昌尉，後去官歸里。及王莽專政，乃率妻子去九江，後有人遇福於會稽，已變名姓爲吳市門卒。見《漢書》本傳。吏：執法吏。

〔五〕河：黄河。公檄：公文。嶽：西嶽華山。寒：清淨。

〔六〕衣冠：謂縉紳世家。

〔七〕馮翊：指左馮翊，政區名。漢三輔之一，治所在長安（今陝西西安市西北）。蒲城在其轄區之內。佐幕官：指知縣的佐官，縣丞、典史之類。

答謝生盤山詩

愛爾躋攀處，奇蹤滿報章。山盤元氣出，寺抱翠微藏〔一〕。拂石搖天影，披花帶雨香。千峯回白首，萬壑步清霜。鼓角關榆墮，旌旗塞草長〔二〕。陰風來大漠，秋日下漁陽。海色秦城外，邊聲漢苑旁〔三〕。欲因臨望代，遂得紀金湯〔四〕。

【題解】

謝生，疑指謝榛。盤山，山名。本名四正山，一名徐無山。三國魏的田盤曾隱居於此，因稱田盤山，簡稱盤山。在今天津市薊州區西北。此山平地突起，分上、中、下三盤；上盤奇松怪柏，中盤巉岩峻削，下盤溪水繚繞，遠望層巒疊嶂，崒嵂排空，形勢雄偉秀麗，爲京東著名景觀。

【注釋】

〔一〕元氣：謂天地初分的混沌之氣。翠微：山氣青縹色。

〔二〕關榆：關塞上的榆錢。塞草：邊塞上的青草。薊縣爲明時薊遼總督駐地。

〔三〕秦城：秦代所築長城。漢苑：此指明代皇帝的林苑。

〔四〕代：古國名。漢置代縣。故城在今河北蔚縣東。金湯：金城湯池。喻城池堅固。

送楊給事河南召募

醜虜休南牧〔一〕，朝廷議北征〔一〕。幄中新授律，天下大徵兵〔二〕。使者持符出，君推抗疏名〔三〕。黄金秋突兀，白羽日縱横〔四〕。嶽雪三花秀，河冰萬馬行〔五〕。將軍邀劇孟，公子得侯嬴。屠販多豪傑，風塵鬱戰爭〔六〕。有呼皆左袒，無役不先鳴〔七〕。寧久燕山戍，終期瀚海清〔八〕。過梁投賦筆，更爲請長纓〔九〕。

【校記】

〔一〕醜虜，清汪端《明三十家詩選》作『獷騎』。蓋爲避忌而改。

【題解】

楊給事，指楊允繩（？—一五六〇），字翼少，號抑齋，松江華亭（今上海市）人。嘉靖二十三年（一五四四）進士，授行人，擢兵科給事中。曾奏免英國公張溶、撫寧侯朱岳等，劾罷兵部尚書趙廷瑞。『居諫垣未幾，疏屢上……皆從之，著爲令。已，又陳禦邊四事，報可。再遷户科給事中，謝病歸。久之，起故官。三十四年九月上疏言倭患……其冬，巡視光祿。光祿丞胡膏偽增物直，允繩與同事御史張巽言劾之』。不料反被胡膏所讒毀，下獄，嘉靖三十九年處斬。隆慶初，詔贈光祿少卿。詳《明史》本傳。此次招募，應在韃靼入侵京畿之後。據《明史·兵志》載，嘉靖二十二年（一五四三）制定從各州縣招募兵丁的制度，『二十九年，京師新被寇，議募民兵，以二萬爲率，歲四月終赴近京防禦』。河南，泛指黃河以南。據此，此詩應作於嘉靖二十九年（一五五〇）秋末。

【注釋】

〔一〕休南牧：停止南侵。南牧，南向牧馬，謂南侵。秋末冬初，草枯天寒，對游牧部族不利。據《明史·世宗紀》載，嘉靖二十九年九月，罷團營，恢復三大營舊制，設戎政府，以大將仇鸞爲總督。十一月，分遣御史選邊軍入衛。

〔二〕幄中：帷幄之中。此指朝廷。新授律：剛剛頒佈徵兵法。

〔三〕使者：指楊允繩。符：符節。此指朝廷徵兵的憑證。《史記·孝文本紀》『銅虎符、竹使符』《集解》引應劭云：『銅虎符第一至第五，國家當發兵，遣使者至郡合符，符合乃聽受之。』抗疏：謂上書言事，敢於抗爭。

〔四〕黃金：地名。明屬洋州，在今陝西洋縣東北。突兀：猝然而至。白羽：語兼二義：一，古地名。即析邑。在今河南內鄉縣境；二，謂白旄，天子令旗。縱橫：言其多。

〔五〕嶽：指中嶽嵩山。三花：三花樹。詳前《和梁憲使過密詠天仙宮白松》注〔七〕。河：指黃河。

〔六〕『將軍』四句：謂楊爲了抵禦外患來河南召募，一定會像當年周亞夫爲平亂而來、魏公子爲救趙求賢那樣，得到劇孟、侯嬴、朱亥那樣的豪傑。將軍，指周亞夫。亞夫爲漢開國元勳、絳侯周勃之子，沛（今江蘇沛縣）人。初爲河內守，以蔭封條侯，並以將軍駐紮細柳營防禦匈奴。文帝死，拜車騎將軍。吳楚七國叛亂，亞夫以中尉爲太尉，破之，遷丞相，因常忤帝意而未得善終。詳《史記·絳侯周勃世家》。劇孟，漢洛陽（今屬河南）人，以任俠名顯於諸侯。吳楚七國反時，亞夫至河南，得劇孟，謂『宰相得之若得一敵國』。詳《史記·游俠列傳》。公子，指魏公子無忌。魏昭王少子，封信陵君，以禮賢下士著聞於時，爲『戰國四公子』之一。侯嬴，魏國隱士，時爲大梁夷門監者（守門人）。魏公子慕其名親自往請，態度十分謙恭，並尊其爲上客。後爲救趙，侯嬴設計竊得魏王兵符，並推薦隱於屠徒中的朱亥爲將。屠販，即指朱亥。事詳《史記・魏公子列傳》。

〔七〕左袒：袒露左臂，以示擁護。語出《史記・呂太后本紀》。先鳴：先登而大呼。

〔八〕燕山戍：戍守燕山。燕山，山名。明代爲薊遼總督轄地。瀚海：蒙古大沙漠古稱瀚海。此泛指大漠。

〔九〕梁：古國名。此指河南。投賦筆：指棄文就武。賦筆，指寫詩。請長纓：語出《漢書・終軍傳》，謂請求破敵報國。

送林章之郎中讞獄南海

舊識于公傳，新知陸賈才〔一〕。漢章雙鳳下，越郡五羊開〔二〕。旌節看山駐，樓船截海來。長安天北望，使者日南回。訟府蒲堪挂，刑書竹可裁〔三〕。明珠滿合浦，應照不然灰〔四〕。

【題解】

林章之，生平未詳。讞獄，巡察地方，平議疑獄。南海，郡名。明爲廣州府，治所在番禺（今廣州市）。

【注釋】

〔一〕于公：漢郯（今山東郯城）人。丞相于定國之父。爲縣獄吏，善決獄，曾雪東海孝婦冤。詳《漢書・于定國傳》。陸賈：漢初思想家、辭賦家。曾出使南越，說服南越王趙佗稱臣奉漢，以功拜太中大夫。著有《新語》、《楚漢春秋》。

〔二〕雙鳳：一對鳳凰。此喻指相別二人。唐王建《和裴相公道中贈別張相公》：『雲間雙鳳鳴，一去一歸城。』

越郡五羊：指今廣州市。南海漢時屬南越。詳前《題〈南海柏臺甘露〉贈潘侍御》注。

〔三〕蒲：蒲鞭。以蒲草爲鞭，聊以示辱，謂刑罰寬仁。語本《後漢書·劉寬傳》『但用蒲鞭罰之，示辱而已』。

竹：竹刀。竹制之刀。《廣州記》：『石麻之竹，勁而利，切象皮如切芋。』

〔四〕合浦：漢代郡名。治所在徐聞，即今廣東海康縣南。以產珠著名。然：同『燃』。

送祠部莫郎中貴州提學

薊門一相送，楊柳未堪攀。亦是文章地，寧虛供奉班〔一〕？西南天欲盡，羌筰日多艱〔二〕。鼓棹過三楚，傳經到百蠻。春雲蒸赤水，秋雨瘴青山〔三〕。早就中和頌，諸生憶漢關〔四〕。

【題解】

祠部，官名。三國魏有祠部尚書，掌禮制。隋唐別置祠部曹，屬禮部，專掌祠祭、享祭、天文、國忌、卜筮等。明設祠祭司，屬禮部。莫郎中，指莫如忠。莫如忠（一五〇九—一五八九），字子良，號中江，松江府青浦（今上海松江區）人。嘉靖十七年（一五三八）進士，除南工部主事，改禮部員外郎、郎中。嘉靖三十年擢貴州按察使提學副使，李攀龍作詩送之。莫如忠後因母亡而未到任，居家十五年。後任湖廣副使、河南參政、陝西按察使、浙江右布政使等。生平詳陸樹聲《陸文定公集》卷七《莫公墓誌銘》、何湿《雲間誌略》卷十《莫方伯中江傳》等。提學，官名。提學使。明代一般由按察司副使兼任。詩作於嘉靖三十年（一五五一）初。

【注釋】

〔一〕供奉班：在侍奉皇帝的行列之中。唐白居易《春憶二林寺舊游因寄郎、滿、晦三上人》：『頭陀會裏爲逋客，供奉班中作老臣。』

〔二〕羌筰（zuó）：二古族名。此謂西南部族。

〔三〕赤水：明衛名。在貴州畢節縣北，與四川敘縣接界，以赤水得名。瘴：瘴氣。南方山間濕熱蒸發的毒氣。

〔四〕中和：謂其仁義教化合乎中庸之道。《漢書·匡衡傳》：『必審己之所當戒，而齊之以義，然後中和之化應，而巧僞之徒不敢比周而望進。』

題歐職方鵝山泉高齋

聞君讀書處，乃在薊山阿〔一〕。水色開窗檻，泉聲散薜蘿。濯纓秋雨至，把釣夕陽多。白璧澆田出，寒流沒羽過〔二〕。風塵無燕息，賓客有羊何〔三〕。一自從王事，空爲勞者歌。

【題解】

歐職方，生平未詳。職方，官名。詳前《題申職方〈五嶽圖〉》題解。鵝山泉，未詳其處。

【注釋】

〔一〕薊山：疑指薊丘。在今北京德勝門外，林木蒼翠，風景如畫。

〔二〕白璧：喻潔淨之水。沒羽：謂箭。寒流如箭，謂急速。

〔三〕羊何：指南朝宋羊璿之、何長瑜。據《宋書·謝靈運傳》載，謝靈運與族弟惠連及羊、何，共游山水爲文酒之會，時人謂之『四友』。後稱知己文友爲『羊何』。

集元美宅送汝思、吳峻伯、袁履善三比部

別賦吾能作，還銷客子魂。上林又黄鳥，何處此青樽〔一〕？帝念徵兵日，人銜祝網恩〔二〕。星榆散使者，春草待王孫〔三〕。于役分江徼，相思共薊門〔四〕。風塵異南北，莫向鴈書論〔五〕。

【題解】

元美，卽王世貞。汝思，卽徐文通。詳前《送徐汝思郎中入蜀》題解。吳峻伯，卽吳維嶽。詳前《秋前一日，同元美、茂秦、吳峻伯、徐汝思集城南樓》題解。袁履善，卽袁福徵，字履善，號太沖，華亭（今上海）人。嘉靖二十三年（一五四四）進士，由刑部郎中遷唐府左長史。生平詳《松江府志·古今人傳五》。本集有《送袁履善郎中讞獄廣西序》。據《明實錄》載，嘉靖二十九年十二月，命刑部郎中吳維嶽、徐文通、袁福徵察獄江西、四川、廣西，而其出行，則在嘉靖三十年初。

【注釋】

〔一〕上林又黄鳥：謂京城又到了春天。黄鳥，卽黄鶯，當春鳴叫。青樽：猶言春酒。

〔二〕祝網恩：謂寬刑惜生之恩。祝網，語出《史記·殷本紀》。據載，商湯見野外張網四面，將禽獸一網打盡，甚爲不忍，命人去其三面。歷來稱頌爲仁慈的表現，卽所謂澤及禽獸。

〔三〕星榆：謂衆星散如榆錢。《古樂府》：『天上何所有，歷歷種星榆。』

〔四〕江徼：江邊。薊門：此指北京。

〔五〕鴈書：鴻鴈傳書，書信。唐李白《送友人游梅湖》：『莫惜一鴈書，音塵坐胡越。』

賦得『邊馬有歸心』

飛將驅天厩，乘秋踏大荒〔一〕。三軍呼驃騎，一戰蹶名王〔二〕。急難才堪老，横行勢可當。嘶聲悲漢月，顧影淨胡霜。總轡陰山上，鳴鑣瀚海旁〔三〕。何如春草色，蹀躞向長楊〔四〕？

【題解】

賦得，古人作詩的一種方式。賦得『邊馬有歸心』，即以『邊馬有歸心』爲題作詩。邊馬，邊塞之馬。

【注釋】

〔一〕天廄：天子馬廄。大荒：極荒遠之地。

〔二〕驃騎：古將軍名號。詳前《刁斗篇》注。隋唐後爲武散官。名王：匈奴諸王中有大名封十又廣者之稱。

〔三〕總轡：總控各馬之韁繩，謂駐馬。陰山：山名。爲河套以北、大漠以南諸山的統稱。鑣：馬嚼子，馬口中所銜鐵具露出在外的部分。瀚海：大漠。

〔四〕蹀躞(dié xiè)：小步貌。長楊：宮殿名。本秦舊宮，漢重加修飾，内有垂楊，連亙數畝。見《三輔黃圖·秦宮》。故址在今陝西周至縣東南。

得殿卿書兼寄張簡秀才

久客疎歸計，吾徒足醉眠〔一〕。風塵猶逆旅，服食豈神仙〔二〕！老母須微祿，郎官亦冗員〔三〕。時名非我意，詩句衆人傳。雞肋堪誰棄，蛾眉幸自全〔四〕。羈情驚歲晚，法署向秋懸〔五〕。竊笑吹竽濫，深慚抱甕賢〔六〕。青雲浮世外，白眼貴游前〔七〕。流俗終違性，佯狂始入玄〔八〕。所甘才太拙，敢望病相憐〔九〕！寄字存加飯，興言問著鞭〔一〇〕。文離如昨日，飛動異當年〔一一〕。直覬亡胡虜，殷憂切御筵〔一二〕。逐臣收佩玦，大將與兵權〔一三〕。報主謀安出？和戎議已偏〔一四〕。乘輿空汗血，錦繡被腥羶〔一五〕。帷幄今何事？京師未晏然〔一六〕。乾坤多壘後，仕宦畏途邊〔一七〕。海岱生瑤草，朋從拾紫烟〔一八〕。伊余方物役，回首薊門天〔一九〕。

【題解】

殿卿，即許邦才。張簡，生平未詳。韃靼襲掠京畿，朝廷無退敵良策，只能求助於神仙方士。目睹朝政腐敗，欲有爲而不得；京師危急，欲獻策而不能；全身避害、碌碌無爲，心有不甘，賦此以向摯友傾訴內心的苦悶與彷徨。詳詩意，此詩作於嘉靖三十年（一五五一）。

【注釋】

〔一〕足醉眠：止於沉醉昏睡。足，止。《老子》二十八章『常德乃足』河上公注：『足，止也。』

〔二〕『風塵』二句：謂宦途猶逆旅，服食豈能成爲神仙。言外是說人生苦短，怎能如此虛度。風塵，指宦途。逆旅，客舍，旅館。服食，服食丹藥。道家說服食可以長生，所服藥物，主要由紫石英、白石英、赤石脂、鐘乳、石硫磺等石頭煉製而成。嘉靖皇帝信奉道教，重用方士，迷信服食。

〔三〕『老母』二句：謂郎官雖閒散，而老母需我這微薄的俸祿奉養。郎官，中央各部的屬官。攀龍時任刑部郎中。冗員，閒散人員。

〔四〕『雞肋』二句：謂目前處境如口含雞肋，所幸還能保持自己的操守。雞肋，喻指食之無味、棄之可惜之物。

見《後漢書・楊修傳》。作者以此喻指自己淹滯郎署，進不能、退不甘的尷尬處境。蛾眉，蠶蛾的觸鬚細長而曲似美人之眉，因喻指美人。此藉以自喻。

〔五〕『羈情』二句：謂羈留外地每至歲末便生思鄉之情，而今只能在銜署仰望高懸的秋月。羈情，羈旅之情。法署，銜署。此指刑部。

〔六〕『竊笑』二句：謂與其在此充數，還不如歸隱種田。吹竽濫，即濫竽充數。語出《韓非子・內儲說上》。抱甕，指隱居者。《莊子・天地》：『子貢南游於楚，反於晉，過漢陰。見一丈人將爲圃畦，鑿隧而入井，抱甕而出灌，滑滑然用力甚多而見功寡。』

〔七〕青雲：喻隱逸。語出《南史・孔珪傳》。浮世：塵世。語出晉阮籍《大人先生傳》。白眼：用眼白看人，表示鄙視。語出《晉書・阮籍傳》。貴游：上流社會之人。

〔八〕『流俗』二句：謂隨同流俗終究違背本性，只有佯狂纔能保全自己。佯狂，假裝瘋狂。入玄，謂領悟道家全真養性的真諦。玄，道。

〔九〕『所甘』二句：謂所甘心者自己愚笨無能，那敢奢望你們同情。敢，豈敢。病相憐，同病相憐，謂同情。

〔一〇〕『寄字』二句：謂信中勸慰保重身體，而開頭即問升遷之事。存，存問。加飯，多吃飯。當時認爲保持飯量身體就健康。興言，開頭就說。著鞭，著先鞭的省語。本謂先人一步，見《世說新語・賞譽下》『劉琨稱祖車騎』注引晉孫盛《晉陽秋》。此以殿卿語氣，說比他們先得意、升官。

〔一一〕『支離』二句：謂身體還如同從前一樣病弱，只是精神卻大不如當年了。支離，語出《莊子・人間世》，本謂形體不全、衰弱，後指病弱、體瘦。南朝齊謝朓《游山》：『托養因支離，乘閒遂疲蹇。』飛動，飛翔飄動，指神采。《宋史・孫子秀傳》：『抵掌極談，神采飛動。』

〔一二〕直覬：只希望。殷憂切御筵：謂天子爲此而深切地憂慮。殷憂，深憂。切，近。御筵，猶言天子面前。

〔一三〕『逐臣』二句：謂天子決定重新起用遭貶謫的大臣，把抵禦入侵的大權交給他。逐臣，放逐、貶謫的大臣。收佩玦，重新起用。佩玦，玉制佩飾。玦，半環形的佩玉。古時常用爲與人斷絶關係的象徵物品。《荀子・大略》：『絶人以玦，反絶以環。』王先謙《集解》：『古者臣有罪待命於境，三年不敢去，與之環則還，與之玦則絶，皆所以見意也。』據《明史・世宗紀》載，嘉靖二十九年八月任命仇鸞爲平虜大將軍，節制諸路兵馬，巡撫保定。

〔一四〕和戎：與戎議和。戎，古指西方少數民族。此指西北的韃靼俺答部。

〔一五〕『乘輿』二句：謂皇帝徒然有精兵强將，大好河山還是被韃靼所蹂躪。乘輿，皇帝車駕。借指皇帝。空，空有，徒然。汗血，傳說出自大宛（今烏茲別克斯坦一帶）的一種名馬，叫天馬，也稱千里馬。見《史記・大宛列傳》。此喻指賢才、良將。錦繡，錦繡河山。被，遭受。腥羶，牛羊的腥膻味。此指入侵的韃靼俺答部。韃靼爲游牧部族。

〔一六〕帷幄：軍帳，軍事統帥臨時議事的處所。晏然：安然，謂太平。

〔一七〕多壘後：謂戰後。壘，營壘。畏途：令人畏懼的險惡之途。

〔一八〕『海岱』二句：謂海岱地區生有仙草，朋友們游賞其間，類似神仙。海岱，東海、泰山之間，即今山東一帶。瑤草，仙草。傳說食之可以成仙。漢東方朔《與友人書》：『不可使塵網名韁拘鎖……脱去十洲三島，相期拾瑤草，吞日月之光華，共輕舉耳。』朋從，語出《易・咸》。同類相從。紫烟，山氣映日成紫。唐李白《望廬山瀑布》：『日照香爐生紫烟，遥看瀑布挂前川。』

〔一九〕『伊余』二句：承上說，而我卻居官於此，怎能不記挂京都的安危。伊，發語詞，無義。物役，爲外物所役使，謙言爲生計而爲官。回首，轉頭，引申爲顧念。此取『仰望京師』之意。《後漢書・伏湛傳》：『四方回首，仰望京師。』薊門，代指北京。

七夕集元美宅送茂秦

祖席陳瓜果，征衣理薜蘿〔一〕。雲邊看露掌，花裏出星河〔二〕。仙吏揮金椀，佳人罷錦梭〔三〕。新知天上少，秀句鄴中多〔四〕。疎拙時名棄，歡娛虜騎過。秋風吹鬢髮，落日渡滹沱〔五〕。匕首荊卿贈，刀頭桂客歌〔六〕。明年見牛女，能不憶羊何〔七〕？

【題解】

七夕，農曆七月初七的晚上。舊謂牛郎與織女在銀河鵲橋會。從『歡娛虜騎過』，知此詩作於嘉靖二十年（一五五一）。清汪端《明三十家詩選》謂此篇『追琢工雅，不愧名篇』。

【注釋】

〔一〕祖席：祖餞之席。祖，祖餞，餞行。征衣理薜蘿：謂謝榛整理行裝。薜蘿，隱者之服。《楚辭·九歌·山鬼》：『若有人兮山之阿，被薜荔兮帶女蘿。』

〔二〕露掌：承露之仙人掌。詳前《登省中樓望西山晴雪》注。此指皇宫。星河：即銀河。

〔三〕金椀：酒杯。佳人罷錦梭：謂織女停下織機，與牛郎相會去了。

〔四〕鄴中：指彰德，即今河北臨漳縣。當時爲趙王府所在地，謝榛爲趙王門客。

〔五〕滹沱：水名。詳前《渡滹沱》題解。

〔六〕『匕首』二句：謂謝榛具有荊軻的俠義精神。

〔七〕見牛女：謂七夕。羊何：指羊璿之、何長瑜。詳前《題歐職方鵝山泉高齋》注〔三〕。

碧雲寺

飛塔標龍藏，長橋挂虎溪〔一〕。五王開壯麗，二梵樹菩提〔二〕。淨土黃金布，香臺碧漢齊〔三〕。經過初地變，徙倚上方迷〔四〕。杖底籠清磬，崖間散御題〔五〕。屢疑窮紺宇，復道出丹梯〔六〕。天樂蓬萊近，祇林日月低〔七〕。水流僧舍下，雲起佛堂西。深愧雕蟲技，難同怖鴿棲〔八〕。慈燈懸廣刧，處處得摩尼〔九〕。

【題解】

碧雲寺，佛寺名。在北京西北香山東麓。始建於元寧宗至順二年（一三三一），原名碧雲庵。明正德年間（一五〇六—一五二二）進行擴建，改名碧雲寺。後來，明天啓年間（一六二一—一六二七）、清乾隆十三年（一七四八）又曾修繕、擴建，形成現在的規模。寺依山而建，廟宇宏麗，當時爲諸寺之冠。見明劉侗、于奕正《帝京景物略》卷六、清孫承澤《天府廣記·寺廟》。孫中山先生一九二五年逝世後，曾一度停靈於此，後建有中山紀念堂和衣冠冢。

【注釋】

〔一〕標：高舉貌。龍藏：佛教用語。龍宫之藏。虎溪：本爲江西廬山東林寺前之溪，此爲與『龍藏』對仗而附會稱之。

〔二〕五王：謂自元至明歷五王而建成。二梵：同『二尊』，指釋迦牟尼與彌陀。菩提：梵文音譯。意譯爲『覺』、『智』。佛教用語，指對佛教真諦的覺悟。舊譯借用老莊術語，譯爲『道』，謂通向佛教涅槃之路。

〔三〕淨土：佛教用語。佛居住的世界相對世俗众生居住的人世间所謂『穢土』而言爲『淨土』。一般指阿陀佛西方淨土，也稱极乐世界。謂佛國。此指佛寺。《魏書·釋老志》：『伽藍淨土。』香臺：佛教用語。佛殿的別稱。

〔四〕初地：佛教用語。大乘佛教稱菩薩修行的最初階位『十地』之第一地，也稱歡喜地。詳前《神通寺》注〔二〕。此謂進入佛寺。上方：謂地勢最高處。唐杜甫《山寺》：『上方重閣晚，萬里見纖毫。』

〔五〕清磬：清越的擊磬之聲。磬，玉石製作的打擊樂器。寺廟中亦用銅製作爲鉢盂形，擊之以禮佛。御題：皇帝題寫的詩句聯語。

〔六〕紺宇：佛寺別名。即紺園。唐宋之問《奉少林寺應制》：『紺宇横天室，回鑾指帝休。』丹梯：赤色階梯。爲入仙境之道。南朝齊謝朓《敬亭山》：『要欲追奇趣，即此淩丹梯。』

〔七〕蓬萊：蓬萊仙境，道家神仙所居。祇林：佛教用語。祇陀太子園林，引申爲僧寺之意。

〔八〕怖鴿：受驚的鴿子。佛教涅槃經說有一鴿子被獵者追捕，惶怖之極，避於舍利佛身影下，犹戰慄不已。至佛影下，才得安定。

〔九〕摩尼：梵語。亦作『末尼』。寶珠。

香山寺

往時占紫氣，馬上看香鑪。不是尋幽到，其如發興孤〔一〕？迴標臨北極，秀色攬西湖〔二〕。樹杪諸天出，堦前眾壑趨〔三〕。花臺騫地起，風鐸蔽簷呼〔四〕。月抱蟾蜍石，星搖舍利珠〔五〕。玉毫侵瀑水，金相湧浮屠〔六〕。妙偈傳從竺，高僧至自胡〔七〕。法輪皆帝力，下界復神都〔八〕。行幸當年事，人王握大符〔九〕。

【題解】

香山寺，佛寺名。在今北京西郊香山公園内。山原有道場曰香山，山因寺而名。

【注釋】

〔一〕『往時』四句：謂往時只是遠望香山的雲氣，路過時看到香爐峯，如非探幽尋勝，豈能引發游覽香山寺的興趣？占，瞻。紫氣，祥瑞之氣。香鑪，峯名。又名鬼見愁，在香山西部。其如，猶豈如。

〔二〕『迴標』二句：寫香山的雄偉壯麗。言其高峯與北極星相接，秀麗的風光遠與西湖相映。迴標，遠處的山峯。臨，近。北極，北極星。攬，挹取。西湖，指昆明湖，在北京頤和園，萬壽山南麓。

〔三〕諸天：佛教用語。佛家把衆生所在的世界分爲三個層次，稱爲『三界』，即欲界、色界、無色界。三界又有若干『天』，其他有日天、月天、韋陀天等，總稱之爲『諸天』。此指佛寺。

〔四〕花臺：蓮花臺，指佛座。騫（qiān）地起：從地飛起。騫，飛起。風鐸：風鈴，挂於廟宇簷下，風吹作響。

〔五〕蟾蜍石：像蟾蜍形象的孤石，爲香山名勝之一。舍利珠：佛骨稱舍利子，其形如珠。《魏書·釋老志》：『佛既謝世，香木焚屍，靈骨分碎，大小如粒，擊之不壞，焚亦不焦，或有光明神驗，胡言謂之舍利。弟子收奉，置之寶瓶，竭香花，致敬慕，建宫宇，謂爲塔。塔亦胡言，猶宗廟也，故世稱塔廟。』

〔六〕玉毫：佛教用語。指佛光。金相：金玉其相；金謂雕，玉謂琢。此謂雕塑的佛像。浮屠：即浮圖，也作『佛圖』，同『佛陀』。指佛或佛塔。此指佛塔。

〔七〕妙偈：美妙的偈語。偈，梵語意譯，也譯作『頌』、『諷頌』等；音譯爲『迦陀』、『偈陀』等。佛經中頌詞，三言、四言、五言、七言不等，四句組成一偈。漢譯有韻，類似我國詩歌體裁中的絶句。竺：天竺，古印度的别稱。佛教傳自印度，從印度傳來的佛經就特别珍貴。高僧：道行高的僧人。

〔八〕法輪：即梵輪。佛教用語。謂佛法。《智度論》卷八：『佛轉法輪，或名法輪，或名梵輪。』帝力：天帝之力。下界：佛教稱衆生所居之地，即人間。神都：謂京畿。語出《水經注·河水》。

〔九〕行幸：皇帝出行，曾駐蹕此寺。人王：指皇帝。大符：符節。皇帝發出詔命的符信。所指未詳。

經華嚴廢寺，爲虜火所燒

醜虜殊猖獗，諸僧坐播遷〔一〕。無方超寂滅，有地入烽烟〔二〕。境壞秋原上，門空暮雨邊。虚聞金作粟，真見火生蓮〔三〕。星影疑纓綴，雲光學蓋懸。焚身香象泣，照鉢燭龍然〔四〕。莫辨沉灰刼，猶傳嘆酒天〔五〕。至今餘淨土，不復一燈傳〔六〕。

【題解】

華嚴寺，又名華嚴庵，在北京西山，謝榛居京期間宿此。其被焚掠在嘉靖二十九年（一五五〇）八月。王世貞有《早春同于鱗、公實訪茂秦華嚴庵》、謝榛有《元夕同李員外于鱗登西北城樓望郭外人家，時經虜後，慨然有賦》。此詩蓋作於嘉靖三十年初春。

【注釋】

〔一〕坐播遷：因而顛沛流離。坐，因。

〔二〕無方：無辦法。超寂滅：超脱死亡。寂滅，佛教用語。義同梵語『涅槃』，指死亡。《無量壽經》：『超出世間，深樂寂滅。』

〔三〕『境壞』四句：謂寺廟毀壞，門前冷清；早曾聽説關於金作粟的傳説，而今卻真見到經歷戰火而不毀的佛像。境，與心意相對的境界。此指華嚴寺。秋原，深秋高原。虛聞，空聞，徒然聽説。金作粟，金粟爲佛名。《文選》王中《頭陀寺碑文》：「金粟來儀，文殊戾止。」《唐詩紀事》載，佛家有金粟影如來，王摩詰援筆寫之，放大毫光，觀者皆倍施其財。火生蓮，《維摩詰經·佛道品》：「火中生蓮華（花），是可謂稀有；在欲而行禪，稀有亦如是。」佛家謂彌陀之淨土，以蓮花爲所居，故寺廟中常以蓮花爲佛座。此處以火生蓮，指寺廟經兵燹之災而佛像猶存。

〔四〕「星影」四句：謂閃爍的星光，像是被彩繩連接著；飄忽的雲影，仿佛片片車蓋懸在空中。遭戰火焚燒的菩薩似在哭泣，燭光下的缽盂忽明忽暗。香象，佛教菩薩名。見《華嚴經·菩薩住處品》。缽，缽盂。僧人飯具，常托以化緣。燭龍，神名。見《山海經·大荒北經》。此指蠟燭。然，燃。

〔五〕沉灰劫：兵燹之餘曰劫灰；佛家謂天地大劫，洞燒之餘爲劫灰。噀酒天：噴酒滅火之日。噀，噴。《後漢書·欒巴傳》引《神仙傳》載，尚書欒巴崇通道教，傳説他在正朝大會時遲到，喝酒時又朝西南噴去，問其原因，説是成都失火，他是用酒滅火。皇帝命人查看，果如欒巴所説。

〔六〕「至今」二句：謂至今只剩下這空蕩蕩的寺廟，傳法的僧人卻不知哪里去了。淨土，佛教用語，即所謂極樂世界。詳前《碧雲寺》注〔三〕。此指寺廟。佛教把傳法稱傳燈，謂佛法像燈一樣能照破「冥暗」。

人日同元美、子與、公實集子相宅，得「寒」字

年華開此宴，春色又長安。得日人相勞，披雲客共歡。貼屏皆綵勝，佐酒尚辛盤〔一〕。北鴈先花發，西山過雪看。文章投璧盡，心事斷金寒〔二〕。不但蕭朱輩，論交自古難〔三〕！

【題解】

人日，農曆正月初七。見《荊楚歲時記》。元美，即王世貞。子與，即徐中行。公實，即梁有譽。子相，即宗臣。得『寒』字，即以『寒』字爲韻賦詩。據《蘭汀存稿》附梁有貞《梁比部行狀》載，嘉靖三十年（一五五一）公實授刑部主事，始與李攀龍、王世貞等交往，則此詩或作於嘉靖三十一年正月初七。

【注釋】

〔一〕貼屏：此謂將詩貼於屏風之上。辛盤：盛五辛（葱、韭、蒜、薤等）之盤。辛，辛辣之物。《荊楚歲時記》引周處《風土記》：『元日造五辛盤。』

〔二〕『文章』二句：謂詩歌已相贈，而慮友人不能同心。投璧，猶投瓊。《詩・衛風・木瓜》：『投我以木瓜，報之以瓊琚。』璧，瑞玉名。此喻美文，即詩歌。斷金，《易・系辭上》：『二人同心，其利斷金。』

〔三〕蕭朱：指漢蕭育與朱博。二人始爲莫逆，終則成仇。《後漢書・王丹傳》：『交道之難，未易言也。世稱管、鮑，次則王、貢；張、陳凶其終，蕭、朱隙其末，故知全之者鮮矣。』

初春四首

物色看如昨，愁時獨不醒。春陰含雨白，日氣宿霾青。國士紓三表，王師壓二庭〔一〕。獻俘當祖社，制勝本朝廷〔二〕。使者行飛輓，將軍議勒銘〔三〕。誰憐劉子駿，心事有傳經〔四〕！

其二

橫海樓船下，平胡羽檄飛。五雲高王氣，三殿敞春暉〔五〕。卜相敷文命，徵兵出武威〔六〕。風塵終混合，日月此瞻依。薄宦無工拙，浮名有是非。陸沈吾豈敢，疏懶世人違〔七〕。

其三

使者歸朝疏，將軍捕虜才。乾坤百越震，烽燧九邊來〔八〕。國步艱難過，天顔駘蕩開〔九〕。紫宮春窈窕，華省日徘徊〔一〇〕。白石飯牛客，黄金圖駿臺〔一一〕。終看成遇合，未可怨無媒。

其四

薊北看春色，羈情坐鬱然。官猶膠柱在，名豈濫竽傳〔一二〕！汩沒終何事？文章自有權〔一三〕。薄游多難後，知已衆人前。疎拙容高枕，風雲讓著鞭〔一四〕。客嘲安用解，執戟至今憐〔一五〕！

【題解】

從詩中牢騷看，此詩應作於嘉靖三十一年初春。

【注釋】

〔一〕三表：言論的標準。語出《墨子·非命上》。二庭：東漢光武帝時匈奴有南北單于之分，史稱『二庭』。見《後漢書·匈奴傳》。

〔二〕祖社：祭祀社神。

〔三〕飛輓：兵糧的運送。勒銘：刻石紀功。

〔四〕劉子駿（？—二三）：名歆，漢宗室。學者劉向少子，通《詩》、《書》，見成帝，爲黄門郎。河平中（前二八—前二五），受詔與其父向領校秘書。哀帝時，爲侍中、太中大夫，遷騎都尉、奉車光禄大夫，仍領校『五經』，集六藝羣書，撰《七略》，對經籍目錄學做出貢獻。曾建議將《周禮》、《左傳》、《毛詩》、《古文尚書》等古文經設爲博士，遭到今文經學派的反對。後因預謀殺王莽，事敗，自殺。著有《三統曆譜》等。生平附《漢書・劉向傳》。

〔五〕五雲：祥瑞之雲。三殿：明皇宮内的三座宮殿。詳前《贈符臺卿李伯承出使東藩》注〔五〕。

〔六〕卜相：占卜與觀相。武威：郡名。明爲涼州衛。今屬甘肅省。

〔七〕陸沈：此謂隱於仕宦。取意於《漢書・東方朔傳》「陸沈於金馬門」。疏懶：疏狂懶慢。

〔八〕九邊：明代指遼東、宣府、大同、延綏、寧夏、甘肅、薊州、太原、固原北方九個邊鎮。見《明史・兵志三》。

〔九〕國步：猶言國運。《詩・大雅・桑柔》：「於乎有哀，國步斯頻。」駘蕩：舒放。

〔一〇〕紫宮：猶紫宸。天子所居。華省：指職務親貴的官署。

〔一一〕白石飯牛客：指甯戚。《史記・鄒陽列傳》「甯戚飯牛」《集解》引應劭說：「（齊）桓公夜出迎客，而甯戚疾擊其牛角商歌曰：『南山矸，白石爛，生不遭堯與舜禪，短布單衣適至骭，從昏飯牛薄夜半，長夜曼曼何時旦？』」此謂求仕之人。黃金圖駿臺：即黃金臺，或稱郭隗臺。爲戰國燕昭王求賢之處。詳前《送新喻李明府伯承》注〔一三〕。

〔一二〕膠柱：謂拘泥不知變通。語出《史記・廉頗藺相如列傳》。濫竽：即濫竽充數。

〔一三〕汩沒：猶沉淪。謂沉淪下僚。權：權衡。

〔一四〕著鞭：著先鞭。佔先一著。

〔一五〕執戟：執戟郎。指漢東方朔。《漢書・東方朔傳》載，東方朔屢陳政事而不見用，「因著論，設客難己，用位卑以自慰諭。其辭曰：『客難東方朔曰：……悉心盡忠以事聖帝，曠日持久，官不過侍郎，位不過執戟，意者尚有遺行邪？同胞之徒無所容居，其故何也？』」此爲慨嘆不得重用。

五日同子相游天寧寺

四海攜名士，彌天得上方〔一〕。綵絲還令節，白馬自開皇〔二〕。揮拂靈花裏，攤經祇樹傍〔三〕。燈輪侵日出，塔影入雲藏。淨土殊幽事，清齋復妙香。幻知看紱冕，靜欲厭詞章〔四〕。薜荔來風雨，杉松接渺茫。人間空競渡，未解問慈航〔五〕。

【題解】

子相即宗臣。天寧寺，舊名天王寺，在北京廣寧門處。明正統七年（一四四二）建。見《明一統志》。詩作於嘉靖三十一年五月五日。

【注釋】

〔一〕上方：天界。此謂佛寺。

〔二〕綵絲：彩色絲線。元蔣子正《山房隨筆》載，陳孚在燕，端午節正當母親生日，作《大常引》二章，有『綵絲堂上簇蘭翹』之句。白馬自開皇：謂佛經傳來在人世遭劫之時。白馬，中國佛教有白馬馱經的傳說。開皇，道書以爲劫名。見《隋書·經籍志·道經》。

〔三〕靈花：即靈瑞華。又稱優曇婆羅華。見《無量壽佛經》上。祇樹：即祇樹林。也稱祇園。古印度祇陀太子的園林，爲祇洹精舍所在地，後泛稱寺院。

〔四〕紱冕：古時禮服。喻高官顯位。

〔五〕慈航：佛教稱佛以慈航之心度人，使其脫離苦海，有如航船渡人。

立春日示子與

舊游離别盡，病客尚文園〔一〕。此地看春色，唯君大雅存。揮毫當北斗，握手向中原。夙昔爲郎意，平生知己恩。紫氣臨燕塞，青山擁薊門。豫愁分袂日，花裏倒芳樽〔二〕。

【題解】

子與，即徐中行。從「舊游離别盡」看，此詩蓋作於居京晚期。

【注釋】

〔一〕病客：作者自指。文園：司馬相如曾爲孝文園令，常有消渴病，後辭去。這裏意爲尚未辭去。

〔二〕分袂：分手，相别。

燕京篇

燕京豪俠地，杯酒爲君陳。雙闕西山下，諸陵北海濱〔一〕。薊門行雨雪，黍谷變陽春〔二〕。騶衍初臨碣，荊軻故入秦〔三〕。黄金來駿馬，白璧售佳人〔四〕。定鼎還先帝，千年正紫宸〔五〕。

【題解】

燕京，即北京。此詩當作於嘉靖三十一年居京期間。

【注釋】

〔一〕雙闕：宮門兩側的樓觀。諸陵：明諸帝陵。北海：北京故宮以北、景山之西，爲遼代以來的皇家宮苑，今已辟爲公園。

〔二〕黍谷：山名。又名燕谷山、寒谷山。在今北京市密雲區西南。舊説黍谷地美而寒，不生五穀，鄒衍吹律而使氣溫，燕人遂在其中種黍，因號『黍谷』。見王充《論衡·寒溫》。

〔三〕騶衍：即鄒衍（約前三〇五—前二四〇），齊人。戰國末期哲學家，陰陽家的代表人物。《史記·孟子荀卿列傳》載，鄒衍『如燕，昭王擁彗先驅，請列弟子之座而受業，築碣石宮，身親往師之』。碣，指碣石宮。荊軻：衛人。燕人稱其爲荊卿。其入秦事，詳前《易水歌》題解。

〔四〕黃金：謂黃金臺。詳前《雜興又十一首》注〔八〕。駿馬：與下『佳人』均指招徠的人才。南朝宋鮑照《代放歌行》：『豈伊白璧賜，將起黃金臺。』

〔五〕定鼎：謂定都。紫宸：帝王所居。此謂帝座。

哭陶侍御

伏柱稱仙吏，彈冠卽諍臣〔一〕。逢時隨八彥，攬轡屬東巡〔二〕。抗疏惟安漢，危言屢借秦〔三〕。寵光回造化，正色上星辰〔四〕。夢已摧高翼，災非批逆鱗〔五〕。孤臺遙向夜，五柳黯傷春〔六〕。白鶴還來客，青驄豈避人〔七〕。朝廷存折檻，道路指埋輪〔八〕。擊隼才何健，神羊氣不馴〔九〕。分陰空白惜，浮世轉難陳。風裁登車罷，霜華挂劍新〔一〇〕。羣烏哀就老，列柏采爲薪〔一一〕。鬱鬱匡君意，飄飄出使身〔一二〕。盧山彭澤外，落日九江濱〔一三〕。

【題解】

陶侍御，陶欽皋，字克允，江西彭澤人。嘉靖十九年（一五四〇年）庚子舉人，二十三年（一五四四）甲辰奉鳴雷榜進士。授刑部主事，嘉靖二十七年三月，升監察御史。《明世宗實録》卷四百嘉靖三十二年（一五五三）七月，福建道監察御史陶欽皋論劾南贛巡撫都御史張烜、南京提督操江都御史蔡克廉各不職。卒於任。則詩作於嘉靖三十三年前後。從『盧山彭澤外，落日九江濱』，知其爲江西九江人。侍御，官名。明指御史。詳前《送黄侍御按滇中》題解。

【注釋】

〔一〕『伏柱』二句：謂職任御史，一出仕即是正直之臣。伏柱，謂服柱後惠文冠，爲法官。詳前《送劉侍御歸臺》注〔一〇〕。伏，服。彈冠，謂出仕。詳前《感懷》注〔三〕。諍臣，猶直臣，敢於直面批評時政之臣。

〔二〕『逢時』二句：謂適逢聖時追隨賢德之士，一赴任就隨從皇帝東巡。八彦，猶八俊。八位才德出衆的俊傑人士。所指不一。詳前《送劉侍御歸臺》注〔五〕。攬轡，謂赴任。詳前《送王侍御》注〔三〕。

〔三〕『抗疏』二句：謂抗顔直諫惟考慮國家安危，直言危論常提秦亡的教訓。借秦，謂借秦亡的教訓以警當世。

〔四〕『寵光』二句：謂朝廷崇信的榮耀使其獲得好的運氣，並因嚴正不苟升任郎官。造化，自然、命運。正色，表情端正嚴肅。《書·畢命》『正色率下』《疏》：『正色，謂嚴其顔色，不惰慢，不阿諂。』郎官列星辰，詳前《贈李明府暫詣廣川奉送景王之國》注〔二〕。

〔五〕『夢已』二句：謂高飛的夢想已破滅，災禍之來並非因爲觸怒皇帝。高翼，高飛之翼。批逆鱗，傳説龍頷下有逆鱗徑尺，觸之者必被殺。見《戰國策·燕策三》。因喻忤逆皇帝之言論。

〔六〕孤臺：孤單的墳臺。五柳：語意雙關，晉陶淵明著《五柳先生傳》而被稱爲五柳先生，侍御姓陶，且與之同鄉里，故隱指陶姓。而陶侍御又死於春季，正當楊柳吐翠時節。

〔七〕白鶴：白色之鶴。《南史·劉霽傳》：母胡氏亡，『霽廬於墓，哀慟過禮。有雙白鶴馴翔馴廬側』。青驄：青驄馬。代指御史。東漢鐵面侍御史桓典常乘驄馬，執法不避權貴。見《後漢書·桓荣傳》附《桓典傳》。

〔八〕折檻：漢御史朱雲爲諫諍而攀折殿檻，見《漢書·朱雲傳》。後因喻指直臣。埋輪：把車輪埋起來，表示停留，決不離開。《後漢書·張皓傳》附《張綱傳》載，漢安元年（一四二），選派八名知名之士巡視各地，其中張綱年紀最輕，職位最低。七人受命卽出行，而張綱到洛陽都亭卻停下來，拆下車輪，埋在地裏，說：『豺狼當道，安問狐狸！』隨卽上書彈劾權臣大將軍梁冀及其弟梁不疑，京師爲之震動。後遂以『埋輪』喻指敢於抨擊權貴，無所畏懼。

〔九〕擊隼（sǔn）：謂打擊貪殘之人。隼，是一種貪殘之鳥，世以隼喻指兇殘本性。神羊：獬豸的別名。漢法官服獬豸冠。見《後漢書·輿服志》。

〔一〇〕風裁：謂風憲制裁。《後漢書·李膺傳》：『是時朝廷日亂，綱紀頹弛，膺獨持風裁，以聲名自高。』霜華挂劍新：謂剛剛去世。霜華，卽霜花。唐白居易《長恨歌》：『鴛鴦瓦冷霜華重，翡翠衾寒誰與共？』挂劍，取春秋吴公子季札挂劍徐君墓的故事，謂友人悼念，生死不渝。詳《史記·吴太伯世家》。

〔一一〕『羣烏』二句：謂侍御一死，府衙散去。御史府別稱烏府，因御史府『列柏樹，常有野烏數千棲宿其上』（《漢書·朱博傳》）。

〔一二〕匡君：匡扶君主。出使：陶氏蓋在出使期間去世。

〔一三〕『廬山』二句：謂其死後葬處，在廬山彭澤之外，其精神像落日餘暉映照在家鄉。廬山，山名。在今江西九江。彭澤，縣名。屬江西。

哭公實六首

逝矣梁公實，清時隱漢關〔一〕。扁舟浮大海，健筆誌名山〔二〕。豈悟風流盡，猶言洗沐還〔三〕。文章憎白髮，服食誤紅顔〔四〕。禪草來天上，玄經出世間〔五〕。縱爲華表鶴，羽翮已難攀〔六〕！

其二

客有燕山至，傳君喪海隅。含香情不厭，辟穀事還迂〔七〕。詞翰家長技，經綸國大儒。天心曾爾輩，雪涕自吾徒〔八〕。精氣乘朱鳥，浮生過白駒〔九〕。所悲無舊物，此道失前驅！

其三

實沈其爾祟，單閼乃爲災〔一〇〕。偃蹇非關病，文章未盡才〔一一〕！他人紛項領，之子渺塵埃〔一二〕。白日中原墮，高秋大海迴。自逢雙鶴至，誰叱五羊來〔一三〕？欲挂延陵劍，風雷不可開〔一四〕。

其四

一虚郎署問，竟負帝鄉期〔一五〕！此日名堪定，千秋事可知。賦寧爲異物，人已不同時。垂白君應妒，還丹我自疑〔一六〕。橐裝高卧盡，椎結舊游悲〔一七〕。坐識藏舟理，行令荷鍤隨〔一八〕！

其五

從此微言絶，何當大夢醒〔一九〕！人間矜意氣，地下鬭精靈〔二〇〕。虚室還生白，遺編竟殺青〔二一〕！浮名流景過，夫子望秋零〔二二〕。同舍悲離索，投詩哭杳冥。山陽風雨夜，鄰笛未堪聽〔二三〕！

其六

嶺南秋慘澹，海上日蕭森。不王衣冠氣，云亡《雅》《頌》音。操斤臣質少，題柱主恩深〔二四〕。此物何陵替，斯人乃陸沈〔二五〕！衆方疲道路，爾欲久山林。所以生芻贈，終難托素心〔二六〕！

【題解】

公實，即梁有譽。王世貞《哀梁有譽》云：『嘉靖甲寅孟冬，友人梁有譽以疾卒於南海。明年乙卯春，訃至自南海，故善有譽者武昌吴國倫、廣陵宗臣、吴郡王世貞相與爲位，哭泣燕邸中。又走書西南報李攀龍、徐中行，哭如三人。』則李攀龍聞公實死訊當在嘉靖三十四年（一五五四）春。

【注釋】

〔一〕清時隱漢關：謂在當今政治清明之時你卻隱居在家鄉。漢關，指番禺。秦末南越王趙佗及五代南漢都於此。隋改置南海縣，唐復兼置番禺縣。明時相沿，並爲廣州府治所。《史記·南越尉佗列傳》：『番禺負山險，阻南海，東西數千里。』

〔二〕『扁舟』二句：謂你回到家鄉，乘舟優游，用你高超的文筆描繪名山大川。健筆，勁筆，謂文筆練達。唐杜甫《戲爲六絶句》：『庾信文章老更成，淩雲健筆意縱橫。』誌，記。名山，指羅浮山。在廣東番禺境內，濱海，相傳東晉葛洪曾在這裏獲得仙術。清錢謙益《列朝詩集小傳·梁主事有譽》載，在其歸家後『與黎民表約游羅浮，觀滄海日出。海颶大作，宿田舍三夕，意盡賦詩而歸，中寒病作，遂不起』。

〔三〕『豈悟』二句：謂正等你假滿歸來，哪里想到你竟溘然死去。風流，謂公實爲風流儒雅之士。洗沐，洗髮沐浴，指休假。漢官五日一假，謂『沐浴』。見《史記·日者列傳》『俱出沐浴』《正義》。

〔四〕『文章』二句：謂如果說文章憎惡像我這樣年紀的人還有可說，而你如此年少，卻因服食求仙所誤，實在太可惜了。憎白髮，謂憎惡年老。服食，道家養生術，說服食五石散可以長生。紅顏，謂少年。公實因訪仙跡而卒，時年三十六歲，故云。

〔五〕『禪草』二句：謂公實爲上天所召，所以離開了人世，空有遺文。禪草，指司馬相如《封禪文》。玄經，指楊雄《太玄經》。

〔六〕『縱爲』二句：謂公實已經逝去，即便像丁令威那樣變爲鶴，也難追攀上他了。華表鶴，相傳漢代遼東人丁令威到靈虛山學道，後化鶴歸遼，飛止城門華表上。時有少年舉弓欲射，鶴即起飛，唱道：『有鳥有鳥丁令威，去家千年今始歸。城郭如故人民非，何不學仙冢累累。』唱畢即沖天飛去。詳晉干寶《搜神記》。華表，古時城郭、衙署門等入口處所立木柱。唐白居易《望江州》：『江迴望見雙華表，知是潯陽西郭門。』羽翮，鳥的羽毛。翮，羽莖。

〔七〕含香：含芬芳之香氣。指含香署。以尚書郎含雞舌香奏事，故名。見《通典·職官典·歷代郎官》。此指刑部。辟穀：謂屏除穀物，導引輕身，可以長生。見《史記·留侯世家》。道家方士附會爲神仙入道之術。迂，迂腐。

〔八〕天心：天帝的心意。曾：曾經。雪涕：拭淚。

〔九〕朱鳥：謂鳳。《後漢書·張衡傳》載《思玄賦》：『前祝融使舉麾兮，纚朱鳥以承旗。』過白駒：即白駒過隙，謂時光迅疾消逝。

〔一〇〕實沈：人名。古代神話中謂爲高辛氏的季子，謂參宿之神。《左傳·昭公元年》：『晉侯有疾……叔向問焉。曰：「寡君之疾病，卜人曰：『實沈、臺駘爲祟』，史莫之知。敢問此何神也？」子産曰：「昔高辛氏有二子，伯曰閼伯，季曰實沈，居于曠林，不相能也，日尋干戈，以相征討。后帝不臧，遷閼伯于商丘，主辰。……遷實沈於大夏，主參。……則實沈，參神也。』單閼：卯年的別稱。公實卒於乙卯年，即嘉靖三十四年（一五五五）。

〔一一〕偃蹇：困頓。

〔一二〕項領：大領。此謂勤於王事。《詩·小雅·節南山》：『駕彼四牡，四牡項領。』

〔一三〕雙鶴：謂哭祭時有雙鶴警叫。《晉書·吴隱之傳》：『每至哭臨之時，恆有雙鶴警叫。』五羊：五色神羊。詳前《南海歐生自京師遺書于大梁，屬許右史爲致，答此》注〔一二〕。

〔一四〕延陵劍：延陵季子挂劍徐君墓，謂至死不渝的情誼。詳前《哭陶侍御》注〔一〇〕。

〔一五〕負帝鄉期：有負於共赴仙都的期許。《莊子·天地》：『千歲厭世，去而上仙，乘彼白雲，至於帝鄉。』

〔一六〕還丹：道家煉丹，把丹砂燒成水銀，積久又還成丹砂，謂之還丹。見《抱朴子·金丹》。

〔一七〕橐裝高臥盡：謂囊中錢物在隱居期間已耗盡。橐裝，橐中裝。《史記·陸賈列傳》：『賻陸生橐中裝，值千金。』椎結：一作『椎髻』。挽髻如椎形。《文選》陸佐公（倕）《石闕銘》『箕坐椎髻』《注》：『向曰：「箕坐椎髻，南越之俗也。」』

〔一八〕藏舟：隱舟。《莊子·大宗師》：『夫藏舟於壑，藏山於澤，謂之固矣。』荷鍤：肩扛鐵鍬。《晉書·劉伶傳》：『（劉伶）常乘鹿車，攜一壺酒，使人荷鍤隨之，謂曰：「死便埋我。」其遺形骸如此。』

〔一九〕『從此』二句：謂公實一死，再也聽不到他精微的言論了；活著的人應當悟透人生的真諦，不要服藥求仙了。微言，精微要妙之言。《漢書·藝文志》：『昔仲尼沒而微言絶，七十子喪而大義乖。』何當，合當。大夢醒，謂悟透自然之道的精神。大夢，道家謂對道不明了者就像常在夢中一樣。《莊子·齊物論》：『方其夢中也，不知其夢也。夢之中又占其夢焉，覺而後知其夢也。且有大覺而後知此其大夢也。』

〔二〇〕『人間』二句：謂公實活著時，以意氣自矜，在其死後，只能與鬼物相鬬了。

〔二一〕『虛室』二句：謂公實正期望達到高人境界時，其詩文創作就終止了。虛室生白，本謂心室空虛纔生出純白狀態（空明的心境）。《莊子·人間世》：『瞻彼闋者，虛室生白，吉祥止止。』還，正在。此謂公實正在擺脫俗累、心境潔淨之時。唐杜甫《歸》：『虛白高人靜，喧卑俗累牽。』

〔二二〕『浮名』二句：謂人的名聲像流光一樣一閃而過，所以夫子望零落的秋景而悲傷。浮名，虛名。流景，流影。景，影的本字。夫子，孔夫子，即孔子。秋零，當秋零落肅殺之景。

〔二三〕『山陽』二句：謂每當路過公實往日居處，都不免悲惻難忍。山陽，漢置縣。故址在今河南焦作市境。晉向秀《思舊賦序》說，在嵇康被殺後，他路過其山陽舊居，『於時日薄虞淵，寒冰淒然。鄰人有吹笛者，發聲寥亮。追思曩昔游宴之好，感音而歎』，故作《思舊賦》憑弔亡友。

〔二四〕『操斤』句：謂你榮歸故里，而知己卻少了。操斤，《莊子·徐無鬼》載，莊子送葬，過惠子之墓，以匠石運斤削去郢人鼻端若蠅翼的白堊爲喻，說明惠子死後已無知己：『自夫子之死也，吾無以爲質矣，吾無與言之矣。』斤，斧。質，對象。題柱：據晉常璩《華陽國志·蜀志·蜀郡州治》載，成都城北有一升仙橋，漢司馬相如過此入長安，題柱曰：『不乘高車駟馬，不過此橋。』梁有譽進士及第，經皇帝批準，以刑部郎中回歸故里，所以說『主恩深』。

〔二五〕陵替：猶言零落。唐杜甫《贈秘書監江夏李公邕》：『長嘯宇宙間，高才日陵替。』陸沈：埋沒。

〔二六〕生芻：新割的草。語出《詩·小雅·白駒》。後用爲弔喪的禮物。《後漢書·徐穉傳》：『林宗（郭泰）有母憂，穉往弔之，置生芻一束於廬前而去。』素心：素願，本心。

郡齋同元美賦得『高』字

風塵如昨日，千里得同袍。秋色隨佳句，浮名避濁醪。故人滄海遠，使者白雲高。小郡常懸榻，君家自佩刀〔一〕。飛揚鞭弭約，慘澹簿書勞〔二〕。別後看多士，元龍未似豪〔三〕。

【題解】

郡齋，指順德衙署的書房。元美，即王世貞。詩當作於嘉靖三十四年秋。

【注釋】

〔一〕懸榻：謂專設敬候。語出《後漢書・陳蕃傳》。詳前《徐子與席懷梁公實》注〔一〕。君家自佩刀：謂世貞家自有傳家之寶。以佩刀傳家，本晉王祥故事。詳前《送皇甫別駕往開州》注〔四〕。

〔二〕鞭弭：鞭所以趕馬，無緣之弓謂之弭，謂射獵。簿書：公文，案牘文書。

〔三〕元龍：三國魏陳登字元龍，曾任廣陵、東城太守，以平呂布功加伏波將軍。劉表與劉備『共論天下人』時，許汜在旁說：『陳元龍湖海之士，豪氣不除。』見《三國志・魏書・陳登傳》。此爲作者自喻。

宿華頂玉井樓二首

玉井通溟海，朱樓冠削成〔一〕。波傳潮汐到，檻接斗牛平〔二〕。虎魄侵燈出，蓮花傍枕生〔三〕。拂盆雲發暗，映掌月珠明〔四〕。犯座人間象，浮槎世上情〔五〕。不愁更漏絕，石鼓自能鳴〔六〕。

其二

不寐芙蓉冷，幽棲薜荔驚〔七〕。靈胡秋贔屭，毛女夜妖精〔八〕。暗穴龍蛇走，深林虎豹耕〔九〕。星連棋石布，雨共洗盆傾〔一〇〕。霜絶千尋鎖，風邀五舌笙〔一一〕。豈因臨帝座，呼吸變陰晴〔一二〕？

【題解】

華頂，華山峯頂。玉井，李攀龍《太華山記》云：『削成上四方，顧其中汙也。上宫在汙中西北，玉井在上宫前五尺許，水出於其上，潛於其下，東北涇大坎中。』玉井在上宫（鎮嶽宫）前，東南三里爲明星玉女祠，西南上三里爲天門峽，東北有蓮花坪，下爲蒼龍嶺。玉井一帶的奇異景象，作者歷歷寫來，令人目不暇接。文筆恣肆，聯想奇幻，亦爲華山紀游的名篇。詩當作於嘉靖三十五年秋登華山時。

【注釋】

〔一〕溟海：大海。冠削成：爲削成之冠，即在華山峯頂。《山海經·西山經》：『又西六十里，曰太華之山，削成而四方，其高五千仞，其廣十里，鳥獸莫居。』李攀龍説這是指『華中削而四方者爾，四方之外宫盡華山也』（《太華山記》）。

〔二〕『波傳』二句：謂玉井的波浪傳來海潮之聲，朱樓的欄杆與天上星宿相接。潮汐，指海潮。檻，欄杆。斗牛，二十八宿中的斗宿和牛宿。此泛指星宿。

〔三〕虎魄：即琥珀，松樹脂的化石。此指松樹。玉井附近有五株松，稱『五將軍』。蓮花：上宫旁有蓮花洞，洞上有蓮花池，下有蓮花坪。玉井在蓮花坪西南。此謂夜間住在五株松下、蓮花坪旁。

〔四〕『拂盆』二句：寫玉井夜間的雲景與月景，謂籠罩在峯頂的雲飄過洗頭盆飛向暗處；月光映照著巨靈掌

（又名巨靈足），閃現到削成壁上。盆，指明星玉女祠前的玉女洗頭盆。清齊周華《西嶽華山游記》說：『祠前有玉女洗頭盆，蓋巖坎也。』祠的西南側有五峯。掌，指巨靈掌。『在削成東北方壁上。……掌二丈許，掌形覆其拇，北引如三尋之戟。從縣中望見掌，卽五指參差出壁上也』（李攀龍《太華山記》）。

〔五〕『犯座』二句：寫峯頂之高。浮槎，浮海的木筏。傳說天河與大海相通，有一住在海邊的人，年年八月浮槎往來於天河與大海之間。有一次，望見織女，並與牛郎相遇。問是何處，牛郎讓他去問蜀郡嚴君平。後至蜀郡問之，君平說：『某年月日，有客犯牽牛宿。』詳見晉張華《博物志·雜說下》。

〔六〕『不愁』二句：謂這裏不用更漏計時，風吹大石自然發出聲響。更漏，古代計時器。壺形，夜間以漏下露出的刻度計時。石鼓，未詳。據李攀龍《太華山記》載，五株松西一里有一大石，像盛百斛糧食的圓倉。

〔七〕芙蓉：指蓮花峯。幽棲：隱居。

〔八〕『靈胡』二句：寫峯頂兩處景觀：龜介岩和毛女祠。靈胡，靈壽。龜別名靈壽子。贔屭（bì xì），蠵（xī）龜的別稱。蠵龜，也稱靈龜。此指龜介巖。在南峯下，『如龜介狀，高可千尺』（清齊周華《西嶽華山游記》）。毛女，傳說中的仙女，字玉姜。自言爲秦始皇宮人，逃至華山，食松柏，遍體生毛，故謂之毛女。見《列仙傳》。華山有毛女祠、四毛女禮斗處。唐錢起《賦得歸雲送李山人歸華山》：『欲依毛女岫，初卷少姨峯。』

〔九〕暗穴：指峯頂的龍井，在混元殿西，傳說能興雲致雨。虎豹耕：疑指老君犁溝。

〔一〇〕星：蓋指蓮花峯頂的二十八宿潭。棋石：指東峯頂附近的衛叔卿下棋臺。洗盆：卽玉女洗頭盆，在中峯。

〔一一〕千尋鎖：指金鎖關，爲登華山峯頂的咽喉。

〔一二〕『豈因』二句：難道說是因爲臨近天帝，呼吸之間就發生陰晴變化？帝座，指峯頂玉皇廟。帝，玉帝，玉皇大帝。道教神，卽上帝、天帝。呼吸，呼吸之間，謂時間短暫。

冬日王給事出示許中丞《苦熱》詩卷

最秀中丞句，尤奇《苦熱》篇。開函迴白雪，展卷失寒天。硯石猶堪礫，壺冰豈自堅？蠹魚冬不蟄，螢火夜應然〔一〕。才是洪鑪縱，名將汗簡傳〔二〕。歌來探綵扇，寫罷撤青氈。藻筆還生色，雲箋更雜烟。五言如挾纊，一字解纏綿〔三〕。病暍《南風》後，魂銷『大雅』前〔四〕。霜臺三十載，就日片心懸〔五〕。

【題解】

王給事，王鶴。《明實錄世宗實錄》卷四百二十七嘉靖三十四年十月：癸酉升刑科左給事中王鶴爲吏科都給事中；卷四百九十五嘉靖四十年四月，遼東總兵官楊照、巡撫都御史侯汝諒以私忿相攻訐，爲兵科給事中王鶴所論。許中丞卽卷五『大中丞許公』，許宗魯。詩句『病暍』、『魂銷』謂許宗魯去世，『霜臺三十載』，謂許宗魯嘉靖十一年起任大理寺，至去世之際（嘉靖三十八年），有近三十年的光景。故此詩作於嘉靖三十八年之後。

【注釋】

〔一〕蠹魚：蛀蟲，蛀蝕衣服、書籍。然：同『燃』。

〔二〕汗簡：卽汗青。此指史冊。

〔三〕挾纊：披綿衣。《左傳·宣公十二年》『皆爲挾纊』《注》：『纊，綿也。言說（悅）以忘寒。』

〔四〕暍（yē）：中暑，傷於暑熱。《南風》：兼有二義：指南風，而與下句『大雅』對仗，也指《孔子家語》載傳說爲舜所歌《南風》之詩。

〔五〕霜臺：即御史臺。見《白孔六帖》。就日：近日，接近皇帝。

和殿卿《詠梅》篇

忽報探梅句，深知水部賢〔一〕。空梁流漢月，寒色動江天。影落青樽裏，花生綵筆前。新妝縈素練，白雪灑繁弦。南國書堪寄，春風病獨憐。更慚清思減，不及兔園篇〔二〕。

【題解】

和，酬和。殿卿，即許邦才。

【注釋】

〔一〕水部：指南朝梁何遜。何遜曾任水部郎，世稱「何水部」。詳前《送范敬甫之閩中》注〔三〕。

〔二〕兔園篇：指漢枚乘《兔園賦》，亦名《梁王兔園賦》，載《古文苑》、《藝文類聚》卷六五。賦描寫漢梁孝王劉武所築之兔園。

爲魏使君送黄生歸楚

太守高齋客，時名豈易同？六朝相上下，五馬共西東〔一〕。非土悲王粲，通家賴孔融〔二〕。登臨存勝蹟，坐嘯挹清風。四塞黄河險，三峯日觀雄〔三〕。楚才元自老，郢曲本難工。裂素題班篋，裁縞謁漢宮〔四〕。歸堪吞夢澤，臥合起隆中〔五〕。雨雪綈袍暗，江湖劍氣空〔六〕。武昌魚正美，彈鋏意何窮〔七〕！

【題解】

魏使君，指魏裳。詳前《懷魏順甫》題解。稱其爲『使君』，知其在濟南知府任上。詩作於家居期間。黄生，生平未詳。從『彈鋏意何窮』看，似爲魏裳門客。歸楚，回楚地。詩云『吞夢澤』、『臥隆中』，其所歸應指湖北。

【注釋】

〔一〕『六朝』二句：寫黄生所去之處，謂在六朝是下方，與魏裳一東一西。六朝，指三國吳、東晉、宋、齊、梁、陳。六朝都城在建鄴（今江蘇南京），荊襄地區（今湖北）爲其下方。五馬，太守的代稱。此指魏裳。

〔二〕『非土』二句：謂當年王粲在荊楚因遠離家鄉而悲，而您今卻被使君看重，如同孔融受到李膺稱譽一樣。據《三國志·魏書·王粲傳》載，因西京（長安）擾亂，往依荊州劉表，而表『以粲貌寢而體弱』，不看重他，因而懷念鄉土，作《登樓賦》，以抒悲憤。中有『雖信美而非吾土兮，曾何足以少留』之句。山東非黄生家鄉，而所歸爲荊楚，故連及。通家，謂世代有交誼之家。《後漢書·孔融傳》載，當世名士、河南尹李膺囑咐下人『自非當世名人及與通家，皆不得白』。孔融想要看看李膺爲何許人，『語門人曰：「我是李君通家子弟」』。膺便接見，問他，他便說：『先君孔子與君先人李老君（聃）同德比義，而相師友，則融與君累世通家。』膺說他：『高明必爲偉器。』

〔三〕四塞：謂山東國境四面險要，又有黄河這樣的天險。《戰國策·齊策一》：『齊南有泰山，東有琅邪，西有清河，北有渤海，此所謂四塞之國也。』三峯：指泰山秦觀、吳觀、日觀三峯。

〔四〕『裂素』二句：謂黄生離去雖有哀怨，但卻如終軍棄繻義無反顧。班篋，隱指傳爲漢班婕妤所作《怨歌行》，中有『棄捐篋笥中，恩情中道絕』之句。《漢書·終軍傳》載，終軍從濟南往詣博士，『步入關，關吏予軍繻，作爲返途憑證，終軍說：『〔大〕丈夫西游，終不復還。』棄繻而去。

〔五〕夢澤：指雲夢澤。其址說法不一。據古籍注疏及地志記載，大致包括今湖南益陽與湘陰以北、湖北江陵、安陸以南、武漢以西地區。吞夢澤，謂其氣概。隆中：山名。在今湖北襄樊市。漢末諸葛亮曾隱居此地。

〔六〕劍氣：劍的光芒。喻指人的聲望與才華。《文選》任彥昇（昉）《宣德皇后令》：『劍氣淩雲，而屈跡於萬夫之下。』

〔七〕彈鋏：戰國齊孟嘗君門客馮諼爲引起孟嘗君的注意，一再彈鋏，提出各種要求，在得到滿足後爲孟嘗君出謀劃策，使其立於不敗之地。詳《戰國策·齊策四》。

送魏樸如孝廉省試，時使君上計與偕

朝宗方岳入，問寢孝廉行〔一〕。經術俱高第，傳家接大名。雲霄雄北上，事業壯南征。奕世和戎策，江湖戀闕情〔二〕。一毛隨鳳集，合浦讓珠明〔三〕。物色燕常滿，人才楚至精〔四〕。千金圖五馬，片玉抵連城〔五〕。績奏龔繩直，辭含樂鏡清〔六〕。賜車郎署羨，奪錦士林榮〔七〕。計吏分憂下，文場得雋鳴〔八〕。召翁今乃父，丙相昔同聲〔九〕。會使臨軒日，風流動漢京。

【題解】

魏樸如，魏裳之子。孝廉，漢代選拔官吏的科目之一，明代爲對舉人的稱呼。省試，此指會試。每三年在京城舉行一次，各省舉人均可應考。考期初在二月，後改爲三月，考中者稱貢士。使君，指濟南知府魏裳。詳前《懷魏順甫》題解。上計，赴京接受吏部考核。詩當作於嘉靖四十四年魏裳赴京上計之時。

【注釋】

〔一〕朝宗：謂諸侯朝見天子。作者常以知府爲一方諸侯，即所謂『方岳』，因云。問寢：猶問安。問尊長起居安否。唐李善《上〈文選注〉表》：『昭明太子業膺守器，譽貞問寢。』

〔二〕奕世：謂累代。《國語·周語上》：『奕世載德，不忝前人。』和戎策：漢族與周邊少數民族結盟友好的籌畫。戀闕：依戀宮闕，謂身在外而顧念君主。

〔三〕一毛隨鳳：喻樸如隨同其父。一毛，謂鳳毛，喻文才俊秀。詳前《春日閑居》注〔一六〕。合浦：漢郡名。治在今廣東海康縣南。以産珠著名。

〔四〕物色：物議，品評。楚：地域名。魏氏爲蒲圻（今屬湖北）人，古屬楚國。

〔五〕片玉抵連城：謂取玉璧之一半即價值連城。片玉，與『千金』對，指樸如。

〔六〕龔：指漢代龔遂。遂字少卿，南平陽（今山東鄒城）人。宣帝時爲渤海太守，境内大治。見《漢書》本傳。繩直：如木匠用繩墨取線一樣正直。樂：指樂廣。鏡清：如鏡之明潔。《晉書·樂廣傳》説樂廣『性沖約，有遠識，寡嗜欲，與物無競，尤善談論。……尚書衛瓘見而奇之，曰：「此人之水鏡，見之瑩然，若披霧而見青天也。」』樂廣官至尚書令，所在爲政，遺愛爲人所思。

〔七〕賜車：賜予車馬。事未詳。奪錦：唐武後詔臣賦詩，優勝者賜以錦袍。見《唐書·宋之問傳》。後謂考試及第。

〔八〕計吏：上計之吏。指魏裳。分憂：謂其政績可與君主分擔憂慮，即考核優異。雋鳴：謂考試得中。雋，俊才。

〔九〕召翁：指漢召信臣、文翁。召信臣，字翁卿，九江壽春（今屬安徽）人。歷零陵太守，遷南陽太守，爲人勤力有勇略，好爲民興利，務在富之，躬耕勸農，稀有安居，吏民親愛，號爲『召父』。遷河南太守，治行常爲第一。漢元帝竟寧年間征爲少府，列於九卿。平帝元始四年（四），『詔書祀百辟卿士有益於民者，蜀郡以文翁、九江以召父應詔書。歲時郡二千石率官屬行禮，奉祀信臣冢』。詳《漢書》本傳。文翁，漢舒（今安徽廬江）人。景帝末年守蜀郡，崇教化，興學校，文風大振，比於齊魯。至武帝時，令郡國皆設學校。詳《漢書·循吏傳·文翁》。丙相，指丙吉（前？—五五），也作『邴吉』。字少卿，漢魯國人。宣帝初爲丞相，以識大體見稱。詳《漢書》本傳。

再上少宰誦德述懷

弱冠登高第，詞林擁重名。兩朝延侍從，空冀走諸生。身自宮僚備，親看國史行。稍遷猶八座，加授即孤卿。不盡兼曹美，長餘列署清〔一〕。文章關王氣，儒術定家聲。羽翼衝天就，波瀾赴海成。見知同筆研，記憶控銓衡〔二〕。雞肋才華薄，羊裘物色輕。人應疑畫餅，君但入調羹。北斗如相照，南山亦至情〔三〕。少微雖冗宿，同向掖垣明〔四〕。

【題解】

少宰，官名。明代爲對吏部侍郎的別稱。由『見知同筆研』，知指殷士儋。詳前《送殷正甫》題解。殷士儋任吏部侍郎在隆慶元年（一五六七），詩亦應作於此時。

【注釋】

〔一〕『弱冠』十句：述殷氏所歷官職。兩朝，指嘉靖、隆慶兩朝。嘉靖朝，殷士儋充裕王（隆慶帝）講官，遷右贊善，進洗馬；隆慶改元，擢侍讀學士，掌翰林院事。都屬於『侍從』一類官職。授翰林檢討後，以母喪守制，設學於家五年，弟子甚眾。明代修史，事歸翰林院。空冀走諸生，謂間暇課諸生，希望其有成。殷士儋家居時，曾收徒授課。八座，指六部尚書及左右丞相。見《事物紀原・八座》。殷氏曾任吏部、禮部尚書，故云。加授，爲前瞻語。殷士儋隆慶四年加授太子太保，以本官兼文淵閣大學士，入閣辦事，進少保，改武英殿大學士。孤卿，《書・周官》以少師、少傅、少保爲「三孤」。官次於「三公」者爲孤卿。兼曹，謂其曾兼有禮部、吏部。

〔二〕「見知」二句：謂二人因同學而相知，因記得當年情誼而得到選拔。研，同「硯」。銓衡，謂在吏部選拔人才。李攀龍重出，或曾經殷氏推薦。

〔三〕「雞肋」六句：謂我病弱才薄，又隱居多年，人或疑徒有虛名，而您卻入居宰相，如蒙照顧，我在此亦感謝至情。雞肋，謂病弱。見《晉書・劉伶傳》。羊裘，羊仲、裘仲，漢代隱士。詳前《拂衣行答元美》注〔八〕。畫餅，喻徒有虛名，無補於實用。調羹，意同「調鼎」，指宰相之職。北斗，喻景仰。南山，泛指住地南面的山，此謂所居。晉陶淵明《飲酒》之五：「采菊東籬下，悠然見南山。」

〔四〕「少微」二句：如同少微雖是多餘的星宿，也可與眾星一樣照亮宮闈。謂自己也可像其他臣僚一樣爲朝廷效力。少微，星名。一名處士星。後常喻處士。掖垣，宮殿圍牆。

天官殷少宰翟淑人輓歌

弱歲徵箕帚，童年託舅姑〔一〕。餘光東壁駐，慈色北堂敷〔二〕。裘褐雲霄度，蘋蘩日月徂〔三〕。國香堪是夢，閨秀豈爲芻〔四〕？零露晞金掌，清冰凅玉壺〔五〕。珠沈知旁斗，弦斷憶將雛〔六〕。鳳逝泥書暗，鸞銷水鏡孤〔七〕。繪帷含藻落，彤管帶花枯。作楫君能事，藏舟妾敢誣〔八〕？網蟲疑挂在，羅雀外家無〔九〕。雜佩傳淒響，殘機激壯圖〔一〇〕。乳麋疑自愛，琴瑟訝相扶〔一一〕。兩鵠云當復，三魚兆已符〔一二〕。客悲來白鶴，帝寵會青烏〔一三〕。河漢深難越，天門近可呼〔一四〕。精靈成婺彩，千古照皇都〔一五〕。

【題解】

天官殷少宰，指殷士儋。詳前《送殷正甫》題解。翟淑人，據本集《翟淑人墓誌銘》載，爲章丘（今屬濟南市）錦川里人，翟洪次女。殷士儋拜禮部右侍郎兼翰林院學士時，封爲淑人。「命下三日，卒於京邸，三月四日也」。時爲隆慶元年（一五六七），卒年四十六歲。逾月，殷士儋改吏部，令以三品妻喪葬。隆慶帝「特降文諭祭，禮部移遺山東布政使司左布政使致祭焉。工部下有司營壙兆……起祠堂各有儀式」，備極榮寵。時殷「方日在經筵，又充副總裁纂修《世宗皇帝實錄》」，特許其「暫解所署，馳驛護淑人歸」，「于是年八月十九日，葬長清之鳳凰山太淑人墓側」。詩當作於隆慶元年春。

【注釋】

〔一〕「弱歲」二句：謂自幼即成爲殷氏之妻，童年就被託付公婆。據本集《翟淑人墓誌銘》載，在她六歲時就與殷士儋約爲婚姻。徵，成。箕帚，供灑掃的用具。執箕帚，或箕帚之使，謂妻子。舅姑，公婆。

〔二〕「餘光」二句：謂翟氏嫁給士儋，殷母很高興。餘光，多餘之光。《史記·甘茂列傳》：「臣聞貧人女與富人女會績，貧人女曰：『我無以買燭，而子之燭光幸有餘，子可分我餘光，無損子明而得一斯便焉。』」後謂沾人之惠。東壁，壁宿別名。爲玄武七宿之一。《晉書·天文志》：「東壁二星，主文章，天下圖書之秘府也。」此喻指翰林院。殷時掌翰林院事。北堂，謂母親。敷，布。

〔三〕裘褐：語出《莊子·天下》，謂粗陋的衣服。蘋蘩：語出《詩·召南·采蘋》，謂供祭祀用的水草。《毛傳》：『公侯夫人，執蘩菜以助祭，神享德與信，不求備焉。』

〔四〕國香：國色天香。芻：芻靈。茅草紮成的人馬，古代用爲殉葬用品。

〔五〕『零露』二句：謂翟氏如同露乾於金掌、冰涸於玉壺一樣逝去。晞，乾。金掌，承露之盤。

〔六〕弦斷：已斷之弦，喻妻死。將雛：攜帶幼鳥。此喻攜帶年幼的子女。

〔七〕『鳳逝』二句：謂翟氏逝去，殷與之書信不通，月下孤單，諸物蕭索。鳳逝、鸞銷，謂翟氏逝去。泥書，封泥之書信。水鏡，謂月。

〔八〕藏舟：隱舟。語出《莊子·大宗師》，本謂事物變化，不可固守，後謂死亡。唐駱賓王《樂大夫挽歌》：『居然得物化，何處欲藏舟？』

〔九〕網蟲：蜘蛛。唐杜甫《哭李尚書》：『客亭鞍馬絕，旅櫬網蟲懸。』羅雀：門可羅雀，謂人稀至。翟氏卒於京邸，居處已少人至。

〔一〇〕雜佩：謂翟氏各種佩飾。殘機：未織完布的織布機。

〔一一〕乳糜：同『乳酪』。《水經注·河水》：『長者女以金鉢盛乳糜上佛。』琴瑟：喻指夫妻諧和。

〔一二〕兩鶬：猶兩鳳。北周王褒《過藏矜道館》：『松古無年月，鶬去復來歸。』三魚：三條魚。詳前《春夜許使君集送江生，過謁李伯華太常，江善鼓琴，因句及之》注〔二〕。

〔一三〕來白鶴：謂精魂化爲白鶴而來。青鳥：即青雀，西王母使者。漢蔡邕《琴賦》：『青雀西飛，別鶴東翔。』

〔一四〕河漢：銀河。謂殷與翟死別，猶如牛郎、織女隔於天河兩岸。天門：此謂宮門。

〔一五〕婺彩：婺女星的光彩。婺，婺女星，即女宿。

重送張閫使

將才君自有，儒術衆誰如？廷對諸生策，家傳孺子書〔一〕。百蠻麾下出，兩浙閫中居。故事單醪在，流言二卵虛〔二〕。名應銅柱上，身是玉關餘〔三〕。拊髀方今日，君恩未可疏〔四〕。

【題解】

張閫使，當指張成己。閫使，營伍制下的都司，主要任務是充標下「中軍」或「坐營」、防守或守堡、領導車營、援助他鎮等，亦有以都司銜，代管參將事、游擊事，聽副總兵、參將、游擊調遣。《大明穆宗莊皇帝實録》卷十一隆慶元年八月：命山東都司掌印署都指揮僉事張成己充常鎮參將。《明實録世宗實録》卷四百三十八：嘉靖三十五年八月，時浙東仙居、浙西桐鄉二大寇略平，其分掠海門者，把總張成己敗之；江北寇流入常鎮者，總兵徐玨等敗之。本集前有《送張閫使黔中》一詩，對其讚譽有加。從「身是玉關餘」，則知張氏或遭遇不公正待遇，受到權臣的排擠。詩作於隆慶元年。

【注釋】

〔一〕廷對：對策於朝廷。《明史·選舉志》：「會試中試者，天子親策於廷，曰「廷試」，亦曰「殿試」。」張氏或爲舉人經廷試被録用者。孺子書：指漢張良所得《太公兵法》。據《史記·留侯世家》載，張良游下邳圯上，遇一老人，呼其「孺子」，令其從圯下撿履、穿履，張良均忍而爲之。老人說他「孺子可教」，並送其一編書，即《太公兵法》。

〔二〕單醪：謂一樽酒。《呂氏春秋·察微》「凡戰必悉熟編備」《注》：「古之良將，人遺之單醪，輸於川，與士卒從下飲之，示不自獨享其味也。」二卵：二只卵。《宋書·五行志》：「元徽中，暨陽好人，於黄山穴中得二卵如斗大，剖視有形。』此謂『二卵』得之傳說，不足憑信。

〔三〕『名應』二句：謂論其功，名字應刻於銅柱，而今卻被逐出朝廷。玉關，猶言宮闕。指朝廷。餘，多餘。

〔四〕『拊髀』二句：謂今正當朝廷抵禦外敵之時，不可與君主疏遠。拊髀，手拍大腿。憤激之狀。前《送張子參募兵真定諸郡》有『君王拊髀過郎署，侍臣扼腕談邊功』之句。

夏日張茂才見枉林園 二首

殘書開積雨，高枕對重林。非爾乘幽興，無人惠好音。分寧雞黍薄，交自布衣深〔一〕。不改青松色，堪知白雪心。諸生貧嗜酒，多病老抽簪〔二〕。何必論丘壑，金門總陸沈〔三〕！

其二

當時河朔飲，未必勝陶家〔四〕。古井層陰合，虛亭落景斜。敲碁來凍雨，散帙映明霞。樹囀雙文鳥，盤浮五色瓜〔五〕。清談開暑氣，白髮瑩冰華。更有忘憂草，能回隱士車〔六〕。

【題解】

張茂才，指張子含。詳前《贈張子含茂才》題解。見枉，別人來訪的敬辭，猶言枉駕來訪。詩作於隆慶元年夏。

【注釋】

〔一〕雞黍：語本《論語·微子》『殺雞爲黍而食之』，殺雞、做黃米飯，爲當時農村儉樸而豐盛的飯菜。布衣：謂普通百姓。

〔二〕抽簪：謂棄官歸隱。詳前《拂衣行答元美》注〔九〕。

〔三〕丘壑：深山幽谷。此謂隱居之地。金門：金馬門。漢東方朔曾待招金馬門。本充滿對未來的期待，而終未受重用，因乘酒唱出『陸沈於俗，避世金馬門』之句。詳《漢書·東方朔傳》。此謂在官場才能總被埋沒。

〔四〕河朔飲：謂避暑之飲。陶家：指晉陶淵明。

〔五〕雙文鳥：謂花紋成雙的鳥。《又玄集》載唐王縉《送孫秀才》：『玉枕雙文簟，金盤五色瓜。』

〔六〕忘憂草：即萱草。又名忘歸草。

答潘仲子和贈張茂才見枉林園之作

似解滄洲趣，因傳《白雪》聲。時才方上下，秋興獨縱橫。車馬分交態，林園斷世情〔一〕。名寧花萼重，句自薜蘿清〔二〕。弱冠推高第，雄飛失後生〔三〕。二毛知老筆（一），三抱見連城。業已深移疾，閒仍事耦耕。有君堪倒屣，一爲款柴荆〔四〕。

【校記】

（一）知，隆慶本、四库本作『如』，是。

【題解】

潘仲子，指潘子雨，字潤夫，濟南人。嘉靖二十二年（一五四二）舉人。爲明代歷下詩人之一。王世貞說：『歷下詩人，可馳騁於康莊之途，而無犯轍。讀潤夫詩者，知爲潤夫詩也。』（乾隆《歷城縣誌·列傳六》）張茂才，即張子含。詳前《贈張子含茂才》題解。詩作於隆慶元年夏。

【注釋】

〔一〕斷世情：謂斷絕與官場的來往。

〔二〕花萼：花和萼。花、萼相依，比喻兄弟相親。唐李白《贈從弟洌》：『逢君發花萼，若與青雲齊。』此謂你們的名聲並非因與我的情誼而被人看重。薜蘿：薜荔、女蘿，皆植物名。《楚辭·九歌·山鬼》：『若有人兮山之阿，被薜荔兮帶女蘿。』

〔三〕『弱冠』二句：謂弱冠卽中舉，而會試卻不如後來人。高第，此指中舉。雄飛，志意飛揚。此謂參加會試，未中進士。

〔四〕堪倒屣：值得倒屣而迎。倒屣，謂來不及穿正鞋。款，開啓。

夏日龔生過白泉精舍索贈

本自巖扉客，承家事耦耕。中年歸卒業，壯歲託論兵〔一〕。身覺儒流貴，心疑俠氣輕。垂成看一第，良久遜諸生〔二〕。狗曲羣爲詬，《毛詩》獨著名〔三〕。貧終諳世味，老益見交情。伏臘書相勞，寒溫酒數行。白泉鍾乳色，黃鳥竊脂聲〔四〕。彩電投壺出，疎星對局明〔五〕。卽知河朔會，夙昔已縱橫〔六〕。

【題解】

龔生，指龔勖。詳前《寄龔勖》題解。白泉，乾隆《歷城縣誌·山水四》載，泉在今濟南歷城區王舍人莊東北五里，『源廣數畝，下灌稻田數十頃，由曲家莊入壩子河』。精舍，此指學舍。詩作於隆慶元年夏。

【注釋】

〔一〕『本自』四句：寫襲勖的經歷。巖扉客，謂隱士。卒業，指其成爲府學生員。託論兵，謂其官開平衛教授。衛在明代爲軍事編制。

〔二〕一第：謂進士及第。而襲勖至五十歲爲貢生，終未如願。

〔三〕狗曲：語出《漢書·王式傳》，謂輕蔑《曲禮》。《毛詩》：毛公所傳《詩》（《詩經》）。見《漢書·藝文志》。襲勖以善《毛詩》著聞。

〔四〕脂聲：謂甜膩的叫聲。

〔五〕投壺：古人宴會時的游戲。設一特製之壺與矢，賓主以次將矢投向壺，中多者爲勝，負者飲酒。見《禮·投壺》。局：局戲。此指投壺所設之局。

〔六〕河朔會：謂夏日避暑飲。縱横：縱其心意，任其自由。

答報顧中翰

政本趨陪地，身隨宰相行。兩房深侍從，三殿雅知名〔一〕。染翰宮雲濕，兼銜掌露清。與聞鍾五字，同病沈雙聲〔二〕。何意乘槎客，能憐伏枕生〔三〕！投詩迴俗態，把酒説交情。敢謂龍門峻，難霑鳳沼榮〔四〕。華陽今夜月，醉眼爲君明〔五〕。

【題解】

顧中翰，指顧從義。顧從義，字汝和，號研山，上海人。嘉靖二十八年以善書畫應御試第一，授中書舍人，加大理寺評事。工書法，善繪畫，與王世貞、謝榛、徐中行等皆有交往。中翰，官名。内閣中書。謂其掌閣中翰墨，亦稱内翰。

【注釋】

〔一〕兩房：猶兩府，兩重要官署。歷代所指不一。漢代指丞相、御史府。三殿：明皇宫中的三座宫殿。詳前《贈符臺卿李伯承出使東藩》注〔五〕。

〔二〕五字：謂五言詩。雙聲：凡字發聲相同者爲雙聲字。此謂雙聲疊韻，即作詩注重聲韻。雙聲古所謂『和』，疊韻古所謂『諧』；詩要求聲韻和諧。

〔三〕乘槎：謂登天。乘槎登天，詳晉張華《博物志》卷三。此謂在高位者。伏枕生：臥隱者。作者自謂。

〔四〕『敢謂』二句：謂哪敢説我名高難攀，只是難以依傍您的恩榮。敢，怎敢。龍門，自謂其门。峻，高。鳳沼，即鳳池，鳳凰池。轉謂中書省或宰相。此指中書。

〔五〕華陽：謂隱居處。南朝梁陶弘景在句容勾曲山立館，自號華陽隱居。此爲作者隱居處。

初抵浙中感遇一首呈馬丈

冀北登車日，淮陽臥閣年。襜帷非不撤，舞袖竟難旋〔一〕。一顧堪千里，羣疑託二天〔二〕。門生高自出，屬吏拙相憐。紫氣臨關動，文星傍斗懸〔三〕。樵漁歸計穩，犬馬受知偏〔四〕。物色中原起，封章上國傳〔五〕。江湖餘壯觀，風俗美多賢。下榻時名盡，分庭客禮全〔六〕。隋珠如片月，長在報恩前〔七〕。

【題解】

初抵浙中，謂剛至浙江按察副使任所，時在隆慶元年（一五六七）。感遇，有感於知遇之恩。馬丈，指馬紀，詳前《靈隱寺同吳、馬二公作》。本集有關的詩三首、文兩篇。

【注釋】

〔一〕『冀北』四句：　謂任順德知府並非因爲不清廉，只是不善諂媚而已。冀北登車，指東漢賈琮。據《後漢書・賈琮傳》載，黄巾亂後，朝廷選清能吏，以琮爲冀州刺史。他上任一改『傳車驂駕，垂赤帷裳，迎於州界』的舊典，登車即撤下車帷，以廣視聽，震懾貪官，『諸臧（髒）過者，望風解印綬去』。淮陽臥閣，指西漢汲黯。汲黯漢武帝時官列九卿，以直言敢諫著聞。曾因受小法牽連，隱居田園數年。後召拜淮陽太守，黯辭不受，武帝説明這是對他的重用，讓他『臥而治之』。黯在淮陽，政治清明，居郡十年而卒。詳《漢書・汲黯傳》。此以賈琮、汲黯自喻。舞袖，長袖善舞，謂諂媚上司。旋，回。謂回京任職。

〔二〕『一顧』二句：　謂您的恩顧，使羣疑盡釋。二天，語出《後漢書・蘇章傳》，爲感謝恩人之詞。謂人皆有一天，而有恩者爲又一天。

〔三〕文星傍斗懸：　文星，亦稱文曲星，星宿之掌文運者，即文昌星。文昌在北斗宫。攀龍爲文壇領袖，謂得傍馬丈而有光耀。

〔四〕犬馬：　自謙之詞。受知偏：　偏受知遇之恩。

〔五〕物色：　選擇適當人物。封章：　謂被推薦的奏章。上國：　謂朝廷。

〔六〕『下榻』二句：　謂馬丈對其特别尊重，並以平等之禮相待。下榻，即徐穉下陳蕃之榻。榻爲徐穉專設，來即放下，走即懸起。詳《後漢書・陳蕃傳》。分庭，即分庭抗禮，平等相待。

〔七〕隋珠：　同『隨珠』。傳説中的寶珠。《淮南子・覽冥訓》『隋侯之珠』《注》：『隋侯，漢東之國，姬姓諸侯也。隋侯見大蛇傷斷，以藥敷之，後蛇於江中銜大珠以報之，因曰隋侯之珠。』

贈陸膳部

清覽三臺上，名家四姓前〔一〕。累朝霖雨望，羣從聚星賢〔二〕。北斗尚書府，南宮視草仟。秩宗周典禮，膳部漢常員〔三〕。官屬青雲氏，才高《白雪》篇〔四〕。微言黄絹在，美節素絲傳〔五〕。筆綵生春署，蘭薰握近天。明光寧再入，空此羨神仙〔六〕！

【題解】

陸膳部，生平未詳。膳部，官名。掌宴饗牲豆酒膳之事。隋唐以後，有膳部郎中，明改爲精膳司郎中，屬禮部。

【注釋】

〔一〕三臺：官名。漢代指尚書（中臺）、御史（憲臺）、謁者（外臺）。四姓：指三國吳之朱、張、顧、陸四姓。晉陸機《吳趨行》：「八族未足侈，四姓實名家。」

〔二〕霖雨：謂皇家恩澤。羣從（zōng）：指諸子姪輩。聚星：如星之聚，謂均皆榮顯。

〔三〕「北斗」四句：謂常在尚書府、御史府、禮部主持祭祀典禮。北斗，在北天排列成斗形的七顆亮星。亦稱北辰、北極。喻指朝廷。宋代尚書省因在宫闕北稱北省，御史府在西南稱南臺。秩宗，官名。掌郊廟之事，漢代爲太常，隋唐以來爲禮部。常員，常設員額。

〔四〕青雲氏：謂春官。《史記·五帝本紀》「官名皆以雲命，爲雲師」《集解》引應劭：「黄帝受命，有雲瑞，故以雲紀事也。春官爲青雲，夏官爲縉雲，秋官爲白雲，冬官爲黄雲。」春官爲禮部古名。

〔五〕黄絹：黄絹幼婦的省詞。爲「絕妙好辭」的隱語。見《世説新語·捷語》。美節：美好的節操。素絲：白絲。《詩·召南·羔羊》：『羔羊之皮，素絲五紽。退食自公，委蛇委蛇。』《集傳》謂『南國化文王之政，在位皆節儉正直，故詩人美其衣服有常而從容自得如此也。』

〔六〕明光：宮殿名。空：徒然。

貞石篇爲吳比部賦

砥柱高王室，磐宗壯帝京〔一〕。文機河漢迴，浮磬泗濱清〔二〕。孺子兵書號，郎官水鏡名〔三〕。一鞭皆至海，三獻卽連城〔四〕。絕學驅羊起，羣疑伏虎生〔五〕。梧臺深自饗，司寇雅稱平〔六〕。磊落披雲氣，馮陵轉壑聲〔七〕。雄藩隆岳佐，華省映星精〔八〕。文陛含香入，巖廊草奏行〔九〕。綵毫常五色，何限補天情〔一〇〕！

【題解】

貞石，堅石。吳比部，指吳維嶽。詳前《秋前一日同元美、茂秦、吳峻伯、徐汝思集城南樓》題解。比部，卽刑部。吳維嶽曾任刑部郎中。維嶽耿直，爲官清正，因得罪權貴，被謗免職，家居不久，卽於隆慶三年（一五六九）去世。此或爲其被謗免職時慰勉之作。

【注釋】

〔一〕砥柱：山名。亦名三門山。原在今河南三門峽市東北黃河中，黃河至此分流，今因修三門峽水庫，山已隱沒。後常以砥柱喻堅毅任重的守節者。據《舊唐書·太宗紀》載，貞觀十二年（六三八）春二月，太宗觀砥柱，勒銘以紀功德。磐宗：磐石之宗。謂其世系堅如磐石。《史記·孝文帝本紀》：『高帝封王子弟，地犬牙相制，此所謂磐石之宗也。』

〔二〕支機：　支機石。神話傳説，漢武帝令張騫尋找河源，騫乘槎至天河，見一婦人浣紗。婦人給與騫一塊石頭。騫歸，問成都卜人嚴君平。平謂爲織女支機石。唐宋之問《明河篇》：『更將織女支機石，還訪成都賣卜人。』浮磬：　泗水岸邊可製作磬的石頭。《書·禹貢》『泗濱浮磬』《疏》：『不在水旁，水中見石，似若水中浮然。此不可以爲磬，故謂之「浮磬」也。』

〔三〕孺子兵書：　此謂黄石公所著《素書》。詳前《重送張閫使》注〔一〕。水鏡：　水明如鏡，喻清明無私。《三國志·蜀書·李嚴傳》『水鏡』《注》：『夫水至平，邪者取法；鏡者至明，醜者無怒；水鏡所以能窮物無怨者，以其無私也。』

〔四〕三獻：　謂一再進獻詩文。

〔五〕絶學：　中斷的學術。驅羊：　喻容易。唐杜牧《寄小阿姪宜》：『願爾出門去，取官如驅羊。』伏虎：　制服老虎。

〔六〕梧臺：　古梧宮之臺。故址在今山東臨淄西北。《水經注·淄水》：『系水又北逕臨淄城西門北，而西流逕梧宮南。昔楚使聘齊，齊王饗之梧宮。』司寇：　明爲刑部尚書的别稱。稱平：　稱讚其公正。吴氏曾以刑部郎中出任山東按察副使。

〔七〕『磊落』二句：　謂吴維嶽磊落而不懼權貴，受其欺淩而轉死溝壑。雲氣，喻爲烏雲所蒙蔽。憑淩，恃勢欺淩。轉壑，轉死溝壑。

〔八〕雄藩：　此謂大省，指山東。岳佐：　方岳之佐。華省：　此指刑部。星精：　謂爲郎官中的精英。星宿有郎位，見《史記·天官書》。

〔九〕文陛：天子殿階。見《文選》沈休文（約）《齊故安陸昭王碑文》「升降文陛」《注》。巖廊：語出《漢書·董仲舒傳》，謂朝廷。

〔一〇〕補天：此謂補正朝廷缺失。

與子與游靈隱寺，吳、馬諸公同賦

片雨挂龍涔，清風嘯虎林〔一〕。海浮西域至，江插洞天深〔二〕。卜嶺將遙集，名山豈陸沉〔三〕。地靈聞水樂，岫隱見雲心〔四〕。金粟寒應結，香爐迥自陰〔五〕。藤蘿褰窈窕，臺殿倚蕭森。石筍高搖筆，蓮花淨盍簪〔六〕。何須懷謝客，俱解越中吟〔七〕。

【題解】

子與，即徐中行。靈隱寺，佛寺名。在今浙江杭州西靈隱山下。吳、馬諸公，詳前《靈隱寺同吳、馬二公作》題解。詩當作於隆慶二年夏。

【注釋】

〔一〕龍涔（cén）：龍池。涔，池。虎林：山名。即武林山。在今浙江杭州市西。

〔二〕海浮西域：指靈鷲峯飛來的傳說。西域，此指印度。江：指錢塘江。洞天：洞天福地。神仙居住的地方。此指佛寺。

〔三〕卜：選擇。遙集：從遠處來止於此。此指靈鷲峯。陸沉：此謂隱沒。

〔四〕岫隱：山洞隱沒。古人認爲雲從岫出。

〔五〕金粟：佛名。詳前《經華嚴廢寺，爲虜火所燒》注〔三〕。香爐：山峯名。

〔六〕蓮花：佛座。

〔七〕謝客：指南朝宋詩人謝靈運，小名客兒。越中吟：謂有關越地的吟詠。謝靈運曾爲永嘉（今浙江溫州）太守，並寫有大量吟詠永嘉及浙江地區山水的詩歌。

卷之十二

七言排律

郡齋同元美賦得『明』字

落日千山短髮明，蕭條轉見故人情。時危小郡徵求少，秋到高齋臥理清。豈謂文章妨遇合，深知偃蹇負平生〔一〕。論心對我杯中物，握手看他世上名。遂使浮雲愁大陸，何來二子在孤城〔二〕？風塵如此仍爲守，愧爾新詩滿帝京〔三〕！

【題解】

郡齋，指順德府衙內的書齋。前有『郡齋同元美賦』五首，均作於同時，即嘉靖三十五年（一五五六）八月。

【注釋】

〔一〕偃蹇：生平坎坷困頓。

〔二〕大陸：澤名。詳前《登黃榆、馬陵諸山，是太行絕頂處》（五言）注〔二〕。孤城：此指順德城。

〔三〕風塵：此謂宦途。

送歷城李明府入計

五陵佳氣薊門東，此地車書四海同〔一〕。葉令遠爲朝會使，漢家新起建章宮〔二〕。君王受計當天下，月朔垂衣出禁中〔三〕。臺史莫疑鳧屢至，都人已識馬能工。三齊郡國惟高第，百里弦歌播大風〔四〕。清問卽求封禪草，好因文似薦揚雄〔五〕。

【題解】

歷城李明府，指歷城知縣李齊芳。詳前《送歷城李明府入奏》題解。前有七律《送歷城李明府入計》，二詩應作於同時。

【注釋】

〔一〕車書：車軌、文字。車書同，謂國家統一。

〔二〕葉令：指東漢王喬。詳前《崔駙馬山池燕集得『無』字》注〔二〕。下文『鳧屢至』，亦王喬朝會故事。此以葉令喻指李明府。

〔三〕受計：接受官吏審核結果。月朔垂衣：謂每月初一坐朝聽羣臣奏事。垂衣，垂衣裳而天下治。語出《易·系辭下》。此稱頌帝王無爲而治。

〔四〕百里弦歌播大風：謂縣裏歌樂升平，承續古齊國的傳統。百里，謂一縣。大風，古代稱頌齊國的歌謠。《史記·吳太伯世家》載，吳使季札聘於魯，請觀周樂。歌《齊》。曰：『美哉，泱泱乎大風也哉，表東海者，其太公乎？國未可量也。』

〔五〕清問：稱皇帝詢問的敬辭。封禪草：草擬封禪書。揚雄：西漢文學家。此爲作者自喻。

題徐子與門生汪惟一《竹丘圖》

靈丘隱者一逃名，萬竹臨江見底清〔一〕。徙倚七賢相寄傲，便娟二女重含情〔二〕。葛陂詎信雙龍影，嶰谷空傳五鳳聲〔三〕。風雨長教秋色駐，冰霜兼與歲寒盟〔四〕。投竿渭水才堪老〔一〕，受簡梁園賦已行〔五〕。願得此君開蔣徑，不妨佳客醉宣城〔六〕。浮雲西北來何莫，今日東南美自并〔七〕。截作武陵溪上笛，方知馬援有門生〔八〕。

【校記】

〔一〕竿，隆慶本作「筆」，萬曆本、張校本同；重刻本作「干」，均誤。

【題解】

徐子與，即徐中行。汪惟一，字士貞，休寧石田（今屬安徽黄山市休寧縣）人。嘉靖二十五年（一五四六）進士，曾任汝寧府通判。曾師事徐中行、李攀龍、王世貞。王世貞有《贈別汪惟一序》。

【注釋】

〔一〕靈丘：即靈山。佛家所稱靈山即靈鷲山，相傳杭州飛來峯即中天竺（古印度）靈鷲山之小嶺飛來而得名。詳《淳祐臨安志》引晏殊《輿地志》。

〔二〕七賢：指竹林七賢。詳前《答明卿病後見寄》注〔四〕。便娟二女：指舜之二妃娥皇、女英淚灑竹上而成斑竹的故事。詳《博物志·史補》。便娟，輕盈嫵媚貌。

〔三〕葛陂：沼澤名。即龍陂。在今河南郟縣。雙龍影：相傳在三國魏青龍元年（二三三），有龍現於摩陂，魏明帝幸陂觀龍，於是改摩陂爲龍陂。詳《水經注·汝水》。嶰谷：崑崙山北谷名。相傳黄帝令樂官泠倫取嶰谷之竹製作樂器，後因泛稱簫、笛等管樂器爲嶰竹。詳《漢書·律曆志上》。

〔四〕「風雨」二句：謂竹經風雨仍保留秋日的清麗，雖歷冰霜亦與松、梅共同傲寒挺立。松、竹、梅，號爲「歲寒三友」。

〔五〕投竿渭水：指呂尚。據《史記·齊太公世家》載，呂尚「蓋嘗窮困，年老矣，以漁釣奸（gān）周西伯」，「與語大說（yuè）」，「載與俱歸，立爲師」。受簡梁園：指司馬相如。據《史記·司馬相如列傳》載，相如客游梁，居數歲，乃著《子虛之賦》。梁園，也稱菟園。詳前《秋夜白雪樓同許右史、襲茂才分韻》注〔四〕。

〔六〕蔣徑：蔣指蔣詡，字元卿，漢杜陵（今陝西西安）人。爲兗州刺史，以廉直著聞。王莽攝政，託病免官，歸鄉里，臥不出户。詳《漢書·王貢兩龔鮑傳》附傳。據《三輔決録》載，在其歸家後，舍中竹下開三徑，唯隱士裘仲、羊仲從之同游。醉宣城：指唐代大詩人李白。所寫《宣州謝朓樓餞别校書叔雲》有「長風萬里送秋雁，對此可以酣高樓」之句，《謝公亭》有「池花春映日，窗竹夜鳴秋」之句。

〔七〕莫：同「暮」，晚。東南：指浙江。

〔八〕馬援：字子淵，東漢扶風茂陵（今陝西西安）人。因功封伏波將軍、新息侯。據《後漢書》本傳載，馬援垂老自請前往武陵溪平定叛亂，第二年將武陵「蠻夷」擊潰，進入竹林。後受讒害，被追收新息侯印綬，權貴無人救援，只有由其恩顧、自稱門生的雲陽縣令朱勃上書爲其辯解。

留子與署中

杭城落月早潮生，憲府松杉風亂鳴〔一〕。伏枕待三從劾免，移文滿百不留行〔二〕。何人更許彈冠會，唯爾還堪倒屣迎〔三〕。十載寒溫無長物，一時出處有餘情〔四〕。酒斟白玉吳姬色，賦擲黃金楚客聲〔五〕。大抵冥鴻心自遠，曾來老驥氣難平〔六〕。浮雲在昔懸秦望，北斗依然捧漢京〔七〕。吏挾江湖纔是傲，交論冰雪未爲清〔八〕。官聯西省聞題柱，家本同鄉見請纓〔九〕。誰似兩朝銜寵遇，它如羣少失縱横〔一〇〕。樽前且抗持螯手，世上空傳染翰名〔一一〕。須聽松杉風再起，晚潮乘月到杭城。

【題解】

子與，即徐中行。署中，指浙江按察司衙署。子與爲長興（今浙江湖州市）人，李攀龍赴浙江按察副使任時尚賦閑在家。從本集《與徐子與書》所説「所幸子與禫（dàn）而謁選之期近矣」，及「二月當詣貴郡，摳衣孺子之堂，蒲觀二姬將就館者，垂腴溢幅，明珠映媚，豈不四海一快邪」，知子與服喪期滿，即將赴京候選。老友離而復聚，挈闊談宴，其快何如！詩感情激揚，氣勢奔放，爲李攀龍長篇佳什之一。詩當作於隆慶二年（一五六八）。

【注釋】

〔一〕憲府：本指御史臺。此指按察使司府衙。

〔二〕「伏枕」二句：謂本已自劾免官，隱居高臥，而友人盡皆致書催促不得留行。劾，彈劾。此指其自劾免官事。移文，移書，致書。

〔三〕彈冠會：謂居官而相聚。彈冠，謂出仕爲官。詳前《感懷》注〔三〕。倒屣迎：語出《三國志·魏書·王粲傳》，謂出迎時來不及穿好鞋子。極言迎接之熱情。倒屣，穿倒鞋子。

〔四〕「十載」二句：謂隱居十載，相見惟寒暄而已，倉促決定隱而復出，至今仍難以釋懷。寒溫，猶寒暄。《晉書·王獻之傳》：「二兄多言俗事，獻之寒溫而已。」長物，儲餘之物。唐白居易《無長物》：「只緣無長物，始得做閒人。」出處，出處進退，謂出仕或隱居。此謂出仕爲官。餘情，未盡之情。《與徐子與書》曾説「不佞岩穴不深，自取侮予，小草渡江，不勝故態復作之甚」。所謂「餘情」，蓋指其應詔起復時的矛盾心情。

〔五〕「酒斟」二句：謂你有膚如白玉的小妾陪伴，寫出詩文也擲地有聲。吴姬，吴地美女。此指子與侍妾。賦擲黄金，謂詩文富有文采。唐錢起《和范郎中宿直中書曉玩清池，贈南省同僚兩垣遺補》：「六義驚摛藻，三臺響擲金。」楚客，指子與。

〔六〕「大抵」二句：謂你像思欲高飛的大雁，心志高遠，而我像心志難平的老馬，也想有一點作爲。冥鴻，摩天而飛的大雁。老驥，老馬。

〔七〕「浮雲」二句：謂昔日姦臣當道破壞抗倭戰事，而將士們忠貞報國之志始終未變。浮雲，喻姦邪小人。唐李白《登金陵鳳凰臺》：「總爲浮雲能蔽日，長安不見使人愁。」此謂姦臣當道。秦望，山名。在今浙江紹興市東南。見《水經注·浙江》。明代田汝成則謂在杭州城南，「相傳秦始皇東游江滸，欲度會稽，登山而望，故名秦望」（《西湖游覽志餘》）。浮雲懸秦望，應指嚴嵩讒害抗倭將帥、破壞抗倭事。北斗，北斗星。捧，拱衛。漢京，指北京。所以云「漢」，蓋爲與「秦望」之「秦」相對仗。

〔八〕「吏挾」二句：謂官吏只有不怕辭官歸里纔談得上高傲，交友只論潔身自愛並不是清高。江湖，謂隱居。交，交友。冰雪，冰清玉潔。清，清高。

〔九〕「官聯」二句：謂我早在刑部就聽説你建有軍功，那殺敵報國的精神可與我的同鄉終軍相比。西省，指中書省。中書省總領百官，亦稱西掖，因稱。李攀龍與子與在京同官刑部；刑部爲中央六部之一，元代歸中書省統轄。明初廢除中書省及丞相，權力歸於皇帝。題柱，謂建立軍功。見《後漢書·馬援傳》。子與知汀州（治在今福建長汀）時，曾擊退廣東寇蕭五。請纓，謂自請殺敵報國。此指西漢終軍自請赴越事。詳《漢書·終軍傳》。終軍爲濟南人，與作者同鄉。

〔一〇〕兩朝：指嘉靖、隆慶兩朝。銜：領受。寵遇：厚待。羣少：猶羣小。衆小人。此指姦相嚴嵩一黨。縱橫：放縱恣肆，任意胡爲。

〔一一〕「樽前」二句：謂當下你我且相對痛飲，文名原本不過是身外之物。抗，對。持螯手，手持鮮蟹之螯。螯，蟹爪。《世說新語·任誕》載，晉時畢卓嗜酒，曾云「一手持蟹螯，一手持酒杯，拍浮酒池中，便足了一生」。染翰名，謂文名。

與劉憲使過子與大佛寺

西湖斜日淨風烟，北嶺岧嶤出半天〔一〕。磴道乍從空外轉，樓臺已入鏡中懸〔二〕。塔分西域銅鉼勢，石紀秦官錦纜年〔三〕。白社但須彭澤酒，青山不用華家錢〔四〕。波搖玉樹堪雙映，月上珠林好獨眠〔五〕。我輩自狂君莫訝，平生未敢謬周旋〔六〕。

【題解】

劉憲使，指劉顯。詳前《贈劉將軍》題解。劉顯於隆慶初任總兵，協守浙江三沙（今福建霞浦、寧德之間）。子與，即徐中行。大佛寺，在杭州寶石山山麓，因寺中一塊被稱爲大石佛的巨石而得名。

【注釋】

〔一〕岧嶤：山高峻貌。

〔二〕磴道：登山的石階路。從空外轉：謂盤旋而上，如在空中。鏡：喻平靜的湖面。

〔三〕塔：指保叔塔。詳前《與子與游保叔塔同賦》題解。西域銅鉼：指僧人化緣用的鉢盂。唐王維《懷素歌》：『銅鉼錫杖依閑庭，班管秋毫多逸意。』西域，泛指我國新疆以西及今中亞一帶。佛教從印度經西域傳入。保叔塔爲佛塔，其穹窿似鉢盂。石：指塔前落星石。詳前《與子與游保叔塔同賦》題解。秦官錦纜：傳說秦時設纜繩把落星石套住。秦官，秦時所設之官。

〔四〕『白社』二句：謂佛家有酒戒，只我請二位喝酒；這裏青山美景不須用錢買即可享受得到。白社，指白蓮社。東晉高僧慧遠集當時名儒所建。據《釋氏要覽》、《蓮社高賢傳》等處記載，慧遠在廬山虎溪東林寺，集僧人慧永、慧持、道生等，與當時著名文人劉遺民、宗炳、雷次宗、周續之等，共一百二十三人，在彌陀佛像前發願立誓，要同修西方淨業，因寺植白蓮，遂稱白蓮社，也稱蓮社。相傳慧遠致書陶淵明，邀其參加，淵明說我生來嗜酒，法師答應飲酒即去。慧遠應許，淵明就去了，但一提入社，『淵明攢眉而去』（《廬阜雜記》）。彭澤，指陶淵明。因其曾任彭澤令，世稱『陶彭澤』。此以白蓮社喻佛寺，而以彭澤自喻。青山，此泛指杭州諸山。唐白居易《餘杭形勝》：『餘杭形勝四方無，州傍青山縣枕湖。』華家，華貴之家。

〔五〕玉樹：喻人的風采。此喻指詩人自己與劉顯。《世說新語·容止》：『魏明帝使后弟與夏侯玄共坐，時人謂「蒹葭倚玉樹」。』珠林：指佛寺。唐沈佺期《游少林寺》：『長歌游寶地，徙倚對珠林。』

〔六〕謬周旋：胡亂與人交往。

五言绝句

寄殷卿

一作山中客，蓬蒿自滿廬。舊游誰獨往，新著復何書？

【題解】

殷卿，即許邦才。從『作山中客』，知詩作於其辭官歸隱之後。

別意

朝來送歸客，復此長河湄〔一〕。立馬折楊柳，已無前日枝〔二〕。

【注釋】

〔一〕湄：岸邊。

〔二〕『立馬』二句：謂臨別想折柳相送，卻都是前次送你之後長出的新枝。立馬，停住馬。折楊柳，折柳枝送別，爲古人習俗，蓋取其依依惜別之意。《詩·小雅·采薇》：『昔我往矣，楊柳依依。』

山中

君去何時歸？山中春草夕〔一〕。莫將白雲廬，不及紅塵陌〔二〕。

【題解】

隱居期間，山中春游時作。清汪端《明三十家詩選》謂此詩『闕合極妙』。

【注釋】

〔一〕春草夕：謂在初春的夜晚。

〔二〕『莫將』二句：謂你不要認爲住在深山裏，不如繁華的街市。白雲廬，白雲深處的廬舍。紅塵陌，謂人烟密集的繁華街市。陌，街陌，市中街。

贈元美

共擬懷人作，先成幼婦篇〔一〕。微音知者少，佳句法誰傳〔二〕？

【題解】

元美，指王世貞。

【注釋】

〔一〕幼婦篇：謂美好的詩篇。幼婦爲『黄絹幼婦』的略語，爲『絶妙』二字的隱語。見《世説新語·捷悟》。

〔二〕微音：精妙之音。

寄登宗秀才茂登池亭二首

笑此杯中物，從他世上名〔一〕。黄金結客盡，誰識濟南生〔二〕？

其二

窗中采蓮舟，落日菱歌起〔三〕。坐見浣沙人，紅顔照秋水〔四〕。

【題解】

登宗秀才，生平未詳。詩云『濟南生』，蓋爲濟南人。池亭，猶園亭。詩頗具民歌風味，語言自然質樸。

【注釋】

〔一〕杯中物：指酒。

〔二〕結客：結交賓客，多指結交輕生重義的豪俠之士。

〔三〕『窗中』二句：謂從窗中看到少女蕩舟采蓮，傍晚聽到菱歌四起。菱歌，采菱之歌。唐盧照鄰《七夕泛舟》之一：『日晚菱歌唱，風烟滿夕陽。』

〔四〕『坐見』二句：謂因此得見美麗的少女以水照影，顧影自憐。浣沙女，謂美麗的少女。沙，應作『紗』。相傳古代越國美女西施家住苧蘿山，山下臨浣江，江中有浣紗石，爲西施浣紗處。唐李白《越女詞》：『耶溪采蓮女，見客棹歌回。笑入荷花去，佯羞不出來。』

渡易水贈伯承

匕首腰間鳴，蕭蕭北風起。平生壯士心，可以照寒水。

【題解】

易水，水名。詳前《易水歌》題解。戰國末，燕太子丹命荊軻刺秦王，送至易水。荊軻友人高漸離擊筑，荊軻和而歌，爲變徵之聲，悲壯慷慨，從皆感泣。此後遂以易水送別形容壯別。伯承，卽李先芳。詳前《送新喻李明府伯承》題解。

郡齋同元美賦得『傍』字

三載邢州客，看人道路傍〔一〕。風塵君自見，誰愛接輿狂〔二〕？

【題解】

郡齋，指順德（卽邢州）府衙書齋。李攀龍於嘉靖三十二年（一五五三）出守順德，詩云『三載邢州客』，則詩作於嘉靖三十五年。

【注釋】

〔一〕看人道路傍：謂眼看著別人升遷而去。

〔二〕風塵：謂宦途。接輿：楚狂接輿。春秋時期楚國的隱士。見《論語·微子》。

酬郭子坤感懷四首

懷璧如明月，連城未肯開〔一〕。君王終見賞，且爲守蘭臺〔二〕。

其二

若問浮生事，風塵病裏過。開樽看漸少，伏枕似還多。

其三

何來雙鬢雪，五月鏡中寒〔三〕。便欲煩君鑷，蕭蕭不可看〔四〕！

其四

不須婚嫁畢，始作向平游〔五〕。五嶽年年在，浮雲處處愁。

【題解】

郭子坤，歷城（今山東濟南）人，李攀龍幼年好友。詳前《許殿卿、郭子坤見枉林園》題解。詩云「伏枕」，詩蓋作於辭官隱居期間。

【注釋】

〔一〕『懷璧』二句：謂其懷才未遇。懷璧，語出《左傳·桓公十年》。此猶懷寶，謂懷才不遇。連城，價值連城之璧。

〔二〕蘭臺：官署名。西漢宮中藏書處，明指翰林院。東漢御史臺亦稱蘭臺，明指都察院。子坤歷官未詳。

〔三〕五月鏡中寒：謂在夏日鏡中看到白髮，景象令人心寒。李攀龍辭官家居，而用世之心未泯，對鏡自視，感年華流逝。一個『寒』字，寫出作者心境之淒涼。

〔四〕鑷：鑷子。此謂用鑷子拔除。晉左思《白髮賦》：『星星白髮，生於鬢垂。……願戢子之手，攝子之鑷。』蕭蕭：稀疏貌。

〔五〕向平：名長，字子平，東漢朝歌（今河南淇縣）人。精通《老子》、《易》，隱居不仕。光武帝建武中，子女嫁娶畢，出游五嶽名山，不知所終。詳《後漢書·逸民·向長傳》。

戲呈子坤 三首

聞君攜愛妾，辛苦事求仙。自繡浮丘鶴，長齋子晉前〔一〕。

其二

家有秦臺女，青雲路不遙。但愁明月夜，天上喚吹簫〔二〕。

其三

丹竈幾時開？妝成倚鏡臺。不須嗔竊藥，本自月中來〔三〕。

【題解】

這組詩是游戲文字。古人以詩文開玩笑，前加一『戲』字。郭子坤與愛妾親密，又服藥求長生，作者以此取笑於他。

【注釋】

〔一〕浮丘：即浮丘公。相傳爲黃帝時代的仙人。子晉，周靈王太子晉，即王子喬，傳被浮丘公接引上嵩高山。詳《列仙傳·王子喬》。

〔二〕秦臺女：指春秋時期秦穆公之女弄玉，相傳嫁給善吹簫的簫史。簫史日日教弄玉作鳳鳴，鳳聞常停留其住處，穆公爲建鳳臺，夫妻棲止其上。數年後，二人皆隨鳳飛去。詳《列仙傳·簫史》。

〔三〕丹竈：即方士煉丹爐。《太平御覽》卷四引漢張衡《靈憲》，謂後羿之妻，竊不死之藥以奔月，是爲姮娥，即嫦娥。此戲謂郭之愛妾貌似嫦娥。

病中贈殿卿二首

年來殊不病，那得似維摩〔一〕？玄度談名理，支公奈爾何〔二〕！

其二

玉兔操金杵，誰知擣藥年〔三〕？豈應天上住，不有病神仙。

【題解】

殿卿，卽許邦才。病中無聊，贈詩解悶。

【注釋】

〔一〕維摩：維摩詰，佛教菩薩名，略稱『維摩』。《維摩詰經》載，他是毗那離（吠舍離）神通廣大的大乘居士，曾以稱病爲由，同釋迦牟尼派來問病的文殊師利等反復解説佛法，義理深奧，『妙語』横生，使其對他備加崇敬。

〔二〕玄度：指晉玄言詩人許詢。詳前《同許右史游南山宿天井寺》注〔三〕。此喻指許邦才。支公：指晉高僧支遁。詳前《秦丈爲武昌公建開利寺觀鵝亭》注〔一〕。

〔三〕玉兔：白兔。傳説月中有白兔。晉傅玄《擬天問》：『月中何有？玉兔搗藥。』

冬日四首

憔悴江湖上，行吟雨雪寒。不逢漁父問，誰作楚臣看〔一〕！

其二

日淡平陵城，寒高華不注〔二〕。北風湖上來，雪片大如鷺〔三〕。

其三

客來堪自見，酒盡且須酤。不是南山色，貧家一事無〔四〕。

其四

風雪不出門，苦吟何時已？沽酒城中還，先生擁褐起〔五〕。

【題解】

從詩中反映的情緒看，詩作於其歸隱後期。

【注釋】

〔一〕『憔悴』四句：作者以屈原自喻，謂形容憔悴，苦吟湖畔，如遇不到當年漁父問起，無人曉得自己是屈原那樣的人。《楚辭·漁父》：『屈原既放，游於江潭，行吟澤畔，顏色憔悴，形容枯槁，漁父見而問之曰：「子非三閭大夫與？何故至於斯？」屈原曰：「舉世皆濁我獨清，衆人皆醉我獨醒，是以見放！」』

〔二〕平陵城：古城名。漢置兩個平陵縣，一在右扶風（今陝西咸陽西北），一在古譚國地（原屬歷城，今在山東濟南章丘境內），爲相區別，後者加一『東』字。詳《讀史方輿紀要·山東·濟南府·歷城》。華不注：山名。在今山東濟南市東北郊區。李攀龍故居在平陵、華不注之間。

〔三〕湖：指濟南城內的大明湖。鷺：水鳥，羽毛白色。

〔四〕『不是』二句：謂除了南山美好的景色之外，窮得什麼也沒有了。『客來自見』，是說沒有童僕開門；『酒盡且須酤』，是說沒有多餘的酒喝。

〔五〕擁褐：穿著粗衣。擁，抱持。褐，粗布衣。

立春二首

綵花可憐色，爲報漢宮春。今日文園客，依然四壁貧〔一〕。

其二

駘蕩還春色，蕭條亦世情。不然三徑裏，豈愛蔣元卿〔二〕？

【注釋】

〔一〕文園：漢文帝墓所。漢司馬相如曾爲文帝陵園令，後詩文中即以文園指相如。據《史記·司馬相如列傳》載，相如自梁歸蜀，與卓文君私奔至成都，「家徒四壁立」。

〔二〕蔣元卿：即蔣詡，隱士。詳前《題徐子與門生汪惟一〈竹丘圖〉》注〔六〕「蔣徑」。

漫成二首

有酒但須飲，無世不可避。方其潦倒時，何與傍人事！

其二

翟公既罷官，人棄理亦賤。殷勤莫署門，交情不必見〔一〕。

【題解】

漫成，隨意吟成詩句。詳詩意，蓋爲其初歸時所作。雖言『漫』，而實憤激，對人們對其歸隱的誤解，表示不再理會。

【注釋】

〔一〕翟公：西漢下邳（今江蘇邳縣）人，爲廷尉時，賓客盈門，及罷官，門可羅雀。後復職，賓客欲再來，翟公在其門書曰：『一死一生，乃知交情。一貧一富，乃知交態。一貴一賤，交情乃見。』見《史記·汲鄭傳贊》。

桃花嶺

一度桃花嶺，烟霞處處新。縱迷源上路，猶似武陵人。

【題解】

桃花嶺，濟南山名，《崇禎歷城縣誌》記載，在濟南市歷城區燕鵬窩南。因名桃花，遂聯及武陵桃花源。

丁香灣

平潭澹不流，寒影羣峯集。斜陽一以照，彩翠忽堪拾。

【題解】

丁香灣，在其故居歷城韓倉（今屬濟南市歷城區）附近。一个小小的水湾，在作者的筆下是如此华美，可見其對家乡的热爱之情。

春日自戲

自從移疾後，誰謂主恩疎？每及山林士，天顏滿薦書！

【題解】

自戲，實則自嘲。移疾謂託病辭官，據有關記載，自其辭官之後，朝廷大臣屢有薦書，而終未起用。

殿卿示《樂府序》小詩報

知音千載事，君適賞心同〔一〕。從此《三都賦》，人傳左太沖〔二〕。

【題解】

殿卿，即許邦才。《樂府序》，即《擬古樂府序》，蓋指許邦才爲李攀龍擬古之作《古樂府》所作的序言。許邦才《李于鱗擬古樂府序》云『往辛酉歲予始請而歷讀之』，『辛酉』此是嘉靖四十年（一五六一），則詩作於此年。

【注釋】

〔一〕賞心：謂心所喜悦。

〔二〕《三都賦》：賦名。晉左思作。賦作一出，受到當時著名文人張華等的激賞，『於是豪貴之家競相傳寫，洛陽爲之紙貴』（《晉書·文苑·左思傳》）。此以自喻。

羽林郎

從軍少年場，富貴歸故鄉。一拜羽林騎，鞍馬自生光。

【題解】

羽林郎，統帥羽林的軍官。羽林，皇家禁衛軍。《樂府詩集·雜曲歌辭·羽林郎》解題引顏師古云：『羽林，宿衛之官，言其如羽之疾，如林之多。』

羅敷曲

春日照城隅，羅敷陌上趨。自能停五馬，不是使君愚。

【題解】

《樂府詩集·相和歌辭》載有《陌上桑》，一曰《豔歌羅敷行》。《樂府解題》云：『古辭言羅敷採桑，爲使君所邀，盛誇其夫爲侍中郎以拒之。』羅敷曲，蓋擬《陌上桑》而簡略之，並無新意。

山房書壁 二首

夏日山房清，田作稍就次〔一〕。銜杯自有真，高枕元吾事。

其二

鄰翁幸相勞，斗酒不須滿。且持伏雌還，視君牀下卵〔二〕。

【題解】

山房，山間的住所。書壁，書寫在房壁上。

【注釋】

〔一〕稍就次：已按部就班進行。稍，已，既。

〔二〕伏雌：伏卵之雞。

歲杪再得殿卿書卻寄

連札鴈池來，春風錦字開。似看嵩少雪，把酒上平臺。

【題解】

歲杪，歲末。殿卿，即許邦才。卻寄，回寄。鴈池、平臺，均爲漢梁孝王所建梁園中景物，嵩少即嵩山少室峯，亦在河南境内，説明邦才時在周王府。

答寄龔懋卿

白首知經術，青袍見主恩〔一〕。爲尋揚子宅，不到五侯門〔二〕。

【題解】

龔懋卿，即龔勖。詳前《秋夜白雪樓同許右史、龔茂才分韻》題解。

【注釋】

〔一〕青袍：青色之袍，謂仕宦者的衣服。唐杜甫《洗兵馬》：『青袍白馬更何有，後漢今周喜再昌。』

〔二〕『爲尋』二句：謂爲研究經術，不攀附權貴。揚子，指揚雄，漢文學家、哲學家。五侯，漢成帝時期封其舅王譚、王商、王立、王根、王逢時爲侯，稱五侯。東漢桓帝時期，宦官單超、徐璜、具瑗、左悺、唐衡因助桓帝剷除外戚梁冀有功，同封爲侯，亦稱五侯。此泛指權貴。

和題郭山人《五嶽游囊雜錄》六首

五嶽圖〔一〕

遠游何所佩？五嶽真形圖。怪爾烟霞裏，精光互有無。

杖〔二〕

十載相攜處，白雲知幾重？莫經葛陂道，風雨去爲龍。

衲〔三〕

夜投東林寺，北風雪大作。捫蝨對山僧，衲衣不堪著。

瓢〔四〕

山中無供養，時復飯胡麻。不是桃源水，何人漱落花？

鋤〔五〕

百草各爭芳，蘭生詎能那？揭來深谷中，我鋤還自荷。

觚〔六〕

醉來市上眠，我觚不離手。本自高陽徒，逢人時乞酒。

【題解】

郭山人，指郭第，字次甫，長洲（今江蘇蘇州）人。隱於焦山，有向平五嶽之願，自號五游子。嘉靖三十七年（一五五八）曾至泰山，與友人爲文酒之會。後登嵩山，返至泰山，往海上訪異人於嶗山，沿海而返。詳清錢謙益《列朝詩集小傳・丁集上》。

【注釋】

〔一〕五嶽圖：郭第出游，佩戴《五嶽圖》。烟霞，五彩絢爛的山間雲氣。

〔二〕杖：手杖。葛陂，又名龍陂。沼澤名。詳前《題徐子與門生汪惟一〈竹丘圖〉》注〔三〕。

〔三〕衲：衲衣，即僧衣。東林寺，佛寺名。在今江西廬山。捫蝨，用手擠斃蝨子，形容態度從容，無所畏懼。《晉書・苻堅載記》：「桓溫入關，王猛被褐而謁之，一面談當世之事，捫蝨而言，旁如無人。」

〔四〕瓢：舀水的用具，剖瓠之半而成。胡麻，即芝麻。據《本草綱目》引沈括《夢溪筆談》，謂漢張騫至大宛，始得其種，故名胡麻。

〔五〕鋤：除草的用具。揭（jiē）來，猶爾來。荷，扛。

〔六〕觚（gū）：古代酒器。見《論語・雍也》。高陽徒，即酒徒。

和子與《留別》二首

別酒故人同，留詩古寺中。唯應湖上竹，一爲起清風。

其二

結客五陵東，相邀入漢宮〔一〕。但攜龍劍往，不必問雌雄〔二〕。

【題解】

子與，即徐中行。詳詩意，此詩應作於其浙江任內。湖，應指西湖。

【注釋】

〔一〕結客：結交朋友。五陵：漢帝陵。此指明帝陵，代指京城。

〔二〕龍劍：指晉雷次宗於豐城所掘二劍，離而復合。詳前《崔駙馬山池燕集得『無』字》注〔二〕。

七言絶句

寄龔勗

白雲湖上白雲飛，長白山中去不歸〔一〕。君在幾峯秋色遍，何人共結薜蘿衣〔二〕？

【題解】

龔勗，濟南詩人，與李攀龍過從密切的朋友。詳前《秋夜白雪樓同許右史、龔茂才分韻》題解。該詩自然流暢，頗有民歌風味。

【注釋】

〔一〕白雲湖：俗名劉郎中陂，在濟南歷城與章丘之間，諸多溪流匯瀦而成。『白雲英英出其中，湖因以名』（明李開先《閒居集·浚渠私説》）。長白山：山名。由鄒平蜿蜒入章丘境，因山中雲氣常白，故名。

〔二〕共結薜蘿衣：謂與誰一起隱居。薜蘿，薜荔與女蘿。《楚辭·九歌·山鬼》：『若有人兮山之阿，披薜荔兮帶女蘿。』《南齊書·宗測傳》載，南朝齊隱士宗測在拒絶别人饋贈時曾説自己『量腹而進松術，度形而衣薜蘿』。

惆悵詞

休將翡翠綰金針，不折芙蓉綴玉簪〔一〕。誰見雲中雙比翼，空傳月下兩同心！

【題解】

此詩寫一女子的相思之情，思而不得見，則惆悵不已。

【注釋】

〔一〕『休將』二句：寫這位女子因思念丈夫而無意修飾，謂她既不梳洗，也不打扮。翡翠，此指翡翠首飾。綰，系。金針，題名馮翊的《桂苑叢談》載，鄭侃之女采娘，七夕陳列香筵，向織女乞巧，織女『乃遺一金針，長寸餘，綴於紙上，置裙帶中，令三日勿語，汝當奇巧』。唐裴説《聞帖》：『愁撚銀針信手縫，惆悵無人試寬窄。』芙蓉，荷花。玉簪，首飾，玉制髮簪。也叫玉搔頭，用以結髮。

送殿卿

莫辭杯酒薊門春，匹馬明朝客路新。陌上少年君自見，相逢誰是眼中人〔一〕？

【題解】

殿卿，即許邦才。此詩作於居京期間。

【注釋】

〔一〕陌上：道上。陌，田中道路。此謂市井。少年：謂游蕩街頭的浮浪子弟。樂府古辭《長安有狹斜行》：『長安有狹斜，狹斜不容車。適逢兩少年，挾轂問君家。君家新市傍，易知復難忘。大子二千石，中子孝廉郎。小子無官職，衣冠仕洛陽。』此隱指官場中人。眼中人：看得上眼，看得起。

送劉戶部督餉湖廣五首

洲邊處士題鸚鵡，陂上公孫擁驌驦〔一〕。到日夏雲生七澤，愁時秋色滿三湘〔二〕。

其二

馬上春風白接羅，花開應醉習家池〔三〕。鹿門耆舊何人在？今日襄陽異昔時〔四〕。

其三

漢江春水竟陵東，江樹蒼蒼繞沛宮〔五〕。父老只今猶望幸，君王按劍顧雲中〔六〕。

其四

洞庭仙使日相乘，君自扁舟似李膺〔七〕。江雨茫茫江草徧，不知何處是巴陵〔八〕？

其五

錦帆南入楚雲重，江上遥看衡嶽峯〔九〕。落日蒼茫秋不斷，青天七十二芙蓉〔一〇〕。

【題解】

劉戶部，劉光濟（一五二〇—一五八四），字憲謙，號應谷，江陰人。嘉靖二十三年（一五四四）進士，授戶部主事，升員外郎、郎中，管理臨清鈔關。三十年出任衛輝府知府，丁母憂歸。調補濟南府知府，升山東副使。丁父憂。服除，起補浙江副使，歷升江西參政、福建右布政使。隆慶元年（一五六七）二月轉左布政，升南京太僕寺卿，十月升都察院右副都御史、巡撫江西。四年六月升南京戶部右侍郎提督糧儲，七月改北戶部右侍郎。五年十一月改吏部右侍郎。六年七月升左侍郎。萬曆元年（一五七三）升南京工部尚書，二年七月改南京吏部尚書，四年二月轉參贊機務南京兵部尚書，五年十月被御史曾士楚彈劾曠職久廢，被令致仕。李攀龍、王世貞都與劉光濟熟悉，王世貞《弇州四部稿》卷五十五有《送劉憲謙戶部守衛輝序》作於嘉靖三十年出任衛輝府知府之際。此詩作於劉光濟任戶部員外郎、郎中期間。戶部，此指戶部屬員。督餉，督辦軍糧。湖廣，明設湖廣布政使司，轄今湖南、湖北及周邊部分地區。

【注釋】

〔一〕洲：指鸚鵡洲。處士：指禰衡。鸚鵡洲在今湖北武漢市漢陽西南大江之中，漢末江夏太守黄祖長子射大會賓客，有獻鸚鵡者，禰衡援筆作賦，因以名州。禰衡至黄祖處，被稱爲『處士』。詳《後漢書·禰衡傳》。陂上公孫：

指江夏太守黄祖。陂，黄陂，漢屬江夏郡。

〔二〕七澤：雲夢七澤。在湖北省境。《漢書·司馬相如傳》載《子虚賦》：『臣聞有七澤，嘗見其一，未睹其餘也。臣之所見，蓋特其小者耳，名曰雲夢。』三湘：地名。《長沙府志》謂爲瀟湘、蒸湘、沅湘；《太平寰宇記》謂爲湘鄉、湘潭、湘陰。總之，均在今湖南境内。

〔三〕白接䍦：白頭巾。習家池：即高陽池。《晋書·山濤傳》載，山濤之子山簡，在晋懷帝永嘉三年（三〇九），出爲征南將軍，都督荊湘交廣諸軍事，假節，鎮襄陽。『于時四方寇亂，天下分崩，王威不振，朝野危懼。簡優游卒歲，惟酒是耽。諸習氏，荊土豪族，有佳園池，簡每出嬉游，多之池上，置酒輒醉，名之曰高陽池。時有童兒歌曰：「山公出何許，往至高陽池。日夕倒載歸，茗芋無所知。時時能騎馬，倒著白接䍦。舉鞭問葛彊：「何如并州兒？」」』

〔四〕鹿門：山名。原名蘇嶺山，東漢建武年間（二五—五五）襄陽侯習郁在山上立神祠，刻二石鹿，夾神道口，俗稱鹿門廟，後遂以廟名山。見習鑿齒《襄陽記》。漢末，龐德公攜妻子入鹿門山，采藥未返。唐代著名詩人孟浩然曾隱居於此。耆舊：故老。

〔五〕漢江：即漢水，長江支流。竟陵：古地名。故城在今湖北天門市西北。沛宫：漢宫殿名。故址在今江蘇沛縣東南，南朝宋將沛縣僑置在安徽天長縣西。此指沛縣僑置地。户部姓劉，故曲意聯及。

〔六〕望幸：盼望皇帝駕臨。幸，皇帝駕臨曰『幸』。《史記·高祖本紀》載，漢高祖劉邦擊英布後至沛縣，『留置酒沛宫，悉召故老子弟縱酒』。雲中：郡名。唐改置雲州，治所在雲中縣（今山西大同）。明時置大同府，爲邊防重鎮。

〔七〕李膺：漢末名士領袖。詳前《郡齋送張肖甫》注〔二〕。

〔八〕巴陵：縣名。即今湖南岳陽市。

〔九〕衡嶽：即衡山，五嶽中的南嶽。

〔一〇〕七十二芙蓉：衡山有芙蓉峯，見《水經注・湘水》。七十二，乃天地五行之成數，言其衆多。

與元美集李郎中賦示謝生

仙郎歌動白雲秋，酒滿金樽月滿樓。借問西園飛蓋客，座中誰不似應劉〔一〕？

【題解】

元美，即王世貞。李郎中，即李孔陽，字子朱，見卷五《酬李東昌寫寄〈白雪樓圖〉并序》。李攀龍此詩題《與元美集李郎中賦示謝生》，謝榛《四溟集》卷五《中秋無月同李子朱、王元美、李于鱗比部賦得『城』字》、《送李郎中子朱出守東昌》，皆作於同時，即嘉靖二十八年（一五四九）李孔陽赴東昌知府任之前。謝生，指謝榛。

【注釋】

〔一〕西園：指三國魏鄴下（今河北臨漳縣）西園，時爲曹操父子與鄴下文人詩酒游宴之處。明代爲趙王封邑，謝榛爲趙王幕賓。飛蓋客：謂追隨王侯的客人，此指謝榛。謝時在彰德（今河北臨漳）趙康王處做客。彰德爲曹魏西園故地。三國魏曹植《公宴》：『清夜游西園，飛蓋相追隨。』曹植《公宴》有『清夜游西園，飛蓋相追隨』之句。應劉：指建安詩人應瑒、劉楨。唐杜甫《哭李尚書之芳・重題》：『還瞻魏太子，賓客減應劉。』

送吳郎中讞獄江西三首

春風躍馬出長安，送别江南路渺漫。共説豐城龍劍氣，到時還向獄中看〔一〕。

其二

廬山北望楚天分，君去揚帆入綵雲。草色秋迷彭蠡澤，不知何處弔番君〔二〕？

其三

三十三峯淦水陰，中藏玉笥白雲深〔三〕。自從歸去神仙尉，秋草茫茫不可尋。

【題解】

吴郎中，指吴維嶽，詳前《秋前一日同元美、茂秦、吴峻伯、徐汝思集城南樓》題解。吴維嶽嘉靖二十九年（一五五〇）在刑部主事任，參與修訂《問刑條例》；六月十五日，王世貞邀吴維嶽、李攀龍、謝榛等集宣武城樓，各有詩。隨後以刑部郎中赴江西，核查刑案。詩作於此年秋。讞獄，平議疑獄。

【注釋】

〔一〕豐城龍劍氣：指晉雷次宗在江西豐城所掘出的雙劍，其地上有紫氣。詳前《崔駙馬山池燕集得『無』字》注〔一〕。

〔二〕彭蠡澤：即彭澤湖，在今江西境内。番（pó）君：指吴芮。芮爲番陽（今江西波陽）人。秦時爲番陽令，深得民心，號曰番君。秦末，其女嫁英布，舉兵應漢，封長沙王。見《漢書·黥布傳》附傳。

〔三〕淦（gàn）水：水名。源出江西新淦縣（今清江縣），經紫淦山入贛江。玉笥（sì）：山名。在江西峽江縣東南。原名羣玉峯，漢武帝元封五年（前一〇六）改稱玉笥山。道書以爲第三十七洞天。

席上鼓飲歌送元美五首

翩翩白馬度秋風，共醉胡姬酒肆中。舞劍吹笳歌《出塞》，送君朝發薊門東。

其二

落日銜杯薊北秋，片心堪贈有吳鈎〔一〕。青山明月長相憶，白草寒雲迴自愁。

其三

風色蕭蕭易水寒，荊卿匕首入長安〔二〕。憐君更向江南去，此地何人意氣看？

其四

青楓搖落氣悲哉，客有將歸張翰才〔三〕。東望三吳秋色裏，挂天帆影大江來。

其五

碧天無盡白雲孤，到日扁舟落五湖。不見薊門秋草色，愁心明月滿姑蘇〔四〕。

【題解】

此詩與卷五《送元美》作於同時。

【注釋】

〔一〕吳鈎：　寶刀名。

〔二〕易水：　水名。在今河北易縣。戰國燕太子丹謀刺秦王，在易水濱爲刺客荊軻送別，人皆志意慷慨。詳《戰國策·燕策三》。以此喻與世貞相別，似不類，或僅取壯別之意。

〔三〕張翰：　晉吳郡吳（今江蘇蘇州）人，因思鄉去官而歸。詳前《郡齋送張肖甫》注〔二〕。此以喻世貞。

〔四〕姑蘇：　地名。卽今江蘇蘇州市。

雪後憶元美

雪後千門月色開，故人遥憶子猷回〔一〕。　饒他已盡山陰興，半夜還須載酒來〔二〕。

【題解】

此詩應與上一首作於同年，時已入冬。

【注釋】

〔一〕千門：　宫門。子猷：　卽王徽之，字子猷，晉王羲之次子。性卓犖不羈，任情適性。雪後忽憶遠在剡溪的友人戴逵，卽乘舟前往，至門未見而歸。人問所以，則說乘興而來，興盡而歸。詳《晉書》本傳。此以喻元美。

〔二〕山陰：　地名。今浙江紹興市。

送子相歸廣陵七首

茂陵消渴臥詞臣，搖落秋風白髮新。漢主豈無金掌露，馬卿元是倦游人〔一〕。

其二

相逢杯酒薊門關，腰下并刀明月環〔二〕。開匣贈君當落日，能令秋色滿燕山。

其三

少年裘馬結交場，壯歲功名竹帛光〔三〕。海内黄金看意氣，人間《白雪》見文章〔四〕。

其四

薊北青山照别卮，請君聽我秋風辭〔五〕。揚州十月梅花發，江上春光好贈誰？

其五

白雲無盡楚天寒，鴻鴈蕭蕭楓樹丹。揚子月明愁裏度，蕪城雨色夢中看〔六〕。

其六

廣陵秋色雨中開，繫馬青楓江上臺。落日千帆低不度，驚濤一片雪山來〔七〕。

其七

廣陵城上秋瀟瀟，濤聲欲來風色驕。聞道蹴天三百里〔一〕？不知何似浙江潮〔八〕？

【校記】

〔一〕蹴，底本奪，據隆慶本、萬曆本、張校本補。

【題解】

子相，即宗臣。詳前《五子詩》注〔三〕。據《明史·文苑傳·宗臣》載，宗臣由刑部主事調任吏部考功郎時，曾謝病歸廣陵故家。據《宗子相集·報粱公實》載，子相是在公實離京之後的十月，被準許『就醫故國』，知此詩應作於嘉靖三十一年（一五五二）秋冬之際。

【注釋】

〔一〕茂陵消渴臥詞臣：指漢賦家司馬相如。據《漢書·司馬相如傳》載，相如病消渴之後，家居茂陵。此以喻宗臣。金掌露：即金掌承露盤。詳前《登省中楼望西山晴雪》注〔一〕。馬卿：司馬長卿，即司馬相如，字長卿。倦游：倦於游宦。

〔二〕并刀：即并州剪，古代并州所產的剪刀，以鋒利著稱。明月環：月形的刀環。

〔三〕竹帛：謂史冊。

〔四〕海內黃金：謂海內結交。唐張謂《題長安主人壁》：『世人結交須黃金，黃金不多交不深。』
〔五〕別巵：餞別之酒。巵，酒杯。
〔六〕揚子：揚子江。蕪城：指廣陵舊城遺址。南朝宋鮑照曾作《蕪城賦》。
〔七〕驚濤：洶湧之濤。指廣陵濤。
〔八〕浙江潮：即錢塘江潮，也稱錢塘潮。

再別子與四首

徐卿寵送酒如何？半醉當筵《楚調》歌。握手燕山春草色，緘書西省白雲多〔一〕。

其二

馬上垂楊綰別愁，樽前斜日爲相留。明朝何處風塵吏，回首青雲是舊游〔二〕。

其三

薊門山色雨中開，三月漁陽春水來。愁殺故人看錦字，白雲秋樹滿燕臺〔三〕。

其四

知君起草建章宮，每見徵書問畫熊〔四〕。在昔漢臣多領郡，黃金先賜右扶風〔五〕。

【題解】

子與，即徐中行。據本集《亡妻徐恭人狀》，李攀龍於嘉靖三十二年（一五五三）出守順德，詩謂『三月漁陽』，則其赴任在該年三月。《天目先生集》有《送李于鱗守順德》、《送于鱗之邢州三首》。本集卷五有《留別子與》，此言『再』，應爲同時所作。

【注釋】

〔一〕西省：指刑部。

〔二〕風塵吏：謂地方官吏。相對京官而言。青雲：喻高位。此謂京官。

〔三〕錦字：優美的詩句。

〔四〕徵書：徵召回京的文書。畫熊：漢制，公與列侯之車軾畫熊爲飾，後因以『畫熊』爲詠公卿及地方長官之典。

〔五〕右扶風：漢代三輔之一，爲漢京都長安的近畿地區。詳前《登黃榆、馬陵諸山，是太行絕頂處》（五言）注〔三〕。此喻指順德。

留別吳舍人三首

舍人書札五雲開，應笑風塵減吏才。池上鳳凰今不見，何因得下郡城來〔一〕？

其二

襜帷明日罷朝天，擬向風塵避少年〔二〕。君自楚人諳故事，于今《白雪》有誰傳〔三〕？

其三

薊門春色送歸愁，楚客思家屬倦游。借問何人賦搖落？白雲依舊洞庭秋〔四〕。

【題解】

吳舍人，指吳國倫。舍人，官名。據《明世宗實錄》載，吳國倫於嘉靖三十年（一五五一）九月授中書舍人，三十二年入詩社（《藝苑卮言》卷七），而國倫於是年閏三月回湖廣興國（今湖北陽新）葬新喪的妻子陳氏（《甔甀洞稿．明誥贈恭人亡妻陳氏墓表》），則攀龍將赴順德時，國倫亦擬回故家，故有『楚客思家屬倦游』之句。

【注釋】

〔一〕池上鳳凰：禁中有鳳凰池，轉謂中書省。見《事物紀原．鳳池》。郡城：指順德。

〔二〕襜帷：出行時的車帷。此謂赴任。風塵：謂地方官。少年：指吳國倫。國倫小攀龍十歲。

〔三〕故事：舊事，舊例，舊日的典章制度。

〔四〕賦搖落：謂寫傷秋的詩。搖落，語出戰國宋玉《九辯》。

《塞上曲》四首送元美

燕山寒影落高秋，北折榆關大海流〔一〕。馬上白雲隨漢使，不知何處不堪愁！

其二

漢兵圍合左賢王，吹角千山夜有霜〔二〕。君試狐奴城上聽，豈堪秋色滿漁陽〔三〕！

其三

西出居庸大漠開，胡塵遥暗白登臺〔四〕。愁看塞上蕭條色，落日秋風萬里來。

其四

白羽如霜出塞寒，胡烽不斷接長安〔五〕。城頭一片西山月，多少征人馬上看。

【題解】

元美，即王世貞。嘉靖三十五年（一五五六）正月，世貞出使察獄，八月，察獄順德，過訪李攀龍（鄭利華《王世貞研究》附錄二）。元美離開順德，又到廣平、大名等處巡察，此爲李攀龍送行時所作。清沈德潛《明詩别裁集》云：『《送元美》、《寄元美》諸詩，可使樂人歌之。』

【注釋】

〔一〕燕山：山名。詳前《有所思》注〔一〕。此指京畿地區。榆關：即山海關，今屬河北秦皇島市，濱海。

〔二〕左賢王：匈奴貴族封號，有左、右賢王。見《史記·匈奴列傳》。此指韃靼俺答部。

〔三〕狐奴：漢置縣名，屬漁陽郡。故址在今北京順義區東北。

〔四〕居庸：長城關名。在今北京昌平西北軍都山上，古稱九塞之一。白登：山名。在今山西大同市東。山上有白登臺。

〔五〕白羽：白色旌旗。胡烽：胡人入侵時報警的烽火。

留別子與、子相、明卿、元美四首

青雲如舊滿燕關，病客風塵且自還〔一〕。到日小齋春酒熟（一），城頭何限太行山〔二〕。

其二

使君千騎自東方，回首春雲五鳳凰〔三〕。此日主恩曾不淺，還容長孺臥淮陽〔四〕！

其三

總爲風塵去住難，黃金臺上醉相看〔五〕。儵然落日離歌起，忽爾燕山白雪寒。

其四

莫道休官意不真，三年爲郡苦風塵〔六〕。青雲縱有憐才客，白眼終非解事人〔七〕。

【校記】

（一）小，萬曆本、張校本同，重刻本奪，隆慶本作『郡』。

【題解】

從『三年爲郡苦風塵』詩句，知此詩作於嘉靖三十五年（一五五六）。李攀龍考績之後還順德，王世貞奉命赴京畿各地察獄，二人與留京諸子告別，各有詩。子與，即徐中行。子相，即宗臣。明卿，即吴國倫。

【注釋】

〔一〕青雲如舊：謂聲譽如同往日。青雲，喻美德令譽。唐李白《贈從兄襄陽少府皓》：『吾兄青雲士，然諸聞諸公。』滿燕關：謂傳滿京城。燕關，指北京。病客：作者自指。

〔二〕春酒：春造冬熟的酒。太行山：山脈名。詳前《登黄榆、馬陵諸山，是太行絕頂處》題解。順德西面諸山屬於太行山脈。

〔三〕五鳳凰：謂五俊才。指『七子』除李攀龍及出使的王世貞之外的在京者。

〔四〕曾：竟。長孺：即汲黯，字長孺，漢武帝時大臣，以直言敢諫著稱。因故免官，復起爲淮陽太守。臨行，對人説：『黯棄逐居郡，不得與朝廷議矣！』詳《漢書》本傳。李攀龍經常以汲黯自喻。

〔五〕黄金臺：指戰國燕王招賢臺，也稱郭隗臺。詳前《送新喻李明府伯承》注〔三〕。

〔六〕苦風塵：苦於應酬等俗務。風塵，此謂俗事、俗累，指府衙事務。

〔七〕青雲：此謂高位。白眼：白眼看人，謂傲視世俗。詳前《得殿卿書兼寄張簡秀才》注〔七〕。

於郡城送明卿之江西四首

江上青山滿謫居，還家莫戀武昌魚。君王日下求賢詔，憶爾還開諫獵書〔一〕。

其二

青楓颯颯雨淒淒，秋色遥看入楚迷〔二〕。誰向孤舟憐逐客，白雲相送大江西〔三〕。

其三

長安二月綰垂楊，爲爾踟躕五驌驦〔四〕。今日故人投轄地，況逢山色滿邢襄〔五〕。

其四

高齋秋色滿西山，梅福當年此抱關〔六〕。君到豫章勞問訊，漢家遷客幾人還？

【題解】

郡城，指順德城。明卿，即吴國倫。據《明世宗實録》載，嘉靖三十四年（一五五五）五月，選授吴國倫爲兵科給事中。九月，兵部員外郎楊繼盛因彈劾權姦嚴嵩論死，十月處斬。據《楊忠愍集》附徐階《墓誌銘》，王世貞、徐中行、宗臣與吴國倫『倡諸搢紳經紀其後事……由是諸君相繼獲罪』。國倫於次年，即嘉靖三十五年，即由兵科給事中貶江西按察司知事。赴任時，路經順德，攀龍寫了若干首詩慰勉並爲其送行。第二首爲李攀龍送行詩的名篇，向爲人激賞。

【注釋】

〔一〕日下：有一天頒下。諫獵書：諫止游獵之書。據《漢書·司馬相如傳》載，司馬相如曾從武帝至長楊射獵時上疏諫，陳説耽於游獵的危害。此以喻指國倫。

〔二〕『青楓』二句：用淒風苦雨、肅殺蒼茫的秋色抒寫其離情别緒及蒼涼迷茫的心境。楚，楚地，泛指長江中下游一帶。江西古屬楚。

〔三〕『誰向』二句：謂此時只有我深知你遭貶逐的痛苦，但卻不能相伴，只有寄心於白雲，令其陪伴你到江西了。憐，同情。逐客，被放逐的人。白雲，取李白《白雲歌送友人》『楚山秦山多白雲』之意。

〔四〕爲爾踟躕五驌驦：　即爲你送行。踟躕五驌驦，化用『使君從南來，五馬立踟躕』（《陌上桑》）。明卿去江西做地方官，故云。驌驦，古代良馬。

〔五〕投轄地：　熱情挽留你的地方，指順德。投轄，把用於止車的鎖鍵投到井裏，表示殷勤挽留。詳《漢書·陳遵傳》。邢襄：　即邢臺，周爲邢國，秦置信都縣，秦漢之際，項羽改爲襄國。

〔六〕梅福：　漢九江壽春（今屬安徽）人。爲郡文學，補南昌尉。後去官歸里，在王莽專權時，離開九江，有人遇於會稽，已變姓名爲吳市門卒。詳《漢書》本傳。抱關：　謂看門人。

郡齋同元美賦得『橋』字〔一〕

山色秋停使者軺，孤城何處不蕭條〔一〕？　請看襄子宮前水，依舊東流豫讓橋〔二〕。

【校記】

〔一〕詩題，學憲本作《元美至邢州賦得『橋』字》，清汪端《明三十家詩選》題《郡齋同元美賦》。

【題解】

郡齋，指順德府衙内書齋。此詩作於王世貞察獄順德之時，即嘉靖三十五年（一五五六）八月。

【注釋】

〔一〕軺：　軺傳，使者所乘之車。

〔二〕襄子：　指趙無恤（？—前四二五），春秋末年晉國大夫，一作『趙毋恤』。與韓、魏兩家合謀，攻滅智伯（荀瑶）並三分其地，爲趙國的建立者。邢臺即順德在戰國時期爲趙邑。豫讓：　春秋戰國之際晉國人。曾事范、中行氏，後爲智氏家臣而受到尊重。智氏滅後，改名換姓，漆身（改變形體）吞炭（變啞），利用各種機會刺殺趙襄子，最後伏於襄子所過橋下，欲刺襄子而被捕。他請求劍擊襄子之衣以完成報仇之願，擊衣後自殺。事詳《史記·刺客列傳》。

懷元美

琅琊山上越王臺，秋色高臨海色開。莫向中原看落日，浮雲萬里爲君來。

【題解】

元美，即王世貞。琅琊山，在今青島市膠南市，山上有琅琊臺。《史記·秦始皇本紀》『琅琊臺』《正義》引《括地志》云：『密州諸城縣東南百七十里有琅邪臺，越王句踐觀臺也。……《吳越春秋》云：「越王句踐二十五年，徙都琅邪，立觀臺以望東海，遂號令秦晉齊楚，以尊輔周室，歃血盟」，即句踐起臺處。』王世貞於嘉靖三十五年（一五五六）十月升任山東按察副使，兵備青州，負責巡視海疆，翌年正月赴任（見鄭利華《王世貞研究》附錄二），則此詩應作於王世貞赴任之後的秋季。學憲本題作《懷友》。

懷明卿

豫章西望彩雲間，九派長江九疊山〔一〕。高臥不須窺石鏡，秋風憔悴侍臣顔〔二〕。

【題解】

明卿，即吳國倫。嘉靖三十五年（一五五六）三月，貶爲江西按察司知事（見《明世宗實錄》卷四三三），翌年三月，移南康推官（同治《南康府志》）。詩作於嘉靖三十六年初。清汪端《明三十家詩選》評云：『滄溟七絶，遠韻遠神，得青蓮遺法。』

【注釋】

〔一〕九派長江：謂長江水系的九條河，説法不一。今江西有九江市。

〔二〕石鏡：能照人的圓石，在江西廬山東麓。詳前《跳梁行寄慰明卿》注〔一〇〕。侍臣：明卿曾任中書舍人，爲皇帝近侍。

懷子相

越王城上黯銷魂，萬里秋風動薊門〔一〕。君自平生稱國士，南遷豈負信陵恩〔二〕？

【題解】

子相，即宗臣。據《明世宗實録》載，嘉靖三十六年（一五五七）二月，宗臣由吏部稽勳司署員外郎升福建布政司參議，卒於嘉靖三十九年，則此詩作於嘉靖三十六年左右。

【注釋】

〔一〕越王城：在福建閩侯縣，古爲閩越王都城。見《太平寰宇記》。

〔二〕南遷：向南方遷謫。信陵：信陵君。即魏無忌，魏國公子，封於信陵，爲戰國『四公子』之一。以尊賢禮士著稱。詳《史記·魏公子列傳》。此以自喻。

懷子與

青山忽送七閩秋，大海遥連百粤流〔一〕。落日孤城風雨合，褰帷何處不堪愁〔二〕？

【題解】

據《天目先生集》附李炤《徐公行狀》，徐中行於嘉靖三十六年（一五五七）升汀州知府（治今福建長汀）。時李攀龍尚在順德府任上。

【注釋】

〔一〕七閩：福建的别稱。百粤：泛指古代南方粤族居住區，福建境内者爲閩粤。

〔二〕孤城：指順德。褰帷：撩起車帷。此謂出任地方官。

寄伯承

才子含香滿玉墀，仙郎賦就幾人知？只今西省空相憶，揚馬風流自一時〔一〕。

【題解】

伯承，即李先芳。詳前《送新喻李明府伯承》題解。

【注釋】

〔一〕西省：指刑部。揚馬：指漢代揚雄、司馬相如。

寄茂秦

誰惜虞卿老去貧，平原食客一時新〔一〕。懷中白璧如明月，何處還投按劍人〔二〕？

【題解】

茂秦，即謝榛。

【注釋】

〔一〕虞卿：戰國時人，因游説趙孝成王，受相印，爲趙上卿，故稱虞卿。後因拯救魏相魏齊，去趙逃亡，困於梁，窮愁著書，著有《虞氏春秋》，已佚。生平詳《史記》本傳。此喻指謝榛。平原：指平原君趙勝，戰國『四公子』之一。以尊賢禮士著稱。

〔二〕按劍人：指平原君的食客毛遂。按劍，以手撫劍。《史記·平原君列傳》載，平原君選使楚之人，無人應答，『毛遂按劍，歷階而上』，請求出使。此謂謝榛懷有才德，不必自薦，其才能亦爲人們所認可。

寄順甫

江漢秋風萬里生，浮雲不見鄂王城〔一〕。于今《楚調》無人和，憶爾還高《白雪》情。

【題解】

順甫，即魏裳。詳前《懷魏順甫》題解。

【注釋】

〔一〕鄂王城：　即鄂城，縣名。屬湖北省。楚熊渠伐庸、揚粵至其地，立其中子爲鄂王，故稱。見《讀史方輿紀要·武昌縣》。

寄余德甫

使者銜恩入楚天，秋風吹動豫章船。孤帆遥挂浮雲色，西望長江落日邊。

【題解】

余德甫，即余曰德。詳前《寄懷余德甫》題解。詩云『秋風吹動豫章船』，蓋在余曰德奉命出使江西時，攀龍寫詩以寄。

答殿卿

扁舟歸去五湖春，愁見紅顔掌上新〔一〕。明月自閑歌舞地，秋風憔悴捧心人〔二〕。

【題解】

殿卿，即許邦才。此爲許邦才歸河南周府之後，攀龍戲謔之作。

【注釋】

〔一〕紅顔掌上：　指其侍妾。傳說漢元帝后趙飛燕體態輕盈，能在掌上舞，見《白孔六帖·舞·雜舞》。後因喻指美人。

〔二〕捧心人：亦謂其侍妾。捧心，兩手捂著胷口，形容病態。相傳越國美人西施因有心病而捧心，見《莊子·天運》。

答元美

蕭條《鸚鵡賦》初成，偃蹇當年一禰生〔一〕。屈指中原餘子盡，非君誰見孔融名！

【題解】

元美，即王世貞。王、李相知，爲莫逆之交。攀龍把自己比作孔融，將世貞比作禰衡。孔融长祢衡二十岁，攀龍长世貞十二岁。據《後漢書·禰衡傳》載，禰衡恃才傲物，唯善孔融與楊修，融亦深愛其才，二人遂爲知交。

【註釋】

〔一〕禰生：指禰衡（一七三—一九八），字正平，平原般（今山東臨邑東北）人。『少有才辯，而尚氣剛傲，好矯時慢物』（《後漢書·文苑傳·禰衡》）。因辱罵曹操、輕慢劉表，均因懼其才名，不敢加害，被送江夏太守黃祖處。初与黃祖相處尚見賓禮，後終因狂放不羈而遭殺害。據載，禰衡初與黃祖之子射相友善，射時大會賓客，有人獻一鸚鵡，射請禰衡賦之以娱賓客，衡一揮而就，寫就著名的《鸚鵡賦》。禰衡爲漢末名士，偃蹇不遇，以賦言志。偃蹇，困頓。此以禰生喻指王世貞，而以孔融自喻。

汝思見過林亭二首

五柳陰陰逼酒清，一杯須見故人情。明朝馬上聽黄鳥，不似樽前唤友聲〔一〕。

其二

自買南山種秫田，幾回留客甕頭眠。與君今日拚沈醉，莫笑陶家乏酒錢〔二〕！

【題解】

汝思，即徐文通。詳前《送徐汝思郎中入蜀》題解。林亭，猶亭園，指其濟南歷城韓倉故居。

【注釋】

〔一〕黄鳥：黄鶯，春日鳴叫。《詩·小雅·伐木》：『嚶其鳴矣，求其友聲。』

〔二〕拚（pàn）：拼命，豁出性命。陶家：指晉陶淵明。此以自喻。

五日與殿卿游北渚二首

清樽畫舫⿰山昔湖濱〔一〕，風俗遥傳楚逐臣〔二〕〔一〕。潦倒只今君自見〔三〕，那能長作獨醒人！

其二

五月五日榴花杯，故園故人北渚來〔二〕。君今不飲紅顏去，那有長絲繫得回？

【校記】

〔一〕清，學憲本作『青』。

〔二〕楚逐臣，學憲本作『自楚臣』。

〔三〕只今君自見，李集作『向君君不見』。

【題解】

五日，指農曆五月初五，即端午節。本集有《五日和許傅湖亭宴集》二首，蓋作於同時。

【注釋】

〔一〕㟯湖：此指濟南城內的大明湖。㟯，同『鵲』。風俗：詠風俗的歌謠。

〔二〕榴花：石榴花。五月爲石榴開花的季節。

酬殿卿長史夏日過飲四首

蕭蕭風雨北堂寒，客似高陽復罷官〔一〕。君但能來長夜飲，不妨人作酒徒看。

其二

故人深愧子雲才，風雨茅廬晝不開〔二〕。寂寞已甘車馬絕，君今載酒爲誰來？

其三

白雲湖上華陽山，那得相看不醉還。明日蓬蒿三徑沒，誰憐長史在人間〔三〕？

其四

美酒新開琥珀光，還堪潦倒故人傍。已拚十日平原飲，怪爾能飛五月霜〔四〕。

【題解】

殿卿，即許邦才。從『客似高陽復罷官』看，在攀龍隱居期間，而邦才亦曾休閑在家。

【注釋】

〔一〕高陽：高陽酒徒。

〔二〕子雲：漢揚雄，字子雲。此以自喻。

〔三〕三徑：漢蔣詡棄官家居，在庭院中辟三徑，只與隱士裘仲、羊仲來往。詳前《秋夜白雪樓同許右史、龔茂才分韻》注〔六〕。

〔四〕十日平原飲：《史記·范雎列傳》載，秦昭王《與平原君書》：『願與君爲布衣之友，君幸過寡人，寡人願與君爲十日之飲。』五月霜：謂冤情动天。《論衡·感應》載，鄒衍無罪被拘於燕，當夏五月仰天而嘆，『天爲隕霜』。此或爲自己的境遇與邦才罷官而發。

九日同殿卿登南山四首

滿天鴻鴈雨紛紛，濁酒黄花把向君。莫道龍山高會後，風流今少孟參軍〔一〕。

其二

茱萸美酒玉壺殷，此日逢君一醉還。愁見孤城秋色裏，不知風雨遍空山。

其三

處處登高白髪新，年年陶令罷官貧〔二〕。蕭條豈少東籬菊？不見當時送酒人〔三〕。

其四

黄花蕭瑟雨中寒，搖落東林木葉丹。不是故人能載酒，衹今秋色好誰看？

【題解】

九日，農曆九月九日，重陽節。殿卿，即許邦才。南山，泛指濟南南部諸山。此指千佛山。山南舊有賞菊崖，爲文人登臨賞菊之處。

【注釋】

〔一〕龍山高會：指東晉征西大將軍桓溫九月九日在龍山宴集僚佐事。詳晉陶淵明《晉故征西大將軍長史孟府君傳》。龍山，在今湖北荊州市西北。孟參軍：指孟嘉。嘉字萬年，陽新（今屬湖北）人，東晉大詩人陶淵明的外祖父，曾爲征西大將軍桓溫的參軍，終官長史。此以孟參軍譽稱許邦才。

〔二〕陶令：指曾爲彭澤令的陶淵明。此以自喻。

〔三〕東籬菊：即菊花。陶淵明《飲酒》之五有「采菊東籬下，悠然見南山」之句。送酒人：南朝宋檀道鸞《續晉陽秋》：「陶潛九日無酒，出籬邊，悵望久之，見白衣人至，乃王弘送酒使也。即便就酌，醉而後歸。」

秋日東村偶題二首

西風蕭瑟病相如，高枕從他世上疏〔一〕。莫道浮雲多變態，還將秋色到茅廬。

其二

五柳青青醉裏春，那能長作折腰人〔二〕！情知縱酒非生事，昨日罷官今日貧。

【題解】

東村，指其故居歷城韓倉。偶題，偶發感慨而題詩。

【注釋】

〔一〕病相如：指漢賦家司馬相如。此以自喻。

〔二〕折腰：語出《晉書·陶淵明傳》，謂躬迎上司。

九月八日東村送元美

濁酒枯魚自不貧，黄花況復席邊新。明朝縱及龍山會，那得長逢落帽人〔一〕？

【題解】

元美，卽王世貞。

【注釋】

〔一〕龍山會：詳前《九日同殿卿登南山》注〔一〕。落帽人：指孟嘉。詳晉陶淵明《晉征西大將軍長史孟府君傳》。

和答殿卿冬日招飲田間 二首

白眼風塵一酒卮，吾徒猶足傲當時。城中年少空相慕，説著高陽總不知〔一〕。

其二

白雲湖上北風寒，茅屋蕭條兩鶡冠〔二〕。我自能憐華不注，推窗君試雪中看〔三〕。

【題解】

殿卿，卽許邦才。詩云『茅屋蕭條兩鷸冠』，蓋謂二人均已賦閑在家，與前《酬殿卿長史夏日過飲》作於同一年。

【注釋】

〔一〕高陽：謂酒徒。

〔二〕白雲湖：湖名。在今濟南章丘，靠近歷城。詳前《寄襲勖》注〔一〕。鷸冠：以鷸雞羽毛爲裝飾的冠。春秋時期，楚國有一隱居深山的人，以鷸羽爲冠飾，號鷸冠子，後遂以稱隱士之冠。見《文選》載劉孝標（峻）《辯命論》李善注。

〔三〕華不注：山名。詳前《與轉運諸公登華不注絕頂》題解。此謂我本來喜愛華不注，請您推窗而望，雪中的華不注豈不更加高潔可愛？山孤秀桀立，與其孤高自許、不依附權貴的心態相符，故喜愛之。

寄慰元美二首

幕府千山薊北青，朗陵賓客夜充庭〔一〕。卽今無恙荀文若，著膝猶堪當一星〔二〕。

其二

少婦紅妝玉筯寒，清秋銀燭對闌干〔三〕。無情最是它鄉月，不就仙郎掌上看。

【題解】

元美，卽王世貞。據《明世宗實錄》載，世貞父王忬於嘉靖三十四年（一五五五）三月，進兵部左侍郎，總督薊遼、保定；嘉靖三十六年四月，因俺答別部入犯永平、遷安等處，降兵部右侍郎，世貞爲之憂戚。而在嘉靖三十五年末，世貞在赴任途中，妾李氏所生女又夭折。詩蓋作於嘉靖三十六年秋。

【注釋】

〔一〕幕府：將軍駐紮地所設臨時指揮所。千山：山名。在今遼寧西南部，爲長白山支脈。朗陵：漢置縣名。故城在今河南確山縣。漢荀淑曾爲朗陵令。

〔二〕荀文若：荀淑孫荀彧，字文若。生平詳《後漢書》本傳。《世説新語·德行》載，陳寔詣荀淑，時文若年小，坐在荀淑膝上。南朝宋檀道鸞《續晉陽秋》説陳寔從諸子造荀父子，『於時德星聚』。此以文若喻指世貞。

〔三〕少婦：蓋指世貞侍妾李氏，時在任所。《弇州四部稿·歲暮自檀州發赴青州有述》載，在嘉靖三十五年（一五五六）十二月，世貞自檀州赴山東按察司副使任所時，李氏曾舉一女，未能成活。玉筯：喻眼淚。南朝梁劉孝威《獨不見》：『誰憐雙玉筯，流面復流襟。』闌干：縱横。此指啼泣淚流。

春日聞明卿之京爲寄

十載浮雲傍逐臣，歸來不改漢宫春〔一〕。摩挲金馬宫門外，誰識當時諫獵人〔二〕？

【題解】

明卿，即吴國倫。國倫自嘉靖三十五年（一五五六）三月貶爲江西按察司知事，一直輾轉地方任職，及至隆慶元年（一五六七）赴京上計，本期留京任用，而卻仍放歸地方，改知高州。此詩作於嘉靖三十七年之際。

【注釋】

〔一〕浮雲：喻指讒佞小人。唐李白《登金陵鳳凰臺》：『總爲浮雲能蔽日，長安不見使人愁。』

〔二〕摩挲（suō）：撫摸。金馬：漢宮門。當時主父偃、東方朔、嚴安等，都曾待詔金馬門外。諫獵人：諫止游獵之人。此以漢司馬相如上《諫獵書》，喻指國倫當年任中書舍人時諫諍之事。詳前《於郡城送明卿之江西》注〔一〕。

寄懷元美

塞北江南萬里長，各天兄弟正相望。誰將匹練吳門色，哭作燕山五月霜〔一〕？

【題解】

元美，即王世貞。詳詩意，詩作於世貞父王忬拘囚北京、世貞歸里之時，即嘉靖三十八年（一五五九）十一月。

【注釋】

〔一〕匹練：形容江水如白練。吳門：古吳縣城（今蘇州市）的別稱。燕山：山名。此指北京。五月霜：五月飛霜，謂冤情動天。詳前《酬殿卿長史夏日過飲》注〔四〕。

仲鳴蒲桃

萬顆蒲桃照玉盤，西施乳滴露華寒〔一〕。故人更比相如渴，不向金莖夜夜看〔二〕。

【題解】

仲鳴，未詳。蒲桃，即葡萄。

【注釋】

〔一〕西施：古越國美女。

〔二〕相如：即司馬相如，漢賦家。此以自喻。金莖：銅柱。見《後漢書·班固傳》。此謂京都。

王中丞破胡遼陽凱歌四章

匈奴十萬寇遼陽，漢將飛來入戰場〔一〕。直取單于歸闕下，論功那更數名王〔二〕！

其二

萬里橫行大破胡，沙場西北漢軍孤。不因驃騎能深入，知有陰山瀚海無〔三〕！

其三

再領樓船護海濱，三持節鉞掃胡塵〔四〕。怪來長得君王寵，自是麒麟閣上人〔五〕。

其四

中丞萬馬下榆關，拂海旌旗破虜還〔六〕。幕府秋陰連殺氣，散爲風雨暗燕山。

【題解】

王中丞，即王忬。詳前《送王侍御》題解。中丞，官名。明代指都察院副都御史。據《明史》本傳載，王忬在嘉靖三十四年（一五五五）三月，以副都御史和兵部左侍郎銜總督薊遼，第二年，即嘉靖三十五年十一月，韃靼侵犯遼東，王忬率軍抵禦，奏凱，獲賞賜。遼陽，縣名。治所在今遼寧遼陽市西北。詩贊王忬軍功，風格雄健，得唐邊塞詩神韻，爲絕句佳作。

【注釋】

〔一〕匈奴：此指韃靼。漢將飛來：此以漢將軍李廣喻指王忬。李廣，漢武帝時任右北平太守，爲抗擊匈奴名將，匈奴稱其爲『飛將軍』。詳《史記·李將軍列傳》。

〔二〕直取：直接擒獲，謂活捉。單于：韃靼部落的君長。名王：匈奴中有大名、受封土地多的稱名王。《漢書·宣帝紀》：『匈奴單于遣名王奉獻。』

〔三〕驃騎（jì）：古將軍名號。漢時秩祿同大將軍，位在三公下。隋唐後爲武散官，明因之。此以漢驃騎將軍稱譽王忬。陰山：山名。今河套以北、大漠以南諸山的統稱，匈奴曾作爲憑藉襲略漢朝邊境，漢武帝時奪得此山，派兵鎮守。瀚海：今蒙古國境內的大沙漠，言其浩瀚如海。

〔四〕再：第二次。三持節鉞：據《明史》本傳，王忬曾任御史，巡按順天，主持通州防務。嘉靖三十一年（一五五二）七月，以右僉都御史銜巡撫山東，改提督軍務，巡撫浙江、福建，平倭有功，於三十三年移鎮大同，三十四年三月，以都察院副都御史銜總督薊遼，抗擊韃靼入侵。節鉞，節旄、大鉞，皇帝的符節。

〔五〕麒麟閣：漢代閣名，在京都長安未央宮內。武帝時建。一說爲漢初蕭何所建。漢宣帝甘露三年（前五一）畫功臣霍光、蘇武等十一人圖像於其上。見《漢書·蘇建傳》附《蘇武傳》。

〔六〕榆關：即山海關。

爲劉伯東題《王母圖》壽太夫人

翩翩五鳳五雲開，客自金門侍從才〔一〕。六月海東桃又熟，親隨阿母漢宫來。

【題解】

劉伯東，即劉宗岱，濟南人。嘉靖三十八年（一五五九）進士，官至陝西按察司副使。王母，西王母，神話中人物。壽，祝壽。太夫人，伯東之母。

【注釋】

〔一〕金門侍從：謂爲皇帝近侍之臣。金門，漢宫門。詳前。

勞別子與二首

武林山對海門開，不枉登臨酒一杯〔一〕。十載故人零落盡，有誰還爲度江來？

其二

馬卿元自漢詞宗，天子同時歎不逢〔二〕。總爲故人邀貴客，故將車馬過臨卭〔三〕。

【題解】

勞別，猶慰別。子與，即徐中行。

【注釋】

〔一〕武林山：山名。即今杭州西湖畔的靈隱山。

〔二〕馬卿：即司馬相如，字長卿。詞宗：文壇領袖。漢武帝讀其賦，歎不與同時。詳《漢書·司馬相如傳》。

〔三〕臨邛：據《史記·司馬相如列傳》載，相如家貧，素與臨邛令王吉交好。爲抬高相如身價，王吉繆爲恭敬，邀其過府，相如託病不往，『臨邛令不敢嘗食，自往迎相如』，於是受到臨邛富翁卓王孫的重視。此以司馬相如自喻。

張明府見惠榴柿 二首

牀頭春酒百花香，醉裏誰知柿子黃？想到故人消渴久，秋來爲摘滿林霜。

其二

誰遣明珠掌上來，秋風吹籠石榴開。若非金谷園中樹，定是河陽縣裏栽〔一〕。

【題解】

張明府，生平未詳。榴柿，石榴、柿子。

【注釋】

〔一〕金谷園：晉石崇所築園，在河南洛陽市西北。見《世說新語·品藻》。河陽：縣名。晉詩人潘岳曾爲河陽令。見《晉書·潘岳傳》。此以潘岳自喻，而以河陽喻指歷城。

答右史問山中與誰把苦

依然濁酒竹林傍，那道窮途便不狂！白眼生平君自見，可能容易入山陽〔一〕？

【題解】

右史，指許邦才。把苦，受苦。

【注釋】

〔一〕白眼：謂傲視世俗。阮籍能爲青白眼，「見禮俗之士，以白眼對之」（《晉書·阮籍傳》）。入山陽：謂與「竹林七賢」那樣狂傲。山陽，郡名。晉分廣陵郡置。嵇康居山陽，見《晉書》本傳。

見火齊鐙問是右史持入梁

火齊春鐙七采裝，誰投明月向梁王〔一〕？也知照乘珠猶在，不是先容不敢張〔二〕。

【題解】

火齊，珠名。玫瑰珠。《文選》班孟堅（固）《兩都賦》「翡翠火齊」李善注：「《韻集》曰玫瑰，火齊珠也。」右史，指許邦才。梁，梁國。其封地在今河南商丘一帶。此指明代的周王。許邦才爲周王府長史。

【注釋】

〔一〕明月：珠名，即明月珠。梁王：借指周王。

〔二〕照乘珠：照見車乘之珠。詳《史記·齊太公世家》。

山中簡許、郭二首

山中酒熟住山中，早晚羊何詣謝公〔一〕。莫道白雲終日在，及看秋色向丹楓。

其二

金牛谷裏樹蒼蒼，一入千峯但夕陽〔二〕。浪跡莫愁難問訊，題詩多在朗公房。

【題解】

山中，詳詩意，指濟南南部山區，神通寺一帶。簡，信簡。此謂簡寄。許，指許邦才；郭，指郭子坤。學憲本、《國雅》題作《神通寺》。

【注釋】

〔一〕羊何詣謝公：指南朝宋的羊璿之、何長瑜詣見謝靈運。據《宋書·謝靈運傳》載，謝靈運曾與其族弟惠連、荀雍、羊璿之、何長瑜，共游山水，爲文酒之會，時人謂之『四友』。此以羊、何喻指許、郭，而以謝靈運自況。

〔二〕金牛谷：即朗公谷。詳前《神通寺》注〔一〕。下文『朗公房』，指朗公寺，即神通寺。

卷之十三

七言絶句

游仙曲

一聽《黄竹》寫歌鐘，人醉秦臺十二重〔一〕。琪樹花開巢孔雀，瑤池水煖出芙蓉〔二〕。

【題解】

游仙曲，擬游仙詩之作。游仙寫游心仙境，或寫仙人游戲人間。

【注釋】

〔一〕《黄竹》：古詩篇名。見《穆天子傳》卷五。歌鐘：古代打擊樂器名，即編鐘。此泛指樂歌聲。秦臺：仙女所居處。

〔二〕琪樹：玉樹。唐白居易《牡丹芳》：『仙人琪樹白無色，王母桃花小不香。』瑤池：謂仙境。神話傳説爲穆天子觴王母處。見《穆天子傳》卷三。煖：同『暖』。

過劉簿山齋

萬壑千山入户重，秋來三徑少人蹤〔一〕。不知君在蓮花府，得似芙蓉第幾峯〔二〕？

【題解】

劉簿，胡德琳修《乾隆歷城縣誌》卷二十七《職官志》，嘉靖三十二年歷城縣主簿劉棟。簿，主簿，官名。與縣丞同爲佐官之一。山齋，山間書房。學憲本題作《劉簿山齋》，無『過』字。

【注釋】

〔一〕重（chóng）：重疊。三徑：謂隱居處。詳前《拂衣行答元美》注〔八〕。

〔二〕蓮花府：指劉簿山齋，取蓮花爲名，以示不染塵俗之意。唐孟浩然《題大禹寺義公禪房》：『看取蓮花淨，方知不染心。』芙蓉，山峯名。西嶽華山、浙江樂清境内的雁蕩山，都有芙蓉峯，亦均因峯似蓮花而名。

宿林泉觀

盥漱焚香坐翠微，烟霞猶在芰荷衣〔一〕。怪來不作人間夢，一夜寒泉拂牖飛。

【題解】

林泉觀，又稱弔枝庵，在濟南市歷城區錦繡川鄉灰泉村西北。現存觀音殿、涼亭和明景泰二年《重修林泉觀碑》。觀，道觀。道士修行之處。學憲本題無『宿』字。

【注釋】

〔一〕芰荷衣：喻指隱者服裝，喻品性高潔。見《楚辭·離騷》。

寄謝茂秦

老去長裾滿淚痕，秋風又曳向何門〔一〕？可知十載龍陽恨，不道前魚亦主恩〔二〕。

【題解】

謝茂秦，即謝榛。詳詩意，此爲二人發生齟齬之後所作。

【注釋】

〔一〕長裾：曳長裾，謂寄食王侯之門。詳前《送許史得『弟』字》注〔一〕。

〔二〕龍陽：龍陽君，戰國魏幸臣。曾與魏王同船而釣，得十餘條魚，卻涕下淚落。魏王問，則說：『我剛得魚很高興，後所得更大，遂將前所得者丟棄。今我以醜陋的體態隨侍您，四海之內美人很多，聽說之後必將趨之若鶩。我就像前所得之魚，也將被丟棄。』見《戰國策·魏策四》。

東村同殿卿送子坤赴選三首

青雲明日羨翻飛，應念陶家獨掩扉〔一〕。君最往還知五柳，何曾送客解依依〔二〕？

其二

短褐憐君又遠游，如今白璧好誰酬〔三〕？座中楚客曾三獻，才說連城淚已流〔四〕。

其三

老去看花上苑春，憐君不厭草堂貧。預知猨鶴愁無主，更屬南鄰臥病人〔五〕。

【題解】

東村，李攀龍故里韓倉在歷城東部，因稱。殿卿，即許邦才。子坤，即郭子坤。詳前《許殿卿、郭子坤見枉林園》題解。郭子坤履歷不詳，前有《送郭子坤下第還濟南》，詩又云『三獻』未酬，此次赴選未詳所指。

【注釋】

〔一〕『青雲』二句：謂真羨慕你明日就要飛黃騰達了，該不會忘了我這個隱者吧。陶家，此以陶淵明自喻。

〔二〕依依：戀戀不捨之狀。

〔三〕短褐：貧賤者所服。白璧：白玉。此謂懷玉，即懷才。

〔四〕『座中』二句：謂子坤如同楚國卞和，爲未被君主賞識而傷懷。楚人卞和懷抱璞玉給楚王，而因其不能辨識，先後三獻，前二次一再受刑，只有懷抱璞玉痛哭於楚山之下。詳前《精列》注〔四〕。連城，和氏璧，秦王稱以十五城換取。

〔五〕猨鶴：猿與鶴。如猿如鶴，喻閑雅自適。猨，同『猨』、『猿』。

寄元美七首

薊門城上月婆娑，玉笛誰爲出塞歌〔一〕？君自客中聽不得，秋風吹落小黄河〔二〕。

其二

白雲何處不漫漫？欲寄綈袍薊北寒〔三〕。依舊西山秋色裏，知君此日轉愁看。

其三

匣裏龍泉北斗文，攜來燕趙客如雲。自言此劍千金買，不是窮交不借君〔四〕。

其四

聞道紅顔鏡裏新，還堪客子鬬青春〔五〕。秋來縱帶風塵色，猶似行吟澤畔人〔六〕。

其五

江南風雨夢扁舟〔一〕，薊北燕花傍酒樓。無那故人搖落盡，教君何處不悲秋〔七〕！

其六

落魄初看逐客情，風流又似棄繻生〔八〕。路傍年少從他問，不必停車說姓名。

其七

漁陽烽火暗西山，一片征鴻海上還。多少胡笳吹不轉，秋風先入薊門關〔九〕！

【校記】

〔一〕雨，學憲本作『色』。

【題解】

元美，即王世貞。嘉靖三十八年（一五五九）秋，世貞父王忬羈留北京期間，李攀龍曾寫多首詩歌以相慰存。其詩都寫得感情真摯，親切動人。

【注釋】

〔一〕『薊門』二句：謂你徘徊在京都月下，有誰爲你紓解心中的哀怨與煩悶？薊門，此指北京。婆娑，月影搖曳貌。出塞歌，指唐王之渙《出塞》，詩中有『羌笛何須怨楊柳』之句。

〔二〕小黃河：指小清河。黃河自山東東平而下入大清河，相對而言，小清河即小黃河。小清河流經李攀龍故里北面，白雪樓附近，所以『小黃河』可代指其居處。因謂你的憂愁通過秋風傳到這裏，我的心情和你是一樣的。

〔三〕綈袍：用粗繒製作的袍子。語出《史記·范雎列傳》，此喻指故友深情。詳前《贈張子含茂才》注〔三〕。

〔四〕『匣裏』四句：以龍泉劍爲喻，謂燕趙自古多慷慨豪俠之士，你在北京一定會遇到主持正義的人。龍泉，寶劍名。北斗，星宿名。即北斗星。詳前《崔駙馬山池燕集得『無』字》注〔一一〕。此取龍泉、太阿雙劍相合之意。燕趙客，謂慷慨任俠之人。燕趙，古代燕國、趙國故地。燕國在今河北北部，都於薊（今北京西南）；趙國在今山西中部一帶，都於晉陽（今山西太原西南）。此指狹義的燕趙。燕指北京，趙指真定（今河北正定），俱爲河北地。唐韓愈《送董邵南序》：『燕趙古稱多感慨悲歌之士。……夫子之不遇時，苟慕義强仁者皆愛惜焉。』窮交，窮困之交，患難之交。

〔五〕『聞道』二句：謂聽說你身體尚好，還能在客居中保持少年意氣。紅顔，喻少年。客子，客居之人。指元美。

〔六〕風塵色：客旅艱辛貌。行吟澤畔人：指屈原。《楚辭·漁父》：『屈原既放，游於江潭，行吟澤畔，顔色憔悴，形容枯槁。』當漁父勸其隨波逐流時，屈原表示寧死不屈。此謂元美亦像當年屈原那樣持志不移。

〔七〕無那：無奈。

〔八〕棄繻生：指終軍。棄繻，喻指義無反顧。詳前《送楊子正還濟南》注〔三〕。

〔九〕胡笳：吹奏樂器名。唐岑參《胡笳歌送顔真卿赴河隴》：『君不聞胡笳聲最悲，紫髯緑眼胡人吹。』

重寄元美三首

十載交游滿帝都，五陵年少避呼盧〔一〕。只今惟有張公子，匹馬時時過酒徒〔二〕。

其二

南冠君子繫京華，秋色傷心廣柳車〔三〕。此地由來多俠客，不知誰是魯朱家〔四〕？

其三

北斗闌干南斗低，啼烏三匝鳳城棲〔五〕。萬年枝上秋風起，飛入中丞署裏啼〔六〕。

【題解】

此詩與前《寄元美七首》作於同時。

【注釋】

〔一〕避呼盧：棄絕賭博。避，去，棄。呼盧，即呼聲喝雉，古時賭博之一種，又叫樗蒲。

〔二〕張公子：指張九一。九一，字助甫，河南新蔡人。嘉靖三十二年（一五五三）進士，授黄梅知縣，擢吏部驗封郎。在京由宗臣介紹，與元美相識。元美父遭難之後，在京友人只有吏部驗封郎張九一不顧受牽連的風險，常去探望（見《藝苑卮言》卷七）。自此即被列入『後五子』，成爲所謂『吾黨「三甫」』之一。酒徒：語本《史記·酈生列傳》『高陽酒徒』，後成爲狂傲者的自稱。此指元美。

〔三〕南冠君子：指元美之父王忬。南冠，南方楚人之冠。《左傳·成公九年》：『晉侯觀於軍府，見鍾儀。問之曰：「南冠而縶者誰也？」有司對曰：「鄭人所獻楚囚也。」』廣柳車：大牛車。《史記·季布列傳》：『乃髡鉗季布，衣褐衣，置廣柳車中。』

〔四〕魯朱家：魯人朱家。朱家，秦末漢初魯人，因其以任俠聞名，後遂成爲俠士的通稱。生平詳見《史記·游俠列傳》。

〔五〕北斗：北斗七星，即今大熊星座中較亮的七顆星。北斗七星在天空中排列成斗形。闌干：縱横。南斗：即斗宿。二十八宿之一，玄武七宿的首宿，即今人馬座中的六顆星。南斗低，謂斗轉，言天將明。啼烏三匝：謂悽惶不定。三國魏曹操《短歌行》：『月明星稀，烏鵲南飛。繞樹三匝，何枝可依？』

〔六〕萬年枝：卽冬青樹。中丞：指王忬。

哭子相四首

故園秋色廣陵間，閩海悠悠自不還〔一〕。縱使蕪城愁易老，那能長客武夷山〔二〕！

其二

清秋不盡客依依，夢裏閩天挂劍歸〔三〕。莫向延平津口度，恐驚風雨二龍飛〔四〕。

其三

揚子江寒月影孤，秋風吹落射陽湖〔五〕。故人欲灑臨江淚，湖上明珠竟有無？

其四

大江千里日滔滔，秋色遙看入夢勞。莫道故人枚叔少，悲君已厭廣陵濤〔六〕。

【題解】

子相，卽宗臣。嘉靖三十九年（一五六〇）秋，宗臣卒於福建提學副使任所，李攀龍、王世貞等作詩哭之。

【注釋】

〔一〕『故園』二句：謂故園秋色正好，而你卻客死閩中，魂魄悠悠，不得返還故里。廣陵，漢廣陵國治所，即今江蘇揚州市。宗臣爲興化人，興化明時屬揚州府。閩海，閩爲福建簡稱，濱海，故稱。悠悠，悠遠。此謂飄蕩遠處。

〔二〕蕪城：指揚州。自漢以後，揚州屢遭兵燹，廣陵故城荒廢不堪。南朝宋詩人鮑照登廣陵廢墟有感而作《蕪城賦》，文末云：『天道如何，吞恨者多。抽琴命操，爲蕪城之歌。歌曰：「邊風急兮城上寒，井徑滅兮丘隴殘。千齡兮萬代，共盡兮何言！」』武夷山：爲福建第一名山，代指福建。

〔三〕不盡：哀情不盡。閩天：猶言閩地。因宗臣已死，魂歸天上，而其棺柩又滯留閩地，故云。挂劍：挂劍於墓。語本漢劉向《新序·節士》所載吳延陵季子挂劍徐君墓側的故事，謂憑弔友人。詳前《哭陶侍御》注〔一〇〕。

〔四〕『莫向』二句：謂今雖暫時分離，而終將聚首，相會於九泉之下。延平津，也稱建溪、東溪，在今福建南平市東南。相傳晉雷次宗在江西豐城所得而分開的二劍，在此復合化龍游去。詳前《崔駙馬山池燕集得『無』字》注〔二〕。

〔五〕射陽湖：湖名。在今江蘇射陽、子相故里興化東北。

〔六〕枚叔：即枚乘，漢初賦家。所撰《七發》是對廣陵濤最早，也是最爲生動的描述。廣陵濤：江濤，爲廣陵勝景。詳前《寄宗考功》注〔一〕。言『已厭』，謂棄世。

答潘潤夫病中見贈二首

高秋伏枕峼湖濱，憔悴誰憐似楚臣〔一〕！怪爾紅顏青鏡裏，潘郎本自玉爲人〔二〕。

其二

湖上青山對濁醪，故人遙望白雲高。愁中那得無秋興，賦就看君已二毛！

【題解】

潘潤夫，名子雨，字潤夫，濟南歷城（今屬山東濟南）人。詳前《答潘仲子和贈張茂才見枉林園之作》題解。

【注釋】

〔一〕䧿湖：即鵲山湖，早已乾涸。原在濟南鵲山與華不注山之間，李攀龍故里在湖東。䧿，同「鵲」。楚臣：指楚國一心報國而遭讒放逐的屈原。

〔二〕紅顏：謂青春年少。玉爲人：謂面白如玉。

湧泉庵

錦陽川上女僧家，紅樹蕭蕭白日斜〔一〕。弟子如雲人不見，可憐秋老玉蓮花〔二〕！

【題解】

湧泉庵，在濟南南郊神通寺右側，爲僧尼修行的處所，最盛時僧尼衆多，早已廢圮。庵，同「庵」。

【注釋】

〔一〕錦陽川：濟南南部山區的「三川」之一，又名南川，即酈道元《水經注》所謂「玉水」，今稱玉符河。源出泰山長城嶺下梯子山的仙龍潭，會龍門峪（龍泉）之水，經朗公谷神通寺與湧泉庵之間，至仲宮與錦繡、錦雲兩川匯合入大清河（卽今黄河），延袤六十餘里。川畔或雲林競秀，或山水呈奇，風景優美如畫。湧泉庵建於川畔，林木掩映，又與神通寺相鄰，自然爲游覽景勝之地。女僧：僧尼，俗稱尼姑。紅樹：指楓、櫨一類樹，當秋葉紅，可供觀賞。蕭蕭：風吹木搖聲。《楚辭·九歌·山鬼》：『風颯颯兮木蕭蕭，思公子兮徒離憂。』

〔二〕『弟子』二句：謂庵中僧尼衆多而卻回避不見男性，可憐她們像嬌美的玉蓮花一樣，隨著歲月的流逝而凋零枯萎了。弟子，佛門弟子，指僧尼。秋老，秋深。玉蓮花，猶白蓮花。

輓王中丞八首

主恩三遣護三邊，驃騎功名滅虜年〔一〕。不謂漢軍能失利，猶堪起冢象祁連〔二〕！

其二

司馬臺前列柏高，風雲猶自夾旌旄〔三〕。屬鏤不是君王意，莫作胥山萬里濤〔四〕。

其三

旌旆海上似雲屯，大將登壇國士恩。白馬只今成過隙，千秋匹練曳吳門〔五〕。

其四

鐵馬蕭蕭日色黄，邊聲殺氣滿漁陽。誰知一夜旌竿折，搖落中丞柏上霜〔六〕。

其五

三月漁陽大出師，君王按劍捷書遲〔七〕。鼓聲不爲將軍起，豈獨封侯是數奇〔八〕！

其六

莫道江南夢裏遥，白楊明日便蕭蕭〔九〕。門人盡愛傷春句，不擬《招魂》與《大招》〔一〇〕。

其七

昨夜烽烟海上青，猶聞麾下取龍庭〔一一〕。一時雄劍無精彩，遥指燕山落將星〔一二〕。

其八

幕府高臨碣石開，薊門丹旐重裴徊〔一三〕。沙場入夜多風雨，人見親提鐵騎來。

【題解】

王中丞，指王忬。生平詳前《送王侍御》題解。據李攀龍《總督薊遼右都御史兼兵部左侍郎王公傳》（以下稱《王公傳》）載，兵部員外郎楊繼盛因彈劾權姦嚴嵩而慘遭殺害，王忬對其表示同情，子世貞又在楊繼盛處斬後，爲其護喪，因而受到嚴嵩父子的嫉恨，後遂借禦敵不力加以構陷，致在嘉靖三十八年（一五五九）繫獄論死，翌年十月初處斬。世貞兄弟扶柩歸里，路經山東濟寧，李攀龍曾單騎赴弔，並寫了八首挽詩。王忬是一位愛國將領，也是一位富有正義感的官吏，爲李攀龍所敬重的長輩之一。在其生前，他曾爲其總督薊遼作序；有關詩歌，也充分表達出崇敬的心情。嚴嵩父子把持朝政，士人對王忬之死大都噤若寒蟬，而李攀龍卻高度讚揚王忬的功績，表現出不畏强暴、不計個人得失的品格。這八首詩，既表達了他崇敬、哀悼之意，也是間接對嚴嵩父子罪惡的鞭撻與指斥，雖對嘉靖皇帝有所回護，這在當時已屬難能可貴了。清沈德潛評云：『爲中丞吐氣，而忠厚之意宛然。』（《明詩别裁集》）。沈氏所謂『忠厚之意』即指李攀龍只指斥姦臣而回護皇帝。

【注釋】

〔一〕『主恩』二句：　謂王忬深得皇帝知遇，屢屢肩負保衛邊境的重任，因討滅胡虜的功績而揚名朝野。主恩，君主知遇之恩。三遣，多次派遣。三邊，泛指邊疆。《後漢書·鮮卑傳》：『靈帝立，幽、并、涼三州緣邊諸郡無歲不被鮮卑寇抄，殺略不可勝數。』後遂以幽、并、涼三州爲三邊。據李攀龍《王公傳》及《明史》本傳載，王忬入仕後，深得嘉靖帝的信任，屢次委以禦邊、抗倭的重任，亦屢建功勳，因而亦屢屢提拔，至嘉靖三十一年官至右都御史、兵部右侍郎。驃騎，將軍名號。詳前《刁斗篇》注〔三〕。此以漢驃騎將軍稱譽王忬。

〔二〕『不謂』二句：　謂想不到明軍會在灤河失利，卽便如此，中丞的功勳亦應建祁連山一樣的陵墓。不謂，猶不意如此。嘉靖三十八年（一五五九），俺答把都兒辛愛攻掠灤河以西遵化等地。明邊防諸鎮兵員不足，王忬請求的援兵不至，致使敵軍深入，京師震動。嚴嵩指使其黨羽、都御史鄢懋卿等，授意御史方輅彈劾王忬失職，嚴嵩卽擬旨論死繫獄。詳見《王公傳》及《明史·王忬傳》。起冢，建造陵墓。象，通『像』。祁連，山名。在今甘肅張掖西南。匈奴語呼天爲祁連，因又名天山。漢代驃騎將軍霍去病抵禦匈奴曾至祁連，受到武帝的讚揚。見《漢書·霍去病傳》。

〔三〕『司馬』二句：　謂中丞品格高尚，其義烈之氣至今激勵著戍邊將帥。司馬，古官名。掌軍政、軍賦。後世作兵部尚書的别稱。王忬有兵部右侍郎銜，故稱。列柏，排列成行的柏樹。西漢御史府中排列柏樹，後因稱御史臺爲柏臺或柏府。王忬爲右都御史，故云。此亦含有其品格如松柏之意。風雲，壯烈的氣勢。北周庾信《朱雲折檻贊》：『身摧欄杆，義烈風雲。』旌旄，旌旗、旄節。鎮守一方的軍事長官所持有的符節，得以調動和號令軍隊。

〔四〕『屬鏤』二句：謂殺您並非君王的意思，而是權姦所爲，勸您千萬不要像當年伍子胥那樣興濤洩憤了。屬鏤，古劍名。《史記·伍子胥列傳》載，楚人伍子胥輔佐吴王闔閭和夫差，伐楚、滅越，屢建奇功，而卻遭到佞臣伯嚭讒害，夫差派人給他送去一把屬鏤劍，令其自殺。伍子胥死後，『吴人憐之，爲立祠於江上，因命曰胥山』。另據《吴越春秋》載，伍子胥死後爲潮神，驅水爲濤。

〔五〕匹練：喻江水，兼喻白馬。《太平御覽·布帛部·帛》引《韓詩外傳》云：『孔子、顔淵登魯泰山望吴昌門。淵曰：「見一匹練，前有生藍。」子曰：「白馬蘆芻也。」』此謂白馬早已消失，而中丞如同大江之水永遠流經吴門。吴門，地名。即江蘇蘇州市。王忬故家太倉時屬蘇州府。

〔六〕旌竿折：與下句『搖落中丞柏上霜』，都謂中丞死去。柏上霜，詳前注〔三〕。

〔七〕三月：指嘉靖三十八年（一五五九）三月。王忬任薊遼總督時，擊退了俺答部的進攻，斬敵首級八百。依明制，斬敵首虜二百，即向皇帝報捷，而因嚴嵩從中作梗，卻未獲上報。

〔八〕『鼓聲』二句：謂灤河所以失利，是軍將不用命所致，並非中丞的責任，古今蒙冤含屈者，不止漢將軍李廣，王公也在其中。鼓聲，進軍的號令。封侯數奇，指漢將軍李廣。據《史記·李將軍列傳》載，西漢抗擊匈奴的名將李廣，一生身經七十餘戰，戰功赫赫，被匈奴稱爲『飛將軍』，畏之若神，但最終未能封侯。而其弟李蔡『爲人在下中，名聲出廣下甚遠，然廣不得爵邑，官不過九卿，而蔡爲列侯，位至三公。諸廣之軍吏及士卒或取封侯』。這顯然是統治者賞罰不公造成的，而漢武帝卻說李廣『數奇』。數，運數。數奇，命中注定不遇。

〔九〕白楊：木名。落葉喬木。常種植於墓地。《文選》陶淵明《挽歌》：『荒草何茫茫，白楊亦蕭蕭。』

〔一〇〕《招魂》與《大招》：均爲《楚辭》中的詩篇。《招魂》的作者爲誰向有爭議，《史記·屈原列傳》認爲是屈原，而宋代朱熹《楚辭集注》則認爲是宋玉『哀閔屈原無罪放逐，恐其魂魄離散而不復還，遂因國俗，托帝命，假巫語以招之』。此蓋取朱熹之說。《大招》，朱熹《楚辭集注》認爲是景差『以招屈原之魂，欲其徠歸』所作。

〔一一〕烽烟：烽火報警。據載，嘉靖三十八年（一五五九）三月，倭寇侵犯浙東；四月，侵犯福州、淮安。五月，王忬下獄；六月，俺答部把都兒辛愛侵犯大同。詳見《明史·世宗紀》。麾下：古稱將帥爲麾下。龍庭：本謂匈奴的王庭，此指韃靼俺答部首領所在地。

〔一二〕『一時』二句：謂中丞一死，連鋒利的雄劍也失去了光輝，它似乎遠遠指著燕山將星墜落的地方。雄劍，指干將劍。據《吳越春秋·闔閭內傳》載，闔閭請善於鑄劍的干將、莫邪夫婦鑄造出兩柄名劍，雄劍曰干將，雌劍曰莫邪。干將把雄劍藏起，將雌劍獻給吳王。此蓋指鋒利之劍。燕山，此指北京。將星，大將之星。古時爲神化帝王將相，說他們都上應星宿。

〔一三〕丹旐（zhào）：喪葬所用的銘旌。

別元美二首

北風吹鴈鴈羣呼，泗水西流白日徂〔一〕。不見浮雲千里色，知它何處是姑蘇〔二〕？

其二

白雲愁色滿吳門，疋馬孤舟不可論。一自河梁攜手後，至今猶有未銷魂〔三〕！

【題解】

元美，即王世貞。此詩與上首作於同時。

【注釋】

〔一〕泗水：水名。也名泗河。源於今山東泗水縣陪尾山，因其四源合爲一水，故名。古時泗水流經今山東曲阜、魚臺、江蘇徐州，至洪澤湖畔入淮。後南段河道變遷，經江蘇徐州、宿遷、泗陽至淮陰入淮。王世貞過訪李攀龍後走水路，須過泗水。

〔二〕姑蘇：即蘇州。

〔三〕河梁：河上之橋。《文選》李少卿（陵）《與蘇武詩三首》之三：『攜手河梁上，游子暮何之？』未銷魂：謂離別傷痛尚未消除。

戲贈張茂才二首

自愛花枝掌上紅，蛾眉如月綰春風。須知粉黛隨時變，多恐張郎畫未工〔一〕。

其二

張郎新制合歡衾，醉擁紅顔燭影深。別有洞房雙玉妾，吹簫自和《白頭吟》〔二〕。

【題解】

張茂才，即張子含。詳前《贈張子含茂才》題解。當作於嘉靖四十年（一五六一）春。

【注釋】

〔一〕張郎畫未工：漢張敞爲其妻畫眉，爲夫妻恩愛的佳話。詳《漢書·張敞傳》。張子含與之同姓，故借以取笑。

〔二〕《白頭吟》：古樂府詩，屬《相和歌辭》。詳前《白頭吟》題解。

送徐汝思四首

天涯明日故人疎，莫向樽前嘆謫居〔一〕。最是孤臣偏雨露，君王不問篋中書〔二〕。

其二

漁陽幾載傍胡塵，此日驪歌濟水濱〔三〕。白首談兵君自見，何須更問請纓人〔四〕！

其三

青樽華髮對銷魂，匹馬孤城日色昏。愛客更爲長鋏引，一時回首孟嘗門〔五〕。

其四

主恩千騎入防秋，幕府遙臨上谷愁〔六〕。今日故園還客淚，誰知不是爲封侯？

【題解】

徐汝思，卽徐文通。詳前《送徐汝思郎中入蜀》題解。當作於嘉靖四十年（一五六一）。

【注釋】

〔一〕謫居：謂處於受貶謫的地位。與下『遷客』（貶謫在外者）均爲自謂。

〔二〕篋中書：謂篋中所有之著書。《禮記·學記》『鼓篋』《注》：『擊鼓警衆，乃發篋，出所治經書。』此謂所寫詩文。

〔三〕驪歌：告別之歌。《漢書·王式傳》『歌驪駒』《注》：『服虔曰：「逸詩篇名也。見《大戴禮》。客欲去歌之。」文穎曰：「其辭云：驪駒在門，僕夫具存。驪駒在路，僕夫整駕。」』

〔四〕請纓人：語本《漢書·終軍傳》終軍請纓，此謂自請前往制服敵人者，爲作者自謂。

〔五〕長鋏：長劍。戰國齊孟嘗君門客馮諼彈鋏以引起孟嘗君重視，而後爲孟嘗君謀就『三窟』。詳《史記·孟嘗君列傳》。此作者以孟嘗自居。

〔六〕上谷：秦漢郡名。治所在今河北懷來縣東南。

和許右史秋日玉函觀覩伎二首

瑤臺十二玉闌干，月出名花映掌寒。自是仙人君不信，只今誰得醉中看！

其二

青鳥翩翩錦字通，玉簫秋冷玉函宮。情知洞裏如花女，共指風流許侍中。

【題解】

許右史，卽許邦才。玉函觀，道觀，在濟南南郊玉函山上。傳説漢武帝登此山時得一玉函，長五寸。帝下山，玉函忽化爲白鳥飛去。俗傳山上有王母藥函，常令鳥守護。見唐段成式《酉陽雜俎·羽篇》。所以詩中用有關王母故事中的『瑤臺』、『青鳥』等詞語來形容藝妓。伎，通『妓』。此指藝妓。許邦才爲周府右長史，職掌相當於朝中的侍中，故以『侍中』美稱之。

秋日許、郭、殷見枉鮑山山莊

玉壺春酒石榴殷，此日中林見往還。堪是樽前幾知己，那能不愛叔牙山〔一〕！

【校記】

〔一〕叔，學憲本作『伯』，誤。

【題解】

許、郭、殷，指許邦才、郭子坤、殷士儋。鮑山山莊，卽李攀龍歷城韓倉故居。韓倉在鮑山附近。叔牙山，卽鮑山。詩當作於嘉靖四十年（一五六一）秋李攀龍、許邦才、殷士儋家居時。

與三君登樓

誰憐王粲嬾登樓，病起漳南對客秋〔一〕。自喜賦成多麗句〔二〕，因知座上有曹劉〔三〕。

【校記】

〔一〕成，學憲本作『中』。

【題解】

三君，指許邦才、郭子坤、殷士儋。此詩蓋與《秋日許、郭、殷見枉鮑山山莊》作於同時。所登之樓，即白雪樓。

【注釋】

〔一〕王粲：建安詩人。詳前《代建安從軍公燕詩》注〔五〕。嬾：同『懶』。漳南：漳水之南，即鄴下（今河北臨漳縣），追隨曹魏的文人聚集地。此以王粲自喻，故以漳南喻指濟水（黃河）之南。

〔二〕曹劉：曹植、劉楨，代指建安詩人。金元好問《論詩》：『曹劉坐嘯虎生風，四海無人角兩雄。』此喻指在座的殷、許、郭與作者自己。

和許右史《初度村興》之作

一瓢春酒望青天，誰識箕山武仲賢〔一〕？我亦潁陽飲牛客，猶堪擊壤共堯年〔二〕。

【題解】

和，酬和。許右史，即許邦才。當作於嘉靖四十年。

【注釋】

〔一〕箕山武仲：指許由，字武仲，陽城（今屬河南）人。唐堯時隱於箕山。相傳堯要讓天下於他，不受，遷居於潁水之陽，箕山之下。又召爲九州長，由認爲聞之汙耳，至潁水之濱洗耳。詳《高士傳》等。

〔二〕飲牛客：指巢父。傳爲唐堯時隱士，在樹上築巢而居，時人號爲『巢父』。相傳巢父本打算在潁水飲牛，聽說許由在潁水洗耳，遂牽牛離開，怕水汙了牛口。見《高士傳》。擊壤共堯年：《帝王世紀》載《擊壤歌》，謂帝堯之世，天下太平，百姓無事，有老人擊壤而歌：『日出而作，日入而息。鑿井而飲，耕田而食。帝力於我何有哉！』

九日示殿卿

牀頭濁酒浸黃花〔一〕，門外蕭蕭五柳斜〔二〕。此日登高人盡醉，誰知秋色在陶家！

【校記】

〔一〕浸，學憲本作『泛』。

【題解】

九日，即九月九日，重陽節。殿卿，即許邦才。當作於嘉靖四十年九月九日。

【注釋】

〔一〕黃花：即菊花。酒浸黃花，即菊花酒。五柳：與下文『陶家』均謂隱居處。

襲生緋桃栽

白雲湖上酒家春，那更桃花照眼新。今日爲栽三徑裏，憐君也自武陵人〔一〕。

【題解】

襲生，卽襲勖。詳前《秋夜白雪樓同許右史、襲茂才分韻》題解。襲勖家白雲湖東，李攀龍家湖西。緋桃，紅桃花。當作於嘉靖四十一年春。

【注釋】

〔一〕三徑：謂隱居處。詳前《拂衣行答元美》注〔八〕。武陵人：桃花源中的武陵人，見晉陶淵明《桃花源記》。此謂隱士。

送子與五首

北風吹雪雪漫漫，雪裏題詩淚不乾。豈意故人搖落後，逢君五馬入長安〔一〕！

其二

十年高臥白雲寒，嬾借新知錦字看。不是眼中人漸少，那能相憶使君灘〔二〕？

其三

襜帷何處傍風塵，握手江湖白髮新〔三〕。此去更沽燕市酒，不知誰作和歌人？

其四

中原北望九河分，太守揚帆入五雲〔四〕。莫按腰間鹿盧劍，明珠今日便投君〔五〕。

其五

玉帛徵賢謁建章，潁川軒蓋有輝光〔六〕。君恩儻許留京兆，不必重來下鳳凰〔七〕。

【題解】

子與，即徐中行。詩云『徵賢謁建章』，又云『潁川軒蓋』，詩作於嘉靖四十一年（一五六二）由江西升任汝寧知府之際。詳《天目先生集》附李炤《徐公行狀》。

【注釋】

〔一〕故人搖落：此時宗臣、梁有譽已死。五馬入長安：謂以太守（知府）的身份入京。

〔二〕使君灘：灘名。在今湖北宜昌市西大江中。子與曾爲湖廣僉事。

〔三〕襜帷：車帷。此謂乘車赴任。白髮新：新增白髮。

〔四〕九河：黄河的九條支流。詳前《登黄榆、馬陵諸山，是太行絕頂處》（七言）注〔一四〕。五雲：祥瑞之雲。此指京都。

〔五〕鹿盧劍：劍柄飾有轆轤的劍。鹿盧，即轆轤。按劍，手撫劍柄。《史記·蘇秦列傳》：『韓王按劍，仰天太息。』

〔六〕玉帛：此謂詔書。潁川軒蓋：謂汝寧知府。潁川，秦漢郡名。汝寧秦時屬潁川郡。軒蓋，車蓋。

〔七〕京兆：漢代指京畿地區。詳《三輔黄圖·三輔治所》。鳳凰：臺名。在河南溫縣西之五羊店。此謂如被留任京都，則不必再回河南。

殿卿別業二首

其二

負郭田荒勸客耕，鄰家酒熟任逢迎〔一〕。只今何異吳門卒，枉殺梁鴻變姓名〔二〕。

牀頭詩草日生塵，架上長裾懶著身。自訝閉門無一事，春來擬作緯蕭人〔三〕。

【題解】

殿卿，即許邦才。別業，別墅。詳詩意，時許邦才也賦閑在家。當作於嘉靖四十一年春。

【注釋】

〔一〕負郭田：近城之田。詳前《夏日東村臥病》注〔一五〕。

〔二〕吳門卒：吳門守門人。指梅福，漢九江壽春（今屬安徽）人。爲南昌尉，後棄官歸里。王莽專擅朝政，率妻子離開九江，後變姓名爲吳門卒。詳《漢書》本傳。梁鴻：漢扶風茂陵（今陝西咸陽西北）人，曾改姓名隱居齊魯之間，後去吳，卒。詳《後漢書》本傳。

〔三〕緯蕭人：《莊子·列禦寇》『河上有家貧恃緯蕭而食者』郭慶藩《集釋》：『蕭，蒿也。織緝蒿爲薄簾也。』

觀獵二首

胡鷹掣鏇北風迴，草盡平原使馬開〔一〕。臂上角弓如卻月，當場意氣射生來〔二〕。

其二

十月霜清紫兔肥，浮雲不競鐵驄飛〔三〕。半酣驅逐諸年少，肦子城東看打圍〔四〕。

【題解】

此詩寫郡守打獵。李攀龍《答子與》信中云：『異日者攜許生逐兔肦（bān）子城下，掠草而射之，不覺鼻頭出火，耳後生風，批脯而食，醉見大介，遂西走馬秉燭使君之灘，雄飲相視，扣舷賦詩，撰思道故，中夜慷慨，拊髀於五子，復亦不覺髮上指冠，意氣交作矣。』詩作於嘉靖四十一年。

【注釋】

〔一〕掣鏇：飛快地旋轉。此謂展翅盤旋。掣，疾速。鏇，轉軸裁器，類今之車牀。草盡平原：謂草枯萎後的平原。

〔二〕角弓：用牛角裝飾的弓。《詩·魯頌·泮水》：『角弓其觩，束矢其搜。』卻月：半月形，彎月。射生：射殺生靈。

〔三〕浮雲不競：謂雲停天邊。鐵驄：青黑色的馬。

〔四〕肦子城：指濟南歷城。肦子，戰國時期齊威王時的武將，田姓，或稱田肦，屢立戰功，威名甚著。見《戰國策·齊策》。今山東高唐固河村有肦子墓。

酬許右史九日小山見贈四首

南山秋色照東籬，又是陶家載酒期〔一〕。彭澤罷來無俗客，何妨不許白衣知〔二〕！

其二

我愛淮王上客賢，小山那在鵲湖邊〔三〕？開尊共泛金花酒，散帙同吟『桂樹篇』。

其三

十載銜杯望白雲，天涯此日嘆離羣。重來秋色生雙鬢，更折茱萸插向君〔四〕。

其四

湖上青山遶郭斜，翠微深處半人家。誰知不解登臨苦，醉殺猶堪藉菊花〔五〕！

【題解】

許右史，即許邦才。九日，即九月九日，重陽節。當作於嘉靖四十一年此日。小山，不詳所指，蓋爲濟南南郊的一座小山。學憲本題作《九日小山招許殿卿》。

【注釋】

〔一〕東籬：語本晉陶淵明《飲酒》之五「采菊東籬下」，喻指隱居處。陶家：作者以陶淵明自喻。載酒期：謂出游飲酒的日子。

〔二〕彭澤：指陶淵明。陶淵明由彭澤令辭官，世稱陶彭澤。罷：罷官。俗客：隨同流俗、平庸無名的客人。明王世貞《李于鱗先生傳》謂李攀龍辭官後，「繡衣直指、郡國二千石，干旄屏息道左，納履錯於戶，奈于鱗高枕何！……而二三友人，獨殷、許過從靡間」。白衣：謂送酒人。詳前《九日同殿卿登南山》注〔三〕。此借指當地官員。

〔三〕淮王上客：指許邦才。淮王，指漢淮南王劉安。劉安招致賓客方術之士數千人，多有著述。詳《漢書》本傳。淮南封地在今河南一帶，因以喻指明周王。小山：濟南南郊小山，兼指淮南王門客淮南小山，今傳有所著《招隱士》，載《文選》。中有「桂樹叢生兮山之幽，偃蹇連卷兮枝相繚」之句，即所謂「桂樹篇」。

〔四〕茱萸：植物名。有濃烈香味，古時重陽節佩茱萸囊以去邪辟穢。見《續齊諧記》。

〔五〕藉菊花：以菊花作鋪墊。

寄元美四首

楚客龍泉照雪霜，曾攜上國獻君王。奈何一閉豐城後，紫氣空干北斗長〔一〕！

其二

憑將《白雪》寫朱絲，總是人間此調悲。縱使霓裳君莫管，古來能得幾鍾期〔二〕？

其三

自握明珠掌上愁，夜來寒色動隋侯〔三〕。可知按劍人相視，任是銜恩未可投〔四〕？

其四

櫪下長風萬里生，誰憐汗血老無成〔五〕。若教一奉瑶池御，八駿如雲不敢鳴〔六〕。

【題解】

元美，卽王世貞。詳詩意，此詩作於嘉靖四十一年。

【注釋】

〔一〕『楚客』四句：謂曾赴京都以報國相許，不只不被重用，且越離越遠。龍泉，劍名。上國，指首都。豐城，豫章豐城，今屬江西。晉雷次宗奉張華之命掘得雙劍之處。詳前《崔駙馬山池燕集得『無』字》注〔二〕。紫氣，祥瑞之氣。張華見牛、斗之間有紫氣，纔得知地下有寶物，而紫氣空干，北斗遙遠，則望而難及。古詩文中，常以北斗喻指皇帝。

〔二〕鍾期：卽鍾子期。喻指知音者。詳前《秋胡行》注〔四〕。

〔三〕隋侯：隋侯珠，寶珠。

〔四〕『可知』二句：謂應知何人爲知己，不要明珠暗投。按劍人，謂知己者。《漢書·鄒陽傳》載《獄中上梁王書》：『蘇秦相燕，燕人惡於王，王按劍而怒，食以駃騠；白圭顯於中山，中山人惡之魏文侯，文侯投以夜光之璧。』

〔五〕櫪下：馬槽之下。汗血：大宛出産的千里馬。詳前《天馬歌》題解。

〔六〕『若教』二句：謂若能奉事君王，提出治國理政的建議，諸多近臣也不敢有異言。傳説周穆王周游時有八駿，即八匹駿馬，並曾在瑤池與西王母相會。詳見《穆天子傳》。

得徐使君所貽王敬美見贈答寄四首

山中伏枕白雲天，江上新詩錦字傳〔一〕。轉向故人三致意，君家兄弟有誰憐？

其二

博物張華不易逢，十年京洛少從容〔二〕。當時未得豐城劍，已識雲間陸士龍〔三〕。

其三

十載論文晝省開，君家二妙日趨陪〔四〕。那因見和『池塘』句，始羡風流小謝才〔五〕。

其四

弱冠文章滿帝城，偶因家難負平生〔六〕。中原莫恨論交少，海内今無驃騎名〔七〕。

【題解】

徐使君，指徐中行。王敬美，即王世懋，字敬美，世貞之弟。因世貞而與李攀龍相交。詳前《答王敬美進士》題解。世懋與其兄並有文名，所以詩中以晉代陸機、陸雲兄弟，南朝宋的謝靈運與齊謝朓相喻。此詩作於世貞父罹難之後，嘉靖四十一年。

【注釋】

〔一〕錦字：此謂書信。

〔二〕博物張華：張華（二三二—三〇〇），字茂先，范陽方城（今河北固安）人。魏、晉間詩人、辭賦家。晉時官至司空，封壯武郡公。文集之外，曾著《博物志》十卷。京洛：即洛陽，因東周、東漢曾建都於此，故稱。

〔三〕未得豐城劍：謂尚未相識。豐城劍，詳前《崔駙馬山池燕集得『無』字》注〔二〕。雲間陸士龍：即陸雲（二六二—三〇三），字士龍，吳郡吳（今江蘇蘇州）人。晉詩人陸機之弟，與機並有詩名，成就略遜。太康十年（二八九），與兄陸機被征入洛，曾與荀隱在張華座前針鋒對答，自稱『雲間陸士龍』。詳《晉書》本傳。此以喻敬美。

〔四〕二妙：同時以才華著聞的二人。詳前《答寄子威》注〔一四〕。此喻指元美兄弟。

〔五〕『池塘』句：指南朝宋謝靈運《登池上樓》中『池塘生春草，園柳變鳴禽』的句子，爲寫景名句。小謝：指謝朓（四六四—四九九），字玄暉，陳郡陽夏（今河南太康）人。南朝齊詩人。生平詳《南齊書》本傳。謝靈運稱『大謝』，謝朓在其後，世稱『小謝』。此亦喻指敬美兄弟。

〔六〕家難：指敬美父王忬被害。

〔七〕今無驃騎名：謂自王忬死後海內再無可稱驃騎將軍的人了。驃騎，將軍名號。詳前《輓王中丞》注〔一〕。

汝寧徐使君十首

汝海清秋四望開，白雲長在景夷臺〔一〕。已知千載無枚叔，誰愛風流漢署才〔二〕！

其二

使君爲政雜風騷，遶郡青山照彩毫〔三〕。不是賦成相倡和，那須更署范功曹〔四〕！

其三

天子分符漢省郎，風烟汝潁更相望〔五〕。府中但得平輿吏，他郡從教下鳳凰〔六〕。

其四

鴻陂東注汝陽城，太守乘春出勸耕〔七〕。童子但須騎竹馬，夾車休唱芋魁羹〔八〕。

其五

水如垂瓠抱城流，西望千山入楚秋〔九〕。帝謂使君終長者，褰帷不必更閫州〔一〇〕。

其六

高齋臥理簿書閑，掾吏裁詩日往還〔一一〕。片月不離桐柏水，白雲偏傍弋陽山〔一二〕。

其七

高蓋峻嶒駕楚雲，驂驔五馬五花文〔一三〕。漢庭此日推經術，可是尋常作使君！

其八

千騎如雲汝水濱，銅符黻冕一時新〔一四〕。身爲漢主分憂吏，何必龔黄好讓人〔一五〕！

其九

三河名郡鬱如林，治行看君結主深〔一六〕。但使便宜長得請，守臣無意賜黄金。

其十

解道文章老自知，中原病客重相思。故人寥落看如此，再領專城豈後時〔一七〕！

【題解】

汝寧徐使君，即汝寧知府徐中行。中行在嘉靖四十一年（一五六二）得補汝寧知府，四十二年『内考』，爲流言所害，『當左遷，解郡歸』（《天目先生集》附李炤《徐公行狀》）。從『銅符紱冕一時新』的詩句，知此詩當作於嘉靖四十一年中行赴任之初。

【注釋】

〔一〕汝海：謂汝水。景夷臺：臺名。《文選》枚叔（乘）《七發》：『既登景夷之臺，南望荆山，北望汝海。』《注》：『善曰：「郭璞《山海經注》曰：汝水出魯陽山東北，入淮海。汝稱海，大言之也。」』

〔二〕枚叔：即枚乘。漢初辭賦家。詳前《送許史得『弟』字》注〔三〕。漢署才：謂徐中行。漢署，此指刑部衙署。

〔三〕爲政雜風騷：謂其施政的同時創作詩文。風騷，謂以《詩經》、《楚辭》爲代表的詩歌創作傳統。此指詩文。

〔四〕范功曹：指東漢范滂。滂字孟博，汝南征羌（今河南漯河市郾城區西南）人。少勵清節，舉孝廉，光祿四行。時冀州饑荒，盜賊蜂起，令其以清詔使前往按察，『滂登車攬轡，慨然有澄清天下之志。及至州境，守令自知臧汙，望風解印綬去』。在朝多所舉奏，其議不得行，多次辭官。太守宗資『請署功曹，委以政事。滂在職，嚴整疾惡。其有行違孝悌、不軌仁義者，皆埽跡斥逐，不與共朝。顯薦異節，抽拔幽陋』（《後漢書·范滂傳》），爲人所稱。

〔五〕汝潁：汝、潁二水名，轉爲地名，指汝潁二水流域。

〔六〕平輿：漢置縣名。明屬汝寧府汝陽縣。故城在今河南汝南縣東南。

〔七〕鴻陂：即鴻池陂，又名鴻隙陂。在河南汝南縣東，受淮北諸水，匯瀦而成。汝陽：漢置縣名。明爲汝南府治所。隋前故城在今河南商水縣西北。

〔八〕竹馬：截竹爲馬，童子騎以游戲。芋魁羹：用芋頭做的羹湯。《漢書·翟方進傳》：『童謡曰：「壞陂誰？翟子威。飯我主食羹芋魁。」』翟子威即翟方進，成帝時爲相，決鴻隙陂。

〔九〕水如垂匏：謂水如從懸瓠城垂下。指汝寧獲城河。據《明一統誌》載，明汝寧府在南朝宋爲司州，稱其爲懸瓠。垂瓠，猶懸瓠。如葫蘆。瓠，葫蘆。

〔一〇〕『褰帷』句：謂不必再到福建赴任。褰帷，謂赴任。閩州，此指福建汀州。中行在嘉靖三十六至三十七年（一五五七—一五五八）任汀州知府。在上計途中聞父喪歸里，至服滿補汝寧知府。

〔一一〕簿書：案牘文書。掾吏：副官佐貳官吏等。

〔一二〕桐柏：山名。在河南桐柏縣西南。弋陽山：山名。在河南光山縣西北，又名浮光山、光山。《讀史方輿紀要·河南·汝寧府·光州·光山縣》：『浮光山，一名浮弋山，即弋陽山也。山岩聳秀，俯映長淮，每有光耀，因名。』

〔一三〕驂驔（tán）：駕驂驔以行。驔，黑色而脊黄的馬。

〔一四〕汝水：水名。源出河南魯山縣大盂山，流經汝寧府入淮河。銅符紱冕：印信、冠服。紱冕，古時禮服。此指官服。

〔一五〕龔黄：指漢代循吏龔遂、黄霸。事蹟詳《漢書》本傳。

〔一六〕三河名郡：指汝寧。漢代以河内、河南、河東三郡爲三河。汝寧屬河南。治行：治績、品行。

〔一七〕專城：謂一城之主。古指太守，明指知府。

寄吴明卿 十首

平臺秋氣鬱蒼蒼，落日登臨一斷腸〔一〕。若道《子虚》今未就，當年誰遣客游梁〔二〕？

其二

梁園高宴日紛紛，帝子風流雅好文〔三〕。若使平臺賓客在，已知詞賦不如君。

其三

高齋咫尺小蒙城，三載逍遥傲吏情〔四〕。不是春風常入夢，誰知蝴蝶等功名〔五〕？

其四

秋色蕭條傍謫居，體中今日定何如〔六〕？從他幾載風塵吏，不作平津相府書〔七〕。

其五

長吏應憐道路傍，三年參佐有輝光。縱書下考關何事，不必詩名入薦章。

其六

楚娃雙侍玉爲顔，勸酒能歌《雉子斑》〔八〕。醉殺休論官不調，古來遷客幾人還？

其七

睢陽小吏困逢迎，醉後參差故態生〔九〕。莫倚甘泉曾獻賦，君今久已罷承明〔一〇〕。

其八

來自廬山五老峯，梁園賓客更相從〔一一〕。已知無意二千石，出處何如邴曼容〔一二〕！

其九

短髮風塵老更繁，青雲何日見飛翻〔一三〕？由來逐客人迴避，遮莫詞垣與諫垣〔一四〕。

其十

梁苑無人秋氣悲，吳門回首淚堪垂。知君不盡平生意，海内窮交更有誰？

【題解】

明卿，即吳國倫。詩作於嘉靖四十一年國倫居家時。

【注釋】

〔一〕平臺：臺名。故址在今河南商丘東北。詳前《雜興又十一首》注〔九〕。登高傷懷，蓋爲思念老友。

〔二〕『若道』二句：謂如同司馬相如那樣，如果當年受到皇帝賞識，你就不必客游外地了。《子虛》，賦名。據《漢書·司馬相如傳》載，相如初事景帝，而景帝不好辭賦。在梁孝王來朝時，與其賓客鄒陽、枚乘等交游甚歡，因託病免官，而客游梁。數歲，乃著《子虛之賦》。

〔三〕梁園：也稱兔園、菟園，漢梁孝王所建，爲其與文人飲宴游樂之處。詳前《秋夜白雪樓同許右史、龔茂才分韻》注〔四〕。帝子：指梁孝王劉武。

〔四〕小蒙城：指今河南商丘。莊子爲蒙人。蒙在今河南商丘東北，其地今已劃入山東東明縣。傲吏：語本晉郭璞《游仙詩》「漆園有傲吏」，高傲的官吏。此爲自喻。

〔五〕蝴蝶等功名：謂功名如幻。《莊子·齊物論》：「昔者，莊周夢爲胡蝶，栩栩然胡蝶也，自喻適志與，不知周也。俄然覺，則蘧蘧然周也。不知周之夢爲胡蝶與，胡蝶之夢爲周與？」

〔六〕「體中」句：謂身體如何，爲南朝時期尺牘中常用的問候語。南朝梁王筠《與長沙王別書》：「筠頓首頓首，高秋淒爽，體中何如？」

〔七〕平津相府：指漢代平津侯、丞相公孫弘，老病自覺不稱職而上書乞罷。《漢書》本傳載，弘習文法吏事，緣飾以儒術，「有所不可，不肯庭辯」，因此能取悦皇帝，屢屢升遷，終至相位，封平津侯。「後淮南、衡山謀反，治黨方急，弘病甚，自以爲無功而封侯，居宰相位……今諸侯有畔逆之計，此大臣奉職不稱也。恐病死無以塞責，乃上書」表示「願歸侯，乞骸骨，避賢者路」。

〔八〕楚娃：指國倫侍妾。《雉子斑》：樂府詩，屬《鼓吹曲辭》，寫雉鳥對雉子的愛護之情與死别之痛。詳前《鐃歌十八首·雉子班》題解。班，通「斑」。

〔九〕睢陽小吏：謂吴國倫任歸德府推官。睢陽，地名。秦置縣，漢屬梁國，隋開皇改爲宋城，爲宋州治所。故城在今河南商丘市南。故態：謂辭官歸隱的想法。

〔一〇〕甘泉：漢宫名。甘泉獻賦，指漢揚雄爲諫獵所作《甘泉賦》。詳《漢書·揚雄傳》。此喻指國倫當年官中書舍人時的諫言。承明：漢宫名。借指明宫。

〔一一〕來自廬山五老峯：謂來自江西。國倫初貶爲江西按察司知事，再貶爲南康推官。南康，明代府名。治所星子縣在廬山腳下。梁園：西漢梁孝王所築苑囿，在睢陽（今河南商丘）。

〔一二〕無意二千石：謂無意再任知府。二千石，爲漢九卿郎將與郡守尉的俸祿等級。東漢二千石稱真二千石。後因稱郎將、郡守、知府爲二千石。邴曼容：漢哀帝時人，爲官不肯過六百石，過則自免去。詳《漢書·邴龔傳》附傳。

〔一三〕短髮：猶白髮。風塵：喻宦途。青雲：喻高位。青雲飛翻，謂飛黃騰達。

〔一四〕『由來』二句：謂人們從來都回避遭貶逐者，不論是翰林院，還是那些諫官們。言外謂你所以久處外地，是因爲朝官不肯推薦。遮莫，不論。詞垣，指翰林官署。諫垣，指諫官官署。

送殷正甫內翰之京十首

《咸池》一奏合宮成，帝自垂裳拱玉京〔一〕。多少侍臣調六琯，須君共作鳳凰鳴〔二〕。

其二

春風忽送漢臣還，再入承明供奉班〔三〕。怪得文章成五色，朝朝染翰近龍顏。

其三

君王賜宴柏梁臺，七字新詩漢體開〔四〕。首倡自天酬不得，曲終還賴歲星才〔五〕。

其四

漢家詞客滿金門，誰解淩雲感至尊〔六〕？一出《子虛》名便起，長卿無日不承恩〔七〕。

其五

詔遣詞臣集漢都，明年羽獵大誇胡。共憐執戟人猶在，莫問《長楊賦》有無〔八〕！

其六

十載風流侍從臣，歸來依舊帝城春。金華殿裏談經客，半是同時獻賦人。

其七

帝寵詞臣弄彩毫，蓬萊宮殿五雲高〔九〕。自憐一日成三賦，不分傍人賜錦袍。

其八

紫禁清秋五夜閑，金莖玉樹少人攀〔一〇〕。不知帝遣神仙吏，更直蓬萊第幾山？

其九

依舊春風滿建章，重來搦管對君王〔一一〕。卽看應制偏承寵，何處新詩不擅場〔一二〕！

其十

東觀風流著作郎，滿朝誰不羨恩光〔一三〕？ 賦成清思如秋水，一片霜毫灑玉堂〔一四〕。

【題解】

殷正甫，即殷士儋。詳前《送殷正甫并引》題解。殷士儋時任翰林院檢討。內翰，翰林學士及屬官。之京，赴京。

【注釋】

〔一〕『《咸池》』二句：謂在聖帝相傳的樂聲之中，隆慶帝君臨天下。《咸池》，古樂名。相傳爲堯樂，或謂黃帝之樂，堯增修沿用。見《禮·樂記》『咸池』《疏》。合宮，相傳爲黃帝的明堂，即黃帝理政之處。見《文選》漢張平子（衡）《東京賦》『黃帝合宮』《注》。垂裳拱玉京，謂在衆臣拱衛之下垂裳而治。垂裳，語出《易·系辭下》，謂垂衣裳而天下治。玉京，指帝都。

〔二〕『多少』二句：謂很多侍臣都想迎合帝意，而帝卻等您去協調、配合。六琯（guǎn），古樂器名。琯即玉管，六孔。須，等待。鳳凰鳴，《呂氏春秋·古樂》：『聽鳳皇之鳴，以別十二律。』

〔三〕承明供奉班：謂供職翰林院。承明，漢未央宮中有承明殿，爲著述之所。見《三輔黃圖·未央宮》。

〔四〕柏梁臺：臺名。漢武帝時建。武帝曾詔羣臣和詩，能作七言詩的人纔可上臺。詳前《贈德甫》注〔一一〕。

〔五〕歲星才：謂最終定音之才。歲星即木星。歲行一次，謂之歲星。十二歲，歲星纔走一周天。詳前《再過子與》注〔一一〕。

〔六〕金門：漢代金馬門的省稱。當時著名文人如主父偃、東方朔等都曾待詔金馬門。淩雲：漢武帝讀司馬相如《大人賦》，『飄飄有陵雲之氣』。詳《史記·司馬相如列傳》。殷士儋在隆慶帝即位前曾任其講官，人或認爲他因此而受到重用，故云。

〔七〕《子虚》：賦名。漢司馬相如的代表作之一。長卿：司馬相如字長卿。以司馬相如之才稱譽殷士儋，爲溢美之詞。

〔八〕執戟人：《漢書·東方朔傳》載東方朔所著《客難》有云『官不過侍郎，位不過執戟』。《長楊賦》：漢揚雄作。《漢書·揚雄傳》載，漢帝欲『大誇胡人』，調動京兆農民捕獵，使農事荒廢，揚雄隨從，回朝後作《長楊賦》進行諷諫。

〔九〕蓬萊：唐宮名。在今陝西西安市長安區東。原名大明宮，高宗改爲蓬萊宮。唐杜甫《莫相疑行》：『憶獻三賦蓬萊宮，自怪一日聲輝赫。』

〔一〇〕金莖：銅柱。用以擎承露盤。詳前《柬元美》注〔三〕。玉樹：此指宮中槐樹。《文選》漢揚子雲（雄）《甘泉賦》『玉樹』《注》：『《漢武故事》曰：「上起神屋，前庭植玉樹，珊瑚爲枝，碧玉爲葉。」』

〔一一〕搦（nuò）管：執筆。

〔一二〕應制：應皇帝之命而作的詩文，內容多歌功頌德的陳詞濫調，自南朝至唐宋都有以應制爲題的詩歌。

〔一三〕東觀：東漢宮中著述及藏書之處，在洛陽南宮。著作郎：官名。三國魏置。屬中書省，專掌編撰國史，屬官有著作佐郎、校書郎等，其職掌明代屬翰林院。此用以稱譽殷士儋。

〔一四〕玉堂：宮殿的美稱。

促殿卿之官四首

春色平臺散客愁，淮南桂樹小山秋〔一〕。身爲二郡風塵吏，借問何如此薄游〔二〕？

其二

聞道相知滿帝京，時來不得避功名。縱令再補王門客，恰好逍遥遣宦情〔三〕。

其三

白雲湖上酒家春，坐愛青山誤此身〔四〕。詩句近來多遠興，那能不作宦游人〔一〕〔五〕？

其四

夙昔分符結主歡，今來相國豈微官〔六〕？也知合有抽簪日，且向山陰雪夜看〔七〕。

【校記】

〔一〕不，學憲本作『長』。

【題解】

殿卿，即許邦才。詩云『身爲二郡風塵吏』，又云『再補王門客』、『今來相國』，則知此在邦才知趙州、永寧及任職德王府長史之時。詩作於嘉靖四十一年春。

【注釋】

〔一〕平臺：臺名。在今河南商丘東北。詳前《雜興又十一首》注〔九〕。淮南桂樹：《楚辭集注·續離騷》漢淮南小山《招隱士》有『桂樹叢生兮山之幽』之句。漢淮南王封地在今河南一帶。

〔二〕二郡風塵吏：指邦才曾任趙州、永寧二州知州。風塵吏，謂地方官。

〔三〕再補王門客：殿卿曾任德王府長史，故云。遣：排遣，消解。

〔四〕坐愛青山：謂因愛家鄉風景。坐，因。

〔五〕遠興：遠游之興。

〔六〕分符：謂曾任地方官。符，符節。相國：王府長史職掌有類國相。

〔七〕抽簪：謂歸隱。詳前《拂衣行答元美》注〔九〕。山陰雪夜：謂興盡而歸。晉王徽之（子猷）雪夜忽思好友戴逵，隨卽遠道往訪，至其門未見卽歸，謂乘興而來，興盡而返。詳《晉書》本傳。

酬許使君讀鄙詩見贈二首

江湖幾載避風塵，病裏詩成白髮新。不是使君相唱和，一時同調更無人！

其二

莫道西施寵最深，館娃宮女正如林〔一〕。何人不解矜顔色，敢向君王更捧心〔二〕？

【題解】

許使君，指許邦才。鄙詩，鄙人之詩。謙辭。詩第一首感謝許邦才贈詩，第二首以西施爲喻，提醒其受寵防嫉。

【注釋】

〔一〕西施：春秋時期越國美女。吳越交戰，越國戰敗，越王爲討好吳王，將西施獻給吳王。吳王在硯石山上建宮以館西施，稱館娃宮。《方言》卷二：『吳有館娃之宮。』吳人謂美女謂娃。

〔二〕矜顏色：以貌美自矜。捧心：西施捧心、皺眉，本因心病，而被視爲媚態。見《莊子·天運》。

少年行二首

胡姬十五堪當壚，美酒青絲白玉壺〔一〕。君但攜來成一醉，知他誰是霍家奴？

其二

裘馬翩翩出建章，青樓日日擁紅妝〔二〕。纔開春酒荼蘼色，說甚金莖露未嘗〔三〕！

【題解】

少年行，樂府舊題，本作《結客少年場行》，屬《雜曲歌辭》。《樂府解題》謂『言輕生重義，慷慨以立功名』，而此詩則諷喻京都貴族少年淫靡生活。

【注釋】

〔一〕胡姬：胡族少女。當壚：當壚賣酒。漢辛延年《羽林郎》寫漢大將軍霍光家奴欺侮胡姬，有『胡姬年十五，春日獨當壚』的句子。

〔二〕出建章：從皇宮中出來。建章，漢宮名。青樓：指妓院。紅妝：少婦。

〔三〕荼蘼：即酴醾。花名。色似酴醾酒。宋張邦基《墨莊漫錄》卷九：『酴醾花或作荼蘼，一名木香，有二品。一種花大而棘長條而紫心者爲酴醾。一品花小而繁，小枝而檀心者爲木香。』金莖露：宮中銅盤所承接之露。詳前《登省中樓望西山晴雪》注〔一〕。

早夏示殿卿二首

長夏園林黄鳥來，百花春酒復新開〔一〕。主人把酒聽黄鳥，黄鳥一聲酒一杯。

其二

湖上青山遶屋斜，蕭條重枉使君車。到來縱遣柴門閉，只在東鄰賣酒家〔二〕。

【題解】

殿卿，即許邦才。詩充滿閒情逸致，蓋爲嘉靖四十初夏所作。

【注釋】

〔一〕黄鳥：即黄鶯。

〔二〕縱遣：縱使，即使。

許使君見過林亭二首

解衣沽酒豈辭貧？散髪狂歌也自真。林下似君看亦得，誰言嵇阮便無人〔一〕？

其二

濁酒自沽還自把，先生寄傲南窗下〔二〕。門前五柳漸看長，使君時時來繫馬。

【題解】

許使君，指許邦才。稱其爲使君，蓋在其出任德、周二王府長史前所作。

【注釋】

〔一〕嵇阮：指正始詩人嵇康、阮籍。詳前《夏日東村臥病》注〔二一〕。

〔二〕自把：自持。謂自斟自飲。寄傲南窗：晉陶淵明《歸去來兮辭》有「審南窗以寄傲」的句子。

謝中丞枉駕見過兼惠營草堂貲四首

夾戶春風五柳斜，遶籬秋色醉黄花。南山只在茅茨外，人道柴桑處士家〔一〕。

其二

車馬紛紛滿四鄰，中丞不厭草堂貧。自從一爲蒼生起，高臥如君更幾人？

其三

結屋臨湖八九椽，白雲秋色共蕭然。若言長者無車轍，何得中丞乞俸錢〔二〕？

其四

牀頭一卷《太玄經》，湖上千山閉戶青〔三〕。儻憶故園能載酒，貧家不讓子雲亭〔四〕。

【題解】

謝中丞，指謝東山。東山，字少安，自號高泉子，射洪（今屬四川）人。嘉靖二十年（一五四一）進士。歷貴州提學副使，累遷右副都御史，嘉靖四十年至四十二年巡撫山東。性慷慨，好奇博雅。著有《近譬軒集》、《黔中小稿》。生平詳明陳文燭《二酉園文集·近譬軒集序》。枉駕，稱人來訪的敬辭。惠營草堂貲，謂贈予營建房屋的錢物。惠，贈。貲，通「資」，財貨。詩作於嘉靖四十一年秋。

【注釋】

〔一〕柴桑處士家：晉陶淵明爲柴桑（今江西九江）人，歸隱後居故家。此以自喻。

〔二〕長者：指地位高或年高德劭者。此尊稱謝中丞。乞俸錢：給予自己的俸祿錢。乞，給與。

〔三〕《太玄經》：漢揚雄著，也稱《揚子太玄經》。

〔四〕故園：故家，故里。此謂謝氏故里四川。子雲：揚雄字子雲，四川人。

送潘令之邯鄲四首

春滿邯鄲十萬家，若爲潘令鬬繁華。請看如玉叢臺女，豈讓河陽縣裏花〔一〕？

其二

爲政風流不下堂，漳河春色動宮牆。遥知茂宰鳴琴曲，彈作羅敷《陌上桑》〔二〕。

其三

趙家和璧舊知名，千載秦人說藺生〔三〕。莫道君才非百里，須將高價抵連城〔四〕。

其四

邯鄲出宰氣何雄？佇日徵書奉漢宮〔五〕。製錦但令成五色，如花豈羨鮑家驄〔六〕！

【題解】

潘令，查《邯鄲縣誌》（畢星垣、張奉先修，一九三三）卷七《職官表》，嘉靖間潘姓知縣爲潘子雨，濟南人。嘉靖間凡四十五年，共十五位，潘爲倒數第二位，即嘉靖三十九至四十二年在位。癸卯科嘉靖二十二年舉人（《山東通志》卷十五）。該科許邦才解元。萬曆五年三月，升慶陽知府潘子雨爲甘肅行太僕寺少卿（《明神宗顯皇帝實錄》卷六十）。又據李攀龍詩編年順序，此詩作於嘉靖四十二年，時潘子雨自濟南往邯鄲任。非初任之時，故稱『之邯鄲』。邯鄲，縣名。明屬廣平府，治所在今河北邯鄲市。

【注釋】

〔一〕叢臺：臺名。戰國趙築，在邯鄲城内。邯鄲爲趙都城，趙女以美貌著稱。河陽：漢置縣名。故地在今河南孟縣。晉潘岳曾任河陽縣令，曾遍植桃花。詳《晉書·潘岳傳》。因與潘令同姓，故連及。

〔二〕茂宰：賢能的縣令。羅敷《陌上桑》：《古今注》：『《陌上桑》者，出秦氏女子。秦氏，邯鄲人，有女名羅敷。』

〔三〕趙家和璧：指戰國時期趙國的和氏璧。據《史記·廉頗藺相如列傳》載，趙惠文王時，得楚和氏璧，秦昭王聽説後，即派人致書趙王，表示願以十五城交换。當時秦强趙弱，不敢不同意，而又擔心失璧而城不可得。藺相如懷璧出使秦國，以其智勇，完璧歸趙。藺生，即藺相如。

〔四〕百里：百里之才，指縣令。連城：價值連城之璧。

〔五〕佇日徵書：謂久待徵召的文書。

〔六〕鮑家驄：古樂府《鮑司隸歌》：『鮑氏驄，三人司隸再入公。馬雖瘦，行步工。』鮑宣，子永孫昱，三世司隸，而乘驄馬。

山齋牡丹三首

醉把名花掌上新，空山開處幾迴春。西施自愛傾城色，一出吳宮不嫁人〔一〕。

其二

西山風雨錦溪寒，春色沈沈醉牡丹〔二〕。不是故人裁麗句，那能蕭瑟病中看〔三〕！

其三

青山繚繞樹横斜，中有柴桑令尹家〔一〕〔四〕。白髮幾迴能載酒〔二〕，春風何處不看花？

【校記】

〔一〕令尹，學憲本作『處士』。

〔二〕載，學憲本作『忌』。

【題解】

山齋，山中書齋。

【注釋】

〔一〕西施：春秋越國美女。據載，吴越交戰，越國戰敗，獻美女西施於吴王以求和。越王句踐爲雪亡國之恥，卧薪嚐膽，積聚力量，終於滅吴。吴亡後，西施隨同越國相范蠡游於五湖，不知所終。其事散見於《吴越春秋·句踐陰謀外傳》、《越絕書》等。此處以西施喻指牡丹的嬌美、高貴。

〔二〕錦溪：此指錦陽川，在濟南南部山區。沈沈：濃郁貌。

〔三〕蕭瑟：寂靜。《文選》晉張景陽（協）《七命》：『其居也，崢嶸幽藹，蕭瑟虛玄。』

〔四〕柴桑令尹家：此以陶淵明自喻。淵明爲柴桑人，曾爲彭澤令。

過殿卿山房詠牡丹二首

相國園亭種牡丹，枝枝風雨怨春寒。主人車馬城中慣，知傍誰家錦障看〔一〕？

其二

國色宫妝倚檻新，一樽堪自對殘春。卽令解語應相笑，何必看花定主人！

【題解】
殿卿，即許邦才。山房，此謂山間別墅。

【注釋】
〔一〕錦障：錦步障。爲避風塵或視線的行幕。此謂滿眼都是牡丹。

訪劉山人不值二首

主人三徑草堂斜，稚子開門勸吃茶〔一〕。自有白雲看好客，不妨紅葉滿貧家〔二〕。

其二

南窗狼藉半牀書，階下蒼苔罷掃除〔三〕。似是鄰翁邀作社，不然應釣錦川魚〔四〕。

【題解】
劉山人，生平未詳。山人，此指山居者，一般爲隱士。不值，不遇。

【注釋】
〔一〕三徑草堂：指隱士廬舍。三徑，指隱者的園庭。詳前《拂衣行答元美》注〔九〕。稚子：幼小的兒子。
〔二〕好客：嘉賓。紅葉：楓、櫨等樹的葉子當秋變紅。濟南附近的龍洞、佛峪，都是秋日觀賞紅葉的地方。
〔三〕南窗：朝南開的窗戶。晉陶淵明《歸去來兮辭》：『倚南窗以寄傲，眄庭柯以怡顔。』狼藉：雜亂。蒼苔：青苔。

〔四〕社：此指志同道合的人約會的地方。如詩社、文社等。錦川：指濟南南部山區的錦繡、錦陽、錦雲三川，風景秀美，爲游覽勝地。

卷之十四

七言絕句

贈鄭將軍之銅江四首

漢將承恩意氣多，樓船十道下牂牁〔一〕。憐君本自山東妙，更許何人繫尉佗〔二〕？

其二

銅柱遙臨幕府高，武陵溪水日滔滔〔三〕。桃花不及驊騮色，併與春光照錦袍〔四〕。

其三

白羽如林漢主分，萬山遙護長官軍〔五〕。大銅江上門生笛，不是南征不可聞〔一〕〔六〕。

其四

射策當年捕虜才，提兵又度百蠻來〔七〕。秋霜已避橫戈氣〔二〕，春鴈應同結陣迴〔八〕。

【校記】

〔一〕不是，學憲本作『最是』。

〔二〕橫戈，學憲本作『干將』。

【題解】

鄭將軍，生平未詳。詩云『本自山東妙』，鄭某蓋爲山東人。銅江，江名。有大、小二江，俱出貴州銅仁縣，大江在府城西南，源出九龍山，下流入湖南沅江；小江源出府城西北甕濟澗，東南流至府城西北與大江匯合。銅仁縣即因江而名。元置銅人大小江蠻夷長官司，明改爲銅仁長官司。鄭某所往，蓋爲銅仁長官司。學憲本題作《送鄭參戎之銅仁》。

【注釋】

〔一〕牂牁(zāng kē)：水名。一名都泥江。今名濛江，下游爲西江。源出貴州定番縣西北。

〔二〕山東妙：山東少年。尉佗：即趙佗(？—前一三七)，真定(今河北正定)人。秦末爲南海龍川令，南海尉任囂死，佗行尉事，秦亡，自立爲南越武王。漢初曾自稱南越武帝，後去帝號歸附漢朝。詳《史記·南越尉佗列傳》。

〔三〕銅柱：銅製之柱。《後漢書·馬援傳》『嶠南悉平』唐李賢注引《廣州記》：『援到交趾，立銅柱，爲漢之極界也。』武陵：山脈名。貴州苗嶺的支脈，綿延於貴州、湖南、湖北三省邊界地區。武陵有五溪。

〔四〕驊騮：赤色駿馬，亦名棗騮。

〔五〕長官軍：即長官司之軍。

〔六〕門生笛：此謂屬下所吹之笛。門生，此指門下役使之人。

〔七〕射策：漢代取士的方法之一，由主試者命題，寫於簡策，分甲乙科，應試者隨意取答，主試者以題日及所答內容的難易確定優劣，分出甲乙。射，投射。此謂鄭某是當年由朝廷選取的才士。百蠻：此謂百蠻之地。

〔八〕橫戈氣：戰爭氣氛。結陣：結成陣營。唐竇威《出塞》：『看雲方結陣，卻月始連營。』

答殿卿問疾

斜陽殘雪照樓中，忽枉新詩字字工。無那主人便伏枕，年年不肯讓春風〔一〕。

【題解】

殿卿，即許邦才。時許邦才在河南周王府，李攀龍休居在家。

【注釋】

〔一〕無那：無奈。不肯讓春風：謂春風吹來定當出而游賞。

戲問殿卿止酒狀

昨夜春風吹酒香，牀頭甕甕菊脂黃〔一〕。當壚笑殺如花妾，底事垂涎若箇長〔二〕？

【題解】

戲，戲作，游戲之作。此謂以詩戲謔，開翫笑。問，詢問。止酒，停止飲酒。一般指因事或因病暫時不飲酒。

【注釋】

〔一〕菊脂黄：菊花糕一般黄。此指菊花酒。

〔二〕當壚：此謂在擱置酒的櫥櫃邊。壚，放酒罈處。底事：何事。

樓上

白雲湖上白雲還，濁酒新詩日日閒。無那滿樓春雪色，教人常對玉函山。

【題解】

李攀龍故居在白雲湖西，西南有玉函山，知樓即指白雪樓。

聞鴈得元美兄弟書卻寄

春風忽送鴈行迴，病客新銜白雪杯〔一〕。一度三江聲自苦，君家兄弟寄書來〔二〕。

【題解】

聞鴈，聽到北來的鴈聲。元美兄弟，指王世貞、世懋兄弟。卻寄，謂復信。

【注釋】

〔一〕白雪杯：此謂在白雪樓飲酒。

〔二〕三江：指松江、婁江、東江。見《書·禹貢》《釋文》引《吴地記》。

止酒

五柳先生漉酒巾，蕭然東壁挂青春〔一〕。遠公此日應相笑，也學蓮花社裏人〔二〕。

【題解】

止酒，停止飲酒。此謂一時戒酒。晉陶淵明有《止酒》詩，意涵豐富，而此詩只謂思欲戒酒而已。

【注釋】

〔一〕『五柳』句：五柳先生，指晉陶淵明。此以自喻。《宋書·陶潛傳》：『郡將候潛，值其酒熟，取頭上葛巾漉酒，畢，還復著之。』青春：春天。

〔二〕遠公：指晉廬山東林寺高僧慧遠。蓮花社：即白蓮社。也稱蓮社。慧遠與慧永、劉遺民、雷次宗等共十八人在東林寺結社，同修淨土之法，因號白蓮社。學蓮花社裏人，即謂戒酒。

答張秀才簡病中見寄二首

一瓢春酒一漁磯，羨爾江湖老布衣〔一〕。此日故人誰問疾？柴門深閉雪霏霏。

其二

裘馬翩翩自昔時，誰憐華髮臥茅茨〔二〕？世情一薄如春雪，不是窮交那得知！

【題解】

張秀才簡，即張簡。生平未詳。蓋爲濟南一未仕文人，與作者過從密切，集中有多首關涉他的詩。由官而民，深感世態炎涼，對秀才的关怀深表感激。

【注釋】

〔一〕漁磯：水中產魚的石山。此謂悠閒釣魚，隱者之樂。

〔二〕茅茨：茅屋，茅草房。

送金台鄭參戎二首

征南幕府百蠻遙，擬勒功名寵聖朝〔一〕。此日漢家銅柱在，何如海上赤城標〔二〕！

其二

帝遣樓船護海鄉，旌旗十萬下東陽〔三〕。何來劍氣轅門上，夜夜遙看婺女光〔四〕？

【題解】

金台，台之美稱。未詳所指。鄭參戎，生平未詳。疑即《贈鄭將軍之銅江》一詩中的『鄭將軍』。參戎，即參將。明武官，位次於副總兵。詳詩意，鄭某今次由百蠻之地調往東南沿海。

【注釋】

〔一〕勒功名：將功名刻石以紀。

〔二〕銅柱：指漢界標。詳前《贈鄭將軍之銅江》注〔三〕。赤城：山名。在今浙江天台縣，濱海。標：標識。

〔三〕東陽：縣名。治在今浙江東陽市。

〔四〕婺女：星名。即女宿。二十八宿之一。據《漢書・地理志》，吳、粵爲斗牛、婺女之分野。『吳、粵之君皆好勇，故其民至今好用劍，輕死易發』。

答殿卿過飲南樓見贈二首

二月城頭柳半黄，金枝嫋嫋挂斜陽〔一〕〔一〕。已知不及春醪色，自起開尊喚客嘗〔二〕。

其二

南樓雪後憶離羣，湖上銜杯弄白雲〔二〕〔三〕。也道酒如春水薄，樽前無日好無君〔三〕。

【校記】

〔一〕嫋嫋，學憲本作『娜娜』。

〔二〕銜杯，學憲本作『相招』。

〔三〕無，學憲本作『何』。

【題解】

殿卿，即許邦才。南樓，指所謂白雪第二樓，在濟南大明湖南偏百花洲上。

【注釋】

〔一〕嫋嫋：同『嬝嬝』，輕盈柔媚貌。

〔二〕春醪：春酒。尊：同『樽』，酒杯。

〔三〕弄白雲：謂在白雲下游賞。

和許長史玉函宫攜妓二首

玉函宫裹列紅顔，美酒清樽醉不還。春色自應天上好，那嗔長史出人間〔一〕。

其二

清都花發彩雲深，片月高懸玉樹林〔二〕。此夕應逢秦女醉，新詩偷得鳳簫吟〔三〕。

【題解】

許長史，指許邦才。玉函宫，指玉函山上的道觀。詳前《過吳子玉函山草堂》題解。妓，藝妓。

【注釋】

〔一〕嗔：嗔怪。

〔二〕玉樹：玉函宫爲道觀，因謂其樹爲玉樹，亦即仙境之樹。

〔三〕秦女：謂美女。古樂府《陌上桑》謂『秦氏有好女，自名爲羅敷』。鳳簫：即鳳凰簫。簫有簫史、弄玉吹簫、騎鳳飛去的故事（詳《列仙傳·簫史》），因稱。因在道觀，此兼暗喻許邦才與藝妓之關係。

送右史之京十二首

漢家高宴柏梁臺，千載風雲擁上才〔一〕。誰得似君珠履貴，親承咳唾九天來〔二〕？

其二

曾游上國和《陽春》，華髮重來一曲新。身自楚臣誰不識，蘭臺賓客更無人〔三〕！

其三

一片燕山紫氣中，漢家城闕薊門東。卽今天子招賢地，非復當年碣石宮〔四〕！

其四

五雲西北望京華，玉帛年年出漢家。此去但承明主問，不妨才子更長沙〔五〕！

其五

乞得梁園出漢關，那將春色動離顔。惟愁不見鄒枚苦，賦就無人解往還〔六〕！

其六

萬國稱藩拱至尊〔一〕，一時詞客出王門。但教日奉西園宴，莫道應劉不是恩〔七〕。

其七

金輿山下小清河，河上朱樓疊素波〔八〕。此日爲君西北望，浮雲不似客愁多。

其八

桃花美酒鳳凰樓，公子乘春作宦游。寒食不知何處過，總無風雨亦堪愁！

其九

胡姬十五漢宮妝，夾道楊花撲酒香。處處紅樓堪繫馬，莫教春色斷君腸！

其十

春風忽斷鴈行疎，染翰青雲照錦裾。知爾已傳《招隱》賦，相思更寄枕中書〔九〕。

其十一

秦女窗前桂葉垂，那堪春色鬬雙眉〔一〇〕。君家自種淮南樹，處處淹留好爲誰？

其十二

春光明日是長安，楊柳青青傍酒寒〔一一〕。也自道君爲客好，那應猶作故園看？

【校記】

〔一〕拱，學憲本作『擁』。

【題解】

右史，指許邦才。京，京都，指北京。邦才爲德王府長史，在濟南與攀龍朝夕相處，使其度過一段特別愜意的日子。此次赴京原由不詳，大抵是向朝廷彙報王府之事。

【注釋】

〔一〕柏梁臺：漢宮內臺名。漢武帝詔羣臣和詩之處。詳前《贈德甫》注〔二〕。

〔二〕珠履：綴珠之履。《史記・春申君列傳》：『春申君客三千餘人，其上客皆躡珠履。』此謂邦才爲王府上客。

親承咳唾九天來：謂親自聽得皇帝的指示。咳唾，語出《莊子・漁父》，喻人言論。九天，喻指皇宮。

〔三〕蘭臺：漢官署名。明或指都察院。詳前《葉舍人》注〔三〕。

〔四〕碣石宮：即碣館，戰國時期燕昭王爲鄒衍所築。見《史記・孟子荀卿列傳》。

〔五〕『不妨』句：謂即便貶謫邊遠之地也可以。漢賈誼年少登朝，意氣風發，而受權貴排擠，出爲長沙王太傅，被其視爲放逐。詳《史記・屈原賈生列傳》。

〔六〕鄒枚：指漢初文學家鄒陽、枚乘。二人曾爲梁孝王門客。此以喻邦才。

〔七〕西園：即鄴下西園，在今河北臨漳縣。三國時期曹操父子與建安文人宴游之處。此喻指德王府。應劉：指建安詩人應瑒、劉楨。詳前《代建安從軍公燕詩》注〔八〕、注〔九〕。

〔八〕金輿山：即濟南近郊華不注山。小清河從邦才的水村流過，經華不注山下。作者在小清河畔爲邦才送行。朱樓：華麗的紅色樓房。南朝齊謝朓《入朝曲》：『逶迤帶綠水，迢遞起朱樓。』

〔九〕《招隱》賦：指漢淮南王門客淮南小山所作《招隱士》。枕中書：藏在枕匣中之書，謂珍秘的書籍。《越絕書・外傳・枕中》：『以丹書帛，置之枕中，以爲國寶。』

〔一〇〕秦女：秦氏女，喻指美女。此戲指邦才侍妾。鬭雙眉：謂皺眉，愁苦之狀。

〔一一〕『春光』二句：謂明日到達京城雖春光也同家鄉一樣明媚，但在客舍孤單飲酒，内心也會産生一絲涼意。楊柳青青，謂楊柳剛剛泛綠。唐王維《渭城曲》：『渭城朝雨浥輕塵，客舍青青柳色新。勸君更進一杯酒，西出陽關無故人。』

宿開元寺示諸子

三十年前住此峯，白雲流水見相從。那知此日東林會，更聽開元寺裏鐘〔一〕。

【題解】

開元寺，佛寺名。在濟南舊城東南佛慧山文壁峯下。詳前《集開元寺》題解。作者少年時代曾讀書寺中，即所謂

『三十年前住此峯』。

【注釋】

〔一〕東林：江西廬山佛寺名，此借指開元寺。

重寄伯承

桃花不似玉顔紅，顧影楊蛾入漢宮〔一〕。纔説長門人便老，黄金無賦買春風〔二〕。

【題解】

伯承，即李先芳。詳前《送新喻李明府伯承》題解。詳詩意，此詩應作於李先芳嘉靖四十一年再充殿試受卷官之際。據焦竑《國朝獻徵録》載邢侗《奉訓大夫尚寶司少卿北上先生濮陽李公先芳行狀》，伯承由新喻知縣遷戶部主事、刑部郎中，改尚寶司丞，升少卿，後謫亳州同知。

【注釋】

〔一〕楊蛾：謂楊氏美女。蛾，通『娥』。

〔二〕長門：漢宮名。《文選》司馬長卿（相如）《長門賦序》：『孝武皇帝陳皇后時得幸，頗妒。别在長門宮，愁悶悲思。聞蜀郡成都司馬相如天下工爲文，奉黄金百斤爲相如、文君取酒，因于解悲愁之辭。而相如爲文以悟主上，陳皇后復得親幸。』此謂伯承入京爲官年已老大，再望得幸升遷很難。

答殿卿潞河旅次見憶之作

十載蕭條作逐臣，長安明日更逢春。那能不醉新豐酒，且自江湖憶故人〔一〕。

【題解】

殿卿，即許邦才。潞河，水名。即潮白河，爲北運河的上游。水分東西，沽河（白河）亦名西潞水，鮑丘水亦名東潞水，二水合流南經潞縣爲潞河。參見《水經注·沽河》。旅次，旅途館舍。詩作於嘉靖四十一年。

【注釋】

〔一〕新豐酒：酒名。唐王維《少年行》：『新豐美酒斗十千，咸陽游俠多少年。』

錦陽川途中醉歸答劉山人

錦溪人醉接䍦斜，邀客看花右史家〔一〕。右史未歸休下馬，長安城裏正看花。

【題解】

錦陽川，水名。濟南南部山區的『三川』之一。詳前《湧泉庵》題解。劉山人，生平未詳。

【注釋】

〔一〕接䍦：帽名。《世説新語·任誕》載山簡醉歸，人爲之歌，有『復能乘駿馬，倒著白接䍦』之句。右史：指許邦才。

答右史《於都城見賣牡丹者因憶故園》之作二首

上苑繁華此一時，牡丹偏媚漢宮姿〔一〕。故園春色無人賞，零落空山只自知。

其二

長安何處買花還，玉女窗前兩度攀〔二〕。可惜漢宮都不管，一枝春色借人間。

【題解】

右史，指許邦才。都城，指北京。

【注釋】

〔一〕上苑：供帝王游玩、打獵的園林。此代指京城。

〔二〕玉女：美女。

周象賢明府，明卿門人，屬感明卿放逐，因贈明府

金馬風流漢主恩，一時冠蓋盡王孫〔一〕。不知澤畔行吟日，那得周郎卻在門〔二〕。

【題解】

周象賢，即周紹稷，字象賢，曾任真陽縣令。詳前《爲周明府〈太霞洞天卷〉題》題解。何時成爲明卿門人，未詳。明卿，即吳國倫。屬，同「囑」。此詩與前一首《答殿卿潞河旅次見憶之作》作於同時。

【注釋】

〔一〕金馬風流：謂明卿任中書舍人之時。金馬，漢宮門。冠蓋：官吏的服飾與車乘。

〔二〕澤畔行吟日：謂明卿被放逐之日。《楚辭·漁父》：「屈原既放，游於江潭，行吟澤畔。」周郎：指周象賢。

贈周象賢明府

漢家當日渡蘭津，銅柱西南盡外臣〔一〕。才子似君難便得，始知元不爲巴人〔二〕。

【注釋】

〔一〕蘭津：水名。亦稱蘭倉。即瀾滄江。銅柱：漢南界標誌。詳前《東元美》注〔三〕。周象賢家鄉雲南永昌（今保山市），在瀾滄江畔。外臣：國外之臣。

〔二〕巴人：即下里巴人，與「陽春白雪」相對，稱俚曲俗调，即民間通俗歌曲。

爲周真陽題《芭蕉仕女圖》，戲呈吳明卿使君

春盡芭蕉未著花，玉蘭雙倚麗人斜。何如南郡從游日，一面紅妝出絳紗〔一〕。

【題解】

周真陽，卽周紹稷，字象賢。吳明卿，卽吳國倫。此稱使君，蓋在其嘉靖四十一年（一五六二）任邵武知府之後。

【注釋】

〔一〕南郡：地名。戰國秦昭襄王二十九年（前二七三），大將白起攻陷楚都郢，置爲南郡。

爲周真陽詒徐使君得報使有感作此贈二首

使君清怨滿江皋，汝海秋深尺素勞〔一〕。當日往還門下吏，那知猶有范功曹〔二〕。

其二

使君南國有詩名，屬吏風流思亦清。今日新林還罷郡，幾人猶似在宣城〔三〕？

【題解】

周真陽，卽周紹稷，詳前《贈周真陽明府》題解。徐使君，指徐中行。時爲汝寧知府，真陽縣屬汝寧府。因知此詩作於徐中行知汝寧期間，卽嘉靖四十一年。

【注釋】

〔一〕江皋：江邊。汝海：謂汝水。《文選》枚叔（乘）《七發》『北望汝海』李善注云：『郭璞《山海經注》曰：「汝水出魯陽山東北，入淮海。汝稱海，大言之也。」』

〔二〕范功曹：指東漢范滂。詳前《汝寧徐使君》注〔四〕。

〔三〕新林：地名。即新林浦。《景定建康志》：『在城西二十里，闊三丈，深一丈，長十二里。』南朝齊謝朓爲宣城太守，赴任時曾作《之宣城郡出新林浦向板橋》。此以謝朓喻指徐中行。

早春寄吴使君四首

十載風流動帝都，只今漂泊滿江湖。那能萬里褰帷處，不憶中原一病夫〔一〕？

其二

從它白髮病中生，濁酒寧知世上情？纔到蓬蒿人自轉，非干仲蔚欲逃名〔二〕。

其三

越王臺上草萋萋，楚客褰帷五馬嘶〔三〕。那意故人將錦字，春風吹到七閩西〔四〕。

其四

五馬遥臨百粤春，漢家遷客虎符新〔五〕。同時諫獵堪誰在，得領專城更幾人〔六〕？

【題解】

吴使君，指吴明卿。據明馮夢禎《快雪堂集·吴明卿先生傳》載，明卿於嘉靖四十一年（一五六二）擢邵武知府，嘉靖四十五年考滿離任。此詩應作於嘉靖四十二年春。

【注釋】

〔一〕褰帷處：謂赴任之處。褰帷，謂赴任。中原一病夫：作者自謂。

〔二〕仲蔚：即俞仲蔚，名允文。詳前《答俞仲蔚》題解。

〔三〕越王臺：臺名。在今廣東廣州市越秀山上，爲漢時南越尉佗所築。

〔四〕七閩：地名。即今福建省。明卿爲福建邵武知府。

〔五〕虎符新：謂易地而爲知府。虎符，漢代發州郡兵時所用的符信。

〔六〕諫獵：諫止皇帝游獵。此泛指諫止皇帝的言論。領專城：謂爲知府。專城，掌管一城之事，爲一城之主。漢樂府《陌上桑》：『三十侍中郎，四十專城居。』此謂在朝批評朝政的人有幾個能官知府？

殿卿乞酒作此寄報二首

遥傳锦札鴈池來，問我看春醉幾回？消渴未能常傍酒，乞君攜客上平臺〔一〕。

其二

新開金掌露華香，贈爾梁園喚客嘗〔二〕。酒賦若還遺此品，可須浮白勞鄒陽〔三〕？

【題解】

殿卿，即許邦才。乞酒，討酒。

【注釋】

〔一〕消渴：病名。即糖尿病。平臺：臺名。在梁園內。詳前《雜興又十一首》注〔九〕。

〔二〕梁園：漢梁孝王劉武所築園，也稱兔園。詳前《秋夜白雪樓同許右史、龔茂才分韻》注〔四〕。此指殿卿所在周王府。

〔三〕浮白：罰酒。鄒陽：漢初散文家，曾爲梁孝王門客。詳前《送許史得『弟』字》注〔三〕。此喻指許邦才。

寄劉子方斗酒

每到花開憶錦溪，春醪今日爲君攜〔一〕。山中儻值看花伴，醉裏新詩好共題。

【題解】

劉子方，生平未詳。斗酒，多量之酒。《文選·古詩十九首》：『斗酒相娛樂，聊厚不爲薄。』

【注釋】

〔一〕錦溪：指錦陽川。詳前《湧泉庵》題解。春醪：春酒。

戲束張茂才

羅姑春酒百花香，潦倒張郎自不妨。爲問君家三婦豔，今朝若箇畫眉長〔一〕？

【題解】

張茂才，即張子含。詳前《贈張子含茂才》題解。

【注釋】

〔一〕三婦豔：樂府《相和歌辭》篇名。三婦，即所謂大婦、中婦、小婦。此以戲稱張茂才的妻妾。

爲許右史悼伎二首

翩翩春色夢中微，淚盡紅顏濕舞衣。似愛主人能作賦，化爲流雪兔園飛〔一〕。

其二

梁園脩竹孝王栽，散入秋風繞吹臺〔二〕。此夜斷腸聽不得，月明池上鴈還來。

【題解】

許右史，指許邦才。悼伎，悼念死去的歌伎。伎，通「妓」。此指藝妓，即歌女、舞女。

【注釋】

〔一〕兔園：即梁園。漢梁孝王築。詳前《秋夜白雪樓同許右史、龔茂才分韻》注〔四〕。

〔二〕吹臺：臺名。在今河南開封市東南禹公臺公園內。相傳爲春秋時期師曠歌吹之處。

招張少坤

蕭蕭落木下河干，秋老東林白露寒。爲報陶家新酒熟，黄花三徑待君看。

【題解】

招，招請。張少坤，生平未詳。從自稱「陶家」，謂「三徑待君」，知詩爲隱居時作。

挽耿蠡縣二首

百里風雲接帝閽，故園春色重芳菲〔一〕。知君自是神仙令，此日雙鳧何處飛〔二〕？

其二

春色孤城病裏看，誰憐白髮漢郎官？蠡吾城下秋風起，千載蕭蕭易水寒〔三〕！

【題解】

挽，同「輓」，哀悼。耿蠡縣，韓志超修《蠡縣志》卷四《爵秩志》，嘉靖四十二年（一六六三），耿尚文，號東橋，山東歷城人。四十三年改戈仕。蓋耿尚文卒於蠡縣知縣任上。則此詩作於嘉靖四十二年。蠡縣，縣名。屬今河北省。

【注釋】

〔一〕帝闈：　皇帝所居，即京都北京。

〔二〕神仙令：　以漢葉縣縣令王喬喻指耿某。　王喬乘鳧飛來參加朝會。　詳前《崔駙馬山池燕集得『無』字》注〔二〕。

〔三〕蠡吾：　蠡縣爲漢蠡吾縣地，唐置蠡州，元改爲縣，明屬保定府。　易水：　水名。　其水有中、北、南三條，皆發源於河北易縣，大都乾涸，今之易水爲北易。　戰國燕太子丹謀刺秦王，在易水爲刺客荊軻送行，場面極其悲壯。　詳《史記·刺客列傳》。

挽楊生 二首

翠羽明珠映掌新，君家長是武陵春〔一〕。　一時紅淚千行下，腸斷君家有幾人？

其二

平生裘馬最翩翩，不惜黃金結少年。　今日蕭條君不見，白楊秋色有誰憐？

【題解】

挽，同『輓』，哀悼。　楊生，生平未詳。

【注釋】

〔一〕武陵：　縣名。　明屬湖南常德府。

感逝示克懋

春風吹動故人情，昨夜山陽玉笛聲〔一〕。若使紅顔偏紱冕，誰將白髮老諸生〔二〕？

【題解】

感逝，有感於故友的逝世。克懋，即龔勖，字克懋。詳前《秋夜白雪樓同許右史、龔茂才分韻》題解。

【注釋】

〔一〕山陽玉笛聲：晉向秀上計赴洛，北歸時途經山陽，懷念嵇康、呂安等舊友，作《思舊賦》。賦序有云：『余逝將西邁，經其舊廬。于時日薄虞淵，寒冰淒然。鄰人有吹笛者，發聲寥亮。追思曩昔游宴之好，感音而嘆』。

〔二〕紱冕：官員衣帽。此謂爲官。白髮老諸生：謂到老爲諸生。

龔克懋託疾不肯入試賦贈

白髮蕭蕭一布衣，秋風搖落鴈南飛。如何自聽朱弦絶，此調人間識者稀〔一〕。

【題解】

龔克懋，即龔勖，字克懋。詳前《秋夜白雪樓同許右史、龔茂才分韻》題解。託疾，假託有病。不肯入試，不肯參加鄉試。

【注釋】

〔一〕朱弦絶：弦斷音絶。謂其自絶仕進之路，能理解者少。

十日陶令過東村

樽前無恙滿籬花，柳亦蕭蕭映日斜。正好故人成一醉，風流那不似君家？

【題解】

陶令，陶姓縣令，生平未詳。東村，李攀龍故里歷城韓倉。攀龍隱居，常以陶淵明自喻，陶令過訪，所以説『風流那不似君家』。

子與以服散卧病因賦姬人怨服散三章戲贈

洞房春滿百花明，月底紅顔把玉笙。道是神仙君不信，人間那得鳳凰鳴！

其二

桃花流水赤城山，當日劉郎去復還〔一〕。若道不如天上好，何緣二女憶人間？

其三

吳姬擣藥楚姬丸，獨夜深閨玉兔寒〔二〕。更倚庭前雙桂樹，何人不作月中看〔三〕？

【題解】

子與，即徐中行。服散，即服食丹藥，道家養生法。據《抱朴子·金丹》載，丹藥多爲礦物煉成，有毒，如服食不得法，輕則中毒，重則喪生。子與因服食臥病，蓋爲藥物中毒。姬人，侍妾。南朝梁王僧孺有《何生姬人有怨》詩。詳詩意，此詩蓋作於子與賦閑在家期間，即嘉靖四十三年（一五六四），與前《子與病起，移書二美，吳下羣賢爰修禊事，踴躍勝游，遥爲屬寄》作於同時。此爲游戲文字，中多戲謔之語。

【注釋】

〔一〕赤城山：山名。一名燒山，爲天台山之一峯，在今浙江天台縣境，爲登天台山必經之路。山北側有桃源洞。劉郎：指劉晨。相傳東漢永平年間，剡縣人劉晨、阮肇入天台山采藥，迷路之際遇二仙女。仙女邀至其家，一住半年，歸家時子孫已歷七代。後再入天台尋訪二女，則蹤跡渺然。詳南朝宋劉義慶《幽明錄》。

〔二〕吳姬、楚姬：此指子與侍妾，謂有的擣藥，有的團丸，爲其服藥忙。因服藥不能同房，致使姬妾月夜深閨獨守。

〔三〕雙桂樹：喻指侍妾。

簡許殿卿

玉函山色倚嵯峩，北渚清秋已自波〔一〕。我欲與君攜酒去，不知何處白雲多〔二〕？

【題解】

許殿卿，即許邦才。

【注釋】

〔一〕玉函山：山名。在濟南南郊，景色秀美。北渚：指濟南大明湖歷下亭以北水中高地。唐杜甫《陪李北海宴歷下亭》有『北渚淩清河』之句。

〔二〕白雲多：謂秋色濃。白雲是秋天典型景物。

和許右史寄懷曾水部之作二首

右史懷人弄彩毫，華陽秋送白雲高〔一〕。遥知水部開樾處，不獨鍾山照錦袍〔二〕。

其二

鴻書搖落度江來，爲憶風流許掾才〔三〕。曾是支公門下客，秋光徧在雨花臺〔四〕。

【題解】

許右史，即許邦才。曾水部，生平未詳。水部，官名。明指都水司。詩中提到『鍾山』、『雨花臺』，曾某蓋在南京任職。

【注釋】

〔一〕華陽：宫觀名。華不注山下有華陽觀，距李攀龍故里不遠。

〔二〕開械：打開信函。械，通『緘』。信封。鍾山：山名。在今江蘇南京市。

〔三〕許掾：指晉許詢，詩人，懷帝永嘉中隨司馬睿（元帝）過江，遷會稽内史。本籍高陽（今屬河北），僑居山陰（今浙江紹興）。此喻指許邦才。

〔四〕支公：指支遁，東晉高僧，與王羲之等游處。生平詳《高僧傳》。雨花臺：臺名。在今江蘇南京市聚寶山上。相傳南朝梁武帝時，雲光法師在臺上講經，感動上天而雨花，故名。

病中答寄殿卿

大梁車騎日如雲，客散夷門酒半醺。更向古人論意氣，不知誰是信陵君〔一〕？

【題解】

殿卿，即許邦才。從詩言『大梁』（今河南開封）、夷門（大梁城門），知殿卿時在河南周王府。

【注釋】

〔一〕『不知』句：謂彼此不知誰爲尊賢重士者。信陵君，戰國魏公子無忌封號，以尊賢禮士著聞。爲抗秦救趙，他尊禮夷門監者侯嬴，得其幫助而取得勝利。事詳《史記·魏公子列傳》。

和聶儀部《明妃曲》四首

青海長雲萬里秋，琵琶一曲淚先流〔一〕。六宮多少良家子，不到沙場不解愁〔二〕。

其二

玉門關外起秋風，雙鬢蕭條傍轉蓬〔三〕。怪得紅顏零落盡，春光只在合歡宮〔四〕。

其三

天山雪後北風寒，抱得琵琶馬上彈〔五〕。曲罷不知青海月，徘徊猶作漢宮看〔六〕。

其四

燕支山下幾回春，坐使蛾眉誤此身〔七〕。二八漢宮含笑入，一時紅粉更無人〔八〕。

【題解】

聶儀部，指聶靜，字子安。詳前《答寄聶儀部子安》題解。本集《報聶儀部》云：『向伏西曹，爰竊夙裁，意獨偉焉。垂及宮牆，而公拂衣出矣。不佞拘除郡省，不任貽肆，自棄明時，杜門七載，僻疾以錮，久無聞問於長者。……《明妃》六曲，可以怨矣。輒取附和，見同調之雅，並代起居云。』攀龍自嘉靖三十七年棄官歸隱，歸隱後的第七年，即嘉靖四十三年（一五六四）。

明妃，漢元帝宮人王嬙，字昭君。晉人爲避文帝司馬昭的名諱，改稱明君，後人又稱明妃。漢南郡秭歸（今屬湖北）人。關於昭君入塞的故事，初見於晉葛洪《西京雜記》卷二，後又有許多傳說。據《西京雜記》載，元帝後宮的宮人爲得召幸，多賄賂圖形的畫工，獨王嬙不肯，因而未曾被元帝召幸。匈奴呼韓邪單于入朝求美人爲閼氏，元帝即命昭君前往。『及去，召見，貌爲後宮第一，善應對，舉止閒雅。帝悔之，而名籍已定，帝重信於外國，故不復更人。乃窮按其事，畫工皆棄市』。相傳昭君出塞時，戎服乘馬，懷抱琵琶。入匈奴爲閼氏。呼韓邪單于死，依胡俗再嫁其前閼氏之子，卒葬匈奴。今内蒙古自治區呼和浩特市南有昭君墓，世稱青冢。因同情昭君的遭遇，自晉代以來，歌詠其事的詩歌不可勝計，名篇佳什，所在多有。而李攀龍的和詩『不著議論，而能道出明妃心事』（清王文濡《宋元明詩評注讀本》卷四），自有特點。清沈德潛云：『不著議論，而一切著議論者皆在其下，此詩品也。』（《明詩別裁集》）日本學者近藤元粹也認爲此詩『不著議論，詩格獨高』（《宋元明詩選》卷四）。

【注釋】

〔一〕『琵琶』句：謂一腔哀怨無處訴説。琵琶，古樂器。也作『枇杷』、『批把』。『本於胡中，馬上所鼓也』（《釋名》）。

〔二〕『六宮』二句：謂宮女雖然也有不被寵倖的哀怨，如不到邊塞是不知什麼叫作憂愁的。六宮，泛指後宮，后妃所居之處。良家子，出身清白的女子。漢制，凡從軍不在七科謫（指犯罪的官吏、逃犯、贅壻、商人以及祖上、父母爲商人戶籍而遣發邊地服役者）之内者，謂之良家子。沙場，戰場。此指漢匈交界處。

〔三〕玉門：關塞名。故址在今甘肅敦煌西北。唐王之渙《涼州詞》：『羌笛何須怨楊柳，春風不度玉門關。』蕭條：猶蕭索，謂鬢髮稀疏，爲衰老之狀。轉蓬：如斷莖蓬草，隨風流轉。喻居無定所。匈奴人逐水草而居，四處游牧。此謂昭君在四處輾轉的游牧生活中日漸衰老。

〔四〕『怪得』二句：謂昭君在荒涼大漠青春消磨淨盡，難怪她只憶念在漢宮的美好歲月。紅顏，青春容貌。合歡宮，即合歡殿，漢宮名，在長安。見《文選》班孟堅（固）《兩都賦》李善注。

〔五〕天山：此指祁連山。在今甘肅南部。匈奴呼天爲『祁連』。

〔六〕『曲罷』二句：謂昭君沉浸在她彈奏的樂曲裏，似乎忘記身在荒漠，徘徊月下，仿佛又回到漢宮之中。

〔七〕燕支山：也作「焉支山」，因產燕支草而得名。燕支，也作「胭脂」，古時婦女潤面的脂粉。幾回春：猶言多少年。坐：徒然。蛾眉：喻指美麗的女性。此指昭君。

〔八〕二八：十六歲。紅粉：胭脂和白粉，婦女化妝用品。此代指昭君這樣的美人。

重別魏使君四首

楚客褰帷不可留，《陽春》一曲更難酬〔一〕。併將別後蕭條色，寫向君家白雪樓。

其二

謝客園林已十春，門前車馬任紅塵〔二〕。使君不爲憐同調，何處蓬蒿得故人？

其三

君家明月楚江干，價動連城海色寒〔三〕。不是片心還得似，三年那惜故人看？

其四

海郡爭傳下鳳羣，美人爲政有如君〔四〕。翛然更逐襜帷去，西望蘭臺入五雲〔五〕。

【題解】

魏使君，指魏裳，字順甫。詳前《懷魏順甫》題解。詩云『褰帷不可留』、『逐襜帷』，知此詩爲魏裳任職期滿離開濟南時所作。魏裳於嘉靖四十一年（一五六二）以刑部郎出任濟南知府，三年離任，升任山西副使，則此詩作於嘉靖四十四年。

【注釋】

〔一〕褰帷：謂赴任。

〔二〕『謝客』句：此謂約略言之，非確指。攀龍嘉靖三十七年棄官歸隱，至魏裳離任的嘉靖四十四年爲七年。任紅塵：聽任外界繁華喧鬧，謂耐得住寂寞。紅塵，猶言俗世，繁華喧鬧。

〔三〕楚江：即長江。魏裳家蒲圻在長江岸邊。價動連城：謂居於楚地。著名的和氏璧出於楚地，後爲趙國所得。戰國時期秦以十五城與趙交換，即所謂價值連城。參見《韓非子·和氏》、《史記·廉頗藺相如列傳》。

〔四〕海郡：濱海之郡，指濟南。美人：品德高潔之人。此指魏裳。

〔五〕蘭臺：戰國楚所建臺，相傳故址在今湖北鍾祥縣東。此借指魏裳故鄉。五雲：祥瑞之雲。喻指京都。魏裳調任需經吏部，故云。

寄謝茂秦二首

美人春望望陵臺，台下漳河去不回。惟有舊時歌舞地，至今風雨自西來〔一〕。

其二

裘馬翩翩四十秋，當時雙璧暫相留〔二〕。于今客散平原館，說著還鄉已白頭〔三〕！

【題解】

嘉靖三十九年（一五六〇），趙康王朱厚煜卒，第二年謝榛由鄴城（今河北臨漳）歸故里臨清（今屬山東）。就在這一年，他曾致函李攀龍，並將其新刻的詩集寄贈。本集《報茂秦書》云：『不佞在告，杜門伏枕三年於此矣。足下高誼，乃能一介存故人。所辱新刻，輒以檢列，卽不必致……卽示小詞，取韻亦不妥。能坐甘薄俗，過我論詩不？』攀龍於嘉靖三十七年秋棄官歸里，謝榛在嘉靖四十年返鄉，與攀龍所說『三年』正合，因知詩作於是年。

【注釋】

〔一〕『美人』四句： 對趙王去世表示悼念。謂趙康王死後，其姬妾當春登臺哀然致祭，而逝者如漳河之水永不復返，惟有其往日歌舞之地令人睹而生悲。美人，指趙王妃嬪。春望，當春凝望。望陵臺，所修望趙康王陵墓之臺。趙康王朱厚煜是嘉靖皇帝的從兄弟，都鄴，卒謚康。曹操封魏王，曾都鄴，建安文人曾會集鄴下，形成所謂『鄴下文風』。趙康王亦喜文學，並喜招攬文學之士，時人以爲頗有當年曹操風概。曹操卒葬鄴城西門豹祠西（西原），遺令其姬妾在其所築銅雀臺望其陵墓。見《文選》謝玄暉（朓）《同謝咨議銅雀臺》李善注引《魏志》。此或以爲喻。

〔二〕『裘馬』二句： 寫謝榛初投鄴下，謂當年你裘馬翩翩投奔康王，因受其知遇而暫居鄴下。裘，皮毛大衣。翩翩，風采俊雅。謝榛三十五歲後游鄴下，獻詩康王，爲所賓禮。說四十，爲約數。雙璧，本謂兄弟才行並美（見《魏書·陸俟傳》），此謂趙康王與謝榛兩美相合，彼此相知。

〔三〕平原館： 平原君的館舍。平原，指戰國趙公子平原君趙勝，『喜賓客，賓客蓋至者數千人』（《史記·平原君列傳》）。此以喻指趙康王。康王去世時，謝榛已年逾花甲。其《還家》詩云：『二十餘年寄鄴城，歸來誰不訝狂生！白頭況帶風塵色，青眼深知父老情。』

和右史《悼兒篇》三首

賦罷人傳絕妙辭，爭如細柳亂輕絲。那知此日千行淚，並拂秋風灑鴈池〔一〕。

其二

月出梁園授簡遲，賦成賓客更相疑。如何照乘珠無恙，卻得精光異往時〔二〕？

其三

颯颯秋風木葉飛，丹陽長史一霑衣〔三〕。自憐猶在人間住，玉斧蓬萊去不歸〔四〕！

【題解】

和，酬答。右史，指許邦才。悼，哀悼，悼念。

【注釋】

〔一〕鴈池：池水名。在梁園內。梁園，漢梁孝王劉武所建，詳前《秋夜白雪樓同許右史、襲茂才分韻》注〔四〕。

〔二〕照乘珠無恙：謂右史無恙。照乘珠，能照數輛車乘的寶珠。詳見《史記·田敬完世家》，此喻指寶物。精光：精明之光。此指眼光。《北史·齊高祖紀》：『高祖目有精光。』

〔三〕丹陽長史：指許邦才。丹陽，郡名。北魏置。故城在今河南項城東北。

〔四〕玉斧蓬萊：謂兒已仙去，魂魄也回不來了。玉斧，玉飾之斧。斧，通『釜』。《述異記》：『聚窟洲有返魂樹，伐其根心，於玉釜中煮取汁。』

答右史秋懷見寄二首

河上秋風鴈影開，樽前明月夜還來。兔園一望渾如雪，人在梁王古吹臺〔一〕。

其二

老去王門混酒徒，陳留賓客避呼盧〔二〕。不知今日狂何似，曾入高陽會裏無〔三〕？

【題解】

右史，指許邦才。秋懷，秋日思念。時邦才在河南周王府。

【注釋】

〔一〕兔園：即梁園。漢梁孝王所建，園内有吹臺。吹臺在今河南開封市禹王臺公園内。

〔二〕陳留：河南地名。秦置縣，漢爲陳留郡治。隋後廢郡置縣，歷代相沿。一九五七年後併入開封市。呼盧：古時賭博的一種，見前《重寄元美》注〔一〕。

〔三〕高陽會：謂酒會。高陽，謂酒徒。

答殿卿九日見懷二首

黄花獨傍酒邊開，過鴈秋風繞吹臺〔一〕。直置霑裳聽不得，何須更自故鄉來！

其二

白髮蕭蕭映酒垂，他鄉秋色更堪悲。不知此日登高處，折得茱萸插向誰〔二〕？

【題解】

殿卿，即許邦才。九日，九月九日，重陽節。

【注釋】

〔一〕吹臺：古臺名。在今開封禹王臺公園内。

〔二〕茱萸：一種有濃烈香味的植物，古時俗謂佩戴可以去邪避穢。見《續齊諧記》。

寄許殿卿二首

夾道楊花撲玉鞍，隋隄三月正漫漫〔一〕。知君日向平臺醉，猶作梁園雪裏看〔二〕。

其二

虛傳車騎故園來，侍宴無非繞吹臺〔三〕。雪賦幾篇纔脱稿，諸王已報牡丹開。

【題解】

許殿卿，即許邦才。邦才時在周王府。

【注釋】

〔一〕隋隄：隋煬帝大業元年（六〇五），開通濟渠時所築。隄旁築御道，並植楊柳，後人謂之隋隄。隄，同『堤』。

〔二〕平臺：臺名。在漢梁孝王所築梁園内。在今河南商丘東北。

〔三〕吹臺：古臺名。在今河南開封禹王公園内。

盧城送子與

盧城吹角月輪高，夜色侵燈擁二毛〔一〕。明發使君從此去，吴門飛雪見綈袍〔二〕。

【題解】

盧城，此指今山東濟南長清。盧，古地名。春秋屬齊，後於此曾置盧縣。子與，即徐中行。

【注釋】

〔一〕二毛：謂鬢髮斑白。

〔二〕見綈袍：見故舊情誼。綈袍，粗繒製作的袍。贈綈袍，謂不忘故舊。詳前《贈張子含茂才》注〔三〕。

答元美問余近事二首

山中還往酒家知，纔到蓬蒿客便疑。縱有少年能問字，也應難見子雲奇〔一〕！

其二

賦罷淩雲氣不降，《長揚》《羽獵》妙無雙〔二〕。老來卻解人間事，攤得《玄經》覆酒缸〔三〕。

【題解】

元美，即王世貞。近事，進來情況。

【注釋】

〔一〕問字：漢揚雄多識古文字，劉棻曾向他學奇字。見《漢書·揚雄傳》。後遂稱從人受學或請教爲問字。子雲：揚雄字子雲。

〔二〕「賦罷」二句：謂今所作詩如同當年司馬相如所賦，令人仍有淩雲之氣，也像揚雄所賦精妙無雙。淩雲，淩雲之氣。爲漢武帝稱讚司馬相如《子虛賦》之語，見《史記·司馬相如列傳》。《長揚》、《羽獵》，漢揚雄賦代表作。

〔三〕《玄經》：即《太玄經》，漢揚雄著。詳前《雜興十首》注〔五〕。

和周公瑕《猗蘭篇》，兼呈元美

玉指紅顔擁上春，勞君一顧落梁塵〔一〕。當時解贈同心句，漢省風流在幾人〔二〕？

【題解】

周公瑕，即周天球。詳前《秋夜白雪樓贈周公瑕》題解。元美，即王世貞。《樂府詩集·琴曲歌辭》有《猗蘭操》，傳爲孔子所作，《古今樂録》謂孔子「自傷不逢時，託辭於香蘭」云。周氏所作蓋爲擬作，或含有同情攀龍之意，故有「勞君一顧」之語。

【注釋】

〔一〕落梁塵：謂歌聲美妙，震落梁間灰塵。《列子·湯問》載古代善歌者韓娥，「東之齊匱糧，鬻歌假食。既去而餘音繞梁，三日不絶」。

〔二〕「當時」二句：爲「呈元美」之句。謂當時能理解並做到「同心」的人，在刑部没有别人，只有你我而已。漢省，指刑部。

寄俞仲蔚

吳門月落洞庭孤，何處扁舟釣五湖〔一〕？我夢三峯秋色裏，不知曾掃華山圖〔二〕？

【題解】

俞仲蔚，即俞允文。底本目録『俞』作『余』，誤，應作『俞』。生平詳前《答寄俞仲蔚》題解。因李攀龍曾任職陝西，俞仲蔚曾爲其畫華山圖，見前《寄謝俞仲蔚寫〈華山圖〉》。

【注釋】

〔一〕洞庭：山名。有東、西兩洞庭山，在太湖東偏。仲蔚爲昆山人，在太湖東。仲蔚未仕，因説他『扁舟釣五湖』。五湖：此指太湖。《後漢書·馮衍傳》『五湖』注引虞翻説：『太湖有五湖，故謂之五湖。』

〔二〕三峯：指華山之蓮花、落雁（南峯）和朝陽（東峯）三峯。掃：揮筆，謂畫。

聞子與欲詣問詩以代柬二首

謝客江湖已十秋，浮雲華髮共悠悠。聞君忽憶陽春調，濁酒還開白雪樓。

其二

吳觀峯高練影長，使君千騎下東方〔一〕。故人不惜中原色，借爾登臨望故鄉。

【題解】

子與，即徐中行。欲謁問，欲來問候。詩以代柬，用詩代信。柬，信簡。詩言『謝客江湖已十秋』，則詩作於嘉靖末年。

【注釋】

〔一〕吳觀峯：即泰山日觀峯。《後漢書・祭祀志》『二月上至奉高』《注》：『吳觀者，望見會稽。』所以下文說『借爾登臨望故鄉』。練影：謂江水如練，峯落其中而長。

白雪樓贈子與

綈袍十載北風寒，又說陽春和者難〔一〕。直置樓西華不注，使君能得幾回看〔二〕？

【題解】

題云『白雪樓』，詩言『十載』，則此詩作於嘉靖末年。子與，即徐中行。

【註釋】

〔一〕綈袍：贈綈袍，謂不忘故舊。詳前《除夕元美宅》注〔二〕。陽春：陽春白雪之省，高雅的樂曲。

〔二〕華不注：即濟南東北郊華山，在李攀龍故居白雪樓之西。

遣侍兒

孔雀雙飛織素年，蛾眉宛轉使君前〔一〕。桃花流水人間去〔二〕，何處春光不可鄰！

【題解】

遣，遣送。侍兒，此指侍妾。詩言『使君』，則此詩應作於任職順德期間。

【註釋】

〔一〕織素年：謂十三歲。《古詩·孔雀東南飛》：「十三能織素，十五學裁衣。」

〔二〕「桃花」句：謂當春汛之時離去。桃花流水，即桃花汛，《漢書·溝洫志》「桃花水」師古注：「《月令》：『仲春之月，始雨水，桃始花。』蓋桃方花時，既有雨水，山谷水泮，泉流猥集，波瀾盛長，故謂之桃花水。」

贈梁伯龍二首

白雪樓高海氣重，吳門詞客遠相從〔一〕。可知不帶紅塵色，至自清秋日觀峯〔二〕。

其二

太華峯頭玉女壇，別時明月滿長安〔三〕。不知秋色今多少，君到仙人掌上看〔四〕。

【題解】

梁伯龍，卽梁辰魚，字伯龍。詳前《贈吳人梁辰魚》題解。伯龍來濟南與攀龍相會，隨後去長安（今陝西西安）游歷。此爲別詩。

【注釋】

〔一〕吳門詞客：卽蘇州詩人，指梁伯龍。伯龍爲蘇州府昆山人。

〔二〕紅塵色：俗世的表現。日觀峯：泰山山峯之一，在泰山極頂東南，古稱介丘巖，登臨可觀日出，故名。一名吳觀峯。詳前《聞子與欲謁問詩以代柬》注〔一〕。

〔三〕太華：山名。卽西嶽華山。玉女壇：指玉女峯頂的明星玉女祠。詳前《杪秋登太華山絕頂》注〔六〕。

〔四〕仙人掌：太華山峯名。詳前《杪秋登太華山絕頂》注〔四〕。

蕭蕭篇哭孫三首

年年病裏度秋風，雙鬢蕭蕭對轉蓬〔一〕。今日鄰家聞玉笛，不堪吹入《思悲翁》〔二〕！

其二

西北浮雲白日微，蕭蕭木葉傍人飛。那知十載窮途淚，並向秋風濕我衣！

其三

西風玉樹一枝殘，猶自蕭蕭月影寒〔三〕。白髮只堪供伏枕，那教雙淚更漫漫！

【題解】

詩言『十載窮途』，又言『雙鬢蕭蕭對轉蓬』，則卽將離家外出，應是隆慶元年（一五六七）赴任前夕。晚年喪孫，自是十分痛苦，而又處於『窮途』，尤增悲哀。

【注釋】

〔一〕蕭蕭：蕭索，謂衰老。轉蓬：如蓬草流轉。蓬，蓬草。當秋莖枯，隨風流轉。

〔二〕鄰家聞玉笛：語本晉向秀《思舊賦序》，詳前《感逝示克懋》注〔一〕。《思悲翁》：《樂府詩集·鼓吹曲辭》

中的篇名。詳前《鐃歌十八首・思悲翁》題解。

〔三〕『西風』二句：以玉樹枝殘喻指喪孫，謂在西風蕭索之中孫兒逝去。玉樹，美樹。唐杜牧《秋感》：『金風萬里思何盡，玉樹一窗秋影寒。』

謝俞仲蔚寄簟

五柳先生漉酒巾，門無車馬斷紅塵〔一〕。勞將楚簟遥相問，高臥中原更幾人？

【題解】

俞仲蔚，即俞允文。詳前《答寄俞仲蔚》題解。簟，竹席。詩言『五柳』、『高臥』，知此詩作於隱居期間。

【注釋】

〔一〕斷紅塵：謂斷絕與世俗社會來往。紅塵，喻指喧鬧繁華的世俗社會。

九日

黄花白髮病中新，壁上常懸漉酒巾。九日空齋似寒食，更無風雨亦愁人！

【題解】

九日，九月九日，重陽節。重陽節本應與友人登高賞菊飲酒，而今臥病在家，愁苦無聊，寂寞孤獨，以致令其感到明媚的秋日如同清冷的寒食節。此爲隱居時所作。

歲杪得元美兄弟書卻寄二首

北風吹雪雪毿毿，雪裏開緘酒半酣〔一〕。但說王家兄弟好，自應春色滿江南。

其二

病起逢春上酒卮，江南江北正相思。中原謾說先朝事，五子風流自一時〔二〕。

【題解】

歲杪，歲末。元美兄弟，即世貞、世懋兄弟。卻寄，復信。

【注釋】

〔一〕毿（sān）毿：散亂之狀。此謂雪紛紛而下。

〔二〕謾說：猶漫説，泛泛而談。謾，通「漫」。五子：指王世貞、宗臣、徐中行、梁有譽與李攀龍。詳前《五子詩》。

答寄殿卿

平臺春興日堪乘，公子相邀賽信陵〔一〕。那得更逢寒食下，高齋獨供伏牛僧〔二〕。

【題解】

殿卿，即許邦才。詩言梁園内的『平臺』及『信陵』（魏公子信陵君），知邦才時在河南周王府。

【注釋】

〔一〕賽信陵：謂比當年信陵君更尊賢禮士。

〔二〕伏牛僧：伏牛山的僧人。伏牛，山脈名。在河南嵩縣西南，綿亙於河南西南部。

答殿卿代寄正甫

淩雲賦出罷朝天，今日恩深漢帝年。寄語故人楊得意，白頭堪作病相憐〔一〕。

【題解】

殿卿，即許邦才。正甫，即殷士儋。詳詩意，此詩作於隆慶改元之時。殷士儋作爲隆慶帝的老師，以侍講學士出掌翰林院，攀龍希望他能向隆慶帝推薦自己。

【注釋】

〔一〕楊得意：漢武帝時的狗監，他曾借武帝賞識司馬相如賦的機會推薦同鄉司馬相如。詳《漢書·司馬相如傳》。此以暗示殷士儋推薦自己。

春興

自瀉金波滿玉盤，使君沈醉不爲難。新馱二七如花女，又向春風一笑看。

【題解】

詩言『使君』，則此詩爲知順德時所作。

酬殿卿寄惠《達磨渡江圖》

西來遺影少林傳，萬里風波一葦前〔一〕。今日更因阿堵妙，知君已解《祖師禪》〔二〕。

【題解】

酬，酬答。殿卿，即許邦才。達磨，菩提達摩的簡稱。磨，通作『摩』。南天竺（今印度）僧人，南朝宋末年航海到廣州，前往北魏，在洛陽、嵩山等地游歷並傳佈禪學。或謂在南朝梁普通元年（五二〇）或大通元年（五二七）到達廣州，武帝迎至建康（今江蘇南京），同年至北魏，入嵩山少林寺，面壁修行九年，提出『理入』、『行入』的修行方法。被稱爲『西天』（天竺）禪宗第二十八祖和『東土』（中國）禪宗初祖。

【注釋】

〔一〕少林：即嵩山少林寺。一葦：以捆葦草當筏，後代指小船。此謂達摩乘船從萬里之外而來。

〔二〕阿堵：猶這個、此處。《世說新語·文學》：『殷中軍見佛經云，理亦應阿堵上。』《祖師禪》：佛教禪宗謂祖師相傳不立文字之禪爲祖師禪。與如來禪相對而言，如來禪爲教内未了之禪，祖師禪爲教外別傳至極之禪。參見《景德傳燈錄》卷一一。

贈左史

蘭陵美酒日長攜，趙女秦箏玉柱低〔一〕。爲問游梁何所作，平臺左史醉如泥〔二〕。

【題解】

左史，指許邦才。詩言『游梁』，可知許邦才時在河南周王府。

【注釋】

〔一〕蘭陵美酒：産於蘭陵的美酒。蘭陵，地名。在今山東蘭陵，自古以産美酒著聞。唐李白《客中作》：『蘭陵美酒鬱金香，玉碗盛來琥珀光。』玉柱：以玉製作的箏柱。

〔二〕平臺左史：即周府左史。平臺，在漢梁孝王所築梁園内，時爲周王封地，故云。

伏日左史初度寄懷二首

當年曼倩負仙才，此日金門割肉回〔一〕。自罷文園長病渴，偷桃好寄故人來〔二〕。

其二

帝子華筵上客開，千金爲壽在平臺〔三〕。如何此日偏相憶？幾度同銜避暑杯〔四〕。

【題解】

伏日，卽伏天，三伏的總稱。左史，指許邦才。初度，生日。

【注釋】

〔一〕曼倩：卽漢代東方朔，小名曼倩。東方朔曾在漢宮金馬門待詔。割肉：拔劍割肉，謂狂傲不拘禮法。《漢書·東方朔傳》：『伏日，詔賜從官肉。大官丞日晏不來，朔獨拔劍割肉，謂其同官曰：「伏日當蚤歸，請受賜。」卽懷肉去。大官奏之……朔免冠謝。上曰：「先生起自責也。」朔再拜曰：「朔來！朔來！受賜不待詔，何無禮也！拔劍割肉，壹何壯也！割之不多，又何廉也！歸遺細君，又何仁也！」上笑曰：「使先生自責，乃反自譽！」復賜酒一石，肉百斤，歸遺細君。』

〔二〕文園：卽司馬相如，司馬相如曾爲文園令。相如患消渴病。此以自喻。偷桃：關於東方朔有許多傳說，其中偷桃事見《漢武故事》。神話傳說，西王母種桃，三千年一熟，東方朔偷了三次，就從仙界謫降人間。

〔三〕帝子：指周王。

〔四〕避暑杯：卽避暑飲。

寄贈梁伯龍

彩筆含花賦別離，玉壺春酒調吳姬〔一〕。金陵子弟知名姓，樂府爭傳絕妙辭〔二〕。

【題解】

梁伯龍，卽梁辰魚，字伯龍。詳前《贈吳人梁辰魚》題解。梁辰魚在濟南與李攀龍相會，後前往長安（今陝西西安）

游歷，攀龍有詩告别，此爲别後所寫。清錢謙益《列朝詩集小傳·丁集中》載，伯龍『好輕俠，善度曲，囀喉發響，聲出金石。……著《浣紗傳奇》，梨園子弟喜歌之』，『同里王伯稠詩云：……彩毫吐豔曲，煒若春葩開。斗酒清夜歌，白頭擁吴姬」』。

【注釋】

〔一〕玉壺：玉製酒壺。酒壺的美稱。調：調弄，調笑，戲弄。

〔二〕金陵子弟：此指梨園子弟。金陵，金陵曲，爲樂府上雲樂七曲之一。《樂府詩集·清商曲辭·上雲樂》題解引《古今樂録》云：『《上雲樂》七曲，梁武帝製，以代西曲。』樂府，此指梨園，即皇家戲班。

寄送方山人歸歙州二首

河水悠悠鴈影長，長安回首淚成行。可憐三十年前客，明日扁舟是故鄉！

其二

白髮毿毿對雪垂，北風吹入鴈聲悲！已知客裏黄金盡，杯酒相看好是誰〔一〕？

【題解】

寄送，寄詩相送。方山人，當指方仲美，與吴國倫等多有倡和。歙（shè）州，州名。治所在今安徽歙縣。山人，山居之人，隱士。

【注釋】

〔一〕客裏黃金盡：謂客中友情斷絕，沒有朋友。黃金，金錢。世俗交友須金錢。唐張謂《題長安主人壁》：『世人結交須黃金，黃金不多交不深。』

柬徐子與

吳姬半醉月當壚，握手王郎問酒徒〔一〕。聞道君家雙玉妾，一時同唱《鳳將雛》〔二〕！

【題解】

柬，信柬。此謂柬寄。子與，即徐中行。詩戲言子與與侍妾宴樂，當寫於子與居家期間。

【注釋】

〔一〕月當壚：月下依靠在酒樹旁。壚，置酒臺，此謂酒樹。王郎：此指王世貞。酒徒：謂子與。

〔二〕《鳳將雛》：古曲名，即《鳳雛》。《宋書·樂志》一：『《鳳將雛哥（歌）》者，舊曲也。應璩《百一詩》云：「爲作《陌上桑》，反言《鳳將雛》。」然則《鳳將雛》其來久矣。』雛，幼鳳。

立春日

樽前華髮影毿毿，病客思鄉總不堪。一自倦游三十載，那知春色在江南！

【題解】

立春日，節候名。立春思鄉，並言『春色在江南』，知其在浙江任上。自攀龍在嘉靖二十三年（一五四四）試政吏部文選司，至起爲浙江按察司副使，言其『倦游三十載』，約數而已。隆慶元年（一五六七）受命未發之際，其妻徐氏卒，時爲七月二十四日（《徐恭人行狀》）；隆慶三年春即赴河南按察使任，此當爲隆慶二年立春。

寄贈元美四首

寒巖摘耳石崚嶒，下有波濤氣鬱蒸。知汝清齋常自愛，不當持供五湖僧。

右石耳〔一〕

美人持贈虎丘茶，起汲吴江煑露華。龍井近來還此種，也堪清賞屬詩家。

右龍井茶〔二〕

九疊風生障子深，蘭臺上客賦披襟。休疑古蔓龍蛇走，猶帶松杉十里陰。

右藤障子〔三〕

鸜鵒雙飛白玉盤，金漿一瀉萬珠寒。故人自有相如渴，明月煩君掌上看。

右螺杯〔四〕

【題解】

元美，即王世貞。以贈元美四種物品爲詩，亦詠物詩之一格。爲便於閲讀，每首一注。石耳、龍井茶等都出自浙江，知此詩爲其在隆慶二年春浙江任上所作。

【注釋】

〔一〕石耳：植物名。苔蘚類。生長在深山巖石上，有短柄附著於巖面，可食。名見《本草》，謂生於浙江天台、四明等地，有靈芝、石茸等異名。五湖僧，戲稱元美。五湖，指太湖。僧，本謂佛教修道之人，因世貞居家築小祇園，因以戲稱。祇園，即『祇樹孤獨園』，爲印度佛教聖地。世貞取其名園，或取養息修行之意。

〔二〕龍井茶：名茶，因産於浙江杭州龍井而得名。虎丘，山名。在江蘇蘇州。吴江，即吴淞江。

〔三〕藤障子：藤製屏風。藤，蔓生植物，有白藤、紫藤多種，其莖可製作器具。障子，屏風，帷帳。蘭臺上客，指戰國宋玉。蘭臺，戰國楚臺名。《文選》宋玉《風賦》：『楚襄王游於蘭臺之宫，宋玉、景差侍。有風颯然而至，王乃披襟而當之，曰：「快哉此風，寡人所與庶人共者耶！」』屏風可以擋風。龍蛇走，喻藤蔓彎曲纏繞之狀。

〔四〕螺杯：用螺殼雕製的酒杯。鸚鵡，即鸚鵡。鵡，同『鵡』。相如渴，漢司馬相如病消渴。詳《漢書》本傳。此以自喻。

李柱史蜀扇

明月團圓掌上開，清風猶自灑西臺〔一〕。誰將一片峩眉雪，濯錦江寒萬里來〔二〕？

【題解】

李柱史，李文續，字紹庭，宜賓人，嘉靖己未進士，以監察御史巡按湖廣，歷升河南布政司，考天下清官第一（《四川通志》卷八）。隆慶元年正月，湖廣道御史李文續升浙江按察司僉事（《明穆宗莊皇帝實錄》卷三）。時在隆慶二年夏。參卷十《按察李公誕子，公蜀人，先以中書舍人爲御史》。柱史，御史的借稱。御史臺又稱西臺，故詩中有云。蜀扇，蜀錦製作的扇子。

【注釋】

〔一〕明月團圓：喻指團扇。漢樂府《怨歌行》：「裁爲合歡扇，團團似明月。」西臺：此指刑部。

〔二〕峩眉：山名。在今四川峩眉山市。濯錦江：即岷江，經成都爲錦江。長江支流。唐李白《上皇西巡南京歌》：「濯錦清江萬里流，雲帆龍舸下揚州。」

答贈沈孟學四首

浙江潮落海門高，王氣千年照綵毫〔一〕。有客已成枚叔賦，無人更羨廣陵濤〔二〕。

其二

海門中斷出吳關，北望江流九折還〔三〕。一日故人攜酒處，白雲千載鳳凰山〔四〕。

其三

西湖一片白雲秋，影落孤山水上浮〔五〕。君自神仙誰不見？月明同在李膺舟〔六〕。

其四

江城春盡盡飛花，花拂清樽日影斜〔七〕。寂寞更無奇字問，可知曾到子雲家〔八〕？

【題解】

沈孟學，生平未詳。詩中所涉皆浙江景物，知詩作於浙江任內。

【注釋】

〔一〕浙江潮：即錢塘江潮。海門：海口。王氣：帝王之氣。五代吳越王錢俶建國於此，故云。

〔二〕已成枚叔賦：謂已寫成觀浙江潮的賦。枚叔，指漢枚乘，所作《七發》有關於廣陵濤的生動描述。詳前《送許史得『弟』字》注〔三〕。廣陵濤：即揚子江濤。

〔三〕吳關：通達吳地的關口。

〔四〕鳳凰山：山名。在今浙江杭州市南郊。高巖深壑，左瞰大江，形如鳳凰欲飛，故名。自唐以降，州治在山右，元代築城時纔將其置於城外。

〔五〕西湖：此指杭州西湖，因在舊城之西，故名。湖區三面環山，有靈隱寺、三潭印月、白堤、蘇堤、斷橋、孤山等名勝，自古以來爲游覽勝地。孤山：山名。因獨立波心而名。也稱孤嶼，又名瀛嶼。

〔六〕同在李膺舟：此以李膺自喻，而以沈孟學喻指郭泰。李膺（一一〇—一六九），字元禮，漢末名士首領。太原郭泰（字林宗）游洛陽，受到李膺賞識，遂『名震京師』。後歸鄉里，衣冠諸儒送至河上，『林宗唯與李膺同舟而濟，衆賓望之，以爲神仙焉』（《後漢書·郭太傳》）。

〔七〕江城：指浙江杭州。因在錢塘江畔，故稱。

〔八〕子雲：指漢揚雄。此以揚雄自喻。

寄憶殿卿

江南行色照青春，白髮相看夢裏新。憶爾故鄉歸未得，梁園風雪正愁人！

【題解】

殿卿，即許邦才。詩言『江南行色』，又謂其在梁園，則此詩作於浙江任內。

將至梁園寄殿卿

誰擅梁園作賦才？只今枚叔在平臺〔一〕。春風好爲傳消息，恰是相如漢署來〔二〕。

【題解】

將至梁園，謂將至河南開封。梁園，此代指河南。殿卿，即許邦才。時在河南周王府。本集《與余德甫》云：『三月，得子與抵武昌書，云明卿抵高州，則不佞抵河南之日也。』隆慶三年（一五六九）二月，徐中行抵武昌湖南僉事任，吳明卿抵高州任，而李攀龍於該年二月抵河南，三月得子與書信，知此詩作於隆慶三年初。

【注釋】

〔一〕枚叔：即枚乘，漢初辭賦家。詳前《賦得鴈池送許右史游梁分『奈』字》注〔二〕。此喻指殿卿。平臺：梁園中臺名。詳前《雜興又十一首》注〔九〕。

〔二〕相如：即司馬相如，漢初辭賦家。詳前《送徐汝思郎中入蜀》注〔一〇〕。

六言律詩

郡齋同元美賦得『遺』字

城上西山黯黯，齋中秋草離離〔一〕。風塵微祿相誤，疎拙除書自遺〔二〕。落日故人對酒，白雲仙吏裁詩〔三〕。蕭條回首何處？徙倚論心此時〔四〕。

【題解】

郡齋，指順德府衙書齋。元美，即王世貞。世貞在察獄畿輔地區時至順德，與李攀龍相會，時在嘉靖三十五年（一五五六）八月，見本集《送河南按察副使王公元美自大名之任浙江左參政序》。

【注釋】

〔一〕離離：紛披之狀。

〔二〕風塵微祿：謂做俸祿微少的知府。風塵，謂地方官。疎拙：才疎笨拙，不善做官。除書：除官的文書。除，除舊官任新官。自遺：猶言自棄。謂自己不爭氣，未能得到。

〔三〕落日故人：即謂故人情。唐李白《送友人》：『浮雲游子意，落日故人情。』白雲仙吏：謂刑部官吏。因曾官刑部，因自稱。

〔四〕徙倚：猶言徘徊。論心：談論心事。

初度日子與過署中同賦

東海鍾靈此日，西方誕聖彌旬〔一〕。玉清老子同姓，金粟如來後身〔二〕。佳客稱觴上壽，新詩落筆生神〔三〕。度江我自知己，下榻誰爲故人〔四〕？

【題解】

初度日，即生日。子與，即徐中行。過署中，到衙署過訪。署，衙署。指浙江按察司所在地。

【注釋】

〔一〕東海鍾靈：自我誇讚，謂爲東海聚集的靈秀。西方誕聖彌旬：聖誕後滿一旬。誕聖，指佛祖釋迦牟尼的生日，即佛誕節，也稱浴佛節，中國漢族地區一般爲農曆四月初八。李攀龍生日在佛誕節一旬之後，則爲農曆四月十八。

〔二〕『玉清』二句：謂自己與玉清老子同姓，是金粟佛的後身。玉清，玉清元始天尊的簡稱。道教最爲尊貴的天神。見晉葛洪《枕中記》。老子被道教奉爲教主，尊其爲三清尊神中的『道德天尊』。《史記·老子列傳》說他姓李名耳，字伯陽。金粟，佛名。詳前《經華嚴廢寺，爲虜火所燒》注〔三〕。

〔三〕稱觴上壽：謂舉杯祝壽。

〔四〕度江：謂度過長江，來到浙江。下榻：即徐孺下陳蕃之榻。詳《後漢書·徐孺傳》。此謂他爲子與專設牀榻以待，表示特別的尊重。

六言絕句

同元美賦得『寒』字

秋風華髮相看，落日青山自寒〔一〕。薄宦何如濁酒，故人誰在長安〔二〕！

【題解】

元美，卽王世貞。此詩作於嘉靖三十五年（一五五六）八月，王世貞察獄順德時。

【注釋】

〔一〕『秋風』二句：謂稀疏的白髮，如同秋風拂過一樣蕭索；青山在日落時自是顯得清寒。

〔二〕『薄宦』二句：謂小官不如濁酒令人陶醉，如今故人中已無人在京都了。長安，此指都城。

醉示元美

拂衣不免違俗，縱酒還堪達生〔一〕。偶爾故人握手，看他豎子成名〔二〕！

【題解】

元美，卽王世貞。此爲棄官歸隱之初所作。

【注釋】

〔一〕拂衣：拂袖。謂不待命而辭官。詳前《拂衣行答元美》題解。違俗：遭逢世俗的誤解。達生：謂不受世俗牽累。《莊子·達生》：『達生之情者，不務生之所無以爲。』

〔二〕豎子：猶言小子。對人的鄙稱。

卷之十五

賦

錦帶賦

彼都人士，上谷少年，翩翩逸麗，原、嘗是賢〔一〕。連交紱冕，英俊之域；締好貂璫，景繆之家〔二〕。三輔豪舉，五陵紛華，莫不肺肝共瀝，意氣相加〔三〕。爾其冠蓋如雲，騎從如水；持觴竢盡，投袂鵲起〔四〕。浮游近縣，邁言千里〔五〕。思美孟姜，在濟之湄〔六〕。神招魂挑，匪我愆期。怨青春兮桃李衰，況白日兮西南馳。握君手兮淚愈滋，悵軒車兮來何遲！忽嫮目兮調笑客，復易中兮思怨移〔七〕。緼洞房，羅幬張，爇蘭鐙，酌瑤漿〔一〕〔八〕；桑間詩，芍藥章，酡朱顏，發娭光〔九〕。始容與以微動兮，體陂陁而精蕩〔一〇〕。頩薄怒以相難兮，旋靡迤而態暢〔一一〕。爾乃下裝金，恣歡情，沉湎日夜〔二〕，極欲所營。乍百草兮豔陽，又羣芳兮素秋。胡鴈鳴兮憶故鄉，逝將返兮動離憂。幾抗軔而北發，重嫣然而且留〔一二〕。若乃聊城控急，邯鄲被圍，射書則紛難立解，竊符則趙魏焉依〔一三〕？回驥迅赴，媚子頓違〔一四〕；羈棲就道，繾綣去闈〔一五〕。

送復送兮遠山曲，行復行兮大河隈。飛雪掩野〔三〕，悲風北來，拉血相對，灑涕銜恩。妾居齊右，君家薊門，摻子袪兮蒼玉玦，捐余佩兮贈王孫〔一六〕。於是，願假借須臾，似行未辭。何以報之？錦帶幡而〔一七〕。方其織下秦川之機，垂諸燕市之俠〔一八〕；颺纓繡於輕飆，繫陸離之長鋏〔一九〕。容兮遂兮，鞙鞙獵獵〔二〇〕。於是引如霜兮并刀，剖五色兮紛㩋摻〔二一〕。乍若彩霞初斷倚若木，又如虹霓中絕垂碧濤。鸂鶒兮鳳凰，羽翼兮乖傷〔二二〕。令黃河兮如此帶，置懷袖兮天地長。女如束素，郎亦青衿；雖縷思之乍分，庶離緒之可尋。羌良會兮終合，將永結兮同心。於是紆領徘徊，引踵遷延，痛一逝而異鄉，恐芳華之坐捐〔二三〕。驅征輪兮不顧，望行塵兮霑巾。塵漠漠而無見，別脈脈以方新。居人閨掩〔四〕，游子馬嘶。夢遙遙以空逐，形怳怳以長暌〔二四〕。撫此物兮準疇昔，欲往從之誰爲攜！

【校記】

（一）瑶，宋本作『瓊』。

（二）湎，底本作『洄』，據宋本改。

（三）掩，宋本作『滿』。

（四）閨，宋本作『街』。

【題解】

錦帶，錦織製之帶。《禮·玉藻》『居士錦帶』，《疏》：『錦帶者，用錦爲帶也。』《文選》鮑明遠（照）《結客少年場行》：『驄馬金絡頭，錦帶佩吳鉤。』賦寫相戀男女的纏綿情愛與離別的傷感，離別時以錦帶作爲信物，希望『令黃河兮如此帶，置懷袖兮天地長』，『羌良會兮終合，將永結兮同心』。

【注釋】

〔一〕都：都城。見《詩・小雅・都人士》。上谷：郡名。郡治在今河北懷來縣東南。原、嘗：指『戰國四公子』之中的平原君、孟嘗君。《文選》班孟堅（固）《西都賦》：『鄉曲豪舉，游俠之雄，節慕原、嘗，名亞春、陵。』賢：德才兼備。

〔二〕紱冕：官員冠服。此謂官員。貂璫：漢代中常侍冠上的兩種飾物。後作宦官的別稱。《後漢書・宦者列傳》：『漢興，仍襲秦制，置中常侍官。……皆銀璫左貂，給事殿省。』貂，貂尾。璫，金質蟬形。景繆之家：謂宦者之家。景，景監。秦孝公時宦官，商鞅入秦，因景監以求見孝公，事見《史記・商君列傳》。繆，繆賢，亦宦者。戰國趙上大夫藺相如初爲趙宦者令繆賢舍人。事見《史記・廉頗藺相如列傳》。

〔三〕三輔：指漢代長安京畿地區。詳前《送永寧許使君》注〔一三〕。豪舉：豪放的舉動。五陵：漢帝的五座陵墓，即長陵（高帝）、安陵（惠帝）、陽陵（景帝）、茂陵（武帝）、平陵（昭帝），均在長安即今西安市區。紛華：奢華。

〔四〕持觴竢盡：舉杯待乾。竢，同『俟』，等待。投袂鵲起：甩袖奮起。袂，衣袖。

〔五〕浮游：漫游。近縣：謂近畿之地。《周禮・秋官・縣士》注：『地距王城……三百里至四百里曰「縣」。』邁：行，前進。

〔六〕孟姜：齊國初建始祖爲姜姓，故齊人的長女統稱孟姜。濟之湄：濟水岸邊。

〔七〕嫮（hù）目：美目。嫮，同『嫭』，美好。《楚辭・大招》：『嫮目宜美，蛾眉曼只。』思怨：蓋爲『恩怨』之誤。

〔八〕『絚洞房』四句：與下四句均寫進入洞房之後的情景。絚（gèng），竟。《楚辭・招魂》：『姱容修態，絚洞房些。』《注》：『絚，竟也。』竟，達。羅幬張，張設羅幬。羅，綺一類絲織品。幬，帷帳。爇，點燃。蘭鐙，點蘭膏（混合蘭香）的燈燭。鐙，同『燈』。酌瑤漿，飲用玉漿。

〔九〕桑間詩：謂情詩。古謂男女幽會之處爲桑間濮上（見《漢書・地理志》下），因謂《詩》中《鄭風》、《衛風》描述男女情愛的詩歌所涉『桑間』、『濮上』者爲『鄭衛之音』，向被封建正統學者認爲是『淫詩』。芍藥章：《詩・鄭風・溱洧》：『維士與女，伊其相謔，贈之以勺（芍）藥。』酡朱顔：因醉而臉紅。娭（xī）光：嬉樂而容光焕發。娭，同『嬉』。《楚辭・招魂》：『娭光眇視，目曾波些。』

〔一〇〕容與：從容自得貌。陂陁：傾斜貌。

〔一一〕頩（pīng）薄怒：謂斂容微怒。《文選》宋玉《神女賦》：『頩薄怒以自持兮，曾不可乎犯干。』靡迤：小步而行。

〔一二〕抗軔：猶發軔。啓動車輛。抗，舉。軔，刹車的木棍。嫣然：嬌美笑貌。

〔一三〕『若乃』四句：以魯連射書能解聊城之圍、魏公子無忌令如姬竊符救趙爲喻，謂自己脱離困境，而所愛女子卻失去了依靠。控急，告急。控，走告。魯仲連射書解聊城之圍事，詳《史記・魯仲連列傳》。如姬竊符救趙事，詳《史記・魏公子列傳》。

〔一四〕回鑣（biāo）：猶調轉馬頭。鑣，同『鑣』。馬嚼子。馬口所銜鐵具露在外的部分。媚子：所愛之人。《詩・秦風・駟驖》：『公之媚子，從公于狩。』

〔一五〕羈棲：做客寄居。唐杜甫《石櫃閣》：『羈棲負幽意，感歎向絶跡。』繾綣去闈：戀戀不捨地離開閨闈。繾綣，纏綿；情意深厚，難捨難分。

〔一六〕摻子袪（qū）：拉住她的袖口。摻，執，持。玉玦：半圓的玉佩。捐：獻。王孫：王孫公子，即『彼都人士』。

〔一七〕幡而：幡然，飄揚貌。

〔一八〕織下秦川之機：即停下織機。此處化用前秦秦州刺史竇滔妻蘇蕙織錦爲文旋圖詩事，見《晉書·列女傳》。唐李白《烏夜啼》：『機中織錦秦川女，碧紗如烟隔窗語。』垂諸燕市之俠：燕市，指古代燕國地區，亦即後世幽州之地。《隋書·地理志》云：『（幽州）俗重氣俠。』戰國時期即有荊軻之屬。

〔一九〕纓繡：繡帶。纓，結冠的帶子。陸離：斑斕絢麗。長鋏：長劍。

〔二〇〕容兮遂兮：語出《詩·衛風·芄蘭》。舒適隨意貌。鞙（xuān）鞙：佩玉貌。《詩·小雅·大東》：『鞙鞙佩璲，不以其長。』獵獵：風吹玉佩發出的聲音。

〔二一〕并刀：并州刀。紛㩋（sù）摻（càn）：紛紛被擊落。

〔二二〕鸂鶒（xī chì）：水鳥名。形體大於鴛鴦而色紫，故又謂紫鴛鴦。乖傷：因分離而受傷。

〔二三〕坐捐：自然消褪。

〔二四〕悅悅：心神不定。長暌（kuí）：長久分離。暌，同『睽』，别離。

頌

天中書院碑頌

重修天中書院成，太守吳興徐君以其圖屬余曰：『此先太守盧龍廖君自顯所建也。在郡城北，汝水上，天中山之陽。三十年來，業已廢矣。余至郡，蓋郡長老、搢紳先生復爲請曰〔一〕：「安得中國而授弟子室乎〔二〕？」頃之，乃購得院後地三畝許爲舍，處諸生高第者，凡百間。其前爲天中閣三間，講堂五間，漆雕氏祠五間，蓍臺一，表堂一，因署爲天中書院云〔三〕。』據高陵呂君柟所記，先諸生高第者，舍纔十有五間，藏書閣三間，在講堂後，卽以祀漆雕開，其中無今祠〔四〕。茲於廖君舊貫，豈啻什九哉〔五〕！

余惟中和應乎天地，神明麗乎蓍龜，聖澤衍乎大儒〔六〕。文王以幽贊演《易》，周公以測景經野，孔子以定《禮》達材：三才之業具是矣〔七〕。先尚書稾城張公守汝寧時，卽嘗檄諸生集上蔡，雖一時科目，號得二十餘人〔八〕。然郡太守安能時時出行縣視諸生，豈若集郡治便矣！卽郡治又不得時時視諸生何？然則，使有以誦法無窮時者，師素立耳。蓋仲尼遷于蔡者三歲，而於是邦也，纔得弟子三人，亦《六藝》微辭，道統大業，其人如此之難也〔九〕。乃漆雕氏卒以傳《禮》爲道，爲恭儉莊敬之儒，至今稱焉。至《家語》序列，曹恤、秦開之徒亦聞于世，乃獨使開也仕，何哉〔一〇〕？苟斯未信，又何說乎？余悲孔子之意，去魯十有四年，既不得一仕世主，得漆雕氏效大業無窮時，何不說乎？由此觀之，漆雕氏所信在此不在彼，明矣。漆雕氏之議曰：不色撓，不目逃，行曲則違於臧獲，行直則怒於諸侯，雖世主以爲廉，卽所事若夫子者，不得一仕於世主矣〔一一〕。則有傳《禮》爲道，裁吾黨小子耳。是漆雕氏之教也。使郡諸生安於習是，著於常尊，日相告曰：『是大聖所說先大儒也。是郡太守之教也。』凡言學而期於仕者，無以處不必仕，而困於其必仕者也，不信孰大焉？明興，起家諸生間，信陽、固始二子其顯矣〔一二〕。卽不仕，何以自見乎？何以爲善學漆雕氏也？余嘉徐君之意如此。

余惟太史公，獨蔡有世家，言江、黄、沈、息之屬微甚不數矣〔一三〕。及觀吳公治行，桓次公經術，與孔融遺陳長文書，汝南何多君子也〔一四〕！至世俗所號『八使』、『三君』、『八俊』、『五處士』，汝南君子必與焉，況所稱郡六孝廉、決曹掾家五子與四世五公者乎〔一五〕？豈皆所謂得夫子而名益彰如漆雕氏者？何後之君子湮沒而不稱？非附青雲之士，烏能施於後世哉！徐君名中行，字子與，先守汀州時，治行天下第一，能爲漢魏文辭，不具列云。乃爲頌。頌曰：

皇帝御宇，爰理人倫，永錫厥極〔一六〕。攬觀萬邦，方伯分職，祗承功德。攝提之野，其維豫州，九土攸式〔一七〕。倬彼守臣，乃莅汝南，庶士咸飭〔一八〕。既修泮宮，宣達上意，漸於淮服〔一九〕。黌邑嚮風，蹌蹌濟濟，譽髦允殖〔二〇〕。我斯用集，以校《六藝》，莫不如畫〔二一〕。爰始授室，卜郡一隅，百堵是辟。天作高山，實維地中，樹之表儀。我侯至止，望形景附，朋友攸宜〔二二〕。教之誨之，載色載笑，是瞻是依。有臺矗矗，是生神物，斷筴以推。素甲縞身，浮游雲氣，幽贊匪違。豈弟君子，赫赫治行，爲蓍爲龜〔二三〕。八儒既立，本支仲尼，迄用有成〔二四〕。於漆雕氏，其先蔡產，祀事孔明。肇維道統，克開厥後，不忝厥程〔二五〕。維此庶士，尚有夙夜，保厥令名。信而後仕，釋斯在斯，爲國之楨〔二六〕。敢告守臣，有造無斁，佐王寵靈〔二七〕。於嗟樂石，永矢弗刊，以著紀經〔二八〕。

【題解】

《天目先生集》附李炤《徐公行狀》載，在『嘉靖己未』，即嘉靖三十八年（一五五九），因前汝寧知府廖自顯所修書院廢圮，遂『購院後地三畝許爲舍，居諸生，規制倍昔之十，更名「天中」，中祠漆雕氏』，並以其圖囑李攀龍作碑文。所祠漆雕氏，即孔子弟子漆雕開。漆雕開（前五四〇—？），字子開，春秋末年魯國人，《孔子家語》說是蔡國人。《韓非子·顯學篇》將其列爲儒家八派之一，《漢書·藝文志》載有《漆雕子》十三篇。因其在孔門弟子中影響較大，後世在祭孔時，也將其列入所祭孔子弟子之中。唐代開元二十七年（七三九）封爲『滕伯』，宋代大中祥符二年（一〇〇九）又加封爲『平輿侯』。徐中行在天中書院祠漆雕開，則從《孔子家語》定其爲蔡（今河南新蔡）人。天中，山名。在汝寧府治汝南縣北三里，亦名天合山。

【注釋】

〔一〕長老：年長者的通稱。搢紳：士大夫。此指境内賦閑在家的官員。

〔二〕中國：此謂國中，即府轄境之内。

〔三〕蓍臺：卜筮之臺。蓍，草名。多年生草本植物，一本多莖。古人用以占卜。蔡地出大龜，謂卜筮爲蓍蔡。表堂：褒揚逝者德行之堂。

〔四〕呂君枏：即呂枏，字仲木，號涇野，明高陵（今屬陝西）人。正德進士第一，累官禮部侍郎。爲官清廉，正直敢言。學宗程、朱，爲著名學者。著有《涇野子内篇》、《涇野詩文集》。詳《明史》本傳及《明儒學案》卷八。

〔五〕舊貫：語出《論語·先進》，猶舊制、舊例。

〔六〕蓍龜：謂卜筮。聖澤：聖人的恩澤，聖人影響所及。

〔七〕文王：指周文王姬昌，亦即西伯。相傳在其被殷紂王囚於羑里，曾增益《易》之八卦爲六十四卦，見《史記·周本紀》。幽，幽囚。周公：指周初輔佐大臣姬旦，他輔佐武王伐紂滅商，制定禮樂制度，經營洛邑，使周政權得到鞏固。測景，測量日光。景，『影』本字。《讀史方輿紀要·汝南》：『天中山在府北三里許，自古考日影，測分數，以此爲正。』今河南開封、汝南均有測影臺。《禮》，即《禮記》。

〔八〕稾城張公：指張子麟，明成化進士，官刑部尚書，嘉靖年間致仕。見《明史》本傳。上蔡：縣名。今屬河南省。

〔九〕仲尼： 卽孔子，字仲尼。孔子周游列國，『遷於蔡三歲』。得弟子三人： 謂得弟子之心，卽得到子路、子貢、顔回三弟子的理解。《六藝》微辭、道統大業： 均指孔子對其弟子所講的內容。詳《史記・孔子世家》。

〔一〇〕《家語》序列： 指《孔子家語・弟子行》所排順序，曹恤、秦開不在其中。據《史記・仲尼弟子列傳》載，孔子令漆雕開出仕，漆雕開說他對此沒有信心，不樂意出仕爲官。對其如此謙遜的回答，孔子聽了很高興。舊說孔子讚賞漆雕開志意深遠，不只爲做官。李攀龍蓋取此意。

〔一一〕『漆雕氏之議』八句： 謂漆雕氏之教。不色撓，不以其辭色而屈服。不目逃，不避開人的目光。

〔一二〕信陽： 指何景明。詳前《賦得何仲默》題解。固始： 未詳所指。

〔一三〕太史公： 指司馬遷，所著《史記》有《管蔡世家》。蔡，周武王之弟叔武封於蔡，其地在今河南上蔡、新蔡等縣。江、黃、沈、息： 均周代封國，先後被楚、秦等滅亡。江，嬴姓，在今河南正陽縣。黃，嬴姓，在今河南潢川縣西。沈，在今河南汝南縣東。息，在今河南上蔡縣。

〔一四〕吳公： 漢上蔡（今屬河南）人。文帝時爲河南守，治績爲天下第一。征爲廷尉，曾推薦賈誼爲博士。詳《漢書・賈誼傳》。桓次公： 漢桓寬，字次公，汝南（今河南上蔡西南）人。治《公羊春秋》，舉爲郎。宣帝時官至廬江太守丞。著有《鹽鐵論》。孔融： 字文舉，漢魯國（今山東曲阜）人。孔子裔孫。陳長文： 陳羣，三國魏潁川許昌（今屬河南）人。官至司空，封潁陰侯，謚曰靖侯。詳《三國志・魏書》本傳。

〔一五〕八使： 指漢順帝時奉使視察風俗者，指杜喬、周舉、郭遵、馮羨、欒巴、張綱、周栩、劉班八人。見《後漢書・周舉傳》。三君： 指東漢之竇武、劉淑、陳蕃。見《後漢書・黨錮列傳》。也指東漢陳寔及寔之子紀、諶。見《後漢書・陳寔傳》。八俊： 指東漢李膺、荀翌、杜密、王暢、劉祐、魏朗、趙典、朱寓八人。見《後漢書・黨錮傳序》。其中欒巴爲內黃人、周舉爲汝南汝陽人、杜喬爲河內林慮人、李膺爲潁川襄城人、陳寔爲潁川許人、陳蕃爲汝南平輿人。五處士：《資治通鑒·漢桓帝延熹二年》載，尚書令陳蕃上書薦五處士，即豫章徐稺、彭城姜肱、汝南袁閎、京兆韋著、潁川李曇。其中袁閎、李曇爲汝南郡人。郡六孝廉：《後漢書·种暠傳》載，洛陽人种暠，父爲定陶令，有財三千萬。父卒，『暠悉以賑恤宗族及邑里之貧者』。初爲縣門下史，時河南尹田歆對其外甥王湛説要『舉六孝廉』，請他幫助。湛送客，見到暠，對歆説已得孝廉，即洛陽門下史也。決曹掾：指漢宣帝時決曹掾周燕，字少卿，汝南安成（今汝南東南）人。生五子，後皆官至刺史、太守，號稱『五龍』。見《後漢書·周嘉傳》。四世五公：指汝南袁氏之袁安，袁安孫湯，湯次子逢，逢弟隗，安重孫閎，皆位至三公。詳見《後漢書》袁安、袁逢、袁隗、袁閎等傳。

〔一六〕錫：通『賜』，賜予。厥：其。

〔一七〕攝提：星名。屬亢宿。《漢書·地理志下》謂『韓地，角、亢、氐之分野』。汝南屬韓分，故云『攝提之野』。豫州：《書·禹貢》『九州』之一。其地大致爲今河南省轄境。九土：即九州。

〔一八〕庶士咸飭：謂府内治事衆士都得到教導。飭，教導。

〔一九〕泮宮：即學宮。淮服：淮水流域。

〔二〇〕譽髦允殖：譽髦以立。譽髦，語出《詩·大雅·思齊》，謂有名譽之俊士。允，以。殖，立；樹立。

〔二一〕畫：謀劃，籌畫。

〔二二〕景：『影』本字。攸：所。

〔二三〕豈弟：同『愷悌』。和樂簡易。治行：猶言治績。

〔二四〕八儒：即儒家八派。見《韓非子·顯學》。本支仲尼：謂皆本於孔子而分出的支派。

〔二五〕愆：違背。厥：其。

〔二六〕楨：支柱，棟梁。

〔二七〕斁（yì）：厭。寵靈：猶恩寵。《左傳·昭公七年》「寵靈」孔穎達疏：「言開其恩寵，賜以威靈。」

〔二八〕刊：削除。紀經：猶紀統。常理。《文選》載曹植《七啓》：「今吾子棄道藝之華，違仁義之英，托精神乎虚廓，廢人事之紀經。」

序

青州府誌序

夫志也者，志也，方志是事而已。欲善之以有所取義，作者之志也。青州爲郡〔一〕，其事則《詩》、《書》、《周禮》、《春秋》、《國語》、《史記》、《管》、《晏》諸書，君子得以識其大者。其取義則所謂「有能紹明世，繼《春秋》，本《詩》、《書》、《禮》、《樂》之際，意在斯乎」〔二〕。

爽鳩氏邈矣，先王疆理天下，尚父方就國，而萊人爭營丘。罷侯置守，分領併隸，不常所治，何以按籍如指諸掌？作二十有二圖與《沿革表》〔二〕。

爰始賜履，自天子命。田和請立，挾濁澤之遇，漢諸王子廢絕半之。迄今親賢，隱惟藩屏。有司庶長，更至迭謝，與高、國世卿異矣。鄉舉里選，明經射策之制興焉。作《封建·職官·選舉表》〔三〕。

熒惑守虚，釋冤振老。龍鬬馬山之陽，乃詭天是使。比論行事，不遠明威。作《星野·災祥志》〔四〕。

海岱維青州，鎮曰沂山。淄、澠流惡，安得決擭、洛之水，汁肥自穢，而放於瑯琊？比先王觀太公報政，禮從其俗，寬緩闊達，緜之平易，中具五民，而地重難動搖。六十牧豖，固陋性成，方願罷西南夷，不置滄海郡，安得布被爲，而曰「齊人多詐」也？今自見采金、煑海之徒，不可動搖〔二〕。不知我無以制其命，乃惟其俗之罪。作《山川·風俗志》〔五〕。

雞鳴犬吠，轂擊肩摩，然陰雍長城，暨池龍夏，二分之一〔三〕，非穀所生。克服其政，亦既富强。絲𧒒于燕，牧馬于魯。南多山谷，登降之萌，上斲輪軸，下采杼栗，其餘鹽絺海物維錯。户登則田治，賦平則産息，三者相成，以官山海。卽升葵丘，壯冠裳之會；入石室，探文字之原，賢者亦有此樂矣。作《户口·田賦·物産·古蹟志》〔六〕。

著定而官，君子所由。以基命寧一，而出政治之。位中國授室，羣萃州處以就閒燕。言必敬義，有社稷焉。祝史薦信，堯之五吏，安用鯢脯？靈山河伯，無所爲禱。作《官署·學校·祀典志》〔七〕。

昔稱節制技擊，爲之不教而戰，安謂怯於衆鬬？卻流賊數萬騎，亦由人自爲戰。議者謂顔神可城，而不可規爲縣。蓋以官具則民匱，而險不爲用。穆陵之勝，是稱四塞；閲以稱兵，足備它盜。桓爲游士，奉之車馬。國家一統，承流載道。察民疾苦，使者相望，疲於奔命，置郵如線。作《兵防·城池·關梁·驛傳志》〔八〕。

掩胔寒塗，振莩懷里〔四〕，愴焉示睦。龍夏以北至於海，莊門山之祠，奚用牢筴爲哉！觀孟嘗君之泫然於雍門周，斯逼城而葬者，未爲失之。逢於何梱心路寢，五丈夫見夢梧丘，蓋已慘於堙微發掘之患矣。齊、魏之季，實崇佛、老。有屹其棲，伺我失道。作《鄉社·陵墓·寺觀志》〔九〕。

嬰之知景公不能用仲尼，猶仲尼知嬰不能使景公用以。尼谿天沮，不遇非人。維諸侯享國，從治以長。大哉制辭，寵靈篤敘，九合一匡，不可繼矣。自餘取節概于吏體，士生其間，卓稱達材。左司馬伯公、中大夫王邑，富强之佐，蓋姑置焉，而況崇弟、蔣弟、丁惠之功？作《聖賢・封建・名臣・宦績・人物傳》〔一〇〕。

相勸以趨義，忠臣所難；有激而累親，孝子之過。自公冶長受業身通，田、轅、伏、鄭，代爲大儒，源本《六經》，家傳人授，終始大聖之篇，號爲閎大。主父、嚴安上書言事，感動人主；穰苴、孫武，至今言兵法者宗焉。鍾離、業陽，助王息養。程本寄食海濱，泯子午載書三百。作《忠義・孝友・儒林・文學・武功・隱逸・僑寓傳》〔一一〕。

俠無義則豪輕，季次故齊人，而後之言俠者置之。狐咺、子狄，氣足鼓衆士，有私伍同袍之役，乃過謂之隱憂，務摧剪其豪，卒然按籍，無怪其恫疑引避也。作《卓行傳》〔一二〕。

治不越閫，有脫珥之后，亦有雞鳴之夫人。北宫嬰兒何爲不朝？大國問焉。守數精明，倉公可謂近之矣。郎生望氣，能亦各有所長。氣同跡異，各以其極；聖哲之變，仙釋間出〔五〕。作《列女・方技・仙釋傳》〔一三〕。

均之進德，勸一懲二，城陽大夫自取杜滅。梁丘、柏騫過而能悛，是從末滅。崔慶之惡，失之履霜。作《外傳》〔一四〕。

《倉頡篇》起自上世，金匱藏於王府；惜《韶》樂無章，不得其亂：羽翼經術，具列傳義。君子有道懸之間，食魚乘馬，紀有丹書，無捄於亡。文學天性，後之作者彬彬乎！幽以明爲形，怿以常爲體，精氣相挾，假合爲物，情則然耳，君子存之〔六〕。作《藝文・遺文・雜志》〔一五〕。

凡一十有八卷，爲目四十有三，備矣。善是之具，於人事蓋獨詳焉。若曰非徒以存文獻而已，屬之其人，取義具在，後之覽者，神而明之。此秦、杜二公之志，郡諸君子、賢士大夫之相與以有成者也。有能紹明世，繼《春秋》，本《詩》、《書》、《禮》、《樂》之際，意在斯乎〔七〕？是爲序。

【校記】

〔一〕郡，宋本作『志』。

〔二〕不可動搖，宋本作『漸不可長』。

〔三〕二分之一，宋本作『三分之一』。

〔四〕掩胔寒塗，振莩懷里，宋本作『掩胔寒塗之野，振饑懷里之鄉』。

〔五〕聖哲之變，仙釋間出，宋本作『偏智所得，誠理所取』。

〔六〕君子，宋本作『稗官』。

〔七〕意在斯乎，天一閣藏嘉靖刻本《青州府誌》此下有『是役也，諸生薛晨氏以聘焉而自越也，已於事而竣，而爲余言之如此矣，而是爲序云』一段文字，並附落款『嘉靖乙丑歲十月幾望，賜進士第、中憲大夫、陝西按察司副使奉勅提督學校、前刑部郎中濟南李攀龍撰』。

【題解】

青州府，明代府名，治青州，治所在今山東青州市。嘉靖末年，知府杜思主持修撰《青州府誌》，據天一閣藏嘉靖刻本載李攀龍序文落款，此書完成於嘉靖四十四年（一五六五）。李攀龍應約爲《青州府誌》作序，他按照《府誌》順序，說明記述各類內容的原由。爲使注文簡約，除首段外，概以各『志』、『表』、『傳』爲注。

【注釋】

〔一〕其事：指所依據的史實。其取義：謂所以撰著府誌的緣由與用意。『其取義，則所謂』以下引自《史記·太史公自序》，原文爲：『太史公曰：先人有言：「自周公卒五百歲而有孔子，孔子卒後至今五百歲，有能紹明世，正《易傳》，繼《春秋》，本《詩》、《書》、《禮》、《樂》之際？」意在斯乎！意在斯乎！小子何敢讓焉。』

〔二〕《沿革表》：記述青州行政區劃及其歷史沿革。爽鳩氏，相傳爲少昊時官名。掌刑獄。少昊爲上古東夷族領袖，以鳥名官。見《左傳·昭公十七年》。尚父，卽呂尚。齊國開國君主。《史記·齊太公世家》載，呂尚，東海上人，今山東日照有其遺跡。西行，被周文王立爲師，輔佐周武王滅商興周，被尊稱爲『師尚父』。封於齊營丘，就國時『萊侯來伐，與之爭營丘』。後太公修政『因其俗，簡其禮，通工商之業，便魚鹽之利，而人民多歸齊』。按籍如指諸掌，依照圖籍就像放在掌心一樣明瞭。

〔三〕《封建·職官·選舉表》：記載境內封國、歷代任職官員及科舉錄取人員的列表。『爰始』九句，言始封及境內封國。爰始賜履，謂最初姜齊的封地是周天子所封。青州屬齊國。賜履，君主所賜的封地。田和，齊宣公相。宣公卒後專齊政，與魏文侯會濁澤，取代姜氏齊國，被立爲諸侯。漢諸王子，指漢代封於齊地諸王。廢絕，或被廢，或絕後。迄今，謂當朝。明憲宗第七子朱祐樿，於成化二十三年（一四八七）封於青州，爲衡王。見《明史·憲宗諸子傳》。高、國，兩姓皆爲春秋齊國貴族。世卿，世代相襲爲卿相。鄉舉里選，爲漢代選官制度。

〔四〕《星野·災祥志》：記載星野及本地發生的災異、祥瑞等。星野，古代天文學說，把十二星辰的位置與地上州國位置相對應：從天文說稱分星，就地理說稱分野。熒惑，火星的別名。青州古屬齊國。《漢書·地理志下》：『齊地，虛、危之分野也。』虛，虛宿，二十八宿之一。

〔五〕《山川·風俗志》：『海岱』七句，言青州山川。海岱，海岱之間，卽東海與泰山之間。沂山，山名。在今山東臨朐境內。《周禮・夏官・職方司》：『青州其山，鎮曰沂山。』淄、澠，二水名。即淄水、澠水。淄水，源出今山東萊蕪原山，流經青州，北與小清河匯合，由淄河口入海。澠水，源出山東臨淄西北，古齊城外，西北流經博興，注時水。今已淤廢。獲、洛，均水名。《管子・輕重丁》：『決獲、洛之水，通杭莊之間。』放，至。瑯琊，山名。在今山東諸城市。太公，指齊開國君主姜尚。報，通『赴』。《漢書・地理志下》：『太公治齊，修道術，尊賢智，尚有功，故至今其上多好經術，矜功名，舒緩闊達而足智。』五民，《史記・貨殖列傳》：『臨菑亦海岱之間一都會也。……其中具五民。』《集解》引服虔稱士、農、工、商、賈爲五民；如淳則謂五方之民。六十牧豕，指漢公孫弘。據《漢書・公孫弘傳》載，公孫弘『家貧，牧豕海上』。年六十以賢良征爲博士，後來位至丞相，封平津侯。主爵都尉汲黯劾其假裝樸素，『奉祿多，而爲布被』，是欺詐的表現，未被漢武帝採納。時欲置滄海、西南夷、朔方爲郡，公孫弘屢諫以爲不可，提出『願罷西南夷、滄海，專奉朔方』，被採納。煮海，謂熬制食鹽。

〔六〕《戶口・田賦・物產・古蹟志》：轂擊肩摩，指臨淄的繁盛。長城，指齊長城，東起琅琊（今山東青島市膠南），西至長清（今山東濟南長清），縱貫今山東中部。燕，地名。古燕國。在今河北北部一帶。魯，地名。古魯國。在今山東泰山以南、曲阜一帶。萌，通『氓』。民眾。輪軸，指車。杼（shù）栗，果實名。俗稱栗子。《管子・輕重丁》：『上斷輪軸，下采杼栗。』絺（chī），細葛布。葵丘，地名。春秋齊地，在今山東臨淄西。據《左傳・僖公九年》載，齊桓公曾於是年與諸侯會於葵丘，表示共同忠於王室。

〔七〕《官署・學校・祀典志》：『著定』四句講官署。基命，語出《詩・周頌・昊天有命》，謂積累於下以承天命。『位中國』二句謂學校。位，疑爲『莅』之誤。中國，國中。授室，授之堂室，謂講授學業。羣萃州處以就閒燕，語出《國語・齊語》，意思是羣聚而在學校。萃，集。閒燕，清淨。此謂清淨之地。『言必』七句謂祭祀。社稷，土神、穀神。《周禮・春官・大宗伯》：『以血祭祭社稷五祀五嶽。』歷代王朝立國首先立社稷壇；滅人之國，亦首先變置其社稷，因以社稷爲國家政權的標誌。祝史，古代司祝之官。祝史爲史官，故稱。薦信，進獻祭品及祭文。鯢，鯨魚。靈山河伯，山神、河神。

〔八〕《兵防・城池・關梁・驛傳志》：記述有關駐兵防禦、城池建設、關塞橋梁及驛站等情形。顔神，指顔神鎮。今爲山東淄博市博山區所在地。穆陵，關塞名，即穆陵關。《左傳・僖公四年》「南至於穆陵」《注》：「穆陵、無棣皆齊地也。」閔，憂患。桓，指齊桓公。

〔九〕《鄉社・陵墓・寺觀志》：鄉社，猶言鄉土、鄉里。寺觀，佛寺、道觀。掩胔(zì)，掩埋屍體。振莩(piǎo)，救濟饑民。振，通「賑」。莩，通「殍」，餓死。《晏子春秋・内篇・諫上》載，景公出游於寒塗，看到死胔，默然不問。後聽從晏子的諫言，「斂死胔，發粟於民」。莊門山，未詳。齊都臨淄有莊門，見《公羊傳・定公八年》。牢筴，豬圈之木柵欄。《莊子・達生》：「祝宗人玄端以臨牢筴。」孟嘗君，「戰國四公子」之一，名田文。詳前《詠古》注〔一五〕。雍門周，居雍門，名周。戰國齊人。曾以琴見孟嘗君，鼓琴而令其泫然涕泣。見漢劉向《說苑・善說》。逼，近。路寢，天子、諸侯的正室。此謂齊侯的正寢。《晏子春秋・内篇・諫下》載，景公成路寢之臺，逢於何遭母喪，而其父墓穴在臺下，途中遇到晏子，請求與母合葬，晏子很爲難。問他如不可能，怎麼辦？他說：「吾將左手擁格，右手梱心，立餓枯槁而死。」在晏子的勸說下，經景公同意，「逢於何遂葬其母路寢之牖下」。梧丘，當道的高地。齊靈公曾冤殺五個男子，把他們埋在一起。景公至其地而夢見「五丈夫」。《晏子春秋・内篇・雜下》：「景公畋於梧丘，夜猶早，公姑坐睡，而夢有五丈夫北面韋廬，稱無罪焉。」齊，指北齊。魏，指北魏。佛老，謂佛、道。失道，失去正道。謂佛道在王朝政治腐敗時發展起來。

〔一〇〕《聖賢・封建・名臣・宦績・人物傳》：聖賢，此指孔子與晏嬰。《史記・孔子世家》載，孔子至齊，景公問政，對孔子的見解非常賞識，「將欲以尼谿之田封孔子」，晏嬰加以勸阻，孔子又回到魯國。尼谿，春秋齊地。寵靈，謂恩寵，寵異。九合一匡，指齊桓公稱霸，『九合諸侯，一匡天下』（《史記·齊太公世家》）。節概，志節氣概。左司馬伯公、王邑、崇弟、蔣弟、丁惠：齊臣，均見《管子·轻重》，生平不詳。

〔一一〕《忠義·孝友·儒林·文學·武功·隱逸·僑寓傳》：公冶長，名長，字子長，春秋末年齊國人。孔子的弟子，亦爲孔子的女壻。其生平事蹟散見於《論語》等古籍，甚爲簡略。《孔子家語·弟子解》説他『爲人能忍恥』，即待人謙和忍讓。曾坐過監獄，孔子説『非其罪』，並將女兒許配給他。見《論語·公冶長》。田、轅、伏、鄭，指淄川田生、齊人轅固、濟南伏生、高密鄭玄，皆漢代大儒。主父，即主父偃，漢臨淄人。曾上書諫伐匈奴與削弱諸侯之策。同時，嚴安亦上書言世務。見《漢書·嚴朱吾丘主父徐嚴終王賈傳》。穰苴，即司馬穰苴，姓田，官司馬，齊國軍事家。著有《司馬穰苴兵法》。詳《史記》本傳。孫武，齊人，爲吳國將軍，著《孫子兵法》。事蹟詳《史記·孫子吳起列傳》。鍾離，齊國處士，曾助國君養民。見《戰國策·齊策四》。業陽，即業陽子，齊人。《戰國策·齊策四》載趙威后問齊使：『業陽子無恙乎？是其爲人，哀鰥寡，恤孤獨，振困窮，補不足。是助王息其民者也。』泯子午，燕國的游士，『南見晏子於齊，言有文章，術有條理，巨可以補國，細可以益晏子者，三百篇』（《晏子春秋·內篇·雜上》）。

〔一二〕《卓行傳》：卓行，特立獨行。季次，即公皙哀，字季次，春期末年齊國人，孔子弟子。《史記·游俠列傳》云：『若季次、原憲，閭巷人也，讀書懷獨行君子之德，義不苟合當世，當世亦笑之。故季次、原憲終身空室蓬戶，褐衣疏食不厭。』狐咺，戰國齊人，因議閔王而被殺。由於錯殺，致使百姓離心，終致敗亡。見《戰國策·齊策六》。

〔一三〕《列女·方技·仙釋傳》：列，同『烈』。方技，此謂方術。仙釋，道教、佛教。閫，閨內。脱珥之后，指齊宣王后鍾離春，無鹽（今山東東平）人，極醜，『行年四十，衒嫁不售』，自詣齊宣王，陳説『國之四殆』，被宣王採納，拜爲無鹽君，立爲后。宣王於是拆漸臺，罷女樂，退諂諛，進直言，選兵馬，實府庫，齊國大治。見《列女傳》。雞鳴夫人，見《詩·齊風·雞鳴》。舊説雞鳴之時，恐丈夫朝會遲到，夫人勸其早起。北宮嬰兒，戰國齊之孝女。《戰國策·齊策四》

載，趙威后問齊使：『北宮之女嬰兒子無恙耶？徹其環瑱，至老不嫁，以養父母。是皆率民而出於孝情者也，胡爲至今不朝也？』倉公，即淳于意，漢臨淄（今屬山東）人。曾任太倉長，故稱太倉公。少而喜醫方術，後從陽慶得傳禁方，『知人生死，決嫌疑，定可治，及藥論，甚精。……爲人治病，決生死多驗』（《史記·扁鵲倉公列傳》）。郎生，指漢郎顗，北海安丘（今屬山東）人。其父宗，學《京氏易》，善風角、星算，能望氣占候吉凶。顗少傳父業，亦能望氣，即望人上之雲氣，以占吉凶。詳《後漢書》本傳。

〔一四〕《外傳》：對內傳而言，凡人不爲正史所載而別爲立傳，或於正史外別於記載者，均曰外傳。城陽，漢郡名。戰國屬齊，漢初置城陽郡，文帝二年改城陽國，即今山東沂水、莒縣地。杜滅，滅絕。城陽大夫事，見《管子》。梁丘，指梁丘據，與柏鶱均爲春秋齊景公的寵臣。《左傳·昭公二十年》載，齊景公長疥，且患痁，長久不愈，據說要景公敬鬼神，殺祝、史，被晏子阻止。崔慶，即崔杼，齊大夫。因莊公與其妻私通而弒之，立莊公之異母弟杵臼，是爲景公。後慶封爲相國，殺崔杼及其二子，盡滅崔氏。見《史記·齊太公世家》。履霜，足踐及霜，謂人於禍亂將起而當知所以預防。

〔一五〕《藝文·遺文·雜志》：藝文，謂歷代詩文。遺文，謂散佚的詩文。雜志，有關境內的傳說軼聞。《倉頡篇》，古文字書，秦李斯撰。見《漢書·藝文志》。金匱，以金爲匱，慎密收藏。《漢書·晁錯傳》：『刻於玉版，藏於金匱。』《韶》樂，虞舜之樂。見《左傳·襄公二十九年》。亂，樂之終曲。君子有道懸之間，謂君子有道德學問，致仕歸里，即使食魚乘馬，有功勳記錄，亦與國家興亡無關了。懸，懸車，懸挂其車而不用，謂致仕歸家。間，閭里，街巷。丹書，古時皇帝頒發給功臣勳貴的符契，見《漢書·高惠高后文功臣表》。文學天性，謂愛好詩文出自天性。《史記·儒林列傳》：『夫齊魯之間於文學，自古以來，其天性也。』挾，持，藏。《爾雅》：『挾，藏也。』

中丞劉公《薊遼疏議》序

公旣移鎮薊遼者三年，所奏議先帝時疏，凡五十有一章。攀龍受而讀之，曰：大臣身制四夷，從閫外請便宜，報成事，機權相生，利害旋踵，兼聽獨斷，務出萬全〔一〕。而使凡厥爲功，若自口出；下從中議，如凡所見，以稱上意。而論道之臣，無覆詰之沮，有將順之美〔二〕。義所必至，辭足達之。非是曷繇哉〔三〕？

先帝神武，雅廑疆埸之政〔四〕。屬鎮以來，虜數入寇，輒下明詔，切責違玩，風火示恩。輒以邊大臣徒往來文書，問鎮十路，而齊二三，其悉意以實狀。唯是孔邇京師，主將舉事，朝發夕聞，誰敢哉！徼寵靈，益持重，以假須臾無它變，與其幸不可知之勝，挑怨嘗禍，不可也。卽圖戰守，戒屬夷，忸率常，媮近效〔五〕，與其易而置焉之駭眾，不可也。莫尊於中國，莫嚴於畿輔，天子命我，而虜數入寇，主憂臣辱，是周公所膺，義不至懲艾，不得已矣〔六〕。《疏》蓋曰：『必翦滅此而後朝食，臣之心也。』公一經略，輒及搗巢，而使虜常備我。其罷不減於中國，則自憚入寇〔七〕。因以爲令，先聲致之；又使首鼠顧望，結聚瓦解，是謂伐謀。且曰：『殘傷之餘，次第就緒，卒期底績，以慰永懷。』蓋先帝前已壯之。遼之役，一月三捷，爲拊髀稱詩焉〔八〕。而公復條陳所自，與創舉者三事，感動上意，延論道之臣，以終前疏：『自今觀之，置裹糧待敵之士，不以食，版築自衛之力則坐費，而其防必不工。中屬夷挾賞之詐，不以廣，各邊分探之情則仰寄，而其備必不豫。欲唯勢是乘，戰守相爲，非先立於自强之地，則失恃，而其應必不給也。』信乎發日新於熟計，身倡始於前聞也。《調集兵馬疏》更拳拳戰守奇正，帝爲采納其說，非常視公矣〔九〕。請斥四海冶，壹使邊無遺險。論道之臣見以爲得策，公猶曰：『設守之兵，于深于堅，可據以形。即未出鋒鏑之下，終不敢自詭必勝。』是豈一日忘戰也！不然，無翦滅虜而後朝食之心，猥以幸不可知之勝，於殘傷之餘，施無次第，挑怨嘗禍，若怵於易置，不著超然遠擥之見，嫌以創舉自與，而忸率常以塞命，上且按《疏》切責，此何義乎！微將軍，誰不樂此者？論道之臣覆詰相難，安得采納其說，明詔相勞，羣推得策也？是編也，《疏》所謂『今之急務，臣之所言，即臣之所行』者也。

公起進士，贊畫雲中，蕩平倭患，三十年於此，籌策北虜，明矣。非不知朝廷之大，議臣如流，嘉謀日聞於上，無非奏議。顧兵勢，國之大事，當爲後法。身閱利害，豈嫌創舉以要明主哉！昔人蓋嘗憂之曰：『國家與公卿議大策，非凡所見，事必不從。分自報罷，重得讓，誰復言之者？』不知其所條奏，無以使其事若凡所見耳。魏相諫止趙充國伐匈奴右地，而先零之役，獨身任其計，可必用也〔一〇〕。豈凡所見乎？儁傑之士，指世陳政，言成文章，昔人所難，若是者無幾人。即能從中將順，身任其計，非凡所見，較如指掌者幾人哉！又不然，從閫外請便宜，計定而後發，竢可而後舉，得之千慮，失之一詰，豈其才之罪也？然則是編也，公蓋上以紀先帝知遇，總安攘之略；下以明論道之臣任人計如己出，質有其文武云。

【題解】

中丞劉公，未詳。據吴廷燮《明督撫年表》所載嘉靖四十二年（一五六三）至四十五年（一五六六）薊遼總督爲劉燾。《國榷》：『十月乙亥，巡撫大同劉燾總督薊遼、保定。』《明世宗實錄》：『（四十三年）正月壬辰，東虜土蠻黑石炭等，糾衆萬餘犯薊東一片石、黄土嶺，急攻不克，復轉攻山海關，不克，乃遁。得旨，劉燾升兵部右侍郎，兼右僉都御史，總督如故。』『四十五年十月丙戌，以總督薊遼、保定兵部右侍郎劉燾三年考滿，升都察院右都御史，兼兵部左侍郎總督如故。』薊遼疏議，有關薊遼防務的上疏及議論。

【注釋】

〔一〕閫外：國門之外，引申爲統兵在外。便宜：謂便宜行事，即根據實際情況處理有關事宜。機權：機會與變化。

〔二〕論道之臣：謂在朝廷論議之臣。《周禮・考工記》：『或坐而論道，或作而行之。』

〔三〕曷繇：即何由。曷，何。繇，通『由』。

〔四〕廑：古『勤』字。

〔五〕忸：習慣。婾：通『愉』。

〔六〕周公：指周公姬旦。周初輔佐武王、成王，曾奉命伐誅殷商後裔及管叔、蔡叔的叛亂。詳《史記・周本紀》。

膺：受命。懲艾(yì)：也作『懲乂』。被懲創而戒懼。

〔七〕罷：通『疲』。疲勞。中國：謂中原。自憚入寇：自己就害怕入侵的後果。

〔八〕拊髀稱詩：謂高興地拍著大腿吟詩。

〔九〕奇正：古時用兵，以對陣交鋒爲正，設計埋伏、襲擊爲奇。《孫子・勢》：『三軍之衆，可使必受敵而無敗者，奇正是也。』

〔一〇〕趙充國(前一三七—前五二)：字翁孫，隴西上邽(今甘肅天水西南)人。西漢大將。以擊匈奴功，位至後將軍，封營平侯。詳《漢書》本傳。其議攻匈奴右地，因魏相諫而止。魏相(？—前五九)，字弱翁，濟陰定陶(今屬山東）人，徙平陵（今陝西咸陽西北）。宣帝時位至丞相，封高平侯。詳《漢書》本傳。

《廣陵十先生傳》序

人才之生，雖地氣使然哉，曷嘗不繇應運而興者乎？應運而興，則地氣與會，人才相感以勸其成；相感以勸其成，然後閼之不爲沮，挫之不爲變也。

我世宗肅皇帝，以聖文神武治天下者且五十年，乃廣陵有先生十人；弘、隆之際（ ），於斯爲盛矣。諸公之黜如皋令與王公之訊蕭敬〔一〕，景伯時、趙叔鳴之忤逆瑾也〔二〕，朱升之之捄顧開封與蔣子雲之諫南狩也〔三〕，曾公之哅哅於遼左與桑子木之傾於骸骨之疏、宗子相之祭楊太僕也〔四〕；所不罹者，朱子价一人而已。奈何十人而九閼之九挫之乎！肅皇帝懲宦者煽亂，而制奸臣之命，斯運之所由起也。

余往見歐君，矯矯自史才而致意乎作者，有鑒裁矣，善乎《傳》。所謂廣陵，在漢時吳王好文辭，而大山、小山之作奮自淮南，彬彬哉〔五〕！明興二百年，廣陵多文學之士，乃今始有宗臣云。今勿論其所得，卽自諸公已力圖復古，推轂獻吉、景明輩，而伯時、子雲、叔鳴、升之，亦各以聲藝，翺翔李、何間矣〔六〕。子相後出，相勸而成者乎，翩翩孔璋之流也〔七〕。世方病文學之士無吏事，登陴而守福州者誰與〔八〕？永安之捷，與海防二三策，豈一語不相合也？而況馬政軍餉，綏夷導河，如儲、王以下諸公，所至有績者乎？故閼之不爲沮，挫之不爲變，進則謀國家，退則著文辭，自董生授經術之業有如十先生，廣陵得以稱文獻之邦矣〔九〕。

何應運而興〔二〕，而河套之議，卒撓於讒，而不得以復國家二百年之疆圉？設令子木之奏行，而嚴氏者與三尚書並罷，豈有伴主之禍也？豈廣陵地氣微，不能與運會而適至是乎？《傳》言儲受知尹恭簡、朱納交邊庭實，二公皆余里人〔一〇〕；叔鳴按察副使、曾公都御史，又皆在山東；子价，余同年進士；而子相，則《傳》所謂昔者吾友也。十人而得其六。是《傳》也，以徵文獻則足矣，其斯實録云。

【校記】

〔一〕弘、隆之際，萬曆本、張校本、佚名本並同，隆慶本、重刻本作「洪、永之際」。

〔二〕興，隆慶本作「與」。

【題解】

《廣陵十先生傳》，作者爲歐大任，詳前《南海歐生自京師遺書於大梁，屬許右史爲致，答此》題解。廣陵十先生，傳述弘治至隆慶間，即所謂「弘、隆之際」的十位以詩文著稱、剛正不阿的官吏儲巏、景旸、朱應登、朱曰藩、曾銑、蔣山卿、桑喬、趙鶴、王廷相和宗臣。他們除朱曰藩外，均曾受到權奸的迫害。序文讚揚了他們「閼之不爲沮，挫之不爲變」的品格，及其「進則謀國家，退則著文辭」的精神。

【注釋】

〔一〕諸公：指儲巏。「諸」爲「儲」之誤。儲巏（一四五七—一五一三），字静夫，號柴墟，明南直泰州（今屬江蘇）人。先世居毗陵（今江蘇常州），元時遷泰州。成化二十年（一四八四）會試第一，授南京吏部主事，歷郎中、太僕寺少卿，正德二年（一五〇七）改左僉都御史，總督南京糧儲，召爲户部右侍郎。宦官劉瑾用事，巏憤其所爲，引疾求去。劉瑾敗，以故官召，不赴。後起南京户部左侍郎，改吏部，卒於任。嘉靖初賜謚文懿。生平詳《明史》本傳。如皋，縣名。

今屬江蘇。王公：指王暐，字克明，句容（今屬江蘇）人。正德間，以進士除吉安推官，從王守仁平宸濠之亂，遷大理寺副，爭大禮下獄廷杖。後復官，至户部尚書。著有《克齋集》。生平詳《明史・王杲傳》附傳。蕭敬：字克恭，别號梅東，司禮監太監。

〔二〕景伯時：即景暘（一四七六—一五二四），字伯時，原籍儀真（今儀徵，屬江蘇揚州）人，徙居上元（今江蘇南京）。正德三年（一五〇八）進士，授編修，進司業，改中允，掌南京司業，卒官。時宦官劉瑾正擅權跋扈，景暘剛正不阿，不爲所屈。與蔣山卿、趙鶴、朱應登以詩文著稱，時稱『江北四子』。著有《前溪集》。生平詳《明史》本傳、《明詩綜》卷三三。趙叔鳴：即趙鶴，字叔鳴，江都（今江蘇揚州）人。弘治丙辰（一四九六）進士，累官金華知府，因忤劉瑾謫官，終官山東提學副使。一生嗜學不倦，晚年注釋諸經，考論歷史，正其謬誤。著有《書經會注》、《維揚郡乘》、《具區文集》、《金華正學編》等。生平詳《明史》本傳、《明詩綜》卷二七下。

〔三〕朱升之：即朱應登，字升之，寶應（今屬江蘇）人。弘治十二年（一四九九）進士，歷雲南提學副使，遷參政。恃才傲物，遭謗，罷歸。詩宗盛唐，與何景明、徐禎卿等稱『十才子』。著有《淩溪集》。生平詳《明史・李夢陽傳》附傳。顧開封：指顧璘。顧璘，字華玉，上元（今江蘇南京）人。弘治九年（一四九六）進士，官至湖廣巡撫、右副都御史。正德四年（一五〇九）出任開封知府，因屢與鎮守太監相忤，逮下錦衣獄。朱應登相救蓋在此時。捄：同『救』。蔣子雲：即蔣山卿，字子雲，儀真（今江蘇儀徵）人。正德進士，以諫武宗南巡被杖謫官。嘉靖帝即位，召復故官，終官廣西布政使司參政。著有《南泠集》。生平略見《明史・顧璘傳》附傳、《明詩綜》卷三五。南狩：皇帝南巡。

〔四〕曾公：指曾銑（？—一五四八），字子重，號石塘，明江都（今屬江蘇）人。嘉靖八年（一五二九）進士，授長樂知縣，徵爲御史，巡撫山東、山西，進兵部侍郎。後以原官總督陝西軍務，屢敗入侵的韃靼，而遭奸相嚴嵩構陷而被殺。詳《明史》本傳。桑子木：即桑喬，字子木，江都（今屬江蘇）人。嘉靖進士，由主事改御史，出按山西。時雷震謹身殿，喬偕同官陳三事，劾罷三尚書。時嚴嵩爲尚書，舉朝未知其奸，喬首先揭發。尋巡按畿輔，引疾去官。後爲嵩構陷，戍九江卒。著有《廬山紀事》。生平詳《明史》本傳、《明詩綜》卷四一。宗子相：即宗臣，詳前《五子詩》題解。楊太僕：指楊繼盛。嘉靖三十四年（一五五五），兵科給事中楊繼盛因彈劾嚴嵩入獄論死，十月被殺。王世貞與吴國倫、宗臣祭奠並經紀其喪，因忤嚴嵩而遭貶謫。

〔五〕『所謂』四句：謂廣陵在漢時自吴王劉濞到淮南王劉安，均以富有文采著稱。吴王，指漢高祖劉邦之姪劉濞，曾招致四方之士，鄒陽、嚴忌、枚乘等均曾仕吴。詳《漢書·鄒陽傳》。漢高祖少子劉長封淮南王，其子安嗣。安爲人好書，招致賓客方術之士數千人，並與賓客『及諸儒大山、小山之徒，共講論道德，總統仁義』而著《淮南子》。詳《漢書》本傳及漢高誘《淮南子敘》。

〔六〕翱翔李、何間：謂景暘、蔣山卿、趙鶴、朱應登等，均以自己的詩文創作和言論贊同李夢陽、何景明文學復古主張。李夢陽（一四七二—一五二九），字獻吉，號空同子，慶陽（今屬甘肅）人。弘治六年（一四九三）進士，授戶部主事，遷員外監三倉，因彈劾壽寧侯張鶴齡繫錦衣獄，旋獲釋。後又代戶部尚書韓文草擬彈劾劉瑾奏章，勒令退職，復繫獄。劉瑾伏誅，復起遷江西提學副使。正德九年（一五一四），又以故免官，卒於家。著有《空同集》。何景明（一四八三—一五二一），字仲默，號大復，信陽（今屬河南）人。弘治十五年（一五九二）進士，授中書舍人，因忤宦官劉瑾免官。劉瑾伏誅，得復職，出爲陝西提學副使，病卒。著有《大復集》。李、何生平均詳《明史》本傳。李、何爲『前七子』領袖，倡言文學復古，當時士人翕然從之，後李攀龍、王世貞復尊崇之，對後世產生極其深遠的影響。

〔七〕孔璋：即三國魏陳琳，字孔璋。詳前《代建安從軍公燕詩》注〔六〕。

〔八〕無吏事：謂不善於爲官。宗臣在福建任職期間，曾與主帥一起擊退逼近福州城的倭寇。詳《明史》本傳。

〔九〕董生：指漢董仲舒（前一七九—前一〇四），漢信都國廣川（今河北景縣）人，儒學大師，武帝時爲江都相。

詳《漢書》本傳。

〔一〇〕尹恭簡：指尹旻（一四二三—一五〇五），字同仁，歷城（今屬山東濟南）人。明憲宗成化中官吏部尚書，後進太子太傅、大學士，卒謚恭簡。生平詳《明史》本傳。邊庭實：即邊貢（一四七六—一五三二），字庭實，號華泉，歷城（今山東濟南）人。弘治九年（一四九六）進士，官至南京戶部尚書。以詩著稱，爲「前七子」之一。著有《華泉集》。生平詳《明史》本傳。

三韻類押序

辟之車，韻者，歌詩之輪也。失之一語，遂玷成篇，有所不行，職此其故。蓋古者字少，寧假借必諧聲韻，無弗雅者；書不同文，俚始亂雅〔一〕。不知古字既已足用，患不博古耳，博則吾能徵之矣。今之作者，限於其學之所不精，苟而之俚焉；屈於其才之所不健，掉而之險焉，而雅道遂病〔二〕。然險可使安，而俚常累雅，則用之者有善不善也。「聊用布親串」，孰與「風物自淒緊」〔三〕？「雲霞肅川漲」，孰與「金壺啓夕淪」〔四〕？據薛君所爲，累押字不見經傳者，屬俚；見經傳而僻若不可單舉者，屬險。凡以復雅道而陰裁俚字，復古之一事，此其志也，未可以在諸生門而易之矣。

【題解】

《三韻類押》，作者不詳，或爲文中所說「薛君」。三韻，爲一種詩體，每首三聯六句，隔句押韻。

【注釋】

〔一〕「書不」二句：謂由於字體不統一，而使俚俗混淆雅正。

〔二〕險：險韻。以生僻字爲詩韻。病：受到損害。

〔三〕『聊用布親串』：見《文選》載謝惠連《秋懷》。『風物自淒緊』：見《文選》載殷仲文《南州桓公九井作》。

〔四〕『雲霞肅川漲』：見《文選》載江淹《望荊山》。『金壺啓夕淪』：見《文選》載鮑照《翫月城西門解中》。

選唐詩序

唐無五言古詩，而有其古詩。陳子昂以其古詩爲古詩，弗取也〔一〕。七言古詩唯杜子美不失初唐氣格，而縱横有之〔二〕。太白縱横往往强弩之末，間雜長語，英雄欺人耳〔三〕。至如五七言絕句，實唐三百年一人，蓋以不用意得之，卽太白亦不自知其所至，而工者顧失焉〔四〕。五言律、排律，諸家概多佳句〔五〕。七言律體，諸家所難，王維、李頎頗臻其妙〔六〕。卽子美篇什雖衆，憒焉自放矣〔七〕。作者自苦，亦惟天實生才不盡。後之君子乃茲集以盡唐詩，而唐詩盡於此〔八〕。

【題解】

《明史·藝文志》著錄李攀龍《唐詩選》十八卷，此爲序文，亦卽李攀龍對其所選唐詩的說明。因李攀龍名高當代，其論詩的觀點自然有較大影響。對其去取標準，及其論唐詩的觀點，明清以來多有異議。清王士禛評云：『滄溟先生論五言，謂唐無五言古詩，而有其古詩，此定論也。錢牧齋（錢謙益）宗伯但截取上一句，以爲滄溟罪案，滄溟不受也。要之，唐五言固多妙者，較諸《十九首》、陳思、陶、謝，自然區別。七言古若李太白、杜子美、韓退之三家，横絕萬古，後之追風躡景，唯蘇長公一人耳。』（《帶經堂詩話》卷二九）詩人張篤慶亦云：『歷下（指李攀龍）之詩，五言古全仿《選》體，不肯規模唐人；七古則專學初唐，不涉工部，所以有「唐無五言古詩」之說也。』（《帶經堂詩話》卷二九附錄）李攀龍從發展的角度，說明唐人古詩已不同於漢魏古詩，爲其尊崇漢魏古詩張目。王、張二說較爲客觀，而錢謙益以偏狹門戶之見，斷章取義，肆意詆毀，實有失大家風範。其說見《列朝詩集小傳·李按察攀龍》，不具錄。

【注釋】

〔一〕陳子昂（六五九—七〇〇）：字伯玉，梓州射洪（今屬四川）人。他有慨於唐初沿襲六朝綺靡文風，力主繼承風雅興寄的傳統。詩今存一百餘首，代表作《感遇》三十八首，以及《登幽州臺歌》等，都是擬五言古詩。此謂唐代自有其古詩形式，陳子昂把他的擬古詩看作漢魏古詩，是不可取的。

〔二〕「七言」二句：謂在七言古詩方面，只有杜甫保持著初唐的風格，而表現出氣勢奔放的特點。杜甫，字子美，其七言古詩如《麗人行》、《飲中八仙歌》、《醉時歌》、《丹青引贈曹將軍霸》等，都是傳誦名篇。氣格，猶風格。縱橫，奔放。杜甫《戲爲六絕句》有云：「庾信文章老更成，淩雲健筆意縱橫。」

〔三〕「太白」四句：謂李白七言古詩的氣勢往往如强弩之末，語句長短錯落，不過是英雄欺人罷了。太白，即李白，其樂府歌行多雜言，如傳誦名篇《夢游天姥吟留別》、《蜀道難》、《將進酒》等。强弩之末，語出《史記·韓安國列傳》。喻指原本强勁而今衰竭，已失去力量。宋陸游《老境》：「文章雖自力，亦如强弩之末。」英雄欺人，謂以其高名令人信服。

〔四〕「至如」五句：謂李白的五七言絕句在唐代藝術成就最高，妙手天成，自然渾樸，而刻意求工的人反而失之雕琢，不自然。

〔五〕排律：又稱長律，律體之一體。凡五言、七言律詩中間對偶句在三聯以上者，稱排律。

〔六〕王維、李頎：唐代詩人，均以七言律見長。臻：至，達到。妙：妙境。

〔七〕憒焉自放：精神上放松，不再有過高追求。

〔八〕『後之』二句：謂後來者從這本詩集就可以瞭解唐詩的基本面貌。

比玉集序

夫詩，言志也〔一〕。士有不得其志而言之者，俟知己於後也。卞和氏奚泣哉？悲夫楚如是其大，三獻如是其數，而舉天下之器，題之以石也，又何難焉〔二〕？魏之田父，始疑之而卒怪之，棄之唯恐其不遠乎？是猶已置之廡下，怖其明照一室耳〔三〕。宋人何見，而襲礫於篋，五都自饗，及笑於周客，藏之益固，瞀奚别焉〔四〕？卽有明照一室，畜之弗利其家矣。乃曰：姑捨汝所學而從我，則寧抵於櫝中〔五〕。詩之爲教，言之者無罪，而匹夫以賈害，則焉用此〔六〕？君子服之，烏在其禦不祥也〔七〕？何子威懷瑾握瑜，自令放爲，乃有季朗於席上乎〔八〕？詘然抱不遇之感〔九〕，三復喜起之章，響中鳴球〔一〇〕；有卷者阿，矢音特達〔一一〕；扼腕《小雅》孟子之論〔一二〕，《離騷》纍臣之誼〔一三〕，交含互映，異采同符；無倡不酬，有投必報，以相爲知己，以快於當年。是集之所由作也，豈其無因而至前？治德結好，而冒不屬之患，以俟夫怪而棄之者，必不然矣。是集也，其瑟若者，其理勝也〔一四〕；其煥若者，其乎勝也〔一五〕。二君子固在焉。談者爲價，側而視之，有厚倍者，則精氣之致壯云爾。是相詩之道乎〔一六〕！

【題解】

《比玉集》爲劉鳳與魏學禮的唱和集。劉鳳，字子威，長洲（今江蘇蘇州）人。嘉靖二十九年（一五五〇）進士，授推官，擢監察御史，因伉直多忤，貶官外放，終官河南按察司僉事。魏學禮，字季朗，亦爲長洲人。『爲諸生，才名籍甚。劉子威以博學自負，一見心折，敦禮爲子弟師，與共唱酬，合刻其詩曰《比玉集》』（清錢謙益《列朝詩集小傳・丁集中》）。以歲貢除潤州訓導，官至廣平府同知。王世貞云：『余讀二君詩，其於古則自郊社、鐃歌以至相和諸曲，無所不比擬；五言始西京、建安而亂於《玉臺》、《後庭》之詠』；『七言歌行規仿楊、駱，時沿長吉，近體雖少總雜，大抵宏於庀材而刻於樹法，險於鉤旨而巧於取字，諧宮中商，經往緯隨，彬彬於一時之盛』（《比玉集序》）。由李攀龍、王世貞的評論，可見劉、魏之詩亦屬『七子』一派。而李攀龍爲其作序，似非屬意於詩，而在闡述爲詩之道。其强調『詩言志』的傳統，抒發不遇之感、不平之慨，有爲而發，在當時亦有矯正浮靡文風的意義。

【注釋】

〔一〕言志：言其志，謂詩是用來表達人的志意的。《書・堯典》：『詩言志，歌永言，聲依詠，律和聲。』

〔二〕『卞和氏』五句：卞和，春秋楚人。其事蹟載《韓非子・和氏》。詳前《精列》注〔四〕。此引卞和事，說明對事物如無識別能力，將珍寶視同廢物，是可悲的。詩集名『比玉』，因以玉引發議論。

〔三〕『魏之』五句：用魏國老農認爲怪異而拋棄徑尺之玉的典故。魏，指戰國時期的魏國。田父，老農。卒，終。《藝文類聚》卷八三引《尹文子》：『魏田父有耕於野者，得玉徑尺，不知其玉也，以告鄰人。鄰人詐之曰：「此怪石也，畜之弗利其家。」田父雖疑，猶豫以歸。置之廡下，其玉明照一室，大怖，遽而棄之於遠野。鄰人取之，以獻魏王。魏王召玉工相之。玉工望之，再拜賀曰：「此無價以當之。五城之郭，僅可一觀。」魏王賜獻玉者千金，長食上大夫之祿。』

〔四〕『宋人』六句：事詳漢劉向《說苑・雜事五》。謂像宋人那樣，把玉和沙礫混在一起，被人恥笑也不覺悟，與盲人有何不同？襲，合。礫，砂礫。五都，五個城池。固，嚴實。瞽，盲人。

〔五〕『姑捨』二句：謂姑且捨棄你今所學的東西來向我學習，如此寧可像玉一樣至死藏於櫝中。抵，抵死，至死。櫝，櫝，木匣。

〔六〕『詩之』四句：謂詩教讓人抒發個人情感，而普通人如因之取禍，那何必寫詩。匹夫，普通人。賈(gǔ)害，語出《左傳·桓公十年》，謂取禍。賈，買，求取。

〔七〕服：用。烏：何。禦不祥：防禦禍患。

〔八〕懷瑾握瑜，自令放爲：語本《楚辭·漁父》，謂懷有高尚情操，而使自己流放於此。瑾、瑜，均美玉名。席上：座席之上。謂待之如賓。

〔九〕詘然：委屈或冤屈之貌。詘，通『屈』。

〔一〇〕『三復』二句：《書·益稷》：『夔曰：「戛擊鳴球，搏拊琴瑟，以詠祖考來格。」……帝庸作歌曰：「敕天之命，惟時惟幾。」乃歌曰：「股肱喜哉！元首起哉！百工熙哉！」』本來寫舜與大臣在祭祀之後作歌娛樂、互相勉勵的情景。

〔一一〕『有卷(quán)』二句：謂將勸誡的詩能上達朝廷。有卷者阿，《詩·大雅·卷阿》首句。卷，曲，阿。《集傳》云：『此詩舊說亦召康公作，疑公從成王游，歌於卷阿之上，因王之歌而作此以爲戒。』認爲此詩是爲勸誡游樂而作。《卷阿》首章有『以矢其音』句。矢，陳，陳說。

〔一二〕『扼腕』句：指《詩·小雅·巷伯》，詩末章云：『寺人孟子，作此爲詩。凡百君子，敬而聽之。』舊說此詩爲寺人孟子因受讒害而遭刑戮，以自傷悼。

〔一三〕纍臣：囚繫之臣。

〔一四〕『其瑟若』二句：謂文致細密者，以講說道理取勝。

〔一五〕『其煥若』二句：謂富有文采者，以誠信取勝。孚，誠信。《説文解字》『璠』字注引孔子説：『美哉璠與！遠而望之，奐若也；近而視之，瑟若也。一則理勝，一則孚勝。』

〔一六〕相詩之道：考察、評論詩歌的正確途徑。

蒲圻黄生詩集序

余觀黄生所爲詩，其困於賢良文學〔一〕，自傷不遇而不得其説，而將以逸民遺老自解於斯世，而非其所安〔二〕，而遂取裁於宗工鉅匠以有事其間而欲之者乎〔三〕？何辭之屢遷而氣變也〔四〕？拙或合之，工或離之，微不容髮，其失豈誒其著哉〔五〕！故里巷之謠，非緣經術；《招隱》之篇，無涉玄旨，義各於其所至，是詩之爲教也〔六〕。

魏順甫曰〔七〕：『生嘗以所爲詩者屬余〔八〕，歸而求之，則既已削所爲諸生時藁矣。乃十餘年，又以屬余，歸而求之，又削其藁以就今所爲詩也。』然則，順甫使之有所不得，有所不安也；有所不得，有所不安，而後有以欲之，是爲詩之教也。故經術所以立雅，而動不能不趨於風〔九〕；玄旨所以養恬，而發不能不趨於俊〔一〇〕。斯生之辭屢遷而氣變者邪？

君子曰：『惟其有之，是以似之。』即令生百不得百不安，而非其所欲於順甫，而有今所爲詩乎哉！蓋自屈、宋之相師友〔一一〕，而楚人爲詩，由來遠矣。獨異夫栖栖不遇〔一二〕，而徘徊以自解，以求所欲焉。是爲可以怨，而猶之楚人之聲而已〔一三〕。

【題解】

蒲圻，縣名。即今湖北蒲圻市。黄生，生平未詳。詩序對傳統所規定的『詩教』做出自己的解釋，强調詩歌不附麗於經術，而因現實境遇的不同而表現出不同的風格；强調文學可以抒發自己的怨憤之情；認爲應肯定與儒、道義理無關而達到一定藝術水準的作品，在當時都有積極意義。

【注釋】

〔一〕困於賢良文學：謂困於科考，科考不得意。賢良文學，漢代選拔官員的科目之一。

〔二〕逸民遺老：避世隱居之人。斯世：此世。謂當世之人。

〔三〕取裁：取而裁之，謂學習而請其裁度。宗工鉅匠：指學問淵博並爲衆人所推崇的人。

〔四〕辭：文辭。氣：感情意氣。

〔五〕拙：笨拙。此指缺乏技巧。工：工巧。其失豈竢其著：其失誤哪還等到明顯表現出來。竢，同『俟』。等待。著，明顯。

〔六〕『故里巷』六句：謂民間歌謠並不憑藉經術，以《招隱》名篇的詩歌，與道家亦無關聯，應該按照詩人創作的實際情況作出評價，這就是『詩教』的意涵。里巷，指民間。緣，憑藉。經術，猶經學。指儒家經典學說。《招隱》之篇，指漢淮南小山《招隱士》，載漢王逸《楚辭章句》。關於《招隱士》作意，歷來說法不一。其雖名《招隱士》而與道家思想卻無關。玄旨，道家義理。義各於其所至，應該按照各自所達到的高度來衡量。義，宜。詩之爲教，即詩教。《禮·經解》：『溫柔敦厚，詩教也。』

〔七〕魏順甫：即魏裳，蒲圻人。詳前《贈魏順甫》題解。

〔八〕屬：通『矚』。

〔九〕『故經術』二句：　謂經術雖然確立了正統詩歌的地位，而詩人寫詩則不能不向民歌藝術學習。

〔一〇〕『玄旨』二句：　謂玄學義理本是用來培養恬靜淡泊品格的，而發爲詩歌則不能不趨於俊美。

〔一一〕屈、宋：　指屈原、宋玉。屈原著《離騷》、《九歌》、《天問》等。《史記·屈原列傳》載，自屈原之後，宋玉等『皆好辭而以賦見稱，然皆祖屈原之從容辭令，終莫敢直諫』。相傳宋玉曾師事屈原。

〔一二〕栖栖不遇：　忙忙碌碌卻不被賞識、重用。栖栖，語出《論語·憲問》。忙碌、不能安居貌。

〔一三〕楚人之聲：　即楚聲，屈原等楚人創作的詩歌。

按察李公恩榮《永慕錄》序

公生十一年，而太孺人卒。踰二年，而贈中書君卒〔一〕。卒後若干年而公舉進士，授中書舍人，改監察御史，擢今官矣。猶日儽焉如贈君、太孺人者之有所欲之，而未能卽命也〔二〕。贈君、太孺人者已矣，何以猶君有所欲而未能卽命也？人情，十三故父母則猶若始免於懷〔三〕；雖猶若始免於懷，而視成人爲已近，精氣鼓舞不可適以變，著於愛斯愛，著於悲斯悲矣。襁褓而狎膝下，曰父母是常。一旦自顧苴如，顧其父母宰如，顧其榱棟几筵宴如也〔四〕。顧之終鮮兄弟，無以圖先德而語世美；顧之今不可爲，而前不可知也，其事異矣。喘息之所不至，而瞻依至焉；瞻依之所不至，而感通至焉〔五〕。以喘息則響絕，以瞻依則形絕，以感通則勢絕，其類異矣。非復襁褓而狎膝下，曰父母是常者，此精氣鼓舞而適變之始。公所由一著于悲，而情不能以時遷者也〔六〕。是故終日言不遺己之憂以憂父母，終日行不遺己之患以患父母，則顧而言，則顧而行矣。

公往按山東、河南時，僾然如父母見乎其位者。思得賢也，朝而必有薦疏，愾然如聞父母之聲者；思得冤也，朝而必有白狀〔七〕。所罷監司太守某以下若干人，所奏逮論殺某若干人，無不踟躕躑躅，若卽命於父母者，顧之諦於生也；顧之諦於生，致顧之斯生矣。是無是形而託儼然於堂上者，是不需菽水而朝夕承歡者也〔八〕。夫精氣善應，一著於悲斯悲，是『永慕』之義矣。

人情，幼不及見父母，可欺以非其父母，此無他，俛得之也〔九〕。老而喪父母，不可奈何廢而任之於父母，此無他，俛失之也。襁褓而狎膝下，生十三年曰父母是常，安所不得、安所不失哉！『霜露既降，悽愴履之，非其寒之謂也。』〔一〕身被國恩而與有榮施，乃自顧猶苴如，顧其父母猶宰如，顧其榱棟几筵猶宴如也。由是乃有重被國恩，而若無與榮施者，是曾參所不願於椎牛、季路有枯魚之歎也〔一〇〕。

公再秉憲，異臺同風，余遠而望之，湫然清靜，知其爲七尺之孤〔一一〕；切而私之，言行無罹于憂患，知其著於悲而顧之致生也。其在于公，則言行成而容不知，而錄之所由以名《永慕》者乎〔一二〕？是爲序。

【校記】

〔一〕『霜露』三句，語見《禮・祭義》。中華書局影印阮元校刻《十三經》本《禮記・祭義》：『霜露既降，君子履之，必有悽愴之心，非其寒之謂也。』

【題解】

按察李公，指時任按察使的李文續。詳前《按察李公誕子，公蜀人，先以中書舍人爲御史》題解。所著《永慕錄》，蓋爲思慕其父母而作。恩榮，謂身被國恩而有榮施。序文對李公思慕父母，及其居官不忘父母教訓，加以讚揚。

【注釋】

〔一〕贈中書君：指李公之父。明代對七品以上官員之先代授予封典，存者稱『封』，已死稱『贈』。所贈爲其子孫時任之官。中書爲中書舍人的省稱。李公時任中書舍人，故稱『贈中書』。

〔二〕儳（chán）焉：不安貌。未能卽命：謂未能馬上應詔赴任。

〔三〕十三：此指李公十三歲。生十一歲，母死；『踰二年』父死。所以他在其父死時十三歲。若始免於懷：謂如同剛剛離開父母懷抱。

〔四〕『一旦』三句：謂其父母逝世之後，自視仍如兒時，視其父母塚墓仍如生時，視其父母所居仍如往時。苴，麻之有子者。見《集韻》。宰，通『塚』。《列子·天瑞》：『望其壙……宰如也。』《釋文》：『宰如，言如塚也。』榱棟，謂居室。

〔五〕『喘息』四句：謂父母死後是瞻是依，情感仍相通。喘息，呼吸。瞻，仰視。依，依靠，憑依。感通，感情相通。

〔六〕情不能以時遷：謂對父母的懷念之情，並不因時間的變化而改變。

〔七〕白狀：陳述冤情的訴狀。

〔八〕菽水：豆與水，謂疏薄的飲食。農家與父母歡聚，謂菽水之歡。宋陸游《湖堤暮歸》：『俗孝家家供菽水，農勤處處築陂塘。』

〔九〕俛得之：偶得之。

〔一〇〕曾參：春秋末魯國（今山東嘉祥）人。孔子弟子。《韓詩外傳》卷七載，曾子說：『往而不可還者親也，至而不可加者年也，是故孝子欲養，而親不待也。木欲直，而時不待也。是故椎牛而祭墓，不如雞豚逮親存也。』季路：

卽子路，名仲由，春秋末魯國人。孔子弟子。漢劉向《説苑・建本》載，子路説：『負重道遠者，不擇地而休；家貧親老者，不擇祿而仕。……親沒之後，南游於楚，從車百乘，積粟萬鍾，累茵而坐，列鼎而食，願食藜藿爲親負米之時，不可復得也。枯魚銜索，幾何不蠹？二親之壽，忽如過隙。』枯魚，乾魚。

〔一一〕秉憲：執掌按察司。秉，持。此謂執掌。七尺之孤：謂爲孤兒。父死曰孤。

〔一二〕『其在』三句：對於『切而私之』而言，其德行成就父母或不知曉，因而記錄所由，名爲《永慕錄》。

送右都御史周公出掌南院序

在漢，御史大夫掌副丞相，九卿高第者拜之，典正法度，以職相參，總領百官，至貴倨也。國家建官分職，以六卿治相事，而左右都御史之設，視漢御史大夫無改焉〔一〕。無論其大者，六卿共理天下，吾得以紀綱其間，使斟酌元氣不至災沴陰陽愆伏之變，不躬自六卿所治而實與其成功，意攝於朝堂之上，而郡縣吏莫能欺罔。其次者，卽所爲侍御史之率也。其爲侍御，固皆養抗直於憤激，出論議於諫諍，以耽視百寮，斥逐官邪而指其佞，諤諤焉權勢之所摧靡，若難乎爲其上。此有素重臣厭其心，而後不可爲重者也，豈猶以謂刀筆之吏臣執之如囊時易與哉！

其在南都，爲猶外也，日夜思入就列，以近天子耿光而安其位，則有不傷其左右之慮〔二〕。而諸侍御又以情跡疏逖，寡所援附，輕其優惡之心，據職言事，無人乎王側。不覷望人主，則忘其忌諱，或太鋭意，不無有害忠厚之風、和平之體，此又可率以意而不可以辭者也。

今夫王伯安之賢，於祖宗以來，可不謂功臣哉〔三〕？其在濠庶人之亂，與所前後撻制諸蠻夷，至今威行楚、廣間，而社稷有其利，得賜爵爲新建伯，天下所謂稱於施報之務也。大難方折，而削奪隨之，使抱不賞之懼，何以勸人臣見危授命乎？當是時也，敦陳力大義以救之，用兵科給事中犯上怒，謫判太倉州者，非先生乎？余猶及聞朝士大夫之言，先生之名，得伯安而益高，至今直聲動天下也。已復入爲少司寇，又自言廣中事，與伯安所以卽工有苗時異矣。象刑惟明，先生蓋深念焉。先生今以都御史居南都，何如哉？踰河而恃舟楫，不若聞震而喪匕、鬯〔四〕。何則？聲所及者大而有形者可玩也。

聖天子方明肅紀綱，而朝廷多法家拂士〔五〕。卽有慆淫匪彝之臣欲爲不善，雖能欺謾飭避，幸衆人眤不識己於此，然不能不畏吾議其後於彼，而斂手屏氣顧忌不爲也。於此不愈重邪？先生蓋歷蹈閩、廣，治人有效，其法律在司寇有餘，經術文雅足以謀王體、斷國論，所謂身兼數器，有退食自公之節，稱公實之臣者也〔六〕。是行也，聲所及者爲大哉！

【題解】

周公，指周延，字南喬，吉水（今屬江西）人。嘉靖二年（一五二三）進士，除潛江知縣，改新會，擢兵科給事中。時議新建伯王守仁罪，將奪其爵，延抗疏爲訟，謫太倉州判官。歷南京吏部郎中出爲廣東參政，撫安南、平黎族叛亂，皆預有功，三遷廣東左布政使。以右副都御史巡撫應天府。平定海寇林成亂，進兵部右侍郎，提督兩廣軍務。召爲刑部左侍郎。歷南京右都御史，吏、兵二部尚書。嘉靖三十四年（一五五五），召爲左都御史，卒官。贈太子太保，謚簡肅。生平詳《明史》本傳。序文讚揚周延公忠體國、剛正不阿的品格，以其表現，似非諛辭。

【注釋】

〔一〕御史大夫：官名。漢代爲丞相之副，職掌監察、執法，兼掌重要文書圖籍。丞相缺位，往往由御史大夫遞補，並與丞相、太尉合稱三公。隋唐後亦置，爲御史台長官。明洪武中改御史臺爲都察院，設左右都御史，因將時任右都御史的周公比作漢御史大夫。

〔二〕左右：謂皇帝左右近臣。明成祖改都北京後，以南京爲南都，設官如同北京而無實職，因此南京的官員大都希望到北京爲官。

〔三〕王伯安：即王守仁（一四七二—一五二九），字伯安，餘姚（今屬浙江）人。曾築室故鄉陽明洞中，世稱陽明先生。弘治十二年（一四九九）進士，授刑部主事，因忤劉瑾，廷杖四十，貶貴州龍場驛丞。劉瑾被誅，量移廣陵知縣，歷南京太僕少卿、右僉都御史，巡撫南贛。後以平定『宸濠之亂』，封新建伯。官至南京兵部尚書，卒謚文成。王守仁爲明代著名哲學家，其學說在明代中期之後影響頗大，並流傳至日本。著述由其門人輯爲《王文成公全書》三八卷。

〔四〕匕、鬯（chàng）：並爲祭祀宗廟所用的器具。《易・震》：『不喪匕鬯。』《注》：『匕所以載鼎實；鬯，香酒，奉宗廟之盛也。』

〔五〕拂（bì）士：謂能直諫矯正君主過失的人。《孟子・告子下》：『入則無法家拂士，出則無敵國外患者，國恒亡。』

〔六〕器：器具，才能。退食自公：語出《詩・召南・羔羊》，謂退朝而食於家。自公，自公門而出。公實：公正質實。

送王中丞督理河道序

今天下御史中丞自臺中出開府者，無慮數十所矣〔一〕。越在四境，非北事胡即南絓越〔二〕。其不事胡、絓於越者，宗人大藩，仰給縣官，横不可治〔三〕。不則，盗賊亡賴，依阻山澤，弄兵自喜；不則，挾持左道，動摇衆心，不知所爲〔四〕。此視之胡若越，未亂而有其形矣。而公方且督淮、揚以北，四部刺史、大司空、水部七使者行治河，則天子璧馬實式靈之〔五〕。瀕河吏卒無伐買薪石之費、大興人徒之勞，由淮、揚以北數千里，漕具如故，江南數十郡之芻粟日銜艫而至也。不北事胡而南絓越，無宗人大藩仰給之擾、盗賊弄兵之憂、左道動摇不知所爲之慮，歲滿且拱手遷去矣〔六〕。無已而欲有所爲，則有餘以浸溉上潰其防，令百姓引水饗其利，不可也；使數千里多就渠，用注填閼之水，溉澤鹵之地，自疏水力，雖使爲沃野，猶之陸漕，不可也；使民茭牧其棄地，而聽其所爲，自弛其禁，瀦而不洩，則曲障川以逆水勢，雖有少府稍入，不可也。三者以利民，然且不可，公雖不拱手遷去，不能矣。

余入關中，蓋聞公嘗分臬潼水上，備它盗，得商洛山巨寇黄守矩者數十人，格殺之〔七〕。及見公坐計陝以西，緣邊四大中丞幕府軍士事胡者，歲數百萬，轉相餉也〔八〕。是年，虜大入上郡〔九〕，以軍士食給亡所掠去。又及見公與右史、大梁李君計，宗人在朝那占種民田〔一〇〕，不爲輸租縣官者殆萬頃，議請上以其所不輸租算如禄，使自入，因著爲籍，得田萬頃云。此以事胡、越而填撫宗藩、虞盗賊不知所爲者之變，何不可者。而以公督治河，固以爲自臺中出開府者，猶之有人哉。

唯是天子作新明堂而治，明年春屬受計之期，朝諸侯而圖天下之事，蓋執玉帛者萬國焉〔一一〕。掄材使者〔一二〕，乘傳出西南夷，得因巴蜀吏幣物致其君長，而喻以天子德意。使下所伐材木，杉、柟、豫章，鬱結輪囷，長者竟數畝，大者蔽兕象，其液如凝膏，其理如戛石，椐椐殭殭〔一三〕，由瞿唐而望荊門，蕩若垂天之雲，被江流而下也。明堂工師操繩墨而南望，天子日夜思詠《斯干》之雅誠〔一四〕，下詔切責掄材使者，公豈可謂非吾所敢知？由淮、揚以北數千里，秋水豈多有所休息於汙澤，令可導爲漕者乎？游波有皓旰而離常流者乎〔一五〕？堤防有潰寫不厚蓄者乎〔一六〕？何以令水力相積負大而不膠，使杉、柟、豫章猶之杭葦者乎〔一七〕？四部刺史、司空、七使者奉職行水，以爲非公不可爾。公豈能爲先尚書禮奉使馬湖時杉、柟自行？公所能爲者，有河可行杉、柟而已。是又非公可拱手遷去時也。

【題解】

王中丞，指王廷，字子正，南充（今屬四川）人。嘉靖十一年（一五三二）進士，授戶部主事，改御史。疏劾吏部尚書汪鋐，謫亳州判官。歷蘇州知府，有政聲，累遷右副都御史，總理河道。本文蓋作于此時。嘉靖三十九年（一五六〇），轉南京戶部右侍郎，總督糧儲。改戶部右侍郎，兼左僉都御史，總督漕運，巡視鳳陽諸府。隆慶後，遭誣陷，削職爲民。萬曆十六年（一五八八）復官，以原官致仕卒，謚恭節。王廷剛正有節，不畏權貴，人比之宋代名臣趙抃。

【注釋】

〔一〕臺：御史臺，即御史府。開府：謂開建府屬，辦理政務。漢代惟三公得開府，置府屬。明代指稱外省督撫。無慮：大約。

〔二〕非北事胡卽南絓越：謂不是在北方抵禦胡人，就是被南方的越人所干擾。胡，指北方少數民族。此指韃靼俺答部。絓，絆住。越，指我國南方越族居住區。

〔三〕宗人大藩：皇室族人及其封國。仰給縣官：靠皇帝供養。縣官，語出《史記·絳侯周勃世家》，謂天子。

〔四〕亡賴：無賴。亡，通『無』。左道：邪道。

〔五〕四部刺史：指治河道的官員。《晉書·傅玄傳》：『魏初，未留意水事，先帝統百揆，分河隄爲四部。』大司空：官名。明代指工部尚書。水部：官名。明代爲都水司。璧馬：《史記·河渠書》：元封二年，漢武帝親臨黃河決口瓠子口，『沈白馬、玉璧于河，令羣臣從官自將軍已下皆負薪寘決河。』實式靈之：確實靈驗。

〔六〕『歲滿』句：任職期滿，升遷而去。明代地方官員，任職三年，吏部考核合格即升官調遷。

〔七〕『余入』五句：謂我入關中之後，聽説您按察陝西時捕獲商山盜匪，一律殺掉了。關中，地名。指今陝西中部地區。分臬，出任提刑按察司使。臬，臬司，官名。明指提刑按察司。潼水，水名。在今陝西潼關之西，又名潼谷水，《水經注》稱灌水。商洛山，山名。也稱商山。在今陝西東南部。

〔八〕『及見』四句：謂至見到您核算陝以西，沿邊將帥幕府軍士抵禦胡人者，每年需數百萬糧餉，都能由各地運轉。計，此指計算糧餉出入。緣邊，沿邊防務。中丞，官名。明代指巡撫。轉相餉，由各地轉動糧餉。

〔九〕上郡：漢郡名。治所在膚施（今陝西延安市）。詳前《上郡》題解。

〔一〇〕朝那：古城名。故址在今寧夏固原市彭陽縣城西。

〔一一〕明堂：古代天子宣明政教之處，凡朝會、祭祀、慶賞等大事都在這裏舉行。明嘉靖三十六年，紫禁城大火，太和殿、午門等焚燬，隨重建。四十年完工。受計之期：接受考核的時間。執玉帛者萬國：謂衆多屬國獻上貢品。

〔一二〕掄材使者：籌辦建築明堂木材的專使。

〔一三〕根據疆疆：前後相隨貌。《文選》載枚乘《七發》『根據疆疆』注：『相隨之貌。』

〔一四〕《斯干》：《詩·小雅》篇名。《集傳》謂『此築室既成，而燕飲以落之，因歌其事』。

〔一五〕皓旰：猶皓汗，廣大潔白貌。

〔一六〕寫：同『瀉』，瀉漏。

〔一七〕杭葦：語本《詩·衛風·河廣》『一葦杭之』。謂以葦運渡。杭，渡。葦，蒹葭一類水生植物。

送大參羅公虞臣之山西序

蓋余既補順德太守，至則公爲大名理官矣。邢、魏諸郡，交轍比肩，有事二臺，不啻兄弟〔一〕。蓋三年，公率受署往視順德太守治狀，未嘗不如大名太守治狀也。蓋曰：「與其發擿中員程傷大體，寧使伏於長者之誼，取自致耳〔二〕。」是時也，真定、大名、廣平，皆得公以先後之，而薦書歲下，某亦卒用遷去。則赵子都所歎，『誠令廣漢兼治二輔，直差易耳』〔三〕。不然，視治順德狀如治大名哉！公由是亦以卓異聞。

世宗皇帝召爲大宗伯諸郎，尋改諸郎大冢宰，余方病免歸自三秦也〔四〕。又三年，今大司空朱公以山東都御史遷去，謂余編在四境，乃度父老而辱薦書焉。其後，都御史若御史諸公在山東者，薦書以爲常，蓋數年。

今上改元，大舉士于廷也，余遂起家按察浙中，蓋猶尚以朱公。朱公，重臣也。往視朱公，然後知公實託不佞於朱公，推轂自此始〔五〕。顧不佞治狀無聞，業已自廢。公在冢宰，秉銓受計，蓋又數年。閱人偏天下，凡老成之謀王斷國，宿儒之昭曠遠擥，循吏之奇節雅行，陳力就列，輩出門下，方以媮妭〔六〕。余之治狀無聞，公所習焉，業已自廢，得以爲解，何拳拳乎舍彼取此，而託以其所未效，姑試爲之者乎？是時也，公自小宰上中大夫報績，詣御史大夫府贊詣不名，與御史大夫廷爭之，疏從令甲之舊，而卒得天下稱古遺直，豈其然乎〔七〕？輩出門下者，紛如其未已，而不以自媮妭，乃不佞硜硜自好，引病以免，闔門高枕，爲智者首乎？勸一諷百，又豈謂贊謁不名，與未嘗至偃之室類也而私之乎〔八〕？然而果哉，末之難矣。

公弱冠以二戴氏《禮》舉進士高第，爲郡理官，即長者之誼自命，顧冢宰諸郎須滿遷去，於九卿猶掇之耳〔九〕。奈何御史大夫執憲轂下，乃與抗而廷爭，必欲得請以犯其所必怙，而不復恤成寵，凡有以自見焉，不敢猗违自謾也〔一〇〕。由太常出按察，旋復醖藉自養，持臬如長者。不數月，山東都御史又輒以卓異聞。唯變所適，豈爲介蔕内外哉！逆順之際，賢者難之。余見公精神折衝，其本强矣；發摘以理，斯黠者飾避之矣。即余觀之，長者之誼取自致又終託焉而私之，凡不失其爲故也。既余以憂免，公又以山西參政輒遷去，慭然若將旦夕懈嫚而負之者。公之遇余，功意俱美哉！因爲紀列，以識不忘如此。若乃山西三晉地，董安于、尹鐸之烈存焉〔一一〕。公方督諸道轉餉吏實邊，爲天子一方保障，經術有之，非二子所敢望者云。

【題解】

大參羅公虞臣，指羅良，字虞臣，江西萬安人。嘉靖三十二年陳謹榜進士，授大名府推官，擢禮部主事，累官太僕寺卿，爲嘉、隆間名臣。生平詳王世貞《弇州山人四部稿》六八《羅公傳》。李攀龍在順德知府任時，羅良爲大名推官，曾有過從，後攀龍辭官家居，羅良不斷升遷。其間，曾推薦李攀龍。文中説「余以憂免」，則羅良赴山西布政司參政任，時當在隆慶四年（一五七〇）四月之後、八月之前。

【注釋】

〔一〕邢、魏諸郡：指順德（邢臺）、大名。大名，戰國時期屬魏國。交轍比肩：車轍相交，人肩相連，謂來往密切。二臺：本謂御史臺與刺史治所，見《漢官儀》。此指按察司與布政使司。羅良爲大名推官，屬按察司，上屬刑部；

李攀龍爲順德知府，屬省布政使司。不啻兄弟：謂如同兄弟。

〔二〕發擿(tī)：謂發奸擿伏。擿，揭發。員程：同『員呈』，語出《漢書・尹翁歸傳》。顔師古注謂『計其人及日數爲功程』。長者：謂品德高尚者。取自致：謂取自己所能達到的水準。

〔三〕趙子都：卽趙廣漢，字子都，漢涿郡蠡吾(今屬河北)人。歷爲地方官，在爲京兆尹、潁川太守期間，抑制地方豪强，威名大著。《漢書》本傳説他『發奸擿伏如神』。廣漢任京兆尹時曾感歎：『亂吾治者，常二輔(左馮翊、右扶風)也！誠令廣漢得兼治之，直差易耳。』

〔四〕世宗皇帝：卽明世宗朱厚熜，年號嘉靖。大宗伯諸郎：指羅良擢禮部主事。諸郎大冢宰：指羅良遷太僕寺卿。三秦：地名。指陝西。

〔五〕推轂：助人推車，使之前進。謂助人成事，或推薦人才。轂，車輪軸。

〔六〕媮妜(jué)：愉快之情。媮，同『愉』。妜，美貌。

〔七〕古遺直：謂有古代堅守正直敢言的遺風。

〔八〕偃：指言偃(前五〇六—前？)，孔子弟子，字子游，吳(今江蘇蘇州一帶)人。曾爲武城宰。《論語・雍也》：『子游爲武城宰。子曰：「女(汝)得人焉耳？」曰：「有澹臺滅明者，行不由徑，非公事，未嘗至於偃之室也。」』

〔九〕於九卿猶掇之耳：對至於九卿之位，就像彎腰撿東西一樣容易。九卿，明代指六部(吏、戶、禮、兵、刑、工)尚書與都察院都御史、通政司使、大理寺卿。

〔一〇〕猗違自謾：猶豫不決以自欺。猗，依。謾，欺。

〔一一〕董安于：春秋晉(今山西)人。據《左傳・定公十三年》載，趙孟之臣荀盈、范吉射將作亂，董安于聞之，卽告趙孟，表示『與其害民，寧我獨死』。後范氏、中行氏伐趙氏，魏襄子與范昭子互相攻伐。安于説：『我死而晉國寧、趙氏定，將焉用生！』遂自縊而死。後趙氏祀安于於廟。事亦見《史記·趙世家》。尹鐸：春秋晉（今山西）人。鐸，一作『澤』。《國語·晉語九》載，趙簡子使治晉陽，請曰：『以爲繭絲乎，抑爲保障乎？』簡子曰：『保障哉。』於是尹鐸『損其戶數』，以寬和得民。

卷之十六

序

送右都御史太倉王公總督薊遼序

公既以御史按楚中，先御史所爲按楚中者，猶是苴屨載路，囹圄成市也〔一〕。則爲聽在大辟當報之，若未當者戍；將遣，若未隸尺籍者徒〔二〕。未送者凡千人。一旦論出之，委桎梏被地矣〔三〕。屬有司上計，公實視諸生，得江夏吳國倫，諸生高第也。已而按順天諸郡，得候者言虜狀〔四〕，古北口塞下伏牛馬谿谷中者數所，邊吏皆自謂亡害。公曰：『不然。京師視此猶宇下〔五〕，卽一日鳥舉度障內，如景不可復搏；不可復搏，寇且自深，後事禦之，則是以千里之師，爲一日之任也。不如聞上。』乃疏請固京師，召集郡國入援，兵徼於便地〔六〕。移檄順天諸郡，先期以畜息入保，而身獨馳之通州。虜蓋昏而傅焉，而公撊然授兵登陴矣〔七〕。天子由是知公名，乃擢爲僉都御史，督治餉通州。遂堞通州而巖邑之，南以成潞之聚焉，以貳通州〔八〕。豈謂無它縣，亦爲是足以扼虜津梁之上，示有難急也。上凡再賜金幣。大將軍鸞既挾上〔九〕，諸將皆以兵屬，而制虜無狀，恐朝廷誅己，乃時時來恐。獨公卽餉不治不足肉矣，而餉乃無不治，大將軍亦自謂不意也〔一〇〕。亡論郡國兵日集京師，仰芻粟如橐中。即郡國，若諸將兵嚮虜戰卻無常處，飛輓及之，大將軍卒不能出一語爲蠆尾〔一一〕。

虜退，尋移公山東。即虜至，旦夕召公也。而東南長吏事倭日嚴。閩、粤濱海數千里，各以疆埸，一彼一此，乃復移公督閩、粤。公既至，則出行寇〔一二〕，曰：『是其形，不可使其相及也。江南之卒，被甲冒胄比其什伍以會戰，賊乃椎結徒裎〔一三〕，一人奮戟以趨敵，苟可薄我，跿跔而至，探前趹後，足間踰尋〔一四〕。此地利也，不如浮海扼之。革岸而望，賊方舟爲拒，我軍大當援兵自負，彼雖有衆，無以措險。即銜艫而守，亦使瀕海無露國，列檣如雉矣。』遂大具艦，募處州卒，鼓之數破賊，斬首虜千餘級；凡五獻捷，上皆賜金幣加於通州時。已而又進公副都御史，移治雲中者踰月，復以功遷兵部右侍郎，俄進左侍郎，督薊、遼諸軍。虜又至古北口塞下，即一馬不敢入矣。是歲也，進右都御史，兼如故，朝廷得專奉東南云。

某曰：始虜入時，以走通州，在公後即不得南下。公之智，應烽火而身獨馳之通州也，其智若插羽也。即不守通州，於京師何異取諸其懷而予之？及公督薊、遼諸軍，虜又至，乃一馬不敢入塞，是稱一日之任矣。今坐論之臣滿朝廷，言治道可謂盡之。然而天下方用兵，北構於胡則以公，南絓於越則以公者，不獨人才有能不能也。公三徙，成名於天下，豈爲苟去哉！刑部君爲某言：『往過薊，見家君治士，捷於枹鼓，身乘障，虜所不至，必斥之吏日上功幕府也。』則已翼亮大臣矣〔一五〕。刑部君，公長子也，名世貞。

【題解】

太倉王公，指王忬，即王世貞之父。詳前《送王大中丞赴山東》題解。據《明世宗實録》載，『嘉靖三十二年癸卯，巡撫大同王忬兵部右侍郎兼右僉都御史』。吴廷燮《明督撫年表》載引《國榷》嘉靖三十四年『三月己亥，巡撫大同王忬兵左總督薊遼、保定』。據此該文作於嘉靖三十四年。李攀龍景仰王忬，並非僅因他爲世貞之父。王忬北禦韃靼，南討倭寇，戰功赫赫，爲嘉靖年間名臣，文章讚揚王忬武功亦非諛辭。

【注釋】

〔一〕苴屨載路：謂受刑者多。《左傳·昭公三年》：『國之諸市，屨賤踴貴。』注：『踴，刖足者屨也，言刑多也。』苴，草。屨，單底鞋。囹圄成市：監牢擠滿罪人。

〔二〕尺籍：語出《史記·循吏列傳》，謂一尺之板，所以著軍令。徒：徒刑。

〔三〕論：判決。委桎梏被地：謂桎梏犯人的枷鎖滿地。被，覆蓋。

〔四〕候者：斥候，從事偵察的人。

〔五〕京師視此猶宇下：謂京城把古北口看作房檐之下。

〔六〕兵徼於便地：令兵巡守有利之地。徼，巡，巡守。

〔七〕『虜蓋』二句：謂胡虜昏聵而靠近，而您已突然授兵器於軍士並登城料敵了。傅，近，靠近。撊（xiǎn）然，忿怒狀。授兵，古時藏兵器於宗廟，有征伐之事需先祭告而後取出以授給軍士。《左傳·昭公十八年》：『子産授兵登陴。』

〔八〕堞通州：謂修建通州城上之女牆。巖邑：險要之城邑。貳：副，增益。

〔九〕大將軍：此指仇鸞（一五〇五—一五五二），字伯翔，明陝西鎮原（今屬甘肅）人。武將世家。總兵甘肅，以貪虐革職，後勾結權奸嚴嵩父子得復職，官至大將軍。韃靼俺答部入侵，一戰即潰，而卻報功受賞，加太子太保。終被揭露革職，憂懼而死。詳《明史》本傳。

〔一〇〕不意：沒有料到。

〔一一〕蠆（chài）尾：毒虫蠍子的尾巴。

〔一二〕出行寇：出而巡察倭寇，即瞭解敵情。行，巡行。

〔一三〕椎結徒裎（chéng）：結髮如椎，解衣露體。裎，袒，袒露。

〔一四〕「跿跔（tú jū）」三句：謂跳躍而來，探身疾行，兩足之間超過七八尺。跿跔，形容跳躍前進。趹，疾，步伐快疾。尋，長度七尺或八尺。

〔一五〕翼亮：輔佐。《晉書·王導傳》：「勳格四海，翼亮三世。」

送大司空朱公新河成應召還朝序

先是，河塞新集，而南流以阻；再塞龐家屯，而全河北徙矣。運道無所出，縣官仰東南粟歲數百萬，不得從漕上，蓋中外洶洶焉。是時，公方從少冢宰遷大司寇之南都也，先帝輒爲止之，改守今官，屬使治河矣〔一〕。

公至行河，則奏言新河事。而明年新河成，南陽至留城百四十里，入舊河，至境山五十里，而運道復出，江南粟數百萬更得從漕上。亡何，有爲上言治三河口亡狀者，疑不與公新河也〔二〕。以爲河所從來，建瓴萬里，并挾百川，湍悍欲暴泄之甚，秦溝一川，兼受數河之任，恐不溢而北則溢而東耳。長隄一潰，運道沙淤，不饜不止，抵極而反西南，泛沛與魚臺〔三〕，苦爲壑無已時。幸故道滅未久可求，又其處易浚，不如從上原開支河於以分流，殺水力，助大河泄暴水，備非常，佐舊河，便新河，三難不可爲也。公既得議以水之利害：河誠欲暴泄之甚，然使不直境山而北出，將一聽沙淤所爲，即出自徐州南，而二洪又且生慶忌〔四〕。今幸出秦溝，秦溝適直境山南五里，則是國家於河不治而已得其大。唯是爲務，它可次第舉者。秦溝雖兼受數河之任，猶爲束隘之而益其疾也；河流疾則能自刮除，束隘之則後推前，以致于二洪勢不踰淮放海而不已，暴泄何患焉！夏秋水猥盛，雖時潰而東北，沙淤洊落，泛淺力微，視其自索，抵極而反，亦在新河西隄外，昭陽湖受之以休息，若所謂『勿與水爭』者，獨何言爲壑？今所欲開支河，在新集至兩河口，無論漫無河形者，凡二百五十餘里，須創作深廣若干丈，即有河形，如郭貫樓至龍溝滅未久，稱易浚，又盡沙淤。先臣有言：『撮沙如聚米，挑淤如畫脂。』河之所舍，寧能强之？即求得故道，又何以異未復之前，而移魚、沛之害還蕭、碭也〔五〕？兩河皆赤子，奈何傷昏墊之懷〔六〕？地出水上，雖隆之天，力可從施，誰能築虛，倡予和汝，而欲自託於水也？無已，則橫隄抵之，使舍曠而就隘，以迫阨其性，不可矣。且安得數十里成隄，舉以置其間？由華而東，而入秦溝，而河自道也，以觀水勢，跳出沙土，欲居之久矣。不如因之以合經義，治水有決河深川，而無隄防壅塞之文，俾得併力下流，以事秦溝，而增卑倍薄，兼事西隄，重爲魚、沛之防。如是，則上不傷天子昏墊之懷，而江南粟常得從新河漕上矣。及上報可，而西隄亦成。是役也，因高爲深，黄流辟之，汙渠交委，而本水自足，其著者在新河。

某曰：國家運道，業以與河相直矣。河獨非水哉！善用河者，因而利之耳。出秦溝直境山，以致於二洪，踰淮放海，豈一日乎而忘東南？秦溝既導濁河數倍，下流已闊，無復壅理。即溢而東北，湖休息之；東以長隄，新河自足，是爲不治而已得其大。計定焉，而它可次第舉者，因而利之之道也。豈其智焉？匪天作之圖，而必欲復國家二百年之運道，業以與河相直，而倖必爭之利，以嘗不可並行之害，貽非常憂，必不然矣。河入秦溝者什九，而馬家橋西隄復成，均之引水，出小浮橋，而秦溝去橋止三十餘里，運道已便，斯龐家屯所不必開。先是開新河，自南陽至留城，道又徑易，漕度可省十日，上介有河形，土不疏惡，勢又可因，爲沙、薛兩河力，又可陂澤之〔七〕。而效節宣大臣之於國家，見謂利害，私竊念之，猶曰『天作之漕』。不然，奉詔使行河，費不訾，作亡益而無尺寸功，偷得不憚勞任事之名，且爲新河中廢地以徼人主，見謂識微慮遠，備非常者，苟無後咎餘責，雖踵興大役，復故道，何不可者？然而，國家大命，利害懸絕，大臣舉事，當爲後法，善乎『開新河不盡棄舊河，引安流不盡排黃流』之爲言乎！所謂善用河者因而利之之道也，豈嫌固自持議，與眾破壞深論便宜相難極也〔八〕？苟得其大，彊直自用，安所恤哉！今且入見上，言水之利害，與所以治河狀，報敬承之績，以贊乂安，圖永賴，勿但曰『先帝式靈之』而已〔九〕。是役也，拊綏貞作，有若都御史姜公〔一〇〕；臨飭藝略，有若監察御史羅公〔一一〕，共濟底平，而與議利害，天子所嘗報可者。乃命某以備論之如此云。

【題解】

大司空朱公，指朱衡。詳前《送朱大中丞召拜還朝》題解。據《明史》本傳，朱衡召拜工部右侍郎、進右副都御史，在嘉靖三十九年（一五六〇）。嘉靖四十四年秋，黃河決口，朱衡改工部尚書兼右副都御史奉命總督河漕。衡至即組織人工開渠引流，制服水患。所謂新河，即其所開新渠。對此朝中屢有異議，未得升遷。隆慶元年（一五六七），加太子太保。文中稱嘉靖爲先帝，則其應召還朝在隆慶元年。

【注釋】

〔一〕少冢宰：官名。周官。朱衡爲太宰之副。後世敬稱正卿之副。大司寇：官名。古代最高執法官。明代爲對刑部尚書的敬稱。朱衡於嘉靖三十九年進副都御史，召爲工部侍郎；四十四年，進南京刑部尚書。

〔二〕不與：不贊成。

〔三〕沛：縣名。今屬江蘇。魚臺：縣名。今屬山東。

〔四〕慶忌：神話中水怪名。相傳爲涸澤之精，『水之不絕者生慶忌』，『其狀若人，長四寸，衣黃衣，冠黃冠，戴黃蓋，乘小馬，好疾馳』（《管子·水地》）。

〔五〕蕭、碭：蕭縣、碭山，今屬安徽。

〔六〕傷昏墊之懷：謂傷皇帝關懷困於水災的人民之心。昏墊，謂困於水災。《書·益稷》：『下民皆昏墊。』《傳》：『言天下民昏瞀墊溺，皆困於水災。』

〔七〕陂澤之：謂爲澤築岸。陂，澤畔障水之岸。

〔八〕難：詰難。

〔九〕先帝式靈：先帝之靈佑。先帝，指嘉靖帝。式，語助詞。

〔一〇〕姜公：所指未詳。

〔一一〕羅公：指羅良。詳前《送大參羅公虞臣之山西序》題解。

送中丞陳公撫填河西序

中丞中河西四郡而立幕府，治張掖焉〔一〕。東起武威而西出敦煌、玉門關數千里，北邊匈奴，西控諸番，而南制湟中羌，非若它中丞得一意備胡者矣〔二〕。

今年春，匈奴出武威，度河，入寇隴西郡，踰湟水擊諸羌，掠申、沖豪二部人畜去。尋復牧西江上，與諸羌爭水草之利〔三〕。欲候便擊之，何可久哉？自漢表河曲而列四郡，斷匈奴右臂，令隔絕與羌通路。今湟中羌羈縻內屬，顧又且患苦胡而至占牧西海上，出入其國旁不去，則諸羌何以賴我，而以爲中丞威重也？日哈密諸番數萬，又稱兵欲窺敦煌、酒泉間，假令國家怒而追哈密已事，往正其罪，一旦開關延諸番名王貴人使前受言，則有若匈奴在青海上爲內應，又何以待之？

中丞自在西曹時，望見虜都城下，扼腕朝廷無禽敵之士，請上大閱六師，不報〔四〕。余既已壯之也。屬且督四道守臣，使分護河西。一太僕治外厩之政，得以幕府西制殊域，卽令驅其軍吏，發四郡騎士，爲天子揚推亡固存之威，刺土魯番之三褫哈密者，傳首詣北闕下，而勒功昆山之仄，豈爲難哉〔五〕！

今天下厭亂，朝廷方滅倭而後朝食，虜又頻年出雲中、上谷，公卿議留上郡、朔方入衛兵，使者又出上郡、朔方間，募它敢戰之士，而市西北駿馬〔六〕。郡國二千石各上補邊狀與計對，中丞卽欲事萬里外，吾恐國家與公卿議大策，非凡所見事必不從，必且以爲無故勤四郡兵生釁外國。卽詔書問中丞，甚苦暴露，獨不計令德柔遠，因循舊貫，與民休息，孰與此也？微中丞，誰不樂此者？中丞而得讓，何以自解也？然則，陳子公之功，沒齒不可復見矣〔七〕。優游河曲，終更亟還而取卿相，不已足以復給事中之踦哉〔八〕！它中丞得一意備匈奴，何如中丞今得以羌備匈奴也？匈奴欲與羌合者非一世矣，其計常幸羌有中國之急，先赴以堅其約。然今觀望卑禾海上〔九〕，不卽爲寇者，則猶私心不能忘，恐中丞兵至而諸羌背之也。中丞誠以爲羌小夷，卽小寇盜時殺人民其原未可卒禁者，釋而不問；問與匈奴解仇結約者，再以此擁護大豪，使卒歸義。我勿輕治兵湟中，使匈奴得施德於羌，而羌得以負匈奴之助，然後以金符之利制其命，而虛其外厩，豈不並制羌虜之道也？

羌十三種，故皆有大豪，保南山湟中，視城郭國久矣。豈其不度而損所恃以生之利於中國，以託於自疑不堅之匈奴，棄妻子於它種中以與中丞爲難？必不然矣。夷狄所以易制者，以其種自有豪，數相攻擊，勢不一耳。若謂卑禾海上安得有匈奴，今安得從枕席上度虜也！則以責之四郡不築遮虜障者，徒令障候長吏多出卒，若取庸獵獸，以皮毛爲旃罽，日操量課杞，采山理石爲觥，自罷其力而爲實效何益哉〔一〇〕？匈奴雖在西海上，羌能間得其降者，時時以諜來受事，中丞斥所欲至，伏所必入，使虜以諜洩自失而與國爲累，則羌爲之障矣。此謂以羌備匈奴者也。

【題解】

陳中丞，指陳棐。據吳廷燮《明督撫年表》引《國榷》，嘉靖三十六年（一五五七）六月壬申，陝西按察使陳棐爲右僉都御史巡撫甘肅。並引《列卿表》云：『棐，河南鄢陵人，嘉靖乙未進士。』從文中謂陳氏曾在『西曹』，且在嘉靖二十九年韃靼擄掠京畿時『扼腕朝廷無禽敵之士』看，他曾官刑部，早與攀龍相識，並正直敢言，爲其欽佩。而陳氏赴甘肅時，攀龍剛剛履任陝西按察副使。

【注釋】

〔一〕河西四郡：地域名。漢武帝元狩二年（前一二一），匈奴昆邪王殺休屠王降漢，以其故地置酒泉、武威二郡。元鼎六年（前一一一），又分置張掖、敦煌二郡。因其地在黄河以西，故稱河西四郡。此指甘肅。

〔二〕湟中：地區名。在今青海省東北部，湟水流貫其中，故名。漢時爲羌族聚居地。一意備胡：謂只擋一面。當時甘肅以北有蒙古韃靼，西有吐魯番諸多少數民族，南有湟中諸羌，情況較爲複雜。

〔三〕諸羌：指羌族各部。《後漢書》有《西羌傳》，謂『出自三苗，姜姓之别』。

〔四〕不報：謂負責接轉奏疏者不上報皇帝。

〔五〕『一太僕』九句：謂陳棐鎮服甘肅，建立軍功，爲天子揚威，並不難。太僕，官名。秦漢爲九卿之一，掌皇帝輿馬和馬政，明設太僕寺卿。外廄，宫外之馬舍。太僕治外廄，喻指陳棐由文官而掌武事。推亡固存，因彼將亡推而敝之，因此能存就而固之。《左傳·襄公十四年》：『亡者侮之，亂者取之。推亡、固存，國之道也。』吐魯番、哈密，均爲地名。今屬新疆維吾爾自治區。褫（chǐ），褫奪其職權。傳首詣北闕，謂將其首領之頭顱傳送至京都。勒功，將其軍功刻石以紀。昆山，即崑崙山。仄，側。

〔六〕『今天下』七句：文中所涉雲中、上谷、上郡、朔方，均爲戰國至漢所置郡名。雲中，戰國趙武靈王置，秦漢相沿。轄有今内蒙古、寧夏、河北、山西部分地區。上谷，戰國燕置。秦漢相沿。轄有今河北及北京部分地區。上郡，戰國魏文侯置。秦漢相沿。轄有今陝西北部及内蒙古部分地區。朔方，西漢置。轄有今内蒙古及寧夏部分地區。市，購買。

〔七〕陳子公：即陳湯（？—前6），字子公，西漢山陽瑕丘（今山東兖州）人，禦邊有功，官至西域副都尉。卒後追贈破胡侯。生平詳見《漢書》本傳。

〔八〕給事中：官名。秦置，西漢相沿。爲將軍、列侯、九卿等的加官，均給事殿中，以備顧問。明采宋制，在吏、户、禮、兵、刑、工六科設都給事中一人，左右給事中各一人，給事中若干人，抄發章疏，稽察違誤，職權頗重。踦：奇，偶之對，謂所遇不偶，不順利。《漢書·段會宗傳》載谷永與段會宗書：『願吾子因循舊貫，毋求奇功，終更亟還，亦足以復雁門之踦。』此或隱指陳氏在給事中任受到挫折。

〔九〕卑禾海：卑禾羌海，湖名。蒙古語爲庫淖爾，一名西海，又稱仙海、鮮水。即今青海湖。《水經注·河水》：

『湟水又東南，逕卑禾羌海，北有鹽池，世謂之青海。』

〔一〇〕旃罽（zhān jì）：氈、毯一類毛織品。罷：通『疲』。

送王元美序

以余觀於文章，國朝作者無慮十數家稱於世〔一〕。即北地李獻吉輩，其人也，視古修辭，寧失諸理〔二〕。今之文章，如晉江、毘陵二三君子，豈不亦家傳戶誦〔三〕？而持論太過，動傷氣格，憚於修辭，理勝相掩，彼豈以左丘明所載爲皆侏離之語，而司馬遷敘事不近人情乎〔四〕？故同一意一事而結撰迥殊者，才有所至不至也。後生學士，乃唯眾耳是寄，至不能自發一識，浮沈藝苑，真爲相含，遂令古之作者謂千載無知己〔五〕。此何異塗之聾瞽，取道一夫，則相與拍肩隨之，纍纍載路，稱培塿則橋足不下，稱汙邪則曳踵不進〔一〕，而雖有步趨，終不自施者乎〔六〕？語曰〔七〕：『何知仁義，已饗其利者爲有德。』世之儒者，苟治牘成一說，不憚儕俗比之俚言，而布在方策者耳。復以易曉忘其鄙倍，取合流俗，相沿竊譽，不自知其非〔八〕。及見能爲左氏、司馬文者，則又猥以不便於時制〔九〕，徒敝精神，何乃有此不可讀之語，且安所用之？又二三君子，家傳戶誦，則一人又何難焉！誠使元美與二三君子者比名量譽，誠不能以一人一旦遽奪其終身之見，而輒勝天下風靡之士〔一〇〕。文章之道，童習白紛〔一一〕，乃欲一朝使捨所學而從我，日莫途遠〔一二〕，且彼奚肯苦其心志於不可必致者乎？『夜蟲傅火，不疑於日』〔一三〕，非虛語也。

先是，濮陽李先芳亟爲元美道余〔一四〕，及元美見余時，則稠人廣坐之中而已心知其爲余。稍益近之，卽曰：『文章經國大業，不朽盛事。今之作者論不及李獻吉輩者，知其無能爲已。且余結髮而屬辭比事，今乃得一當生〔一五〕。僕願居前先揭旗鼓，必得所欲，與左氏、司馬千載而比肩，生豈有意哉〔一六〕？』蓋五年於此。少年多時時言余，元美不問也。曰：『世貞奈何乃從諸賢大夫知李生乎？』自是之後，少年乃顧愈益知余。

齊魯之間，其於文學雖天性，然秦漢以來，素業散失，卽關、洛諸世家，亦皆漸由培植竢諸王者，故五百年一名世出，猶爲多也〔一七〕。吳越尠兵火，《詩》、《書》藏於闤闠，卽後生學士無不操染，然竽濫不可區別，超乘而上是爲難爾〔一八〕。故能爲獻吉輩者，乃能不爲獻吉輩者乎！

【校記】

〔一〕踵，萬曆本、佚名本、張校本同。隆慶本、重刻本作『種』，誤。

【題解】

王元美，卽王世貞。此文爲李攀龍論文的主要篇章之一。文章在敘述二人交誼的同時，論及他們共同的文學情趣與追求。他讚揚李夢陽『視古修辭，寧失諸理』，倡導繼承和發揚左丘明、司馬遷的文風，强調詩文作家的才情思致，重視詩文的藝術性，重視繼承中有所創新，在當時都具有積極意義。王世貞嘉靖三十一年（一五五二）七月以刑部員外郎奉詔案決盧州、揚州、鳳陽、淮安四郡之獄，序作於此時。

【注釋】

〔一〕作者：詩文作家。無慮：大略，大概。

〔二〕『卽北地』四句：李獻吉，卽李夢陽。詳前《廣陵十先生傳》注〔六〕。古修辭，指古代詩歌的聲律格調，卽藝術形式方面。理，指理學。明初規定，以朱子《四書章句》爲科考的命題範圍。當時以『三楊』（楊士奇、楊榮、楊溥）等臺閣重臣提倡歌功頌德和道德説教爲内容的臺閣體與粉飾太平之萎靡詩風彌漫詩壇，李夢陽等『前七子』的詩歌强調繼承古代詩歌藝術，而不顧及理學的内容，具有積極意義。

〔三〕『今之』三句：指以王慎中、歸有光、唐順之等爲首的唐宋派文人。王慎中（一五〇九—一五五九），字思道，福建晉江人。唐順之（一五〇七—一五六〇），字應德，武進（今屬江蘇）人。武進即漢毗陵縣地。他們繼承南宋以來推尊韓（愈）、柳（宗元）、歐陽（修）、曾（鞏）、王（安石）、蘇（洵、軾、轍）古文傳統，反對前後七子的復古主張。

〔四〕『而持論』六句：謂唐宋派持論過於偏激，有傷其文的氣格，辭采亦爲其闡發的理學内容所掩蓋，難道他們把左丘明的《左傳》看作蠻語，而司馬遷的《史記》爲不近人情？太過，謂偏激。氣格，氣勢、格調。修辭，指講究藝術形式。理勝相掩，謂詩文所表達的理學内容勝過其藝術。左丘明，春秋末期魯國人，今或謂即今山東肥城人。相傳爲《左傳》撰寫者。侏離之語，謂邊地蠻語。《後漢書·南蠻傳》：『衣裳斑斕，語言侏離。』

〔五〕『後生』六句：謂後來的學人惟消極接受而無創新意識，真僞混雜，致使傳統失落。

〔六〕『此何』八句：謂這就像一羣瞎子在塗中拍肩相隨，遇土丘就抬腿，遇沼澤就止步，雖能行走而終不能自主前行。瞽，失明者。纍纍，一個接一個。培塿（lóu），本作『部婁』，小土丘。橋足，抬起腳。汙邪，低窪地，沼澤。自施，自己有所施爲。

〔七〕語曰：謂當時流行的話。

〔八〕『世之』八句：謂當今俗儒祇要對某一經籍提出自己的看法，爲迎合世俗情趣，不怕用語是否粗俗，相互標榜，而不自知其非。苟，假如。治，研究。牘，書籍。此指經書。儕俗，語出《史記·游俠列傳》，謂同於世俗，迎合。俚言，民間粗俗之言。布列方策，布列在簡牘之中。《禮記·中庸》：『文武之政，布在方策。』鄙倍，粗俗背理。

〔九〕時制：時尚製作，指時藝，八股文。

〔一〇〕天下風靡之士：天下望風傾身而拜的人。

〔一一〕童習白紛：幼習一藝，至白首猶紛亂不清。漢揚雄《法言》：『童而習之，白紛如也。』

〔一二〕莫：通『暮』。

〔一三〕『夜蟲』二句：謂螢火蟲的光亮，不能比作太陽。夜蟲，夜間飛鳴之蟲。此指螢火蟲。疑，擬。

〔一四〕李先芳：卽李伯承。詳前《送新喻李明府伯承》題解。

〔一五〕屬辭比事：語出《禮記·經解》，謂會綴文辭，比次事類。乃得一當生：纔得遇到您。生，猶先生，有才學的人。此爲對李攀龍的敬稱。

〔一六〕『僕願』三句：謂我願爲您先導，達到與左丘明、司馬遷的成就。僕，元美自我謙稱。揭旗鼓，舉旗擊鼓，謂爲先導。比肩，相比並，謂相同的成就。

〔一七〕『齊魯』八句：謂齊魯之人愛好文學出自天性，但從秦漢以來卻無所成就，卽使關、洛地區的世家大族他們也是等待領袖人物出現，但五百年也不一定會出一個。文學，此指學術，包括今之所謂文學。素業，舊業，平生所從事的事業。關、洛諸世家，指關西（函谷關以西）漢代經學家弘農楊氏、扶風馬氏，及宋代著名理學家洛陽『二程』，卽程頤、程顥兄弟。

〔一八〕『吳越』六句：謂吳越戰事少，《詩》、《書》在集市都能見到，青年無不有所接觸，但優劣難以區別，超越前輩就更難了。吳越，地區名。指今蘇南、浙北一帶。尠，同『鮮』，少。闤闠（huán huì），市肆，集市。操染，操持有所沾染。竽濫，卽濫竽充數。超乘，語出《左傳·僖公三十三年》，謂跳躍上車。此謂超越。

贈王元美按察青州諸郡序

元美所爲守尚書郎九歲，當遷者再，輒報罷，則貴人側目矣〔一〕。亡何稱治獄使者，北察燕、趙諸郡，居十月而竣事，且入致命於天子，乃遷按察副使，奉璽書治青州部兵事焉〔二〕。

攀龍曰：青州故四塞國也。今其民豈猶無不吹竽鼓瑟、鬭雞走犬、六博蹋鞠者乎？臨淄之途，豈猶無不車轂擊、人肩摩、連衽成幃、舉袂成幕者乎〔三〕？有之，然利不在上也。管夷吾用齊，而罷士爲伍〔四〕；與其爲善於鄉也，不如爲善於家。匹夫有不善，可得而誅也；斯禦戎翟，衛中夏，成九合一匡之功，而諸侯皆得以鞭箠使矣〔五〕。今其民見以爲無不吹竽鼓瑟、鬭雞走犬、六博蹋鞠相樂也。然暴子弟亡賴少年爾，不采金于山，即煮鹽于海矣。輕扞厲禁，恣睢辟倪，往往內交亡命，傾身爲急，仇家不解，白刃以視；與其逮於法也，不如聽於豪〔六〕。是大亂之形日具，而有司者所不知；即爲有司者所知，微欲持其陰事，吾恐其發在左右之後也。由是中猾以下猶姑逋逃，佯以示遜，殺有司之怒。而其大者，不挾衆負固，即自詣臺對，有司者不問矣；有司者問之，奈何卒能以其黨令自攻？今年一長吏，明年一長吏，又奈何卒能令有司者不問也？三尋之矛，唯敵是求，振臂一呼，超距十丈，引而更卻，如曳風雨。其搏秘如組，亦如掉蝟〔七〕；其盤鋒如輪，亦如積環。堵牆而進，矢疾不得加，劍銛不得接，不竢尺符，捷於烽火，三尋之矛若鄧林矣〔八〕。然則，今日臨淄之途，車轂擊、人肩摩、連衽成幃、舉袂成幕者，豪爲政也，縣官豈有賴與〔九〕？王于興師，則占籍自偷，不著同袍之義〔一〇〕。有司者一一治賦，卽又狡憤而起，坐索輜重，裹糧于槖，人歲不饜百繦〔一一〕。高秋徵戍，攫市以行。漁陽之野何多鞂韋之跗注君子也〔一二〕？三尋之矛，十五相構，傅以章幟，寢處其間，釋冰而游，爰喪其馬，不知玁狁受賑〔一三〕，天子之鐘鼓寔式靈之，汝何多之有？柞浦之役〔一四〕，有君子六千人，島夷僞遁，委以禦貨，覆者三千人矣。有司者初亦唯以汝爲功。又不佞以勤縣官，而怯於公戰，卽有豪實應，且憎以慚我有司，我有司豈願有問也？

語曰：『虧之若月，靡之若熱。』元美若能使臨淄之民無不吹竽鼓瑟、鬭雞走犬、六博蹋鞠相樂也，而又無采金于山、煮鹽于海，是匹夫不善，可得而誅也。何辭之與？有若是采金于山、煮鹽于海也，尚將使其爲善乎鄉也，無以異爲善乎家。以爲罷士伍而輕扞厲禁，恣睢辟倪，豪大者未可遽問也。元美其從堂視室，左右將自復，若曰爲勞幾何，而歲且繦食縣官，而必置之，則是使暴子弟亡賴少年登瑯琊之丘〔一五〕，北嚮而歎也。其若徵戍以勤天子何？何以春秋高枕自媮快也？夾谷之會，魯行相事者誰哉〔一六〕？元美其才，一日可鞭箠使青州矣，何可使寇令也？不然，元美狙喜自用焉，某安能知之？某所以知者，元美有績，以間執諸貴人，繄不食夫我者爾。

【題解】

王元美，卽王世貞。據鄭利華《王世貞研究》附《生平活動簡表》，王世貞於嘉靖三十五年（一五五六）十月升任山東按察副使，兵備青州，十二月赴任，翌年正月抵達任所。其時李攀龍尚在陝西，並未能送行，所以序稱『贈』。序文與一般贈序不同的是，通篇介紹齊地的風俗人情。世貞爲南方人，對北方特別是山東的民風政情缺乏瞭解，攀龍以此表達對摯友的關懷。

【注釋】

〔一〕貴人側目：謂權貴怨恨。側目，怨恨之狀。《後漢書・陳蕃傳》：『危言極意，則羣凶側目，禍不旋踵。』王世貞因楊繼盛事件得罪了奸相嚴嵩，故而久不得升遷。

〔二〕『乃遷』二句：王世貞的官銜是山東按察副使，兵備青州。此爲世貞九年來第一次離京遷轉。

〔三〕『今其民』三句：謂臨淄富有，人口稠密。六博、蹋鞠，皆古代游戲。六博，博弈之具。蹋鞠，即今之踢足球。轂，車輪軸。袂，衣袖。《戰國策・齊策一》：『臨淄甚富而實，其民無不吹竽、鼓瑟、擊筑、彈琴、鬬雞、走犬、六博、蹹鞠者；臨淄之途，車轂擊，人肩摩，連衽成帷，舉袂成幕，揮汗成雨。』

〔四〕管夷吾：即管仲（？—前六四五），名夷吾，字仲，潁上（潁水之濱）人。齊桓公時國相，輔佐桓公九合諸侯，一匡天下，成爲春秋『五霸』之首。他在齊進行改革，分國都爲十五士鄉和六工商鄉，分鄙野爲五屬，設各級官吏治理。所謂『罷士爲伍』，即以士鄉的鄉里組織爲軍事編制。其言論見《國語・齊語》、《管子》。

〔五〕鞭箠使：謂像鞭打馬匹一樣供其驅使。鞭箠，馬鞭。

〔六〕豪：豪士，豪傑之士。《鶡冠子・博選》：『德千人者謂之豪。』

〔七〕『其搏』二句：謂其搏鬬密如絲織，也如蝟毛聳起。掉，搖動。

〔八〕鄧林：神話中夸父杖化生之林。詳《山海經・海外北經》、《列子・湯問》。

〔九〕縣官：天子。

〔一〇〕不著同袍之義：謂不同仇敵愾。《詩・秦風・無衣》：『豈曰無衣，與子同袍。王于興師，修我戈矛，與子同仇。』

〔一一〕人歲不饜百緡：人每年都超過百緡。饜，滿足。緡，錢貫，錢串。

〔一二〕韎韋之跗注君子：《左傳・成公十六年》：『有韎韋之跗注，君子也。』《注》：『韎，赤色。跗注，戎服。』

〔一三〕玁狁：古族名。殷周之際主要分佈在今陝西、甘肅北境及内蒙古自治區西部。春秋時被稱作『戎』、『狄』。此指北方少數民族。受脤（shèn）：謂接受封贈。脤，脤膰，嘉禮之一。社稷宗廟之肉，以賜同姓之國。見《周禮・春官・大宗伯》。

〔一四〕柞浦之役：謂平定叛亂之役。柞浦，即柞溪，水名。在今湖北荆州市江陵北。晉時桓玄擊殷仲堪、魯宗之破桓玄將溫楷兵，均在這一帶。參見《晉書・安帝紀》、《晉書・殷仲堪傳》。

〔一五〕瑯琊之丘：即瑯琊山，在今山東青島市黄島區。

〔一六〕夾谷之會：《左傳・定公十年》載，定公十年春，『會齊侯於祝其，實夾谷。孔丘相』。夾谷，地名。在今山東濟南萊蕪區。

送河南按察副使王公元美自大名之任浙江左參政序

始河南之按察大名者，大名、廣平二郡耳〔一〕。自某之爲順德，猶往謁山西之按察真定者於獲鹿〔二〕。踰年，蓋茅公始得并按察順德〔三〕，凡三郡云。余後往謁茅公大名，習知大名故重鎮，又并順德。順德西距太原諸鄙，爲畿内地，設守障吏于境上〔四〕。按察部之秋三月，臨勑順德以爲常矣。

嘉靖丙辰〔五〕，公既領治獄使者，渡滹沱，緣太行，乃從某三日而讞順德，又五日而讞廣平，又十日而讞大名。既告竣役，余乃從公大名，命盧柟攜謝榛交相勞也。曰：『不佞世貞，視治獄三郡，掌上耳。』明年，公出按察青州，凡三年，則城顔神而收大猾徐氏〔六〕，令采金煮海諸亡命不逞之徒由是解罷，先帝賜璽書焉。余既歸自關中，問公之所以按察青州者狀，曰：『不佞世貞，視按察青州，猶治獄三郡耳。』青州於濟南，雞犬相聞也，至今誦之，較如四境，父老永懷，紀載史乘，蹟用不朽。尋以家難，乃自劾去，屏居者且十年。

今上大服，搜天下失職之士，乃南諫議諸君疏薦之〔七〕，公遂與介弟敬美並起。岑君既領紹興〔八〕，往謁余曰：『始某之成爲疏薦者公與元美，計所爲主者榮施也。』蓋是時不佞已爲諫議諸君疏薦之，起補浙江，轉參政，部浙以西矣。實儀封張君所爲主〔九〕。余往謁張君，張君又謂非不知元美，欲遺南諸君榮施也。公起補大名，讓不就者再而不得請，之大名又移欲中罷者再而不得請。凡按察大名四月，而余轉河南按察使，公遂代余爲今官云。

明年公往謁余濟南，余又問所以按察大名者狀，曰：『不佞世貞，視按察大名猶青州耳。獨未知可以按察大名者治浙以西也，不可乎？』余既轉參政，以皇太子冊立入賀，未之部，而殷君從省中攝之，卽浙以西三郡如掌上。凡爲中丞臺、御史臺疏薦之者三，而特疏薦之者二，以按察大名治浙以西，何不可也？余未之部，而聞諸省中，浙以西三郡，郡多豪，俗怙而喜殖，故不悛〔一〇〕；以嘗試吏，顧其吏足以彈壓之，則無敢輒動者。元美在大名四月，而州縣之以墨去者三之一〔一一〕。其風裁慷慨，數爲按察益鮮。中丞臺、御史臺疏薦之者三，而特疏薦之者二，語多與岑君合。至推其文學經術不置，而剖擊如長者〔一〕，以信乎上深矣。治浙以西，何不可也？

公弱冠以才雄搢紳間，所莅稱秉憲之臣，又蔚然爲辭宗二十餘年于此。衆方見憚，乃起而輒信乎上，以無掣肘言行事何不可也？余以入賀，未之部，無以遺公者〔一二〕。然其間父老之談文學者蓋數輩，欲一相周旋未能也。獨今之嚮意，元美必舉不佞以爲藉，願公與周旋焉，使父老由元美知某，以此遺公矣。不佞所以徘徊順德者，既得於公而稱使河南，猶及附如貫之誼，卒假大名爲重。其代浙以西也。又將圖余所欲效而未逮者。使於父老有餘狀，斯又公所遺某者矣。

【校記】

〔一〕長，隆慶本、四庫本作「是」。

〔二〕遺，隆慶本作「道」，誤。

【題解】

隆慶改元，王世貞之父冤情得雪，而其卻里居未仕。隆慶二年（一五六八），朝臣疏薦，得起補河南按察副使，整飭大名等處兵備。世貞上疏請辭，未允，遂於七月赴任。除夕，得報遷浙江左參政。而李攀龍於是年遷浙江左參政，奉表入賀冊立皇太子，途中改升河南按察使，其職即由世貞代。世貞於隆慶三年正月赴任，途中與攀龍相遇於齊河。見鄭利華《王世貞研究》附《活動年表》與殷士儋《李公墓誌銘》。此文蓋作於攀龍到任之後。

【注釋】

〔一〕大名、廣平：　明代府名，均屬今河北。大名府治大名縣，廣平府治永年（今屬河北）。

〔二〕獲鹿：　縣名。明代屬真定府，今屬河北。

〔三〕茅公：　指茅坤，字順甫，歸安（今浙江吳興）人。嘉靖十七年（一五三八）進士。歷知青陽、丹徒二縣。母憂服闋，遷禮部主事，改吏部稽勳司，坐累謫廣平府通判，屢遷廣西兵備僉事，遷大名兵備副使，後因牽累罷官。生平詳《明史》本傳。

〔四〕守障吏：　守衛邊塞的官吏。

〔五〕嘉靖丙辰：　即嘉靖三十五年（一五五六）。

〔六〕城顔神：　修築顔神之城。顔神，鎮名。爲王世貞兵備青州時的駐地。今爲山東淄博市博山區所在地。大猾：　異常狡猾之人。

〔七〕南諫議諸君：　指南京的監察御史們。

〔八〕岑君：　指岑用賓，字允穆，順德（今河北邢臺）人。嘉靖進士。官南京戶科給事中。爲官正直，多所論劾，並及大學士高拱。因受高拱排擠，出爲紹興知府，再貶宜川丞，卒於官。生平詳《明史·周弘祖傳》附傳。

〔九〕儀封張君：　指張鹵，字召和，號滸東，儀封（今屬河南）人。嘉靖進士。累官右僉都御史，巡撫保定。因忤宦官，入拜大理寺卿，尋出爲南京太常卿。又以忤張居正，致仕。著有《嘉隆疏草》、《張滸東集》等。生平詳《明史》本傳。

〔一〇〕俗怙而喜殖：　謂其俗依恃財富而好貨殖。怙，怙富。殖，貨殖，經商。悛（quān）：　悔改。

〔一一〕墨：　貪墨。

送汝南太守徐子與序

漢所謂良二千石者，政平訟理，庶民忘嘆息仇恨之心也。即黄次翁爲潁川，宣布詔令，令民皆知上意，而寬和爲名；　龔少卿爲渤海，悉罷逐捕盜賊吏，非使勝之，將安之也而已，各稱天下治行第一矣〔一〕。乃今良二千石猶難之，每坐以爲不可及。何哉？豈無智能，用非其數耳。方且從旁謂我二三兄弟，文辭相矜，不達於政，雖摛藻如春華，何益於殿最〔二〕？世務粗牾，所居廢亂，安在其以經術潤飾吏事也？超然自以爲一輩，而幸我之敗以甘心，則何用我二三兄弟爲矣。

往者元美以璽書按察青州諸軍事，所部亡命采山煮海之徒，長矛距踴之士，翕然解散，使有司無復沈命坐累之憂〔二〕。子相參議閩中，身在圍城，談笑卻虜，因計偕博士弟子員條上禦倭策，宰相至讀不能置，卽有謁閩中諸軍事者，未嘗不曰此策具是矣。明卿三黜，在去就之間，所居稱平，似潔似辱〔三〕。我二三兄弟豈爲不效哉？毋論君子自好，視人太輕，始責務盡，卒抵以罔，而務不相能，卽上之臺中、省中，若建藩陳臬諸執事，下之丞尉、功曹，若縣令長，無不相待以爲治，而相適以有成，此霸所以毋失賢者意，而遂願得一切便宜從事也〔四〕。

今之良二千石，有則不近利害，視勢取附，巧爲繫援，使游聲譽，無米鹽之功，而竊高第之賞。不則惛惛無辯，吏緣爲姦，乏提衡之術，而病神明之稱。上陵之不悛，下嘗之不報。有則迂闊聖化，鹵莽勸課，欲治之急，還復廢亂，危加之愀焉，輕省之藐焉，過聽偏昵，躁不自持，雖有喜功趨事之心，而無從善闕疑之度。不則牽於猜忌，馭於嫌疑，佯示其求諫之迹，而惟恐昵之則彼因以藉資；微見其親仁之名，而惟恐昵之則彼因以賣重。若存若亡，使長者自沮而利其疏；似禮似倨，使故舊自遺而坐之怨。不知一人聽而萬夫緘口，智者不敢也；非所昵而姑受其任，義者不爲也。扱綸錯餌〔五〕，迎而吸之，不可以得魴，而長者遠矣；因緣其意而與其私，猶之暴不公之心於國人也，而故舊駭矣。然則有所陳對，安得長者之言而稱之？非無智能，用非其數，而節度淺深，適至是而止，因『坐以』二字爲不可及耳。今由王生所教戒觀之，文辭豈可少乎？次翁爲吏自喜，卽經術亡益，安用從獄中受書矣〔六〕？

子與今爲汝南，何異汀州時？文辭經術誠亡當於今之君子，然業已爲之，我二三兄弟所恃以厭人之幸我者在是，而何可使人更謂子與曰：『太守甚苦，書策稠濁，吏事旁午，經術文辭，一切無恙乎？』

子與既無是四者，用非其數，而又有以厭人之幸我豈爲不效哉！余猶識在鉅鹿時，子與與元美輒責治鉅鹿狀，曰：『無以國人慮同舍也。』子相謂余：『卽上績書考功，乃鉅鹿太守以殿聞，我何以私故人？』明卿亦謂：『假令朝廷雜問上計吏，爾條對失上意，在後叩頭謝，我以給事中臨飭左右，又何忍見爾於此！』

鉅鹿，畿輔也。余才出子與下甚遠，卽無是二三兄弟左提右挈，子與何患焉？余既上計，子與與元美輩過勞我，何爲也？行治獄使者與明卿信宿我境上，何爲也？元美繼至，一日致讌，三日致飲，曰：『太守何得囹圄如此〔七〕！』此子與所知，又何爲也？凡以退而考察所行，不欲有名實不相應耳。今豈敢言報子與，亦謂子與有意於二三兄弟者如此矣。

【校記】

〔一〕坐，隆慶本、四庫本作『生』，誤。

【題解】

徐子與，卽徐中行。據《天目先生集》附李炤《徐公行狀》載，嘉靖三十六年（一五五七），徐中行由刑部郎中出任汀州知府；三十七年赴京述職，父喪丁憂，四十年服除，翌年補汝寧知府。汝寧古屬汝南郡，故以稱之。序文作於嘉靖四十一年（一五六二），中行赴任之時。序文在表達送行之意時，提出『文辭相矜不達於政，雖摛藻如春華，何益於殿最』。要求詩文『達於政』並不新鮮，它本是我國的文學傳統，但在當時卻具有十分强烈的現實針對性。同時，也說明以李攀龍爲首的『後七子』發動的文學復古運動，其最終目的是推動政治改革，刷新吏治。

【注釋】

〔一〕『卽黃』九句：舉漢『良二千石』黃霸、龔遂，說明經術有益於政事。黃次翁，指漢潁川太守黃霸，字次公，淮陽陽夏（今河南太康）人。宣帝時命霸爲潁川太守，秩比二千石。霸到任『分部宣布詔令，令民咸知上意』，『力行教化而後誅罰』，『以外寬內明得吏民心，戶口歲增，治爲天下第一』（《漢書·循吏傳》）。龔少卿，指龔遂，字少卿，山陽南平陽（今山東鄒城）人。以明經爲官。宣帝時，渤海左右郡歲饑，盜賊並起，二千石不能控制。丞相、御史推薦龔遂，宣帝卽任命龔遂爲渤海太守。龔遂赴任，至渤海界，『移書勑屬縣悉罷逐捕盜賊吏。諸持鉏鉤田器者皆爲良民，吏無得問，持兵者乃爲盜賊』，『盜賊於是悉平，民安土樂業』，『獄訟止息』（《漢書·循吏傳》）。

〔二〕『文辭』四句：謂以文辭相誇，而不能用於政事，卽便辭采如花，也無法改變考課殿后的狀況。矜，誇。摛藻，鋪張文辭。殿最，謂考核居後。官吏考課的等級，上者曰最，下者曰殿。

〔三〕『明卿』四句：謂明卿雖遭貶斥，而居官稱平，受辱而保持高潔的品格。明卿，卽吳國倫。國倫從中書舍人，貶爲江西按察司知事，再貶爲南康推官，改河南歸德推官，由歸德自免歸家。起爲建寧同知，擢邵武知府。見《明世宗實錄》及所歷各地方志。黜，罷黜，免官。

〔四〕『此霸』二句：謂黃霸尊重賢者，而龔遂願針對實際情況加以處置。據《漢書》本傳，黃霸爲官寬厚，有一縣丞年老，且聾，長官想要罷免而逐之，黃霸說：『許丞廉吏，雖老，尚能拜起迎送，正頗重聽，何傷？且善助之，毋失賢者意。』龔遂認爲治亂民宜緩不宜急，提出讓『丞相御史且無拘臣文法，得一切便宜從事』。

〔五〕扱（chā）綸錯餌：舉起釣竿，安排魚餌。扱，舉。錯，通『措』，置，安排。

〔六〕獄中受書：據《漢書》黃霸本傳載，宣帝時，經學大師夏侯勝因非議詔書，繫獄當死。『霸因從勝受《尚書》獄中』。後夏侯勝出獄，復爲諫大夫，卽推薦黃霸，遂擢爲揚州刺史。此謂黃霸因通經術而至通達。

〔七〕『太守』句：言其怎麼使牢獄空虛如此，謂在其治下無犯法之人。

送宗子相序

王元美嘗與余論天下士，謂子相於梁生、徐生，可謂騏驥少壯，一日千里〔一〕，何不可爲也？久之，梁生往南海，徐子與請金陵不調，元美之吳郡，海內交游且盡矣〔二〕。乃子相又以疾去，豈詩於人能使所有不爲也？

子相蓋嘗謂『朝廷可使無文章之士，則靈鳥不必鳴岐山，而騏驥爲檮杌』〔三〕。知言哉！所論萬古一事者矣〔一〕〔四〕。方吾之屬類比事〔五〕，結撰至思，時也倏來忽失，經營於將迎之間，既竭吾才而不得一辭，窮日之力而不得一語，猶且不能自已也，而遑及其他？無論明良，喜起賡歌，君臣之盛於唐虞之廷〔六〕；卽其次，朝不坐，燕不與，憫時政得失，主文而譎諫，言之者無罪，聞之者足以戒〔七〕，達於事變，而懷其舊俗〔八〕，亦何所不得於我？而況合契古人，明請一朝，實獲其心〔九〕？得意尺牘，千金享之，嗟歎永歌，手舞足蹈，過此以往，莫之或知。不言而信，是委喻於同心，其有不反三，遇則屏息辟之耳〔一〇〕。既以强人人愈厭，既以信人人愈疑，其心以爲與其以不吾知者嘗吾技〔一一〕，則豈不得已其無以嘗吾技者乎？則病者乎？是謂我竭才窮日之力而得之，而彼豈輒得聞焉？是則不恭之大，有不恤者何也？立乎百世之上，使百世之下聞風而興起，是旦莫遇之也〔一二〕。四海而一人焉，是比肩而至也，何有於我也？正使不免於好名之嫌，則雖陸沈下僚〔一三〕，亦餘此不朽之心，獨奈何非義而冀幸不可竢之富貴，以心術之微，精神之所至，而沾沾焉游大人以成名也〔一四〕？詩可以怨，一有嗟歎，卽有永歌，言危則性情峻潔，語深則意氣激烈，能使人有孤臣孽子擯棄而不容之感，遁世絶俗之悲，泥而不滓，蟬蜕滋垢之外者，詩也〔一五〕。子相之視天下，又何可爲乎？

向吴舍人亦爲余言子相於是也〔一六〕。不然，以子相之材，在吏部何憂不卽至卿相，而委蛇若是〔一七〕！卽世俗之見，以竭才窮日之力作無益，安知從吾所好也？獨其人實不窮一日之力謬爲詩以竊取譽，不知者受欺而與稱列，至爲稍黠者所窺，遂太過矯失〔一八〕，不復區别真僞。概天下賢者於是，而子相不免於疑〔一九〕，則有之爾。然豈詩之罪哉？直其去也，人皆知子相有所不爲矣，可以無去也。其尚疑子相也，則人有不可信也。詩難言也！

【校記】

（一）事，隆慶本、四庫本作「時」。

【題解】

宗臣，字子相。《明史·文苑傳》本傳載，宗臣由刑部調任吏部考功時，「謝病歸。築室百花洲上，讀書其中」。又據文中「梁生往南海」、「元美之吴郡」，其病歸當在嘉靖三十一年（一五五二）。而從李攀龍序文辭氣看，其稱病歸里似别有原由。此文與《送王元美序》一文並爲李攀龍論詩文的重要篇章。文章强調詩歌「憫時政得失，主文而譎諫」，强調詩歌主情及其移情感化作用，在當時都具有十分重要的現實意義。

【注釋】

〔一〕「謂子相」三句：謂梁、徐與宗年輕少壯，前程遠大。梁生，指梁有譽。徐生，指徐中行。騏驥，良馬。《莊子·秋水》：「騏驥、驊騮，一日而馳千里。」

〔二〕「久之」五句：謂梁生病歸，徐生請調，元美探家，七子離散各地。梁有譽嘉靖二十九年（一五五〇）進士及第，三十一年謝病歸里；元美借察獄之機，於是年回家探視。徐中行上疏請調南京，留中不報。《宗子相集·報梁公實》：『謝（指謝榛）以春歸，子（指公實）以夏去，元美與僕相繼出都，獨于鱗、子與、明卿落落京邑……而子與上疏分曹，留中不報。』

〔三〕『子相』三句：謂子相曾說假如朝廷上可以沒有文人，就像周之興起不必靈鳥鳴叫、仁獸變爲惡獸一樣不可能。靈鳥，靈異之鳥。《國語·周語》上：『內史過曰：「周之興也，鸑鷟鳴於岐山。」』岐山，在今陝西境內，爲周王朝發祥之地。麒麟，傳說中的仁獸。梼杌（táo wù），傳說中的惡獸。

〔四〕萬古一事：萬古同一事理。

〔五〕屬類比事：謂撰寫文章。屬類，一作『屬辭』。語出《禮·經解》。

〔六〕『無論』三句：謂明君賢臣彼此唱和，像在唐堯、虞舜時代。明良，謂君明臣良。《書·益稷》：『元首明哉，股肱良哉。』賡歌，即《賡載歌》。傳說舜和皋陶唱和之辭。《書·益稷》：『帝庸作歌曰：勑天之命，惟時惟幾。乃歌曰：股肱喜哉，元首起哉，百工熙哉。皋陶拜手稽首，颺言曰：念哉，率作興事，慎乃憲，欽哉！屢省乃成，欽哉！乃賡載歌曰：元首明哉，股肱良哉，庶事康哉。』唐虞，唐堯、虞舜，傳說中的古代聖王。

〔七〕『朝不』六句：謂即使不在朝廷之上，你以詩文表達對國家政事的關心，以詩文的形式進行諫諍，也是我們文人的責任。憫，憂。主文而譎諫，本指《詩·國風》詩句多文采而寓含規勸之意。《詩大序》：『上以風化下，下以風刺上，主文而譎諫，言之者無罪，聞之者足以戒，故曰風。』後泛指對一般詩文的要求。

〔八〕『達於』二句：謂通曉事物的發展變化，懷念舊有的風習。此蓋指文學復古，眷戀古代文風。

〔九〕『而況』三句：謂況且詩文與古人情趣相契合，朝請而師之，實能深得其本心。明請，即朝請。《列女傳·母儀·魯之母師》：『穆公賜母尊號，曰母師，使明請，夫人諸姬皆師之。』明，『朝』字傳寫之訛。

〔一〇〕『不言』四句：謂不言而令人信服，此即通過詩歌把自己的志意曉諭友人，如不能觸類旁通，相遇只有敬而遠之。委，付。喻，通『歈』，歌，詩歌。不反三，不能舉一反三。《論語・述而》：『不憤不啓，不悱不發。舉一隅不以三隅反，則不復也。』屏息，抑制住呼吸，不敢出聲。辟，同『避』。

〔一一〕嘗吾技：品味我們的技藝。

〔一二〕旦莫：旦暮。朝夕之間，謂時間短暫。莫，同『暮』。

〔一三〕陸沈下僚：謂沉淪於僚屬，而不得升遷。陸沈，即陸沉。沉沒，淪陷。

〔一四〕『亦餘』五句：承上，謂即便沉淪下僚，尚有以詩文傳世之心，豈能以不正當手段謀取富貴，豈能用盡心計，疲敝精神，靠與達官貴人交游以成名而沾沾自喜呢？不朽之心，謂創作詩文，垂名後世之心。三國魏曹丕《典論・論文》：『夫文章經國之大業，不朽之盛事。』冀幸，非分的希望。心術，運用心思之方法，心計。大人，此指達官貴人。

〔一五〕『詩可以』十句：謂詩可以怨刺，可以用以表達自己的喜怒哀樂，能表現一個人峻潔的人格，能使人受到感染而變得高尚脱俗。怨，怨刺，即對政事提出批評。此爲强調詩歌的政治功用。嗟歎，感歎。永歌，長歌。《毛詩序》：『情動於中而形於言，言之不足故嗟歎之，嗟歎之不足故永歌之，永歌之不足，不知手之舞之，足之蹈之也。』此言『嗟歎』，是强調詩歌的抒情特點。『言危』七句本《孟子・盡心上》及《史記・屈原列傳》。《孟子・盡心上》：『人之有德慧術知者，恒存乎疢疾，獨孤臣孽子，其操心也危，其慮患也深，故達。』《史記・屈原列傳》：『其行廉，故死而不容自疏，濯淖污泥之中，蟬蜕於濁穢，以浮游塵埃之外，不獲世之滋垢，皭然泥而不滓者也。』『言危』之『危』，即『其操心也危』之『危』，不安，此謂直言警告。『語深』之『深』，即『其慮患也深』之『深』，深切。孤臣，孤立無援之臣。孽子，庶孽之子。擯棄，排斥，棄絶。不容，不見容於當世。泥而不滓，猶言處污泥而不染。

〔一六〕吳舍人：指吳國倫。因其曾官中書舍人，故稱。

〔一七〕委蛇（yí）若是：謂不得升遷如此。委蛇，也作『逶迤』，曲折。

〔一八〕矯失：矯正失誤。

〔一九〕不免於疑：不免於被誤解。

送袁履善郎中讞獄廣西序

天子既誅丁大司馬而下王職方獄也，百官當秋論報，則職方逮詣闕下，簿責不服矣〔一〕。按事者爲奏，移章司寇吏〔二〕，將覆劾之。時天下傷悼元元肝腦塗地〔一〕〔三〕，而痛謀國之臣，卽有嚴威赫怒，人何得測焉。履善蓋嘗仰屋歎曰：『昔者，鄧公言鼂錯於漢景帝，謂錯「計畫始行，卒受大戮，內杜忠臣之口，外爲諸侯報仇，臣爲陛下不取也」。而帝復謂「吾亦恨之」，可謂愛君哉〔四〕！夫北虜虔劉我人民〔五〕，大司馬悖愕自失，至不敢出一騎，他帥提重兵自鎮來，復堅壁觀望，未嘗發鏃矢，何可不騈首戮也？職方則微，一二重臣已足對天下怨心。卽使又誅一職方，是匈奴既大爲賊虐，偃蹇肆志而去，而朝廷復以其遺毒及吾臣子，使相慶得計，謂因疆埸之政自屠執事之臣，受爲匈奴報怨名。天子仁聖，愛畿內百姓甚於一大司馬，而惡匈奴懷詐內侵甚於一二三執事之臣，衆何憒憒無鄧公之見也？卽前職方訊章所麗大辟，法又非我所輒取，何不可以成案？委顧人臣將順天子德意，揚主之明，傾身爲之，不欲阿意辟患爾〔二〕！』

余聞大司馬訑訑不受人言〔六〕，北虜寇城下時，職方數爲請戰，不許也。先是，職方移檄諸道乘障吏，及時伺北虜出沒，奏凡數十章，又甚備於法，得讞奏矣。履善非不親見大司馬受鉞，縣首藁街，三司使議獄少緩行笞於庭，法吏固人人危，使余至今病悸也。職方必無幸矣。一朝覆劾從末減〔七〕，以冒天子黨惡之怒而爲無益，不批鱗者哉〔八〕？履善素少年，是舉也，卽宰相以爲其人計魁梧奇偉，吐餔出見焉〔九〕。一日而名重公卿間矣。

夫廣西不猶漢百粤地哉〔一〇〕？昔王然于風諭滇王入朝，而勞深、靡莫，皆同姓相杖，未肯聽〔一一〕。今思田彊宗，岑氏爲大，佯爲内屬，而羈縻自解，斯同負固矣〔一二〕。戈船、下厲將軍出零陵，下灕水、桂林，郡無害也〔三〕。今苗夷阻兵府江，寇竊荔浦等郡矣。馳義侯因巴蜀罪人，發夜郎兵，下牂牁江，黔、鬱之間，雖蒼梧秦王助逆吕嘉，何至大藤峽蠻剽戾如近時？其在海濱，西南夷譯者稱貢來，往往禦人于貨，使沈沙棲陸之珍，紫貝翠羽之玩，不得呈表瓌麗以雕被宫幄，而賨幏、火毳、馴禽、封獸之賦，不軨積於内府。有司者治之，按劍相眄，則依憑深峭。中原兵往援，復以下潦上霧、毒氣蒸浥，輜重阻絶，弓淴鋌澀，不可久居，故聲教或難之也〔一三〕。卽縣道官督大奸猾過嚴，以爲起釁生事，往往中罷，長其不逞之心；檄召酋豪使出爲戰，則枕藉城野，又皆中國遷民〔一四〕，流移亡命，驅之鋒刃而不甚惜。彼雖侏離蠢獷，然其視利害禍福明矣。我禦人于貨，而譯者赭衣〔一五〕；我日尋干戈，而敵人受覆師之罪。彼見髡鉗載道，非其族類，又安能不私相撫掌揶揄，笑中國愚也？當使者五歲讞獄期，彼豈亦不惴惴恐冤者得直〔一六〕？而吾禦人于貨，日尋干戈，將論報反逮也。乃使者怠於爰書，不折片言。否則，又以夷狄國重事不欲輕變，遂令繫者由我，遂不復望生。時不恤矣，何以大畏荒裔之志，而制其命哉？蠻夷猾夏，咎繇是聽，中猾小章，何以稱淑問哉〔一七〕？

履善論囚畿中時，爲越石父於黎陽盧生也〔一八〕，嘗受其所上獄中書，蓋余已異之，又爲言廣中事，多類王職方矣。

【校記】

〔一〕下，宋本作『子』。

〔二〕意，底本作『邑』，據宋本改。

〔三〕郡，宋本作『羣』，據宋本改。

【題解】

袁福徵，字履善，號太沖，華亭（今上海）人。嘉靖二十三年（一五四四）進士，官至唐府左長史。據王世貞《藝苑巵言》卷七載，袁福徵與吳維嶽、王宗沐曾結詩社，世貞同在刑部，遂援世貞入社，此後與李攀龍結識並定文。由此知袁履善初仕刑部，其出讞獄廣西，即官刑部郎中之時。生平詳《松江府志·古今人傳》。序文對其有關丁汝夔案牽連王職方的議論，以及平盧枏冤獄時的表現加以讚揚，可見袁氏爲一正直官吏。

【注釋】

〔一〕丁大司馬：指丁汝夔，字大章，霑化（今屬山東）人。正德十六年（一五二一）進士，改庶吉士。嘉靖初授禮部主事，歷山西左布政使、右副都御史，巡撫甘肅、保定、應天等地，嘉靖二十八年（一五四九）拜兵部尚書。翌年俺答入侵，因聽嚴嵩而不主戰，任由俺答擄掠，獲罪被誅。兵部職方司郎中王尚學受牽連，汝夔說『罪在尚書，郎中無預』，王尚學『減死論戍』。詳《明史·丁汝夔傳》。大司馬，官名。明代爲兵部尚書的別稱。論報：上論之而獲報。論，判決。報，裁決獄囚而上奏。簿責：以文簿責之。

〔二〕司寇：官名。明代爲刑部尚書的別稱。

〔三〕元元：猶言百姓。

〔四〕『昔者』八句：據《史記·鼂錯列傳》載，鼂錯主張削弱諸侯以加强中央集權，吴楚等諸侯國即以請誅鼂錯以清君側爲名發動叛亂；景帝爲平息叛亂而誅鼂錯。謁者僕射鄧公在平定吴楚叛亂之後，謁見景帝。景帝問誅鼂錯得失，鄧公説吴楚叛亂意不在錯，您誅殺鼂錯『臣恐天下噤口，不敢復言』。景帝問爲什麽，鄧公説：『夫鼂錯患諸侯彊大不可制，故請削地以尊京師，萬世之利也。計畫始行，卒受大戮，内杜忠臣之口，外爲諸侯報仇，臣竊爲陛下不取也。』『景帝默然良久，曰：「公言善，吾亦恨之。」』

〔五〕虔劉：殺戮。《左傳·成公十三年》『虔劉我邊陲』《注》：『虔劉，皆殺也。』

〔六〕訑（yí）訑：自以爲是，不聽取善言之貌。《孟子·告子下》：『訑訑之聲音顔色距人於千里之外。』

〔七〕從末減：謂按最低的刑罰處理。

〔八〕批鱗：猶批逆鱗。《韓非子·説難》：『夫龍之爲蟲也柔，可狎而騎也。然其喉下有逆鱗徑尺，若人有嬰之者，必殺人。人主亦有逆鱗，説者能無嬰人主之逆鱗則幾矣。』

〔九〕吐餔出見：謂不待把飯吃完就出來接見。《史記·魯周公世家》載，周公説：『我一沐三捉髮，一飯三吐哺，起以待士，猶恐失天下之賢人。』哺，同『餔』。

〔一〇〕廣西：漢代時諸越族居住地區之一。

〔一一〕『昔王然于』四句：《史記·西南夷列傳》：『上（漢武帝）使王然于以越破及誅南夷兵威風喻滇王入朝。滇王者……其旁東北有勞浸、靡莫，皆同姓相扶，未肯聽。元封二年，天子發巴蜀兵擊滅勞浸、靡莫，以兵臨滇。滇王始首善。』勞深、靡莫，爲部族首領，與滇王同姓。勞深即勞浸。

〔一二〕『思田』二句：思，指思城；田，指田州，均屬廣西。岑氏爲當地大族。據《明史·土司列傳》載，洪武五年（一三七二），征南副將軍周德興攻克泗城州，土官岑善忠歸附，世襲知州十三年。後或叛或歸，至嘉靖、隆慶間仍朝貢。

〔一三〕聲教：聲威教化。《書·禹貢》：『聲教訖於四海。』

〔一四〕中國：此指中原。

〔一五〕譯者：翻譯人員。赭（zhě）衣：罪人所服赤色衣服。

〔一六〕冤者得直：含冤者得以昭雪。

〔一七〕咎繇：即皋陶。《史記·五帝本紀》：『舜曰：「皋陶，蠻夷猾夏，寇賊姦軌，汝作士，五刑有服，五服三就；五流有度，五度三居：維明能信。』淑問：善聽訟。《詩·魯頌·泮水》：『淑問如皋陶，在泮獻囚。』

〔一八〕越石父：春秋齊國賢人。《史記·管晏列傳》載，越石父繫獄，被晏子遇見，『解左驂贖之，載歸』，『延爲上客』。袁福徵曾接受盧柟的上書，使其冤情昭雪，猶如晏子解救越石父也。黎陽盧生：即盧柟。詳前《二子詩》題解。

卷之十七

序

送萬郎中章甫讞湖廣序

在大司寇官屬，余與章甫爲同舍郎，旦夕從事舍中也。今歲天下大讞獄，乃章甫得報之楚中，則謂余曰：『子以吾聽訟猶人哉？卽數年於舍中，君所知也。一切造對，按簿責之，見法輒取奏成於手中，視其人與情不甚相遠也〔一〕。』

楚俗良獄，赭衣載道，而牿拲盈犴〔二〕，章大者連逮，證案數百，小者數十人；鞫者非一吏，繫者非一日。衆人所謂無罪者，牽於文致不可得反；所謂有罪者，則其辭又不與罪，蒙不徒，受賕吏撓法舞文。人有智愚，卽文有害辭，微意遂隱，雖咎繇聽之〔三〕，上觀下獲，有不可信者矣。縣道官重成案〔四〕，不欲覆劾，且數代去。人情，冤久不得直，則不復樂生；自號呼其冤，則上以爲犯己，而又被近刑。彼知無益於生，而且被近刑也，後有心知其冤，指道以明之者，且身無見膚〔一〕，庭有尺箠，亦彷徨瞿顧，不出一語自救也。此豈不髡鉗戮囚甚危也？豈自愛傷生乎？其心以爲是，固亦將謂一成而不可變，當無異於它吏者云爾。此猶百不有一，然已足以損吾照覆之明〔五〕，傷吾見牛之仁〔六〕。而況大猾元憝〔七〕，一朝殺人則亡命莫索，株連蔓及，坐罪無辜。然後從旁圖之，莫不以禦人之貨，售府辜功，百金易字，千金易辭，而或怨家積憤，靡於歲月，有司姑息，久繫，憚於論報，使其終年造佞，一夕訊焉，則出言而投抵獄文之隙〔二〕，兩造不備〔八〕，肆爲單辭，欺玩厚貌，其示人辭色，且懼且疑，詳爲錯愕，何可復得恃其五聽之術如初捕時哉？若使各責如章，告劾不服，以笞掠定之，一刀筆吏足矣，烏在其爲奉天子德意，何能長我王國也？

夫獄之疑者，吏或不敢決，縣道官猶得各讞所屬二千石官。二千石官以其罪當報之，所不能決者，猶得移中丞臺治獄御史當報之〔九〕；中丞臺治獄御史所不能決，猶得奏傳所當比律令以聞，而奉宣上恩。人命至重也，司寇使者既出，則縣道官、二千石官、中丞臺治獄御史所不能決者，舉皆往移焉，而一切復案當報之，奏傳律令，得可事於天子。梏拲坐解，圜狴立出，民以不冤，中愛獲致〔三〕，辟雷雨作解，元氣鼓盪，百物甲坼，不亦已婾快勝任乎？然有一報不當，無論網漏吞舟之魚，即無罪者，今不得釋，則其獄愈益亡解時，後之人愈益自嫌不肯變，縣官不復讞二千石官，二千石官不復讞中丞臺治獄御史矣。

冤者繫囹圄，苟可以有生，孰不引頸從桎縲中日夜望司寇使者至也？我乃各責如舊章，又以笞掠定之，使無有從出之塗哉！且楚自辰、沅而南，傜峒之亂，頻年用兵，呰窳偷生而無積聚，民散久矣〔一〇〕。殷王中興，奮伐荊楚，恆以不僭不濫大監於民〔一一〕。今之臣子，奉惟天子威靈，何可不敬由獄也？

余唯都下横不可問者，莫若親禁軍，其在衛尉〔一二〕，稱貴重臣，即互相援庇，而豪猾少年，多所縱舍弗法，章甫與余得就舍中按之也。有父不能字厥子而籧篨不殄者〔一三〕，乃疾厥子而訟，欲殺之。會逮則其子自引罪，獄且具，猶若不敢深發之。章甫自爰書覆劾其父禽獸行，論誅也。其衛尉蓋若有讓焉〔一四〕，章甫曰：『刑弼教，自正父子始也。』及諸中常侍陰託相屬，無不危言恐動。章甫曰：『惟官惟來，其罪均也。』可謂不畏彊禦者矣〔四〕。推此心以在外江海之間，可得不信乎？

【校記】

〔一〕見，宋本作『完』，疑是。
〔二〕言，隆慶本、四庫本作『焉』。
〔三〕中，宋本作『忠』。
〔四〕者，宋本無。

【題解】

萬郎中，指萬衣，字章甫，號淺原，德化（今屬江西）人。嘉靖二十年（一五四一）進士，授刑部主事，歷員外郎、郎中，出爲雲南曲靖道副使。後歷福建、湖廣參政，福建按察使，進湖廣布政使，官至河南左布政使。著有《萬子迂談》。生平詳李維楨《大泌山房集》載《河南左布政使萬公墓志銘》。據《萬曆湖廣總誌》，萬衣任湖廣布政使在嘉靖三十年，文當作於此時。萬氏此時與作者爲同僚，文中舉例説明他『不畏彊禦』，可見其爲正直的執法官吏。

【注釋】

〔一〕其人與情：其人的表現與案情查證情況。情，實。下文『人情』，意爲人之常情。
〔二〕牿拲（gù gǒng）盈犴：謂犯人滿獄。牿拲，銬住雙手。牿，通『梏』，桎梏，猶今之鐐銬。拲，兩手同被械繫。

犴，獄。

〔三〕咎繇：卽皋陶，舜時的法官。見《史記·五帝本紀》。

〔四〕縣道官：指朝廷派出的官員與各道的官員。縣，縣官，謂天子。此謂由天子派出。道，明代布政使司所轄的行政機構，由布政使的佐官左右參政、參議及按察司的佐官副使、僉事兼任，管轄府、州，爲省以下、府州以上的行政機構。

〔五〕照覆：猶言照臨。

〔六〕見牛之仁：謂惻隱之心。《孟子·梁惠王上》載，孟子爲説服齊宣王實行仁政，舉其不忍將宰之牛觳觫而易之以羊，説明他有仁心。孟子説：『是乃仁術也，見牛未見羊也。君子之於禽獸，見其生，不忍見其死；聞其聲，不忍食其肉。是以君子遠庖廚也。』

〔七〕大猾元憝（duì）：謂奸狡惡霸之首。憝，惡人。《書·康誥》：『元惡大憝。』

〔八〕兩造：訟事雙方，卽今之原告、被告。《書·呂刑》：『兩造具備，師聽五辭。』

〔九〕中丞臺治獄御史：明代指都察院副都御史。

〔一〇〕『且楚』五句：謂湖廣地區瑶、侗等少數民族經常造反，百姓難以安定。楚，此指湖廣，卽今湖南、湖北一帶地區。辰、沅，二水名，在今湖南境内。傜峒，指瑶族、侗族。呰窳（zǐ yǔ）偷生，語出《史記·貨殖列傳》。《索隱》謂『懶人不能自起，如瓜瓠在地不能自立』。

〔一一〕『殷王』三句：據《史記·殷本紀》載，殷商在帝盤庚、帝武丁兩個時期中興。武丁時的賢臣祖己對他説：『王嗣敬民，罔非天繼，常祀毋禮於棄道。』《集解》引孔安國説：『王者主民，當敬民事。民事無非天所嗣常也。祭祀有常，不當特豐於近也。』《詩·商頌·殷武》説：『撻彼殷武，奮伐荊楚。深入其阻，裒荊之旅。』詩讚美武丁深入險阻，平定荊楚，並俘虜其人民，以保衛殷族安寧。

〔一二〕衛尉：官名。漢爲九卿之一。掌管宮門警衛，統帥禁衛軍。明代廢置。此指錦衣衛長官。

〔一三〕籧篨(jǔ chú)不殄：有醜疾而不愈之人。《詩·邶風·新臺》：『燕婉之求，籧篨不殄。』《集傳》：『籧篨，不能俯，疾之醜者也。』『殄，絶也。言其病不已也。』

〔一四〕讓：責備。

送浙江按察使郭公轉右布政使序

不佞既起家補浙江按察副使，時則公方以按察使入覲矣〔一〕。中道而有今命，則猶以按察使圖事於大冢宰也〔二〕。屬左方伯及郡，蔡公稱病，公獨以按察使莅之〔三〕。

聖天子既秉新政，始大會諸侯，受朝於明堂之位。公得列四岳羣牧之首〔四〕，以玉帛率萬國而大巡功焉。憲禮正刑以尊天子，以聽於大冢宰，黜陟郡國，差次吏功〔五〕。乃浙江自太守以下，若丞、尉，邑之令長若丞、尉諸掾、文學不職狀，凡七百有奇，人輒罷去〔六〕。公條其對，與簿合，無不名實相應者，廩廩乎廉貪貞淫之行以勸四岳羣牧，令各上觀下獲而報成天子，告竣役焉。然後舉賢良文學〔七〕，問民所疾苦，以達聖天子德意，而無梗於貪淫不職之吏，則凡公以按察使圖事於冢宰也。不然，貪淫不職之吏不以罷去，斯益肆於無懲，加甚於匪望，重民之疾苦，何以言陳臬使者而按察爲乎？先是，公至，自參政則以謂由舊之有佚德，而不職之吏輒幸免。聖天子方秉新政，求共理，余曷敢比匪彝蹈積衍也〔八〕！

蓋廉貪貞淫之行，躬自有之矣。然後簿省中諸吏而條其得失，將以屬上計，名實大較應矣。又得以使者按察諸吏職不職狀，以聽于冢宰。聖天子集維新之命，肇有始之治，而以著典常，是爲所效者大也。

先是，公爲按察副使者蓋十五年。凡在陝西者三年，假河南副使以行薊遼諸鎮者一年〔九〕，實治河河南二年耳，間以陝西待調者乃九年。余聞公在陝西，以莊浪諸衛撫治湟中諸羌〔一〇〕，則湟中諸羌用也，無以異以諸郎屯田雲中時，而饋餉飽士馬。何所見失，論以待調乎？又何所見得，而兩府之士給事中某、若御史某，同疏請上假以行薊遼諸鎮乎，而遂以治河河南？薊遼諸鎮方坐索大帑，聲爲犒募，而中賂權貴〔一一〕，令士馬有飢色，虛糜不訾，度無能支旦夕。公誠計糧穀、芻槀、金錢之徵發，出入簿責盡石束而無能欺者，邊長老猶能言之也。卽以治河河南，猶若無所治，得失無所見，安識其躬有之哉？夙夜圖所得失，而自以見調不獲其故，謂維昔之諸中丞臺若部御史之劾奏舉刺與上計吏之條得失，名實不相應。以余八年待調，圖至熟矣，安能姑息以覆不職之吏，使無徵自肆匪望自甚也？是蓋公從參政爲按察使時，度必入覲，條省中吏得失，簿無不關其手，名實人人相應者。卽枉焉而躬自八年待調，孰與縱焉而不懲之，益肆匪望之加甚之害及郡國哉！此公之所卒因以獲其故，而所效者大也。

公既告竣役，遂代蔡公左轄浙江，稱大保釐〔一二〕。未期月，中丞臺若諸御史臺交章言公『卓異』於上〔一三〕。大抵存大體，奉揚新政，達上之德意，非直守筦鑰謹東南外府而已〔一四〕。以方有顯庸不具列，乃今按察使漳州蔡公代公，而於廉貪貞淫之行，躬自有之也。因慕公之於按察使所效者大焉，遂授不佞以具列者如此。

【題解】

浙江按察使郭公，指郭朝賓，汶上（今屬山東）人。見《浙江通志》。轉，升轉。右布政使，官名。明洪武九年（一三七六）改行中書省爲承宣布政使司，每司設左、右布政使各一人，爲一省最高行政長官。後又設總督、巡撫等官，布政使權位漸輕。文稱其『起家補浙江按察副使時』，則此文作於隆慶元年（一五六七）。

【注釋】

〔一〕以按察使入覲：以按察使的職銜入京覲見皇帝。

〔二〕大冢宰：即冢宰，周代官名。明代爲吏部尚書的別稱。

〔三〕屬：恰逢。左方伯：指左布政使，方伯是布政使代稱。蔡公：指蔡揚金，新淦（今屬江西）人。時任浙江右布政使。見《浙江通志》。莅：臨。

〔四〕列四岳羣牧之首：列於各地地方長官之首。四岳，相傳唐堯時，羲和的四個兒子分管四方諸侯，因稱『四岳』。見《書·堯典》。牧，牧守，州郡長官。州官稱牧，郡官稱守。此指各承宣布政使。

〔五〕『黜陟』二句：謂有關各地官員的升降，分等列出各級官員的政績。黜，罷免。陟，升。

〔六〕罷去：罷免而去。

〔七〕賢良文學：爲漢代選拔官吏的科目之一。此謂選拔人才。

〔八〕匪彝：違背常規的行爲。蹈積愆：重復過往的錯誤。

〔九〕假：臨時代理。舊時官吏代理政事，正式任命以前稱假。

〔一〇〕莊浪：縣名。今屬甘肅省。諸衛：各個衛所。明在京師和各地皆置衛所，幾個府劃爲一個防區設衛，大抵五千六百人稱衛，一千一百二十人稱所。各衛所分屬於各省的都指揮使司，統由中央的五軍都督府分別管轄。湟中諸羌：居住在湟中的羌族各部落。詳前《送中丞陳公撫填河西序》注〔二〕。

〔一一〕『聲爲』二句：名義上是爲犒勞兵士而募捐，實則是爲賄賂權貴。

〔一二〕大保釐：謂治理安定。《書·畢命》：『命畢公保釐東郊。』

〔一三〕卓異：特別優秀。此爲當時考核地方官的評語，猶今稱優等。

〔一四〕守筦鑰：謂守門戶。筦：同『管』。東南外府：指浙江布政使司。外府：京都之外的州郡長官。

送魏使君入朝序

昔者，漢宣帝以渤海盜賊起，二千石不能禽制也，又懲沈命課累之弊，意甚憂之，選能爲渤海者得龔遂〔一〕。今觀遂之爲渤海，自農桑外，移書罷逐盜賊吏，而盜賊解散，民以畜積，獄訟止息而已，無它異政。及入朝帝，帝亦曰：『君何以治渤海，令盜賊不起也？』蓋已深喜其得人，而亦未嘗以他異政望之。今天子神靈威武，羣臣無小大遠邇，無弗仰成以效共理。日則東郡禦人于貨〔二〕，天子赫然切責疆埸諸長吏，自二千石以下不能禽制盜賊者，意蓋獨至。卽吾終歲南奉倭北奉胡〔一〕，豈少諸執事而寧困於是役乎？是豈乘間竊發之時哉？

以順甫爲濟南郡，濟南與東郡，一彼一此，境相接也。亡何，而陳氏者實倡亂於淄、萊之間〔三〕。淄、萊，濟南巖邑也〔四〕。順甫言於諸長吏曰：『某也，戍卒窮來歸我，不論輪行伍，斯置之耳，何至使挾廷臣以賣重，恐愒中丞臺以介其權罔上以啗下爲也〔五〕？何乃懸不可知之功，而坐使擁衆以要我？

輕薄少年業已佩牛帶犢，廢其常產，吾而無所用之，則激爲非；一爲非則分必法，而務肆其不逞，不底滅絕而不已。萬一不弔，使者督之勤，大役興擊之，吾恐沈命課累之弊亡時已矣。卽吾有所用之，方今疆場之臣偏天下，不南奉倭北奉胡，無以春秋耀吾甲士，曾輕薄少年、亡命之徒是恃邪？何以示天子神靈威武而勸守臣乎？諸長吏以爲然，而屬順甫。

先是，順甫奉行諸長吏所置伯格長法甚謹〔六〕，用是微知陳氏與淄、萊輕薄少年、亡命之徒通飲食、借交爲姦狀。一日召十餘豪，勞之曰：『若等甚苦，義不費縣官一錢，身裹糧而赴國難。吾爲若言於諸長吏，盡隸若於尺籍〔七〕。倉卒傳檄，將按若而數軍實。吾恐愆期之誅不得以農時爲解矣。若豈欲之乎？』豪相視稽首。順甫因廉之，間多苟且就焉，而視利害爲去留者。有始爲所啗而中怏怏移德之者，有少年失計而卒以爲易與、懼其敗連坐而佯附之者，而猶覬食於縣官也〔八〕。及聞順甫義不費縣官一錢，而又將隸之籍，其情立窮，而衆乃解散。然後中丞臺得以尺箠相加遺。不用一逐捕吏，不移一字書，而濟南以安。濟南以安，斯天子赫然切責東郡者，而吾敵王之愾於此。其以入朝於天子，亦將必曰：『何以治濟南，令盜賊不起也？甚稱朕意。』此不亦順甫得以神靈威武所變化而陳對於陛下，而稱長者之時乎？向使順甫武健自用，卽一日逐捕瞯氏宗人三百家〔九〕，而犁求其黨，何不可者？無亦天子則曰：『選用賢良，固欲安之也，而勝之邪？』順甫何以爲解也？

居則曰今之君子無大小，無不朝夕耿光，思媚左右，皆若不能一日於外者。卽使久留內，無以效共理而稱上意，奈之何？一日於外矣，而無以制盜賊，奉職無狀，天子實心輕焉。博士雜治〔一〇〕，不出一語；侍中臨飭〔一一〕，視人以極，何以謂圖天下之事也？子有四封而盜賊不詰，何以使民農桑畜積而獄訟止息哉？是時也，一日不能于朝矣。故所患無以稱上意而效共理耳。不然，何郡之丞若尉歲入賀，州縣吏歲上計，凡以欲知君父無恙者無已時，卽所謂間者闕焉，不得聞問，亦古之人主繾綣臣子之至情。

今勿論子與於汝南以罷去自阻，卽邵武孔棘〔一二〕，明卿猶若所謂待罪於郡矣。然則順甫之業，獨在《采菽》之卒章矣乎〔一三〕？『樂只君子，天子葵之。……優哉游哉，亦是戾矣。』然後乃今可以觀聖天子神靈威武之大，而郡國吏奉職之有人也。盛矣哉！

【校記】

（一）北，底本作『比』，據張校本改。

【題解】

魏使君，指魏裳。詳前《懷魏順甫》題解。魏裳於嘉靖四十一年（一五六二）以刑部郎中出任濟南知府，是年吳國倫擢邵武知府（見馮夢禎《快雪堂集·吳明卿先生傳》），翌年五月，徐中行罷汝寧知府（見《天目先生集》附李炤《徐公行狀》）。文稱『子與於汝南以罷去』、『邵武孔棘，明卿猶若所謂待罪於郡』，而中行於嘉靖四十四年補長蘆轉運判官，因知此文應作於嘉靖四十三年。

【注釋】

〔一〕龔遂：漢宣帝時的渤海太守。詳前《送汝南太守徐子與序》注〔一〕。

〔二〕東郡：戰國秦置郡。治所在濮陽（今山東鄄城），轄有今山東西部諸縣。後廢置無常。隋大業初，曾改兗州爲東郡。此指東昌府，卽今山東聊城市。明代東昌府所轄各縣大都屬東郡，因稱。禦人于貨：謂官員接受賄賂。禦人，待人。貨，賄賂。

〔三〕淄、萊之間：淄川、萊州之間。時淄川屬濟南府。

〔四〕巖邑：即巖邑。語出《左傳・隱公元年》，謂險要的城鎮。

〔五〕恐愒：即恐嚇。罔上以啗下：欺罔上司，而魚肉下官。啗，食。《說文通訓定聲》：「啗與啖微別，自食爲啖，食人爲啗。」

〔六〕伯格長：村落之長。伯，通「陌」，阡陌；格，村落。《史記・酷吏列傳》：「置伯格長以牧司姦盜賊。」

〔七〕尺籍：書寫軍令的木板，長一尺。《史記・馮唐列傳》「安知尺籍伍符」《索隱》：「按：尺籍者，謂書其斬首之功於一尺之板；伍符者，命軍人伍伍相保，不容欺詐也。」

〔八〕覬食於縣官：謂希望得到國家供應。縣官，天子。此謂國家。

〔九〕瞷氏：漢代濟南豪强，後被濟南太守郅都鎮服。《史記・酷吏列傳》：「濟南瞷氏宗人三百餘家，豪猾，二千石莫能制，於是景帝乃拜都爲濟南太守。至則族滅瞷氏首惡，餘皆股栗。居歲餘，郡中不拾遺。」

〔一〇〕博士：官名。《漢書・百官公卿表》：「博士，秦官，掌論古今。」明代設國子博士。此蓋指掌論議之官。

〔一一〕侍中：指皇帝近侍之臣。

〔一二〕孔棘：語出《詩・小雅・采薇》。此謂處境甚爲窘迫，如芒刺在背。

〔一三〕《采菽》：《詩・小雅》中的一篇。其末章有文中四句。《集傳》謂「樂只君子，則天子必葵之……於是又歎其優游而至於此也」。葵，通「揆」，猶度。戾：至。

送濟南郡丞陳公上績序

公以六年考滿，上績行矣。郡長老曰：公蓋兩佐大郡，而於濟南者五年云。所爲諸中丞、御史、監司使者諸薦疏與書相勞者以十數，治行具是矣〔一〕。

是將何道必獲乎上，何道所居輒效也？ 郡州縣三十〔二〕，卽游徼吏更十數輩〔三〕，終歲不能徧陌落，何以令皆如其身家至焉者，盜起必覺，捕必得乎？ 渠展之田，瀕於東北，煮沸無窮〔四〕，時必以筴，市無所積之販者。豪歲以一二羣輩，非必主名逋逃，泛爲引逮，乃旁規賂免。不則，以爲捕者輩課，捕者輩以其課自贖； 爲之贖，尋受記出，而販者相慶矣。公罪一之，私賄什之，奈何以易之也？ 亡伍之士，不常窟穴，卽里閈故舊，寧轉送通飲食，爲一夕之行，終不肯身自爲詰質； 一坐株累，抵遣而後已，以妨本業，非便計矣。而幕府對簿〔五〕，務求滿品，何以應焉？ 父老皆言，它省主輸縣官吏，前發藏其家，假道郡西偏諸邑，故示封識唯謹者，夜乃撲其所發篋，作剽客狀，桴鼓號衆，以縣官利害脅諸令長償焉〔一〕，如委眢阱〔六〕，幸不於驛。良家子不任患苦，乃傾產授銜轡諸猾少年，猶之羸敝載路，行李往來，疲于奔命，恐諸令長得以口實也。郡請籍于太山，歲繦數十萬〔七〕。然役之以祈祥，人自爲致耳，不可得而賦，可得而校乎？ 君子重領之，唯利所在，猶將潰之防，誰敢哉！ 尺箠控之乎？ 日漕河之役，徐、兗之間，作者數十萬人。大司空奉天子明命出行河，郡興卒操臿受署，如期而竣。首事，以爲它郡望，而大工舉矣。

余曰： 凡此者，公所由以爲治行者也。公固以穿窬、拊揵、抽箕踰備之姦不必問〔八〕，而必令淄、萊阻山，青幘白矛之徒伏不敢動爲急乎〔九〕？ 監官佐賦，計不至虧國，使在公者準大率倍蓰之耳〔一〇〕。必過禁販者，斯大商蹛財，不疏不行矣，法不得而盡也。亡伍之士盡里閈亡賴飲食輩，滿品上幕府，孰與濮陳氏亡命戍卒，至挾重臣，恫疑諸郡豪少年者，捕必得之，足以寑成禍彌亂形乎？ 驛車馬不終塗，縣車馬爲兼驅，必令詭以羸敝取逸，縣并廢矣。善哉良家子，人自當御挾銜轡，習患苦，寧出納無時，不願爲諸猾少年牛酒費也。以藉于大山，辟之大官，饔者朵頤〔一一〕，爨者引指矣。故誰無意可貳於神明〔二〕？漕河之役，身獲羣卒所署，旅飲食以視糗糒，露櫛沐以勸作息，必及期而後竣也。凡此者，皆是也。夫凡此者皆是也，我不敢知，知其所爲諸中丞、御史、監司使者諸薦疏與書相勞者如是，得具論之耳。唯是詰盜鹽法，戎政驛傳，藉于泰山漕河之役，無弗爲也。諸中丞、御史、監司使者無弗事也。駢至迭出，一彼一此，無弗安也。毋以是道必獲乎上，是道所居必效邪？不然，欲諸薦疏與相勞者以十數，如出一口，難矣！今日攝一州〔一二〕，明日攝一縣，五年於濟南，無弗莅也，受成而已。不欲持先後令長短長，獨謹姦吏，使勿得緣絕簿書如一日耳。其它興徭治賦，筦鑰之常，不具論云。

汉郡都尉，秩比二千石，亦已貴倨〔一三〕。乃循吏所稱，獨龔、黄諸君子〔一四〕；其都尉之賢，多以太守相掩，無傳者。自父老所睹，記少卿、次公之治行〔一五〕，亦唯罷逐捕，課收斂，米鹽靡密，吏出不敢舍郵亭，何以異公？又次公守京兆，坐乏軍興，公奚讓焉？余讀諸薦疏與書相勞也，介者高其守，幹者壯其才，恬者美其度，達者鑒其識，可以觀獲乎上有道而所居輒效，自經術相成也。汉都尉多任郎、佐史、察舉吏，又武健自將，不以經術相成，故其賢無傳。公於龔、黄既無讓焉，而得諸中丞、御史、監司使者經術相成以薦勞，圖共理之治，豈終相掩哉？父老何自疑之也？

【校記】

〔一〕害，隆慶本、重刻本、萬曆本、佚名本並同，張校本作「病」。

〔二〕誰，重刻本、萬曆本、張校本、佚名本並同，隆慶本作「唯」。

【題解】

濟南郡丞陳公，查道光《濟南府志》，明濟南府同知有陳墀，通判有陳珂，推官有陳德光，未詳所指。陳墀，湖廣江夏（今湖北荊州）人，舉人。陳珂，直隸霸州（今河北霸縣）人，進士。陳德光，浙江秀水人，進士。據文中所述，譽稱其爲漢都尉，並以漢太守龔遂、黄霸相比，應指同知陳墀。明代同知爲知府的佐官，分掌督糧、緝捕、海防、江防、水利等，分住指定地點。上績，謂述職接受考核。

【注釋】

〔一〕治行：治績、品行。

〔二〕郡州縣三十：明代濟南府轄四州二十六縣，大致包括今濟南、泰安、濱州、德州及淄博、東營部分市縣。

〔三〕游徼吏：指鄉官。游徼，鄉官名。秦置，漢因之。主徼巡盜賊。

〔四〕渠展：地名。今山東利津爲其故地。《管子·地數》：『楚有汝漢之金，齊有渠展之鹽。』泲：同『濟』。濟水。

〔五〕幕府對簿：至衙署接受審問。幕府，此指衙署。對簿，受審問。

〔六〕眢（yuān）阱：廢井。語出《左傳·宣公十二年》。

〔七〕太山：即泰山。繦（qiǎng）：成串的銅錢。

〔八〕穿窬：謂穿壁踰牆以行竊。拊揵：應作『拊楗』。謂搏取戶楗。抽箕踰備：謂握木跳牆。備，後牆。《淮南子·齊俗訓》：『有曾參孝己之美，而生盜跖、莊蹻之邪，故有大路龍旂，羽蓋垂緌，結駟連騎，則必有穿窬、拊楗、抽箕踰備之姦。』

〔九〕青幘白矛之徒：謂亂民。青幘，青頭巾。白矛，棍棒。

〔一〇〕倍蓰（xǐ）：語出《孟子·滕文公上》，謂一倍與五倍。蓰，五倍。

〔一一〕饔（yōng）者朵頤：謂官員大吃。饔，饔人，古官名。見《周禮·天官·內饔》。朵頤，鼓動腮幫大嚼。

〔一二〕攝：代理，權行其職。

〔一三〕漢郡都尉：漢景帝時改郡尉爲都尉，輔佐郡守並掌郡內軍事。武帝後又於各要地置都尉，東漢廢。比：同。貴倨：高貴。

〔一四〕龔、黃：指龔遂、黃霸，漢太守。詳前《送汝南徐子與序》注〔一〕。

〔一五〕少卿：即丙吉（？—前五五），字少卿，魯國（今山東曲阜一帶）人。《漢書》本傳載，丙吉少時研治律令，初爲魯國獄史，稍遷至廷尉右監，在武帝末年處理巫蠱事件中，不只保護武帝曾孫，也使「郡邸獄繫者」得以脱罪。宣帝時，官至丞相，封博陽侯。次公：即黃霸（前一三〇—前五一），字次公，淮陽陽夏（今河南太康）人。詳前《送汝南太守徐子與序》注〔一〕。

送陳郎中守彰德序

始余與元卿爲同舍郎，嘗論漢都官所掌法至貴倨也〔一〕。中都官不法事，得一切按之，即他武健吏何敢任威操下也〔二〕？乃子與無所分署〔三〕，如諸緹騎士〔四〕，即多都中豪，往往自比於王之爪牙，稱親禁兵，恣睢視文法吏，徼循京輔，得自置符爲儀，督大姦猾，從執金吾分行收捕〔五〕，績五人，用賜爵一級，因是不惜辜功〔六〕。或故吏善家子失計隨輕黠者，即雜舉以文內之〔七〕。又羣輩取受賕，雖魁宿顧曲法私與出之，睊睊唯罪罟是充〔八〕，得情喜焉。獄則疑，亦無不巧詆具之，詣其長尉府對簿。畏亡不俛首就繫者，章大者，必上告得可，事然後傳爰書〔九〕，委成於司寇官屬。使覆鞫，亦文致不可得反。司寇官屬重廢格沮事，且不得數奏，讞時一聽之，何異彼府掾史於懷中取輕重，劾唯奉牘觀嚮以次人意哉〔一〇〕！凡繫求信於知己，徒心冤之，斯越石父求絶於晏子也〔一一〕。既已造司寇官屬矣，終無以變，是與不仁甚也，間有是不復行論自我者乎？

余知元卿志念深矣，功實君子也。語不及之卽危行，愈於不得其言者哉。乃按簿中要因服念之，謂人情不可使不樂生，捶楚之下，何求而不得？飾辭以視，則指道以明，上奏畏卻，鍛鍊周內〔一二〕，民安得不在鼎也？元卿於法律家能橫佚，言見法能輒取，然亟痛於猜禍吏〔一三〕。蒞彼長尉府所對簿，一一摘見其冤狀，舉之廷尉〔一四〕，歲凡十數章。廷尉正丞亭疑法者，無不稱淑問焉〔一五〕。彼長尉亦重有庶尤〔一六〕，稍稍上輸乎矣。又署法，故得詘其緹騎士，卽捕逮者至，反覆就簿詰責之，示不可罔，竟無敢引是非爭輩，相戒無犯髯郎也。蓋元卿與其兄駕部郎錫卿，咸美且鬑云〔一七〕。後署所部中猾以下皆伏，有勢者爲游聲譽稱治，而守命且下矣。

彰德爲畿輔南鄙，自趙簡王稱藩安陽〔一八〕，議非素重臣不能任。余觀元卿治署中，何以異於守時？極知元卿無害，亡已，則勿以越人治郡人乎〔一九〕？又郡事責大指而已，此其不與署中同者。方今卿士大大，各因時廣主恩，建立明制，無不彬彬。仲山甫將明之材〔二〇〕，乃莫敢別播敷相與條列，就一代之法，斯不已遜於爲郡縣出政宜民者乎？西門君引漳水爲十二渠，溉民田，澤流於鄴，其君祝今吾臣皆如西門豹之爲人臣也〔二一〕〔二二〕。此非藉守令，何以聞於人主哉？何謂不得於朝廷，謂爲棄居郡也？史稱漳河之間近梁、魯，微重而矜節，足用爲善矣〔二三〕。余從元卿署中游，居則謂良二千石與天子共理也，豈亦慕黃次公、朱仲卿爲人哉〔一三〕？仁厚出於精嚴，始能立也。余觀元卿之治署中，無以異於守時矣。

【校記】

（一）今，隆慶本作『令』。

【題解】

陳郎中，生平未詳。據文知其字元卿，曾官刑部郎中。彰德，明代府名。治所在今河北彰德縣。

【注釋】

〔一〕同舍郎：謂同爲刑部郎中。漢都官：漢司隸校尉的屬官有都官從事，掌察中都官不法事。《後漢書·符融傳》注：『都官從事，主察舉百官犯法。』

〔二〕武健吏：勇武健壯之吏。《史記·酷吏列傳》：『昔天下之網嘗密矣，然姦僞萌起，其極也，上下相遁，至於不振。當是之時，吏治若救火揚沸，非武健嚴酷，惡能勝其任而愉快乎！』

〔三〕子與：即徐中行，時亦爲刑部郎中。

〔四〕緹騎：赤色馬隊，爲漢執金吾侍從。見《後漢書·百官志》。後相沿爲逮治犯人的官役的通稱。

〔五〕執金吾：官名。漢武帝改中尉爲執金吾，負責督巡三輔治安。東漢沿置，晉以後廢。

〔六〕『續五人』三句：謂逮繫五人，即可進爵一級，因此有人就不惜羅織罪狀。辜功，罪狀。《書·呂刑》：『惟府辜功，報以庶尤。』

〔七〕以文內之：用文字羅致其罪。內，通『納』，致。

〔八〕睊睊(juàn)：謂側目相視。表示忿恨之狀。《孟子·梁惠王下》：『飢者弗食，勞者弗息，睊睊胥讒，民乃作慝。』

〔九〕爰書：記録囚犯口供的文書。

〔一〇〕奉牘觀嚮：遵奉上級文書，看如何符合其意嚮。

〔一一〕越石父：春秋齊賢人，處拘繫之中，爲晏子所解救。久之，越石父請絶。晏子問其故，越石父説：『吾聞君子詘於不知己而信於知己者。方吾在縲绁中，彼不知我也。夫子既已感寤而贖我，是知己；知己而無禮，固不如在縲绁之中。』晏子於是將其尊爲上客。見《史記·管晏列傳》。

〔一二〕畏卻：害怕被駁回。鍛鍊周内：羅織罪名。《漢書·路溫舒傳》：『上奏畏卻，則鍛鍊而周内之。』内，同『納』。

〔一三〕『元卿』三句：謂元卿作爲法律家能引用古代散佚的法律條文，見到合乎當今法律者就取來作爲處理案件的依據，但十分痛恨官吏中好猜疑而禍害無罪者。横佚，極力施展其智辯。猜禍吏，語出《漢書·路溫舒傳》：『徒請召猜禍吏與從事。』顔師古注云：『猜，疑也。取吏好猜疑作禍害者，任用之。』

〔一四〕廷尉：秦漢時官名，掌刑獄，明人常以之代指大理寺卿。

〔一五〕淑問：謂善於聽訟。《詩·魯頌·泮水》：『淑問如臯陶，在泮獻囚。』

〔一六〕庶尤：謂衆人怨恨。《書·呂刑》：『惟府辜功，報以庶尤。』尤，怨恨。

〔一七〕咸美且䰄(sī)：都很漂亮，並都有一副絡腮鬍子。

〔一八〕趙簡王：指明成祖第三子朱高燧，永樂二年（一四〇四）封，仁宗即位之後歸國。卒謚簡。生平詳《明史·諸王列傳二》。

〔一九〕以越人治郡人：按照越地人的辦法治理郡内的人。陳郎中蓋爲越（今江浙地區）人。

〔二〇〕仲山甫：西周樊侯，字仲山甫，魯獻公次子，宣王時的卿士。《詩·大雅·烝民》：『保茲大子，生仲山甫。』《國語·周語上》稱樊仲山父，或稱其謚號樊穆仲。曾勸諫宣王『出令不可不順』，『賦事行刑，必問於遺訓，而咨於故實』。

〔二一〕西門豹：戰國魏人。據《史記·滑稽列傳》載，魏文侯時，西門豹爲鄴令，破除河神迷信，發動人民開掘十二渠，『引河水灌溉民田，田皆溉』。

〔二二〕梁、魯：指春秋時期的梁國、魯國，其地在今河南、山東一帶。微重而矜節：矜持自尊而重視氣節。

〔二三〕黄次公：即黄霸，詳前《送汝南太守徐子與序》注〔一〕。朱仲卿：即朱邑，字仲卿，漢廬江舒（今安徽廬江）人。曾任北海太守，以治行第一入爲大司農。《漢書·循吏列傳》説他『爲人淳厚，篤於故舊，然性公正，不可交以私。天子器之，朝廷敬焉』。

送靳子魯出守潁州序

子魯第進士者五年不調，居怏怏失志也。傷錫類中匱，而親不霑主恩〔一〕，自謂於藩王無君子之澤，賜生之義遠也。三奏匄報焉，遂往守潁州云。

余惟子魯論天下事，無不彷彿，若卽成功也，則安肯不欲施盡之？且爾不聞其兄言《易》鄒、魯間哉〔一〕？結髮稱田生，有司以與計偕，上時卽首六郡弟子。弱冠第進士，所守地凡三大郡，各著異常績。南陽、豫章諸卿大夫若父老，各以其經學治行，翕然重之，想見風采，而顧愈益畏〔二〕。子魯自惟難兄〔三〕，夫以經學治行甚盛，顯於當世卿大夫若父老，而子魯未就一業，莅一邑，褎然唯知己者之私與，而未以信衆人，汙不阿弟，乃敬禮之若是，可謂賢矣！ 然栖栖五年，求一諸郎不獲，復俛首就簿書吏，眎人以倖所不當得之嫌〔四〕，而自處於叔疑龍斷之誚〔五〕，卒無以自明，而身比於斥抑，卒爲之者，何其下也？ 子魯實自負其才，故受此而不去；欲有所用其未足也，故不薄於其官。 子魯豈不謂吾何使戹於所適哉？ 颍三年而治，人庶乎其謂我不肯違君之情，爲欲致諸其大也。 方今西北有匈奴之憂〔六〕，而江南敝於轉餽〔七〕，庶民將不安其田里，而興嘆息仇恨之心，則淮、潁之間揚淺可慮也〔八〕。 昔在漢孝宣之世，承奢侈師旅之後，黄次公爲颍州〔九〕，所務耕桑，節用治之，時參考陰伏，使姦人去入它郡〔二〕，盜賊日少，三老、力田、孝弟有行義，而民皆鄉教化，使天子得併力於邊圉，亦甚行其志也。 即使次公爲相，總紀綱號令，亦無以自見爾，豈得謂功名於治郡時損邪？ 今省寺諸郎，非不亦禮優而職逸，無論一事之善，微不足紀，不獲乎上，一事亦不得自裁； 郡國守臣便宜從事，條教既定，沛然惟吾法之尊，苦無所沮〔三〕，此爲從吾所好也。

子魯大人以恭謹聞山東，質行如石奮家〔一〇〕。 今二子皆視古二千石，何減奮哉！ 兄弟彬彬九江、長淮之上，寄有專城，不借寇而民各父母，豈弟君子，千里比肩。 馮野王兄弟繼踵五原〔一一〕，猶有讓焉，兹不已榮於天下，可傳於後世乎？ 乃知賢者誠重其去就，夫曲士小儒感慨而舍位，一不當意即長往者，非能潔身也，其計畫無復之耳。 向令子魯周迴一諸郎不能棄，而又不能幡然於颍州，是無從事不失時之知，不得於心斯多也〔四〕，何以稱篤行君子哉？

【校記】

〔一〕魯，底本作『齊』，據宋本改。

〔二〕使姦人去入它郡，宋本作『使姦人去郡』，無『入它』二字。

〔三〕沮，宋本作『阻』。

〔四〕斯，宋本作『居』。

【題解】

靳子魯，即靳學曾（一五一六—一五六四），字子魯。嘉靖二十三年（一五四四）進士，歷知潁州、鳳陽，官至山西按察司副使。詳前《送靳潁州子魯》題解。潁州，府名。治所在今安徽阜陽。

【注釋】

〔一〕傷錫類中匱：謂傷不能以善施及衆人。《詩·大雅·既醉》：『孝子不匱，永錫爾類。』中匱，中斷。

〔二〕『且爾』八句：寫其兄學顏事蹟。靳學顏（一五一四—一五七一），字子愚，號兩城，嘉靖十四年（一五三五）進士，授南陽推官，歷吉安知府，入爲太僕卿，官至吏部右侍郎，因不滿首輔高拱專恣，稱病歸里卒。著有《兩城集》。結髮稱田生，謂自成年即以繼承田生傳《易》爲事。田生，指田何，《易》的傳人。《史記·儒林列傳》：『自魯商瞿受《易》孔子，孔子卒，商瞿傳《易》，六世至齊人田何，字子莊，而漢興。』首六郡弟子，即爲六郡弟子之首。六郡，指漢之隴西、天水、安定、北地、上郡、西河六郡。南陽，府名。治所在今河南南陽市。學顏曾爲南陽推官。豫章，郡名。楚漢之際置。治所在今江西南昌市。學顏曾爲吉安知府，吉安古屬豫章郡。顧愈益畏，卻更加戒慎。

〔三〕難兄：指靳學顏。謂學顏、學曾兄弟二人俱爲英才。《世説新語·德行》載，太丘長陳寔有二子，長元方，次季方。元方與季方之子『各論其父功德，爭之不能決，咨於太丘。太丘曰：「元方難爲兄，季方難爲弟」』。

〔四〕眎：同『視』。

〔五〕龍斷：即壟斷，網羅市利之意。《孟子·公孫丑下》：『季孫曰：「異哉子叔疑！……人亦孰不欲富貴？

而獨於富貴之中有私壟斷焉。」』

〔六〕匈奴：此指蒙古俺答部。

〔七〕轉餽：即轉餉，運輸軍糧。

〔八〕淮、潁：淮水、潁水。

〔九〕黄次公：即黄霸，詳前《送汝南太守徐子與序》注〔一〕。

〔一〇〕石奮：漢趙（今河北邯鄲）人，徙居溫（今屬河南）。據《史記·萬石張叔列傳》載，石奮在漢初追隨高祖劉邦。劉邦召其姊爲美人，以奮爲中涓，文帝時積功至大中大夫，至太子太傅。『無文學，恭謹無與比』。其長子建、次子甲、次子乙、次子慶，『皆以馴行孝謹，官至二千石。……號奮爲萬石君』。

〔一一〕馮野王：字君卿，漢上黨潞（今山西長治市潞城區）人，徙居杜陵。受業博士，通《詩》。曾任隴西、上郡太守，其弟逡亦官隴西太守，弟立、參亦官至太守。

送泉州袁推官序

蓋推官於一郡，業鞫一郡獄也〔一〕。無論郡守若縣令奉職無訟也。即縣令之所不能決，移郡守；郡守所不能決，移我矣。今豈無所得於欲言而不敢盡者之情，以竢論報郡守？爰書斯未能信，又其説可求也，跡以行吾明，據以施吾斷乎？又其繫逮在庭，衆方以郡守若令所不能決，而惟恃此聽，可無變也。疑謂四視，憚於期對，雖良民何敢終有其孚心，必其見直〔二〕？乃吾折自一人，裁自一意，一朝而脱彼於桎梏，以而錯諸此，使周内已成〔三〕，不可識察者，卒然解散片言之下，此不已婾快哉？推官鞫一郡獄，信媮快勝任也。

今不知推官於郡，能以監司斯未能信者，得如有求於郡守乎？又能執如皋陶〔四〕，不依阿御史臺風旨，而惟法是取乎？監司得如所求於郡守矣，御史臺惟法是取矣，又能使無疑我乎？高明臨人者，上惡之；諛上而廢法者，民亡之〔五〕；居下而身疑者，患處之。士幼而讀書，一旦得郡爲鞫獄，視其學與監司、御史臺所責於我者，一切與昔不合也，戄然念所以適世之故而不可得矣。

推官於郡多少年，又鞫獄，其才易見，又多入爲諫議貴臣〔六〕，豈獨有得失之患也？監司恐其害己，則伺之；御史臺恐其戡己〔七〕，則嘗之事。故劾有輕重，唯其頤授〔八〕；手有上下，唯其氣使。無因而甘辭，其欲中我，而先示以不猜之形，少當於目攝，卽又若禍不可測。退不自慊，發容慚恧，薄言妻子，無不俯畜是累。指爲成弊，進不得不有所悅之以自安。此無他，監司有主敵之防〔一〕，御史臺有薦汲之權〔九〕，而郡百姓不與也。子仁爲能，不由於是乎？

【校記】

〔一〕主，萬曆本、張校本、佚名本並同，降慶本、重刻本作『生』。

【題解】

泉州袁推官，據文知字子仁，生平未詳。泉州，府名。治所在今福建泉州市。推官，官名。明爲知府屬官，掌勘問刑獄。

【注釋】

〔一〕鞫一郡獄：審問一郡的案件。郡，此指府。

〔二〕孚心：信心。此謂善良的老百姓對冤情得雪缺乏信心。下文『見直』，卽得以伸雪。

〔三〕周內：羅織。內，同『納』。

〔四〕皋陶：舜時的法官。見《史記·五帝本紀》。

〔五〕亡：逃亡。

〔六〕入爲諫議貴臣：推官多晉升爲都察院官員。諫議，漢時諫議大夫，此指都察院的官員。

〔七〕翫己：玩弄自己。翫，同『玩』。所以下文說『嘗之事』，即以事試之。

〔八〕頤授：與下文『氣使』，即頤指氣使。用面部表情和口鼻出氣向人示意，令人爲之奔走。用以指權勢者的氣焰。

〔九〕薦汲：推薦提拔。

送寧津縣訓導張伯壽序

余有識時，嘗過高堂生〔一〕。高治毛萇《詩》濟南，蓋海岱間士多從之游矣〔二〕。即所上客則許殿卿，每相難天下事，亟謂所善李生可語也〔三〕。余既見高生，爲余述濟南父老時事，在憲宗朝，則李給事中森、張御史鼒，稱爲名臣哉〔四〕。給事持簡數萬貴妃上前，左右懼然危之也〔五〕。亡何，御史又疏僧繼曉。御史章雖留中，然用事者既已銜之，遂發難於尹恭簡黨治中。遷御史郴州別駕，猶尚以前過矣〔六〕。

今去與高生言時，又二十年所。余每飯未嘗忘兩名臣事。乃伯壽爲語大父賢過給事又遠〔七〕。御史自郴州來河南，八年於外，楗石行治河〔八〕，其法具治河三疏中。遷御史中丞、督部刺史遼水上三年，移上谷，乃單于不敢南牧馬。入領侍御史，受公卿章奏。又二年，遷御史大夫〔九〕。當是時，暨瑾煽虐〔一〇〕，士氣不絕如髮爾，公且奈何獨以數稱病不見爲可免於難乎！頃之，果有構遼陽、上谷事者。無論詔獄榜繫，卽關三木〔一一〕，往來罰糴遼陽、上谷間，米千斛亦已不訾，而人極于病。公方謂：『固且愈於次趄宦豎門，卑疵而前，孅趨而言，唯苞苴是先，以偷諛於傍，幸色少假，恃以無患，中目攝〔一二〕，躬不自措，繭然無丈夫顔，而日夏畦者哉？吾寧爲此不爲彼矣！且吾豈不知禍至此也？』

余惟士誠難於瑾時，乃今大者不敢赴會，拓社稷之業；其次顧忌相視，不爲進思；最下不得守其挈缾之智〔一三〕。雖有俊臣，亦皆寓言吏隱〔一四〕，汨沒省署，仿迴公養而已。一值大政，不過竊爲深念，悲計畫無所施，庶幾人主用我，以是往耳，茲豈皆以瑾也？

先生乃在寧津學舍中，所與諸生者，日前受業，嚴事先生也。一有異能之士，卽言悅助我。又所論說《詩》、《書》，尚友古昔，以概省署諸顯人。計畫無所施，不仰避戮辱，而俯係妻子，辟倪進退間，幸人主庶幾用我。以是往，余不知諸顯人所爲，卽先生父齊〔一五〕，豈不嘗再佐大郡？何以勝爲涇王相時，猶得職爲將順焉，而明主之美也？吾聞相卒時，涇王以百金祠，先生不受也，非亦田仁所謂不以百金傷先人名者邪〔一六〕？此其質行，在濟南諸生自以爲不及矣。先生子暐，故奇士，與余及許殿卿善，嘗從高堂生游也。

【題解】

寧津縣，今屬山東。訓導，學官名。明代府、州、縣學皆置訓導，掌協助同級學官教育所屬生員。張伯壽，卽張汝椿（？—一五七〇），字伯壽。據本集《明故奉正大夫涇王府左長史張公合葬墓誌銘》載，張氏原籍定州（今河北定縣），元末徙居歷城，至第四世鼒，舉成化乙未（一四七五）進士，官至右都御史。鼒爲張暐之曾祖。序文中多處涉及張鼒事蹟，均見《墓誌銘》。

【注釋】

〔一〕高堂生：生平事跡不詳。

〔二〕毛萇《詩》：即《毛詩》，爲《詩》古文學派。相傳爲秦漢間魯人毛亨和趙人毛萇解説，自言其學出於孔子弟子子夏。《漢書・藝文志》著録《毛詩》二十九卷。

〔三〕所善李生：即李攀龍。

〔四〕憲宗：指明憲宗朱見深，年號成化。濟南李森、張鼒爲成化名臣。李森，字時茂，歷城（今屬濟南）人。明英宗天順元年（一四五七）進士，授户科給事中，負氣敢言，對朝廷弊政多所諫正。萬貴妃專寵而無子，衆不敢言，李森抗章爲言，引致憲宗不滿，遂藉故外放爲懷慶通判，不久辭官歸里，不復出。詳《明憲宗實録》、《明史稿》和《歷城縣誌・列傳三》。張鼒，字用和，成化十一年（一四七五）進士，授襄陵知縣，入爲御史。正直敢言，曾彈劾妖僧繼曉、方士鄧常恩，憲宗不悦，令其出按江西。弘治初，擢河南僉事，進按察使。河南屢遭洪災，鼒督治有方，民爲立祠。弘治十五年，擢右僉都御史，巡撫遼東。武宗即位，移撫宣府。正德改元，進右副都御史署院事。忤宦官劉瑾，出爲南京右都御史，後藉故被繫遼東三年，斥爲民。劉瑾被誅，復官。詳《明史》本傳。

〔五〕持簡數萬貴妃上前：謂在憲宗面前手持奏章數萬貴妃過失。萬貴妃，諸城（今屬山東）人。初選宫女，後受憲宗寵倖，封貴妃，生子早夭。因其大憲宗十九歲，羣臣憂皇室後嗣，含蓄地讓帝『溥恩』，而李森卻直言其過，拂憲宗意，遂遭疏遠。詳《明史・后妃傳》。

〔六〕『御史』五句：寫與張鼒有關的事蹟。僧繼曉，僧人繼曉，史稱『妖僧』，蓋爲施方術騙人的和尚。成化帝迷信方士，故張鼐參奏令其不悅。留中，留中不發。銜，恨。尹恭簡，即尹旻，字同仁，歷城人。正統十三年（一四四八）進士，官至吏部尚書，加太子太傅。後受其子牽連，削太子太傅爲太子少保，以尚書致仕卒。謚恭簡。詳《明孝宗實錄》及《明史稿》本傳。郴州，今屬湖南。別駕，官名。明代指州、府通判。過，過錯。

〔七〕大父：祖父。

〔八〕楗石：以竹塞水，填以土石。《史記・河渠書》『下淇園之竹以爲楗』《集解》：『樹竹塞水決之口，以草塞其裹，乃以土填之；有石以石爲之。』

〔九〕『遷御史』七句：敘寫張鼐歷官情況。御史中丞，指都察院副都御史。侍御史，指監察御史。御史大夫，指都察院都御史。

〔一〇〕豎瑾：指宦官劉瑾。時專擅朝政，勢焰熏天。

〔一一〕三木：古代刑具，以木枷械頸及手足。《漢書・司馬遷傳》：『魏其大將也，衣赭衣，關三木。』

〔一二〕一中目攝：謂一旦被其看到。

〔一三〕挈鉼智：喻小智。鉼，同『瓶』，小器。《戰國策・趙策一》：『靳黈曰：「人有言，挈瓶之知，不失守器。』

〔一四〕寓言吏隱：謂大臣都不直言而自甘沉淪。寓言，謂將要說之事寄寓於含蓄的語言之中。吏隱，謂隱於下位。舊時士大夫常因官職低微而自稱吏隱。

〔一五〕齊：即張齊，張暐祖父，官至涇王府左長史。詳本集《明故奉政大夫涇王府左長史張公合葬墓誌銘》。

〔一六〕田仁：漢魯相田叔之子。田叔卒於官，魯以百金祠，田仁不受，說：『不以百金傷先人名。』詳《史記・田叔列傳》。

送蒲城宋簿宇序

始宇給事藩省時，蓋六郡吏各以其役隸焉〔一〕。六郡吏多海岱豪家〔二〕，有論具請報，輒度一主進者來，舉橐授之，無撓法，又不患所陰脫，歲且鉅萬，則宇無取也。久之，蒲坂楊公始爲方岳〔三〕，嘗異宇所行，徧見諸貴人，皆以爲無害；言於御史中丞府，得檄書勞焉。蓋昔未嘗有之。入補制獄掾吏〔四〕，數與大奏讞。卽所錄皆重臣語，勿敢輕泄，示若已聞密告也。其殆五載，乃調今尉矣。衆不知其賢豪人也。

關中素稱游俠，又尉權小，不能下大猾。余往過平原，嘗知宇一郡國吏，條行砥名，千里誦義，比如趙公子藉於王者〔五〕，親屬有土，卿相之富，厚招天下賢者，顯名諸侯爲難矣。又郭翁伯入關〔六〕，關中賢豪知與不知，爭相交驩。此豈有一邑尉之權哉？又宇赴士阨困，軌於正義，不可與暴子弟、豪少年同類而笑之也。

所嘗見諸大制獄，重貴臣著卽令，疏卽律，不扞文罔〔七〕。且今爲邑者，多便宜治之，往往薄法律，不稱古昔，令民失守也。徒使有一尉能書獄，執不可變，人方恐自中罪罟，畏尉知矣，不亦貴倨哉？

今之論人，蓋已攝命百里之才〔八〕，則曰豈亦讀書懷獨行君子之德，不知季次、原憲用行舍藏〔九〕，乃謂鄉曲之俠效功於當世者非也。士何時而可有爲乎？先臣大司馬徐孟暐氏，江陰縣掾史也〔一〇〕。趣人之急，甚己之私，脫戍者而拒其報，有魯男子之義焉〔一一〕。向令終微賤，何由自見焉！宇蓋將附青雲之士，執鞭於斯人。人貌榮名，當知掾史多君子矣！

【題解】

蒲城，縣名。今屬陝西。宋簿宇，即宋宇。生平未詳。據文中所云，宋宇曾給事藩省，入補制獄，即負責刑獄等事務。簿，官名。主簿。明代外官設於知縣以下，與縣丞同爲佐官。此蓋爲其任職陝西時作，時在嘉靖三十六年（一五五七）前後。

【注釋】

〔一〕給事：供職。藩省：指封國及承宣布政司。六郡：指隴西、天水、安定、北地、上郡、西河。《漢書·地理志》：「漢興，六郡良家子，選給羽林、期門；以材力爲官，名將多出焉。」

〔二〕海岱：指今山東東部，即泰山與大海之間的區域。

〔三〕楊公：未詳。方岳：地方長官。

〔四〕制獄掾吏：謂提刑按察司屬官。制獄，決獄。掾，掾屬，屬吏。

〔五〕趙公子：指「戰國四公子」之一的趙國公子趙勝，封於平原，稱平原君。詳《史記·平原君列傳》。

〔六〕郭翁伯：據《明督撫年表》載，嘉靖年間郭姓督撫爲郭乾。

〔七〕不扞文罔：不觸犯法網。

〔八〕百里之才：謂治理一縣的才能，指知縣。

〔九〕季次、原憲：皆爲孔子弟子。《史記·游俠列傳》說：「季次、原憲，閭巷人也。讀書懷獨行君子之德，義不苟合於當世。」季次，姓公皙，名哀，字季次。春秋末年齊國人。《史記·游俠列傳》說他「終身空室蓬户，褐衣疏食不厭」，家境貧寒，終身不仕。原憲，名憲，字子思，春秋末年魯國人。據《史記·仲尼弟子列傳》和《孔子家語》等處記載，孔子卒後，原憲隱居在衛國。

〔一〇〕大司馬：明代稱兵部尚書。徐孟暐，生平未詳。

〔一一〕魯男子：謂以禮義自持的男子。《詩·小雅·巷伯》「哆兮哆兮，成是南箕」漢毛亨《傳》：「魯人有男子獨處於室，鄰之嫠婦又獨處於室。夜暴雨至，而室壞，婦人趨而託之，男子閉戶而不納。」

送楊玉伯序

據譜，玉伯蓋漢太尉震之後，遷自蒲阪者九世矣〔一〕。至於涇陽，同母姊適三原馬伯循。時玉伯嘗從游，庶幾博雅君子也。數歲以孤，即廢居行賈，贏得過當矣〔二〕。嘗謂周公九章法，孫吳以施戰陣之間，明於積著之理哉〔三〕。以掾史辟原州劉中丞幕府〔四〕。

陝以西蓋八郡，算編戶市租，一夕而推筴得之，主計者按籍索軍實焉。玉伯雖吏給事人，然賢操能有其身。其在伎藝，俯拾仰取，不羞芻蕘。即所以責顯貴人行義過失，亦有烈士風〔五〕。昔在張掖，諸隊率微也，以候人愆期，失一憲臣心〔六〕。後憲臣即從臺中往按諸隊，將以他事盡諸隊率髡鉗而戍焉〔七〕，以屬玉伯。始玉伯法奏之，則憲臣已意銜之矣。又不欲卒變，憲臣愈益怒，且及玉伯也。玉伯曰：「令今更重之罪，豈遂在環哉？即法至是止耳。」欲自棄去，而諸隊率反相援止，謂玉伯曰：「公在猶可以無冤後人，勿遽歸，重吾輩禍也。」頃之，復辟原州幕府中，則時時爲望氣〔八〕，用得北虜情。大將軍以下，嘗往授所奇門法〔九〕，嚮戰多以擊破胡也。

居六年，入爲制獄吏。制獄蓋多親禁臣主之。御史爵方在繫時，玉伯以謂上意且所欲釋矣。及再就繫，猶謂上意且所欲釋也。久之，乃復從爵以問玉伯，則玉伯曰：『吾在制獄，凡見上所欲釋者復多耳。』趙司業貞吉嘗從玉伯問《風角》書〔一〇〕，司業下獄時，玉伯傾身爲之不避也。今且及代其屬，玉伯所治十餘大制獄，未嘗深禍取訾焉。

余蓋往往過玉伯，卽嘗治彭聃家言〔一一〕，以爲篤行隱者也。庚戌歲〔一二〕，虜乃大入。玉伯始扼腕向余言《司馬法》，卽借箸若可繫虜而笞之背者〔一三〕，又褎然一賢豪俠矣。余聞玉伯在金陵道中時，嘗發裝遺一衛尉者，使不至質其妻於負債家，猶爲激於義。玉伯有魯男子者二事，不及亂〔一四〕，從容有章過之。余爽然自失云。余觀士不喜誦人善，卽貴無一行稱，實乃僞取名，何以賢於玉伯哉！

【題解】

楊玉伯，生平未詳。據文稱，玉伯爲蒲阪（今山西永濟）人。初以掾史辟督撫幕府，後爲獄吏。

【注釋】

〔一〕漢太尉震：指楊震（？—一二四），字伯起，東漢弘農華陰（今屬陝西）人。歷官至太尉。博覽羣經，爲儒學大師，時稱『關西孔子』。其子孫相隨，爲世家大族，弘農亦成爲楊氏郡望。

〔二〕行賈（gǔ）：行商坐賈，卽經商。嬴得過當：謂嬴利甚多。

〔三〕周公九章法：所指未詳。周代財帛流通之法稱『九府圜法』，見《漢書·食貨志下》；相傳黄帝時期使隸首所作之算數，漢張蒼等整理成書稱《九章算數》。孫吳：指三國吳。積著：語出《史記·貨殖列傳》，卽積貯。

〔四〕原州：州名。治所在今寧夏固原。劉中丞：生平未詳。

〔五〕烈士：義烈之士。

〔六〕憲臣：執法之臣。

〔七〕髡鉗而戍：謂刑罰之後發去戍邊。髡，剃光頭；鉗，以鐵圈束頸。

〔八〕望氣：古代的占候之術，謂望雲氣而知人事變化的徵兆。《史記·項羽本紀》：『吾令人望其氣，皆爲龍虎，成五彩，此天子氣也。』

〔九〕奇門法：古代方士術數。其術以十干中的乙、丙、丁爲『三奇』，故稱。也稱『遁甲』。詳《後漢書·方術傳》。

〔一〇〕趙司業貞吉：即趙貞吉，嘉靖十四年（一五三五）進士，授編修，遷中允，掌司業事。詳前《送趙戶部出守淮陽》題解。《風角》：記載古代占候術的書。《新唐書·藝文志》載録劉孝恭《風角》十卷，已佚。風角，古代占候之術。《後漢書·郎顗傳》『善風角』《注》：『風角謂候四方四隅之風，以占吉凶也。』

〔一一〕彭聃：指傳説中長壽的彭祖與老聃。彭祖，傳説爲顓頊帝玄孫第三子，名籛鏗，堯封於彭城。籛鏗在商爲守藏史，在周爲柱下史。傳説壽八百歲。老聃，即老子，春秋時楚苦縣人。在周爲柱下史。著有《老子》，又稱《道德經》。二人都爲道家所推崇，並加以神化。

〔一二〕庚戌歲：即嘉靖二十九年（一五五〇），韃靼俺答部侵擾京畿地區。見《明世宗實録》。

〔一三〕借箸：語出《史記·留侯世家》。借其筷子指畫當時形勢，謂代人策畫。

〔一四〕魯男子：魯國講禮義的男子。詳前《送蒲城宋簿宇序》注〔一一〕。

送趙處士還曹序

趙子爲獲鹿者，垂三年矣。則處士自曹來，問爲獲鹿狀也〔一〕。曰：『爾爲獲鹿，則良哉？將下車視事，而百姓姁姁自昵乎，寧能悶悶俟去後思也？ 維此多士，從游甚驩，而亦諤諤不可致乎？ 欲焉而丞若簿〔二〕，以至它縣之令丞若簿，不一其才而一其衷乎？ 寧能傾奪不肖從事獨賢也？ 欲焉而秋毫是析，察其淵中，稱神明乎？ 寧百里翕然示慈敷惠如我視爾於此也？ 不知中丞臺、若御史臺、若監司陳臬、若郡大夫共理所欲於爾，發擿姦伏，聚斂租賦，孰與元元相安、美俗相勸也？ 不知豪貴人若中使者、若諸長吏所欲於爾，駿奔磬折〔三〕，出乎左右，意未及色，奉之如機，孰與强項正辭〔四〕，援禮交際，臨以横逆，撊然相兢也？』

趙子對曰：『惟勤何以與斯數者也？ 西門豹爲鄴〔五〕，發民治十二渠。當其時，民煩苦不願也。豹曰：「今父老子弟雖患苦我，然百歲後，期令父老子孫思我言。」卽惟勤下車視事三年，而未嘗忘於此也。宓子賤治單父，則多所致士，然而無取於陽喬魚矣〔六〕。卽有丞若簿不肖者，是惟勤不見憚衆，豈徒丞若簿失德哉？ 人之欲善，誰不如我？ 它縣之令，不一其人而一其才，不然犬瘈木敝〔七〕，獨安能身犯之焉？ 大人視惟勤於此一堂之上，毛相屬，裏相離也。惟勤視百姓於此百里之內，毛不相屬，裏不相離也，安用秋毫是析，察見淵中爲〔八〕？ 南走邯鄲，北抵句注之塞〔九〕，將千里無不徧也。它縣之令丞若簿，無不與言事也。百姓疾苦無不問也。山川險易無不如石畫也。以聽成獄，以鳩大役，以達隱慝，以閱軍實，無不爲也。中丞臺檄如御史臺檄，監司陳臬檄，如郡大夫共理檄，今日一薦疏下獲鹿，明日一薦疏下獲鹿，元元信我如列眉矣。異日者，監司某君不安惟勤在側也，則曰：「吾將寢處此悍令哉！」惟勤曰：「中山之狐貉羆豹，其可盡乎？」其又以令爲藉也。久之，以餉戍，戍則給以廬旅，旅則芘〔一〇〕，三軍之士意，皆當惟勤。一某君意，終不能不當惟勤也。惟勤爲獲鹿如此而已矣。』

處士曰：『惟勤爲獲鹿如此，即吾何憾焉？無辭乎曹之父老也。』輒趣駕去。

【題解】

趙處士，生平未詳。曹，縣名。今屬山東。據文知其爲獲鹿令趙惟勤之父。處士，古代稱未曾做官居家而有德者。趙處士關注其子的官德以及居官表現，並認爲只有做好官纔能對得起家鄉父老，今日讀之亦有教育意義。

【注釋】

〔一〕爲獲鹿狀：治理獲鹿的情況。

〔二〕丞若簿：縣丞與主簿。

〔三〕駿奔磬折：疾速趕到，彎腰恭候。磬折，喻彎腰拜伏，恭敬之貌。

〔四〕强項正辭：謂持正不屈，嚴詞相對。强項，不低頭。

〔五〕西門豹：戰國魏文侯時期的鄴令。詳前《送陳郎中守彰德序》注〔一一〕。

〔六〕宓子賤：孔子弟子，姓宓，名不齊，字子賤，春期末魯國人。據《史記·仲尼弟子列傳》載，曾爲單父（今山東單縣）宰。《韓非子》、《新書》、《淮南子》、《韓詩外傳》等文獻，對其政績記載大體一致。《韓詩外傳》卷八載，子賤治單父，其民歸附。在單父，發倉廩，振困窮，賞有能，招賢才，得到孔子的肯定。陽鱎魚：魚名。美而不堪食用。

〔七〕犬瘈（zhì）：瘋狗。

〔八〕察見淵中：察見淵中之魚。謂明察事理。

〔九〕句注之塞：古代要塞之一。句注，山名。即雁門山，在今山西代縣西北。

〔一〇〕旅則芘：行軍就加以庇護。芘，通『庇』。

卷之十八

序

送羅處士還萬安序

處士少時，嘗試補縣官弟子員〔一〕，不就也。居數年，則以《大小戴氏》屬虞臣〔二〕，肄業及之。乃虞臣婉婉，日抱《經》受膝下，雖丱然不出家塾中〔三〕，即已知名廬陵諸生間。郡大夫若萬安令，聞虞臣秀才，召署門下，與論所以爲文辭，無不各如其口出。虞臣之從郡大夫若萬安令游，危行如長者〔四〕。處士心異虞臣之爲人，而視虞臣學則愈益勸，不復事家人生産矣。

邑中少年，竊相與非處士：『已則一切不事生産，奈何託於不可知之子以釣奇乎？一日不效，遂失常業，彼實有家而不知愛，何有於我！』處士曰：『亦欲士之子恆爲士，以是爲可知爾，不知富貴也。且爾不見邑中豪家少年不可以侍君子，惟其學術少也。而能走百役奉公法，能不逋郡大夫若令之共稅，而不以出諸門下，非譽髦也〔五〕。』

明年，虞臣與計吏偕詣京師。癸丑，射策甲科，則處士之郡中視虞臣所以爲理狀，日于于爾〔六〕，未一語及行事，浹旬趣歸。虞臣固請所以爲理狀，則處士曰：『稱法必及朝廷，議獄必及典章，爲理則是也。然而一人握之，十人拔之，汝尚惡乎執乎？』虞臣曰：『百金示孩提之童，而不得易其摶黍，猶之和氏之璧示賢者而不得易其不受之名〔七〕，非以其知彌精，其持彌固矣乎？大人豈猶以此病良也？』蓋處士家居，復不能容人過失。即雖暱子弟有不直，未嘗不面折之，亡問族疏近。以宿罅若卒構怨，必令處士居間，是非曲聽處士。始有不便處士者，久之各厭其意，曰：『即令詣吏對〔八〕，何以異此？』故萬安俗雖稱健訟，而羅氏宗人鮮有自相逮於縣庭者。處士所謂施於有政哉，其斯有味乎虞臣之爲理也。

【題解】

羅處士，羅虞臣之父。羅虞臣，即羅良。詳前《送大參羅公虞臣之山西序》題解。據文虞臣『癸丑射策甲科，則處士之郡中視虞臣所以爲理狀』，知此文作於虞臣出任大名推官之時。癸丑，嘉靖三十二年（一五五三）。是年李攀龍出任順德知府，至嘉靖三十五年離任，此文即作於其間。

【注釋】

〔一〕縣官弟子員：即縣學生員。

〔二〕《大小戴氏》：指《大戴禮記》和《小戴禮記》。大戴，指西漢今文禮學『大戴學』的開創者戴德；小戴，指西漢『小戴學』的開創者戴聖。戴德與戴聖爲叔姪，同師從后蒼，所著在宣帝時均立爲博士，合稱『大小戴』。

〔三〕丱（guàn）然：已束髮，謂幼年。

〔四〕危行：正直而行。《論語・憲問》：『邦有道，危言危行。』

〔五〕譽髦：俊傑。《詩・大雅・思齊》：『古之人無斁，譽髦斯士。』《注》：『士中之俊，如毛中之髦。』

〔六〕于于：悠然自得之貌。《莊子·盜跖》：『神農之世，臥則居居，起則于于。』

〔七〕和氏璧：寶玉，因由楚國卞和發現，故名。見《韓非子·和氏》。

〔八〕詣吏對：到法官處對簿。謂雙方到官，由執法吏處理。

贈珍羞署正張君序

余嘗造會稽諸大績與言脈家學〔一〕，就理匕劑稱良焉〔二〕。顧又察其非重糈食技術之人。暇問之，則曰：『君豈以大績於府署中日辦膳若羞諸物事，眂饔飲皆若有所時〔三〕？適悟攝性之義〔四〕，君子恆放焉，以達之石液，遂多所濟於病者，爲有取爾哉？顧我所同署者張君，則謂大績曰：「昔邦輔侍我中丞兄於淮泗間〔五〕，見其急國餉而食不重味，嘗疑割烹之言非也。向邦輔與君掌醢時，雖不即膾炙眾意，而不厭久要，則君所三折肱於國中也〔六〕。」』大績曰：『周官，膳夫掌王之膳羞，以食王及后、世子矣〔七〕。民窮而無告者，君其能使各有常餼乎？天子欲有問焉，君亦以珍從就其室乎？羞用百有二十品，珍用八物矣。張君豈嘗聞五十異粻、六十宿肉、七十二膳、八十常珍，今各得其齒乎？是皆不在君也。聖天子方致孝鬼神，菲飲食，日舉之典爲羊存，君雖日羃珍而進，未嘗得躬覩授祭品嘗食之盛，以縱觀盤盂之銘，天下一人之養也。其所禋祀於宗廟，咸秩乎百神，鏞簴萬舞，紛陳備奏，佩玉簪組，鏘鳴翳列於堂寢之上，駿奔載路，祝史在庭〔八〕，執鬯奉璋，濟濟峩峩以趣天子之左右，而竢饔定以詔於位，時則君必將肅牲豆登魚腊，致四海九州之美味，四時之和氣，使明德之馨，誠信之衷，藉以同升偕暢，以居歆上帝，而祈永命錫純嘏〔九〕，卒就禮樂之成贊，感格幽玄之道也乎？聘以萬國，譯以四夷，燕享以諸侯王公，脯賜以郡工，黎獻旅語，以嘉賓君子，以光邦家，以寧胡考，以樂王者得賢之心，以洽《蓼蕭》〔一〇〕，澤及四海之惠，君又無一不司存於是署也。無亦恥無以自盡，而愈思其職之所不及爲邪？亦求若大績者，達之石液，使多所濟於病者，而未得共所欲託邪？」余然後知雖處下位，而人人重自棄，猶盛世之教也。

【題解】

珍羞，珍異食物。署正，官名。此指負責刑部飲食的官員。張君，生平未詳。

【注釋】

〔一〕會稽：地名。即今浙江紹興市。諸大績：人名。生平未詳。脈家學：講說脈理的學問。晉王叔和撰有《脈經》。

〔二〕理匕劑：調理各種味道。匕，調匙。劑，調和。《後漢書·劉梁傳》：「和如羹焉，酸苦以劑其味。」

〔三〕眂：同「視」。

〔四〕攝性：養生。

〔五〕淮泗間：淮河、泗水之間。

〔六〕三折肱：喻醫生閱歷多。謂老於其事。《左傳·定公十三年》：「三折肱，知爲良醫。」

〔七〕周官：指《周禮》。《周禮·天官冢宰·膳夫》：「膳夫掌王之食飲膳羞，以養王及后、世子。」

〔八〕祝史：古代司祝的官員。祝古爲史官，故稱。

〔九〕錫純嘏：賜予大福。錫，通「賜」。《詩·小雅·賓之初筵》：「錫爾純嘏，子孫其湛。」

〔一〇〕《蓼蕭》：《詩·小雅》篇名。《集傳》謂此篇『諸侯朝于天子，天子與之燕以示慈惠』。

贈太學生葛景宜序

景宜在濟南時，蓋猶及與余同爲郡弟子員云〔一〕。景宜嘗言，與余候部刺史時〔二〕，行躡履甚鮮也〔三〕。蓋人自上谷來遺之，複底突出，可以承鞠〔四〕。余目攝之，則若不敢不蹐，旦日月几几然易舄行矣。頃之，以訾游大學〔五〕，比卒業者五年。余爲郎，景宜又數過署中，爲夙昔弟子員時相樂，語不倦也。則稱濟南士人所頌『伏授《書》，終棄繻，李生不濫竽』〔六〕，豈欺我哉！即吾簦屩上國求友〔七〕，博洽君子非不多所宣翼，然不至如向躡履時怵懼，其動以疏穢鎮浮，今不忘也。

余謂：景宜上谷之龍門人，彼所節氣相尚，不飭其行，其所謂我猶之曰『非斯人之徒與而誰與』，則恢恢自踈爲急耳，孔子所論直、諒、益者矣〔八〕。景宜仲父，有勃貂建主之勳〔九〕，王子得以有其國。景宜從旁以贊事，豈匹夫而相者乎？雖遇則然，然宦微。臣謀王，危事也，不已爲難乎哉！

余往，見其門蓋縣弧矢焉〔一〇〕，謂之曰『湫舉』云〔一一〕。龜玉金珠，山林藪澤，民並用之，聖能制議百物也。唯是有子，而日伺其耳目出聰明，手足蠕動，孩提生色。志意發神智，號泣紆性慈，生之膝下，玩之股掌之間，豈私心不在彼有之乎？景宜乃稱詩曰：『自今以始歲其有，君子有穀詒孫子。』余爲次其事云。

【題解】

太學，古代王朝在中央所設立的官學。漢武帝時置太學，立五經博士。明代不置太學，而有國子監，爲當時最高學府。在監讀書者，稱太學生。葛景宜，濟南人。與李攀龍爲府學同學。生平未詳。

【注釋】

〔一〕郡弟子員：即府學生員。

〔二〕部刺史：漢武帝元封五年（前一〇六）設部刺史，督察郡國，後世演變爲地方長官，明代指知府、知州。

〔三〕躡履：所穿之鞋。

〔四〕承鞠：承接皮球。鞠，古時用皮革製作的皮球。

〔五〕以訾游大學：謂捐資爲太學生。訾，通「資」。大，同「太」。明自景泰以後，因國家財力不足，允許生員納粟入監。

〔六〕伏授《書》：伏，伏生，漢濟南（今山東鄒平）人，秦博士，漢初傳授《書》，爲《今文尚書》的創始者。詳《史記·儒林列傳》。終：終軍，濟南（今屬山東）人。據《漢書》本傳載，其西行入函谷關，守關者給他通關的憑證「繻」（彩帛），他說：「丈夫西游，終不復還！」棄繻而去。

〔七〕簦屩（dēng juē）：打著傘，穿著草鞋。簦，有長柄的笠，猶今之傘。屩，通「蹻」，草鞋。《史記·平原君虞卿列傳》：「虞卿者，游說之士也。躡蹻簷簦，說趙孝成王。」《集解》引徐廣說：「蹻，草履也。簦，長柄笠，音登。」

〔八〕孔子所論：《論語·季氏》：「孔子曰：『益者三友，損者三友。友直，友諒，友多聞，益矣。友便辟，友善柔，友便佞，損矣。』」

〔九〕勃貂：即寺人披，一名勃貂，字伯楚。也稱寺人勃鞮，春秋時期晉獻公至文公時的宦官。曾在危急之時救晉文公。《左傳・僖公二十四年》載，晉大夫呂飴甥、郤芮將焚公宮而弒文公，寺人披告發，文公安全轉移。

〔一〇〕懸弧：古代風俗，家生男孩在門左挂一張弓。見《禮・內則》。

〔一一〕湫舉：春秋楚人，楚大夫伍參之子。見《國語・楚語》。

送龔懋卿序

蓋懋卿三十始爲郡諸生，五十而貢云〔一〕。既爲郡諸生，則從余游。余數稱《毛詩》大義難之，無不如嚮也〔二〕。明年，以諸生既廩〔三〕，與許殿卿、郭子坤卒業館中，藝相雄長，稱大師矣。按察諸公開塾于署，無不延生者。慈谿馮公、括蒼趙公〔四〕，蓋尤重之。凡七大比，無不在諸生高等，無不謂成名無疑，而竟待歲，卽猶若不得已而勿欲變焉者屬之，可以已，可以變也。初生豈自計至是哉？

生家陽丘，近薛縣，常稱公孫弘之爲人，而不直汲黯也〔五〕。曰：『弘故遠跡羊豕之間，午六十餘以文學徵，七十而爲丞相，服習裘褐，卽令紈綺驟御，有肌躁膚癢耳，布被奚詐焉？』顾生少時，左挾書，右杖箠，牧羊山中，年二十試爲郡功曹，不報；繇於陽丘，尉庭笞之，乃卒業鄉校，三十而爲郡諸生。弘少爲薛縣獄吏，尋以辠免，牧豕海上，年四十餘乃學《春秋》。弘年六十徵爲博士，以『不能』罷歸，後五年再以文學徵諸太常。生今待歲應命，實年五十有八九，七大比無不在諸生高等。又馮公、趙公諸按察轉相揚之，終不得與計偕，何以異弘以『不能』罷歸也？及弘再徵，讓謝國人，國人則固推弘，太常對策，第又輒居下。初，弘亦豈自計年七十爲丞相，然且封侯也？史蓋皆稱曰：『公孫弘行義雖修，非遇其時，焉能致此位乎？』時則武帝方鄉文學〔六〕，弘因得以儒術對策奏擢爲第一，不然，帝以雄才，揚推俊乂，嘆息嚴、徐之徒〔七〕，報書諸侯王，常召司馬相如等視草〔八〕，豈其於弘非辯論有餘，習文法吏事，而輒自百餘人之下以爲舉首，以示在昔『不能』罷歸爲不知弘？必不然矣！

生以《毛詩》稱大師，大義如嚮，何以異弘辯論有餘、習文法吏事也？獨以今天子神聖，雅好儒術，維賢不次，千載一時，視弘邈矣！即有召問，有司發策，必以新政，先事求備，必且豫憂，明也。

余嘗見生爲張中丞圖〔九〕，上山東要害，恢奇多聞，業已就緒。濮陽戍卒陳氏蓄異，生一諸生，隱然敵國，即便宜爲對，何不可者？乃朱買臣難弘置朔方之便〔一〇〕，發十策，謝不得一。以弘辯論，豈故不能得一於十？即欲有所專奉，有所願罷，以此合上意耳。然豈異於使匈奴還報時？弘固亦謂君臣之遇，非知無以相得也。生如能令所對，天子善焉，千載一時，而亦千載一遇。若猶是太常所奏第居下，其對則在我，其時則不在我也。此生一遇，彼弘一遇，又何怍焉！君臣之遇，非知無以相得，而知不可爲也。前以一人不合罷歸，而後以百人之下爲舉首，其斯生所常稱公孫弘之爲人者哉！

【題解】

襲懋卿，即襲勖，字懋卿，李攀龍好友。詳前《寄襲勖》題解。襲勖科舉失意，五十歲纔成爲貢生。李攀龍于文中以公孫弘的事蹟對其加以勉勵，知此文爲襲勖赴選貢時所作。

【注釋】

〔一〕貢：貢生。此謂選貢。明代科舉制度，於每年或兩、三年從府、州、縣學中選送廩生升入國子監讀書，稱歲貢。於歲貢之外，考選學行兼優者充貢，稱選貢。襲勖未曾入國子監讀書，因知爲選貢。

〔二〕《毛詩》： 即秦漢間魯國毛萇、河間毛亨解說的《詩》。詳前《送寧津訓導張伯壽序》注〔二〕。襲勖以善《毛詩》著聞。

〔三〕廩： 廩生。科舉制度中生員名目之一。明代府、州、縣學生員，最初每月發放廩膳，作爲生活補助，稱廩生。此時襲勖與許殿卿、郭子坤爲同學，詳前《許殿卿、郭子坤見枉林園》題解。

〔四〕慈谿馮公： 指時任山東按察副使的馮嶽，慈谿（今屬浙江）人。括蒼趙公： 指趙廷松，浙江樂清人。括蒼，山名。在樂清境內。二人均見《濟南府志·秩官》。

〔五〕「生家」四句： 謂襲勖家近薛縣，仰慕漢代公孫弘，而認爲汲黯批評公孫弘不對。陽丘，即今濟南章丘。薛縣，在今山東壽光南。公孫弘，字季，一字次卿，淄川國薛縣人。漢武帝時，位至丞相，封平津侯。襲勖的境況，與其早年經歷頗爲相似。據《史記·平津侯列傳》載，公孫弘少時家貧，曾在海邊放豬。初入仕，爲薛縣獄吏，因有過失被免職。爲此，他發奮苦讀，四十歲後師從經學大師胡母生，通《公羊春秋》。漢武帝下詔求賢，公孫弘年已六十歲，徵爲博士。出使匈奴，回朝復命不符合武帝的心意，認爲他無能而免歸。後有詔徵文學，淄川國再次推舉公孫弘，對策擢爲第一，再次拜爲博士，擢御史大夫。當時諫議大夫汲黯對其尚節儉、不衣絲綢，認爲是「詐」（假裝）。弘的回答十分謙讓，武帝「愈益厚之。卒以弘爲丞相，封平津侯」。

〔六〕方鄉文學： 正在崇尚經學。鄉，通「嚮」，趨向，敬仰。文學，謂經學。

〔七〕嚴、徐： 指嚴安、徐樂。嚴安，臨淄（今屬山東）人，武帝時爲丞相史，終官騎馬令。徐樂，燕郡無終（今屬河北）人，漢武帝元光中爲郎中。嚴、徐都曾上書武帝言世務，其文今存。

〔八〕司馬相如： 漢賦家，曾受漢武帝信任。詳前《送殷正甫》注〔九〕。視草： 檢視制詔之稿。《漢書·淮南王安傳》：「每爲報書及賜，常召司馬相如等視草乃遣。」

〔九〕張中丞：指張鑑，四川南充人。時由副都御史進巡撫都御史。見《濟南府志·秩官》。

〔一〇〕朱買臣難弘置朔方之便：據《史記·平津侯列傳》載，漢武帝元朔三年（前一二六），公孫弘爲御史大夫，當時通西南夷，東置滄海，北築朔方郡。公孫弘屢屢諫諍，認爲朔方爲無用之地，築之只能使國家疲敝。武帝讓朱買臣責難公孫弘，『發十策，弘不得一。弘乃謝曰：「山東鄙人，不知其便若是，願罷西南夷、滄海而專事朔方。」上乃許之』。

李天鍾推官三御史臺嘉命序

余不佞所守郡，則天鍾爲理焉〔一〕。天鍾爲理且一歲，而御史臺勞書凡三下矣。天鍾乃謂余：『視此勞書，於僕何當哉？御史臺能薦人於天子，又能以所欲薦若不欲薦者，書相勞也。今無論其大者，不能揚於王庭，薦諸天子，即其次，置之一切不問，何不可者？乃吾既蹇蹇奉職而稱爲理〔二〕，則以而處之欲薦不薦之間，使有斯未能信之心，曰是終未可知。其聞於天子，而姑示若不得已者取之，擯棄之餘而爲之辭爾。吾又安能嘗其言，以身舍曰易之，而又負其施緩不急之譽，以陰見其所未備？若甚難之，而因以深德我者，則某有掩耳而走爾，不忍讀此勞書語也。無亦與屬邑簿尉、最賤嗇夫、傳舍小吏同牘共命〔三〕，數列以勸，何以異嗾而使之？』此豈天鍾所病哉？即攀龍二年於此，未嘗奉御史臺一字薦書也。假令天鍾因御史臺風指〔四〕，爲微諸郡吏陰事而萋菲成之〔五〕，使得以懸法中人而亟謂愛我，豈爲之乎？不然則無故而自穎出，以求掩眾得之，則將復進以綣然相結，其有不得百倍人百欺人，陽爲上意在此，而實贅之於前，乃從旁因以爲解，而深自納約，使辭色在我，豈爲之乎？又不然，口給相禦，得情是喜，今日效一語，明日具一獄，常使其跡在左右，豈爲之乎？是三者，皆君所不爲也。余蓋聞君卽值御史臺徼諸郡吏陰事，未嘗不孫避入於人中，出而及之，亦猶上察下獲，赧赧如暴己過者〔六〕，何所得之？何有不得而百倍人百欺人，自令危疑如此？卽使辭色在我，豈某之利哉！

天鍾長者，語非擬議不效也〔七〕，獄非服念不具也〔八〕。是天鍾所爲也，則已處乎若親若疏、若去若就之間，而欲人勿以處我於欲薦不薦之間，又何可得也？故薦所不及而書相勞焉，猶以是爲不得已云爾。人於我有所不得已，則其賢愈益不可測。視之薦書，乃在上功，此余所因以重勞之也。

【題解】

李天鍾，李攀龍爲順德知府時的推官，生平未詳。推官，明代爲府屬官，掌勘問刑獄。三御史臺嘉命，從文中知爲『勞書』三下。御史臺，此指監察御史。所謂勞書，蓋爲對其勤於王事表示慰勞之意。從序文知『勞書』中有令其監視府屬官吏並向上匯報之意，天鍾對此十分不滿，表示決不爲升官而密告同僚。李攀龍序文讚揚了李天鍾居官正直、不阿附權貴的品格。文中云『攀龍二年於此』，知此文作於嘉靖三十三年（一五五四）。

【注釋】

〔一〕爲理：爲法官。理，法官。《漢書·藝文志》：『法家者流蓋出於理官，信賞必罰，以輔禮制。』

〔二〕蹇蹇：忠直。《易·蹇》：『王臣蹇蹇，匪躬之故。』

〔三〕簿尉：主簿、縣尉。嗇夫：鄉官。傳舍小吏：負責驛站的小官。

〔四〕風指：微言透露的意思。風，通『諷』，謂微加曉告。

〔五〕陰事：秘事，不爲人知的事。萋菲：也作『萋斐』，文采交錯貌。《詩·小雅·巷伯》：『萋兮斐兮，成是貝錦。彼譖人者，亦已太甚。』《箋》：『喻讒人集作己過以成於罪，猶女工之集采色以成錦文。』此謂羅織罪名，進行讒毁。

〔六〕赧（nǎn）赧：羞愧。如暴己過：如同揭露自己的過錯。

〔七〕擬議：《易·系辭上》：『擬之而後言，議之而後動。』

〔八〕服念：反復思考。《書·康誥》：『要囚，服念五六日，至於旬時，丕蔽要囚。』《傳》：『要囚，謂察其要辭以斷獄。既得其辭，服膺思念五六日至於十日，至於三月，乃大斷之。言必反復思念，重刑之至也。』

沈封君七十壽序

蓋自明興，開郡國縣官弟子員，設科射策〔一〕，士多自重者云。祿利之路則然哉。人情自愛，父所不能得之於子也。封君既受業弟子，既廩郡國，且察可與計偕，而次君則舉進士矣。人情自愛，誠有所質於中，莫謂之也。有則曰：『是猶未可知，二偶三合，亦各言其自致爾，子何能得此於我而輒以委焉？』不則曰：『用子自託，跨三命以臨鄉里，寧與一敝，果解相殉，卒業牖下，自誤不恤矣。』故有白首呻佔〔二〕，傀焉發憤於其子者，不知精華已竭，乃欲與新進少年較技角藝。萬一所司有知己，碩宿自負，以謂不悖所聞，然而其時與文則已變，而載義以遷，出於所聞之外者，有不必守也。不然則又不少自勉强，一老文學終依依不忍去，以爲亦自見其名成，亦自見其志效。然而既已鞠如枯鰕，猶日與諸生盤辟堂上，脩禮容，出從一乳兒馬，謁郡國長吏，朝朔望〔三〕，爲不素餐，不知當其不及貢也。屈指既廩，妄冀恩澤，待歲竢盡，佹失佹復，以至於今，勞且險乎！』顧二偶三合，有不必致自其身，志效名成，有不必託自其己，是封君之自重也。

次君蓋謂余曰：『自某舉進士，家大人以郡國弟子受封洛陽令，尋改戶部主事，再封山西按察司僉事，二十年于此，歲七十矣。雅好奕碁，未嘗與聞事也。』

夫人情自愛，亦各言其自致，自見其名成與其志效，雖子不假焉是矣。顧士結髮受章句〔四〕，即欲第乎，亦當如兒輩少年舉進士，何至白首郡國弟子中？縻既廩人，豈不自致？有不能得此於子者。且弱冠既廩，勿悖所聞，足以免佹失佹復之患。一老文學，如運之掌，即諸生經術尊我，郡國長吏師儒視我，職自取耳。待歲竢盡而來，亦待歲竢盡而去，奈何俾諸僚友之疑我，自恃屬於其子也，而竊議於後，爲兒輩無妄之累乎？爾類恆於斯，不類恆於斯，豈敢哉？跨三命以臨鄉里，惟是朝廷欲諫見爲善者之報也。誠謂其才可自致，願以異日，慢孰甚焉。無亦謂爵已崇而虛，位已卑而實，而鄙之乎？奈何以一老文學自享，而令有所不行於朝廷？士固以此言自致，以此言自見耶？不有奕碁者乎？吾二十年於此，此以自致，此以自見矣。君子曰三命以臨鄉里，則長吏之所過閭而式，伏臘存問者也〔五〕。一與聞事，將鄉里讙焉。朝廷等威，乃從長吏而市之權，又因以爲利，自令輕之，何用勸大下之爲人父者？我斯自爲弟子時，已勝其耦。尹文子所謂『進退取與在我』者也〔六〕，豈獨三尺之局中？蓋脫然直奇焉，而所爲自重者在此。然又眾意所安，常理所取，廢而任之，七十年如一日，得養心寡慾之助，於進退取與之間。燕、趙君子凡以慷慨自撟〔七〕，固無以得封君之大云。

封君名某，生二子。紹代，長君也，南陽別駕；次君，山西參議，守寧武關〔八〕，爲封疆重臣，著政聲，封君因有榮號焉。乃隆慶改元十月二十一日，覽揆之辰〔九〕，爲歲七十焉。

【題解】

沈封君，生平未詳。封君，以子顯貴而受封典者。據文中所云，沈某蓋因其次子而『以郡國弟子受封洛陽令，尋改戶部主事，再封山西按察僉事』。其次子爲山西參議，守寧武關（今屬山西）。據本集《報沈少參》，知李攀龍與其交往在其陝西任内時。序文蓋爲祝壽而作，敘寫沈某生平及對二子的教育。文末注明爲隆慶改元（一五六七）十月二十一日。

【注釋】

〔一〕設科射策：漢代考選官吏的方法之一。主試者將試題書寫在簡策上，分甲乙科，列置案上，射策者隨意解答，主試者按題目及所答内容的難易而定優劣。上者爲甲，次者爲乙。射，投射的意思。

〔二〕呻佔（chān）：誦讀。此謂誦讀經書。佔，同『呫』。

〔三〕朝朔望：即每月初一、十五朝見。朔，農曆每月初一；望，農曆每月十五。

〔四〕章句：分析古書的章節句讀。此指經書。

〔五〕過閭而式：路過其門在車上站起，低頭扶式，表示敬意。《儀禮·士喪禮》『辟君式之』《注》：『古者立乘，式謂小俛以禮主人也。』伏臘：三伏與臘月，也指祭祀的伏日和臘日。

〔六〕尹文子：即尹文，戰國齊人。著有《尹文子》二篇，《漢書·藝文志》將其列入『名家』。

〔七〕慷慨自撟（jiǎo）：以慷慨自高。撟，舉起。漢揚雄《甘泉賦》：『仰撟首以高視兮，目冥眴而無見。』

〔八〕寧武關：明代所設關塞（今屬山西）與雁門、偏頭稱外三關。

〔九〕覽揆之辰：謂生日。屈原《離騷》：『覽揆余初度兮，肇錫余以嘉名。』《補注》：『覽，觀也。揆，度也。初，始也。』

賀大中丞孟公生子序

隆慶己巳〔一〕，蓋大中丞孟公始舉子焉。明年，左史許殿卿至〔二〕，自公所而謂余曰：『中丞公年既六十有二矣，而始舉子，岌岌乎其危得之也。』夫危得之者，幾得之也；幾之爲言，得不得未可知之辭也。人之爲道，厥初生民，覃族受姓，以屬于今，不絕如系；一旦自我塔焉中止，無論宗祧之血食，社稷之委裘，卽不堂不構，不播不穫，以比於作俑，而題之曰『三不孝』，則誰不皇皇焉而幾得之也？弓韣以禱祠求之〔三〕，熊羆以寤寐求之〔四〕，卽未爲失也。雖不肖焉，不告而娶；以權求之，寧脫屣爵祿〔五〕，以其餘易焉。以倖求之，則誰不皇皇焉而幾得之也？

攀龍曰：子不可幾而得，以幾之而得子者，其法當自得子者也。公之於人道，蘊藉長者，里中蓋視猶石相家〔六〕，卽某與殿卿所習也。三十而游京師，其友親之，曰：『亦既抱子矣，卽其厚必無不載也。』出宰縉雲，其百姓父母之，曰：『必有貴仲，而季且賢矣，卽其仁必有後也。』四十而藩屏隴右，秦人無異於越人也，曰：『不筮而商瞿之膝下繩繩矣〔七〕。』五十以大中丞督部河南北，權豪斂手，而百姓焉依，莫不壯之，曰：『公誠自愛，是將退食獨立，無奈趨庭者之肩摩踵接，稱《詩》問《禮》之不暇，何也？卽其威重，而氣有必息也。』何以得此聲於梁、楚間哉？然固未有子也，此自殿卿所及見。而某所及聞於楚若越者，至今相謂『公無恙邪？何爲至今未舉子也？無亦既已能御乎？不則咳而有名者幾人乎？又不則將就館者幾人乎？』里中旦夕覘其門有弧矢也，家持羊酒往賀焉，而旋且已也。是年六十，而齒髮如平生也。是自縉雲、隴右、河之南北，歷數十年，其儀不忒也，人亦誰不爲公幾得之也？公乃今六十二年而始舉子，余固以謂其法當自得子者也。人之幾之，益信其必至云爾，終豈謂幾得之哉？唯是幾之不得而怏怏，然後幾而得之之爲快也。氣之所息必賢且貴，是天之報公，以答秦、越、河南北若里中之所以幾公者也，然後公之敦仁處厚、養威持重之德始成矣。此可以持羊酒往賀時也。遂爲殿卿具列之如此。

【題解】

大中丞孟公，所指未詳。嘉、隆之際，在河南孟姓得稱中丞者，有二人，一是孟廷相，一是孟養性。孟養性，山東齊河人，嘉靖戊戌（一五三八）進士。嘉靖四十五年二月，以右副都御史巡撫河南，隆慶元年（一五六七）五月，以疾歸。見《明督撫年表》。而文稱『明年，殿卿至』，且爲殿卿所請撰寫此文，孟養性此時已離去。孟廷相，字爰立，號雁山，順天霸州（今河北霸縣）人。嘉靖十七年（一五三八）進士，授行人，歷兵科給事中、都給事、湖廣左參政，至河南左布政使。詳《掖垣人鑑》。此文對孟氏晚年生子表示祝賀。

【注釋】

〔一〕隆慶己巳：卽隆慶元年（一五六七）。

〔二〕左史許殿卿：許殿卿，卽許邦才。隆慶二年，赴周王府左史任。

〔三〕弓韣（dú）以禱祠求之：韣假借爲『韣』。弓韣，弓袋。《禮·月令》仲春之月，『乃禮天子所御，帶以弓韣，授以弓矢，於高禖之前』。《注》：『天子所御，謂今有娠者。』

〔四〕熊羆以寤寐求之：卽所謂『熊羆入夢』，爲生男子之兆。《詩·小雅·斯干》：『吉夢維何，維熊維羆。……

維熊維羆，男子之祥。』

〔五〕脫屣爵祿：謂輕視爵祿。脫屣，脫掉草鞋，喻輕而易舉。

〔六〕石相：指漢代石奮，景帝時爲諸侯相，有四子，皆二千石。詳《漢書·萬石君傳》。

〔七〕商瞿：春秋末年魯國人，字子木，孔子弟子。《史記·仲尼弟子列傳》：『孔子傳《易》於瞿，瞿傳楚人馯臂子弘。』從此《易》代代相傳。

殷母太孺人序

余年十五六時，學毛氏《詩》於同郡張先生所〔一〕，與正夫同師。聞母家在武定〔二〕，與正夫家自曾大父以來〔三〕，皆仕宦通家。正夫先君子雖處士，然其人好書，習掌故，郡中賢士大夫多從處士游也。太孺人歸時，蓋遭家中葉〔四〕，處士與兄伯居，無家人生產。宗族來濟南者，皆謂母素貴家女，豈厭爲處士新婦乎？母心知處士非凡人，家雖貧哉，即所願裘褐之人，豈以富貴爲是也？則悉去綺縞，椎布操作而前矣〔五〕。孺人蓋工女事，即所未嘗試，孺人見之，能令自手指出；宗黨有以所善嘗試孺人者，又無不出孺人下。孺人事嫂，每雞鳴起視具，嫂不知也。夜恆不敢先寢，宗族乃相慶得新婦。孺人至今視嫂子如己出也。

余猶及見正夫未就外傅時書尺牘〔六〕，皆孺人所作與之書。正夫年七歲，孺人教之數日也，即問處士君曆家言甲子〔七〕，於天地何所起？後余見正夫，則在同舍諸生郭君所受二戴氏《禮》〔八〕。爲余言：『曾大父以來，家世治二戴氏《禮》，家君不欲忘前人所爲業也。』正夫是歲，盧生、尹生以及郭君之門，蓋一年而五更師。五師皆孺人爲處士君束行脩，閭里咸謂『孟母三遷其子，殷母爲子五更師』云。又三年所，余與正夫偕計吏，當如京師，得見處士君及孺人。又六年，正夫舉進士爲今官，迎孺人來京師。余太安人及家人亟得見孺人。太安人每從孺人家來，必誦孺人家母儀數事示家人也。嘗謂：『孺人六十有三，猶尚健飲食；爾母年五十餘，即衰異平生。且爾奉職比部何狀，得似孺人子檢討君賢也？』余由有識見東平何治象略似正夫〔九〕。正夫自與余相天下士，未有失也。所論人狀，即如其人在余目前矣。

【題解】

殷母太孺人，指殷士儋之母。文稱殷士儋爲『檢討君』，知此文作於嘉靖二十六年（一五四七）。時殷士儋進士及第，選庶吉士，授檢討。殷士儋，字正甫。甫，也作『夫』。李攀龍與殷士儋情誼深篤，兩家過往密切。在士儋迎母京師之時，李攀龍寫序以頌揚殷母品德。

【注釋】

〔一〕張先生：指張潭。本集卷二十三有《與殷正夫祭張先生潭文》。

〔二〕武定：州名。治所在今山東省濱州市惠民縣。殷士儋祖籍武定，徙居濟南歷城。

〔三〕曾大父：即曾祖父。

〔四〕遭家中葉：謂家遭遇危難。《詩·商頌·長發》：『昔在中葉，有震且業。』《傳》：『葉，世。震，懼。業，危也。』

〔五〕椎布操作而前：語出《後漢書·梁鴻傳》，即爲椎髻，著布衣，操作而前。椎布，椎髻布衣，形容貧苦。椎髻，一撮之髻，其形如椎。也作『椎結』。

〔六〕外傅：教師。《禮・內則》：『十年出就外傅，居宿於外。』古以保姆爲內傅，稱教師爲外傅。

〔七〕曆家：推算天體運行的人。

〔八〕同舍諸生郭君：指郭子坤。詳前《許殿卿、郭子坤見枉林園》題解。

〔九〕東平何治象：指何海宴。何海宴，字治象，平陰（在今山東濟南市）人，時屬東平州，嘉靖二十三年（一五四四）進士，歷官山西副使，河南參政。

邢母朱太恭人序

人勿論不得其父母，即得其父母非久也，無以子也。太恭人之有以子也。程番公以良二千石出守程番〔一〕，長官咸用命，稱共理之臣。上以贊朝廷，柔遠能邇，下以和椎結侏離之俗〔二〕，以息息綏祉，植本立慈。孰使太恭人有今日者，非程番公乎？太恭人之有以子也，且二十年也。

勿論不得於所爲舅姑，即得於所舅姑非久也，無以婦也。太恭人之有以婦也。鞏昌公爲郡理官，治隴以西獄，治也；按部使者檄而治河以西之獄，遯矣；羌胡雜治之，治也。所嘗平反，至牛祠諸郡中，比于馮野王之爲人〔三〕。肅肅在堂，雍雍在闈，作邦作對，以迓程番公無違之命，以工抱哺併倨之風〔四〕。孰使太恭人有今日者，非鞏昌公乎？

勿論不得於其君子，即得於其君子非久也，無以爲家也。太恭人之有以爲家也。則贈中丞公者，業已游諸國子中矣〔五〕。太恭人則曰：『君弱冠握手天下士，非慷慨慕義以託於長者，斯士必以齒易之。士以齒易之，斯三損日至〔六〕；三損日至，終無成名矣。』既年，公蓋儼然若出於世家公卿之胄也，褎然又若在偕計中，不得於宗伯之薦列也，而士無敢以齒易之矣。外有《伐木》和平之友，斯內有《雞鳴》靜好之婦〔七〕，刑于寡妻〔八〕，庇其伉儷。孰使太恭人有今日者，非贈中丞公乎？

太恭人之有以婦與有以爲家也，且二十年也，可以無得於其父母若所爲舅姑與所爲家也。不可以無得於其子；即得於其子非久，無以母也。太恭人之有以母也。中丞公之爲諸生，則謂之曰：『何以異爾父之爲國子？慷慨慕義以託於長者，士不得以齒易之也。』及以進士爲真定尹，又謂之曰：『何以異爾外王父爲程番哉〔九〕？裁守就令，裁夷就華，以我自視，以爾視民，無不得也。』以真定尹爲御史，又謂之曰：『父母之不得，則師法之；師法之不得，則彈壓之。過此攘臂而仍之，不可知已。』公既爲御史，按部畿內，庚戌之役〔一〇〕，即斥堠無不至，芻粟無不具也。以御史爲廷尉，又謂之曰：『何以異爾王父爲鞏昌理時？郡理官所爲當，御史臺當也；御史臺所爲當，廷尉當也。』公在廷尉，無論丞卿，凡莅二都，文無害矣。今之中丞以督部刺史在外爲臺主者，不下數十人，其內領御史，受公卿章奏以貳大夫者，纔一二人耳，終不遺力而讓位矣。公三年於此，即天子威重之臣也。太恭人不知也，所知者中丞公爲諸生無以異於贈君之游國子中，爲真定無以異於外王父之爲程番守，爲御史、廷尉無以異於王父之爲鞏昌理官時耳。士無廢業，雖勞而善心生焉。邑不以爲令，母得以爲子乎？即使御史、廷尉不當太恭人意，恐不能從中丞公畢正臘也。又孰使太恭人有今日者，非中丞公乎！

太恭人之得其子以母也，又且四十年也。二十年程番之子，又二十年鞏昌之婦，而贈中丞之妻；

又四十年，中丞之母。太恭人八十年於此，其在鞏昌公家，無以異程番公家；其視中丞公，無以異贈中丞公，故其於八十猶掇之也。然而不得於其父母舅姑若其君子與子，而不可不得於今日也。聖天子四十年於此矣，勿論太恭人免於葛藟仳離之難〔二〕，即使中丞公值更張之運，急絕無施；又不則在忌諱之朝，膏澤不下；又不則處滋彰之世，好生未洽，何以一令長擢御史，遷廷尉，以及中丞，無患也？向使中丞公有一日之患，以爲太恭人憂，其以八十年於此者，何可知哉？聖天子四十年於此，即太恭人八十年於此。堯舜在位，民不夭札，是余所謂不得於父母舅姑若其君子與子，而不可不得於今日者也。

母家在昌邑，邑令陳希南氏爲余言母如此。程番公名璡，鞏昌公名瓘，贈中丞公名時舉，中丞名尚簡。因以見昌邑多君子矣。

【題解】

邢母朱太恭人，邢時舉的夫人，大理寺卿邢尚簡之母。邢尚簡，山東昌邑人。嘉靖辛丑（一五四一）進士，初授新安令，改真定，擢御史。在真定時，適逢邊警，遵化等三縣民惶遽南逃，尚簡開城門令入，活數萬人。巡按甘肅，遇當地災荒，列狀上聞，民獲振恤。擢大理寺丞，轉右僉都御史，晉大理寺卿。以憂去職家居，屢薦不起。詳《昌邑縣誌·人物志》。文稱『聖天子四十年於此』，則此文作於嘉靖四十年（一五六一）。

【注釋】

〔一〕程番：府名。治所在今貴州定番縣。

〔二〕椎結：頭髮一撮上束如椎。也作『椎髻』。侏離：狀西南少數民族的語聲。《後漢書·南蠻傳》：『衣裳斑闌，語言侏離。』

〔三〕馮野王：字君卿，漢上黨潞（今山西長治市潞城區）人。元帝時，以夏陽令遷隴西太守，以治績優異，入爲左馮翊。詳《漢書·馮奉世傳》附傳。

〔四〕抱哺併倨：懷抱哺乳，與公併居。《漢書·賈誼傳》：『抱哺其子，與公併倨。』《注》引師古説：『言婦抱其子而哺之，乃與其舅併倨，無禮之甚也。』舅，即公爹。倨，箕坐。

〔五〕國子：國子監。

〔六〕三損：謂三損友。《論語·季氏》：『孔子曰：「益者三友，損者三友……友便辟，友善柔，友便佞，損矣。」』

〔七〕《伐木》：《詩·小雅》篇名。其中有『嚶其鳴矣，求其友聲』之句。《雞鳴》：《詩·齊風》篇名。舊謂讚揚古代賢妃勸君不要留戀牀笫，令其雞鳴即起而視朝。

〔八〕刑于寡妻：《詩·大雅·思齊》：『刑于寡妻，至于兄弟，以御于家邦。』刑，儀法。

〔九〕外王父：外祖父。

〔一〇〕庚戌之役：指嘉靖二十九年（一五五〇）俺答部侵擾京畿地區事。

〔一一〕葛藟仳離之難：謂背井離鄉、骨肉分離之難。葛藟，《詩·王風》篇名。《集傳》：『世衰民散，有去鄉里家族，而流離失所者，作此詩以自歎。』

大方伯亢公太夫人序

公既用山東右方伯遷筦蜀中〔一〕，左轄行矣〔二〕，則貽余書曰：『不佞奉太夫人叨役大邦，踰年於此。今奈何重以遺體爲萬里行，度邛郲九折阪王陽所畏道也〔三〕？曩不佞在著作之庭〔四〕，幸得備侍從，屬歲八月，聖天子景命，每從交戟間〔五〕，伏見宰相以下百官及郡國吏鼓舞呼萬歲，聲殷朝廷，未嘗不私心快焉。太夫人生幸在景命之月，卽不佞亦每從庭致太官酒脯歸〔六〕，率諸弟妻子若諸孫稱觴爲壽，數得以承上餘歡以效太夫人前，今且安知無階朝廷，隨牒在遠，徒有意乎？』彼一時也，蓋公旣在著作之庭數年矣。家本平陽，會族有以外戚在藩王府者，風公不宜備宿衛，公欲自言於上，頃之乃奉璽書出按河南諸部學校事，尋以參政遷陝西按察使，陞山東云。

余未習太夫人爲母狀，聞以效於太夫人者，因知太夫人。方公之奉璽書按察河南也，以請諸太夫人曰：『不肖某雅意在本朝，今且已矣。襁褓奉太夫人訓，而幸得備侍從，從宰相後，日優游文章稱近臣。一旦出爲吏，故當奏記上謁，中丞臺若御史臺責苛禮，或性難繆恭，則見以爲有負不遜，先下檄侮其辭以嘗之，不報則又從旁督過諸掾史以摩切我。今且已矣。與其得罪，以爲太夫人憂。』太夫人曰：『置之，何官不可爲？自言無益也。身自侍從，而出不能吏，安用文章爲？今且已矣。有如制詔河南按察副使某，厭承明之廬，勞侍從之事，間者闊焉，久不聞問，爾豈猶敢具以出居于鄭對邪？《春秋》之義，臣事君猶子事父母，安得謂爲老婦憂〔一〕？吾旣已飭諸掾史以璽書行事，臺中何自督過之也？』公遂之河南，歷今官。暫詣平陽，又屬歲八月，稱觴爲壽太夫人前。公又將顧復不能去〔七〕，承問以請曰：『以今視著作時，承聖天子餘歡，稱觴爲壽，則太夫人七十有奇矣。隨牒蜀中，孰與河南孔邇父母？方伯於外臣卽位已極，則人將易之。卽不易，吾又安能久溷於錢穀爲也！不已將謂我何？』太夫人亦將必曰：『爾起家徒步，積十餘年，爲唐虞四岳之臣〔八〕，受國厚恩，卽往居部，懷來徼外蠻夷，使歸附朝廷威信，萬一報上，何不可者？王尊爲忠臣，何以異王陽爲孝子？乘傳之官，何畏九折阪而道惡爲解〔一〕？且吾恃粥，食飲幸無衰，方賴鍾釜之餘自持養，卽七十何憂焉？方伯重臣，視內三公〔九〕，誠不失職，裨益稱是。若乃纖介小嫌，末節自予〔三〕，硜硜無通儒之見〔一〇〕，吾何知之哉？吾聞有易人無易官，溷之而愈辨者才也。幸得不次，復望帷幄，何可以在遠之故，示有離寢門之心〔一一〕？』太夫人言未畢，而公叱馭行矣。卽有爲中和樂職宣布詩對揚天子盛德事〔一二〕，以效威信，懷來蠻夷，而蜀中安矣。孰不謂太夫人流澤遠乎！

母之愛子，在遠非弗思也。然思爲之計，則祭祀必祝之曰：『必使長守位也。』然則公必勿曰『今且已矣』，而顧復不行，如出按察河南時，以此效於太夫人前耳。余惟公所論『中丞臺責苛禮，常見以爲有負不遜，嘗侮摩切』，非妄語也。余往奉璽書，按察陝以西諸部學校時，躬遘此事矣。然余固陋，輒自投劾去。公以能奉太夫人訓，所至見重，終不累此，徒臆及之。又云『方伯外臣已極，無久溷錢穀爲』，人情或有之，至『有易人無易官，溷之而愈辨者才也』，母之教爲得其大者云。

【校記】

〔一〕婦，宋本作『父』，誤。

〔二〕解，宋本作『辭』。

〔三〕予，宋本作『與』。

【題解】

大方伯亢公，指亢思謙，字子益，號水陽。平陽（今山西臨汾）人。嘉靖二十六年（一五四七）進士，官翰林院侍讀，出爲河南按察副使。尋以參政遷陝西按察使，擢山東右布政使。序文爲其嘉靖四十二年（一五六三）由山東赴四川布政使任時所作。

【注釋】

〔一〕筦蜀中：主蜀中之政事。筦，同『管』，主。蜀中，地名。指今四川。

〔二〕左轄：明代以前，尚書省置左右丞，稱左丞爲左轄。此指左布政使。

〔三〕王陽：指漢代王吉。王吉，字子陽，琅邪皋虞（今山東即墨）人。以明經舉孝廉爲郎，歷官至益州刺史。詳《漢書》本傳。據《漢書·王尊傳》載，王陽爲益州刺史，『行部至邛崍九折阪，歎曰：「奉先人遺體，奈何數乘此險！」後以病去。及王尊爲刺史，至其阪，問吏曰：「此非王陽所畏道邪？」吏對曰：「是。」尊叱其馭曰：「驅之！王陽爲孝子，王尊爲忠臣。」尊居部二歲，懷來徼外，蠻夷歸附其威信。』

〔四〕著作之庭：指翰林院。

〔五〕景命：大命。《詩·大雅·既醉》：『君子萬年，景命有僕。』交戟：衛士在宮門外交叉執戟警衛。

〔六〕太官：秦置官，漢因之，屬少府，掌宮中膳饈。

〔七〕顧復：謂父母養育之恩。《詩·小雅·蓼莪》：『父兮生我，母兮鞠我。拊我畜我，長我育我，顧我復我，出入腹我。欲報之德，昊天罔極。』

〔八〕唐虞：唐堯、虞舜。四岳之臣：分掌四岳的諸侯。見《史記·五帝本紀》。

〔九〕視內三公：謂如同朝廷三公。三公，漢代指丞相、御史大夫和太尉。

〔一〇〕硜（kēng）硜：小人鄙賤貌。《論語·子路》：『硜硜然小人哉！』清劉寶楠《正義》：『硜硜，堅確之意。小人賦性愚固，故有此貌。』

〔一一〕寢門：謂內室之門。《儀禮·士昏禮》：『主人婦揖以入，及寢門。』

〔一二〕中和樂：中和樂舞，唐雜舞名。見《唐會要·諸樂》。

許母張太孺人序

余弱冠時，吾黨士蓋多從殿卿游矣，則殿卿乃三顧余廬中，信宿與言天下事，握手不置也。吾黨士至，相謂曰：『久不見殿卿，何至與李生友哉？李生，狂生也。』人皆以余爲狂生，蓋殿卿謂余非狂生云。

余與殿卿讀書負郭窮巷，不能視家生產，落落羈身鄉校内佔畢業〔一〕，爲之俊傑相命，以好古多所博外家之語〔二〕，慕左氏、司馬子長文辭〔三〕，與世枘鑿不相入〔一〕〔四〕，日月省試有司，伎不能稱。既稾〔五〕，室家嗷嗷，視一弟子員如匏瓜矣〔六〕。余復每過殿卿，即縱酒談笑，上嘉版築屠釣之遇，下及射鈎贖驂之役〔七〕，苟富貴無相忘也。仰屋竊嘆，重悲昔人盛年功名。扼腕之間，無不志在千里，計未使吾黨士知也。太孺人從旁觀之，乃亟爲殿卿言：『向從兒游者，無豪易高也。此人亦孤貧，泥淖中意若飈去，才乃大常兒。急之，勿失此人哉！彼不知李生，奚爲知若也？』殿卿亦言：『陸沈於俗〔八〕，使無嚼嚼之行，遘會崛起，澤大流施，而人莫知我所爲，生不及兒；明精淵識，矯矯逸氣，巍如泰山不可動，浩如百川不可禦，兒不及生也。』

太孺人中歲寡居，日夜竢一子有建立，時儼無愉色。即從游士數來，殿卿又往往輟饘迎之，終日不得下帷誦〔九〕。太孺人始猶對客詳爲呵責殿卿者〔一〇〕，久之從游士復不謝絕，太孺人則扃鑰持門戶，盛氣厲辭，鞅鞅去諸子矣。以故殿卿無擇交。向令窮困時，有所失私昵，乃今何能不憊精神降體貌，以事未嘗知己者？對坐以日，無可與語，彼我扞蔽，動及賄食。田舍瑣尾，鄙倍盈耳；黽勉答問，一言不相應，卽忸怩作塵狀，以恫衷疑我，稍厭復謂無故人情，引衣起走，惡聲載路，是不以疉太孺人乎？余往過殿卿，則鞅鞅去者瞰余，又相謂太孺人：『顧奈何內狂生也〔一一〕？』

余尚記憶，殿卿自肥子來〔一二〕，持進不滿千錢，太孺人命給余夜讀，值膏數升遺之〔一三〕，余至今耿耿；東壁餘光，念哀王孫而進食，意無已時。又殿卿於我，無論沫濕相呴濡，卽上書張中丞府中相推，第身自賤士，乃手援我，殿卿豈自知後時乃至今也？

太孺人雖年八十乎，然殿卿已著國士名，大錫母矣〔一四〕！卽有憂生之嗟，懼不先鼎食爾。太孺人於余，有知興之感在。殿卿顧久下人哉，時又何可爲也？余猶及復兒孩提時，薛家婦抱子矣。褓褓相藉，太孺人撫育三世而處其慈，又皆秀發孺慕，悅人志意，斯稱吉祥善事乎！

【校記】

〔一〕柄，底本作『柄』，據宋本、四库本改。

【題解】

許母張太孺人，爲許邦才之母。李攀龍與許邦才自幼爲友，終生不渝。攀龍幼時家貧，時常得到許母照顧，對許母感念至深，故序文字裏行間都充滿感情。

【注釋】

〔一〕佔畢：讀書吟誦。《禮記·學記》：『今之教者，呻其佔畢。』《注》：『佔，視也。……簡謂之畢。……言今之師，自不曉經之義，但吟誦其所視簡之文。』

〔二〕外家：指儒家經典之外的傳記雜說。《史記·滑稽列傳》：『褚先生曰：「臣幸得以經術爲郎，而好讀外家傳語。」』

〔三〕左氏：指春秋時期左丘明所撰《春秋左氏傳》，即《左傳》。司馬子長：即司馬遷，著有《史記》。

〔四〕枘鑿不相入：謂格格不入。枘鑿，榫頭和卯眼。以方榫插圓孔，不可能插入。《楚辭·離騷》：『不量鑿而正枘兮，固前脩以菹醢。』

〔五〕既稟：謂成爲稟生。稟，同『廩』。

〔六〕匏瓜：葫蘆。懸挂而不能食用。此謂中看不中吃。《論語·陽貨》：『吾匏瓜也哉？焉能繫而不食？』

〔七〕『上嘉』二句：謂上羨慕傳說、呂尚的遭遇，下感歎管仲、晏嬰的作爲。版築，指商代傳說。據《史記·殷本紀》載，商帝武丁思復興殷，而未得其佐，得傳說於傅險（巖）之中。『是時說爲胥靡，築於傅險』。屠釣，指周代呂尚。《史記·齊太公世家》載，太公望呂尚早曾屠牛於朝歌，老年垂釣於渭水，而遇文王。射鈎，《左傳·僖公二十四年》：『齊桓公置射鈎而使管仲相。』贖驂，《史記·管晏列傳》：『越石父賢，在縲紲中。晏子出，遭之塗，解左驂贖之，載歸。』

〔八〕陸沈於俗：此謂被埋沒。《史記·滑稽列傳》褚少孫補《東方朔傳》：『陸沈於俗，避世金馬門。』

〔九〕下帷：放下室內的帷幕。《漢書·董仲舒傳》：『董仲舒……下帷講誦，弟子傳以久次相授業，或莫見其面。蓋三年不窺園，其精如此。』

〔一〇〕詳：通『佯』。裝作。

〔一一〕內：通『納』。接納。

〔一二〕肥子：指山東肥城。《漢書·地理志·泰山郡》『肥成』應劭注：『肥子國。』

〔一三〕膏：油脂，用來點燈。

〔一四〕大錫母：謂對母十分盡孝。錫，賜。《左傳·隱公元年》載，鄭莊公因其母偏愛其弟，而將其母姜氏置於城潁，後愧悔無以自解，經潁考叔勸解，遂爲母子如初。『潁考叔，純孝也，愛其母，施及莊公。《詩》曰：「孝子不匱，永錫爾類」』。

劉母茹太孺人序

余觀茹太孺人之行，既有母德，亦有母材云。方學正公歸自鄭州〔一〕，營故田廬而老也，疆埸淆亂〔二〕，筦鑰竊發，則公之兄弟若兄弟之子，前已舉而質之債家矣。蓋孺人勸贖焉，而公之兄弟若兄弟之子未已也。稱貸以爲辭，公乃傾橐中裝，量多寡分給之，而不以無爲解。蓋孺人勸復焉，而公之兄弟若兄弟之子未已也，則由是忌郎中君，而慮其後之反圖，風以相恐，公又爲之折券〔三〕，如未嘗有施者。蓋孺人勸置焉，郎中君幼不知也。

久之，郎中君登第，既爲理河南郡，孺人更以田廬命郎中君計屬疏數爲分多寡，以授公之兄弟若兄弟之子也。曰：『是先君子之義也。先君子雖長者，然一儒吏，束脩之餘，嗛嗛橐中裝耳。乃歸自鄭州，及故田廬，耒耜不得加，埽除不得致，實自强意。乃吾謂先君子，于時寧能以田廬之鄭州耕且講邪〔一〕，不猶愈於汙萊？然亦謂贖可以已。諸兄弟若兄弟之子又稱貸以爲辭，又誰不曰殆不可復者？卽吾念之，是將曰：「吾徒爲伯也者守田廬，力不足質之名爲惠也。今誰窺其橐中束脩之餘？」豈負之哉？誠以若藐焉之孤，將不利於小子，苟挾是心而已。吾蓋重勸先君子，又顧與前失之卒復之者，所以使彼輩謂若爲不可知安之，勿輒有它腸故也。若既已有自立之形，彼輩誠慮其後之反圖，田廬長物何可以賈子孫憂，而空文市禍，以爲報怨，左右又勸先君子一切置之〔二〕，不欲一依一違，使彼有不慨然之憾，卽意雖未厭，而屈諸其厚矣。今若且之郡，先君子田廬使猶是儼然在也，以著不侵而抒夙憤，何不可者？卽諸兄弟若兄弟之子必相謂曰：「昔伯也者，以其藐焉之孤，不愛其田廬，稱貸復之，而又爲折券，曲相啗我，後之反圖無日乎！」則若何樂乎有此聲於諸兄弟若兄弟之子？唯是更爲授之，則彼必將曰：「均之官也，田廬自遺宗族，是常耳。」凡以示先君子不言自贖稱貸以復之義，豈不美哉？卽吾命若葬從母，路匍匐欙梩〔四〕，雖一婦人必相收之，豈亦後有反圖？凡以成先君子之志者，不可有所不至也。」是孺人之行也。

君子曰：今之所謂母得以義相勸〔三〕，因其子以成其夫，大矣！婦人之性，視田廬槖中，獨其子所有耳，誰爲兄弟若兄弟之子乎？孺人倚其田廬於懷中，三勸大義，族黨是常，不間於言，無得而迹焉，一何衛子之周也！在爲理時，河南太守柱爲王所持〔五〕，郎中君身處危疑，事卒以白，不失其職，孺人之教遠哉！此余所謂『材母』云。

母既封太孺人，以改元七十歲。余爲鄭君廉夫、爲郎中君具列如此。郎中君，名宗岱，字伯東，嘉靖己未進士。

【校記】

〔一〕講，宋本作『讀』。

〔二〕右，底本作『吾』，據四庫本改。

〔三〕得，宋本作『德』。

【題解】

劉母茹太孺人，爲劉宗岱之母。劉宗岱，字伯東，歷城（今濟南市）人。嘉靖己未（一五五九）進士，曾任山西按察使僉事、陝西按察副使等職。序文應鄭廉夫之請，爲劉母七十壽辰所作。序文作於隆慶改元，即一五六七年。

【注釋】

〔一〕學正：官名。明代州學設學正，掌教育所屬生員。

〔二〕疆埸：此指田界。《詩·小雅·信南山》：『中田有廬，疆埸有瓜。』毛傳：『埸，畔也。』

〔三〕折券：毀棄債券，不再索債。

〔四〕櫐梩（léi lí）：櫐，通『虆』，盛土之籠。梩，用以插地剷土的器具。《孟子·滕文公上》：『夫泚也，非爲人泚，中心達於面目，蓋歸反虆梩而掩之。』

〔五〕爲王所持：被藩王所挾制。

卷之十九

記

太華山記

《經》曰〔一〕：『太華之山，削成而四方，其高五千仞，其廣十里。』蓋指華中削成四方者爾，四方之外宫之盡華山也。

自縣南十里入谷，逶迤上二十里，抵削成北方壁下。乃谷即西南出，不可行，行東北大雷中〔二〕。雷中一峽，裁容人，左右穿〔三〕，受不滿足，穿受手如決吻，人上出如自井中者千尺，曰千尺峽〔四〕。北不至十步，復得一峽百尺，人上出如前峽，曰百尺峽〔五〕。則東南行，厓往往如覆敦出〔六〕，人穿其穹中行，穹中穿如仄輪牙也〔七〕。

厓絕爲橋者二所，東北徑雲臺峯〔八〕；東南得大阪，可千尺，人從其罅中躡銜上〔九〕。阪窮爲棧〔一〇〕，五步顧見罅中如一耦之甽新發諸耜矣〔一一〕。罅中穿如峽中，峽中銜如罅中，峽中之繘垂〔一二〕，罅中之繘倚，皆自汲也。棧北得厓徑丈，人仄行於穿，手在決吻中，左右代相受，踵二分垂在外，足已茹則齧膝也〔一三〕，足已吐是以趾任身也。北不至十步，厓乃東折，得路尺許，於厓剡中入〔一四〕，並厓南行，耳如屬垣者二里〔一五〕。剡窮，復西出厓上行，則積穿三丈。有厓從北來跧此厓上，復高三丈。自跧首南行，厓如前剡中屬耳甐耳矣〔一六〕。

三里而近，爲蒼龍領〔一七〕。領廣尺有咫，長五百丈，厓東西深數千仞，人莫敢睨視，是酈生所稱搦領須騎行者矣〔一八〕。雖今得拾級行哉，足欲置之，置先嘗一足于級上置也，然後更置一足；其所置足，猶若置入石中者，猶人人不自固，匍匐進也。級窮，得厓跧焉，高二丈。一隅西北出，人從其隅上。西南一里得厓，又盡礅〔一九〕，不可以穿繘自汲也，是皆所謂懸度矣。不至百步，西北冒大石出厓下。西南上二里，得松林五樹，稱五將軍；厓上者不見杪，厓下者不見本，從縣中望見松如樹菼也〔二〇〕。西一里有大石如百斛囷不知何來〔二一〕，客於此横道而處，踰之爲穿徑二十所。西南百步，得巨靈掌。掌在削成東北方壁上，不盡壁五丈許，人不得至。掌二丈許，掌形覆其拇，北引如三尋之戟，從縣中望見掌，卽五指參差出壁上也。

又西百步，詣削成四方上矣。西南望削成四方中，東北望所從上削成道，道從東北隅出二十里，是錞于雲臺峯，猶杓之在斗矣〔二二〕。削成上四方，顧其中汙也〔二三〕。上宫在汙中西北，玉井在上宫前五尺許，水出於其上，潛於其下，東北淫大坎中，凡二十八所，北注壁下，壁下注道中。一穴北出，水從上冪之也。四壁之穴，各在一搏〔二四〕。

上宫東南上三里許，得明星玉女祠，《含神霧》稱『明星玉女持玉漿』〔二五〕。乃祠在大石上。大石長十丈許。祠前輒拆〔二六〕，拆下有穴，穴有石如馬。折南五丈，坎如盆者五所，如臼者一所，水方澮澮也。下從祠東南峽中行二里，得池二所，大如輪。東南行三里，望見衛叔卿之博臺在別顛〔二七〕，爲埒不盡厓尺，中如砥，可坐十人。厓南北繘纚纚也，欲度者，先握繘自懸厓中，乃跖厓自汰〔二八〕，令就繘不得，繘還蹠厓自汰，得而後釋所自懸繘也。此卽秦昭王使人施鉤梯處也〔二九〕。

西南上三里許，得一峽如括〔三〇〕，曰天門。門西出爲棧，而銅柱陋不能尺，長二十丈。棧窮，穿井下三丈，竅旁出，復西行爲棧，而銅柱一池在石室中，不可涸也。天門旁有臺，如叔卿之臺。南望三公山，三峯如食前之豆，是白帝之所觴百神也〔三一〕。從上望壁下大谿，谿肆無景〔三二〕，卽日中窈窈爾〔三三〕。久之，一山出其末，若鏃矢，頃卽失之矣，是爲南峯。南峯前出南壁上，東峯出東南隅壁上，西峯出西北隅，從下望之，五千仞一壁矣。

攀龍曰：『余既達削成四方中，不復知天不可升矣。余夫善載腐肉朽骨者乎〔三四〕？及俯三峯，望中原，見黃河從塞外來；下窺大壑，精氣之所出入〔三五〕，又未嘗不爽然自失也。』

【題解】

太華山，卽西嶽華山，在陝西華陰市南。其西有少華山，因又稱太華山。

【注釋】

〔一〕《經》曰：指《山海經·西山經》。

〔二〕大霤：指山間飛瀑。霤，通『溜』，泛指下注之水。此指瀑布。

〔三〕左右穿：左右兩邊的洞孔。

〔四〕千尺峽：疑指千尺幢。清齊周華《西嶽華山游記》：『上千尺幢，幢在石縫中，僅容隻身，上不見天，左右夾壁千尺，一切了無所見，俯仰上下，令人股栗。幢分四折，愈高愈險。計三百九十四步，西至通天門。』也稱百丈崖，爲華山險景之一。

〔五〕百尺峽：在千尺幢上，奇險如之，而更加狹窄，有華山咽喉之稱，爲攀登華山的必由之路。明顧咸正《百尺峽》云：『幢去峽復來，天險不可瞬。雖云百尺峽，一尺一千仞。』

〔六〕如覆敦出：如同倒扣的圓形器皿，横空斜出。敦，古代盛穀物的器皿，上下合成圓球形狀。此指樓兕崖。

〔七〕穿如仄輪牙：洞孔在半圓形的穹窿中，如同半圓車輪牙。舊時用堅木制作車輪，内周以貫軸者曰轂，外周輻射之條木曰牙，亦謂之輞。

〔八〕雲臺峯：東漢洛陽南宫中高臺名雲臺，明帝永平年間，追念功臣，畫鄧禹等二十八將像列於臺上。見《後漢書》朱祐等傳論。傳説漢光武帝劉秀起初曾屯兵於此，故名。谷口有雲臺觀。

〔九〕從其罅中躡銜上：從山崖的縫隙中相隨攀援而上。罅，縫隙。躡，登。《方言》卷一：『躡……登也。自關而西，秦晉之間曰「躡」。』

〔一〇〕阪窮爲棧：山坡斷處是棧道。棧，棧道。山間用木頭搭建的山路。

〔一一〕一耦之甽(quǎn)新發諸耜：謂回頭看峽谷，像是剛剛挖掘的深、寬各一尺的溝一樣。甽，田中之溝。耜，農具。

〔一二〕繘(yù)：井上汲水用的繩索。

〔一三〕足已茹則齧膝：腳已踩進去，而膝蓋就被山石啃咬住。茹，含，受。齧，啃。

〔一四〕厓剡(shàn)：厓邊，山崖邊緣。

〔一五〕耳如屬垣：耳朵如同貼附牆壁上。屬(zhǔ)，相連接。

〔一六〕屬耳甎耳：擦碰耳朵，使耳變薄。清齊周華《西嶽華山游記》：『轉而南爲擦耳嶺，上擦右，下擦左，游人至此，耳其薄乎？』瓴，通『磷』，薄。清孫詒讓《周禮正義》：『王宗涑云：「《説文》無瓴字。瓴與《論語》「磨而不磷」同誼。孔注云：「磷，薄也。」』

〔一七〕蒼龍領：即蒼龍嶺。清齊周華《西嶽華山游記》：『乃一轉折間，有蒼龍嶺焉，南高北下，如蜈蚣沿劍脊上，欲避無路，又令人奪魄矣。蓋瞳峽陰無所見，此則陽孤無倚，身未墜而魂墜，似險又過之。世傳昌黎慟哭遺書即此。……嶺左右有石欄，《志》稱漢武帝、唐玄宗升嶽御道，計二百九十三步而至逸神巖。』

〔一八〕酈生：即酈食其（？—前二〇三），陳留雍丘（今河南杞縣）人。儒生。秦末，劉邦起兵至河南，得其幫助攻取陳留。後游説齊王歸漢，而因韓信攻齊被烹殺。其『掬領須騎行』，不詳出自何處。

〔一九〕磝（áo）：山多小石。此謂小石塊。

〔二〇〕如樹菼（tǎn）：如同立著一棵小草。菼，草名。似葦而小，如初生之荻。

〔二一〕如百斛囷（qūn）：如同盛百斛穀物的圓倉。囷，圓倉。

〔二二〕『是錞于』二句：謂這座錞于雲臺峯的位置，就像杓星在北斗七星的位置。錞于，軍中樂器。也作『淳於』。《國語·晉語五》『戰以錞於丁寧』，《注》：『錞于，形如碓頭，與鼓角相和。』北斗七星柄部三顆星，稱斗柄或杓星。

〔二三〕汙：水池。

〔二四〕各在一搏：各在相對的位置上。

〔二五〕『上宮』三句：謂上宮東南，再上三里左右，就見到明星玉女祠，《含神霧》稱『明星玉女持玉漿』。清齊周華《西嶽華山游記》：『中峯即東峯之枝指也，前有坪，峙鐵殿。再上曰明星玉女祠，謂昔見玉女乘白馬入峯間，故名。祠前有玉女洗頭盤，蓋巖坎也。』《含神霧》，即《詩含神霧》，緯書。《山海經·西山經·華山》『其高五千仞』，晉郭璞

注：『仞，八尺也，上有明星玉女，持玉漿，得上服之，卽成仙。道險僻不通。《詩含神霧》云……』

〔二六〕拆：通『坼』。裂開，裂縫。

〔二七〕衛叔卿之博臺：也稱衛叔卿下棋臺，臺有象棋形。相傳仙人衛叔卿曾在此下棋，故稱。博，博弈。

〔二八〕蹠厓自汰：蹬著山崖自己過去。蹠，踏，蹬。汰，本作『汏』，過。

〔二九〕秦昭王：卽秦昭襄王，名稷，戰國時期秦國國君，在位期間，先後戰勝三晉和齊、楚等國。至於曾在華山施設鉤梯，清人齊周華認爲是李攀龍『想當然耳』（《西嶽華山游記》）。

〔三〇〕如括：如同箭的末端。

〔三一〕白帝：神話傳說中五天帝之一，名白招拒，主西方之神。見《周禮・天官・冢宰》。

〔三二〕谿肆無景：谿間看不到日光。谿肆，猶谿間。肆，次，止舍處。景，日光。

〔三三〕卽日中窈窈爾：卽使中午也黑乎乎的。窈窈，深邃貌。

〔三四〕余夫善載腐肉朽骨者：謂自己以俗人之身而登天界。

〔三五〕精氣：陰陽元氣。《易・系辭上》：『精氣爲物，游魂爲變，是故知鬼神之情狀。』

德王冊國記

先是，宦者某，給事東平府中，侍今王。蓋先懷世子幸之，遂使爲家令焉，以屬今王。懷王庶長，晚爲世子，且卒矣，懿王又薨，房闥嬖臣各欲立所親倖〔一〕，以及時締主爲己力，取富貴。論議洶洶，今王岌岌殆也。時御史李將臨懿王喪，見今王。宦者某乃爲王曰：『李御史且至，必且曰：「雖王儼然在憂服之中，得國恆於斯矣。」王其辭焉：「孤，孺子。以先王光靈〔一〕〔二〕，得與於哭泣之哀，以爲使者憂。孤不得共承先世子之謂何，或敢有他志，以辱使者！又一二叔父，先王之所愛也，先世子之所友也，無不大賢。孤，孺子，何敢因以爲利？」其孰能說之？某時屬召使擯〔三〕，亦言：『舍其孫而立其子，非先王意也。』乃奏入，是歲冊今王矣。

是舉也，或有於御史處言王狀者。及御史見王狀，聽其言也，又自失矣。藩王子孫生長閨牖，不習見民間事，不晉接賓客，復幼沖，氣識未及之，安得不在左右也？懷世子既卒，所以爲懿王後者，未佩玉兆也〔四〕。今王又無外家强宗，其府中事，一切受懿王宫監裁抑，仳歁如民家子養〔五〕，歲時不得朝懿王，卽朝亦遽去，不得言。某蓋甚微，且初來濟南，貧無外黨，思顧先世子舊恩，輒以私錢供給衣食，教《詩》、《書》，相依倚，護防他變，傾身爲之。

昔者，晉獻公屬奚齊於荀息〔六〕，里克將爲亂，則謂息曰：『三怨將起，秦晉輔之，子將何如？』是有以要息也。其所欲汾陽之田百萬易與爾，使許而明焉，誠得立，然後謝不與汾陽邑，而奪之權，遂以狥於國中，豈爲負先君言哉？蒲城之事〔七〕，履鞮豈不念之深？其曰『不敢以二心事君倍主』，則謂文公猶公子矣。然受於驪姬豈正哉？欲以解前罪也。爲非有似蒲、翟之事者，不可也；脫文公於焚宫之難，以犯呂、郤之謀，然事以危焉。由是而論，宦者某則是能有履鞮之智，而行以荀息之忠，時與才不論焉，有足稱者矣。

【校記】

〔一〕光，宋本作『寵』。

【題解】

德王，始封爲朱見潾（？—一五一六），明英宗庶二子，天順元年（一四五七）封，成化三年（一四六七）就藩濟南府。卒謚莊。由其庶三子濟寧王祐樳（？—一五一二）襲封。無後，德莊王嫡二子祐榕（？—一五三九）於正德十六年（一五二一）襲封。謚曰莊懿。記所言德王，爲朱載墱（？—一五七四）。載墱爲朱厚燉之子。朱厚燉爲朱祐榕之子，初封東平王，嘉靖中改封世子，未幾卒，以子載墱襲封。追封王，謚曰懷。冊國，即冊封王。時在嘉靖二十年（一五四一）。詳《歷城縣誌·封建表》。記文讚揚擁立載墱的宦官某。許邦才曾爲德府長史，此或爲其所請，追記冊封朱載墱之事。

【注釋】

〔一〕房闥嬖臣：謂近倖之臣。嬖，寵愛。

〔二〕光靈：應作『寵靈』，猶恩寵，寵異。《左傳·昭公七年》『寵靈』《疏》：『言開其恩寵，賜以威靈。』

〔三〕使擯：即使儐，接待外來賓客。擯，通『儐』。《論語·鄉黨》：『君召使擯，色勃如也。』此謂儐相，迎接賓客之人。

〔四〕佩玉：古代貴族以佩玉爲飾。

〔五〕仳（pǐ）簌：疏離。仳，分離。簌，借作『疏』，疏遠。

〔六〕晉獻公：春秋晉武公之子，名詭諸，生申生、重耳、夷吾，申生立爲太子。後伐驪戎，得驪姬，生奚齊。因寵驪姬，欲立其子奚齊，乃殺申生，逐重耳、夷吾；使荀息傅奚齊，致使晉發生內亂。晉大臣里克想要接納重耳回國，在獻公治喪期間殺掉奚齊，對荀息說：『三怨將起，秦晉輔之，子將何如？』荀息不屈死。迎重耳，遭拒，遂迎夷吾，是爲惠公。夷吾許封其汾陽邑，而入晉亦不與里克封地，並奪其權，賜其死。詳《史記·晉世家》。

〔七〕蒲城之事：獻公曾命重耳守蒲城，後派宦官履鞮（勃鞮）殺重耳。重耳跳牆逃跑，履鞮追趕時割下其衣袖。重耳遂奔翟。惠公死後，其子圉繼位爲懷公。重耳歸國，懷公大臣呂省、郤芮謀燒公宫，殺重耳。始欲殺重耳的履鞮知其謀，欲向重耳揭發以贖前罪，求見重耳。重耳不見，並數其罪。履鞮説：『臣刀鋸之餘，不敢以二心事君倍主，故得罪於君。君已反國，其毋蒲、翟乎？』於是接見，遂將呂省、郤芮謀燒公宫事告之，使重耳躲過一場災難。詳《史記·晉世家》。

介石書院子游祠堂記

伯剛先生既先後捐田二百畝郡邑諸生矣，尋又捐田一百畝建介石書院以祀言公子游其中，而宋著作佐郎王公蘋、明處士顧公愚從焉〔一〕，以系師承，勸風俗也，則唯是其身自有之哉！

始先生在給事中時，上疏先帝廣曠蕩，抑邪佞者五事，忤旨謫居庸〔二〕，一日而直聲動天下。家居論學，師承所自，在風俗所自起，猶是未敢一日忘其黨也，豈以今之爲文學者，乃吴於《六藝》視天下爲蔚然乎？然文學於吴，自文學子游始。子游既學於中國〔三〕，歸而南北之學立，前知洙泗之間〔四〕，齗齗如也，而誰以易之？唯是寧不贊《春秋》一辭。弦歌武城，必以所聞於孔子，寧倦後焉。行不由徑，必以得之於澹臺滅明而懼夫其流異邪〔五〕？今之君子，蓋傷之曰：『於《六藝》焉，而吴視天下爲蔚然，於理奚當也？孰與譚性命則稱天〔六〕，著功令則語聖之爲快哉〔七〕？遂至如許長伯號其徒唐林輩以『四科』〔八〕，一堂之上避席危坐，稱天語聖，何顔、閔之具也〔九〕？愈嚴爲頌，愈近綿蕞之戲〔一〇〕。不然，持說相難，顓門耀之，帖括自愛，謂道在是，所爲《六藝》蔚然者，舉以掩焉，而吳乃猶是其爲文學。微言以諷，詩之爲教，弦歌之意乎？子羽度江，吳多劍術之士，未嘗無傳流斯異耳，豈其微哉？子游之爲茲，厚於後世也，豈其本之則無沾沾《六藝》，而子思唱之，孟軻和之〔一一〕，以附先君子之列乎？必不然矣。及觀信伯所爲薦於胡安國者，學曰師承，識曰世務。然信伯說上，則獨以心學〔一二〕。心學奚當於世務？徒所聞於二程氏者具是〔一三〕。卽其主所不欲，卒不以奪其所聞於師，而迂闊自嫌也。見無非道與學，何必使自口出！及其易其所聞，乃以其所欲，此於文學奚當焉？原魯義不仕元，執在我而已。卽質行如許衡、吳沈〔一四〕，有不必信者。高皇帝大徵大儒，嘗一詣京師，歸而伏思穿几，凡數十年。有可以得諸大儒，信又不但在我，則亦何常論學也？

吾黨諸生居以蔚然於《六藝》，出以直聲動天下，卽田三百畝若固有之；『不素餐兮』，孰大於是？自孔子布衣養徒三千人，而子游與之矣。何以稱嗜飲食偷儒燀事〔一五〕，安得有君子固不用力之言，而曰是子游氏之賤儒乎？此介石書院所爲偃之室，從以二君子者，卒所捐田之志也，是爲未敢一日忘其黨云爾。信伯，蘋字；原魯，愚字。原魯於先生爲四世祖，先生名某，字伯剛，嘉靖壬辰進士也。

【題解】

介石書院，爲明顧存仁捐田所建，祠祀言偃。言偃（前五〇六—？），字子游，春秋末吳（今江蘇蘇州）人。孔子弟子。曾爲武城宰，《論語·先進》孔子論及弟子特長時，說『文學：子游、子夏』，卽是說他非常熟悉古代文獻。《論語·陽貨》記載他治理武城的情況：『子之武城，聞弦歌之聲。夫子莞爾而笑，曰：「割雞焉用牛刀？」子游對曰：

「昔者偃也聞諸夫子曰：君子學道則愛人，小人學道則易使也。」』據郭沫若考證，《禮記・禮運》篇是子游氏之儒的主要經典（見《十批判書》），反映了子游的社會理想。

顧存仁，字伯剛，號懷東，太倉（今屬江蘇）人。嘉靖十一年（一五三二）進士，除餘姚知縣，徵爲禮科給事中。嘉靖十七年冬，疏陳五事，首言應廣曠蕩恩，赦免戍臣楊愼、馬錄等，末請懲治道士葉凝秀。嘉靖正尊奉道家，認爲他諷刺自己，遂命廷杖六十，編氓口外，往來塞上幾三十年。隆慶改元，召爲南京通政參議，歷太僕卿，不久致仕，萬曆初年卒。詳《明史・楊允繩傳》附傳。據此知此文作於顧氏致仕家居之時。

【注釋】

〔一〕『而宋著作』二句：謂在子游祠，王蘋、顧愚從祠。王蘋，字信伯，宋代曾任著作佐郎。顧愚，字原魯，爲顧存仁的四世祖，拒絕仕元，卒於明初，故稱『明處士』。

〔二〕居庸：關塞名。在北京昌平西北軍都山上，地勢險要，爲古代九塞之一。

〔三〕中國：此謂中原。

〔四〕洙泗之間：指山東曲阜。洙泗，洙水、泗水，流經曲阜。《史記・儒林列傳》：『周興，以少昊之虛曲阜封周公之子伯禽爲魯侯……瀕洙泗之水，其民涉度，幼者扶老而代其任。俗既益薄，長老不自安，與幼少相讓，故曰：「魯道衰，洙泗之間齗齗如也。」』齗齗，分辨之意。

〔五〕澹臺滅明：字子羽，春秋末年魯國武城（今山東嘉祥）人。孔子弟子。《史記・仲尼弟子列傳》說他『南游至江，從弟子三百人，設取予去就，名施乎諸侯』，《史記・儒林列傳》說最後『居楚』。《論語・雍也》載，子游爲武城宰時發現了他，於是向孔子推薦：『有澹臺滅明者，行不由徑，非公事，未嘗至子言之室也。』

〔六〕譚性命則稱天：此指理學。譚，通『談』。性命，宋代理學家程頤認爲『心卽性也。在天爲命，在人爲性』

《二程遺書》卷十八)。

〔七〕著功令則語聖：著，標舉。功令，古代國家考核和選用學官的法令。《史記·儒林列傳序》：「余讀功令，至於廣厲學官之路，未嘗不廢書而歎也。」《索隱》：「案謂學者功課，著之於令，即今之學令是也。」聖，聖人。指孔子。

〔八〕許長伯：即許商，字長伯，漢長安(今陝西西安)人。師從周勘受《尚書》，「善爲算，著《五行論曆》，四至九卿，號其門人沛唐林子高爲德行，平陵吴章偉君爲言語，重泉王吉少音爲政事，齊炔欽幼卿爲文學」(《漢書·儒林傳》)。

〔九〕顔、閔：顔淵、閔子騫，孔子弟子。二人被孔子並列於「德行」(見《論語·先進》)。顔淵(前五二一—前四八一)，名回，字子淵，春期末魯國(今山東曲阜)人。爲孔子最爲賞識的弟子，後世稱爲「復聖」。其門徒形成一派，即所謂「顔氏之儒」。閔子騫(前五三六—?)，名損，字子騫，春期末魯國人。在孔門弟子中以孝著聞。今山東濟南有閔子騫墓。

〔一〇〕綿蕞：謂儀表。漢初，叔孫通創定朝儀時，在野外畫地爲宮，引繩爲綿，立表爲蕞，用以演習禮儀。見《史記·叔孫通列傳》。後引申作儀表解。

〔一一〕子思：即孔伋(前四八三—前四〇二)，字子思。孔子之孫。相傳受業於曾參，其學説以「中庸」爲核心。孟子受業於他的門人，將其學説加以發揮，形成所謂的「思孟學派」。孔伋被尊爲「述聖」，孟子被尊爲「亞聖」。

〔一二〕心學：王蘋曾師從程頤和楊時，强調「心」的作用，將理學以心傳道解釋成以心傳心。

〔一三〕二程氏：指宋代理學家程頤、程顥兄弟。

〔一四〕許衡(一二〇九—一二八一)：字仲平，元河内(今河南沁陽)人，理學家。官至集賢殿大學士，兼國子祭酒，學者稱魯齋先生。同時，領太史院事，與太史令郭守敬等改定曆法，新制儀象圭表。著有《魯斋集》。吴沈(?—一三八六）： 字濬仲，蘭溪（今屬浙江）人。元禮部郎中吳師道之子，以文章著稱。明洪武十二年（一三七九），以博學儒士舉至京，授翰林院待制，屢因奏對失旨遭受貶謫。因奉敕輯《精誠錄》擢東閣大學士，後又降翰林待書，改國子博士。洪武十九年以老乞致仕，卒於家。著有《應酬集》、《瀫川集》。生平詳黃佐《東閣大學士吳公沈傳》及《明史》本傳。

〔一五〕「何以」句：《荀子·非十二子》謂子游爲「賤儒」，「偷儒憚事，無廉恥而耆飲食」。燀，借作「憚」。《方言》謂「燀」，難展，齊魯曰燀。耆，同「嗜」。

青州兵備副使王君城顏神碑記

君既以璽書按察青齊諸郡縣，卽青齊諸郡縣治也〔一〕。則之部請城籠水〔二〕，曰：「是淄、萊、新、益之間一都會哉〔一〕〔三〕。天不弔百姓，一二長吏怠於疆事，俾一二不逞子弟揭竿如林，而負固自喜，以爲父老憂，四方亡命嘯而過市，有業甒於篚中，覆之利劍，莫敢以發，而釋擔一呼，爲皆制梃，又安可誰何？百數十年來，冀氏、姚氏九爲倡亂，殺我一二長吏之戍者，以荼毒我百姓，焚蕩我廬舍。憯不畏明〔四〕，至令一妖女子三勤我王師〔二〕〔五〕，翦滅此而後食，惡在按察青齊諸郡縣爲也？余不佞，蓋未嘗一日忘之。桴鼓之鳴，如出宇下。卽於璽書又得臨籠水上，以春秋耀吾軍士，豈其防民而暴之中野？必曰：疆場之事，一彼一此，棄命廢職，其若父老何？我必不然。不佞之業在《蒸民》之七章矣〔六〕。」中丞傅公謂御史段君曰：「以余觀於大夫，才可無徵役百姓〔三〕，而義不可使眾，爲政夫固謂一人慮始，而榮施不可有也。不然，夫豈不知淄、萊、新、益之間嗷嗷者以時詘爲解也？大夫寔云畏此璽書，卽有後事，安可言勿與知也？』曰：『昔在庚戌〔七〕，少司馬城潞水上抗虜〔八〕，乃天子有錫命，此自大夫家政，吾二人將有賴焉，以干城王室〔九〕，備他盜。無亦大夫按察青齊諸郡縣外城數十〔四〕，豈謂是而游津梁之上有難急也？大夫實云勿更使父老失望於我，則君遂營焉。』曰：『是在不佞此一役耳，何至言鉅萬？吾因石於山，因灰於石，雖隆之天不可勝用矣。豈猶不堅而覆簣爲之，其又令暴風雨潦以攻？一日之費，石城非不倍於委土，而十年爲計，一再築之，後石城之費立盡，是使父老終歲率子弟而城已。』君乃屬之有司某等者，自三月至七月，有司某等者乃以效於君算，纔官錢九百餘緡，而城高丈有尋，方廣若干丈，各門焉。二水門出南北，城下因壑爲池，百姓忽自有之矣。君以報成今中丞某也。

攀龍弱冠時已聞一二長吏及彼中豪言城顏文姜事〔一〇〕，且三十年。此無它，則長吏過自好，欲無受勞民傷財名。不者，大役難成，恐中廢，作者不任；又不者，如匪行邁，謀與衆爲政耳。如此必使城自地出然後可。百數十年來，冀氏、姚氏凡九倡亂，一妖女子三勤王師，亡論所蕩焚，卽芻餉供億，豈但可爲十城？然遂以棄之，乃平居則又不復作一錢事，而曰『吾已爲儲芻餉供億於某所，令足待變矣』，豈爲計哉！君名世貞，字元美，吳郡人，少司馬名忬，君其子云。

【校記】

〔一〕益，四庫本作『邑』。

〔二〕令，底本作『今』，据隆慶本、重刻本、張校本改。

〔三〕才可，宋本作『才可使』。

〔四〕齊，重刻本作『州』。

【題解】

青州兵備副使王君，指王世貞。據鄭利華《王世貞研究》附《年表》，王世貞於嘉靖三十五年（一五五六）十月升任山東按察副使，兵備青州，翌年正月抵任，三十八年七月離任，其城顔神鎮在嘉靖三十六七年間。青州，府名。城，筑城。顔神，鎮名。時屬益都縣，爲王世貞駐地。今爲山東博山縣所在地。

【注釋】

〔一〕青齊：地域名。指今山東青州以東地區。王世貞兵備青州，負責青州以東至沿海整飭兵備事宜。

〔二〕籠水：即孝婦河。宋代以前稱『籠水』、『孝水』。《藝文類聚》卷八引晉郭緣生《續述征記》：『梁鄒城西有籠水，云齊孝婦誠感神明，湧泉發於室内，潛以績籠覆之，由是無負汲之勞。及家人疑之，時其出而搜其室，試發此籠，而泉遂噴湧，流漂居宇。故名籠水。』

〔三〕淄、萊、新、益：即淄川、萊蕪、新城（今桓臺）、益都（今青州）。

〔四〕憯（cǎn）不畏明：語出《詩·大雅·民勞》。謂寇肆虐而曾不畏懼天之明命。憯，曾，曾經。

〔五〕一妖女子：指唐賽兒。蒲臺林三之妻，明初山東農民起義首領。永樂十八年（一四二〇），唐賽兒以益都（今青州）卸石棚寨爲根據地，發動起義，很快攻佔青州周邊至即墨等地。她兩次嚴拒招降，明成祖遂派柳升、劉忠等領兵鎮壓，衆寡不敵，被擊潰，不知所終。參見清傅維麟《明書》卷一六一、《明紀·成祖紀三》。

〔六〕《蒸民》之七章：《詩·大雅·烝民》八章，第七章有云『王命仲山甫，城彼東方』之句。烝，同『蒸』，衆。《集傳》：『宣王命樊侯仲山甫築成於齊，而尹吉甫作詩以送之。』

〔七〕庚戌：即嘉靖二十九年（一五五〇），韃靼俺答部襲擾京畿地區。

〔八〕少司馬：官名。此指王忬。時王忬以都察院右僉都御史督理薊州糧餉，兼守通州。見《明世宗實錄》。潞水：即今北京通州的北運河。

〔九〕干城：喻謂捍衛。干，盾。城，城郭。《詩·周南·兔罝》：「赳赳武夫，公侯干城。」

〔一〇〕顔文姜：齊孝婦。宋樂史《太平寰宇記》卷一九引《地輿志》：「齊有孝婦顔文姜，事姑孝養，遠道取水，不以寒暑易心，感得靈泉生於室内，文姜常以絹籠蓋之。姑怪其須水卽得，非意相供，值姜不在，私入姜室，去籠觀之，水卽噴湧，壞其居宅。故俗呼爲籠水。」顔文姜去世後，當地人建廟祭祀。《青州府志》謂廟建於北周，唐天寶間重建，後屢屢增修。宋、元對顔文姜也有封贈。

新設寧武兵備道題名記

山西三關，先是蓋止鴈門一兵備，岢嵐兵備實協理之。其於防秋，尋加守巡冀、寧二道。嘉靖三十三年，復以清軍、屯田、驛傳若守巡冀南、河東，諸道迭出而分區監督焉。三十七年，改鴈門爲鴈平，岢嵐爲偏寧，其五道監督如故。明年，仍以偏寧爲岢嵐兵備，以偏、老、岢嵐、河曲四守備，西路參將、老營游擊、地方兵馬屬之。鴈平兵備仍駐代州，以廣武、北樓、平刑三守備，東路北樓、太原參將、地方兵馬屬之。其八角、利民、神池、寧武四守備，中路參將、地方兵馬則以設今道云。從御史楊公美益之請也〔一〕。

惟是三關與大同相爲表裏。右衛水口等處直虜〔二〕，南窺朔、應諸州之道〔三〕，其於要害，視三關有輔車之義〔四〕。即虜一道出沒，我得以所直道兵馬掌距踵襲而自相爲應，何慮不及？三關延袤乃至八百餘里，而虜得以探疏數爲堅瑕〔五〕，揣薄厚爲虛實，時分時合，雖漢兵如雷風，安能八百里趣利也？惟是席國家廣大，守在大同云爾。時則鴈門一道，岢嵐一道，協理之足矣，然猶恃藩籬以撤閫閾，不知中彊者外益固之，爲謀周也。亡何，以二道爲不足，加之守巡冀、寧二道爲四道；復以四道爲不足，加之清軍、屯田、驛傳若冀南、河東諸道爲七道。三關凡八百里，而七道以臨之，即有五參將、一游擊、十一守備，亦惟鴈門、岢嵐二道相信而服習，五道者非常所屬，卒然不相爲用。十羊九菙〔六〕，猶之愈數而愈疏。清軍、屯田、驛傳曠所司，存冀南、河東，棄所分署，是盡山西而事三關，委境內而勤一圉，猶之愈實而愈虛，不知疏數以形明虛實以制概也。注鴈門以鴈平，注岢嵐以偏寧，似矣。不知十　守備分地如石畫，相交尺寸，獨以八守備隸偏寧一道，亡論石隰諸州防河之役，行兼坐累，有妨簡書，即虜一出套，便涉其境，而亭障積阻，烽火優游，已難爲卒，又況仍以五道便宜掣肘，糜費無益，豈所謂明形而概制乎？時已權生，變已常存。寧武之介於鴈門、岢嵐之間，亦猶鴈門、岢嵐之左右於寧武。疆埸之政（一），雖力有餘，不備非其域；雖勢有餘，不守非其約。非其域，不闌出徼功；非其約，不聲援爲德。辟耳目之於視聽，不相假借，然後可以著官知之良而稱同心，亦使朝廷得以責所不備以其所備，按所不守以其所守，捷無倖賞，挫無佚罰，三關猶一體也。省冀、寧若清軍者，七道而爲三，以重司存養內治，境內不疲於奔命。三分其八百里而勞逸均，各可以朝檄而暮集，而齊一其指使，凡五決策以設寧武道而議始成。如此（二），豈偏見一時之利害，不參邊大計始終者？

右衛水口爲虜必窺之道，即中路參將直之，與大同兩掖犄角相逐，銜尾相隨，厚集其氣，是顧是限者，非寧武乎？與偏頭、鴈門翼擊而夾攻，爲常山蛇勢者，非寧武乎？明形概制，以回視聽，新旗鼓，出繕入計，爲邊長老貽數百年之利，身自作始者，非寧武乎？形不自勝，制不自舉，沈公所謂其人哉！首至者未幾論罷，繼至者尋以遷行，沈公明形概制，三年於此矣。乃少司馬萬公某獨以少方伯奏留之，豈不曰分地不量形與無地同〔三〕，量形不善制與無形同，善制不得人與無制同，得人不久任與無人同。是二公者，先後奏請，蓋相足焉，可謂同心謀國，重惟沈公之賢，適與設會也。因具列之，使後之君子得以觀寧武道所繇立者〔七〕，蓋以其人如此云。

【校記】

〔一〕埸，底本作『場』，據明刻本改。

〔二〕如此，宋本無『此』字。

〔三〕豈不曰，宋本作『豈曰』，無『不』字。

【題解】

寧武兵備道，設在寧武的兵備道。寧武，縣名。明置寧武關，與鴈門、偏頭並稱『三關』，均在今山西境内。兵備道，明代在各省緊要之處置兵備道，整飭兵備。文中提到的鴈門（鴈門關）、岢嵐（嵐縣）、代州（代縣）、廣武（代縣）、北樓（北樓口堡，山西繁峙）、平刑（平刑關）、八角（八角堡）、利民（利民堡）、神池（縣）、大同等，亦均在今山西境内。記文論述山西防禦形勢及設寧武道之必要，讚揚守備沈某戍守的功績。作於嘉請三十八年（一五五九）。

【注釋】

〔一〕楊公美益：即楊美益，字以謙，號受堂，浙江鄞縣（今寧波）人。嘉靖二十六年（一五四七）進士，歷官山東道監察御史，太僕寺少卿。生平詳《楊姓鄞縣進士録》。

〔二〕直虜：直接面對敵人。虜，胡虜。對韃靼貴族軍事集團的蔑稱。

〔三〕朔、應：朔州、應州。朔州，在今山西朔縣一帶。應州，即今應縣，屬山西。

〔四〕輔車：頰輔與牙牀。喻彼此相依之物。《左傳·僖公五年》：『諺所謂輔車相依，脣亡齒寒者，其虞、虢之謂也。』

〔五〕堅瑕：固守中的弱點。

〔六〕菙：同『箠』。鞭子。

〔七〕繇：通『由』。原由。

歷城尹張公德政碑記

濟南郡隸省，歷城以一縣附，其地所供億、轉置、送迎，舉以取集。郡大夫以上曁有事境土者，令咸賓下之。歷多山，磽瘠，水則陂圩，一值荒歲，不有恆産。公至，比災厲，且邊圉嚴，師旅在外，急催科如捕亡〔一〕，淄、青持戟之士，日肩摩就募，道路使者相望，疲命於簡書。凡期月，公循循各如績，一若不欲有爲，以是民亦安之，雖小利不見也。

邑舊以律占租役，必先以簿正，常與他沃壤地偕，田瘠稅腴〔一〕，屢不較，邑墟亡不比屋焉〔二〕。公始第坵畝，履原隰，視土之墝惡以登下其賦，勿一以收責，俾參稽各無失職，請額著地，沃壤不得欺謾避課，邑百姓始不惡磽瘠陂圩而汙萊爲子孫憂。郡大夫以上莅我待需有事境土之臣，絡繹於郵宇，晨趨出謁，暮而不能更適庭。供億、轉置、送迎，異求同費。舊一以委諸編戶，歲數十家以分聽其給，終則以貨賄之入出會之官，契常不掩籍，十登其六七。邑百姓無不若相與赴戮，得代則若解懸，顧以就衽席爲幸，而不知其產蕩然矣。戶戶轉趨傾覆，以積倉爲累，不飢爲諱，蜡臈相祈〔三〕，庶幾無斯役。弘治間〔四〕，加緡八伯金〔五〕，民車且百二十乘。正德以還〔六〕，加緡至二千三伯金，灤、清之塗〔七〕，罕轂擊矣。先南陽朱公首平算事，列諸兄弟之邑，得裁五伯金，而邑人稍受賜，即猶稱貸出納也。公實始定吏會之議，使度支在官〔八〕，工賈無以乘緩急侵傷農，坐屈其利，有司治之。不遽上計，則什器儲偫得轉相爲用〔九〕，冗壞即移置，勿有廢棄焉。法甚便以約，不復舉長物責邑人值而橋索所羨餘〔一〇〕。五六十年敝政，一朝嘉與，百姓日新，邑不重困，共正易輯，市野喁喁〔一一〕，庶見弘治之舊。郡大夫以上，令夙以分禮下之，而公不以卑百姓，晝日晉接，不遑暇食，而儀愈安。未嘗飾廚傳稱過使客，疲民以取譽，常夜折訟〔一二〕，得情皆片言。及亹亹問疾苦，必竟辭。嘗語余曰：『吾四載於縣署，有未蹈之跡，未嘗一日於窮閻忘兼照之心。』月旦與諸弟子設俎豆，言《詩》、《書》，士再適薦者七人。其在生齒、繁殖、流移、究宅、嚮附者，衍負版焉〔一三〕。丙午秋，入上最天官，會徵書，留擢西臺〔一四〕。邑長老屬余記之。

余惟君子之從政，無樂乎悅人於始，而終無以厭其意也。民豈惟無思？公屬災厲邊圉之餘，輕徭薄賦，與民休息，知時務之要，安以本俗，使百姓培氣歸德，恃以不偷，則君子之政哉！公名淑勵，太原之盂人。辛丑進士。其詳具《恤民錄》云。

歷邑岱畝，絲枲則賦。維灤沮洳，汙萊迴錯。昭茲海藩，我庸景附。凡百執事，咸襄侯度〔一五〕。租役薦繁，凋瘵罔籲〔一六〕。汔可以康〔一七〕，無艱國步。公始莅上，霓望方殷。維時多罹，百務孔棼〔一八〕。疲夫載路，壑有轉瘠。矢解倒懸，登之衽席〔一九〕。游刃引割，恢乎爲紀。渾兮以谷，内諳臧否。期彼允濟，懲茲勵己。雖貫則仍，弗憚改爲。雖遷善急，慮動若疑。襲弊未祛，善將安施？乃第坵畝，孅惡是甄〔二〇〕。磽田沃稅，比屋以薪。欺謾避課，靡郡匪民。原隰以清，井地用均〔二一〕。澤及子孫，世業莫湮。一都之會，既詒我肄。絡繹齊郊，戟人節使。供億送迎，入境取遂。束桔不修，王章斯墜。編戶轉給，趨相告匱。疾首赴役，積倉爲累。吏畏其威，南陽朱季〔二二〕。平算列邦，我獲受賜。張公爲政，樂不可支。曰茲出納〔二〕，實存有司。矜此赤子，勿違農時。什器儲偫，來工肆成。杪歲上計，昔縮今贏。亨有公牢，覿無私幣〔二三〕。用克有經，供匪無藝。百年蠹政，一朝自替。市野喁喁，庶新多制。晝日晉接，夜分折獄。民所疾苦，必盡忠告。四載宦邸，窺園無跡。兼照窮閻，幽光潛晰。寄命百里，視諸一堂。童齹知名，擬之龔黃〔二四〕。謹庠申義，父母爾師。變彼七士，鴻漸於逵〔二五〕。《九罭》有歌〔二六〕，公歸無所。稱最銓階，揚績當宁〔二七〕。柏臺繡裳，其忘東土〔二八〕？蔽芾甘棠〔二九〕，受天之祐〔三〕。不朽者仁，以報召杜〔三〇〕。

【校記】

〔一〕稅，隆慶本、四庫本作『歲』，誤。

〔二〕曰，底本作『日』，據宋本、四庫本改。

〔三〕祐，宋本、四庫本作『祜』。

【題解】

歷城尹張公，指張淑勵，字自勉，太原盂（今山西盂縣）人。嘉靖二十年（一五四一）進士，二十二年出知歷城縣，值連年災荒，他多方調劑，民得安居；縣多磽陂圩，租賦同於沃壤，他將地劃分美惡，分等繳納；始定度支，不使工商傷農；片言折獄，問民疾苦；重視教育，士多登第者，因此受到歷城人的愛戴。嘉靖三十五年（一五五六），擢御史。詳《歷城縣誌·宦蹟錄》。

【注釋】

〔一〕催科如捕亡：催租如同追捕逃亡的人。催科，催租。租稅有法令科條，故稱。

〔二〕比屋：猶言家家如此，人人如此。比，相連接。

〔三〕蜡臈（zhà là）：均祭名。蜡，年終大祭萬物的祭禮。蠟祭，祭百神。臈，同『臘』，祭與蠟同。

〔四〕弘治：明孝宗朱祐樘年號（一四八八—一五〇五）。

〔五〕緡（mín）：緡錢，錢貫。貫於錢串的錢。緡，穿錢所用的繩子。伯：通『佰』，百。

〔六〕正德：明武宗朱厚照年號（一五〇六—一五二一）。

〔七〕濼、清：濼水、小清河。濼水源於濟南趵突泉，入大清河（今爲黃河）。小清河，金時僞齊劉豫導濼水東行，至歷城韓家店分出，卽爲小清河，東北流經數縣入海。

〔八〕度支在官：謂貢賦租稅由度支官員負責。度支，官名。掌貢賦租稅，量入以爲出，故名。

〔九〕儲偫（zhì）：存備。偫，謂儲物以待用。

〔一〇〕羡餘：多餘之米。唐以後所立賦稅名。見《唐書·食貨志》。

〔一一〕喁（yú）喁：謂衆人向慕，同聲相和。《莊子·齊物論》：『前者唱于，後者唱喁。』

〔一二〕折訟：判決獄訟。折，折斷，判決。

〔一三〕負版：謂持國家土地、人民、戶籍、車服、禮器等圖籍。《論語·鄉黨》『式負版者』《疏》：『言孔子乘車之時……見持邦國之圖籍者，皆憑式而敬之也。』此謂擴大了其所轄地的版圖。

〔一四〕西臺：即御史臺。張淑勵擢爲御史，故云。

〔一五〕咸襄侯度：全都幫助知縣施行法制。襄，助。侯，古代五等爵位的第二等。列侯之中有縣侯。此爲對知縣的尊稱。此指張淑勵。度，法度。

〔一六〕凋瘵（zhài）罔籲：凋瘵，衰敝疾病。瘵，俗謂肺癆。唐杜甫《壯游》：『大軍載草料，凋瘵滿膏肓。』罔籲，無可告語。罔，無。籲，呼籲。謂民遭受傷害而無處訴説。

〔一七〕汔（qì）：其。《詩經·大雅·民勞》：『汔可小康。』

〔一八〕孔棼（fén）：甚爲紛亂。孔，甚，很。

〔一九〕『矢解』二句：謂解民困苦，令其安居。矢，發誓，決心。解，解除。倒懸，頭朝下倒挂。喻處境極度困苦。衽席，臥席，寢處之所。《莊子·達生》：『人之所取畏者，衽席之上，飲食之間，而不知爲之戒者，過也。』

〔二〇〕媺（měi）惡是甄：對土地的肥、薄加以甄別。媺，美。

〔二一〕井地：田地。

〔二二〕南陽朱季：指東漢朱暉。朱暉，字文季，南陽宛（今南陽宛城區）人。《後漢書》本傳載，朱暉曾官臨淮太守，『好節概，有所拔用，皆厲行士。其諸報怨，以義犯率，皆爲求其理，多得生濟。其不義之囚，即時僵仆。吏人畏愛，爲之歌曰：「彊直自遂，南陽朱季。更畏其威，人懷起惠」』。

〔二三〕覿（dí）無私幣：廉明無私人所贈物品。《儀禮·聘禮》『私幣皆陳』注：『私幣，卿大夫之幣也。』此謂與人會面，不接受饋贈。

〔二四〕龔黃：指漢代龔遂、黃霸。詳前《送汝南太守徐子與序》注〔一〕。

〔二五〕鴻漸於逵：語出《易·漸》，謂如飛鴻漸進高位。

〔二六〕《九罭(yù)》：《詩·豳風》篇名。《詩集傳》：『此亦周公居東之時，東人喜得見之，而言九罭之網，則有鱒魴之魚矣；我覯之子，則見其衮衣繡裳之服矣。』九罭，九囊之網。

〔二七〕揚績當宁(zhù)：在朝廷上彰顯政績。當宁，《禮記·曲禮》：『天子當宁而立，諸公東面，諸侯西面，曰朝。』孔穎達引《爾雅》云：『門屏之間謂之宁。』

〔二八〕柏臺繡裳：謂做御史。繡裳，漢代執法官之服色，卽所謂繡衣直指。

〔二九〕蔽芾甘棠：爲《詩·召南·甘棠》的首句。《詩集傳》：『蔽芾，盛貌。甘棠，杜梨也。白者爲棠，赤者爲杜。……召伯循行南國，以布文王之政，或舍甘棠之下。其後人思其德，故愛其樹而不忍傷也。』此謂人思張氏之德，而永受天之庇護。

〔三〇〕召杜：召父、杜母。西漢召信臣和東漢杜詩相繼爲南陽太守，二人皆施惠於民，當時相傳『前有召父，後有杜母』。見《後漢書·杜詩傳》。

歷城令賈君記

蓋聞之爲邑非不用民，而能不輕用其民之爲用也。民亦孰能不用上？而唯卽安之爲用也。公旣治歷城，踰年而使者及於絳〔一〕，則其家大人就養焉。居無何，輒駕而返。請留，弗許。請命之，則謂公曰：『始吾之視爾於斯役，相隸莅相承也。唯是百姓兆民焉是出而爲之令，以賦諸其間，俾各有藝極，以務蓄其力，無失其徵會，民聽不惑，而後用之，有司者豈有賴焉？百姓兆民惟正是供，而令無卽於隳政〔二〕，足以取給王事而已，豈敢爲是匪經以侈厥度？亦唯是役，亦惟是莅，功令典籍，輕重布之，爾敢何異之有？卽有豐歉，不庭不虞之患〔三〕，爾既已錯而宜之，使各有懷生之念，而百姓兆民實欲焉。百姓兆民欲焉，而諸長吏孰不欲也？若不佞緦緦焉，唯不獲乎上是恐，而勤百姓兆民，庶幾諸長吏以有德於我。不則，自恃其不欲，而曰「諸長吏實欲之」，以委之無可奈何，其君子實應且憎以非我，寧謝不敏：敝邑豈敢有愛也。上失其道，民散久矣。子實生我，而浚我以生乎〔四〕，而以德於上。今實有民而委之諸長吏，其謂令何！其無乃撤其寧宇而翦爲逋逃〔一〕，以自棄其眾，百姓兆民將望望然挺險而走，其轉於溝壑，何辭之與有？若由是相爲臨長，自顯庸也，尚將惴焉有不敢輕用之心，而使於我焉是息，大眾其未可棄也。人亦孰能不用上？而唯安是卽。我既已父母，子弟將自至。我之不欲，人孰不知？猶之曰凡以安我也，既以藝極，則浸漁不行〔二〕，而貧者勸役。蓋嚮然於我，有各相爲用之心。其朝夕在庭，何辱命焉？不佞在此，猶尚逋逃，人不懷生，又從而微之纍焉，而使卽事於繫，其若父老何？何邑之爲也！若不然，我去而反其田里，爾安能知之？今吾視爾於斯，不困於役，不匱於莅也，而邑由以舉，百姓兆民無能爲逋逃之故也，豈徒爾與有榮施？』乃歸絳。

蓋公爲歷城者，盡善政也。而其要則有所不欲矣，而才足用民。才足用民矣，而惴焉不敢有輕焉之心。其家大人見邑之無逋逃也，而知其政，君子哉！邑諸進士郭子輩相與聞其言而賢焉〔五〕，各矢歌以詠其事，而屬余以記者如此。

【校記】

〔一〕無，宋本作『毋』。

〔二〕浸，宋本、四庫本作『侵』。

【題解】

歷城令賈君，指賈仁元，字子善，萬泉（今山西萬榮）人。嘉靖末年任歷城知縣，有惠於民。《濟南府志》、《歷城縣誌》有傳。記文主要記載其父教其如何爲官以及對其治績的肯定。

【注釋】

〔一〕絳：古邑名。今屬山西。

〔二〕隳政：廢政，荒廢政事。

〔三〕不庭不虞：《國語·周語》『以待不庭不虞之患』三國吳韋昭注：『庭，直也；虞，度也。不庭，猶不道也。』

〔四〕浚：索取。《左傳·襄公二十四年》：『毋寧使人謂子，子寧生我，而謂子浚我一生乎？』《注》：『浚，取也。言取我財以自生。』

〔五〕郭子：指郭寧，時任府丞。見《濟南府志》。

劉公樂峴亭記

公既在襄陽諸生間，不樂也。已乃謂御史君曰：『昔爾先大父之除新鄭，雖介然一王官之大邑丞乎，固周室之末成子也。豈其事長而我伐伎以馮人？豈其行意而人稱功以加我？蓋三載，人莫知之矣。人情不能樂其所不安，不能得於其所不樂，我始慨然慕羊叔子、杜元凱之爲人〔一〕。今亡論其位，即其功懸諸所遇，如此其難也。不得乎丞，將求乎身，孰與不得乎身，將求乎子也？獨如嚮之人哉！

吾所爲營峴者，以若效爾大父於不窮。而吾將老焉，以是爲樂耳。方叔子建平吳之議，欲引梁、益之兵水陸俱下，荊、楚之衆進逼江陵，平南、豫州，直指夏口，徐、揚、青、兗徑詣秣陵，巴、漢奇兵出其不斥。卒如所言，何策之明也。元凱既激滍、淯諸水以浸南陽諸田萬餘頃，遂開陽口，起夏水，達巴陵千餘里，以瀉長江之險，而通零、桂之漕，民到于今利之，何計之遠也！是皆蹤跡之所往來，精神之所暢悅，山川之所動盪，勳業之所肇造，策之所爲明，計之所爲遠，以是得於峴，而後世誦義不忘。猶我視若於此者，若能無意二子於此乎？今天下南絓於越，北構於胡，芻粟膠滯，飛輓繦絕，此亦羊、杜一時，今何以明策遠計，入告我后，而無勤諸執政乎？卽使持節監胡若粵諸軍事，不者大興卒治河，若以使者行水，惟是南北交檄，力百倍吳，晝何所出？何以縶尉它、伏中行而笞之背〔二〕？縣官之費，歲日鉅萬，乾溢不常，仰給遂詘。滍、淯、零、桂，不啻涓委，今何以使芻粟相屬，千里坐至，以無爲諸執事憂？吾非其峴之謂，夫固謂二君子之嘗至於峴也。不然，夫豈不知鹿門之可以老也〔三〕？二君子得此於峴〔一〕，若得二君子於國家，而吾以得峴於若，吾何爲不樂哉？杖屨不具，眺望不適，談詠不揚，飲酒不歡，琴瑟不鳴，俎豆不大，吾之事也。吾何以知若能爲羊叔子、杜元凱與不能哉？彼且曰「百歲後魂魄猶登此山也」，未嘗不流涕於斯人！陵谷功名，相爲變遷，彼且奚以二石爲矣？此其辯在詹何之說子牟也〔四〕。不得乎丞，求之乎身；既得乎身，推之乎子。』

公之所爲自勝者婉矣。爲峴而樂，庶乎縱之，又何害乎心居魏闕之下也〔五〕？預嘗自謂武非其功。祜蓋曰：『疏廣〔六〕，我師也。』出處之間，古人難之。慕叔子、元凱之功，而猶不忘鴻鵠黿鼉之諭〔七〕，余於是知公不言，而有以自與焉。蓋曰：『夫豈不知鹿門之可以老也？』然不於鹿門而於峴也，則托寵公於二君子矣。

【校記】

（一）君子，宋本作『君』。

【題解】

劉公，疑指劉宗岱之父。詳前《劉母茹太孺人序》題解。樂峴亭，劉公所築之亭。峴，峴山。在湖北襄陽南。也叫峴首山。晉羊祜鎮守襄陽時，樂峴山風景，常登峴山，置酒吟詠，並說『如百歲後有知，魂魄猶應登此也』。祜卒，『襄陽百姓於峴山祜平生游憩之所建碑立廟，歲時饗祭焉。望其碑者莫不流涕，杜預因名墮淚碑』。見《晉書·羊祜傳》。羊祜所以享有如此高的聲譽，是因爲他居高位而忠貞無私、疾惡邪佞、清儉廉潔、愛護百姓、重信义，並爲國事鞠躬盡瘁。以『樂峴』爲名，蓋慕晉羊祜之爲人。記文借題發揮，大談羊祜、杜預與峴山的關係，並謂其中寄寓有劉公之心志。

【注釋】

（一）羊叔子：即羊祜（二二一—二七八），字叔子。泰山南城（今山東新泰）人。早年屢辟不就，魏末征拜中書侍郎，遷給事中、黃門郎、秘書監，又遷中領軍。入晉，爲尚書左僕射。晉武帝泰始五年（二六九），出爲都督荊州諸軍事，爲滅吳作準備。後加車騎將軍、開府儀同三司之儀，祜上表固讓。曾上《平吳疏》，謂『今若引梁、益之兵水陸俱下，荊楚之衆進臨江陵，平南、豫州，直指夏口，徐、揚、青、兖並向秣陵……巴漢奇兵出其空虛，一處傾壞，則上下震盪』，則『克吳必矣』。詳《晉書》本傳。杜元凱，即杜預（二二二—二八四），字元凱。京兆杜陵（今陝西西安）人。魏末入仕，爲尚書郎，襲祖爵豐樂亭侯。晉初，爲河南尹。咸寧四年（二七八），羊祜病，舉預自代。祜卒，以預爲征南大將軍，都督荊州諸軍事。平吳有功，封當陽縣侯。吳平，仍鎮守荊州，駐襄陽，講文修武，興修水利，荊襄日富，人號『杜父』。

（二）尉它：即尉佗，亦即趙佗（？—前一三七），秦真定（今河北正定）人。秦末爲龍川令，南海尉任囂死，佗代行尉事，因稱尉佗。秦滅，自立爲王。後歸附漢朝。漢武帝時，終軍請使南越，説要以長纓繫之闕下。詳《史記·南越傳》、《漢書·終軍傳》。伏，制伏。中行，漢代宦官。文帝時，令其送公主妻匈奴，不肯行，强令前往，因降匈奴，指導其進攻漢朝，造成很大危害。詳《漢書·匈奴傳上》。

〔三〕鹿門：山名。在湖北襄陽。漢末龐德公攜妻子登鹿門山，采藥未返。唐詩人孟浩然亦曾隱居於此。

〔四〕詹何：古代隱者。或謂善術數、善釣者。其事蹟散見《列子·説符》、《韓非子·解老》、《淮南子·詮言訓》。子牟：即公子牟，戰國時期魏文侯之子，封於中山，因亦稱中山公子牟。著書四篇，爲道家之流。《列子·仲尼篇》説他『好與賢人游，不恤國事』。

〔五〕心居魏闕之下：謂繫念朝廷之事。魏闕，古代宫門外的闕門，爲懸布法令之處。後因代指朝廷。

〔六〕疏廣：西漢東海蘭陵（今山東蘭陵）人，字翁仲。宣帝時，立皇太子，選太子太傅。其姪疏受亦拜少傅。任職五年，二人稱病還鄉。歸鄉後，日宴族人賓客，以致家財用盡，謂不貽子孫累。詳《漢書》本傳。

〔七〕鴻鵠：喻志意高遠。黿鼉：黿與鼉。《易林》：『黿鼉讙囂，不得安居。』

重修肥城縣孝里舖記

按察使周公爲參政時〔一〕，出督部〔二〕，過肥城縣孝里舖。舖在縣西北七十里孝堂山下矣。公慨然顧今縣令錢君曰：『此非漢孝子郭巨之所以葬其母者乎？君子徘徊而不忍去也。今且廢矣。無乃先大夫若諸有司之爲盟主也，崇大茲館〔一〕，以爲諸大夫有司之所憩，而賓客使者之所假道乎？今且廢矣，何以崇大如公寢也〔三〕？屬在敝邑，其若諸大夫有司、若賓客使者之辱在不佞何？無乃逢執事之不間而未得繕葺，將肥之褊小，介於長清、平陰之間〔四〕，而曰「疆場之邑，一彼一此」，何常之有也，而援以自解。四十年于兹，假道者暴露，憩者舍於隸人，驅之不顧，何以徘徊孝子而觀采風俗？疆場之邑，在彼猶在此矣，敢請執事將何所命之？』乃錢君謝不敏，已報上，既得可，自七月至于九月而鋪成，視先大夫請有司所崇大如公寢者益庱矣，以憩諸大夫有司，以假道賓客使者，膳宰致餐，候者爲導，長清趨而南，平陰徂而東，交授互勞，望孝里而歸之，視遠如邇。非先大夫諸有司之爲盟主業，孰與之？

是役也，門屬之門，堂屬之堂，其个相偶，其序相翼，備矣。而猶是鋪也，能無廢矣。先王之教在焉，而敢以爲功？無亦曰二邑之蒿荻自愛〔五〕，曾不遺一蹩者蹠钁，又何執事之不間矣。

錢君既修縣城稱保障，而并及是鋪，承蔽芾之休〔六〕，俾居者無警，行者相勸，以體周公廣施德於三邑者也。周公，蜀人，名某。錢君，吳人，名某。

【校記】

〔一〕大，宋本作『在』。

【題解】

肥城，縣名。今屬山東。孝里鋪，鎮名。今屬山東濟南市長清區。因地勢低窪，曾名水里鋪。東漢初，在村南巫山（孝堂山）建孝子堂，遂名孝里。明置孝里鋪，一九八四年置鎮。孝堂山郭氏墓石祠爲國家重點文物保護單位。

孝里鋪，因漢孝子郭巨而名。郭巨事蹟，見晉干寶《搜神記》卷一一。《搜神記》云：『郭巨，隆慮人也，一云河內溫人。兄弟三人，早喪父。禮畢，二弟求分。以錢二千萬，二弟各取千萬。巨獨與母居客舍，夫婦傭賃，以給公養。居有頃，妻產男。巨念與兒妨事親，一也；老人得食，喜分兒孫，減饌，二也。乃於野鑿地，欲埋兒，得石蓋，下有黃金一釜，中有丹書曰：「孝子郭巨，黄金一釜，以用賜汝。」於是名振天下。』亦見《太平御覽》引漢劉向《孝子圖》、《抱朴子·微旨》、宋躬及敦煌出《孝子傳》。孝里舖傳爲郭巨葬母處，明代置孝里舖，當有所據。據《光緒肥城縣誌》，肥城縣孝里舖重修於嘉請四十年（一五六一），記當寫於此時。

【注釋】

〔一〕按察使周公：指周世遠，四川江津人。進士。以右參政任山東按察使。

〔二〕督部：視察所屬州縣。

〔三〕公寢：天子、諸侯之正寢。《左傳·襄公三十一年》『館如公寢』《疏》：『文公之客館，如今日晉君之路寢也。』路寢，天子、諸侯之正室。

〔四〕長清、平陰：今山東濟南市長清區、平陰縣。

〔五〕蒿荻：蒿草、葦荻，輕賤之物。

〔六〕蔽芾：盛貌。此取《詩·周南·甘棠》『蔽芾甘棠』之義。詳前《歷城尹張公德政碑記》注〔一九〕。

肥城縣修城碑記銘

《漢書》泰山郡有肥城縣，應劭曰：『肥子國也。』〔一〕城圍六里一百步，高一丈五尺云。蓋巖邑也〔二〕。五領盤其北，陶山據其西，視郡城爲外屏焉。國家分千戶所守禦其間，念至深矣，然而覆土耳〔三〕。

先是，邑令萬君則行築，分東、南、北隅，延石而堞之。守禦者率疲卒，晝夜謹斥堠省樓櫓無遺力〔四〕，而西一隅，竟以先勞中廢。夫城，盛也。一隅之隙，全邑任之，何彼此也？在昔陶山之役，動勤王師，今安可使從高臨下而窺以不逞之心？無論五領之爲踰，備矣。邑人大中丞李公〔五〕，蓋嘗憂之。謂今令吳江錢君曰：『此焉不延石而堞之？即三面雖金湯，無益也，又何必環而攻之？』屬按察使周公先以參政行部，過肥子，亦以爲言。而錢君則慮事，授司徒，量功命日，略基趾，分財用，具餱糧，三月而集，不愆于素，堞凡若干所，爲雉若干云〔六〕。

攀龍曰：肥有陶山之役，余蓋猶及見之。邑中丞自父母之邦守不爲小，按察使周公慎其四境云爾，而肥是城，有味乎王公設險之義乎！與其動勤王室也，寧短垣是圖，覆土而土堞之，如塗塗附。天之陰雨，亟潰亟瞑，孰若延石之永逸也？是攝守禦而徵餘自帑政，則錢君欲發與民而已。而肥是城則依物而偶於政，肥之所以有成城也。周公，名某。錢君，名某。中丞公，名某云。銘曰：

天不可升，地險丘陵。維休維戚，肇自中丞。周公居東，于宣于藩。匪除于庭，而力于原。有令知發，大物是憑。綢繆牖戶，百堵斯興。言售厥謀，用在不疑。匪良執事，一簣之虧。卓彼巖邑，何幹何楨。三人同心，乃成此城。

【題解】

此爲肥城縣修城所立碑所作記銘。據《光緒肥城縣誌》，嘉靖隆慶間知縣錢商周重修肥城縣。此文蓋與《重修肥城縣孝里舖》作於同時。肥城，縣名。今屬山東。

【注釋】

〔一〕『《漢書》』二句：《漢書·地理志》『泰山郡』下有『肥成』，《注》引應劭曰：『肥子國。』肥成，即肥城。

〔二〕巖邑：險要之城邑。
〔三〕覆土：謂城牆用土修築。覆，覆蓋。
〔四〕斥堠：亦作「斥候」，軍隊中負責偵伺敵人動向的人。樓櫓：無頂蓋之樓。古代戰守以瞭望敵人。
〔五〕大中丞李公：指李邦珍，嘉靖二十九年（一五五〇）進士，官至河南巡撫。
〔六〕雉：高一丈、長三丈的城牆。

内丘縣學田記

邑何學以羣士也？學何田以羣士於禮也？士相觀以羣，而廢禮由羣邪也？今豈徒俎豆之義始諸飲食〔一〕？彼見室家之樂，則戚於爲曠。虆梩不掩〔二〕，則其顙泚〔三〕，曰：『吾何有於爲士也？』風俗之道，士爲政。今尚何敢謂無恆産有恆心，唯彼爲能之？卽業已羣，使日眄眄焉佔畢亡他技〔四〕，又何可使不有於爲士也？

余往按部内丘，至民間所謂漢孝子郭巨里中〔五〕，里中卽以所掘黄金事名矣。嗚呼，曩令巨時能自託於上，何至欲殺其子以食母爲孝也！今又何敢謂内丘之無能爲巨者？則是田也，無常歲，有常賦，其士足計也。匍匐有喪，不與其易與其禮；婚姻之故，不與其富與其禮。而又爲之宴，喜於飲食，周旋於俎豆，使相媮快於爲士，則虞、芮所棄〔六〕，而西伯以善養老者也〔七〕。

是田也，凡八區，東、南、北壇地各十二畝，邑厲壇地一畝〔八〕，南四里鋪地七十畝，南宋家鋪地八十畝，東四里鋪地十八畝，中丘驛地四畝，凡二百五畝。余始按圖得之，既乃過郭巨里中，思夫士不可一日廢禮也，乃命以爲學田，而具諸籍中。

【題解】

內丘縣，明順德府屬縣，今屬河北。學田，舊時爲學官所置田產，以田租的收入作爲學校的經費。始於宋。明代按府、州、縣學分置學田，作爲補助廪生及學校經費。

【注釋】

〔一〕俎豆：祭祀。俎，放置肉的几案；豆，盛乾肉一類食物的器皿。均爲古代宴享、朝聘、祭祀所用的禮器。

〔二〕虆梩：語出《孟子·滕文公上》。盛土器具。虆梩，鍬鍤一類的挖土器具。

〔三〕額泚：額頭流汗。《孟子·滕文公上》：『其額有泚，睨而不視。』

〔四〕佔畢：語本《禮·學記》『呻其佔畢』，謂讀書吟誦。

〔五〕漢孝子郭巨：詳前《重修肥城縣孝里鋪記》題解。郭巨的籍貫，說法不一。有隆慮說，有河內說。內丘在黃河以北，或謂郭巨故里。

〔六〕虞、芮：春秋時期的虞國和芮國。《史記·周本紀》：『於是虞、芮之人，有獄不能決，乃如周。入界，耕者皆讓畔，民俗皆讓長。虞、芮之人未見西伯，皆慚，相謂曰：「吾所爭，周人所恥，何往爲，祇取辱耳。」遂還，俱讓而去。』《集解》引《地理志》：『虞在河東大陽縣，芮在馮翊臨晉縣。』大陽，今山西平陸；臨晉，今陝西大荔。

〔七〕西伯：指周文王。《史記·周本紀》載，姬昌爲西伯，『西伯曰文王』，『伯夷、叔齊在孤竹，聞西伯善養老，盍往歸之』。

〔八〕厲壇：祈禳災害之壇。厲，災疫。

張氏瑞芝堂記

《援神契》曰〔一〕：『王者德至於地，則華苹盛也。』漢在元封，芝生甘泉宮，帝作《齊房之歌》以薦郊廟〔二〕，則得人若董仲舒、鄭當時輩〔三〕。儒雅推賢，肩踵在列，以奉天下，實稱治洽。所謂『九莖連葉』，回復此都植才之應也。秦人蔓瓜谷之禍，綺、夏之徒有伯夷之餓于商山之下〔四〕，與薇自療，思唐、虞不蒙甚大之憂，則碩人之邁矣〔五〕。夫芝，元氣之精也〔一〕〔六〕。因腐朽而暢靈華，感則萌之矣，奚愛甘泉、商山哉？

張子其先中丞公，嘗以言事忤逆瑾意〔七〕，三挫之不偃也。奸蕪既薙，風紀茂遂，乃以指佞見知於朝，皆謂人中有屈軼焉〔八〕。豐本遠條，世麗東土，祖孫奕葉棫樸之英十人〔九〕。每兄弟咏集，詡詡之盛。出則衣冠煜煜茀道〔二〕，士林榮之。沖和漸於家，而以華國，則人瑞者乎？

嘉靖丁未春，芝產子含之堂者五，以示余而屬之記。余見若卿裔矣，若車蓋矣，丹章而紺理，其葩云以弓矣〔三〕。嗟乎！是不可與岐麥、玄黍、龜祥、鹿瑞，蕃育靈囿，以光騶虞之化乎〔一〇〕？即不欲宮童效異，又何限崔巍逶迤之地，則中丞之後興乎？子含慕先人芳烈，國香自與，隱見之間矣。聖天子方肇玄禋綏明賜天下，日濡《旱麓》之教〔一一〕，賢才敷發，芳躅盈庭，芝則有哉！

中丞公於子含，曾大父行也。堂構衰矣，澤欲翦矣，藜藿登卿相，遺蓬蓽一畝之宮，子孫荒圮，欲不守者屢矣。子含慨然以在我有豐芑之謀〔一二〕，出私苴以肯世業〔一三〕，煥然若見祖宗卓茅之舊，讀書其堂上，以振簪紱之餘響〔一四〕，人以知有中丞宅而謂中丞之世將復也。乃子含之堂有芝，是中丞之士未敝，而我聖天子至德及遠矣。可無記哉！

【校記】

〔一〕元，明刻諸本並作『玄』。

〔二〕煜煜，明刻諸本作『曄曄』。

〔三〕葩，四庫本、宋本作『芝』。

【題解】

張氏，指張子含。濟南歷城人。諸生。攀龍友人。詳前《答張秀才問疾》題解。芝，靈芝。古人以生靈芝爲祥瑞。此芝所生之張氏舊宅，爲子含曾祖父、右副都御史張鼐所遺，李攀龍遂謂此處生芝，是子含重振家聲、『中丞之世將復』的徵兆，以頌揚子含祖德流芳。由文稱『嘉靖丁未』，知記文作于嘉靖二十六年（一五四七）。

【注釋】

〔一〕《援神契》：書名。《孝經》『緯書』之一種。已佚。見清馬國翰《玉函山房輯佚書・緯書類》。

〔二〕『漢在』三句：《漢書・武帝紀》載，元封二年（前一〇九）二月，『詔曰：「甘泉宮內中產芝，九莖連葉。上帝博臨，不異下房，賜朕弘休。其赦天下，賜雲陽都百戶牛酒。」作《芝房之歌》』。

〔三〕董仲舒：西漢廣川（今河北景縣）人，今文經學大師。治《公羊春秋傳》。漢武帝舉賢良文學之士，其對策提出『不在六藝之科、孔子之術者，皆絕其道，勿使並進』的建議，爲武帝所採納，從此尊儒家爲正統，即所謂罷黜百家、獨尊儒術，影響及於後世。鄭當時：字莊，西漢陳人。武帝時大臣。董、鄭生平均詳《漢書》本傳。

〔四〕綺、夏之徒：指漢初隱於商山的綺里季、夏黃公、東園公、甪里先生，即所謂『商山四皓』。見《史記・留侯世家》。伯夷：商周之際孤竹君之子，勸阻周武王伐紂未允，與其弟叔齊遂隱居首陽山，采薇而食，雙雙餓死。詳《史記·伯夷列傳》。此謂有隱士如同伯夷一樣餓死。

〔五〕碩人之薖（kē）：語出《詩·衛風·考槃》。薖，《集傳》：「義未詳。或云亦寬大之意也。」

〔六〕元氣之精：舊指天地的精氣。

〔七〕逆瑾：指宦官劉瑾。

〔八〕屈軼：神話中的草名。傳說太平盛世生於庭前，能指向奸佞，故又稱佞草。見漢王充《論衡·是應》、晉張華《博物志·異草木》。軼，《博物志》作「佚」。

〔九〕奕葉棫樸：謂累世人才輩出。棫樸，《詩·大雅》篇名。棫，白桵；樸，叢生。喻賢人衆多，國家蕃興。

〔一〇〕騶虞：《詩·召南》篇名。《集傳》謂喻指「文王之化」。

〔一一〕《旱麓》：《詩·大雅》篇名。首章云：「瞻彼旱麓，榛楛濟濟。豈弟君子，干祿豈弟。」《集傳》謂：「此亦以詠文王之德。言旱山之麓，則榛楛濟濟然矣，豈（愷）弟（悌）君子，則其干祿也豈弟矣。干祿豈弟，言其干祿之有道，猶曰其爭也君子云爾。」

〔一二〕豐芑（qǐ）：使芑茂美。芑，苦菜。此取《詩·大雅·生民》「維穈維芑」「以歸肇祀」之意。

〔一三〕肯世業：謂繼承世業。《書·大誥》：「若考若室，既底法，厥子乃弗肯堂，矧肯構？」《傳》：「以作室喻治政也，父已致法，子乃不肯爲堂基，況肯構立堂屋乎！」後因以肯堂肯構喻指子承父業。

〔一四〕簪紱：喻指顯貴。簪，冠簪；紱，絲製綬帶。均爲古代禮服之制。

棗强縣劉村新建三官廟記

劉君雅，棗强劉村人。村東南去邑三十五里，稱劉村，以族姓焉。村東南五里龍泉寺，劉東父某所建也。劉君所建其北則某祠，又北則某祠，又西北則某祠。劉君嘗游於田矣，卽民間疾苦，察眉而藥餌起之〔一〕，葬者匍匐衾紼〔一〕，婚者拮据羔鴈也〔二〕。夏月孔暵〔三〕，行者道暍〔四〕，河朔諸郡卒戍徒役瓜期往代〔五〕，得及其塲圃以蔭息其木下，壺漿餓莩，廚傳過使，轉相誦慕，視廬舍如歸矣。以社以方，穀臧農慶，告成地利，介言景福，捍禦菑患，載在秩典。歲時伏臘，我乃於三數祠集饗髦艾〔六〕，作敏主伯，以輯鄉井，以聯宗黨，以固守望之好，杜侮予之禍，豈爲淫祀哉？

棗强當燕、趙之郊，諸郡之卒戍徒役交雜於路，悲歌少年，慷慨相向，卽加饑饉，必多暴子弟，何可無寔，烈之風也〔七〕？同舟而濟江海者，覆於其各有一壺之心。何者？失眾之形也。劉君爲一閭右家〔八〕，令諸郡卒徒視廬舍如歸矣。卽流移逋逃，操戈不逞，又何可後事而備乎？是廟也，劉君有以處其中也。有處其中，則棲託之跡重，而流移逋逃欲爲不逞者，沮於嫌忌之勢矣。

【校記】

〔一〕眉，底本缺，據隆慶本補。

【題解】

棗强，縣名。今屬河北。三官廟，供奉天、地、水三神的廟。三官，道家以天地水爲三官，亦稱三元。見《後漢書·劉焉傳》注引《典略》。

【注釋】

〔一〕衾：用以斂屍之被。《儀禮·士喪禮》「幠用衾」《注》：「衾者，始死時斂衾。」紼：牽引棺木的繩索。在廟舉柩的繩索叫紼，在路引柩的繩索叫引。詳清孫詒讓《札迻·釋名·釋喪制》。

〔二〕拮据羔鴈：謂因困窘拿不起訂婚禮物者。

〔三〕孔暵（hàn）：大旱。暵，同『旱』。

〔四〕道暍（yē）：途中口渴。暍，通『渴』。

〔五〕瓜期往代：語本《左傳·莊公八年》『及瓜而代』，指瓜熟時赴邊地戍守，到來年瓜熟時派人接替。

〔六〕髦艾：猶言老少。髦，古代幼兒下垂的頭髮。此謂少年。艾，對老年人的敬稱。《方言》六：『艾，長老也。東齊魯衛之間，謂之叟，或謂之艾。』

〔七〕寔、烈：陳寔、王烈。陳寔（一〇四—一八七），字仲弓，東漢許（今河南許昌）人。桓帝時爲太丘長，後遭黨錮之禍，遇赦得免。以平正聞名鄉里。里人有云：『寧爲刑罰所加，不爲陳君所短。』詳《後漢書》本傳。王烈，字彦芳，太原（今屬山西）人。少師事陳寔，以義行稱。詳《後漢書·獨行傳》。

〔八〕閭右：謂富强之家。秦代居里門右側者爲富强之家，閭左爲平民百姓。見《史記·陳涉世家》『閭左』《索隱》。